Michelle Raven

GHOST WALKER

FLUCH DER WAHRHEIT

Roman

LYX EGMONT

Originalausgabe Mai 2011 bei LYX
verlegt durch EGMONT Verlagsgesellschaften mbH,
Gertrudenstr. 30–36, 50667 Köln

1. Auflage
Lektorat: Katharina Kramp
Satz: Greiner & Reichel, Köln
Druck: CPI – Clausen & Bosse, Leck
ISBN 978-3-8025-8370-4
www.egmont-lyx.de

Prolog

Das Herz hämmerte wild in Toriks Brust. Er musste sie finden, bevor es zu spät war! Tief atmete er die Waldluft ein und versuchte, eine Spur von ihr zu entdecken. Als halbem Menschen war es ihm früher schwergefallen, seine Berglöwensinne so zu beherrschen wie die reinrassigen Wandler, doch mit langer Übung war es ihm gelungen. Mehr noch, er hatte Fähigkeiten entwickelt, die andere Wandler nicht hatten. Als sich Erinnerungen an seinen Vater einschlichen, einen Miwok-Indianer, der sie im Stich gelassen hatte, als Torik zehn Jahre alt gewesen war, schüttelte er sie mit einem Knurren ab. Er hatte vor langer Zeit erkannt, dass Tenaya keinen weiteren Gedanken wert war. Außerdem durfte er sich jetzt nicht ablenken lassen, wenn er Arlyn nicht für immer verlieren wollte. Furcht breitete sich in ihm aus, seine Gefährtin vielleicht nie wiederzusehen, sie nie wieder berühren oder in ihre warmen goldbraunen Augen blicken zu können. Er würde nicht zulassen, dass sie ihm auch noch genommen wurde!

Noch schneller als zuvor hetzte Torik lautlos durch die Wildnis, in seiner Berglöwengestalt nur ein Schatten zwischen den Bäumen. Er war allein aufgewacht und hatte sofort gespürt, dass Arlyn fort war. Das Laken auf ihrer Seite des Bettes war kalt gewesen, und die Hütte hatte sich leer angefühlt, wie tot. Seit Jahren wusste Torik, dass Arlyn labil war, immer in Gefahr, von ihrer wilden Seite verschlungen zu werden und zu vergessen, dass sie auch ein Mensch war. Manche Wandler wurden so geboren, andere entwickelten sich erst mit der Zeit zu Einzelgängern, die dann das Lager der Gruppe verließen und einsam als Berglöwen in den Wäldern lebten. Arlyn war immer zart und zerbrechlich gewesen, und er hatte sie vom ersten Moment an geliebt. Zuerst wie ein Bruder, aber als sie dann älter geworden waren, hatte sie auch sein Verlangen geweckt. Ihre langen, fast weißblonden Haare, die helle Haut und hellbraunen Augen waren ein faszinierender Kontrast zu seinen schwarzen Haaren und Augen und der rötlich-braunen Haut, die er von seinem Vater geerbt hatte. Er liebte es, einfach nur neben ihr zu liegen, sie anzusehen und mit den Fingern Muster auf ihre Haut zu malen.

Sein Herz zog sich schmerzhaft zusammen, als er sich vorstellte, dass Arlyn ihre menschliche Seite nie wieder zeigen könnte. Obwohl er sie auch als Berglöwin schön fand: Mit dem hellen, fast weißen Fell und dem zarten Knochenbau war sie mehr als ungewöhnlich. Aber noch mehr würde ihm ihr Lachen fehlen, das er in letzter Zeit immer weniger gehört hatte. Er hätte darauf vorbereitet sein müssen, dass sie ihn irgendwann vielleicht verlassen würde, aber er hatte gehofft, sie durch seine Liebe halten zu können. Und auch ihre Eltern zählten auf ihn. Die Vorstellung, wie sie auf den Verlust ihrer einzigen Tochter reagieren würden, verstärkte seinen Wunsch, Arlyn auf jeden Fall zu finden und nach Hause zu bringen. Es gab keinen anderen Weg, denn ohne sie wäre auch sein Leben zu Ende. Die Zähne fest gegen den Schmerz zusammengepresst, folgte er ihrer Duftspur, die ihn immer tiefer in die Wildnis führte.

Erleichterung machte sich in Torik breit, als ihr Geruch nach einiger Zeit stärker wurde. Sie musste in der Nähe sein, er konnte ihre Anwesenheit regelrecht spüren, auch wenn er sie nicht sah. Mit allen Sinnen konzentrierte er sich auf Arlyn und entdeckte sie schließlich in einem Dickicht. Langsam näherte er sich ihr und versuchte, nicht bedrohlich zu wirken. Schließlich verwandelte er sich und blieb einige Meter vor ihr sitzen.

Vorsichtig streckte er die Hand aus. »Hallo, Arlyn. Ich habe dich gesucht.« Die Berglöwin sah ihn nur an, näherte sich aber nicht und verwandelte sich auch nicht. Toriks Herz zog sich zusammen, als er das Misstrauen in ihren Augen erkannte. Also bemühte er sich, es zu zerstreuen. »Ich habe dich vermisst, als ich heute Morgen in unserem Bett aufgewacht bin. Die Nacht war sehr schön, findest du nicht?« Sie hatten sich so leidenschaftlich geliebt, dass er jetzt noch weiche Knie bekam, wenn er daran dachte. Im Nachhinein fragte er sich, ob Arlyns Berührungen nicht etwas Verzweifeltes gehabt hatten, ob er hätte spüren müssen, dass sie ihn verlassen würde.

Wieder sah Arlyn ihn nur an, diesmal glaubte er aber, in ihren Augen ein Echo seiner Gefühle wahrnehmen zu können. Oder er bildete es sich nur ein, weil er es sich mehr als alles andere wünschte. »Arlyn, kannst du zu mir kommen? Ich möchte dich gerne berühren.«

Diesmal legte sie den Kopf schräg, und seine Hoffnung wuchs, dass er sie erreichen konnte. Langsam bewegte er sich vorwärts, bemüht, so harmlos wie möglich zu wirken. Was bei seiner Größe und der Breite seiner Schultern nicht einfach war. Aber Arlyn musste doch wissen, dass er sich eher die Hände abhacken würde, als ihr wehzutun. Torik blieb stehen, als Arlyn einen Schritt nach hinten tat. Wie sollte er sie erreichen, wenn er sie nicht berühren konnte? Wieder einmal wurde ihm bewusst, dass er kein großer Redner war und Probleme hatte, über seine Gefühle zu sprechen. Aber es musste sein, wenn er seine Gefährtin nicht verlieren wollte.

Torik holte tief Luft und ließ sie langsam entweichen. »Ich brauche dich, Arlyn, du bist mein Leben. Ich weiß, dass ich das nicht oft genug gesagt habe, aber ich liebe dich über alles.«

Sie blieb stehen und sah ihn aufmerksam an. Torik bildete sich ein, in ihren Augen Liebe zu entdecken.

Er bemühte sich, seine Stimme noch beruhigender klingen zu lassen. »Komm bitte zu mir und lass uns nach Hause gehen.« Wieder streckte er die Hand nach ihr aus, und diesmal kam sie tatsächlich näher. Zwei Meter vor ihm blieb sie schließlich stehen. Torik hockte sich auf den Waldboden und lächelte sie an. »Kannst du dich für mich verwandeln?« Hoffnung durchströmte ihn, als sie sich tatsächlich zu verwandeln begann. Mit Mühe gelang es ihm, sich nicht sofort auf sie zu stürzen und sie zu umarmen, was sie nur verschrecken würde.

Arlyn richtete sich auf, ihre Arme um ihren nackten Oberkörper geschlungen, als wäre ihr kalt. Als sie zu ihm aufschaute, konnte er die Qual in ihren Augen sehen. Ihre Haut war noch blasser als gewöhnlich, und ein Zittern durchlief sie. Die langen Haare hingen wirr in ihr Gesicht und umgaben ihren Körper. »Torik.« Ihre Stimme klang rau, und er sah die Reißzähne aufblitzen. Anscheinend war es ihr nicht gelungen, sich vollständig zu verwandeln.

Torik hatte Mühe, sein Lächeln beizubehalten. »Ja, mein Schatz.« Vorsichtig schob er sich ein Stück vor, bis er mit seinen Fingerspitzen ihren Arm berühren konnte. Ein Schauder schüttelte sie, ihre Augen schlossen sich. »Sieh mich an. Bitte.«

Arlyns Lider hoben sich, und es lag ein so tiefer Schmerz in ihrem Blick, dass Torik ihn körperlich fühlte. »Ich kann nicht mehr, Torik.«

Sein Herz krampfte sich zusammen. »Versuch es bitte. Für mich. Für uns.«

Langsam schüttelte sie den Kopf. »Der Drang ist zu stark, ich kann ihn nicht mehr unterdrücken. Ich habe so lange dagegen angekämpft, ich bin müde.«

Torik nahm ihre Hand in seine. »Zusammen können wir es schaffen. Du darfst nicht aufgeben!«

Arlyns Finger strichen über seine Wange, ein trauriges Lächeln hob ihre Mundwinkel. »Ich liebe dich, Torik. Es tut mir leid.« Damit begann sie, sich zu verwandeln.

Verzweifelt sprang er vor und umschlang sie mit seinen Armen. »Nein, bleib bei mir!«

Sie fauchte warnend und versuchte, sich aus seinem Griff zu winden. Doch Torik wusste, dass sie für immer für ihn verloren war, wenn er sie jetzt losließ. Er legte seinen Kopf an ihren Nacken. »Bitte, versuch es!«

Er spürte es kaum, wie sie ihre Pfoten gegen seine Beine drückte, um ihn von sich zu stoßen. Erst als ein scharfer Schmerz durch seinen Arm fuhr, lockerte er seinen Griff, und Arlyn gelang es, sich zu befreien. »Nein!«

Ein paar Meter entfernt blieb sie stehen und sah ihn noch einmal aus traurigen Augen an, dann drehte sie sich um und jagte davon. Torik wusste, dass er sie einholen konnte, aber er blieb einfach sitzen, seinen Arm an die Brust gepresst. Es war vorbei. Er hatte sie verloren. Selbst wenn er sie noch einmal fand und mit ins Lager schleppte, würde er sie nicht dort halten können. Das, was er und ihre Eltern schon seit Langem befürchteten, war eingetreten: Arlyn war zu einer Einzelgängerin geworden. Leidenschaftslos blickte Torik auf seinen Arm hinab, über den sich eine lange, blutige Wunde zog. Anstatt sie zu lecken, um das Blut zu stoppen und Narbenbildung zu verhindern, verwandelte er sich in einen Berglöwen und legte sich hin. Vielleicht hatte er Glück und starb am Blutverlust.

1

Zwölf Jahre später

Mit einem schlechten Gefühl lief Torik auf Finns Hütte zu. Der Ratsführer hatte ihn während seiner Schicht als Wächter rufen lassen, und das tat er normalerweise nur, wenn etwas Unvorhergesehenes geschehen war. War die Ruhe, die in den vergangenen Monaten geherrscht hatte, nun zu Ende? Nach dem missglückten Angriff von Menschen auf das Lager der Adlerwandler, bei dem es im Spätherbst auf beiden Seiten Tote und Verletzte gegeben hatte, war es überraschend ruhig gewesen. Torik hatte erwartet, dass die Menschen nun erst recht versuchen würden, die Wandler zu finden, um sich zu rächen oder um weitere Experimente an ihnen durchzuführen. Doch nichts war geschehen, und es hatte sich allmählich wieder so etwas wie Normalität eingestellt. Die Kinder durften endlich etwas freier umherlaufen – natürlich unter Aufsicht –, und es fanden auch wieder Versammlungen statt, die nichts mit Notfällen zu tun hatten, sondern dem Gruppenzusammenhalt dienten. Torik hatte sie zwar nicht unbedingt vermisst, aber er wusste, dass viele der anderen diese Treffen brauchten.

Bevor Torik bei Finns Hütte ankam, verwandelte er sich. Ein seltenes Lächeln überzog sein Gesicht, als er Marisas und Coyles Geruch erkannte. Coyle war damals zur gleichen Zeit Wächter geworden und jahrelang mit ihm durch die Wälder gestreift, auch noch, nachdem er zum Ratsführer gewählt worden war. Dieses Amt hatte Coyle zehn Jahre lang ausgefüllt, bis er es vor neun Monaten an Finn weitergegeben hatte, um mit seiner Gefährtin Marisa am Rand des Waldes zu leben. Zuerst war Torik misstrauisch gewesen, als Coyle Marisa mit ins Lager brachte, doch sehr schnell hatte er erkannt, dass die Menschenfrau nicht vorhatte, den Wandlern zu schaden. Und vor allem liebte sie Coyle und machte ihn glücklicher, als Torik ihn je gesehen hatte.

Er ignorierte den Anflug von Neid und klopfte an die Tür.

»Komm herein.«

Finns Stimme klang normal, deshalb war Torik überrascht, als er in die Hütte trat und die ernsten Gesichter sah. »Was ist passiert?«

Finn blickte ihn forschend an. »Wir hatten gehofft, du könntest uns das sagen.«

Marisa schnaubte. »Können wir uns vielleicht erst noch ordentlich begrüßen, bevor ihr mit dem Geschäft anfangt?« Sie kam auf Torik zu und umarmte ihn. »Du siehst müde aus.«

»Nachtschicht.« Was nur eine halbe Lüge war. Er schob sie ein Stück von sich weg und betrachtete sie aufmerksam. »Es scheint, als würde Coyle dich gut behandeln.« Sie strahlte geradezu vor Glück, ihre dunkelbraunen Augen funkelten lebhaft, und ihre vollen Lippen waren wie stets zu einem Lächeln verzogen.

Marisa warf ihren schwarzen Zopf über die Schulter. »Natürlich.« Sie schrie überrascht auf, als Coyle ihren Arm ergriff und sie zu sich zurückzog, bis er sie mit seinen Armen umfangen konnte. »He, was soll das?«

Coyle küsste ihren Nacken, und Marisa schmiegte sich automatisch an ihn. »Ich mache klar, zu wem du gehörst.«

»Als wenn ich das nicht wüsste.« Sie versuchte, ihn streng anzusehen, aber ihre geröteten Wangen sprachen für sich.

Torik blickte Finn an, der amüsiert den Kopf schüttelte. »Es hat sich nichts geändert, oder?«

Finns Gesichtsausdruck wurde ernst. »Jedenfalls nicht in der Beziehung.«

Als Torik ihn genauer betrachtete, stellte er fest, dass das Glück, das den Ratsführer stets umgab, seit er sich offiziell zu seiner Gefährtin Jamila bekannt hatte, von Sorge abgelöst worden war. »Ist irgendwas mit Jamila?«

»Nein, sie lernt bei Fay wie man die Heilsalbe anmischt.«

Torik zog beide Augenbrauen hoch. »Die heilige, streng geheime Salbe?« Die Heilerin Fay hatte bisher noch nie jemandem das Rezept verraten, doch sie schien die schwarze Leopardin unter ihre Fittiche genommen zu haben und brachte ihr nun alles bei, was sie wusste.

»Genau die. Seit Conner und Melvin bei ihr leben, ist Fay zugänglicher geworden.«

Marisa lachte. »Lass sie das nicht hören, Finn. Obwohl sie tatsächlich deutlich zufriedener wirkt.«

Torik stimmte ihr innerlich zu. Genau das war der Grund, warum er sich noch weiter von der Gruppe zurückgezogen hatte: Er ertrug es nicht, dass überall um ihn herum Liebespaare aus dem Boden zu sprießen schienen. Nicht dass er seinen Freunden das Glück nicht gönnte, es war nur sehr schwer mit anzusehen, wenn er wusste, dass er nie wieder etwas Ähnliches erleben würde. Im Gegensatz zu Coyle und Finn hatte er seine Gefährtin bereits in sehr jungen Jahren gefunden, aber seine Liebe hatte nicht ausgereicht, um sie zu halten, und er konnte sich nicht vorstellen, noch einmal einer anderen Frau so viel Macht über sich zu geben. Vermutlich konnte er überhaupt nicht mehr lieben, seit er Arlyn verloren hatte. Es war, als wäre damals sein Herz zerstört worden. Unbewusst rieb Torik über seine Narbe und bemerkte erst, was er tat, als Finns mitleidiger Blick auf seinen Arm fiel. Torik zwang sich, seine Hand fallen zu lassen, und ballte sie stattdessen zur Faust.

»Weshalb hast du mich kommen lassen?« Er merkte, dass seine Frage schroff klang, aber er entschuldigte sich nicht dafür.

»Marisa hat etwas entdeckt, das uns – gelinde gesagt – Sorgen bereitet. Wir hatten gehofft, du könntest uns etwas dazu sagen.«

Torik richtete sich gerader auf. »Sind wieder Menschen aufgetaucht? Soll ich sie …?«

Finn hob beschwichtigend die Hand. »Nein, nichts dergleichen. Marisa?«

Marisa löste sich aus Coyles Umarmung und holte etwas aus ihrer Tasche. Verwundert erkannte Torik, dass es ein Buch war. »Isabel hat mich neulich auf ein Buch aufmerksam gemacht, das sie gelesen hat. Es ist eine Fantasy Romance, also ein paranormaler Liebesroman, und handelt von Gestaltwandlern. Um genau zu sein, geht es um Berglöwenwandler, und sie leben versteckt in der Wildnis in der Nähe des Yosemite National Parks.«

Torik rieb über seine Stirn. »Ich kenne mich damit nicht aus, aber es gibt doch sicher viele solcher Romane, oder?«

Marisa nickte zustimmend. »Sehr viele. Aber ich habe nachgeforscht, und keiner der anderen spielt in der heutigen Zeit und handelt von Berglöwen, die genau hier leben. Isabel hat ihn mir geschickt, weil mich interessiert hat, wie nah die Fantasie der Autorin der Wahrheit kommt.« Sie blickte zu Coyle, der ihr zunickte. »Um es kurz zu machen: Sie kommt ihr sehr nahe. Von den Eigenschaften der Wandler bis hin zur Beschreibung des alten Lagers samt Versammlungshöhle.«

»Du meinst, es ist nicht nur Zufall, sondern sie schreibt über uns?« Das war das Schlimmste, was passieren konnte, denn wer wusste schon, ob nicht irgendwelche irren Leser auf die Idee kamen, nach den Wandlern zu suchen. Ganz zu schweigen von ihren Feinden, die sich solch eine Gelegenheit sicher nicht entgehen lassen würden.

Marisa sah ihn ruhig an. »Entweder war sie schon hier, oder sie kennt jemanden, der sie mit Informationen versorgt hat.«

»Ich kann mir nicht vorstellen, dass jemand von uns so dumm wäre, das zu tun.« Seine Augenbrauen zogen sich zusammen, als ihm ein Gedanke kam. »Melvin?« Der junge Wandler hatte sie schließlich schon einmal verraten.

Finn mischte sich ein. »Nein, ausnahmsweise mal nicht. Er hatte den Verbrechern eher generelle Informationen gegeben, nicht so detaillierte.«

»Hat vielleicht jemand von uns unter Pseudonym den Roman geschrieben?« Torik hatte zwar von niemandem gehört, der schriftstellerische Ambitionen zeigte, aber zugegebenermaßen kannte er die meisten anderen Gruppenmitglieder nicht gut genug, um das ausschließen zu können.

Marisa schüttelte bereits den Kopf. »Nein, ich habe es nachgeprüft, die Autorin existiert wirklich und schreibt seit Jahren Liebesromane, nur bisher nie über Gestaltwandler.«

Ratlos blickte Torik Finn an. »Was sagt der Rat dazu? Sollen wir eingreifen?« Finn hatte einen merkwürdigen Gesichtsausdruck, der Torik überhaupt nicht gefiel. Ein ungutes Gefühl breitete sich in ihm aus.

»Ich habe noch nicht mit dem Rat gesprochen, weil wir dachten, dass wir uns erst anhören, was du dazu sagst.«

Toriks Herz begann heftiger zu schlagen. »Ihr denkt doch wohl nicht, ich hätte etwas damit zu tun?«

»Nein, aber …«

Als Coyle nicht weitersprach, spürte Torik Wut in sich hochkriechen. »Aber was?«

Marisa antwortete schließlich. »Der Held der Geschichte, ein Berglöwenmann, trägt den Namen Tarek. Er hat lange schwarze Haare, schwarze Augen, und sein Vater war ein Indianer, der die Gruppe verlassen hat, als Tarek noch ein Kind war.«

Das Blut wich aus Toriks Kopf, während der alte Schmerz ihn überrollte. Marisa schlang ihre Hand um seinen Arm und führte ihn zu einem Stuhl, auf den er sich schwer sinken ließ. Wie betäubt schüttelte er den Kopf. »Ich kann mir das nicht erklären. Das muss ein Zufall sein.«

Mitfühlend sah Marisa ihn an. »Zusammen mit allem anderen kann ich mir nicht vorstellen, dass es Zufall ist.« Sie hielt ihm das Buch hin, schlug es auf der letzten Seite auf und deutete auf das Autorenfoto. »Hast du sie schon mal gesehen?«

Torik betrachtete das Schwarz-Weiß-Bild. Die Frau hatte ein rundes Gesicht, das von einem wüsten Haarmopp in undefinierbarer Farbe umgeben war. Der großzügige Mund war zu einem etwas gezwungenen Lächeln verzogen. Am auffälligsten waren sicherlich die großen hellen Augen, die ernst in die Kamera blickten. »Nein, ich kenne sie nicht.« Torik merkte, wie rau seine Stimme klang, und räusperte sich. »Hier steht, dass sie Caitlin Walker heißt und am Hebgen Lake beim Yellowstone National Park lebt. Das ist in Montana. Ich wüsste nicht, wie ich jemals mit ihr in Verbindung gekommen sein könnte.«

Finn rieb über sein Kinn. »Verdammt, ich hatte gehofft, du hättest irgendeine vernünftige Erklärung dafür. Mir gefällt es nicht, wenn jemand da draußen ist, der Geschichten über uns schreibt und anscheinend über Insiderinformationen verfügt.«

Torik stand abrupt auf. »Glaubst du, mir? Aber ich werde herausfinden, woher sie von uns weiß, das kann ich dir versprechen.«

Coyle sah ihn ernst an. »Wie denn? Du kannst sie schließlich schlecht danach fragen.«

»Ich werde zu ihr fahren und einen Weg finden.« Torik biss die Zähne zusammen, als er sich vorstellte, dafür in die Menschenwelt gehen zu müssen.

»Hältst du das für eine gute Idee? Was ist, wenn sie dich sieht?« Finn klang nachdenklich.

»Hast du einen besseren Vorschlag? Und keine Angst, sie wird mich gar nicht bemerken.«

Finn nickte. »Okay, fahr hin, aber sei vorsichtig!«

Torik lächelte grimmig. »Das bin ich immer.«

Marisa drückte ihm das Buch in die Hand. »Hier, vielleicht kannst du das brauchen. Aber Vorsicht, es ist teilweise … äh … recht deutlich, besonders was die Liebesszenen angeht.« Sie lachte über seinen Gesichtsausdruck. »Du kannst sie auch einfach überspringen, wenn es dir zu heiß wird.«

Coyle grinste. »Wer weiß, vielleicht gefallen sie ihm.«

Finns Lächeln hielt nur kurz. »Wann willst du los?«

»Wenn ich hier nicht gebraucht werde, sofort.«

Torik bremste leicht ab, als er sich der Abzweigung zu Caitlin Walkers Grundstück am Hebgen Lake näherte. Da sonst keine Fahrzeuge unterwegs waren, nutzte er die Gelegenheit, einen Blick die Auffahrt hinauf zu werfen. Das Haus lag am Hang, versteckt hinter Bäumen und Felsen. Zufrieden, dass es keine anderen Häuser in unmittelbarer Nähe gab, fuhr er, ohne anzuhalten, weiter. Er würde den Jeep, den ihm Coyles Mutter Aliyah zum Rand der Wildnis gebracht hatte, irgendwo unauffällig parken und dann zu Fuß zurückkommen, um das Grundstück auszukundschaften. Wenn sie nicht zu Hause war, konnte er sich auch in ihrem Haus umsehen, vielleicht würde er dort Hinweise darauf entdecken, woher sie die Informationen über Wandler bekam. Nachdem er den Wagen abgestellt hatte, stieg er aus und streckte sich. Er schnitt eine Grimasse, als seine Muskeln gegen die lange Fahrt protestierten.

Seit morgens war er unterwegs, die sechshundert Meilen waren die längste Strecke, die er je am Stück gefahren war. Aber er hatte nicht noch mehr Zeit verlieren wollen. Das Buch dieser Caitlin Walker war bereits vor einem Monat erschienen, wer wusste, wie viele Menschen es schon gelesen hatten. Torik schulterte den Rucksack und begann, sich querfeldein auf das Grundstück zuzubewegen. Er wollte nicht riskieren, dass ihn jemand von der Straße aus sah. Als er endlich wieder von Vegetation umgeben war und die Bewegung seine Muskeln lockerte, fühlte er sich sofort wohler. Leichtfüßig lief er den Hügel hinauf und wünschte, er könnte sich verwandeln. Doch damit würde er noch warten, bis er sich umgesehen hatte. Vielleicht hatte sie einen Hund, der einen Mordsradau veranstalten würde, sobald er ihn roch, so wie Marisas Bloodhound Angus es gerne tat. Instinktiv lief ihm eine Gänsehaut über den Rücken.

Torik blieb in den dichten Büschen am Rande des Grundstücks stehen und betrachtete das großzügige Holzhaus, das sich an die dahinterliegenden Hügel zu schmiegen schien. Es war in einem dunklen Grünton gestrichen, Dach und Fenster dagegen strahlten weiß. Seitlich versetzt hinter dem Haupthaus stand noch ein kleineres Gebäude in den gleichen Farben, wahrscheinlich die Garage. Alles wirkte gepflegt und edel. Anscheinend verdiente sie nicht schlecht als Autorin – auf Kosten der Wandler. Wut durchströmte Torik, und er musste sich zügeln, nicht ins Haus zu stürmen und sie zur Rede zu stellen. Doch das würde warten müssen, bis es dunkel war, denn das Haus war von einer breiten, trotz der Trockenheit des Sommers überraschend grünen Rasenfläche umgeben, über die er sich nicht ungesehen nähern konnte. Zuerst musste er herausfinden, ob Caitlin im Haus war, bevor er das Risiko einging, dort einzubrechen. Vermutlich würde sie es nicht lustig finden, wenn ein fremder Mann in ihre Fenster blickte.

Vorsichtig schlich er um das Grundstück herum, bis er vom Haus aus ungesehen hinter der Garage herauskam. Ein Blick durch das kleine, rückwärtige Fenster bestätigte, dass sich ein Wagen darin befand. Die Autorin schien also zu Hause zu sein, sofern sie nicht mehrere Autos besaß. Torik zog sich wieder in die Büsche zurück. Nachdem er einen Standort gefunden hatte, von dem aus er das Haus und das Grundstück gut überblicken konnte, richtete er sich dort ein und wartete auf die Dunkelheit. Es würde nicht mehr lange dauern, der Himmel über den Bergkuppen, die hinter dem See aufragten, färbte sich bereits rötlich. Einen Moment lang war Torik von dem wunderschönen Panorama gefangen, dann schob er das Gefühl beiseite. Dafür war er nicht hierhergekommen, Natur gab es auch im Berglöwengebiet genug.

Torik nahm ein Stück Brot aus seinem Rucksack und lehnte sich mit dem Rücken gegen einen Baumstamm. Wenn er schon warten musste, konnte er die Gelegenheit nutzen und ein wenig lesen, solange es noch hell genug dafür war. Das Cover bestand aus einer Landschaft, vor der ein übermäßig muskulöser nackter Mann mit langen schwarzen Haaren und einem übertrieben grimmigen Gesichtsausdruck stand, neben ihm ein Berglöwe in Angriffspose. Torik rollte mit den Augen und schlug das Buch auf. Zuerst besah er sich noch einmal das Autorenfoto und versuchte zu verstehen, wie jemand, der derart harmlos aussah, so skrupellos sein konnte, Informationen über echte Wandler in einem Buch zu verarbeiten. Natürlich wusste er, dass man nicht jedem ansehen konnte, was er wirklich dachte. Doch auch die Liste von bisherigen Veröffentlichungen deutete nicht darauf hin, dass Caitlin etwas anderes war als eine Autorin von Liebesromanen. Bisher hatte sie ein Dutzend Romane veröffentlicht, einige davon waren Bestseller.

In Erinnerung an Marisas warnende Worte zum Inhalt schlug Torik mit einem Seufzer die erste Seite auf.

Unruhig lief Tarek die äußere Grenze ihres Gebiets entlang, auf der Suche nach demjenigen, dessen Geruch er witterte. Es war eindeutig ein Mensch und vor allem eine Frau, die hier nichts zu suchen hatte. Das Lager der Berglöwenwandler lag versteckt in der Wildnis hinter den Grenzen des Yosemite National Parks, wo sie sicher sein konnten, nie von den Menschen entdeckt zu werden. Und trotzdem war diese Frau hier, sie roch nach Sonne und Honig – und nach Furcht. Tarek wünschte, er hätte einem der anderen Wächter die Aufgabe überlassen, herauszufinden, wer oder was einen ihrer Sensoren ausgelöst hatte, mit denen sie ihr Gebiet schützten. Aber nein, er hatte sich freiwillig gemeldet, um damit der Versammlung zu entgehen, die er mied, so oft es ging. Tarek schüttelte den Gedanken ab und schlich sich näher an die Menschenfrau heran. Sein Herz klopfte im Takt seiner Schritte, während seine Pfoten auf dem weichen Waldboden keinen Laut verursachten.

Schließlich war er nah genug, dass er die Fremde sehen konnte. Langes hellblondes Haar schimmerte fast weiß im Licht des Vollmonds, ihre Haut wirkte wie Porzellan. Seine empfindlichen Ohren fingen ihre keuchenden Atemzüge auf, während sie durch den dunklen Wald stolperte und dabei immer weiter in das Gebiet der Berglöwen eindrang. Tarek nutzte den Vorteil seiner besseren Sehkraft aus und näherte sich ihr unbemerkt bis auf wenige Meter. Vermutlich hätte er sie töten sollen, damit sie die Wandler nicht verraten konnte, aber irgendetwas hielt ihn zurück. So folgte er ihr nur wie ein Schatten, um zu sehen, was sie vorhatte. Erst als sie dem Lager immer näher kam, entschied er, dass er sie aufhalten musste. Er setzte zum Sprung an und …

Torik hob abrupt den Kopf, als er einen fremden Geruch witterte. Die Haustür öffnete sich, und eine Frau trat heraus. Ohne hinzusehen, steckte Torik das Buch in den Rucksack und richtete sich auf. Caitlin Walker sah genauso aus wie auf dem Foto – nur in Farbe. Sie hatte runde, für das heutige Schönheitsideal vermutlich etwas zu breite Hüften und große Brüste, wilde schulterlange Haare in einer undefinierbaren Farbe irgendwo zwischen blond und braun und vor allem große, ausdrucksvolle Augen. Im Moment kniff sie sie gegen die Sonne zusammen, als wäre sie die Helligkeit nicht gewöhnt. Caitlin drehte sich um und jonglierte eine Tasche, Jacke und ihren Schlüssel, wobei sie Letzteren mehrfach fallen ließ, bevor sie ihn schließlich in das Schlüsselloch schob und die Tür abschloss. Dabei murmelte sie irgendetwas vor sich hin, das Torik trotz seines guten Gehörs nicht verstehen konnte.

Vielleicht war er auch dadurch abgelenkt, wie gut ihr Po die Jeans ausfüllte, oder von dem Duft nach Wildblumen, der von ihr ausging. Torik schüttelte den Kopf und erinnerte sich daran, weshalb er hier war. Und wer diese Frau war. Der Anfang des Buches hatte ihn so in die Geschichte hineingezogen, dass er sie beinahe nicht bemerkt hätte. Wie zum Teufel konnte sie von den Wächtern wissen und den Sensoren und – noch schlimmer – davon, wie ungern er zu den Versammlungen ging? Und die Beschreibung der Menschenfrau klang so sehr nach Arlyn, dass sich sein Herz schmerzhaft zusammengezogen hatte. Aber es konnte niemand von Arlyn wissen, sie hatte bereits vor zwölf Jahren die Gruppe verlassen. War es also nur ein Zufall? Schon die wenigen Zeilen führten ihm deutlich vor Augen, dass er um jeden Preis herausfinden musste, was Caitlin wusste und vor allem woher.

Aufmerksam beobachtete er, wie sie zur Garage ging. Anscheinend wollte sie wegfahren, was ihm die Gelegenheit geben würde, sich in ihrem Haus umzusehen. Aber was, wenn sie sich mit jemandem traf, von dem sie neue Informationen über die Wandler bekam? Die Wahrscheinlichkeit war nicht besonders hoch, doch er wollte sich nicht hinterher vorwerfen müssen, nicht allen Spuren nachgegangen zu sein. Außerdem war es sicher sinnvoll, ihre Gewohnheiten auszukundschaften.

Kurz entschlossen sprintete Torik geduckt durch die Büsche, als Caitlin in die Garage trat. Erst als er jenseits des Grundstücks war, richtete er sich auf und rannte so schnell wie möglich zum Jeep. Er konnte nur hoffen, dass sie mit ihrem Auto genauso langsam war wie an der Haustür, denn sonst konnte sie ihn bereits abgehängt haben.

Torik fuhr auf die Hebgen Lake Road und atmete erleichtert auf, als er sah, dass der Wagen noch vor der Garage stand. Rasch bog er in eine Straße ein und wendete, damit er ihr folgen konnte, sobald sie aus ihrer Auffahrt kam. Es schien unendlich lange zu dauern, bis sie ihr kleines knallrotes Auto auf die Straße lenkte. Als sie an ihm vorbeifuhr, sah er, dass sie stur geradeaus blickte und dabei ihre Lippen bewegte. Redete sie mit jemandem? Aber er hatte keine Möglichkeit, das herauszufinden, er konnte ihr nur möglichst unauffällig folgen und sehen, wohin sie fuhr.

Die Straße schlängelte sich malerisch am Ufer des Hebgen Lakes entlang und wurde auf der anderen Straßenseite von einem mit Nadelbäumen bedeckten Hügel begrenzt. Dazwischen gab es einige kleinere Siedlungen und Flächen, in denen nur vertrocknete Gräser und Sträucher wuchsen. Die Höhe von über zweitausend Metern und die trockene Luft schienen für viele Pflanzen zu extrem zu sein. Umso erstaunlicher war Caitlins frischer, grüner Rasen. Torik vermisste die Wildnis in ihrem Gebiet, seine Haut fühlte sich schon jetzt ganz ausgetrocknet an. Schließlich verließen sie den See, überquerten den Grayling Creek und fuhren ins Landesinnere. Als Caitlin nach rechts abbog, vermutete Torik, dass sie nach West Yellowstone fahren würde, die einzige etwas größere Stadt mit genügend Einkaufsmöglichkeiten in der Umgebung. Um in den Yellowstone National Park zu fahren, war es bereits zu spät, und er hatte auch keine Reisetasche gesehen, die darauf schließen ließ, dass Caitlin woanders übernachten wollte.

Zufrieden, dass er recht hatte, folgte Torik ihr in die kleine Stadt, die hauptsächlich von den vielen Touristen lebte, die jährlich in den National Park strömten. Es war kein Problem, Caitlin in den schachbrettartig angelegten Straßen nicht aus den Augen zu verlieren. Sie fuhr einfach zu ihrem Ziel, ohne je zu bemerken, dass sie verfolgt wurde. Außer sie hatte ihn gesehen und wollte ihn nun in einen Hinterhalt locken. Torik schüttelte den Kopf. Nein, Caitlin wirkte nicht so, als hätte sie dafür Talent, und vor allem beachtete sie ihre Umgebung viel zu wenig. Ein Auto hinter ihr hupte, als sie bei Grün nicht sofort losfuhr, und Torik lächelte grimmig. Als er schon fast dachte, dass sie gar kein Ziel hätte, hielt sie vor einem Supermarkt am Ende des Ortes. Torik parkte ein paar Reihen weiter und beobachtete, wie sie hineinging. Nach kurzer Überlegung stieg er ebenfalls aus und folgte ihr. Er hatte keine Angst, sie zu verlieren, schließlich kannte er jetzt ihren Duft. So ließ er sich einfach von seiner Nase führen und achtete darauf, ihr niemals zu nahe zu kommen, damit sie ihn nicht entdeckte.

Sie schien einen regelrechten Großeinkauf zu tätigen, und nach einer halben Stunde wünschte sich Torik, er wäre im Wagen geblieben. Caitlin blickte nur auf ihre Einkaufsliste und schien die anderen Menschen gar nicht zu beachten. Es war offensichtlich, dass sie sich hier mit niemandem traf. Stattdessen schob sie ihren Einkaufswagen endlich zur Kasse und bezahlte mit einer Kreditkarte. Vollgepackt mit lauter Tüten und ihrer riesigen Tasche kehrte sie zu ihrem Auto zurück. Torik saß bereits in seinem Jeep und wartete darauf, dass sie einstieg, doch sie lud nur die Einkäufe ein und zögerte dann. Unauffällig schob sie etwas in ihre Jackentasche und schloss die Wagentür. Torik duckte sich, als sie sich umsah, während sein Herz schneller zu klopfen begann. Bisher hatte sie sich ganz normal benommen, doch jetzt war es offensichtlich, dass sie befürchtete, beobachtet zu werden. Als sie sich umdrehte und losging, stieg Torik wieder aus dem Jeep und folgte ihr in einiger Entfernung. Seine Vorahnung bestätigte sich, als Caitlin sich noch einmal umblickte und dann in eine schmale Gasse zwischen zwei Gebäuden schlüpfte. Ein seltsames Gefühl der Enttäuschung durchfuhr ihn, das er sich nicht erklären konnte.

2

Unruhig blickte Caitlin sich um, bevor sie mit raschen Schritten auf die kleine Gasse zustrebte. Sie hatte das Gefühl, beobachtet zu werden, aber vermutlich spielte nur ihre Fantasie verrückt. Das passierte ihr häufiger, wohl eine Nebenwirkung ihres Berufs. In diesem Fall könnte es aber auch an ihrem schlechten Gewissen liegen, weil sie genau wusste, dass es nicht richtig war, was sie tat. Wenn jemand sie dabei erwischte, würde sie Mühe haben, ihre Anwesenheit zu erklären, schließlich hatte sie hier nichts zu suchen und tat etwas, das die Besitzer des Supermarktes sicher nicht gerne sahen. Caitlin schob ihr Kinn vor und trat entschlossen in die Gasse. Übler Geruch schlug ihr entgegen und brachte sie zum Husten. Herrje, es wurde immer schlimmer. Anscheinend hatten die umliegenden Geschäfte gemerkt, dass sie hier ihre Abfälle kostenlos abladen konnten, weil sich niemand darum kümmerte. Vorsichtig stieg sie über eine zerbrochene Kiste und schnitt eine Grimasse, als sie in etwas Glibberiges trat. Gut, dass sie ihre ältesten Schuhe angezogen hatte. Trotzdem wollte sie lieber nicht wissen, was jetzt unter der Sohle klebte.

Da es mit jedem Schritt ekliger wurde, beschloss Caitlin, sich zu beeilen und dann endlich nach Hause zurückzukehren. Sie hasste einkaufen, hätte sie nicht keinerlei Verpflegung mehr im Haus gehabt, wäre sie nie hierhergekommen. Aber wenn es eine Sache gab, die sie zum Schreiben brauchte, dann war es Nervennahrung. Mit leerem Magen konnte sie einfach nicht denken. Caitlin versuchte, den Atem anzuhalten, doch der Gestank schien trotzdem in jede Pore zu sickern.

»Bist du hier?« Sie zuckte zusammen, als ihre eigene Stimme laut durch die Gasse hallte. Natürlich erhielt sie keine Antwort.

Kopfschüttelnd bückte sie sich, stellte die Dose auf den Boden und öffnete den Deckel. Hinter ihr ertönte ein kratzendes Geräusch, und sie drehte sich rasch um. Zumindest wollte sie das, doch sie verlor ihr Gleichgewicht und landete mit der Hose im Dreck. Angewidert versuchte sie, auf die Beine zu kommen, ohne sich mit den Händen auf dem Boden abstützen zu müssen, und verfluchte ihre Unsportlichkeit. Gerade hatte sie sich halb aufgerichtet, als etwas auf ihren Schultern landete und sie wieder hinunterdrückte.

»Hey!« Furcht schoss durch ihren Körper, als sie erkannte, dass es Hände waren, die sie festhielten, irgendjemand stand hinter ihr und hinderte sie daran, aufzustehen. Caitlin wollte schreien, doch schwitzige Finger legten sich über ihren Mund und hielten sie davon ab. Übelkeit und Furcht stiegen in ihr auf, und sie begann sich zu wehren. Ihr Ellbogen traf etwas Weiches, ihr Hacken kollidierte mit einem Schienbein. Ein Fluch wurde dicht an ihrem Ohr ausgestoßen, und der Griff verstärkte sich. Verzweifelt kämpfte Caitlin gegen den Mann an, doch er war viel stärker als sie.

Etwas Kaltes, Hartes wurde an ihre Kehle gedrückt, und sie verspürte einen scharfen Schmerz. »Keinen Mucks, kapiert?«

Ein Messer! Caitlin erstarrte, Panik breitete sich in ihr aus. Dieser Kerl meinte es ernst! So etwas konnte ihr doch einfach nicht passieren und schon gar nicht nur wenige Schritte von einer belebten Straße entfernt. Irgendjemand musste doch mitkriegen, dass sie überfallen wurde! Selbst wenn ihr Mund frei gewesen wäre, hätte sie nicht mehr schreien können, ihre Stimmbänder schienen erstarrt zu sein. Vor Jahren hatte sie als Recherche für ein Buch einen Selbstverteidigungskurs absolviert, aber in diesem Moment konnte sie sich an keine einzige

Abwehrbewegung erinnern, es war alles weg. Sie bekam keine Luft mehr, ihr Körper begann unkontrolliert zu zittern. So viel zu den starken, mutigen Heldinnen, über die sie immer schrieb. Caitlin war zu keinem klaren Gedanken mehr fähig, als der Mann sie durch die Gasse zerrte. Er nahm seine Hand von ihrem Mund und schlang dafür den Arm um ihren Brustkorb, aber das Messer bewegte sich keinen Millimeter von ihrem Hals weg. Sie traute sich nicht zu schlucken, aus Angst, die Klinge damit tiefer in ihre Haut zu drücken.

»I…ich habe Geld, wenn …«

»Ruhe!« Der Mann drückte warnend zu, und Caitlin rang nach Luft.

Wenn der Verbrecher sich nicht für ihr Geld interessierte, worum ging es ihm dann? Oh Gott, wollte er sie vergewaltigen? Caitlin vergaß, dass er sie mit einem Messer bedrohte und bockte panisch auf. Ihre Faust traf seine Körpermitte und entlockte dem Mann ein Heulen. Volltreffer! Mit neuem Mut grub sie ihre Hacken in den Boden und kämpfte gegen seine Umklammerung an. Ohne Vorwarnung ließ er sie fallen, und ihr Kopf stieß gegen etwas Hartes.

Er schob sich über sie und drückte sie mühelos zu Boden. »Du Schlampe, ich sollte dich …«

Während Caitlin noch versuchte, mehr als Sterne zu sehen und wieder Luft in ihre gequälte Lunge zu bekommen, die von dem Kerl gerade zerdrückt wurde, stieß der Mann einen überraschten Laut aus und verschwand wie von Geisterhand. Mit einem Scheppern landete er einige Meter weiter an der Hauswand auf einigen Mülltonnen. Jemand kniete neben ihr und sagte etwas, doch sie konnte nur ein fernes Rauschen hören. Sie versuchte zu sprechen, doch sie brachte keinen Ton heraus. Ein Mann beugte sich über sie, und sie erkannte schwarze Haare und Augen und ein kantiges Gesicht. Ihre Augen weiteten sich.

Nein, das konnte nicht … Caitlin wollte sich aufrichten, aber die Hand auf ihrer Schulter hielt sie zurück.

»Ganz ruhig. Ich will erst feststellen, ob Sie verletzt sind, bevor Sie sich bewegen.« Die tiefe Stimme vibrierte in ihrem Körper, und für einen Moment hatte sie das Gefühl, sie wären die einzigen beiden Menschen auf der Welt.

Caitlin zuckte zusammen, als sanfte Finger eine empfindliche Stelle an ihrem Hinterkopf berührten. Wahrscheinlich hatte sie eine Gehirnerschütterung, anders konnte sie sich die Vision über ihr nicht erklären. Aber das war eindeutig besser, als über diesen Verbrecher nachzudenken, der sie angegriffen hatte. Ein Schauder fuhr durch ihren Körper, als sie sich daran erinnerte, wie er über ihr gehockt hatte, bereit …

»Sie sind in Sicherheit, ich werde nicht zulassen, dass Ihnen etwas geschieht.«

Caitlin merkte, dass sie die Hand ihres Retters umklammerte, und löste widerstrebend ihre Finger. Noch immer konnte sie nichts sagen, deshalb hoffte sie, dass er ihre Dankbarkeit in ihren Augen erkennen konnte. Für einen Moment schien seine Miene etwas weicher zu werden, doch dann ruckte sein Kopf herum, und er sprang auf. Er bewegte sich dabei so schnell und fließend, dass ihr Blick ihm kaum folgen konnte. Viel zu langsam wälzte Caitlin sich herum und sah gerade noch, wie der Angreifer sich mit dem Messer in der Hand auf ihren unbewaffneten Retter stürzte. Sie konnte nicht zulassen, dass er ihretwegen verletzt wurde! Mühsam kämpfte Caitlin sich auf Hände und Knie und versuchte, die Übelkeit zu ignorieren, die in ihrem Magen wühlte. Sie würde hier nicht wie ein Opfer im Dreck liegen und andere für sich kämpfen lassen. Das Mindeste, was sie tun konnte, war, Hilfe zu holen. Schwankend stand sie schließlich da und starrte auf den mörderischen Kampf, der nur wenige Meter von ihr entfernt stattfand. Ihr Retter schien eindeutig Erfahrung in solchen Auseinandersetzungen zu haben, immer wieder wich er den wütenden Messerhieben des Angreifers aus, bevor er dann seinerseits zuschlug.

Unbewusst stieß sie einen erschrockenen Laut aus, als die Messerklinge nur wenige Millimeter von der Brust ihres Retters entfernt durch die Luft sauste. Damit lenkte sie ihn ab, und er sah für den Bruchteil einer Sekunde in ihre Richtung. Das nutzte der Verbrecher aus und setzte nach. Der schwarzhaarige Fremde wollte zurückspringen, stolperte über das Gerümpel in der engen Gasse und ging zu Boden. Oh nein! Caitlin machte einen Schritt auf die Männer zu, bereit, sich ebenfalls in den Kampf zu werfen, wenn es sein musste. Der Angreifer grinste sie höhnisch an, als wüsste er genau, dass sie sich kaum auf den Beinen halten konnte, und kam auf sie zu. Anstatt sich umzudrehen und aus der Gasse zu laufen, stand sie wie festgefroren, teils aus Angst um sich, aber auch, weil sie ihren Retter nicht hilflos zurücklassen wollte. Caitlin öffnete den Mund, um einen gellenden Schrei auszustoßen, als sich der Unbekannte aufrappelte und ebenso leichtfüßig wie zuvor auf den Verbrecher zustürzte.

Erleichtert erkannte Caitlin, dass er nicht verletzt schien und sich mit einer Holzlatte bewaffnet hatte. Lauernd umkreisten sich die beiden Männer jetzt wieder, jeder schien eine Lücke in der Verteidigung des anderen zu suchen. Vorsichtig trat Caitlin zurück, um ihnen nicht im Weg zu stehen. Dabei stieß sie gegen eine Flasche, die laut scheppernd über das Pflaster rollte. Caitlin erstarrte, als beide Männer sie für einen kurzen Moment ansahen, bevor sie den Kampf noch heftiger fortsetzten. Die Polizei, genau! Sie wühlte in ihren Jackentaschen und stöhnte auf, als ihr klar wurde, dass sie ihr Handy im Auto gelassen hatte. Also musste sie doch aus der Gasse heraus, um entweder einen Passanten um Hilfe zu bitten oder an ihr Handy zu kommen. Allerdings befanden sich die beiden Kämpfenden direkt zwischen ihr und dem Ausgang zur Straße. Okay, also die andere Seite, auch wenn sie nicht wusste, wann sie dort auf Menschen treffen würde. Zur Not musste sie eben einmal um den Block laufen. Die Augen fest auf ihren Retter gerichtet, wich sie weiter zurück. Es widerstrebte ihr, ihn alleine zu lassen, aber ihr fiel keine andere Möglichkeit ein, wie sie ihm helfen konnte.

Überrascht schrie Caitlin auf, als sich von hinten Arme um ihre Taille schlangen und sie von den Füßen holten. Sie war so auf das fixiert gewesen, was vor ihr geschah, dass sie überhaupt nicht daran gedacht hatte, dass auch jemand hinter ihr lauern könnte. Der erste Angreifer grinste triumphierend, während ihr Retter ihr nur einen kurzen Blick zuwarf und dann noch verbissener auf den Verbrecher einschlug.

Caitlin kämpfte verzweifelt darum, dem eisernen Griff zu entkommen, doch der Verbrecher schleppte sie unerbittlich auf das Ende der Gasse zu. Was wollten diese Kerle von ihr? Sie war nicht arm, aber sie ging auch nicht mit ihrem Geld hausieren, sondern lebte eher unauffällig in einer Gegend, in der solche Verbrechen sehr selten waren. Es war sicher einfacher, die Touristen auszunehmen, als zu versuchen, sie zu entführen. Schon die Vorstellung ließ sie erstarren. Nein, sie war noch nicht bereit aufzugeben.

Da der zweite Verbrecher kein Messer zu haben schien, tat sie alles, um ihm den Weg durch die Gasse so schwer wie möglich zu machen. Sie wand sich, trat um sich und wünschte sich zum ersten Mal in ihrem Leben, hohe Absätze zu tragen. Aber auch ihre flachen Sohlen schienen ihn zu verletzen, wie sie an dem schmerzerfüllten Grunzen erkennen konnte. Gut so! Obwohl sie normalerweise extrem friedliebend war, fühlte sie jetzt eine Wut in sich aufsteigen, die ihr beinahe Angst machte. Sie wollte diesem Kerl wehtun und dafür sorgen, dass er nie wieder den Wunsch verspürte, einer Frau aufzulauern. Sie war so mit ihrem eigenen Kampf beschäftigt, dass sie erst gar nicht merkte, wie still es in der Gasse geworden war. Nur noch ihre eigenen lauten Atemzüge waren zu hören. Ihr Retter hatte den ersten Angreifer anscheinend besiegt, der mit dem Gesicht nach unten auf dem Boden lag. Jetzt kam er mit einer katzengleichen Geschmeidigkeit auf sie zu, das Messer in der Hand. Sein Blick war fest auf ihren Entführer gerichtet, ein Muskel zuckte in seiner Wange.

Caitlin schauderte, als sie in seine lodernden Augen sah, und war froh, dass seine Wut nicht ihr galt. Unerwartet grub sich eine Hand in ihre Haare, während sich ein muskulöser Unterarm über ihre Kehle legte. Keuchend versuchte sie, Luft zu bekommen, doch es gelang ihr nicht. Verzweifelt kratzte sie mit ihren kurzen Fingernägeln über den bloßen Arm, doch der Verbrecher schien das überhaupt nicht zu bemerken. Er war nur damit beschäftigt, sie so schnell wie möglich aus der Gasse zu bekommen, ohne von dem Fremden angegriffen zu werden. Caitlin war klar, dass ihr Retter nichts tun konnte, solange sie mit ihrem Körper den des Verbrechers verdeckte. Mit letzter Kraft stieß sie ihre Füße gegen die Knie des Mannes und ließ sich dann fallen. Damit hatte sie ihn überrascht, und er lockerte den Griff. Caitlin kam hart auf dem Boden auf und versuchte, Luft durch ihre gequetschte Kehle zu bekommen. Ihr Retter nutzte die Gelegenheit und sprang mit einem Satz über sie hinweg. Anscheinend flüchtete der Verbrecher, nachdem er sie nicht mehr halten konnte. Caitlin gab ein raues Krächzen von sich. Die Schwärze breitete sich in ihr aus, und sie verlor das Bewusstsein.

Das Erste, was sie wahrnahm, war ein vertrautes Gesicht dicht über ihrem, eine Hand, die ihr sanft die Haare aus der Stirn strich. Einen kurzen Moment lang genoss sie das Gefühl, dann wurde ihr bewusst, dass sie Mühe hatte zu schlucken und dass jeder Atemzug schmerzte. Furcht kam in ihr auf, und sie begann sich gegen die Berührung zu wehren. Die Hand verschwand, und Tareks Gesicht entfernte sich von ihr. Nein, es konnte nicht Tarek sein, er existierte nur in ihrer Fantasie. Caitlin runzelte die Stirn und zuckte zusammen, als selbst diese kleine Bewegung Schmerzen auslöste.

»Ganz ruhig, ich tue Ihnen nichts.« Auch die tiefe Stimme kam ihr bekannt vor. »Die Männer sind weg, Sie sind in Sicherheit.«

Caitlins Herz begann zu hämmern, als sie sich wieder daran erinnerte, wo sie war und wie sie hierhergekommen war. »Sie …« Schmerzerfüllt brach sie ab.

»Sprechen Sie erst mal nicht, der Kerl hat sie gewürgt. Und Sie haben auch eine kleine Schnittwunde am Hals. Am besten lassen Sie sich von einem Arzt untersuchen.« Ihr Retter erkannte offensichtlich ihren Wunsch, sich hinzusetzen, und half ihr sanft auf. Sein Arm stützte ihren Rücken, und sie lehnte ihren Kopf, der ihr seltsam schwer erschien, an seine Schulter. »Geht es?«

Caitlin brachte ein minimales Nicken zustande. Als sie etwas sagen wollte, schüttelte ein Husten ihren Körper.

»Kommen Sie hier für einen Moment allein zurecht? Dann kann ich mein Handy aus dem Auto holen und einen Arzt rufen.«

Reflexartig schloss sich Caitlins Hand um seinen Arm. Nein, sie wollte hier ganz und gar nicht alleine gelassen werden. Ganz davon abgesehen, dass er an einem Sonntagabend in West Yellowstone keinen Arzt finden würde und sie eigentlich nur nach Hause wollte. Der Schreck saß ihr noch in den Knochen, und sie konnte sich nichts Besseres vorstellen, als ihn in einer heißen Badewanne zu vertreiben. Allerdings hatte sie keine Ahnung, wie sie nach Hause kommen sollte, wenn nicht mal ihre Beine funktionierten. »Kein … Arzt. Sonntag.«

»Es wird doch wohl eine Notfallklinik geben.«

Er war eindeutig nicht von hier. »Ja, etwa … sechzig Meilen … entfernt.«

Sie zog ihre Beine heran und versuchte sich hochzustemmen. Was schwierig war, da ihre Muskeln die Konsistenz von gekochten Nudeln zu haben schienen. Ihr Retter spürte das offenbar und zog sie vorsichtig hoch. Schließlich stand sie schwankend auf ihren Füßen und klammerte sich an seine Arme. Obwohl sie es hasste, so hilflos zu sein, konnte sie sich nicht dazu bringen, ihn loszulassen. Sie wünschte nur, sie würde sich besser fühlen, um es auch genießen zu können, so dicht an seinen kräftigen Körper gepresst zu werden. Gut, dass er ihre Gedanken nicht hören konnte, sonst würde er schreiend davonrennen. Der Mann hatte sie gerettet, wofür sie ihm überaus dankbar war. Alles andere spielte sich lediglich in ihrer Fantasie ab. Shannon würde lachen, wenn sie wüsste, wie sehr Caitlin sich in den Helden ihres letzten Buches verliebt hatte. In eine fiktive Figur, die noch dazu ein Gestaltwandler war!

»Danke für Ihre … Hilfe.« Ihre Stimme klang mittlerweile wie das Quaken eines Frosches. Sie räusperte sich und löste damit einen weiteren Hustenanfall aus.

Der Fremde sah sie forschend an. »Kein Problem. Für die Schnittwunde.« Er reichte Caitlin ein Taschentuch, das sie sich an den Hals presste. Ihr Gesicht verzog sich, als sie das Blut sah. »Kannten Sie die Männer?«

Entsetzt schüttelte Caitlin den Kopf und stöhnte vor Schmerz auf. »Nein. Nie gesehen.«

»Können Sie sich vorstellen, was sie von Ihnen wollten?«

Caitlin schauderte. »Erst dachte ich, sie wollten … Geld, aber als er dann begann … mich wegzuzerren …« Sie hob die Schultern.

Der Mann schien zu einem Entschluss zu kommen. »Sie wollen sicher hier raus.«

»Ja, mehr als alles andere.« Dankbar ließ sie sich von ihm aus der Gasse führen und stellte überrascht fest, dass die Sonne noch nicht ganz untergegangen war. Während des Kampfes hatte sie jedes Zeitgefühl verloren, wahrscheinlich waren es nur wenige Minuten gewesen, die sie im Zwielicht der Gasse verbracht hatte.

Erleichtert atmete sie die frische Luft ein und spürte, wie das Zittern einsetzte. Sie versuchte, es vor ihrem Retter zu verbergen, aber er schien es zu bemerken und führte sie rasch zu einem großen Jeep. Er öffnete die Beifahrertür und schob sie sanft auf den Sitz. Caitlin wollte sich gerade hineinsinken lassen, als ihr ein Gedanke kam. »Was ist, wenn die … Kerle noch irgendwo in der Nähe sind?«

Seine Lippen pressten sich zusammen, Wut flammte in seinen Augen auf. »Sie sind weg. Ein Lieferwagen stand direkt vor dem hinteren Ausgang der Gasse, ich habe ihn nicht mehr erreicht. Aber ich habe mir das Kennzeichen gemerkt, falls Sie es bei der Polizei überprüfen lassen wollen.«

Bildete sie sich das nur ein, oder hatte er gezögert, bevor er die Polizei erwähnte? »Danke, ich werde es mir gleich notieren. Kann ich Sie als Zeugen nennen?«

Wieder das Zögern, diesmal deutlicher. Er rieb über seinen Nacken, bevor er wieder zu ihr hinuntersah. »Mir wäre es lieber, Sie würden einfach nur sagen, dass Ihnen ein unbekannter Mann geholfen hat, der gleich darauf verschwunden ist.«

Caitlin legte den Kopf schräg. Zu gern würde sie fragen, warum er nichts mit der Polizei zu tun haben wollte, aber sie entschied sich dagegen. »Natürlich. Es tut mir leid, dass ich Sie da mit hineingezogen habe.«

»Was wollten Sie überhaupt in der Gasse?«

Caitlin spürte, wie ihr die Röte ins Gesicht schoss. »Uh.« Vorsichtig sah sie sich um, ob ihnen auch niemand zuhörte. Die Miene des Fremden war seltsam intensiv, als er auf ihre Antwort wartete, und sie kam sich noch lächerlicher vor. »Ich habe jemandem etwas zu essen gebracht.«

Der Mann richtete sich auf, Überraschung auf seinem Gesicht. »Wem?«

Caitlin verschränkte ihre Finger miteinander und blickte darauf nieder. »Vor einigen Monaten habe ich in der Gasse eine Katze entdeckt. Sie sah so abgemagert aus, dass ich einfach nicht vorbeigehen konnte.«

Ein Laut drang aus seiner Kehle, den sie bei jedem anderen für Lachen gehalten hätte. »Eine Katze.«

»Ja. Hätte ich sie verhungern lassen sollen?« Toll, jetzt klang sie auch noch verteidigend. »Ich weiß, dass es nicht richtig ist, die Katze hier in der Nähe des Supermarkts zu füttern. Aber ich konnte einfach nicht mit ansehen, wie sie leidet.«

»Warum haben Sie sie nicht eingefangen und mit nach Hause genommen?«

Caitlin schnitt eine Grimasse. »Als wenn eine Katze einfach so mitkommen würde. Außerdem hätte ich sie sowieso nicht behalten können, ich habe eine Katzenallergie.«

Ihr Retter sah aus, als würde er an etwas ersticken, brachte sich aber schnell wieder unter Kontrolle. »Ich hoffe, Sie denken nicht daran, noch einmal in diese Gasse zu gehen, wenn Sie das nächste Mal einkaufen.«

»Nein, bestimmt nicht.«

»Gut.« Damit richtete er sich auf. »Kann ich jemanden für Sie anrufen, der Sie nach Hause bringt? Ihren Mann oder Freund, eine Freundin, Familie?«

»Es … es gibt niemanden.« Verdammt, warum kamen ihr bei diesen Worten die Tränen? Es war ihre Entscheidung gewesen, hierher zu ziehen, und sie mochte die Einsamkeit.

»Okay, dann bringe ich Sie nach Hause.« Er formulierte es nicht als Frage. Bevor sie antworten konnte, hatte er schon ihre Beine in den Jeep geschoben.

»Aber …«

»Nichts aber, Sie können in diesem Zustand nicht selbst fahren.«

»Meine Einkäufe! Wenn ich sie im Wagen lasse, verderben sie, und ich muss verhungern, weil ich nichts mehr im Haus habe.«

Er blickte sie durchdringend an und nickte dann. »Welches ist Ihr Wagen?«

Caitlin sah sich um. »Der kleine rote Toyota drei Reihen weiter.« Sie nahm den Schlüssel aus ihrer Jackentasche und hielt ihn ihrem Retter hin. »Danke.« Vermutlich sollte sie darüber nachdenken, wie sie später ihren Wagen zurückbekam, wenn sie sich jetzt fahren ließ, aber dazu war sie nicht in der Lage. Zu tief saß der Schock über den Überfall.

Der Fremde nahm den Schlüssel entgegen und ging mit langen Schritten auf ihr Auto zu. Einen kurzen Moment lang befürchtete sie, einen Fehler begangen zu haben, doch dann brachte sie sich zur Räson. Ein Mann wie er würde nicht ihr winziges Auto klauen, in das er im Prinzip nur zusammengefaltet passte. Wahrscheinlich sollte sie ihm eine Belohnung für seine Hilfe anbieten, aber sie befürchtete, ihn damit zu beleidigen. Tarek würde … Caitlin verdrehte die Augen, als sie merkte, dass sie den Charakter ihres Protagonisten auf ihren Retter übertragen wollte. Auch wenn er ihm mit den indianischen Zügen und den langen schwarzen Haaren, die er zu einem Zopf zusammengefasst hatte, zum Verwechseln ähnlich sah, war er nicht Tarek. Mit beiden Armen voller Tüten und ihrer Tasche kam er schließlich zurück und stellte die Sachen in den Kofferraum. Dann schlug er die Tür zu, ging um den Wagen herum und schwang sich in den Fahrersitz.

»Haben Sie eine Party geplant?«

Caitlin wurde schon wieder rot, aber sie zwang sich, dem Fremden direkt in die Augen zu blicken. »Nein, ich kaufe immer für längere Zeiträume ein, damit ich nicht so oft in die Stadt fahren muss.« Und vor allem aß sie für ihr Leben gern.

»Leben Sie außerhalb?« In seinen Augen war keine Verurteilung zu erkennen, als er sie ansah.

Anscheinend hatte er kein Problem damit, dass sie nicht den gängigen Modelmaßen entsprach. Caitlin schlug sich mental vor die Stirn, als sie sich daran erinnerte, dass er sie nur nach Hause fahren würde und ganz sicher kein Interesse an ihr als Person hatte. Er war einfach nur nett. Und war das nicht eine Schande? In spätestens einer Stunde würde der Mann, der ihr in der Not zu ihrer Rettung herbeigeeilt war und sich jetzt auch noch so höflich um sie kümmerte, wieder aus ihrem Leben verschwunden sein. Aber immerhin hatte sie danach wieder neuen Stoff für ihre Romane. Zum ersten Mal seit sie mit dem Schreiben begonnen hatte, machte sie dieser Gedanke nicht glücklich.

»Ja, am Hebgen Lake, etwa fünfundzwanzig Meilen von hier.« Besorgt sah sie ihn an. »Ich könnte es verstehen, wenn Ihnen das zu weit ist.«

»Kein Problem, ich habe nichts Besseres zu tun.«

Das klang nicht ganz so gut wie »Ich könnte mir nichts Schöneres vorstellen«, aber Caitlin war froh, nicht wieder aussteigen zu müssen. Inzwischen fühlte sich jeder Muskel in ihrem Körper wie zerschlagen an, und sie schaffte es kaum, den Kopf oben zu halten.

»Wenn Sie mir kurz die Richtung sagen, können Sie sich während der Fahrt ausruhen.«

»Die Gallatin Road nach Norden und dann an der Abzweigung nach links auf die Hebgen Lake Road. Dieser folgen Sie dann bis fast zum Ende des Sees.« Caitlin hatte Mühe, die Augen offen zu halten.

»Das werde ich wohl finden.« Der Motor des Jeeps startete mit einem tiefen Brummen, und ihr Retter fuhr aus der Parkbucht heraus. Innerhalb weniger Augenblicke waren sie auf der Straße unterwegs, die aus West Yellowstone herausführte.

Die warme Luft und das sanfte Schaukeln sorgten zusammen mit dem tiefen Dröhnen dafür, dass Caitlins Lider den Kampf gegen die Schwerkraft verloren und sie sich mit einem zufriedenen Seufzer in das weiche Polster schmiegte.

3

Eine sanfte Berührung an ihren Haaren weckte sie auf. »Wir sind da, und Sie müssen mir noch sagen, welche Einfahrt es ist.« Die Stimme hörte sich so vertraut an, dass sie sich ihr instinktiv zuwandte und ihre Wange in die Hand schmiegte, die an ihren Haaren lag. Sie fühlte sich rau an und gleichzeitig so stark und lebendig, dass Caitlin am liebsten hineingekrochen wäre.

»Komm, Kätzchen, wach auf, ich kann nicht auf der Straße stehen bleiben.« Etwas wie Belustigung schwang in der Stimme mit und weckte sie vollends auf.

Abrupt richtete sie sich auf und sah sich verwirrt um. Erleichtert atmete sie auf, als sie erkannte, dass sie nur wenige Hundert Meter von ihrem Haus entfernt am Ufer des Hebgen Lakes standen. Sie wandte sich dem Mann neben sich zu und spürte wieder das ungläubige Pochen in ihr, als sie in sein Gesicht blickte und glaubte, Tarek vor sich zu haben. »Woher kennen Sie meinen Namen?«

Er runzelte die Stirn. »Sie heißen Kätzchen?«

Caitlin verzog den Mund. »Nein, Caitlin, aber meine Freunde nennen mich Cat.«

»Cat.« Er schien den Namen auszutesten und nickte dann. »Er passt zu Ihnen.« Ohne weiter auf ihre Frage einzugehen, setzte er den Wagen wieder in Bewegung. »Und wo wohnen Sie nun?«

»Noch ein Stück weiter, am Hang.«

Schweigend nickte der Fremde und fuhr an den Grundstücken ihrer Nachbarn vorbei.

»Wie heißen Sie?«

Er sah sie an. »Torik.«

Caitlin verschluckte sich und begann zu husten. Sie konnte seinen verwunderten Blick auf sich spüren. Mühsam schnappte sie nach Luft. »Nächste Auffahrt.«

Während sie versuchte, sich wieder zu beruhigen, beobachtete sie, wie er ihre Einfahrt hinauffuhr und vor der Garage hielt. Er schaltete den Motor aus und drehte sich zu ihr um. Sie konnte seinen Gesichtsausdruck nicht deuten. Ein schrecklicher Gedanke kam ihr: Konnte es sein, dass ihre Freunde ihr einen Streich spielten? War ihr Retter nur ein Schauspieler, der nach seiner Ähnlichkeit zu Tarek ausgesucht worden war?

»Das ist ein Scherz, oder?« Die Worte purzelten aus ihr heraus, bevor sie sie zurückhalten konnte.

Seine Augenbrauen zogen sich zusammen. »Was soll ein Scherz sein?«

»Der Name. Von wem wurden Sie engagiert?«

»Ich habe keine Ahnung, wovon Sie reden.«

Er griff hinter sich, und Caitlin zuckte automatisch zusammen. Seine Miene verdüsterte sich noch mehr. Nach einem langen Moment kam seine Hand wieder zum Vorschein – mit einem Portemonnaie. Er zog einen Ausweis hervor und hielt ihn ihr hin. Torik Colston, geboren 1971. Caitlin konnte nicht beurteilen, ob der Ausweis eine Fälschung war, aber für einen Scherz schien es ihr nun doch sehr weit hergeholt. Vor allem hatte sich der Angriff der Verbrecher echt angefühlt.

Röte stieg in ihre Wangen. »Entschuldigen Sie, ich wollte Sie nicht beleidigen. Es ist nur …« Hart blies sie ihren Atem aus. »Für einen Moment dachte ich, dass sich Freunde einen Scherz mit mir erlauben. Der Schock muss meinem Gehirn geschadet haben.«

Torik sah sie noch einmal eindringlich an, dann neigte er den

Kopf. »Schließen Sie die Tür auf, ich bringe Ihnen noch die Tüten rein.«

Vermutlich hätte sie keinen fremden Mann in ihr Haus lassen sollen, aber Torik hatte bisher mit keiner Geste angedeutet, dass er ihr etwas tun wollte, ganz im Gegenteil. Entschlossen stieß Caitlin die Beifahrertür auf und kletterte hinaus. Ihre Muskeln protestierten gegen die Bewegung, aber sie biss die Zähne zusammen. Es wäre ihr peinlich gewesen, sich weiterhin auf ihren Retter zu stützen, als wäre sie ein schwaches Weibchen, das nicht allein zurechtkam. Er hatte genug für sie getan, und sie stand schon jetzt tiefer in seiner Schuld, als sie je zurückzahlen konnte.

Schnell ging sie zum Haus und schloss die Tür auf. Es kam ihr vor, als wäre es Tage her, seit sie hier gewesen war, dabei waren höchstens anderthalb Stunden vergangen. Caitlin trat in die Küche und schnitt eine Grimasse, als sie das Durcheinander sah, das sie hinterlassen hatte. Hausarbeit stand bei ihr grundsätzlich sehr weit unten auf der Prioritätenliste, aber wenn sie wusste, dass sie Besuch bekam, räumte sie normalerweise vorher auf. Woher hätte sie jedoch wissen sollen, dass heute ein interessanter Mann ihr Haus betreten würde? So etwas war bisher noch nie vorgekommen. Sie zuckte mit den Schultern und stöhnte unterdrückt auf, als der Schmerz einsetzte. Es sollte sie nicht interessieren, was Torik von ihren hausfraulichen Fähigkeiten hielt. In fünf Minuten würde er weiterfahren, und sie würde ihn nie wiedersehen.

Entschlossen drängte sie das Bedauern zurück und machte schnell einen Platz auf dem Tisch frei, damit Torik die Tüten abstellen konnte. Lautlos trat er in die Küche und lud die Lebensmittel ab, als würden sie nichts wiegen. Er trat zurück und blickte sie über den Tisch hinweg an.

Caitlin suchte nach etwas, das sie sagen konnte. »Vielen Dank.

Ich weiß nicht, was ich ohne Sie getan hätte.« Unsicher sah sie ihn an. »Kann ich Ihnen etwas zu trinken anbieten?«

»Ein Glas Wasser wäre nett.«

Wasser. Kein Wunder, dass Toriks Körper nur aus Muskeln zu bestehen schien, zumindest wenn sie von seinen nackten Armen ausging. »Also ich persönlich könnte jetzt mindestens eine Cola brauchen, um den Schock zu verdauen.« Sie beäugte ihn kritisch. »Sicher, dass Sie nur Wasser wollen?«

Etwas glomm in seinen Augen auf, das er sofort wieder unterdrückte. »Dann nehme ich das, was Sie nehmen.«

Ha, sie schaffte es, jeden zu korrumpieren! Lächelnd holte sie zwei Gläser aus dem Schrank und schenkte die Cola ein. Sie reichte ihm ein Glas und beobachtete ihn, als er es an die Lippen setzte. Er nahm einen Schluck und schloss die Augen. In ihrem Magen kribbelte es, als sie seinen beinahe entrückten Gesichtsausdruck sah. Um nicht beim Starren erwischt zu werden, ließ sie ihren Blick nach unten wandern und keuchte auf, als sie den langen Riss in seinem schwarzen T-Shirt sah. Caitlin stellte ihr Glas ab und ging zu ihm. Ja, da waren eindeutig dunkle Flecken im Stoff.

»Sie sind verletzt.«

Torik sah an sich hinunter, als würde er es jetzt erst bemerken. Schließlich hob er die Schultern. »Nur ein Kratzer.«

»Woher wollen Sie das wissen? Oh Gott, vielleicht hat der Kerl Sie erstochen!«

Seine Mundwinkel hoben sich. »Dann wäre ich jetzt nicht hier.«

»Das ist nicht lustig! Ziehen Sie das T-Shirt aus, ich will sofort die Wunde sehen. Irgendwo habe ich auch einen Verbandskasten.«

»Das ist nicht nötig.«

Caitlin trat näher heran. »Sie wurden meinetwegen verletzt,

und jetzt haben Sie auch noch meine Tüten reingetragen. Das Mindeste, was ich tun kann, ist Ihre Wunde zu verbinden.«

Es war deutlich zu erkennen, dass Torik ihrer Logik nicht folgen konnte, aber schließlich zuckte er nur die Schultern und zog das T-Shirt über den Kopf. Er sah nach unten. »Wie gesagt, nur ein Kratzer.«

Es war ein langer, hässlicher Schnitt, der quer über seinen Bauch lief. »Also bei mir ist ein Kratzer etwas anderes. Setzen Sie sich hin, ich hole mein Verbandszeug.«

»Das ist wirklich nicht …«

Caitlin riss die Augen auf, als sie eine Narbe an seiner Seite entdeckte, die über seine Rippen nach unten bis zum Bund der tief sitzenden Jeans führte. Anklagend zeigte sie darauf. »War das etwa auch nur ein Kratzer?«

Unerklärlicherweise schien ihn das zu amüsieren. »Genau.«

Doch darauf achtete Caitlin nicht, sie war viel zu sehr damit beschäftigt, der schmalen Linie mit dem Finger nach unten zu folgen. Seine Muskeln zogen sich unter ihrer Berührung zusammen, und sie spürte Wärme in sich aufsteigen. Caitlin hakte ihren Zeigefinger in den Bund seiner Jeans und zog daran, doch bevor sie etwas sehen konnte, schlang sich eine Hand um ihre.

»Suchen Sie etwas Bestimmtes?« Toriks trockene Stimme ertönte über ihr.

Caitlin ließ ihn abrupt los, Hitze schoss in ihre Wangen. Oh Gott, was hatte sie getan! Sie schloss die Augen und wünschte, der Boden würde sich unter ihr auftun und sie verschlucken. Vermutlich sollte sie sich entschuldigen, aber sie brachte kein einziges Wort hervor.

»Wollten Sie sich nicht um den Kratzer kümmern, bevor ich verblute?«

Dankbar, vor ihm flüchten zu können, nickte Caitlin eifrig und lief ins Badezimmer, um das Verbandszeug zu holen.

Torik sah Caitlin hinterher, bis sie die Küche verlassen hatte. Die Berührung ihrer Fingerspitze hatte ihn so überrascht, dass er zuerst nicht in der Lage gewesen war, sie aufzuhalten. Und das Verlangen, das für einen kurzen Moment in ihren Augen aufgeflammt war, bevor die Verlegenheit überhandnahm, war verdammt erotisch gewesen. Zerknirscht musste er sich eingestehen, dass er für eine Sekunde sogar gehofft hatte, sie würde die Hose aufmachen und ihre kühlen Hände um seinen Schaft legen. Das war Wahnsinn! Wie hatte er auch nur für einen Moment vergessen können, dass Caitlin Walker Bücher über Berglöwenwandler schrieb und damit ihre geheime Existenz gefährdete? Manchmal hatte er fast den Eindruck, dass sie ihn erkannte oder zumindest seine Ähnlichkeit zu ihrem Helden Tarek bemerkte.

Als er Caitlin zurückkehren hörte, lehnte er sich mit der Hüfte gegen die Arbeitsplatte hinter sich und versuchte so zu tun, als wäre nichts geschehen. Er trank noch einen Schluck Cola und genoss den ungewohnten Geschmack. Im Lager beschränkten sie sich auf Quellwasser und selbst gemachte Säfte, so etwas wie Limonaden trank er höchstens bei einem seiner sehr seltenen Besuche bei den Älteren oder seiner Mutter. Als Caitlin eintrat, stellte er das Glas beiseite und wappnete sich gegen eine erneute Berührung. Ihr Gesicht war immer noch gerötet, und in ihren Bewegungen lag Verlegenheit. Es gab ihm einen unerwarteten Stich, sie so zu sehen, er mochte sie lieber selbstsicher und mit einem Lächeln auf den Lippen. Aber er wusste nicht, wie er die Situation für sie leichter machen sollte. Er konnte ihr schließlich schlecht sagen, dass es ihm nichts ausmachte, wenn sie ihn nackt sah, weil er es als Wandler gewöhnt war. Und noch weniger wollte er ihr erklären, dass ihre Berührung ihm gefallen hatte. Vor allem, weil er selbst nicht wusste, warum er so auf sie reagierte. Also blieb er still stehen, während sie ihr Verbandszeug sortierte, und blickte auf ihre Haare hinunter, die seit dem Überfall

nach allen Seiten abstanden. Sie bestanden aus wild durcheinandergemixten blonden, braunen und rötlichen Strähnen, und er fragte sich, ob das wohl ihre natürliche Haarfarbe war. Doch das musste es wohl, denn er konnte sich nicht vorstellen, dass Caitlin dafür extra zum Friseur ging, wenn sie ansonsten so wenig Wert auf Make-up und Kleidung legte.
Als sie schließlich zu ihm aufblickte, versank er in ihren großen silbergrauen Augen, und es gelang ihm nicht, den nötigen Abstand zu wahren, weil ihm der unsichere Ausdruck darin ins Herz schnitt. »Es ist alles in Ordnung.« Er fragte sich zwar, ob er damit nicht alles noch schlimmer machte, aber jetzt konnte er nicht mehr zurück. »Es ist nichts geschehen, weswegen Sie verlegen sein müssen.«

Ihr Lächeln wirkte etwas echter. »Danke. Und jetzt sollten wir besser das Thema wechseln, damit ich die Sache möglichst schnell vergessen kann.«

Seltsamerweise störte ihn der Gedanke, dass sie den erotischen Moment zwischen ihnen so schnell vergessen wollte, aber so war es am besten. Schließlich würde er sie verlassen, sobald sie mit dem Verarzten fertig war. Gut, er würde nur den Jeep wegfahren und dann zu Fuß wiederkommen, aber er würde nicht mehr mit ihr reden oder sie berühren. Es wurde eindeutig Zeit, Caitlin, aber auch sich selbst abzulenken.

»Wenn Sie mir einen Zettel geben, kann ich Ihnen das Kennzeichen des Lieferwagens aufschreiben.« Die Röte in Caitlins Gesicht wich einer beängstigenden Blässe, und Torik wünschte sich fast, er hätte seinen Mund gehalten. Aber genau das hatte er doch gewollt, oder? Irgendeine Ablenkung, um ihr nicht noch näher zu kommen.

Caitlin presste ihre Lippen zusammen und wandte sich dem Kasten mit Verbandszeug zu. »Später, erst werde ich Ihre Wunde versorgen.«

Mit einem unhörbaren Seufzer ergab sich Torik in sein Schicksal.

»Das kann etwas brennen.« Caitlin tupfte entzündungshemmende Flüssigkeit über die Wunde und klebte anschließend einen Verband darüber.

Da Torik später sowieso Fays Heilsalbe benutzen würde, ließ er sie einfach gewähren. Seine Gedanken wanderten währenddessen zu den Kerlen, die Caitlin überfallen hatten. Was hatten die von ihr gewollt? An Geld waren sie laut Caitlin nicht interessiert gewesen, und die Tatsache, dass der zweite Mann sie in Richtung Lieferwagen gezogen hatte, deutete eher auf eine Entführung hin. War das alles geplant gewesen? Wenn ja, dann bedeutete es, dass die Verbrecher wussten, wer Caitlin war und wo sie lebte, und sie kannten offenbar auch ihre Gewohnheiten. Vielleicht hatte er diese Kerle vertrieben, doch es war durchaus wahrscheinlich, dass sie es wieder probieren würden, sobald er weg war. Torik lächelte grimmig. Sie würden sich wundern, wenn sie feststellten, dass Caitlin weiterhin beschützt wurde. Ernüchtert erinnerte er sich dann daran, dass er nur so lange hierbleiben würde, bis er herausgefunden hatte, was Caitlin wusste und woher. Danach war sie auf sich allein gestellt – ein Gedanke, der ihm ganz und gar nicht gefiel.

»Lassen Sie mich raten: Das war auch nur ein Kratzer.« Caitlin deutete auf seinen Arm.

Sein Herz begann zu hämmern, als er erkannte, dass sie von der Wunde sprach, die Arlyn vor zwölf Jahren verursacht hatte. Sie war immer noch als weiße Linie auf seiner dunkleren Haut zu erkennen. Torik drehte seinen Arm so, dass Caitlin die Narbe nicht mehr sehen konnte. »Nein. Diese Wunde war sehr tief.« Er konnte sehen, dass er sie mit seiner rauen Stimme und den Worten erschreckte, aber die Erinnerungen an diese Zeit taten einfach zu weh. Als er hochblickte, starrte Caitlin ihn mit großen

Augen an. Etwas wie Mitleid lag auf ihren Zügen. Er wollte lieber nicht wissen, was sie in seinem Gesicht zu erkennen glaubte. »Sind Sie fertig?«

»Ja.« Caitlin trat einen Schritt zurück und begann mit fahrigen Bewegungen den Verbandskasten einzuräumen. »Ich gebe Ihnen gleich einen Zettel.«

Torik kam sich wie ein Schuft vor, dass er sie nach diesen furchtbaren Erlebnissen so behandelte, deshalb bemühte er sich, seine Stimme sanfter klingen zu lassen. »Ich habe Zeit.« Rasch zog er sein T-Shirt über den Kopf.

Sie öffnete eine Schublade und zog einen Block heraus, an dem ein Stift befestigt war. »Es ist mir wirklich unangenehm, dass Sie meinetwegen so viel Zeit verloren haben. Sicher wollten Sie längst woanders sein.«

»Ich hätte mir nur ein Hotelzimmer gesucht und mich dann dort gelangweilt.«

Caitlin warf ihm einen ungläubigen Blick zu. »Stimmt, es ist auch so viel besser, beinahe erstochen und dann von einer Irren begrapscht zu werden.«

Torik lachte überrascht auf. »Wenn Sie es so sagen, ja, das war tatsächlich interessanter.«

Sie verdrehte die Augen. »Männer.«

Irritiert darüber, wie gerne er dieses Geplänkel mit ihr noch weiter fortgesetzt hätte, drehte er sich um und notierte das Kennzeichen auf dem Block. Er durfte sich nicht von seiner Mission ablenken lassen. Doch das war in Caitlins Nähe schwieriger als gedacht.

Nach kurzer Überlegung fügte er noch eine Beschreibung der Verbrecher hinzu, die er dank seiner besseren Sehkraft auch im Halbdunkel der Gasse gut erkannt hatte. Es machte ihm Sorgen, dass sie sich gar nicht bemüht hatten, ihre Gesichter zu verdecken. Hatten sie vorgehabt, Caitlin zu töten? Zumindest der eine

Mistkerl schien es in Kauf genommen zu haben, als er sie durch die Gasse zerrte und ihr dabei die Luft abschnürte. Bei dem Gedanken daran schloss Torik für einen Moment die Augen. Als Caitlin dort bewusstlos vor ihm auf dem dreckigen Boden gelegen hatte, war ihm klar geworden, dass er sie nicht tot sehen wollte, egal, ob sie eine Bedrohung für die Wandler darstellte oder nicht. Aber das war ihm eigentlich schon vorher bewusst gewesen, als er ihr in die Gasse gefolgt war und nicht tatenlos zusehen konnte, wie sie verzweifelt gegen den Angreifer kämpfte.

Torik drehte sich wieder um und sah einen Moment zu, wie Caitlin die Lebensmittel in den Schränken und im Kühlschrank verstaute. »Kann ich Ihnen dabei helfen?« Beinahe sofort bereute er sein Angebot. Er sollte so schnell wie möglich von hier verschwinden, anstatt sich immer neue Möglichkeiten auszudenken, in ihrer Nähe zu bleiben.

»Nein, danke, es geht schon. Sie wollen jetzt sicher los.«

Das wollte er nicht, aber es wurde eindeutig Zeit, dass er sich zurückzog und ihrer unerwartet starken Anziehung entkam. »Es ist besser, wenn ich gehe, damit Sie sich ausruhen können.«

Ein Gefühl lag in Caitlins Augen, das er nicht zu deuten vermochte. Für einen langen Moment sah sie ihn nur an, dann nickte sie. »Ich bringe Sie nach draußen.«

Caitlin ging voraus zur Tür und blieb neben seinem Jeep stehen. Torik sah über ihr Grundstück, das vom Hügel aus direkt in den See zu münden schien, obwohl die Straße dazwischenlag. Der Himmel nahm langsam die samtene Dunkelheit der Nacht an, die Berge am anderen Flussufer wirkten beinahe durchsichtig. »Es ist schön hier.«

Lächelnd blickte Caitlin ebenfalls zum See. »Ja, das ist es. Ich bin vorletztes Jahr durch Zufall hier vorbeigekommen, habe das ›Zu verkaufen‹-Schild gesehen und musste das Haus unbedingt haben. Und ich habe es bisher keinen Tag bereut.«

»Das kann ich mir vorstellen.« Torik wandte sich ihr zu. »Kommen Sie zurecht?«

Sofort wich die Freude aus ihrem Gesicht. »Ich denke schon.« Caitlin hielt ihm die Hand hin. »Noch einmal vielen Dank für alles, ich weiß nicht, was ich ohne Sie gemacht hätte.«

Torik ergriff ihre Hand, die in seiner größeren beinahe verschwand. »Ich habe Ihnen gerne geholfen.« Widerwillig ließ er sie los. Es fühlte sich zu gut an, sie noch einmal zu berühren. Und genau aus diesem Grund sollte er so schnell wie möglich von hier verschwinden. Torik öffnete die Tür des Jeeps, als hinter ihm ein Keuchen ertönte. Kampfbereit wirbelte er herum, aber Caitlin starrte nur auf den Wagen. »Was ist?«

»Ich habe mich gerade wieder daran erinnert, dass mein Auto noch in West Yellowstone steht. Daran hatte ich gar nicht mehr gedacht.« Sie lächelte ihm schwach zu. »Aber das ist mein Problem. Ich wünsche Ihnen eine gute Fahrt.«

Torik sah sie einen Moment lang an, bevor er eine Entscheidung traf. »Ich hole Sie morgen früh ab und bringe Sie zu Ihrem Wagen.« Er versuchte sich einzureden, dass er das nur anbot, damit er die Möglichkeit hatte, herauszufinden, was sie wusste, doch es gelang ihm nicht ganz.

»Nein, das geht nicht.« Caitlin blickte ihn verstört an.

Torik hob seine Augenbrauen. »Wieso nicht?«

»Sie müssen doch bestimmt irgendwohin, und außerdem kann ich auf keinen Fall verlangen, dass Sie den ganzen Weg zurück zur Stadt fahren und morgen dann noch einmal die gleiche Strecke.«

Langsam lehnte er sich an den Jeep und verschränkte seine Arme über der Brust. »Zuerst einmal muss ich nirgendwohin, ich habe Urlaub und kann machen, was ich will. Und ich kann mich nicht erinnern, dass Sie verlangt haben, dass ich Sie in die Stadt bringe, sondern ich habe es angeboten.«

»Ja, aber …«

Torik ließ sie nicht ausreden. »Aber was? Sie können ablehnen, wenn Sie nicht noch einmal mit mir fahren wollen oder Sie einen anderen sinnvollen Grund dafür haben. Aber nicht, weil Sie denken, dass Sie mir zur Last fallen würden, denn das ist allein meine Entscheidung.« Auch wenn er sich inzwischen beinahe wünschte, er hätte es nicht angeboten. Schon jetzt war ihm bewusst, dass es nicht gut sein würde, sich weiter in Caitlins Nähe aufzuhalten.

Er konnte deutlich sehen, wie Caitlin mit sich kämpfte, bis sie zu einer Entscheidung kam. »Okay, ich nehme Ihr Angebot gerne an. Vielen Dank.« Torik nickte zufrieden und wollte in den Jeep steigen, als sie ihre Hand auf seinen Arm legte. »Aber ich möchte Ihnen auch einen Vorschlag machen.«

»Ich höre.« Er erwartete das Schlimmste.

Caitlin setzte eine entschlossene Miene auf. »Sie können hier übernachten, wenn Sie möchten. Dann brauchen Sie nicht in die Stadt zu fahren, nur um morgen früh wieder zurückzukommen.« Als er schwieg, wurde sie unsicher. »Sie sagten doch, Sie suchten nach einer Unterkunft. Aber wenn Sie natürlich lieber in der Stadt sein wollen, weil es da mehr zu tun gibt …«

»Nein, ein Bett reicht mir völlig.« Diese Einladung war die ideale Möglichkeit, in ihr Haus zu kommen und dort nach Informationen zu suchen – das konnte er gar nicht ablehnen. Jedenfalls bildete er sich ein, dass er ihren Vorschlag nur deshalb überhaupt ernsthaft in Betracht zog. »Wenn es Ihnen nichts ausmacht, einen fremden Mann in Ihrer Nähe zu haben, bleibe ich hier.«

Sie entspannte sich etwas. »Sie sind ja inzwischen kein Fremder mehr. Außerdem muss ich ehrlich gestehen, dass ich mich hier alleine im Moment nicht sicher fühle.«

Ein kleiner Hauch schlechten Gewissens meldete sich bei Torik, doch er unterdrückte ihn sofort. Auch wenn er seine eigenen Gründe hatte, bei ihr zu bleiben, würde er doch dafür sorgen, dass Caitlin in Sicherheit war. Also hatten sie beide etwas davon. »Ich glaube nicht, dass die Kerle es noch mal versuchen werden, wenn mein Jeep vor der Garage steht.«

Caitlin nickte eifrig. »Das denke ich auch nicht. Wenn Sie einen Moment warten, hole ich den Schlüssel für das Gästeapartment.« Ohne eine Antwort abzuwarten, lief sie zurück ins Haus.

Torik holte seine Tasche aus dem Jeep und wartete ungeduldig auf Caitlins Rückkehr. Je länger er in der Menschenwelt unterwegs war, desto dringlicher wollte er sich verwandeln und in Berglöwenform umherstreifen. Auch wenn er im Gegensatz zu den meisten Vollblut-Wandlern seine menschliche Gestalt mühelos halten konnte, brauchte er trotzdem seine andere Seite, um sich wohlzufühlen. Doch es würde nicht mehr allzu lange dauern, bis er allein war und tun konnte, was er wollte.

Caitlin kam zurück und wedelte mit einem Schlüsselbund. »Tut mir leid, ich musste ihn erst suchen, bisher hatte ich noch nie Gäste.« Sie redete weiter, während sie ihn zum Eingang neben der Garage führte. »Ich lüfte aber regelmäßig, und frische Bettwäsche liegt im Schrank.«

»Es wird bestimmt deutlich angenehmer sein als ein Motelzimmer.«

Caitlin lächelte. »Zumindest ruhiger. Nachts fährt hier kaum jemals ein Auto vorbei.« Sie schloss die Tür auf und winkte ihn herein. »Hinter der anderen Tür ist das Bad. Es gibt auch einen kleinen Kühlschrank, aber da ich nicht auf Besuch eingestellt war, ist er nicht an. Wenn Sie irgendetwas brauchen, kommen Sie einfach zum Haus. Wie Sie ja wissen, habe ich mehr als genug Lebensmittel eingekauft.« Sie blickte selbstironisch an sich herunter. »Sie würden mir sogar einen Gefallen tun, wenn

Sie mit mir essen, damit ich nicht in Versuchung gerate, mehr zu essen, als ich sollte.«

Torik sah sich in dem Raum um, der gemütlich eingerichtet war und ihm genug Platz zum Atmen ließ. »Später gerne, ich denke, Sie sollten sich erst ein wenig ausruhen.« Und er musste dringend raus.

»Ich werde mich gleich in die Wanne legen, dann bin ich bald wieder fit.« Röte war in ihre Wangen gestiegen. »Wir sehen uns also später?«

Torik wusste, er sollte das nicht tun, aber da er schließlich auch etwas essen musste und sich so unauffällig im Haus umsehen konnte, nickte er schließlich. »Ja.«

Caitlin ging rückwärts zur Tür. »Gut. Fühlen Sie sich hier wie zu Hause.«

»Das werde ich.« Die Lüge war sicher erlaubt, wenn sie dabei half, Caitlin zu beruhigen. Ihr zufriedenes Lächeln belohnte ihn dafür. Schließlich drehte sie sich um und verließ den Raum. »Caitlin.« Er merkte erst, dass er laut gesprochen hatte, als sie noch einmal ihren Kopf hereinsteckte.

»Ja?«

»Meinetwegen können Sie so viel essen, wie Sie möchten, ich finde Sie genau richtig so.« Sowie die Worte aus seinem Mund waren, wünschte er sie zurück. Warum sagte er so etwas? Auch wenn es die Wahrheit war, sollte er sich so fern von Caitlin halten wie nur möglich.

Caitlin lächelte ihn strahlend an. »Danke.« Sie zog sich zurück und schloss die Tür leise hinter sich.

Torik beobachtete durch das Fenster, wie sie zum Haus zurückging, ihre Schritte etwas federnder als sonst. Abrupt zog er die Vorhänge zu und riss sich die Kleidung vom Körper.

4

Als Torik aus der Dusche kam, beschloss er, den Anruf bei Finn nicht länger hinauszuschieben. Vermutlich hätte er sich sofort melden sollen, aber er hatte erst sein Gleichgewicht wiedererlangen wollen. Was ihm nicht hundertprozentig gelungen war, denn unter dem Wasserstrahl hatte er wieder daran denken müssen, wie Caitlin mit ihrem Finger seine Narbe nachgefahren war. Auch eiskaltes Wasser hatte nicht dabei geholfen, die ungebetene Erregung zu vertreiben. Völlig durchgefroren hatte er schließlich erkannt, dass er damit würde leben müssen. Und das sollte nicht schwer sein, er brauchte nur an Arlyn zu denken und daran, was es kostete, sich an jemanden zu binden, und schon würde jeder Gedanke an die Autorin verschwinden. Torik zog den Vorhang auf und blickte aus dem Fenster. Auf dem Grundstück war alles ruhig, aber er hatte auch nichts anderes erwartet. Die Männer würden es heute nicht noch einmal versuchen, wenn sie schlau waren.

Rasch wählte er die Nummer des Satellitentelefons im Lager und kam gleich zur Sache, als Finn sich meldete. »Ich bin angekommen.«

»Ich hatte erwartet, dass du früher dort sein würdest. Hattest du Probleme?« Finn klang besorgt. Im Hintergrund konnte Torik andere Stimmen hören.

»Ich nicht, aber die Autorin. Ich bin ihr zum Supermarkt in West Yellowstone gefolgt, und dort ist sie in einer Gasse von zwei Männern angegriffen worden.«

Finn schwieg einen Moment. »Ein normaler Überfall?«

Torik ballte seine Faust, als er sich daran erinnerte, wie der Verbrecher Caitlin die Luft abgedrückt hatte. »Es kam mir eher so vor, als sollte sie entführt werden. Aber das konnte ich verhindern.«

»Was hast du getan?« Finns Frage klang beinahe wie ein Vorwurf.

Wut durchströmte Torik. »Sollte ich zusehen, wie irgendwelche Verbrecher eine Frau überfallen? Oder sie hilflos liegen lassen, als der eine ihre Kehle so fest zugedrückt hatte, dass sie das Bewusstsein verlor?« Er konnte den Berglöwen in seiner Stimme hören.

Ein Fluch drang durch den Hörer. »Geht es ihr gut?«

Der Berglöwe in ihm zog sich zurück, und Torik schnitt eine Grimasse, als er seine Hand öffnete und die blutigen Abdrücke seiner Krallen sah. »Ja. Einige Prellungen, und sie hat sich ziemlich erschreckt, aber sie scheint sich schon ein wenig erholt zu haben.«

»Gut. Wo bist du jetzt?«

Torik leckte über seine Handfläche, damit sich die Wunden schneller schlossen. »In ihrem Gästeapartment.« Eine ominöse Stille drang durch den Hörer. »Finn?«

»Du bist in ihrem Haus?« Die Stimme des Ratsführers klang erstickt.

»Nein, in dem Apartment neben ihrer Garage.« Torik lehnte seine Stirn an die Glasscheibe. »Ich weiß, was ich tue. Sie hatte mich sowieso schon gesehen, und als sie dann fragte, ob ich hier übernachten will, dachte ich mir, dass es eine gute Gelegenheit ist, in ihrem Haus nach Informationen zu suchen.«

Finn stieß einen tiefen Seufzer aus. »Mir gefällt das alles nicht. Was ist, wenn sie merkt, was du bist?«

»Du könntest ein wenig mehr Vertrauen in meine Fähigkeiten haben.«

»Die habe ich, aber diese Caitlin Walker hat über einen Berglöwenwandler geschrieben, der eine unheimliche Ähnlichkeit mit dir hat. Was ist, wenn sie deshalb auch auf die kleinsten Anzeichen achtet? Wenn sie weiß, dass es uns gibt, dürfte es für sie nicht allzu schwer sein, zu erraten, wer du bist.« Finn klang ernst.

»Ich werde dafür sorgen, dass sie nie mehr als einen Menschen in mir sieht. Und wenn ich Anhaltspunkte finde, werde ich morgen schon weit weg sein. Caitlin hat keine Chance gegen mich.« Die Worte lagen bitter auf seiner Zunge, auch wenn sie der Wahrheit entsprachen. Der Gedanke, dass sie vielleicht sogar irgendetwas mit den Verbrechern zu tun haben könnte, die seit fast einem Jahr versuchten, die Wandler seiner Gruppe gefangen zu nehmen oder zu töten, verursachte einen Druck hinter seinem Brustbein.

»Mir gefällt das alles nicht. Es erscheint mir als ein zu großer Zufall, dass diese Caitlin genau an dem Tag überfallen wird, an dem du angekommen bist.«

Torik fuhr durch seine feuchten Haare. »Ich wüsste nicht, was es sonst sein sollte, es kann mich niemand gesehen haben, und es weiß auch niemand, weshalb ich hier bin.«

»Das mag sein, aber dass sie überhaupt überfallen wurde und anscheinend entführt werden sollte, nur einen Monat nach der Veröffentlichung ihres Buchs über Berglöwenwandler, da könnte es einen Zusammenhang geben.« Finn senkte die Stimme. »Pass auf dich auf, ich habe ein ganz schlechtes Gefühl bei der Sache.«

Torik auch, aber das sagte er nicht. »Mache ich.«

»Bleib in ihrer Nähe und finde heraus, was sie weiß und woher zum Teufel sie die Informationen hat. Achte darauf, ob jemand zu ihr Kontakt aufnimmt.«

Torik verdrehte die Augen. »Ja, danke, ich weiß, weshalb ich hier bin.«

Finn stieß ein kurzes Lachen aus. »Entschuldige. Meine Nackenhaare sträuben sich, wenn ich nur daran denke. Das ist kein gutes Zeichen.«

Das sah Torik genauso. »Ich werde mich noch ein wenig in Berglöwenform umsehen, bevor ich zum Essen rübergehe.«

»Du …«

Torik unterbrach ihn, um nicht in eine weitere Diskussion darüber zu geraten, dass er Caitlin nicht zu nahe kommen sollte. »Wollte Marisa nicht irgendwann noch einmal zu Stammheimers Haus in Nevada fahren, um dort die letzten Beweise für unsere Existenz zu beseitigen?« Noch jetzt kroch die Wut in ihm hoch, wenn er daran dachte, wie der Jugendliche Bowen von dem Wissenschaftler gefoltert worden war, damit er sich vor laufender Kamera in einen Berglöwen verwandelte und damit den Beweis für die Existenz seiner Art lieferte. Hätte nicht Stammheimers Tochter Isabel ihn dort entdeckt und eine Nachricht an die Gruppe geschickt, wäre die Sache noch übler ausgegangen.

»Ja, Marisa wollte warten, bis das FBI das Interesse an ihr verloren hat. Außerdem soll Isabel sie begleiten, und bisher gab es noch keine Gelegenheit.«

»Vielleicht sollten wir das bald in Angriff nehmen, es wäre ungünstig, wenn jetzt, nach der Veröffentlichung von Caitlins Buch, ein Video von Bowens Verwandlung auftaucht.«

Finn schwieg einen Moment. »Marisa und Coyle sind noch hier, ich werde gleich mit ihnen darüber sprechen. Es sind gerade Ferien, vielleicht hat Isabel Zeit.«

»Wenn ich die Sache hier schnell beenden kann, komme ich sofort zurück und begleite Marisa und Isabel. Ich habe ein schlechtes Gefühl dabei, sie alleine in das Haus zu schicken.« Stammheimer war dort ermordet worden, sein Computer und die Unterlagen waren verschwunden, und das bedeutete, dass jemand von seinen Forschungen wusste. Jemand, der noch immer Interesse an dem Haus und an jedem haben konnte, der sich – wie Marisa und Isabel – zu diesem Zeitpunkt dort aufgehalten hatte.

Finn lachte, doch es klang angespannt. »Coyle teert und federt mich, wenn ich nicht für Marisas Schutz sorge. Ohne Wächter werde ich sie nicht dorthin schicken.«

»Gut.« Torik blickte erneut aus dem Fenster. »Ich muss jetzt los. Hältst du mich auf dem Laufenden?«

»Natürlich. Und du mich auch, hoffe ich.«

Torik gab einen nichtssagenden Laut von sich und beendete das Gespräch. Seine Haut kribbelte, und er wusste, dass er jetzt dringend rausmusste. Vorsichtig zog er die Tür auf und blickte in die Nacht hinaus. Von hier aus konnte er nur den hinteren Teil des Grundstücks sehen, nicht aber das Haus. Das hieß, dass auch Caitlin ihn nicht bemerken würde, sollte sie zufällig aus dem Fenster blicken. Aber in der Dunkelheit war es sowieso unwahrscheinlich, dass ein Mensch ihn entdecken konnte. Torik verwandelte sich und hob seine Nase. Er witterte einen süßlichen Geruch, vermutlich Caitlins Badewasser. Es dauerte einen Moment, bis er sich davon überzeugt hatte, dass es eine schlechte Idee wäre, zu versuchen, einen Blick auf sie zu erhaschen. Stattdessen warf er sich herum und verschwand in den Büschen, die das Grundstück umgaben.

Über ein halbes Jahr hatte Lee jetzt stillgehalten und sich nur darauf konzentriert, diesen Caruso zu beseitigen, der ihn nach Gary Jennings Versagen bei der Jagd nach der Berglöwengruppe so unangenehm bedroht hatte. Wie kam dieser Kerl dazu, ihm zu sagen, dass er ihn finden und vernichten würde? Lee hatte sofort eine Gegenmaßnahme ergriffen und sich seinerseits auf die Suche nach Caruso gemacht. Doch der war überraschend schwer ausfindig zu machen. Und was noch schlimmer war – er war Lee selbst ein paarmal erschreckend nahe gekommen, als der ihn nicht erwartet hatte. Deshalb hatte Lee seine weiteren Pläne für die Gestaltwandler auf Eis gelegt, bis er diesen lästigen Caruso aus dem Weg geschafft hatte.

Jetzt jedoch musste er eingreifen. Nachdem diese Caitlin Walker ein Buch über die Berglöwenwandler veröffentlicht hatte, blieb ihm gar keine andere Wahl, als seine Pläne zu forcieren. Denn wenn erst andere draufkamen, welche Möglichkeiten, aber auch Gefahren von den Wandlern ausgingen, verlor er womöglich alles, wofür er seit Jahren arbeitete. Und das würde Lee nicht zulassen. Niemand würde ihm seine Rache nehmen und auch nicht den Triumph, wenn er am Ende sein Ziel erreichte. Sein Erfolg war in greifbare Nähe gerückt, das konnte er in jeder Faser seines Körpers spüren.

Ungeduldig ging Lee mit langen Schritten durch die Hotelsuite und goss sich einen Whiskey aus der Minibar ein. Er hasste es zu warten, das hatte er lange genug getan. Wäre nicht immer noch die Sache mit diesem Caruso offen, hätte er sich selbst auf den Weg nach Montana gemacht und diese Autorin beseitigt. Stattdessen hatte er wieder auf irgendwelche Idioten zurückgreifen müssen, die Caitlin Walker entführen und zu ihm bringen sollten. Er musste herausfinden, was sie über die Wandler wusste, bevor er sie unauffällig entsorgte. Vielleicht ein kleiner Unfall im Yellowstone, so etwas passierte schließlich ständig.

Er nahm einen Schluck Whiskey, als sein Handy klingelte. »Ja.«

Die Pause am Anfang war kein gutes Zeichen. »Wir haben uns die Schlampe in einer Gasse gegriffen, sie hat sich ein wenig gewehrt, aber das war kein Problem.« Die heisere, ausdruckslose Stimme passte zu dem Mann, der jetzt sprach: Owen war ein rauchender Idiot, der für Geld alles tat.

»Okay, dann bringt sie zum vereinbarten Treffpunkt, dort bekommt ihr den Rest des Geldes.«

Wieder herrschte einen Moment Schweigen, im Hintergrund konnte er Getuschel hören. »Nun ja, die Sache ist die: Die Tussi hatten wir, aber dann kam unerwartet ein Kerl dazu, der sie verteidigt hat.«

Lee schloss die Augen und lehnte den Kopf zurück. »Habt ihr ihn erledigt?«

»Sie hatten uns ja gesagt, dass wir die Frau lebend mitbringen sollen, deshalb hatten wir nur Messer dabei. Der Kerl hat gekämpft wie ein Teufel, aber ich glaube, ich habe ihn verletzt. Aber dann mussten wir uns zurückziehen, weil wir nach Ihren Anweisungen ja kein Aufsehen erregen durften.«

»Ihr habt also die Frau nicht?« Lee bemühte sich, nicht so frustriert zu klingen, wie er sich gerade fühlte.

»Noch nicht, aber wir erwischen sie schon noch. Wir fahren gleich zu ihrem Haus und greifen sie uns, wenn sie allein ist. Es hat nur etwas gedauert, bis wir einen neuen Wagen organisiert hatten, weil wir nicht wussten, ob der alte gesehen worden ist.«

Lees Augen öffneten sich wieder, und er hielt das kühle Glas an seine Stirn, hinter der sich Kopfschmerzen bemerkbar machten. »Wie sah dieser Mann aus, der ihr zu Hilfe gekommen ist?«

»Wie ein Mann halt. Es war dunkel in der Gasse.«

Lee biss die Zähne zusammen, bis er sich wieder unter Kontrolle hatte. »Irgendetwas wird Ihnen doch wohl aufgefallen sein. War er groß oder klein? Dick oder dünn? Haarfarbe?«

»Oh … äh … groß und schlank.« Er schien zuzuhören, als sein Kumpan etwas sagte. »Lange dunkle Haare, vielleicht ein Indianer.« Wieder Gemurmel. »Muss Erfahrung im waffenlosen Kampf haben, er hat sich irgendwie merkwürdig bewegt, fast fließend. Und schnell war er.«

Lee setzte sein Glas ab und ging durch die Suite zu seiner Reisetasche. Rasch zog er das Buch heraus und schlug es am Anfang auf. Nachdem er die Beschreibung des Wandlers gelesen hatte, spielte ein Lächeln um seine Lippen. Konnte es sein, dass der geheimnisvolle Fremde einer der Berglöwenwandler war? Also schien sein Verdacht, dass die Autorin über Insiderwissen verfügen könnte, richtig zu sein. Bisher hatte er sich nicht vorstellen können, welchen Vorteil es für die Wandler brachte, zu Liebesbrei verarbeitet zu werden, aber jetzt musste er davon ausgehen, dass zumindest einer von ihnen diese Caitlin Walker kannte. Vielleicht ein Abtrünniger?

»Hallo? Sind Sie noch da?«

Erst jetzt erinnerte Lee sich wieder daran, dass er mitten in einem Telefonat war. »Ja. Ich möchte, dass ihr euch zurückzieht. Die Sache ist erledigt.« Zumindest war sie das für die beiden Idioten. Er konnte es nicht riskieren, dass sie durch ihre Dummheit diese Chance zerstörten.

»Was? Aber wir haben noch nicht das ganze Geld bekommen!« Ärger klang in der Stimme mit.

»Das ist euer Pech, ihr hattet die Chance, euren Auftrag zu erfüllen, aber ihr habt ihn vergeigt. Seid froh, dass ihr die Anzahlung behalten könnt.« Er senkte die Stimme. »Verschwindet dort, sofort! Ich will nicht, dass die Autorin oder ihr Beschützer euch irgendwo sehen und die Sache für mehr als einen missglückten Überfall halten.«

»Aber …«

»Sofort, sonst werdet ihr es bereuen!« Damit klappte er sein Telefon zusammen.

Da er die Männer nicht kannte und nicht wusste, ob sie aus Gier seine Befehle missachten würden, beschloss er, Sanders hinterherzuschicken, der schon öfter schwierige Fälle für ihn gelöst hatte. Zur Beobachtung und um im Notfall eingreifen zu können. Ein schmales Lächeln erhellte sein Gesicht. Vielleicht konnte er die Sache doch noch zu seinem Vorteil nutzen.

Isabel umklammerte das Handy und ließ sich langsam auf ihr Bett sinken. Normalerweise freute sie sich, von Marisa zu hören, die zu einer Freundin geworden war, seit sie nach der Ermordung ihres Vaters zusammen in seinem Haus in Nevada auf die Polizei gewartet hatten. Isabel wusste, dass sie irgendwann dorthin zurückkehren und sich den Erinnerungen an die grausamen Taten ihres Vaters und den Anblick seiner Leiche stellen musste, doch jetzt, wo es so weit war, wünschte sie sich, sie könnte einfach die Augen schließen und alles wäre schon vorbei. Aber auch etwas anderes ließ sie nicht zur Ruhe kommen: Würde sie Bowen wiedersehen? Sie hatte nichts von ihm gehört, seit sie von Marisa und Coyle aus dem Keller befreit worden waren, in den ihr Vater sie gesperrt hatte. Dort hatte Bowen sich für ihre Hilfe bedankt und sich verabschiedet. Die Erinnerung an ihren Kuss war bittersüß. Wenn ihr vorher jemand gesagt hätte, dass sie sich innerhalb einer so kurzen Zeitspanne unter solchen Umständen gefühlsmäßig dermaßen an jemanden binden würde, hätte sie ihn ausgelacht.

Aber es war so. Seit sie Bowen mit den Spuren der Folterungen ihres Vaters an seinem nackten Körper im Keller entdeckt hatte, war sie nicht mehr in der Lage, einen anderen Jungen auch nur interessant zu finden. Sie wirkten alle unreif und blass gegen den Berglöwenwandler. Die letzten elf Monate hatte sie versucht, ihn zu vergessen und sich auf die Schule und ihr Leben in Los Angeles zu konzentrieren. Es hatte nicht funktioniert. Also sog sie jedes kleinste Detail auf, das Marisa ihr über Bowen berichtete. Wie es schien, war es ihm auch nicht gelungen, sein vorheriges Leben reibungslos fortzusetzen, und er litt immer noch unter der Erinnerung an das, was ihr Vater ihm angetan hatte. Sie wusste, dass es nicht ihre Schuld war, trotzdem konnte sie nicht umhin, sich zu fragen, ob er sie deswegen mied. Wenn es so war, konnte sie nichts dagegen tun, es war geschehen und konnte nicht rückgängig gemacht werden.

Vor wenigen Wochen hatte sie die Highschool abgeschlossen und würde im Herbst ihr Studium beginnen. Zumindest war das der Plan. Irgendwie fehlte ihr jedoch die Energie, sich darauf zu freuen oder auch nur einen Funken Interesse dafür aufzubringen. Ihre Mutter drängte sie, sich schnell zu entscheiden, aber in den letzten Tagen hatte sie ernsthaft überlegt, ob sie sich nicht erst eine Auszeit nehmen, vielleicht ein paar Monate reisen und die Welt kennenlernen sollte. Wenn sie das Haus ihres Vaters, das er ihr vererbt hatte, verkaufte, besaß sie genug Geld, um einige Zeit gut davon zu leben und sich danach noch durchs Studium zu bringen.

Isabel setzte sich entschlossen auf. Genau das würde sie tun. Marisa und ihre Freunde konnten alles aus dem Keller mitnehmen und vernichten, was sie für nötig hielten. Danach würde sie das Haus ausräumen und verkaufen. Es war ein schönes Haus auf einem großen Grundstück, umgeben von wunderbarer Landschaft, bestimmt würde sich schnell ein Käufer dafür finden. Am besten begann sie gleich mit der Suche nach seriösen Immobilienmaklern in der Gegend, damit sie einen aufsuchen konnte, wenn alles erledigt war. Ihre Mutter hatte ihr schon vor einigen Monaten gesagt, dass sie sich nicht in der Lage fühlte, zum Haus ihres Exmannes zu fahren, in dem er ermordet worden war. Das war Isabel nur recht, denn sie hatte keine Lust, Felicia zu erklären, was dort im Keller geschehen war.

Isabel wünschte, sie hätte mit ihrer besten Freundin Claire darüber reden können, doch sie hatte ihr nie von den Wandlern erzählt und damit zum ersten Mal in ihrem Leben ein Geheimnis vor ihr. Und was für eines: Die Tatsache, dass es Menschen gab, die sich in einen Berglöwen verwandeln konnten, war unglaublich, wenn man es nicht selbst gesehen hatte. Genau das war aber das Problem: Es durfte niemand wissen, weil die Wandler sonst gejagt und für wissenschaftliche Zwecke ausgebeutet oder vielleicht sogar getötet werden würden. Normalerweise hätte Isabel diese Befürchtungen von Marisa und ihren Freunden nicht geglaubt, doch sie hatte gesehen, wozu ihr Vater fähig gewesen war, der wegen seiner wichtigen Forschungen zuvor stets ein Vorbild für sie gewesen war. Nein, sie konnte Claire nicht mit in die Sache hineinziehen, sosehr sie auch ihre Unterstützung gebraucht hätte.

Als sie ihre Tasche packte, fühlte Isabel sich einsamer als je zuvor.

Caitlin strich zum wahrscheinlich hundertsten Mal über ihre Bluse, obwohl sie wusste, dass sie tadellos saß. Sie hatte sie extra deswegen ausgesucht, denn sie lenkte von ihren zu breiten Hüften und ihren ein wenig zu rundlichen Armen und Schultern ab. Außerdem hob der tiefe Ausschnitt ihr Dekolleté hervor, und auch die weite Hose diente dazu, ihre wahre Figur zu verschleiern. Es war vielleicht albern, sich für einen Mann schön zu machen – zumindest so weit das ging –, den sie gerade erst kennengelernt hatte. Caitlin zuckte mit den Schultern. Aber vermutlich war es auch nicht verrückter, als ihm ihr Gästeapartment anzubieten und ihn zum Essen einzuladen. Langsam ging sie durch den dunklen Garten, um Torik zu sagen, dass das Essen fertig war. In der Badewanne war ihr eingefallen, dass sie gar keine Zeit ausgemacht hatten und er wohl nicht von selbst zum Haus herüberkommen würde.

Automatisch sah sie durch das Fenster in den hell erleuchteten Raum und erstarrte. Torik stand splitterfasernackt vor dem Schrank, in dem er etwas zu suchen schien. Caitlin wusste, sie sollte sich abwenden und zum Haus zurückkehren, doch sie konnte ihren Blick nicht von dem grandiosen Anblick losreißen. Toriks Haut war überall gleichmäßig braun, wahrscheinlich dank seiner indianischen Vorfahren, und überzog einen schlanken, aber doch muskulösen Körper. Verdammt, sie war ein Spanner! Trotzdem konnte sie sich nicht vom Fenster abwenden, sondern prägte sich jede faszinierende Einzelheit genau ein. Am besten gefiel ihr, dass er nicht so künstlich aufgepumpt und auch nicht so verdammt jung aussah wie die Männer, die vom Verlag als Covermodels verwendet wurden. Wehmütig überlegte sie, wie gerne sie ein Foto von ihm gemacht hätte, damit sie ihn auch später noch nach Herzenslust betrachten konnte.

Als Torik jedoch plötzlich zum Fenster blickte, sprang Caitlin erschrocken zurück. Hatte er sie gesehen? Sie stand im Dunkeln, er musste schon Katzenaugen haben, um sie dort zu entdecken. Trotzdem schienen seine Augen sich direkt in ihre zu bohren, während er eine Jeans überstreifte. Hitze schoss durch Caitlins Körper, doch sie wandte sich nicht ab. Von der Seite sah er mindestens genauso gut aus wie von hinten, und von vorne … Caitlin schluckte trocken und beobachtete gierig, wie sich die Muskeln in seinem Oberkörper bewegten, während er ein schwarzes T-Shirt überzog. Plötzlich wurde ihr jedoch klar, dass Torik jederzeit nach draußen kommen konnte, und nach einem letzten sehnsüchtigen Blick lief sie zum Haus zurück.

Sie schloss die Tür hinter sich und lehnte sich mit dem Rücken dagegen, während sich ihr Herzschlag nur langsam beruhigte. Mit den Händen bemühte sie sich, ihre zerzauste Frisur zu bändigen, aber vermutlich machte sie es damit noch schlimmer. Schließlich gab sie auf und beschloss, lieber nachzusehen, ob sie auch nichts auf dem Esstisch vergessen hatte. Wenn sie alleine aß, benutzte sie den kleinen Tisch in der Küche, doch heute hatte sie sogar ihr gutes Geschirr herausgeholt. So oft sie sich auch sagte, dass sie sich die Mühe nur machte, um sich bei Torik für seine Hilfe zu bedanken, wusste sie doch, dass es noch einen ganz anderen Grund gab. Und der hatte nichts mit dem Überfall zu tun, sondern viel mehr mit ihren Hormonen.

5

Caitlin zuckte zusammen, als es an der Tür klopfte. Ihre Aufregung steigerte sich, und sie war froh, dass Torik sie vorhin nicht beim Spannen erwischt hatte.

Nach einem tiefen Atemzug öffnete sie die Tür und lächelte ihren Gast an. »Hallo, Sie kommen genau richtig, das Essen ist fertig.«

Torik neigte den Kopf. »Es riecht sehr gut. Danke für die Einladung.« Er trat ein und schloss die Tür hinter sich. Als er sich umdrehte, rannte er fast in sie hinein, weil sie in seinen Anblick vertieft gewesen war und vergessen hatte zurückzutreten. Rasch machte sie einen Schritt nach hinten.

Torik blickte sie forschend an. »Geht es Ihnen nicht gut? Sie sehen erhitzt aus.«

Wenn möglich, vertiefte sich ihre Röte noch. »In der Küche ist es sehr warm.«

»Ach ja, natürlich.«

Bildete sie es sich ein, oder lag Belustigung in seinen Augen? Seinen Gesichtsausdruck konnte sie nicht deuten, er hätte aus Stein gemeißelt sein können, und doch kam es ihr so vor, als wüsste er, was sie getan hatte. Ihre Verlegenheit verstärkte sich. Für einen Moment versank sie in seinen Augen, dann gab sie sich einen Ruck. Wenn er tatsächlich wusste, dass sie ihn beim Anziehen beobachtet hatte, würde er nicht so ruhig hier stehen, sondern ihr Vorwürfe machen oder sich in seinen Jeep setzen und wegfahren. Oder er wusste es und störte sich nicht daran. Die zweite Möglichkeit schien ihr plötzlich durchaus plausibel, schließlich hatte er auch völlig gelassen reagiert, als sie beinahe in seine Hose gesehen hatte. Die Vorstellung löste ein Flattern in ihrem Magen aus.

Mit Schrecken wurde ihr bewusst, dass sie die ganze Zeit kein Wort gesagt hatte. »Ich habe im Esszimmer für uns gedeckt.«

Sie konnte seinen Blick in ihrem Nacken spüren und hatte Mühe, normal zu gehen. Erleichtert atmete sie auf, als sie ins Esszimmer kamen und er sich interessiert umsah. Eigentlich war die Bezeichnung übertrieben, es gab zwar einen großen Tisch in dem Durchgangsraum, aber die Wände zu beiden Seiten waren bis zur Decke mit Einbauregalen bedeckt, in denen Tausende von Büchern standen.

»Ich nehme an, Sie lesen gern.«

Caitlin schüttelte den Kopf. »Nein, ich lese nicht, ich inhaliere Bücher.« Das entlockte ihm ein leichtes Zucken seines Mundwinkels. »Sehen Sie sich ruhig um, ich hole in der Zwischenzeit das Essen.«

Während sie in der Küche hantierte, warf sie immer wieder unauffällige Blicke in den Nebenraum. Torik ging tatsächlich an den Regalen entlang und betrachtete die Bände. Sie hielt den Atem an, als er zu der Ecke kam, in der ihre eigenen Bücher standen. Anstatt sie groß auszustellen, wie es einige Autoren taten, hatte Caitlin ihre Publikationen wie alle anderen mit dem Rücken nach vorne im Regal stehen. Torik stand lange davor, bevor er weiterging. Caitlin wünschte, sie hätte sein Gesicht sehen können, als er sie entdeckte. Mühsam zwang sie sich, zu ihrer Aufgabe zurückzukehren. Sie hatte Pizza gebacken und trug nun die knusprigen Teigfladen auf einer Servierplatte ins Esszimmer.

»Ich hoffe, Sie mögen Pizza.«

Torik drehte sich zu ihr um und blickte sie durchdringend an. »Ja.«

»Ich koche eher selten, meist vergesse ich es einfach, wenn ich arbeite. Deshalb habe ich ein kleines Repertoire an Gerichten, die einfach zu machen sind und immer gelingen.« Sie verzog den Mund. »Wenn ich daran denke.« Torik stand noch da und sah sie an. »Nehmen Sie Platz.«

Caitlin wartete, bis ihr Gast sich gesetzt hatte, und stellte dann die Platte zwischen sie. Als sie wieder aufblickte, merkte sie, dass Toriks Augen auf ihrem Ausschnitt lagen. Verwundert sah sie an sich herunter und erkannte, warum Torik so gebannt schien: Der oberste Knopf hatte sich geöffnet und bot einen noch großzügigeren Einblick, als der Schnitt der Bluse es ohnehin erlaubte. Schon wieder stieg Hitze in ihre Wangen, und Caitlin beeilte sich, den Knopf wieder zu schließen.

»Nicht.« Toriks Stimme klang rau.

Caitlin hielt in der Bewegung inne und starrte ihn an. »Wie bitte?«

Er sah auf, und es lag etwas in seinen Augen, das ein Kribbeln durch ihren Körper sandte. »Es gefällt mir so.«

Unsicher blickte sie auf ihren Ausschnitt hinunter. Es waren die Ansätze ihrer Brüste zu sehen und der tiefe Einschnitt dazwischen, unter dem ein Stück schwarzer Spitze ihres BHs hervorblitzte. Sonst lugte aber nichts heraus, und Caitlin entschied, dass sie immer noch dezent gekleidet war. Außerdem hatte sie von Torik bereits viel mehr gesehen, es war nur fair, ihm auch ein bisschen was zu bieten. Sie nahm ihre Hände herunter und vergrub sie in ihrem Schoß. Erregung durchfloss sie, und ihre Brustspitzen richteten sich auf. Als sie Torik anblickte, schien es, als würde sein Gesicht noch härter wirken als sonst, seine Wangenknochen stachen scharf hervor. Es war die Hitze in seinen Augen, die sie davon überzeugte, die richtige Entscheidung getroffen zu haben.

»Nehmen Sie sich ruhig ein Stück, bevor es kalt wird.« Sein

Blick huschte zu ihren Brüsten, und Caitlin erkannte, dass ihre Worte auch anders aufgefasst werden konnten. »Pizza.«

Mit einem leichten Lächeln schlossen sich Toriks lange, schlanke Finger um ein Stück Pizza, und Caitlin wünschte fast, sie hätte den Mut, sich auf eine Affäre mit einem Fremden einzulassen. Aber das kam auf keinen Fall infrage, sie hatte vor langer Zeit erkannt, dass Sex ohne Liebe sie einsamer und unzufriedener als zuvor zurückließ. Oder vielleicht hatte sie nie den richtigen Mann dafür getroffen. Caitlin kniff die Augen zusammen, als ihr Verlangen ihr vorgaukelte, dass Torik auch an ihr interessiert war und es diesmal vielleicht anders wäre. Sie war keine von den Frauen, denen die Männer hinterherliefen, dazu war sie zu … unauffällig. Außerdem konnte sie Toriks Verhalten immer noch nicht deuten. Mal wirkte es fast, als würde er ihr gerne näherkommen, und dann wieder als würde er am liebsten flüchten.

»Wollen Sie nichts essen?«

Caitlin riss die Augen wieder auf. Torik blickte sie neugierig an, wahrscheinlich fragte er sich schon, ob sie ein wenig verrückt war. Abrupt richtete sie sich gerade auf und nahm sich ebenfalls ein Stück Pizza. »Ach, ich habe die Getränke ganz vergessen. Was kann ich Ihnen anbieten? Wasser, Saft, Cola, Bier, Wein?«

»Cola, bitte.«

Rasch erhob sie sich und holte die Getränke aus der Küche. Kurz vor dem Durchgang hielt sie noch einmal an, stellte die Flaschen auf die Arbeitsplatte und zog an ihrer Bluse. Zufrieden, dass der Ausschnitt damit noch tiefer saß, kehrte sie schließlich ins Esszimmer zurück. Torik sah auf, als sie eintrat, und sein Blick zeigte ihr, dass er es bemerkt hatte. Meine Güte, was tat sie denn da? Auch wenn sie es genoss, zur Abwechslung die Aufmerksamkeit eines Mannes zu besitzen und sich begehrenswert zu fühlen, war ihr klar, dass daraus nichts werden konnte. Torik würde am Ende des Abends in das Gästeapartment zurückkehren, und sie würde wach liegen und sich fragen, was geschehen wäre, wenn sie den Mut gehabt hätte, ihm deutlicher zu zeigen, dass sie an ihm interessiert war. Obwohl, noch deutlicher? Torik hätte tot oder strohdumm sein müssen, um ihre Signale nicht wahrzunehmen, und er war eindeutig keines von beidem. Aber wollte sie einen Mann, der sie nur wegen ihrer Brüste begehrte?

Caitlin beugte sich über den Tisch und schenkte ihm ein. Der Flaschenhals berührte klirrend das Glas, so sehr zitterten ihre Hände. Sie traute sich nicht, zu Torik zu sehen, um festzustellen, ob er die Gelegenheit nutzte, seinen Blick noch einmal tief in ihren Ausschnitt gleiten zu lassen. Stattdessen stellte sie die Flasche auf den Tisch und setzte sich. Überrascht sah sie auf, als sie ein unterdrücktes Stöhnen hörte. Torik hatte die Augen geschlossen und sah aus, als hätte er Schmerzen.

»Was haben Sie?«

Seine Lider hoben sich langsam, und es schien, als wäre die Iris heller als vorher. Das musste am Licht liegen. »Die Pizza ist fantastisch.«

Erleichtert lachte Caitlin auf. »Danke. Ich freue mich, dass sie Ihnen schmeckt.«

»Sie wohnen hier allein?«

»Ja.« Überrascht legte Caitlin den Kopf schief. »Warum fragen Sie?«

»Ich wundere mich nur, dass Sie keinen Freund oder Mann haben.« Torik schob ein Stück Pizza in den Mund und kaute genüsslich.

Lächelnd lehnte Caitlin sich zurück. »Weil ich so gut Pizza backe?«

»Unter anderem.« Er sah zwar nicht in ihren Ausschnitt, aber sie konnte sich auch so denken, was er meinte.

Caitlin hob die Schultern. »Anscheinend sind andere Männer nicht in der Lage, das zu erkennen.« Weil das viel zu wehleidig klang, redete sie schnell weiter. »Davon abgesehen liegt es eher daran, dass ich noch keinen Mann getroffen habe, bei dem ich mir hätte vorstellen können, mein ganzes Leben mit ihm zu verbringen.«

Toriks Augen verloren den Glanz. »Das verstehe ich.«

»Dann haben Sie bisher auch noch nicht die richtige Frau gefunden?« Caitlin hielt den Atem an, obwohl sie genau wusste, dass sie nicht fragen sollte.

»Doch.« Das Wort klang abgehackt, und Toriks Miene drückte aus, dass er nicht darüber sprechen wollte.

Pech für ihn, sie wollte eine richtige Antwort. »Dann haben Sie also eine Frau?« Abwesend strich er über die Narbe an seinem Arm, während er auf seinen Teller blickte, als wäre dort die Antwort zu finden. »Torik?«

»Nicht mehr.« Die Art, wie er es sagte, ließ keine weiteren Fragen zu. Was auch immer passiert war, es war ihm anzusehen, wie schwer es ihn getroffen hatte.

Caitlin blickte auf ihren Teller, der Appetit war ihr vergangen. Was hatte sie sich hier vorgemacht? Dieser Mann war ihr Retter, aber mehr auch nicht, und die sexuellen Schwingungen gab es nur in ihrer blühenden Fantasie. Am liebsten hätte sie ihre Bluse bis zum Kinn zugeknöpft, aber das würde warten müssen, bis sie wieder alleine war.

»Sie sind also Autorin?« Auch Torik schien dringend nach einem anderen Thema zu suchen.

»Ja. Ich schreibe Liebesromane.« Am Anfang ihrer Karriere hatte sie erst lernen müssen, das offen zu sagen und die Reaktionen der meisten Leute nicht an sich herankommen zu lassen. Sie erwartete von Torik ein mitleidiges Lächeln oder versteckte Häme, doch er nickte nur.

»Haben Sie viele Leser?« Anscheinend hielt er nichts davon, drum herumzureden.

»Pro Buch mehrere Hunderttausend.« Das schien ihn noch mehr zu versteinern. Seltsam, sie hatte nicht gedacht, dass er sich davon beeindrucken ließ. Enttäuscht blickte sie auf ihren Teller hinunter.

»Dann müssen Sie gut sein.« Bildete sie es sich ein, oder lag ein merkwürdiger Unterton in seiner Stimme?

»Ja, das bin ich.« Zumindest hoffte sie es. Auch wenn sie nach dem inzwischen zwölften Buch sicher hätte sein müssen, fragte sie sich immer noch vor jeder Veröffentlichung, ob die Geschichte gut genug war oder sie damit ihre Leser vergraulen würde. Bisher war das glücklicherweise noch nicht passiert.

»Woher haben Sie die Ideen?«

Normalerweise redete sie ausgesprochen gern über das Schreiben und ihre Bücher, aber irgendetwas an Toriks Art störte sie. Sie konnte nicht genau den Finger darauflegen, deshalb beschloss sie, direkt zu sein. »Hören Sie, wir müssen nicht darüber reden, ich sehe doch, dass es Ihnen unangenehm ist.«

Torik richtete sich auf, seine dunklen Augen bohrten sich in ihre. »Wie kommen Sie darauf?«

Caitlin zuckte mit den Schultern, und Toriks Blick senkte sich kurz zu ihrem Ausschnitt, bevor er wieder hochschnellte. »Sie kommen mir nicht gerade wie ein Liebesromanleser vor, und die meisten Männer, die ich kenne, wollen sich auch nicht darüber unterhalten. Wenn sie es doch müssen, ist es ihnen peinlich, oder sie langweilen sich fürchterlich.«

Torik sah sie lange an. »Ich bin nicht wie andere Männer.«

Caitlin lächelte schwach. »Das ist mir aufgefallen. Aber ich habe das Gefühl, dass Sie sich im Bereich der Liebesromane auch nicht wirklich wohlfühlen.«

»Ich habe noch nie einen gelesen, falls Sie das meinen. Aber das bedeutet ja nicht, dass ich mich nicht dafür interessieren kann, wenn ich schon mal die Gelegenheit habe, mit einer Autorin zu reden.« Er machte eine kleine Pause und hob die Augenbrauen. »Oder möchten Sie vielleicht nicht darüber sprechen?«

Caitlin stützte die Ellbogen auf die Tischplatte und rieb über ihre Schläfen. »Ich glaube, ich kann nicht mehr klar denken.«

»Ich kann gehen, wenn Sie müde sind.« Torik erhob sich.

»Nein!« Verlegen senkte Caitlin ihre Stimme. »Nein, bitte nicht. Ich freue mich über die Gesellschaft. Außerdem haben Sie bisher kaum etwas gegessen.«

Zögernd setzte Torik sich wieder. »Okay, machen wir es so: Ich bleibe noch, aber Sie sagen mir sofort, wenn Sie ins Bett gehen möchten.«

Mit ihm? Glücklicherweise sprach Caitlin den Gedanken nicht laut aus. »In Ordnung.« Sie holte tief Luft. »Wenn Sie mir versprechen, zu gehen, wenn Sie keine Lust mehr haben.«

Ein Lächeln breitete sich auf Toriks Gesicht aus. »Abgemacht.«

Nach dem Essen schlug Caitlin vor, sich noch eine Weile ins Wohnzimmer zu setzen. Torik sah sich um, während Caitlin noch in der Küche beschäftigt war. Auch dieser Raum war voller Bücher, Caitlin schien ihren Job wirklich ernst zu nehmen. Der größte Teil waren Liebesromane, aber es gab auch etliche Thriller, Krimis und Fantasy. In einem Regal standen Sachbücher zu allen möglichen Themen, von Astronomie bis Zoologie war alles dabei. Torik strich mit dem Finger über ein Buch, das sich mit Raubkatzen beschäftigte. Das erinnerte ihn wieder daran, wie sie seiner Frage, woher sie die Ideen hatte, ausgewichen war. Seine Lippen pressten sich zusammen. Es war nicht gerade hilfreich, dass er Caitlin mochte. Jedes Mal, wenn sie ihn mit ihren großen silbergrauen Augen anblickte, hatte er Mühe, sich auf das zu konzentrieren, weshalb er hergekommen war. Okay, der tiefe Ausschnitt war auch eine gewisse Ablenkung.

Torik war sich sicher, dass der Knopf unabsichtlich aufgegangen war, wahrscheinlich, als sie zum Haus zurückgelaufen war, nachdem sie ihn beobachtet hatte. Er hätte sie nicht davon abhalten sollen, ihn wieder zu schließen, aber in dem Moment war es ihm wie ein Verbrechen vorgekommen, all die schönen Rundungen zu verstecken. Seinetwegen hätte sie auch ruhig völlig nackt herumlaufen können, aber das konnte er einer Menschenfrau kaum sagen. Torik drehte sich um, als er ihre leisen Schritte auf dem Parkett hörte. Ihr Duft umwehte ihn, und er atmete tief ein.

»Stört es Sie, wenn ich ein Glas Wein trinke? Ich habe das Gefühl, ich brauche etwas Beruhigendes, damit ich schlafen kann.«

»Nein, natürlich nicht.« Er sah zu, wie sie die Gläser auf den kleinen Couchtisch stellte, und bemühte sich, nicht auf ihr rundes Hinterteil zu starren, als sie sich bückte. »Haben Sie in allen Räumen des Hauses so viele Bücher?«

Caitlin wandte sich ihm zu und lachte. »Im Bad habe ich keine, wegen der Feuchtigkeit, und in der Küche nur die Kochbücher. Aber sonst überall, ja.«

Der Ausschnitt ihrer Bluse war beim Bücken verrutscht und enthüllte den Großteil ihrer linken Brust, oder vielmehr ihren sehr knappen und beinahe durchsichtigen schwarzen Spitzen-BH. Torik versuchte, nicht zu offensichtlich zu starren, aber es fiel ihm schwer. Nur der Gedanke, dass Caitlin sich sofort wieder bedecken würde, wenn sie es bemerkte, hielt ihn davon ab. Ein Gentleman würde sie wahrscheinlich dezent darauf hinweisen, aber das war er nie gewesen. Torik schüttelte innerlich den Kopf, als er merkte, dass er schon wieder den Grund seines Hierseins aus den Augen verlor. Warum hatte er solche Probleme damit, sich zu konzentrieren? Es war ja nicht so, als hätte er noch nie nackte Haut gesehen, ganz im Gegenteil, normalerweise war er völlig immun dagegen. Vielleicht lag es daran, dass Caitlin so anders war als die Wandlerfrauen oder weil sie eben nicht völlig nackt war, sondern er immer nur kleine Stückchen von ihr sehen konnte. Oder war durch den Kampf sein Beschützerinstinkt geweckt worden, und er sah in ihr deshalb jetzt etwas anderes als einen Feind der Wandler? Auf jeden Fall machte es seine Aufgabe nicht leichter, wenn er sich ständig ablenken ließ.

Als Caitlin sich auf das Sofa setzte, nahm er in einem der Sessel Platz, die ihr gegenüber standen. So kam er nicht in Versuchung, sie zu berühren, und hatte gleichzeitig einen wunderbaren Ausblick. Caitlin beugte sich vor und schob sein Glas über den Tisch. Dabei meinte er fast den Hauch einer Brustwarze zu sehen, aber vermutlich war das nur seine Einbildung. »Danke.« Es war ihm peinlich, wie rau seine Stimme klang. Nur gut, dass niemand aus der Gruppe ihn so erlebte.

»Darf ich fragen, was Sie so machen? Beruflich, meine ich.« Caitlin klang unsicher, so als wüsste sie nicht, ob er ihr antworten würde.

»Ich bin im Sicherheitsbereich tätig.« Mehr oder weniger. Als Wächter war er für die Sicherheit des Lagers und seiner Bewohner zuständig.

Ihre Miene hellte sich auf. »Ah, deshalb konnten Sie meine Angreifer so leicht besiegen. Was für ein Glück, dass Sie in der Nähe waren und den Überfall bemerkt haben!«

Mit Glück hatte das zwar nichts zu tun, aber das konnte er ihr kaum sagen. »Ich bin froh, dass ich Schlimmeres verhindern konnte.« Sein Blick glitt zu ihrem Hals, auf der hellen Haut waren rote Abdrücke zu erkennen, die sich langsam bläulich verfärbten.

Ein Schauder lief durch Caitlins Körper. »Ich habe versucht, mich zu wehren, aber er war einfach zu stark. Ich wäre entführt worden oder vielleicht sogar dort gestorben.«

Torik krampfte seine Hände um die Lehnen des Sessels. Er wollte etwas sagen, aber seine Kiefer waren fest zusammengepresst, um die Vorstellung, dass Caitlin tot sein könnte, zu verdrängen.

Tränen schimmerten in ihren Augen. »Ich weiß nicht, wie ich Ihnen dafür danken kann.«

Torik räusperte sich. »Das müssen Sie nicht.« Er zwang sich zu einem Lächeln. »Außerdem haben Sie mir Pizza gebacken, das reicht völlig.«

Caitlin lachte durch ihre Tränen. »Mein Leben ist also eine Pizza wert? Gut zu wissen.«

»So meinte ich …«

Sie unterbrach ihn. »Ich weiß, es war nur ein schlechter Versuch, die Stimmung aufzuheitern.« Mit der Hand rieb sie über ihren Hals. »Ich habe immer noch das Gefühl, dass meine Kehle zugedrückt wird. Sieht man etwas?« Sie hob ihr Kinn, damit Torik einen besseren Blick auf ihren Hals hatte.

Obwohl er die Prellungen genauso gut von hier aus sehen konnte, gab er seinem inneren Drang nach und setzte sich zu Caitlin aufs Sofa. Sie wandte sich ihm vertrauensvoll zu, und er fragte sich, was sie tun würde, wenn er sie an sich zog und küsste, bis sie beide keine Luft mehr bekamen. Nach dem sanften Glanz in ihren Augen zu urteilen, hätte sie nichts dagegen. Torik zwang sich, sie nur mit seinen Fingerspitzen zu berühren, als er ihren Rücken gegen die Sofalehne drückte und ihr Kinn hob, damit er sich die Flecken genauer ansehen konnte. Sein Magen krampfte sich zusammen, als er deutlich sehen konnte, wo der Unterarm sich gegen ihre Kehle gedrückt hatte. Über den Schnitt hatte sie ein Pflaster geklebt. Es wirkte auf ihrer Haut wie ein Fremdkörper. Dem Verbrecher war es eindeutig egal gewesen, ob sie lebte oder starb.

»Und?« Caitlins Stimme klang atemlos.

Torik strich mit den Fingern sanft über die rot-blauen Stellen. Ein Schauder durchlief Caitlins Körper. »Sie werden noch ein paar Tage etwas davon haben.« Mit aller Mühe unterdrückte er den Drang, mit seiner Zunge über die Male zu streichen. »Ich habe eine Salbe, die gut gegen Prellungen hilft.« Die Messerwunde an seinem Bauch war kaum noch zu spüren, seit er sie damit behandelt hatte.

Caitlin hatte den Kopf auf die Sofalehne zurückgelegt und die Augen geschlossen. »Das wäre nett, ich glaube nicht, dass ich so was im Haus habe.«

Torik bemühte sich, freundlich zu gucken und nicht so, als würde er ihr am liebsten die Kleider vom Körper reißen. »Ich gehe kurz rüber und hole die Salbe. Bleiben Sie einfach hier sitzen, bis ich wieder da bin.« *Oder ziehen Sie sich ruhig schon aus.*

Caitlin nickte und schloss die Augen wieder. Vermutlich hatten die Ereignisse sie eingeholt, und sie war zu erschöpft, um sich noch zu bewegen. Er würde ihr die Salbe geben und sich dann gleich verabschieden, damit sie endlich Schlaf bekam und er nicht mehr in Versuchung geriet, sie weiter zu berühren.

Als er zwei Minuten später zurückkam, hatte sie sich keinen Zentimeter bewegt. Ihre Atemzüge waren gleichmäßig, sie schien tief zu schlafen. Torik setzte sich wieder neben sie und begann, die Wundmale und den Schnitt mit der Salbe zu bestreichen. Schließlich gab er sich einen Ruck. Caitlin musste dringend ins Bett. Anstatt sie zu wecken, hob er sie kurzerhand hoch und trug sie zu ihrem Schlafzimmer. Bei seiner Suche nach dem Raum fand er auch ihr Büro. Unzählige Ordner und lose Zettel lagen auf ihrem Schreibtisch, und er war sich fast sicher, dass er darin wichtige Informationen dazu finden würde, woher sie von den Wandlern wusste. Doch er schloss die Tür wieder und öffnete dafür die zum Schlafzimmer. Es war überraschend weiblich eingerichtet und roch nach Caitlin. Das Bett war groß genug für zwei Personen, doch sie benutzte es offensichtlich nur alleine. Vorsichtig ließ Torik sie darauf sinken und zog ihre Schuhe aus. Nach kurzer Überlegung entfernte er nicht ihre Kleidung, denn er vermutete, dass ihr das morgen früh peinlich sein würde, sondern zog nur die Decke über sie.

Lautlos zog er sich zurück und verließ das Haus. Er nutzte die Gelegenheit nicht, nach Informationen zu suchen, denn falls Caitlin aufwachte, hätte er keine Ausrede gehabt, was er in ihrem Arbeitszimmer tat. Das würde er auf einen Zeitpunkt verschieben, wenn sie nicht zu Hause war. Zumindest sagte er sich, dass es daran lag und nicht etwa an seinem Unvermögen, der Versuchung zu widerstehen, sie zu berühren, wenn er weiterhin im Haus blieb. Entschlossen zog er die Tür hinter sich zu. Damit würde er nicht so einfach wieder hineinkommen. Nachdem er sich in seinem Apartment ausgezogen hatte, verwandelte er sich und tauchte in die Nacht ein. Er würde dafür sorgen, dass niemand Caitlins Schlaf störte.

6

Caitlin wachte mit einem Ruck auf und starrte mit weit aufgerissenen Augen in die Dunkelheit. Wo war sie? Ihre Finger trafen auf Bettzeug und glitten über die Matratze. Erleichtert sackte sie zusammen, als sie erkannte, dass sie in ihrem Bett lag. Doch wie war sie dorthin gekommen? Torik hatte neben ihr auf dem Sofa gesessen und ihren Hals berührt und dann … Nichts. Dabei hatte sie nur ein halbes Glas Wein getrunken. Caitlin schnitt eine Grimasse und richtete sich auf. Ihr Kopf schmerzte leicht, und die Stelle an ihrem Hinterkopf fühlte sich empfindlich an, aber sonst ging es ihr überraschend gut. Sie knipste die Nachttischlampe an und sah sich im Schlafzimmer um. Ein enttäuschter Seufzer entfuhr ihr, als sie sah, dass sie allein war. Aber was hatte sie erwartet? Wohl kaum, dass sie auf dem Sofa einschlief und Torik über sie herfiel. Caitlin sah an sich herunter und stellte fest, dass sie bis auf ihre Schuhe noch vollständig angezogen war. Anscheinend hatte ihr Gast sie ins Schlafzimmer getragen und ins Bett gesteckt, bevor er gegangen war.

Sie schnitt eine Grimasse, als sie ihre zerknitterte Bluse sah, deren Ausschnitt verrutscht war und eine Brust enthüllte. Das hatte Torik hoffentlich nicht mehr gesehen. Und wenn doch? Vielleicht mochte er den schwarzen Spitzen-BH und es war ihm schwergefallen, sie zu verlassen. Hm … Caitlin setzte sich ruckartig auf, als ihr eine Idee für ihr aktuelles Buch kam. Hastig krabbelte sie aus dem Bett und stürzte in ihr Arbeitszimmer. Dabei bemerkte sie weder ihre nackten Füße noch die Schmerzen, die durch ihren ganzen Körper zogen.

Das kam ihr erst zu Bewusstsein, als sie Stunden später vom Bildschirm ihres Laptops aufblickte und in die ersten Sonnenstrahlen des Tages blinzelte. Caitlin blätterte im Dokument zurück und stellte fest, dass sie in der kurzen Zeit sieben Seiten geschrieben hatte, so viel wie selten. Anscheinend beflügelte Toriks Anwesenheit ihre Fantasie. Mit einem breiten Grinsen streckte Caitlin sich ausgiebig und zuckte zusammen, als sich ihre verspannten Schultermuskeln meldeten.

Angewidert sah sie auf ihre zerknitterte Kleidung hinunter. Sie sollte unbedingt duschen und sich umziehen, bevor Torik auftauchte, um sie zu ihrem Auto zu bringen. Erschrocken sprang sie auf. Hoffentlich wartete er nicht schon seit Stunden darauf, dass sie endlich aufwachte. Er hatte zwar gesagt, dass er Urlaub machte, aber dann wollte sie ihm erst recht nicht seine Zeit stehlen.

Mit einem tiefen Seufzer machte Caitlin sich auf den Weg ins Bad. Sie gönnte sich einige Minuten unter dem heißen Strahl ihrer Dusche und spürte, wie sich die Verspannung langsam löste. Nachdem sie sich abgetrocknet hatte, kämmte sie ihre nassen Haare vor dem Spiegel. Caitlin hob ihr Kinn und betrachtete prüfend die Blutergüsse. Anscheinend wirkte Toriks Salbe, sie waren schon deutlich blasser, und auch die Schmerzen waren verschwunden. Vorsichtig entfernte Caitlin das Pflaster und betrachtete erstaunt den Schnitt, der auch überraschend gut verheilt war. Vielleicht sollte sie Torik nach dem Namen der Salbe fragen, sie schien wirklich Wunder zu wirken. Da sie zur Polizei gehen musste, wenn sie in der Stadt war, flocht sie sich einen Bauernzopf, mit dem sie hoffentlich etwas seriöser aussah als mit offenen Haaren.

In ein Handtuch gehüllt ging sie in ihr Schlafzimmer, wo sie einige Zeit ratlos in ihren Schrank blickte. Das meiste darin war Freizeitkleidung, nur dafür gedacht, dass sie sich beim Schreiben wohlfühlte, und nicht danach ausgesucht, ob es besonders schick an ihr aussah. Ansonsten gab es nur noch einige wenige Kombinationen, die sie auf Lesungen oder Konferenzen trug. Aber so etwas konnte sie unmöglich bei einem zwanglosen Frühstück in ihrem Haus anziehen. Allerdings wollte sie auch nicht wie ein übergewichtiger Jogger aussehen. Beinahe verzweifelt riss sie schließlich ein luftiges Sommerkleid aus dem Schrank. Im Laufe des Tages würde es wieder heiß werden, also waren warme Sachen nicht nötig. Nach einem Blick auf ihr recht freizügiges Dekolleté zog sie noch eine Strickjacke über. Wunderbar, jetzt sah sie aus wie ihre eigene Großmutter. Genervt verdrehte sie die Augen und beschloss, nicht mehr darüber nachzudenken. Sie konnte ihr Aussehen nicht ändern, und es wäre Zeitverschwendung gewesen, es zu versuchen.

Nach einem Blick auf die Uhr setzte Caitlin den Kaffee auf, bevor sie in ihre Schuhe schlüpfte, um Torik Bescheid zu sagen. Die Vorstellung, ihn vielleicht wieder nackt zu erwischen, ließ ihr Herz höher schlagen. Kopfschüttelnd öffnete sie die Haustür und stieß einen Schrei aus. Eine Hand auf ihr wild hämmerndes Herz gepresst, starrte sie Torik an, der an einen Balken gelehnt auf der Veranda stand.

»Ich wollte Sie nicht erschrecken.« Seine Stimme klang genauso samtig wie in ihrer Erinnerung.

Verlegene Röte schoss in Caitlins Wangen, als sie sich daran erinnerte, dass sie einfach eingeschlafen war. »Ich hatte nicht erwartet, dass Sie dort stehen.« Sie hielt die Tür auf. »Kommen Sie herein. Ich hoffe, Sie haben nicht allzu lange gewartet.«

»Nur ein paar Stunden.« Sein Lächeln entschärfte seine Worte.

»Das meinen Sie nicht ernst, oder?«

Anstatt ihr zu antworten, ging Torik an ihr vorbei, und ein Hauch seines Duschgels streifte sie. Es roch nach Natur, Mann und Freiheit und vor allem kein bisschen künstlich. Ohne es bewusst zu steuern, trat sie einen Schritt vor, um ihn besser riechen zu können. Als sie merkte, was sie tat, blieb sie abrupt stehen. Torik drehte ihr glücklicherweise den Rücken zu und hatte nichts von ihrem kurzen Aussetzer bemerkt.

»Was haben Sie die halbe Nacht in Ihrem Arbeitszimmer gemacht?« Torik drehte sich zu ihr um. Sein Lächeln war verschwunden.

Caitlin runzelte die Stirn. »Woher wissen Sie das?«

»Ich habe das Licht gesehen.«

Was bedeutete, dass er schon seit Stunden wach war und sich anscheinend draußen herumgetrieben hatte. »Das Fenster können Sie gar nicht vom Apartment aus sehen.«

Torik hob die Schultern. »Ich konnte nicht schlafen und habe stattdessen das Grundstück bewacht.«

»Aber …« Caitlin schluckte hart. »Aber Sie hatten doch gesagt, dass die Kerle es nicht noch mal versuchen würden, wenn Ihr Jeep in der Einfahrt steht!«

»Das haben sie auch nicht, aber es schadet ja nicht, vorsichtig zu sein. Besonders, wo ich sowieso schon wach war.«

Unglücklich biss Caitlin auf ihre Lippe. »Aber Sie sollten sich doch nicht noch zusätzliche Arbeit machen, nachdem Sie mich gestern schon gerettet haben. Ich hatte gehofft, Sie könnten sich ein wenig ausruhen.«

Seine Augen wurden wärmer. »Das habe ich.«

»Danke, dass Sie mich ins Bett gebracht haben. Es tut mir leid, dass ich einfach so eingeschlafen bin.« *Und dich nicht noch vorher küssen konnte.* Caitlin merkte erst, dass sie auf seine Lippen starrte, als sich seine Mundwinkel hoben. Abrupt hob sie ihre Augen. »Ich bin eine schlechte Gastgeberin.«

»Ich hatte lange nicht so einen interessanten Abend.«

Dazu fiel Caitlin keine Antwort ein. Interessant konnte alles bedeuten, aber sie fragte lieber nicht nach, was er damit meinte. »Ich hoffe, Sie mögen Kaffee.«

Nach dem Frühstück, das erstaunlicherweise trotz der Ereignisse und ihrer Verlegenheit sehr angenehm verlief, entschloss sie sich spontan, nach ihrem Polizeibesuch gleich von der Stadt aus in den Yellowstone zu fahren. Sie brauchte dringend die Weite und die Natur um sich herum, um die Erlebnisse besser zu verarbeiten und wieder neue Inspirationen für ihr Manuskript zu sammeln. Das tat sie öfter, wenn sie das Gefühl hatte, nicht weiterzukommen, und bisher hatte es jedes Mal geholfen. Allerdings würde sie diesmal vielleicht die meiste Zeit damit verbringen, über Torik nachzudenken, von dem sie sich bald verabschieden musste. Der Gedanke versetzte ihr einen Stich, und sie wünschte sich … Caitlin schüttelte den Kopf. Sie wusste nicht, was sie sich wünschte, das war ja das Problem.

Nachdem sie alles eingepackt hatte, was sie brauchen würde, machte sie sich auf die Suche nach Torik. Sie fand ihn schließlich im Gästeapartment. Der Anblick seiner gepackten Tasche machte ihr noch einmal bewusst, dass ihnen nicht mehr viel Zeit blieb. Erstaunlich, wie sehr sie sich bereits an seine Anwesenheit gewöhnt hatte, wie richtig es ihr vorkam, ihn in ihrem Haus zu sehen.

»Sind Sie fertig?« Toriks tiefe Stimme schien in ihrem Magen zu vibrieren.

»Ja. Benötigen Sie noch irgendetwas für Ihre Fahrt?«

Torik nahm seine Tasche und kam zur Tür. »Nein, danke, ich habe alles dabei, was ich brauche.«

Insgeheim enttäuscht, dass sie nicht noch ein wenig Zeit schinden konnte, schloss sie die Apartmenttür ab und folgte ihm zum Jeep. Die Fahrt nach West Yellowstone verlief weitgehend schweigend. Torik schien kein großer Redner zu sein, und sie selbst neigte dazu, ihren Gedanken nachzuhängen und zu vergessen, dass andere Menschen überhaupt existierten. Diesmal lag es allerdings daran, dass sie Torik am liebsten gebeten hätte, noch bei ihr zu bleiben, aber nicht wusste, wie sie das formulieren sollte. Und vor allem war sie nicht sicher, ob es eine gute Idee war, schließlich kannte sie ihn kaum. Vielleicht würde er sich nach kurzer Zeit als unsympathisch herausstellen. Oder, noch schlimmer, vielleicht war er tatsächlich genauso interessant, wie sie vermutete, denn dann würde es ihr sicher noch schwerer fallen, ihn gehen zu lassen. Caitlin unterdrückte gerade noch ein Schnauben. Ja, genau, als würde sich ein toller Mann an jemanden wie sie binden!

Je mehr sie sich der Stadt näherten, desto unruhiger wurde Caitlin. Sie bemerkte, wie Torik ihr immer wieder Seitenblicke zuwarf, und versuchte, nicht im Sitz herumzurutschen oder ihre Hände zu kneten, aber es gelang ihr nicht.

»Haben Sie Angst, dass die Kerle Ihnen wieder auflauern könnten?«

Toriks Frage riss sie aus ihren Gedanken. Um ehrlich zu sein, hatte sie bisher noch gar nicht darüber nachgedacht, dazu war sie zu sehr auf ihn fixiert gewesen. Aber es stimmte, sie fühlte sich nicht wohl dabei, in die Stadt zurückzukehren. »Ein wenig, ja.«

»Ich glaube nicht, dass sie es noch mal mitten im Ort probieren werden, vor allem, wenn Sie immer darauf achten, unter Menschen zu sein. Und vielleicht kann die Polizei die Verbrecher ausfindig machen, wenn Sie ihnen die Beschreibungen geben.«

Caitlin betrachtete Torik von der Seite, während er auf die Straße blickte. »Ich hoffe es. Wenn nicht, weiß ich nicht, was ich machen soll.«

Ein Muskel zuckte in Toriks Wange, aber er sagte nichts.

Enttäuscht blickte Caitlin aus dem Fenster, damit er nicht sah, wie sehr sie sich wünschte, er würde anbieten zu bleiben. Aber wollte sie das wirklich? Wenn sie einen Bodyguard brauchte, konnte sie einen engagieren. Sie wollte, dass Torik blieb, weil er ihre Gesellschaft genoss, und nicht, weil er glaubte, sie beschützen zu müssen. Schweigen erfüllte den Jeep, während er durch West Yellowstone rollte. Alles schien in der Stadt so wie immer, nur sie selbst hatte sich verändert. Caitlin hob ihr Kinn. Sie war nicht auf Torik angewiesen, auch wenn es sich jetzt so anfühlen mochte. Vorher war sie auch gut ohne ihn ausgekommen.

Als der Jeep neben ihrem Wagen anhielt, riss sie die Tür auf und sprang beinahe hinaus. Nachdem sie die Tasche auf ihre Rückbank gestellt hatte, wandte sie sich nach Torik um, der inzwischen ausgestiegen war und sie an den Kotflügel gelehnt beobachtete. Ein heißer Wind fegte durch die Straße und spielte mit dem Saum ihres Kleides. Caitlin presste ihre Hände an die Oberschenkel, damit der Rock nicht hochwehte. Einen Moment lang sahen sie sich nur an, dann ging Caitlin langsam auf Torik zu.

»Vielen Dank fürs Herbringen und vor allem noch einmal für die Rettung gestern.« Sie hielt ihm ihre Hand hin und unterdrückte einen Seufzer, als sich seine langen, schlanken Finger darum schlossen.

»Das habe ich gern gemacht. Viel Glück bei der Polizei.« Torik blickte sie ernst an. »Seien Sie vorsichtig, bis die Kerle gefasst sind, ich möchte nicht, dass Ihnen etwas passiert.«

Dann bleib hier! »Das werde ich.« Caitlin bemühte sich um ein Lächeln. »Es war schön, Sie kennenzulernen.«

Torik zögerte sichtbar, bevor er eine Hand an ihre Wange legte und sich zu ihr herunterbeugte. »Ja.« Gerade als er ihre Wange küssen wollte, drehte Caitlin den Kopf, und seine Lippen trafen stattdessen ihren Mund. Torik erstarrte, und sie befürchtete schon, dass er sich abwenden würde, doch dann entspannte sich sein Mund und wurde weicher. Seine Hand glitt zu ihrem Hals und strich über die Prellungen, als könnte seine Berührung sie auslöschen. Schließlich löste er sich von ihr und trat einen Schritt zurück. In seinen Augen war die gleiche Verwirrung zu erkennen, die sicher auch in ihren lag. Gleichzeitig konnte sie ganz deutlich den Schmerz sehen, den er sonst hinter der ausdruckslosen Miene verbarg. Ihr Herz zog sich zusammen, und sie streckte die Hand nach ihm aus.

Torik wich noch weiter zurück. »Leb wohl.« Damit schwang er sich in seinen Jeep und fuhr davon.

Caitlin sah ihm hinterher, bis er um die Ecke verschwunden war, bevor sie sich zu ihrem Wagen umwandte. Erst jetzt wurde ihr richtig bewusst, was sie gerade verloren hatte. Tränen stiegen in ihre Augen, und sie blinzelte sie hastig weg. Obwohl, sie hatte nichts verloren – er hatte ihr nie gehört.

Keira lag auf der Astgabel und blickte nach unten, wo Kell etwas zu suchen schien. Sie vermutlich. Normalerweise wurde sie von den anderen Wächtern in Ruhe gelassen, deshalb hoffte sie, auch heute um ein Gespräch herumzukommen. Als hätte er ihre Gedanken gehört, blickte Kell in diesem Moment nach oben und entdeckte sie.

Er verwandelte sich und legte seinen Kopf in den Nacken, um zu ihr hinaufzusehen. »Finn schickt mich, du sollst sofort zu seiner Hütte kommen.«

Keiras Schwanz bewegte sich unruhig, während sie so tat, als hätte sie Kell nicht gehört. Stattdessen sah sie ihn lieber an. Der Wächter war groß und kräftig, die dunkelblonden Haare kurz geschnitten. Am bemerkenswertesten waren seine ungewöhnlichen grün-blauen Augen. Er war zwar zwei Jahre jünger, aber trotzdem ein durchaus geeigneter Kandidat für sie. Zu dumm, dass sie rein gar nichts fühlte, wenn er in ihrer Nähe war. Dennoch mochte sie ihn, und es tat ihr leid, dass er viel zu oft zwischen sie und ihren Bruder geriet, seit Finn Ratsführer war.

Mit einem tiefen Seufzer rieb Kell über sein Gesicht. »Komm schon, Keira, du weißt, dass du dich nicht ewig da oben verstecken kannst. Wenn ich das richtig verstanden habe, hat Finn einen wichtigen Auftrag für dich.« Das Mitleid in seiner Stimme ärgerte sie.

Keira erhob sich und sprang vom Ast direkt vor seine Füße. Er bewegte sich keinen Millimeter. Verärgert, dass er sich nicht von ihr einschüchtern ließ, verwandelte sie sich. »Und wenn ich keine Lust habe?«

Kell sah sie ernst an. »Ich weiß nicht, was zwischen euch beiden ist, aber es wird Zeit, die Sache zu klären. Du bist eine gute Wächterin, eine sehr gute sogar, aber dieser Streit beeinflusst mittlerweile deine Leistung.«

Keira bleckte die Zähne. »Du weißt genauso gut wie ich, dass ich nur noch irgendwelche Babyaufgaben bekomme. Wenn ich endlich wieder meine Arbeit machen darf, werde ich sie auch gut erfüllen.«

Kell fuhr mit der Hand durch seine Haare. »Ich glaube nicht …«

Sie unterbrach ihn. »Ihr durftet in den Kampf ziehen, und ich musste hierbleiben. Das war nicht fair!«

»Das Lager musste geschützt sein. Es war eine wichtige Aufgabe.«

»Ja? Warum hast du dich dann nicht freiwillig dafür gemeldet? Und warum durfte Harmon mit, der noch nicht mal ein richtiger Wächter war?« Als sie Harmon erwähnte, zuckte Kell zusammen. Der junge Anwärter war von den Menschen getötet worden, und die Gruppe war immer noch nicht über seinen Verlust hinweg. Sie selbst auch nicht, aber das würde sie nie zugeben.

»Wärst du an seiner Stelle gewesen, wärst du jetzt tot. Das willst du sicher nicht.« Kells Stimme war leise.

»Vielleicht doch. Harmon wäre auf jeden Fall noch am Leben, wenn er hiergeblieben wäre.« Sie hob die Hand, als er etwas sagen wollte. »Aber darum geht es nicht, sondern darum, dass ich endlich wieder eine sinnvolle Aufgabe haben möchte.«

»Du kannst nicht wissen, was Finn von dir will. Da Torik in Montana ist, können wir eigentlich keinen der Wächter entbehren, also muss es ein wichtiger Auftrag sein. Außerdem sind Coyle und Marisa noch da, und es wirkte, als würde irgendetwas passieren.« Kell sah so aus, als wollte er ihren Arm berühren, doch er ließ die Hand wieder sinken. »Geh schon, dann hast du es umso schneller hinter dir.«

Keira lachte bitter auf. »Oder vor mir.« Zum Beispiel wieder auf den besten Freund ihres Bruders zu treffen, den sie geliebt hatte, seit sie ihnen als Kleinkind hinterherlaufen konnte. Sie hatte immer gedacht, dass Coyle eines Tages merken würde, wie gut sie zueinanderpassten, doch dann war diese Menschenfrau aufgetaucht und hatte ihm den Kopf verdreht. Als sie Marisa mit ihm zusammen gesehen hatte, war ihre letzte Hoffnung gestorben, und es war seitdem die Hölle für sie, ständig daran erinnert zu werden, was sie verloren – oder vielmehr niemals besessen – hatte. Und dann war Coyle mit Marisa an den Rand des Waldes gezogen, und sie konnte ihn nicht einmal mehr heimlich beobachten. Keira bemühte sich deshalb, immer außerhalb des Lagers unterwegs zu sein, wenn die beiden zu Besuch kamen.

Da sie nicht darum herumkommen und Finn nur noch wütender werden würde, wenn sie Zeit vergeudete, verwandelte sie sich und lief in Richtung des Lagers. Sie konnte Kell hinter sich spüren, wahrscheinlich hatte er den Auftrag bekommen, sicherzustellen, dass sie dem Befehl auch wirklich folgte. Verärgert lief sie schneller, obwohl sie wusste, dass sie Kell nicht abhängen würde. Aber wenigstens konnte sie so ein wenig den Frust abbauen, bevor sie auf Finn und die beiden Turteltauben traf. Schneller als ihr lieb war, stand sie vor Finns Tür und verwandelte sich. Bevor Keira anklopfen konnte, öffnete diese sich bereits.

Finn sah sie mit neutralem Gesichtsausdruck an. »Komm herein.«

Keira versuchte, ihren Schmerz zu verstecken. Das Verhältnis zu ihrem Bruder war merklich abgekühlt, seit er herausgefunden hatte, dass sie es gewesen war, die dem anderen Ratsmitglied Kearne von Finns Beziehung zu der Leopardenwandlerin Jamila erzählt hatte. Sie vermisste ihren großen Bruder, die Wärme, die immer zwischen ihnen geherrscht hatte, selbst wenn sie über die Stränge geschlagen hatte, um seine und Coyles Aufmerksamkeit zu erhaschen. Aber diesmal war es anders. Wenn es um seine Geliebte ging, verstand Finn keinen Spaß. Immerhin hatte er Keira nicht des Lagers verwiesen, aber dafür behandelte er sie die meiste Zeit wie Luft – oder wie eine Schwerverbrecherin. Und das tat mehr weh, als sie je gedacht hätte. Sie sehnte sich nach dem Vertrauen, das früher zwischen ihnen geherrscht hatte.

Mit schmerzendem Magen betrat sie die Hütte und blickte sich um. Sie war seit einem halben Jahr nicht mehr hier gewesen und bemerkte einige Veränderungen, die wohl auf Jamilas Anwesenheit zurückzuführen waren. Seit Finn sich öffentlich zu ihr bekannt hatte, lebte die schwarze Pantherin mit ihm in seiner Hütte. Wahrscheinlich war Jamila gerade bei Fay, um sich dort weiter zur Heilerin ausbilden zu lassen. Neben Finn waren nur Coyle und Marisa anwesend.

»Hallo, Keira.« Marisas sanfte Stimme rieb über ihre angespannten Nerven. Warum musste die Journalistin immer so entsetzlich freundlich sein? Keira konnte das Mitleid förmlich spüren, das von der Menschenfrau ausging. Keira bemühte sich um einen leeren Gesichtsausdruck und nickte in ihre Richtung. Coyle blickte dermaßen unbehaglich drein, dass es fast schon komisch war. Zumindest wäre es das gewesen, wenn sie noch irgendetwas hätte lustig finden können.

Sie wandte sich wieder Finn zu. »Du hast mich rufen lassen?« Daran, wie seine Lippen schmaler wurden, konnte sie erkennen, dass er ebenso ungern hier war wie sie. Nur schade, dass sie sich dadurch kein bisschen besser fühlte, im Gegenteil.

»Ja. Ich habe einen Auftrag für dich.«

Als er nicht mehr sagte, wurde Keira ungeduldig. »Und sagst du mir auch, was ich tun soll, oder muss ich raten?«

Finn rieb mit der Hand über seine Stirn und stieß einen tiefen Seufzer aus. »Ich möchte, dass du Marisa und Isabel nach Nevada begleitest. Wie du weißt, ist in dem ehemaligen Labor von Henry Stammheimer noch Beweismaterial für unsere Existenz, das wir dringend bergen und vernichten müssen.«

»Und du willst, dass *ich* in die Menschenwelt gehe?« Normalerweise hätte sie sich um einen Auftrag gerissen, bei dem sie das Lager verlassen konnte, aber nicht, wenn sie dabei den Babysitter für Marisa spielen musste.

»Du sollst dich nicht in der Menschenwelt aufhalten, sondern unauffällig ein Auge auf das Haus haben, während Marisa und Isabel drin sind.«

Coyle räusperte sich. »Es geht darum, sie zu beschützen. Wenn derjenige, der damals Stammheimer hat umbringen lassen, merkt, was wir vorhaben, könnte es sein, dass er versucht, es zu verhindern.«

Keira sah ihn mit verengten Augen an. »Warum fährst du dann nicht mit?«

Ruhig sah Coyle sie an. »Das tue ich, aber ich werde im Haus gebraucht. Wir verlassen uns darauf, dass du niemanden zu uns durchkommen lässt.«

Oh, wunderbar. Sie sollte nicht nur Marisa ertragen, sondern auch noch Coyle und als besonderes Bonbon die beiden zusammen. Keira sah sich nach einem Eimer um, in den sie sich übergeben konnte.

»Wenn du dich der Aufgabe nicht gewachsen fühlst, dann sag es jetzt, damit ich jemand anders damit beauftragen kann.«

Finn wusste genau, wie er sie zwingen konnte, das zu tun, was er wollte. Die Andeutung, dass sie zu etwas nicht in der Lage war, reichte aus, um den gewünschten Effekt zu erzielen. Früher hatte er diesen Trick nie benutzt. Mühsam drängte Keira die Trauer zurück und ließ ihn nur noch ihre Wut sehen.

»Ich mache es. Wann soll es losgehen?«

Erleichterung malte sich auf Finns Gesicht ab. »Gleich morgen früh.«

Keira nickte und wandte sich zur Tür um. Eine Hand legte sich auf ihre Schulter. Am Geruch erkannte sie Coyle. »Danke, Keira.«

Sie blickte weiter zur Tür, damit er ihre Tränen nicht sah. »Kein Problem. Es ist doch unheimlich praktisch, gleich zwei Fliegen mit einer Klappe zu schlagen: Ihr bekommt einen Aufpasser, und Finn ist mich erst mal los.« Keira zuckte mit den Schultern, und die Hand verschwand. Stille herrschte in der Hütte, als sie hinaustrat und die Tür leise hinter sich schloss.

7

Torik atmete erleichtert auf, als Caitlin endlich aus dem Polizeigebäude kam. Wenn er vorher gewusst hätte, wie lange sie für ihre Anzeige brauchen würde, wäre er in der Zwischenzeit zu ihrem Haus zurückgefahren, um es zu durchsuchen. Beinahe hätte er das auch getan, aber es war ihm zu unsicher gewesen, sie ohne Schutz durch den Ort laufen zu lassen. An ihrem Gesichtsausdruck konnte er erkennen, dass der Polizeibesuch alles andere als zufriedenstellend verlaufen war. Vermutlich hatten die Beamten ihr Vorwürfe gemacht, weil sie erst heute das Verbrechen anzeigte, und ihr mehr oder weniger offen gesagt, dass es kaum eine Chance gab, die beiden Männer zu finden, wenn sie sich nicht gerade völlig dämlich anstellten. Er persönlich tippte darauf, dass sie entweder den Lieferwagen irgendwo abgestellt und sich vom Acker gemacht hatten oder dass sie mit neuer Ausrüstung hier auf sie warteten, um einen neuen Versuch zu starten.

Aber das würde er nicht zulassen. Solange er hier war, würde er für Caitlins Sicherheit sorgen, und dafür musste sie ihn noch nicht einmal sehen. Er würde ihr einfach folgen, wohin sie auch fuhr. Torik runzelte die Stirn, als sie nach rechts statt nach links abbog. Wo wollte sie denn jetzt noch hin? Er hatte angenommen, dass sie gleich wieder zum Hebgen Lake fahren würde, doch nun schlug sie die entgegengesetzte Richtung ein. Langsam folgte er ihr. Er war sich sicher, dass sie ihn nicht bemerken würde, solange sich ein paar andere Fahrzeuge zwischen ihnen befanden. Als sie kurz darauf an einem Schild vorbeifuhren, das den Yellowstone National Park ankündigte, stöhnte er unterdrückt auf. Wie konnte sie so unvernünftig sein, in den riesigen, unüberschaubaren Park zu fahren, wenn gestern jemand versucht hatte, sie zu entführen? Sie musste doch wissen, dass es hier ein Leichtes für die Verbrecher wäre, sie zu überfallen und zu verschleppen. Es ärgerte ihn auch, dass er es nicht schaffte, sie ihrem Schicksal zu überlassen und ihr Haus zu durchsuchen, während sie fort war.

Während die Wut in ihm brodelte, folgte Torik Caitlin zum Eingang des Parks, der aus einem Dach bestand, das über die gesamte Fahrbahnbreite reichte und auf beiden Seiten von dicken Balken gestützt wurde. Er gab der Rangerin fünfundzwanzig Dollar und erhielt dafür eine Karte des Parks und die Parkzeitung. Torik ärgerte sich über die unnötige Ausgabe. Wäre er alleine gewesen, hätte er sich einfach außerhalb des Parks unbemerkt in den Wald geschlagen, aber solange Caitlin mit dem Auto unterwegs war, musste er ihr mit seinem Jeep folgen. Er konnte ihr nur hinterherfahren und hoffen, dass sie irgendein Ziel hatte und er nicht den ganzen Tag im Wagen eingesperrt sein würde. Die Bäume jenseits der Straße lockten mit einer ungeheuren Macht. Er wollte sich die Kleidung vom Leib reißen, in den Wald eintauchen und den Geruch von Natur und Freiheit genießen, besonders als er die langen Autoschlangen sah, die sich durch den Park wälzten. Vermutlich war es sonst etwas ruhiger, aber mitten in den Sommerferien herrschte hier Hochbetrieb.

Als Torik schon fast glaubte, dass Caitlin den ganzen Park durchqueren wollte, bog sie auf die Straße zum Canyon Village ein. Der Grand Canyon of the Yellowstone war eines der Highlights des Parks, eine tiefe Schlucht mit mehreren gewaltigen Wasserfällen, deren Wände in verschiedenen Gelb- und Rottönen leuchteten. Zumindest hatte er das in der Parkzeitung gelesen, während sie im Stau standen. Caitlin besaß ein wunderschönes Haus an einem ruhigen Seeufer mit fantastischer Aussicht. Warum zum Teufel fuhr sie dann in einen wahnsinnig überfüllten Park, in dem man die wirkliche Natur erst sehen konnte, wenn man einige Meilen querfeldein gegangen war und die Stimmen und Geräusche der Menschen hinter sich ließ?

Torik tat es ihr gleich, als Caitlin sich in die Schlange der Autos einreihte, die einen Parkplatz suchten. Nach einer gefühlten Ewigkeit fuhr sie in eine Lücke und stieg aus. Während Torik weiter nach einem Parkplatz Ausschau hielt, beobachtete er, wie sie eine Tasche vom Rücksitz nahm und sich in den Strom der Touristen einreihte, die den Wanderweg zum Aussichtspunkt auf den Lower Fall hinuntergingen. Torik hatte keine Bedenken, dass er sie nicht wiederfinden könnte, er brauchte nur ihrem Duft zu folgen. Doch dann durchzuckte ihn ein Gedanke: Traf sich Caitlin hier mit jemandem? Vielleicht hatte sie sich mit demjenigen verabredet, der ihr so viel über die Berglöwenwandler verraten hatte. Oder mit einem Mann – was ihn seltsamerweise fast noch wütender machte.

Als er ein Stück weiter sah, dass gerade eine Lücke frei wurde, gab er Gas und schnitt einem anderen Wagen den Weg ab. Torik ignorierte das wütende Hupen und die Flüche des Fahrers und stieg aus. Ein Blick in sein finsteres Gesicht reichte aus, um dem Touristen klarzumachen, dass er ihn besser in Ruhe ließ. Er hätte sich gerne durch die Menge gedrängt, doch er wollte nicht mehr auffallen, als er das als schwarz gekleideter Halbindianer mit langen Haaren zwischen den in Shorts und bunte T-Shirts gekleideten Touristen ohnehin schon tat, deshalb schlängelte er sich durch die Menschenmassen. An einer Abzweigung folgte Caitlins Geruch nicht dem Besucherstrom, der direkt zum Rand des Canyons ging, sondern nahm den etwas weniger besuchten Weg parallel zum Canyon. Von der Schlucht und dem Wasser war von hier aus nichts zu sehen, aber er konnte das Rauschen hören.

Davon abgelenkt hätte er beinahe die Stelle verpasst, an der Caitlin den Pfad verlassen hatte. Torik runzelte die Stirn und fragte sich, warum sie so etwas tat. Hastig sah er sich um, bevor er ihr in die Wildnis folgte. Die Bäume schlossen sich um ihn, und er atmete erleichtert auf. Mit jedem Schritt, den er sich von der Zivilisation entfernte, wurde der Lärm leiser, und auch die Vielzahl der Gerüche belastete ihn nicht länger. Nun konnte er sich voll auf Caitlins einzigartigen Duft konzentrieren, der mit jedem Schritt üppiger wurde. Lautlos bewegte Torik sich durch den Wald aus Drehkiefern, deren Äste dort, wo sie im Schatten lagen, kahl waren. Dadurch konnte er weit sehen und es dauerte nicht lange, bis er Caitlin einholte. Er versteckte sich hinter einem Stamm und beobachtete, wie sie eine Decke auf dem Waldboden ausbreitete und sich draufsetzte. Sie sah sich prüfend um und legte sich dann mit einem Seufzer, den Torik bis in sein Versteck hörte, hin.

Es schien nicht so, als würde sie auf jemanden warten, aber dann verstand er erst recht nicht, was sie dort tat. Die Sicht auf den Canyon war durch die Bäume versperrt, und auch sonst gab es bis auf die Kiefern nichts zu sehen. Vorsichtig schlich Torik näher, bis ihn nur noch wenige Meter von der Decke trennten. Caitlin hatte die Arme unter den Kopf gelegt und die Augen geschlossen. Ihr Körper und auch ihr Gesichtsausdruck waren völlig entspannt. Sie sah so zufrieden aus, dass sich Toriks Herz schmerzhaft zusammenzog. Die Hände an einen Baumstamm gepresst, widerstand er der Versuchung, sich einfach dazuzulegen. Gierig glitt sein Blick über Caitlin, und er wünschte sich, auch einmal diese Ruhe zu empfinden, die sie ausstrahlte. Aber das war ein Wunsch, der nie in Erfüllung gehen würde.

Caitlin setzte sich ruckartig auf und blickte direkt in seine Richtung. Mit einem stummen Fluch zog Torik sich rasch hinter den Baumstamm zurück und presste sich mit dem Rücken gegen ihn. Er hielt den Atem an und bemühte sich, so unsichtbar wie möglich zu werden.

»Ist da jemand?« Caitlins Stimme drang klar zu ihm hinüber, und er schloss die Augen. »Kommen Sie heraus, ich habe Sie gesehen.«

Torik biss sich auf die Lippe, damit er nicht antwortete. Als ein Rascheln andeutete, dass Caitlin sich ihm näherte, riss er die Lider wieder auf. Wie verrückt musste sie sein, sich nach den gestrigen Erlebnissen überhaupt hier in die Wildnis zu setzen und dann auch noch auf einen Fremden zuzugehen, der ihr sonst was antun konnte?

»Hallo?« Das leichte Zittern in ihrer Stimme machte es Torik unmöglich, sich zurückzuziehen und sie im Ungewissen zu lassen.

Also trat er hinter dem Baum hervor und ging auf sie zu. Ihre Augen weiteten sich, als sie ihn erkannte. Unwillkürlich trat sie einen Schritt zurück, als hätte sie plötzlich Angst vor ihm. Das schürte seine Wut.

»Was … was tun Sie hier?«

»Wonach sieht es denn aus?«

Die silbergrauen Augen verdunkelten sich, ihre Lippen pressten sich zusammen. »Sie verfolgen mich!«

Torik verschränkte die Arme über der Brust. »Aber nein, ich will mir nur den Park ansehen.« Er verzog den Mund. »Zusammen mit Millionen von Menschen.«

Caitlin drehte sich um und ging zu ihrer Decke zurück. Neugierig folgte Torik ihr. Als sie sich bückte, um die Decke aufzuheben, hielt er sie mit einer Hand auf dem Arm zurück.

»Was machen Sie da?«

Caitlin hatte ihr Kinn vorgeschoben. »Ich packe. Irgendwie ist mir der Spaß vergangen.«

Torik schüttelte den Kopf. »Ich bin Ihnen gefolgt, weil ich

sichergehen wollte, dass Sie nicht noch einmal überfallen werden.«

»Warum haben Sie sich mir nicht offen gezeigt? Was haben Sie davon, mich heimlich zu beobachten?« Es war deutlich zu hören, wie unsicher und verletzt Caitlin war.

Die Wahrheit durfte sie nicht wissen, deshalb umging er sie. »Ich wollte überprüfen, ob die Verbrecher in der Nähe sind.« Als sie ihn immer noch prüfend anblickte, redete er rasch weiter. »Oder wurden sie bereits gefasst?«

Unglücklich verzog Caitlin den Mund. »Nein, leider haben mir die Polizisten wenig Hoffnung gemacht, dass die Kerle aufgegriffen werden.«

Das löste in ihm eine unerklärbare Wut aus. »Und trotzdem kommen Sie alleine hierher? Ich hatte gedacht, dass Ihnen *eine* solche Erfahrung reichen würde.«

Röte stieg in ihre Wangen. »Was soll ich denn machen? Mich den Rest meines Lebens verkriechen? Auch wenn es für Sie nicht so aussieht, aber ich arbeite, in einem Monat muss das Manuskript fertig sein.«

»Und das machen Sie hier? Mit geschlossenen Augen?« Die Skepsis klang deutlich aus seinen Worten.

Caitlin öffnete den Mund, schloss ihn dann aber wieder, ohne etwas zu sagen. Ohne Vorwarnung griff sie nach seinem Arm und zog daran. »Legen Sie sich hin.«

Torik sah sie nur ungläubig an.

Ungeduldig streifte sie die Schuhe ab und legte sich auf den Rücken. »Kommen Sie.«

Caitlin hatte ihn schon wieder überrascht, und er wusste nicht, was sie von ihm wollte. Mit einem tiefen Seufzer beschloss er, herauszufinden, was diesmal in ihrem Kopf vor sich ging, legte sich neben sie auf die Decke und starrte in den blauen Himmel. Ihr Arm lag an seinem, und Torik wünschte, Caitlin würde noch viel mehr von ihm berühren. Sein Magen zog sich zusammen, und sein Schaft regte sich. Wunderbar, sollte sie an ihm hinabblicken, würde sie keine Schwierigkeiten haben, seinen Zustand zu erkennen. Ihr Duft stieg in seine Nase, und er drehte den Kopf zu ihr. Sie sah ihn unverwandt an. Ein Gefühl lag in ihren Augen, das er nicht deuten konnte.

»Schließen Sie die Augen.«

Torik zögerte einen Moment, bevor er ihrer Bitte folgte. »Und jetzt?« Seine Erektion drückte schmerzhaft gegen den Reißverschluss seiner Jeans.

»Hören Sie das?« Caitlins Stimme klang ganz ruhig, so als wäre sie überhaupt nicht erregt. Ihr Magen knurrte leise.

»Ihren Magen?« Toriks Augen öffneten sich, und er blickte Caitlin an.

Sie lachte verlegen, aber ihre Augen blieben geschlossen. »Nein, natürlich nicht. Ich meinte das Rauschen des Wassers.«

»Ja, das höre ich auch.« Sogar viel besser als sie, aber das erwähnte er nicht.

Caitlin schien mit seiner Antwort zufrieden zu sein. »Die Einsamkeit und die Stille locken mich und fördern meine Kreativität. Wenn ich hier liege und einfach nur dem Wasser lausche, kommen mir die besten Ideen.« Ein Lächeln verzog ihren Mund, das Toriks Herz schneller schlagen ließ. »Es ist fast wie unter der Dusche.«

Dusche? Irgendwie kam er nicht ganz mit. Unbehaglich sah er sie an. »Sie wollen jetzt aber nicht in den Fluss springen, oder?«

Caitlins Augen flogen auf. »Was?« Als sie sah, dass er sie anblickte, wurde sie rot. »Hey, Sie schummeln!«

»Ich kann auch mit offenen Augen hören. Außerdem sehe ich Sie gerne an.« Verdammt, das hatte er gar nicht sagen wollen, auch wenn es der Wahrheit entsprach. Da er Caitlins Blick ausweichen wollte, sah er wieder in den Himmel. »Was meinten Sie sonst mit der Dusche, wenn nicht ein Bad?«

»Ach so.« Belustigung schwang in Caitlins Stimme mit. »Ideen kommen bei mir nicht auf Bestellung oder wenn ich sie gerade brauche, sondern meist, wenn ich etwas völlig anderes tue oder denke. Und besonders unter der Dusche.« Sie drehte sich auf die Seite und stützte ihren Kopf auf ihre Handfläche. »Eigentlich müsste dazu mal eine wissenschaftliche Untersuchung gemacht werden. Ich glaube, es liegt an der Wärme, dem Geräusch und der Massage des Kopfes durch den Wasserstrahl. Was denken Sie?«

Torik schluckte hart, als er sich Caitlin unter der Dusche vorstellte. Das Wasser würde an ihrem nackten Körper entlanglaufen, Tropfen würden an ihren langen Wimpern hängen bleiben und ihre Lippen benetzen. »Das könnte durchaus sein.« Nur mit Mühe brachte er die Worte heraus. »Aber hier trommelt Ihnen das Wasser nicht auf den Kopf.«

»Nein, aber das Geräusch ist ähnlich, und ich bin weit genug von zu Hause weg, um nicht über die alltäglichen Ärgernisse nachdenken zu müssen. Ich liege hier einfach und döse ein wenig vor mich hin. Meist kommen mir dabei gute Ideen.« Sie hielt einen Block hoch. »Damit ich sie nicht sofort wieder vergesse.«

Torik setzte sich langsam auf. »Und ich störe Sie dabei.«

»Ja.« Caitlin grinste, als sie seinen Gesichtsausdruck sah. »Aber wie ich letzte Nacht bemerkt habe, bekomme ich dadurch ganz andere Einfälle. Deshalb musste ich das schnell aufschreiben, sonst wäre es morgens weg gewesen.«

Torik schnitt eine Grimasse. »Ich weiß nicht, auf was für Ideen Sie durch meine Anwesenheit kommen könnten.«

»Oh, sehr gute. Sie sind …«

Er hob eine Augenbraue, als sie nicht weitersprach. »Was?«

»Ähm … ›heiß‹ wollte ich sagen, aber ich bin nicht sicher, ob Sie das hören wollen.«

Ja, Torik fühlte eindeutig Hitze in sich aufsteigen, aber das sollte er vermutlich nicht zeigen. »Sie können alles sagen, was Sie möchten. Und ›heiß‹ klingt eindeutig besser als ›langweilig‹. Von daher: Danke.«

»Bitte, gerne.« Wieder rumpelte ihr Magen.

»Vielleicht sollten Sie jetzt besser etwas essen, bevor Sie noch einen Bären anlocken.«

Caitlin sah sich unsicher um. »Eigentlich habe ich mir diesen Platz ausgesucht, weil er von Wegen und Straßen eingegrenzt ist und deshalb vermutlich kein Bär oder Wolf auftauchen wird.«

»Ich habe die Schilder so gedeutet, dass die Bären heutzutage überhaupt nicht mehr scheu sind und inzwischen sogar gerne Plätze aufsuchen, wo sich Menschen aufhalten, weil diese meistens Nahrung dabeihaben.« Die Vorstellung, dass ein Bär auftauchen könnte, während Caitlin hier alleine war, ließ einen Schauder über seinen Rücken laufen. Diese Frau brauchte eindeutig einen Aufpasser! Als der Gedanke in ihm widerhallte, presste Torik die Lippen zusammen. Aber er stand dafür nicht zur Verfügung. Er würde seine Aufgabe hier erledigen und dann wieder ins Lager zurückkehren. Zu dem Gefühl der Leere, das Arlyn hinterlassen hatte.

Auch wenn er sich in Caitlins Gegenwart oft wie ein normaler Mann fühlte, er war es nicht und durfte das nie vergessen. Und erst recht nicht, dass Caitlin über Wandler schrieb. An ihrer Miene konnte er erkennen, dass er ihr Angst gemacht hatte. Gut so, dann würde sie vielleicht in Zukunft nicht mehr solche Wagnisse eingehen. Vor allem würde sie ihn dann nicht mehr mit Verlangen ansehen und ihn in Versuchung führen, sich das zu nehmen, was sie ihm anbot.

Caitlin befeuchtete ihre Lippen mit der Zunge. »So habe ich das noch nie betrachtet. Vielleicht sollten wir besser gehen.«

Zurück in die Menschenmassen? Torik unterdrückte einen Schauder. »Das ist nicht nötig, ich bin ja hier.« Und er witterte keinen Bären oder ein anderes Raubtier. »Aber alleine sollten Sie sich tatsächlich nicht an einem so einsamen Ort aufhalten.«

Caitlin stieß einen tiefen Seufzer aus. »Ich bin es nicht gewöhnt, mir über so etwas Gedanken zu machen. In San Francisco gab es keine gefährlichen Tiere in den Parks.« Sie wühlte in ihrer Tasche und zog einen Behälter heraus.

»Sie kommen aus San Francisco?«

Caitlin nickte und reichte ihm ein Sandwich. »Ich habe seit meiner Geburt dort gelebt, bis ich vor zwei Jahren hierhergekommen bin.«

»Gefiel es Ihnen nicht mehr?« Torik biss in das Sandwich und wurde von einem unbekannten Geschmack überrascht. Er hob eine Brotscheibe an und sah eine hellbraune Masse. »Was ist das?«

»Jetzt sagen Sie nicht, Sie haben noch nie Erdnussbutter gegessen.«

»Interessanter Geschmack.« Weil er merkte, dass Caitlin darüber nachdachte, warum er so etwas nicht kannte, redete er schnell weiter. »Und? Gefiel es Ihnen nicht mehr in San Francisco?«

Ihre Miene wurde verschlossen, sie sah die Bäume an, als wären sie plötzlich wahnsinnig interessant. »Nein. Ich wollte mal etwas anderes sehen, also bin ich eine Weile gereist und habe dabei mein Haus entdeckt.«

Er spürte ganz deutlich, dass noch mehr dahintersteckte, aber wenn er nicht wollte, dass Caitlin auch ihn ausfragte, konnte er schlecht weiter in sie dringen. Aber seine Neugier brachte ihn fast um. »Können Sie auch schreiben, wenn Sie auf Reisen sind?«

Caitlin schüttelte den Kopf. »Nicht so gut, zum Schreiben brauche ich absolute Ruhe und eine Umgebung, die mich nicht ablenkt. Ich habe während der Zeit eine Pause gemacht und mir überlegt, mal etwas Neues auszuprobieren.«

»Und was?« Torik blieb ganz still sitzen, obwohl er wusste, was jetzt kommen würde.

»Ich habe jahrelang Romantic Suspense geschrieben, das sind romantische Spannungsromane – oder spannende Liebesromane, je nachdem, wie man es gewichtet. Auf der Reise bin ich dann auf die Idee gekommen, mal etwas Paranormales auszuprobieren, in dem Fall Raubkatzen-Gestaltwandler.«

»Und das Buch spielt in den USA? Besonders viele Raubkatzen haben wir hier ja nicht.« Mit Mühe hielt Torik sich zurück. Am liebsten hätte er die Wahrheit aus ihr herausgeschüttelt.

Caitlin lächelte. »Nicht viele, aber mit Berglöwen eine der interessantesten Spezies, wie ich finde. Sehr geheimnisvoll und vor allem wunderschön.« Ihre Augen nahmen einen sehnsüchtigen Ausdruck an. »Ich wünschte, ich könnte mal einen in freier Wildbahn sehen.«

Torik setzte sich auf seine Hände, um sich nicht die Kleidung vom Leib zu reißen und ihr zu zeigen, wie ein Berglöwe aus nächster Nähe aussah. »Und woher haben Sie Ihre Informationen über die … Tiere?«

Die Begeisterung für das Thema war Caitlin förmlich anzusehen. »Ich habe recherchiert, in Büchern, im Internet, Fernsehdokumentationen angeschaut und auch sonst alles zu dem Thema aufgesogen.« Sie beugte sich zu ihm. »Wussten Sie, dass Berglöwen von einigen Indianerstämmen Ghostwalker genannt werden? Ich finde, das klingt so geheimnisvoll.«

Torik versuchte, die Ruhe zu bewahren, auch wenn Caitlin

sogar ihr geheimes Passwort kannte. Natürlich konnte das auch Zufall sein, und sie hatte den Begriff bei ihrer Recherche entdeckt, aber zusammen mit all dem anderen, das sie über die Berglöwenwandler zu wissen schien, war das mehr als unwahrscheinlich. Er räusperte sich. »Wie nehmen die Leser das Buch an?«

Ein zufriedenes Lächeln überzog Caitlins Gesicht. »Sehr gut. Es scheint so, als würden sie meine Berglöwenwandler mögen. Genau genommen fordern sie schon lautstark eine Fortsetzung der Geschichte.« Sie wühlte wieder in ihrer Tasche. »Möchten Sie etwas trinken?« Ohne seine Antwort abzuwarten, drückte sie ihm eine Wasserflasche in die Hand.

Da sein Mund bei dem Gedanken an die Konsequenzen für die Wandler trocken war, stürzte er das Wasser hinunter.

Caitlin lachte. »Ich denke, das heißt ja.« Zufriedenheit malte sich auf ihrem Gesicht ab. »Mal sehen, vielleicht mache ich sogar wirklich eine Serie daraus. Ich habe schon jede Menge neue Ideen.«

Bloß das nicht! »Sie legen sich also hier hin und schließen die Augen. Und dann sprudeln die Ideen?«

Caitlin trank einen Schluck aus ihrer Flasche und stellte sie neben sich. »Sehr oft, ja. Zumindest wenn mir nichts anderes durch den Kopf geht.«

»Wie was zum Beispiel?«

Sie stützte sich auf die Ellbogen und blickte zum Himmel hinauf. »Wenn ich mich über irgendetwas ärgere. Oder gerade überfallen wurde. Oder ein gut aussehender Mann neben mir liegt.«

Auch wenn er es nicht wollte, durchzuckte ihn bei ihren Worten ein Hauch von Befriedigung. »Passiert so etwas öfter?«

Caitlin warf ihm einen kurzen Blick zu. »Ersteres ja, die beiden anderen eher selten. Um nicht zu sagen, bisher erst einmal.«

Torik atmete tief ihren Duft ein und bemühte sich, seinen Körper unter Kontrolle zu halten. Was beinahe unmöglich war, wenn Caitlin so dicht neben ihm lag und ihre Brüste aus dem Oberteil des Kleides zu quellen schienen. Ohne es zu wollen, beugte er sich zu ihr und zupfte das Band aus ihren Haaren.

Ihre Augen weiteten sich. »Was tun Sie da?«

Seine Finger glitten durch ihre seidigen Haare und lösten den Zopf. »So gefällt es mir besser.« Anstatt sie loszulassen und sich zurückzuziehen, begann er sanft ihre Kopfhaut zu massieren. Es war eine schlechte Idee, sie zu berühren, doch er schaffte es nicht, sich von ihr abzuwenden. Zu lange war es her, dass er einer Frau so nahe gewesen war, und seine Sehnsucht nahm überhand.

Caitlin stieß einen Seufzer aus und legte ihren Kopf zurück. »Es ist ein Wischmopp.«

Toriks Augen glitten über ihre Kehle, die sie ihm durch ihre Haltung unbewusst darbot. Der Druck in seinem Kiefer deutete an, dass seine Reißzähne kurz davor waren, sich zu verlängern. »Ich habe nie einen schöneren Mopp gesehen.« Selbst seine Stimme klang rau. Seine Hand glitt über ihren Nacken. Caitlin durfte auf keinen Fall sehen, dass er sich veränderte, deshalb senkte er seinen Kopf und hauchte einen Kuss auf ihre Schulter. Gänsehaut bildete sich dort, und sie stöhnte leise auf. Torik schaffte es nur mit größter Selbstbeherrschung, sich nicht auf sie zu stürzen und ihre weiche Haut so zu kosten, wie es ihn verlangte.

»Torik …« Sein Name klang fast wie eine Bitte.

»Ja?«

Was immer sie auch sagen wollte, ging in einem gewaltigen Niesanfall unter. Sie schien sich kaum beruhigen zu können. Torik rückte ein Stück von ihr ab. Schließlich wandte sie sich ihm mit geröteten Wangen und feuchten Augen zu. »Tut mir leid, so etwas ist mir schon lange nicht mehr passiert.« Sie zog ein Taschentuch heraus und putzte ihre Nase. »Hast du eine Katze zu Hause?«

Torik zuckte wie unter einem Stromschlag zusammen. »Eigentlich nicht. Wieso?«

Caitlin sah ihn an und versuchte ein Lächeln. »Weil mir so etwas sonst nur passiert, wenn eine Katze in der Nähe ist. Du weißt schon, meine Katzenallergie.«

Torik verspürte den Drang zu lachen, aber es war eher aus Verzweiflung. Anscheinend war der Berglöwe in ihm so nah an der Oberfläche gewesen, dass er sogar ihre Allergie ausgelöst hatte. Entweder musste er sich von jetzt an von ihr fernhalten oder sich noch besser unter Kontrolle haben. Normalerweise war das kein Problem für ihn, aber Caitlin schien irgendetwas in ihm hervorzurufen, das seinen Schutzwall durchbrach.

»Torik?«

Er wandte sich ihr zögernd wieder zu. »Ja?«

Verlegenheit zeichnete sich auf ihrem Gesicht ab. »Könnten …« Sie atmete tief durch und sah ihn dann direkt an. »Könnten wir es noch mal probieren? Das Niesen war jetzt wahrscheinlich ein Stimmungstöter, aber …« Sie hob die Schultern, was ihre Brüste verlockend zum Schwingen brachte.

Eigentlich hatte er das Niesen sogar charmant gefunden, jedenfalls bevor sie es mit der Katzenallergie in Verbindung brachte. Was ihn glücklicherweise so weit abgekühlt hatte, dass er nicht Gefahr lief, sich sofort zu verwandeln. Der Widerstand in ihm brach unter der Macht seiner zu lange unterdrückten Gefühle. Langsam beugte er sich vor und lächelte sie an. »Wo waren wir stehen geblieben?«

8

Caitlins Herz setzte einen Schlag aus, als sie Toriks Lächeln sah. Die meiste Zeit wirkte er viel zu ernst, so als hätte er nicht viel zu lachen. Sie musste nicht lange nachdenken, um sich zu erinnern, wo sie stehen geblieben waren. »Deine Hand lag an meinem Nacken, und dein Mund …« Torik beugte sich über sie und küsste ihre Schulter. Ihre Augen schlossen sich. »Ah ja.« Seine rauen Finger glitten über ihren Arm und lösten ein Zittern tief in ihr aus.

»Ist dir kalt?« Seine leise Stimme erklang dicht an ihrem Ohr.

Caitlin zuckte zusammen, als sein Atem über ihre Ohrmuschel strich. »N…ein. Ganz im … Gegenteil.«

Ein raues Lachen erklang dicht an ihrem Ohr. »Gut.«

Seine Fingerknöchel streiften ihre Brust, wo seine Hand ihren Arm umfasste. Caitlin war sich fast sicher, dass er das absichtlich tat, aber sie hatte nichts dagegen. Die Sonne brannte auf sie nieder und steigerte die Sensibilität ihrer Haut. Toriks Atem strich über ihren Hals, gefolgt von seiner Zunge, die sich langsam nach unten bewegte. Ihre Brustspitzen stellten sich auf und rieben sich erotisch am Stoff des Kleides. Der Atem stockte in ihrer Lunge, während ihr Herz heftiger zu klopfen begann. Es war wie ein Traum, mit Torik in der Natur zu liegen und von ihm berührt zu werden. Auch wenn sie ihn noch nicht so lange kannte, wusste sie, dass er ihr nichts tun würde. Und es war ja nicht so, dass sie gleich Sex haben würden, also was konnte es schaden, wenigstens einmal im Leben einfach das zu tun, was sie wollte, ohne über mögliche Konsequenzen nachzudenken?

Toriks Finger strichen wieder über ihre Schultern, und sie wünschte sich fast, er wäre nicht so zurückhaltend. Aber da es sich so sündhaft gut anfühlte, ließ sie ihn gewähren und genoss seine Berührungen. Seine Zunge fuhr über ihre Kehle und wanderte tiefer. Oh Gott, ja! Caitlin öffnete die Augen und blickte an sich herab. Torik war über sie gebeugt, seine braune Haut ein erregender Kontrast zu ihrer helleren. Unter seinen großen Händen sah sie beinahe zierlich aus, ihre Polster kaum sichtbar. Oder vielleicht lag es auch nur daran, dass Torik sie so zu mögen schien, wie sie war, ihm schien ihre Fülle überhaupt nichts auszumachen. Seine Finger glitten wieder an ihren Armen hinunter, doch diesmal zog er die dünnen Träger mit sich. Unwillkürlich hielt sie den Atem an und ließ ihn enttäuscht ausströmen, als Torik ihre Brüste nicht enthüllte. Er schien sich damit zufriedenzugeben, mit der Zunge Muster auf ihr Dekolleté zu malen.

Mit einem ungeduldigen Laut hob sie ihre Arme, soweit es die Träger des Kleides zuließen, und legte eine Hand an seine Taille, während die andere über seinen Rücken glitt und seinen Zopf berührte. Wie er es auch bei ihr getan hatte, zog sie das Haarband heraus und beobachtete, wie seine langen Haare sich in einer schwarzen Wolke um sie legten.

Torik hob den Kopf. »Was tust du da?«

Caitlin lächelte ihn an. »So gefällt es mir besser.«

Seine Mundwinkel hoben sich, als sie seine Antwort von vorhin wiederholte. »Beschwer dich aber nicht, wenn du sie ständig im Mund hast.«

Ihre Hand schob sich in seine Haare und spielte mit den seidigen Strähnen. Es fühlte sich sündhaft gut an, wie sie über ihre nackte Haut glitten. Ihr erregtes Stöhnen war für Torik wohl Antwort genug, denn er setzte seine Erkundung ihres Körpers fort. Caitlins Finger schlüpften unter den Saum seines T-Shirts und glitten seinen Rücken hinauf. Seine Haut war glatt und warm, und sie konnte spüren, wie sich seine Muskeln unter ihrer Berührung zusammenzogen. Ihrer Fingerspitzen prickelten, und sie hatte Mühe, nicht zu gierig zu erscheinen. Am liebsten hätte sie ihn auf der Stelle ausgezogen, um all diese wunderbare Haut auch sehen zu können. Sie erinnerte sich, wie sie die Narbe an seiner Seite mit dem Finger nachgefahren war, und wünschte sich, jetzt das Gleiche tun zu können, doch sie war unter ihm gefangen. Zumindest ihr Oberkörper, seinen Unterkörper hielt er sorgfältig von ihr fern. Aber davon ließ sie sich nicht abhalten. Während Torik sanft an ihrem Hals knabberte, schob sie ihre Hand hinten in seinen Hosenbund. Er hatte nichts darunter an. Torik zuckte zusammen, hinderte sie aber nicht daran, als sie mit den Fingerspitzen den Ansatz seines Pos erkundete.

Toriks Haare glitten über ihre Brüste, und Caitlin war beinahe versucht, das Oberteil des Kleides selbst herunterzuziehen, damit sie endlich ihre Brustspitzen berührten. Doch dann presste Torik seinen Oberkörper an sie und verhinderte damit wirkungsvoll jede Bewegung. Frustriert krallte sie ihre Hand in seinen Po.

Torik hob seinen Kopf und blickte sie fragend an. »Soll ich aufhören?«

Caitlin befeuchtete ihre trockenen Lippen mit der Zunge. »Wenn ich das wollte, würde ich dich wegstoßen und mich nicht an dich klammern, oder?«

Ein Lächeln spielte um seinen Mund. »Vermutlich. Also, was möchtest du?«

Röte stieg in Caitlins Wangen, sie blickte zur Seite. Torik legte seine Hand um ihr Gesicht und zwang sie, ihn anzusehen. Etwas glitzerte in seinen schwarzen Augen, das sie noch mehr erregte. »Dass du aufhörst, mit mir zu spielen, und endlich etwas … tust.«

Schlagartig wurde er ernst, und sein Gesicht wirkte härter. »Bist du sicher, dass du das willst?«

Ein Hauch von Furcht mischte sich in ihre Erregung, was ihre

Begierde noch steigerte. Sie wickelte sich eine seiner Haarsträhnen um die Hand und zog ihn damit näher zu sich. »Ja.«

Sein Gesicht war jetzt dicht über ihrem, sie konnte erkennen, dass seine Iris dunkelbraun war und nicht schwarz, wie sie von Weitem wirkte. Es schienen sogar ein paar hellere Tupfer darin aufzutauchen, je länger sie ihn anblickte. Nachdem er sich davon überzeugt zu haben schien, dass sie es wirklich wollte, senkte er endlich den Kopf und rieb mit seinen Lippen sanft über ihre. Schon diese beinahe unschuldige Berührung brachte sie fast um den Verstand. Doch dann begann er, an ihrer Unterlippe zu knabbern, um hinterher mit der Zunge darüberzustreichen. Caitlin umfasste seinen Nacken und versuchte, ihren Oberkörper an seinem zu reiben, doch er war immer noch zu weit entfernt. Ihren ungeduldigen Laut quittierte er mit einem rumpelnden Lachen tief in seiner Kehle. Zur Strafe biss sie ihn in die Lippe und fühlte, wie er über ihr erstarrte. Aus Angst, dass er das vielleicht nicht mochte, hielt Caitlin ganz still.

Doch dann stürzte sich sein Mund förmlich auf ihren, und er küsste sie mit so viel Leidenschaft, dass ihr schwindelig wurde. Caitlin klammerte sich an ihn und erwiderte den Kuss mit allem, was in ihr war. Toriks Hände hielten sie unter sich gefangen, seine Daumen lagen unter ihren Brüsten. Um ihm näher zu kommen, legte sie ein Bein über seine und erschauderte, als der Jeansstoff an ihrer nackten Haut rieb. Beinahe verzweifelt knetete sie seinen Po und versuchte, sich noch näher an ihn zu schieben. Durch die Bewegung rutschte das Oberteil ihres Kleides herunter, und ihre Brustspitzen rieben sich an Toriks T-Shirt, während seine Daumen jetzt ihre nackte Haut berührten. Nach kurzem Zögern glitten seine Hände nach oben, und er umfasste ihre schmerzenden Brüste. Ja, endlich! Seine Zunge schlang sich um ihre, und Caitlin spürte, wie sie im Strudel ihrer Gefühle versank.

So merkte sie zuerst nicht, wie Torik den Kuss beendete und den Kopf hob. Erst als er seine Hände von ihren Brüsten nahm, schlug sie die Augen auf und blickte ihn verwirrt an. Sein Gesicht war abgewandt, die Muskeln in seinem Körper angespannt.

»Was ist?« Ihre Stimme klang ungewohnt rau.

»Ich höre etwas.« Er antwortete, ohne sie anzublicken.

Kälte breitete sich in ihr aus, als er sich aufsetzte, deshalb versuchte sie einen Scherz. »Meinen Magen?«

Torik sah sie an, ein Mundwinkel hob sich. »Nein, diesmal nicht.« Er setzte sich auf, und sein Blick glitt beinahe wie eine Liebkosung über ihren Körper. »Ich werde nachsehen.«

»Muss das sein?« Enttäuschung breitete sich in ihr aus, als sie an seinem Gesichtsausdruck erkannte, dass er sich nicht davon abhalten lassen würde.

»Ja. Ich möchte nicht, dass dir etwas passiert.« Mit einem Finger strich er über ihre Wange. »Bleib hier und warte auf mich.« Damit erhob er sich in einer fließenden Bewegung.

»Natürlich.«

Torik nickte ihr zu, drehte sich um und bewegte sich von ihr fort. Einen Moment lang bewunderte sie seine beinahe gleitenden Schritte, die ihn schneller von ihr forttrugen, als sie gedacht hätte. Mit den langen schwarzen Haaren, die bis zur Mitte seines Rückens reichten, sah er tatsächlich aus wie ein Indianer aus alten Filmen. Allerdings hätte sie anstelle der Jeans einen Lendenschurz bevorzugt.

Torik bemühte sich, Caitlins Anblick aus seinem Gehirn zu bannen, während er in die Richtung schlich, aus der er das Geräusch gehört hatte. Das Oberteil ihres Kleides war unter ihren großen Brüsten zusammengeschoben gewesen, ihre geröteten Brustspitzen hatten um Aufmerksamkeit gebettelt. Der hochgerutschte Rock hatte ihre Beine und ein Stück ihres cremefarbenen Slips enthüllt. Ihr Gesicht war vor Erregung gerötet gewesen, ihr Mund voll und rot. Ihre Haare hatten ihren Kopf wild umzüngelt. Torik konnte sich nicht erinnern, jemals etwas Erotischeres gesehen zu haben. Nur der Gedanke daran, dass ihr etwas zustoßen könnte, wenn er sich nicht endlich konzentrierte, ließ das Bild aus seinem Kopf verschwinden.

Alle Sinne auf seine Umgebung ausgerichtet, bewegte er sich im Schatten der Bäume. Wenn jemand sie beobachtet hatte, war es beinahe unmöglich, sich unbemerkt zu nähern. In Berglöwenform wäre es einfacher gewesen, aber Torik konnte es nicht riskieren, sich hier zu verwandeln. Es war wieder ganz still, seit er Caitlin verlassen hatte, deshalb konnte er nur seinem Instinkt folgen. Je weiter er in die Wälder vordrang, desto unruhiger wurde er. Was, wenn irgendjemand nur versuchte, ihn von Caitlin wegzulocken? Ihr Duft hing noch an seiner Kleidung und seiner Haut. Torik biss die Zähne zusammen. Wie hatte er alles andere vergessen und nur noch an sein Verlangen denken können? Er konnte sich nicht erklären, warum er sie nicht einfach nur als eine Bedrohung für seine Gruppe ansah, sondern sich immer wieder eine gefährliche Anziehung dazugesellte. Dabei hatte er schon lange mit dem Kapitel Frauen abgeschlossen.

Torik blieb abrupt stehen, als der Geruch von Blut in seine Nase stieg. Oh, verdammt! So schnell es ging, folgte er lautlos der Geruchsspur. Er fuhr herum, als er ein Stück entfernt etwas knacken hörte. Es kam aus der entgegengesetzten Richtung und konnte nicht von dem stammen, das den Gestank verursachte. Einen Augenblick verharrte er unentschlossen, doch als er nichts mehr hörte, entschied er schließlich, zuerst den Verursacher des Blutgeruchs zu finden. Torik schlich weiter, bis er in einem Gebüsch den Ausgangspunkt fand. Die Lippen fest zusammengepresst blickte er auf die beiden Männer hinunter, die dort lagen. Er erkannte sie sofort: Es waren die Kerle, die

Caitlin angegriffen hatten. Und sie waren tot. Um das zu wissen, brauchte er sie gar nicht zu berühren, denn sie rochen nach Tod, und die runden Einschusslöcher auf der Stirn waren kaum zu übersehen. Die Frage war nur, warum sie hier im Park waren, und vor allem, wer sie ermordet hatte.

Vermutlich derjenige, der das Geräusch verursacht hatte. Er hätte ihm folgen sollen, als er die Gelegenheit dazu hatte, aber es war ihm wichtiger gewesen, denjenigen zu finden, der blutete, um ihm eventuell noch helfen zu können. Wenn er gewusst hätte, dass es sich um die beiden Verbrecher handelte und dass sie bereits tot waren, hätte er sich anders entschieden. Torik sah durch das Gebüsch zurück und fluchte, als sein Blick auf die Stelle fiel, an der er mit Caitlin gelegen hatte; sie stand jetzt, und ihr Gesicht war in die Richtung gewandt, in die er gegangen war. Das alles war auch auf die Entfernung zu erkennen, aber da einer der Männer ein Fernglas in der Hand hielt, war es offensichtlich, dass die beiden sie beobachtet hatten. Torik machte sich Vorwürfe, weil er sich hatte ablenken lassen und dadurch nicht gemerkt hatte, dass jemand in der Nähe war. Sicher, der Wind blies den Geruch in die andere Richtung, und die Männer lagen ein Stück entfernt, aber trotzdem hätte er es bemerken müssen.

Bemüht, sich davon nicht beeinflussen zu lassen, atmete Torik flach durch. Die Verbrecher waren nicht durch Hitzschlag gestorben, so viel war klar, also musste der dritte Mann sie getötet haben. Die Schüsse waren wahrscheinlich durch einen Schalldämpfer so leise gewesen, dass Torik sie nur wegen seines Berglöwengehörs hatte wahrnehmen können. Entweder gehörten die Männer alle zusammen und es hatte einen Streit gegeben, der tödlich endete, oder es gab noch eine zweite Partei, die ebenfalls an Caitlin interessiert war. Der Gedanke verursachte ein Brennen in seiner Magengegend. Die Vorstellung, dass sie etwas mit den Feinden der Wandler zu tun haben könnte, war furchtbar. Aber er konnte die Möglichkeit nicht ignorieren. Er musste unbedingt herausfinden, was Caitlin wusste, und dafür sorgen, dass sie keine weiteren Bücher über seine Gruppe veröffentlichte. Egal wie.

Aber zuerst musste er versuchen, den dritten Mann zu finden. Torik schloss die Augen, ordnete die verschiedenen Gerüche den Toten zu und folgte dann der dritten Spur, die sich vom Tatort entfernte. Er war erst wenige Meter weit gekommen, als er ein Geräusch hinter sich hörte.

»Torik? Bist du hier?« Caitlins Stimme drang erschreckend laut durch die Büsche.

Wütend auf Caitlin und auch auf sich selber, weil sein Herz beim Klang ihrer Stimme schneller klopfte, lief Torik schnell zurück, um sie abzufangen, bevor sie die Toten sah.

Nachdem Caitlin sich wieder hergerichtet und ihre Tasche eingepackt hatte, hielt sie nach Torik Ausschau, doch er war nirgends zu sehen. Unruhe erfasste sie, und sie musste an die wilden Tiere denken, die Torik vorhin erwähnt hatte. Was war, wenn er verletzt oder sogar tot nur wenige Hundert Meter von hier lag? Es kam ihr furchtbar lange vor, seit er sie verlassen hatte, doch vermutlich waren es nur wenige Minuten gewesen. Als sie es nicht mehr aushielt, folgte sie Torik. Dort, wo sie ihn zuletzt gesehen hatte, blieb sie unsicher stehen. Er war nirgends zu sehen, aber sie hatte das Gefühl, dass jemand in der Nähe war.

»Torik? Bist du hier?« Sie lauschte, konnte aber nichts hören. Umso erschreckender war, dass Torik plötzlich vor ihr stand. Er sah sie an, und etwas huschte über sein Gesicht, das sie nicht deuten konnte. Seine Wangenknochen stachen scharf hervor, und seine Lippen waren zusammengepresst. Wut loderte in seinen schwarzen Augen, wie sie erkannte, als sie atemlos vor ihm stehen blieb. Caitlin wollte ihn berühren, doch er zuckte vor ihrer Hand zurück.

Verwirrt und verletzt sah sie ihn an. »Hast du das gefunden, was du gehört hast?«

»Ja.« Er ergriff ihren Arm. »Lass uns gehen.« Nicht gerade sanft zog er sie mit sich. »Ich hatte doch gesagt, dass du auf mich warten sollst.«

Caitlin biss auf ihre Lippe. »Ich konnte nicht, ich hatte Angst, dass dir etwas passiert ist, als du nicht zurückkamst.« Für einen winzigen Moment glaubte sie, so etwas wie Wärme in seinem Blick zu erkennen. Doch wenige Sekunden später war die Wut wieder da. Mit einem stummen Seufzer erkannte Caitlin, dass Torik nicht von selbst reden würde. »Was hast du gefunden?«

»Nichts.« Toriks Antwort klang endgültig.

Caitlin riss ihren Arm zurück und blieb stehen. »Entweder ich bekomme eine vernünftige Antwort, oder ich sehe selbst nach.«

Toriks Augen blickten wild, ein Muskel zuckte in seiner Wange. »Das willst du ganz sicher nicht.«

Caitlin senkte ihre Stimme. »Doch, ich denke schon. Irgendetwas hat dich furchtbar aufgeregt, und ich möchte wissen, was es war.«

Torik legte seine Hände auf ihre Schultern und brachte sein Gesicht dicht an ihres heran. »Damit du dich auch aufregen kannst? Glaub mir einfach, wenn ich sage, dass wir möglichst schnell hier verschwinden sollten.«

Sanft berührte sie seinen Arm. »Meinst du nicht, ich sollte es wissen, wenn es auch mich betrifft?« Ihr Mund wurde trocken. »Es geht nicht um einen Bär, sondern um etwas ganz anderes, oder?« Als er nicht antwortete, wurde sie wütend. »Ist wieder jemand hinter mir her? Ich sollte mir eine Pistole besorgen und …«

Torik legte seine Hand auf ihren Mund. »Das solltest du nicht sagen, wenn dich jemand hören kann.« Er blickte über seine Schulter. »Außerdem ist es nicht mehr nötig.«

»Was?« Verwirrt sah Caitlin ihn an.

Seine Lippen pressten sich zusammen. »Die Verbrecher sind tot.«

Nur langsam sickerte Verständnis in ihr Gehirn. »Oh Gott! Du hast doch nicht …?«

Torik blickte sie lange Zeit nur an, dann trat er einen Schritt zurück. »Ich hätte es vielleicht getan, wenn sie dich noch einmal bedroht hätten, aber es war gar nicht nötig. Sie waren bereits tot, als ich sie gefunden habe.«

Caitlin zuckte bei der Bestätigung zusammen. »Ein Unfall?«

»Nein.« Er ging weiter und zog Caitlin mit sich. »Lass uns gehen!« Sie entwand sich ihm und lief in die Richtung, aus der er gekommen war. Hinter sich hörte sie einen gedämpften Fluch. Innerhalb weniger Sekunden hatte Torik sie eingeholt. »Du willst es unbedingt noch schlimmer machen, als es schon ist, oder?«

Caitlin blieb stehen und sah ihn ernst an. »Nein, das will ich nicht. Ich möchte nur selbst sehen, dass die Kerle …« Sie brach ab und biss auf ihre Lippe.

»Dass sie dir nicht mehr wehtun können?« Sanft beendete Torik ihren Satz.

Schweigend nickte Caitlin. »Ich möchte auch wissen, wie das geschehen ist, und vor allem, wie sie mich überhaupt gefunden haben. Ich dachte, sie wären längst über alle Berge, so wie es die Polizisten gesagt haben. Stattdessen liegen sie tot in einem National Park.« Fragend blickte sie ihn an. »Meinst du, sie sind schon seit gestern hier?«

»Nein, höchstens eine Stunde. Mich würde nicht wundern, wenn sie sogar erst vor wenigen Minuten gestorben sind. Vielleicht war es das, was ich gehört habe.«

Caitlin rieb über ihren Mund. »Du musst wahnsinnig gute

Ohren haben, ich habe über dem Rauschen des Wassers nichts gehört.« Und weil ihr Herz so laut geklopft hatte. Am liebsten wäre sie weggelaufen und hätte versucht, alles andere zu vergessen, aber das würde nicht funktionieren. Zuerst musste sie wissen, was passiert war. Unwillkürlich richtete sie sich gerader auf. »Bring mich hin.«

Torik merkte wohl, dass sie nicht davon abrücken würde, denn er neigte nur den Kopf und nahm ihre Hand. Froh über seine beruhigende Wärme und den sanften Druck seiner Finger ließ sie sich von ihm tiefer in den Wald führen. Die Stelle war überraschend nah, Caitlin wurde ganz übel bei dem Gedanken, dass die Männer sie und Torik offensichtlich beobachtet hatten. Am liebsten wäre sie einfach weggerannt, aber das konnte sie nicht tun, solange sie nicht wusste, was hier passiert war.

Nach einem beruhigenden Atemzug blickte sie auf die Toten nieder. Bisher hatte sie nur einmal eine Leiche in einem Leichenschauhaus gesehen, aber das hier war etwas völlig anderes, ohne kontrollierte Umgebung, saubere Tücher und den Geruch nach Desinfektionsmittel. Stattdessen sah sie zwei Männer, die vor kurzer Zeit noch gelebt hatten, mit beinahe unscheinbaren runden Wunden in Brust und Kopf. Ihre Gesichter waren zu entsetzlichen Fratzen verzogen, die beinahe überrascht wirkten. Anscheinend hatten sie nicht damit gerechnet, selbst überfallen zu werden.

Caitlin benetzte ihre Lippen mit der Zunge. »Was glaubst du, was hier passiert ist?« Bis eben war sie sich nicht sicher gewesen, ob Torik nicht vielleicht die beiden Männer getötet hatte, in dem Glauben, sie zu beschützen. Doch sie hatte bei ihm keine Pistole gesehen, und er konnte damit nicht der Täter sein.

Toriks dunkle Augen waren unlesbar. »Sie wurden erschossen.«

»Ja, danke, Sherlock, das ist mir auch aufgefallen.« Selber von dem Ausbruch überrascht, schlug sie eine Hand vor den Mund. »Entschuldige, es ist nur …« Hart blies sie den Atem aus. »Ich bin so etwas nicht gewöhnt. Und ich habe Angst.«

Seine Miene wurde etwas weicher. »Ich weiß. Können wir jetzt gehen?«

»Wir sollen sie wirklich so liegen lassen?«

Torik antwortete, ohne zu zögern. »Ja. Was glaubst du, was passiert, wenn du die Polizei rufst, und die finden die beiden Kerle, die dich gestern überfallen haben, tot im Wald? Du würdest auf jeden Fall befragt werden, wenn nicht sogar verdächtigt, etwas damit zu tun zu haben.«

»Aber ich war es nicht!«

»Wir beide wissen das, aber die Polizei muss allen Spuren nachgehen, und davon wirst du die heißeste sein.« Seine Hand schlang sich wieder um ihren Arm, so als fürchtete er, sie würde weglaufen. »Lass uns erst mal aus dem Park rausfahren, dann können wir immer noch anonym der Polizei Bescheid geben, dass hier zwei Leichen liegen.«

Caitlin schauderte. »Das kommt mir nicht richtig vor.«

»Was glaubst du, was die beiden mit dir gemacht hätten?«

Toriks Frage sandte einen Schauder über ihren Rücken. Es war offensichtlich, dass sie für so etwas nicht geschaffen war. Sie schrieb nur darüber, und das reichte ihr vollkommen. Als Torik sanft an ihrem Arm zog, folgte sie ihm bereitwillig zurück zum Parkplatz. Es kam ihr seltsam vor, sich zwischen all den vielen Menschen zu bewegen und so zu tun, als wäre alles in Ordnung. Für die anderen war es das ja auch, aber sie selbst fühlte sich wie zerrissen. Einerseits fand sie es furchtbar, dass Menschen gestorben waren, aber andererseits war sie auch erleichtert, dass diese beiden Verbrecher sie nie wieder überfallen würden. Immer wieder warf sie Torik vorsichtige Seitenblicke zu, doch er schien tief in Gedanken versunken zu sein und das überhaupt nicht zu bemerken. Machte er sich Sorgen, dass er in die unerfreuliche Sache verwickelt werden würde?

Caitlin unterdrückte ein hysterisches Lachen. Eine viel zu harmlose Bezeichnung für den Mord an zwei Menschen. Als sie bei ihrem Wagen ankamen, begann sie zu zittern. Sie konnte sich gerade noch an der Fahrertür abstützen, als ihre Beine nachgaben. Torik war sofort bei ihr und hob sie auf den Fahrersitz. Caitlin lehnte ihre Stirn an das Lenkrad und versuchte, die Bilder aus ihrem Kopf zu verdrängen. Wie konnte sie ganz gelassen bleiben, während sie neben zwei Toten stand, aber zusammenbrechen, wenn sie in Sicherheit, unter Menschen, war? Torik lehnte sich in den offenen Wagen und diente so als Sichtschutz gegen die neugierigen Blicke der Touristen. Caitlin schloss die Augen, um die Übelkeit zurückzudrängen, die in ihr aufstieg. Die Welt außerhalb ihres Autos war nur noch dumpfer Lärm. Hitze sammelte sich in ihrem Nacken, und sie schluckte heftig. Es dauerte scheinbar unendlich lange, bis sie die Augen wieder öffnen konnte.

Torik schien sich in der ganzen Zeit nicht bewegt zu haben. Seine dunklen Augen glitten über sie. »Geht es?«

Da Caitlin ihrer Stimme noch nicht traute, nickte sie nur. Torik wühlte in ihrer Tasche, die er ihr irgendwann abgenommen haben musste und hielt ihr eine Wasserflasche hin. Dankbar trank sie einige große Schlucke. Das Wasser war zwar lauwarm, aber sie fand es himmlisch in ihrem trockenen Mund. Schließlich fühlte sie sich ruhig genug, um Torik anzusehen. »Danke.«

»Schaffst du es bis zu deinem Haus?« War das Besorgnis, die sie in seinen Augen sah? »Ich würde dich fahren, aber wir können schlecht eines der Autos hier im Park lassen.«

Caitlin versuchte ein Lächeln, doch ihre Gesichtsmuskeln kooperierten nicht. Wahrscheinlich glich es eher einer Grimasse. »Es wird schon gehen.« Ihr blieb gar nichts anderes übrig, wenn sie heute noch nach Hause wollte. Und das wollte sie mehr als alles andere. Sie wollte sich verkriechen und nicht mehr an das denken, was sie dort im Wald gesehen hatte. Am liebsten würde sie die ganze Angelegenheit vergessen und sich nur noch daran erinnern, wie es sich angefühlt hatte, von Torik geküsst zu werden. Aber das funktionierte nicht, solange sie immer noch den Anblick der Toten vor Augen hatte.

»Ich bin direkt hinter dir. Wenn du dich nicht gut fühlst, fahr an den Straßenrand, dann bin ich sofort bei dir.« Torik beugte sich vor und strich eine Haarsträhne aus ihrer Stirn.

Tränen stiegen bei der beinahe liebevollen Geste in ihre Augen. »Danke.«

Torik nickte knapp, als wäre es ihm unangenehm, dass er ein Gefühl gezeigt hatte. »Wenn du bei deinem Haus ankommst, bleib im Wagen und warte, bis ich bei dir bin, okay?«

Erleichterung durchfloss sie, als ihr klar wurde, dass Torik sie nicht allein lassen würde, sobald sie den Park hinter sich hatten. »Liebend gern.« Das schlechte Gewissen meldete sich. »Aber wolltest du nicht deinen Urlaub anders verbringen? Jetzt ist dir meinetwegen schon der zweite Tag verdorben worden. Ich …«

Torik unterbrach sie. »Es ist nicht deine Schuld, sondern die dieser Verbrecher.« Seine Stimme wurde weicher. »Und du hast mir auch einige sehr schöne Augenblicke geschenkt, ich denke, damit ist das ausgeglichen.«

Bevor sie ihm antworten konnte, schlug er ihre Tür zu und ging zu seinem Jeep. Mit einem tiefen Seufzer startete Caitlin den Motor und wartete, bis Torik eingestiegen war, bevor sie vorsichtig aus der Parklücke fuhr.

9

Marisa atmete erleichtert auf, als Keira und Coyle aus dem Auto stiegen. Auch wenn sie Coyle gerne noch weiterhin in ihrer Nähe gehabt hätte, war es nicht ihre Vorstellung von Spaß, die ganze Zeit Keiras mörderischen Blicken ausgesetzt zu sein. Sie hatte sich wirklich bemüht, es der Berglöwenfrau so leicht wie möglich zu machen, aber Keira war auf keinen einzigen Gesprächsversuch eingegangen. Coyle hatte ebenfalls nichts gesagt, wahrscheinlich um Keira nicht zu reizen. Eine kluge Entscheidung – allerdings war Marisa deshalb beinahe am Lenkrad eingeschlafen. Noch schlimmer aber war, dass Coyle sie nicht ein Mal berührt hatte, was er sonst ständig tat. Sie hatte nicht gewusst, wie sehr sie das vermissen würde. Hoffentlich würde die Sache in Stammheimers Haus schnell beendet sein, damit sie nach Hause zurückkehren konnten.

Keira und Coyle zogen sich aus und legten ihre Kleidung in den Wagen. Während Keira sich ohne ein Wort verwandelte, legte Coyle seine Arme auf die offene Wagentür und lächelte Marisa an.

»Wir sehen uns bald.«

Marisa ließ ihren Blick an seinem Körper hinunterwandern. »Das hoffe ich doch.«

Coyle lachte und senkte seine Stimme. »Na warte, wenn ich dich nachher allein erwische …«

Marisa winkte ab. »Alles leere Drohungen.« Sie wurde ernst. »Sei vorsichtig.«

Mit einem Finger strich Coyle über ihre Wange. »Du auch.

Warte an der Einfahrt, bis ich dir ein Zeichen gebe, dass alles in Ordnung ist.«

»Ich hoffe nur, dass Isabel noch nicht da ist. Sie sollte nicht alleine dort herumlaufen.«

»Isabel ist ein kluges Mädchen.« Marisa konnte Coyle ansehen, wie sehr er Isabel mochte.

»Sie ist schon seit damals kein Mädchen mehr, Coyle. Nenn sie in ihrer Gegenwart bloß nicht so.« Isabel war inzwischen beinahe achtzehn, wirkte durch die Ereignisse aber wesentlich reifer.

»Okay, dann eben die junge Frau. Besser?«

Marisa verdrehte die Augen. »Du solltest jetzt lieber gehen, sonst reißt Keira dich in Stücke.«

Coyle zog automatisch die Schultern ein. »Ich hoffe, sie beruhigt sich irgendwann wieder. Das ist ja nicht auszuhalten.«

»Vielleicht tut es ihr gut, für einige Zeit nicht mehr im Lager zu sein. Und jetzt geh endlich!«

Coyle zwinkerte ihr zu und schloss die Wagentür. Marisa beobachtete, wie er sich verwandelte. Auch wenn sie es inzwischen schon so oft gesehen hatte, faszinierte es sie immer wieder. Nach einem letzten sehnsüchtigen Blick trat sie aufs Gaspedal. Wenn alles glattging, würden sie ins Haus gehen können, sobald Isabel eintraf.

Wie aufs Stichwort klingelte ihr Handy. Die Nummer im Display war Isabels. Marisa ließ den Wagen am Straßenrand ausrollen und nahm das Gespräch an. »Hallo, Isabel, wo bist du gerade?«

»Ich denke, ich brauche noch etwa eine halbe Stunde. Seid ihr schon da?« Ihre Stimme klang unsicher.

»Ja, Coyle und Keira kontrollieren gerade die Umgebung, und ich stehe kurz vor der Einfahrt.«

»Gut.« Diesmal klang Erleichterung in ihrer Antwort mit. »Ich möchte dort nicht alleine sein.«

»Du bist nicht allein, Isabel. Ich werde die ganze Zeit bei dir bleiben.«

»Danke.« Isabel schwieg einen Moment. »Ich wünschte wirklich, ich müsste dieses Haus nie wieder betreten.«

»Das brauchst du auch nicht. Gib uns einfach den Schlüssel und …«

Isabel unterbrach sie. »Nein. Ich muss mich mit dem auseinandersetzen, was dort geschehen ist. Wozu mein Vater fähig war. Wenn ich das vor mir herschiebe, wird es mich ewig verfolgen.«

Marisa wusste, dass Isabel es sowieso nie vergessen würde, aber vielleicht konnte sie so zumindest ihren inneren Frieden wiederfinden. Fast ein wenig beschämt musste sie sich eingestehen, dass Isabel die Situation erwachsener und mit mehr Mut anging, als sie selbst es damals in New York getan hatte, als einer ihrer Informanten ermordet worden war. Sie räusperte sich. »Ich bewundere deine Entschlossenheit. Und ich bin sicher, dass du tatsächlich dein Leben in Ruhe fortsetzen kannst, wenn diese Sache erst einmal erledigt ist.«

»Ich schätze, ich werde es merken. Ist …« Isabel brach ab.

»Ja?«

»Ist Bowen mitgekommen?« Es war offensichtlich, wie wichtig Isabel das war.

Marisas Herz zog sich mitfühlend zusammen. »Nein. Es tut mir leid, er ist im Lager geblieben. Seit der Sache ist er nicht mehr in die Nähe von Menschen oder Städten gegangen. Coyle ist hier, und die Wächterin Keira wird die Umgebung des Hauses erkunden und dafür sorgen, dass sich niemand anschleicht.« Jedenfalls hoffte sie das.

Isabel stieß einen tiefen Seufzer aus. »Ich kann Bowen irgendwie verstehen, aber ich wünschte …« Ihre Stimme verklang. »Egal, bringen wir die Sache hinter uns. Wir sehen uns dann gleich.«

Marisa verabschiedete sich und warf ihr Telefon auf den Beifahrersitz. Nachdem Bowen in diesem Haus von Isabels Vater gefoltert worden war, konnte sie durchaus nachvollziehen, dass es ihn nicht gerade hierher zurückzog. Aber sie hatte auch gemerkt, wie er Isabel damals angesehen hatte – und sie ihn – und musste immer öfter den Drang unterdrücken, Bowen zu sagen, dass sie es falsch fand, wie er Isabel behandelte. Warum konnte er sie nicht zumindest anrufen und einfach mit ihr reden? Stattdessen vergrub er sich im Wald und ließ niemanden an sich heran. Bowen war jung und hatte seine Familie und Freunde um sich, bestimmt würde er bald wieder am Leben teilnehmen. Hoffentlich war es dann nicht zu spät für ihn und Isabel.

Mit einer Grimasse konzentrierte sie sich auf die Straße. Es ging sie nichts an, ob Bowen und Isabel jemals zusammenkamen, sie konnte es nur für die beiden hoffen. Coyle hatte gesagt, sie sollte sich nicht einmischen und dass es für Isabel besser wäre, sich einen Freund zu suchen, der kein Wandler war und mit dem sie unter Menschen leben konnte. Nicht so wie Marisa selbst. Das war bisher das einzige Mal gewesen, dass sie sich wirklich gestritten hatten. Wieso konnte Coyle nicht sehen, was für ein toller Mann er war und dass es sie glücklich machte, ihn gefunden zu haben? Auch wenn es nicht immer einfach war, ihre Liebe geheim halten zu müssen, hatte sie doch keine Sekunde bereut, Coyle getroffen und sich in ihn verliebt zu haben. Und er hatte ihr eine Familie geschenkt. Sie fühlte sich unter den Wandlern wohler als unter Menschen.

Nach einigen Minuten hielt sie vor der Einfahrt. Die Hitze stieg in Wellen vom Asphalt auf und drang durch die geschlossenen Autoscheiben, deshalb ließ sie den Motor und damit auch die Klimaanlage laufen. Marisa reckte den Hals, um etwas sehen zu können, aber es regte sich nichts. Fast als wäre die gesamte Gegend ausgestorben, in der Gluthitze verdorrt.

Ein Schauder überlief sie, der nichts mit der Temperatur zu tun hatte. Es war unsinnig, anzunehmen, dass nach all diesen Monaten noch jemand das Haus überwachte. Außerdem musste der Auftraggeber von Stammheimers Mörder davon ausgehen, dass die Polizei sämtliche interessanten Gegenstände wie PCs, blutbefleckte medizinische Instrumente und Kameras konfisziert hatte. Glücklicherweise hatte Coyle daran gedacht, den Mechanismus zur Öffnung der Geheimtür in Stammheimers Büro zu sabotieren, bevor er mit Bowen geflohen war.

Genau deshalb war Coyle jetzt auch hier – auch wenn Marisa nicht völlig ungeschickt war, wagte sie es doch nicht, mit der Elektronik herumzuspielen. Das würde deshalb er übernehmen. Natürlich war Coyle auch mitgekommen, um für ihre Sicherheit zu sorgen. Ihren Vorschlag, mit Torik hierher zu fahren, hatte er mit einem Knurren quittiert. Ein Lächeln huschte über Marisas Gesicht. Coyle war eindeutig eifersüchtig darauf, wie gut sie sich mit Torik verstand, und er passte immer sehr genau auf, wenn sie in der Nähe seines Freundes war. Allerdings glaubte er sicher nicht ernsthaft, dass sie sich in Torik verlieben könnte – oder Torik in sie. Coyle schien einfach zu genießen, sie damit aufzuziehen und sich ihre Beteuerungen anzuhören, dass sie nur ihn liebte. Wenn sich die Gelegenheit ergab, schleppte er sie danach ins Schlafzimmer, um ihr ganz genau zu zeigen, was sie verpassen würde, wenn sie ihn verließ. Als hätte sie das jemals vor.

Erschrocken zuckte sie zusammen, als ein Gesicht am Beifahrerfenster erschien. Marisa ließ das Fenster herunter, als sie Keira erkannte. »Alles ruhig?«

Keira nickte knapp. »Scheint so. Coyle sucht noch die weitere Umgebung ab. Du sollst vor dem Haus auf ihn warten.« Ohne eine Antwort abzuwarten, verwandelte sie sich wieder und verschwand zwischen den ausgetrockneten Büschen.

Mit einem tiefen Seufzer startete Marisa den Motor und lenkte den Wagen auf das Grundstück. Beim Anblick des zweigeschossigen Hauses drängte sich ihr die Erinnerung wieder auf, wie sie Stammheimers Leiche im Arbeitszimmer entdeckt hatte. Besonders den Gestank hatte sie noch Tage später in der Nase gehabt. Wie viel schlimmer musste es für Isabel gewesen sein, die von ihrem Vater zusammen mit Bowen in den Keller gesperrt worden war und dann nach ihrer Rettung feststellen musste, dass Stammheimer nicht mehr lebte. In ihrem ersten Schock hatte Isabel geglaubt, Marisa und Coyle hätten ihn ermordet, doch das hatte Bowen ihr glücklicherweise schnell ausgeredet. Coyle konnte in Notwehr einen Menschen töten – und hatte das auch während des Kampfes im Adlergebiet getan –, aber er würde nie kaltblütig einen unbewaffneten Mann umbringen. Marisa musste zugeben, dass sie froh gewesen war, Stammheimer schon tot vorzufinden. Wie hätten sie ihn sonst daran hindern können, von der Existenz der Wandler zu berichten? Langsam ließ sie den Wagen ausrollen, bis er ungefähr dort stand, wo sie ihn beim letzten Mal geparkt hatte. War es tatsächlich schon ein Dreivierteljahr her? Ihr kam es so vor, als wäre es erst gestern gewesen, während sie ausstieg und tief die trockene Luft einatmete. Nein, nur das Gefühl war noch das gleiche, aber in der Zwischenzeit war viel passiert.

Nicht bereit, im Moment weiter darüber nachzugrübeln, betrachtete Marisa die Landschaft. So karg sie auch war, lag trotzdem – oder vielleicht gerade deshalb – unendliche Schönheit darin. Die wenigen Büsche lieferten den einzigen Kontrast zu der rotbraunen Farbe des Sandes und der Felsen und dem tiefen Blau des Himmels. Die Luft flimmerte vor Hitze und die weiter entfernt liegenden Felsformationen der McCullough Range kamen ihr beinahe wie eine Fata Morgana vor.

Das Geräusch eines näher kommenden Autos riss Marisa aus ihrer Betrachtung. Isabel parkte ihren kleinen, einige Jahre alten Chevrolet neben Marisas Wagen. Als sie im Wagen sitzen blieb, ging Marisa rasch auf ihn zu. Sie öffnete die Tür und lächelte Isabel an. »Hallo. Es ist schön, dich zu sehen.«

Und das war es. Isabel hatte sich in den wenigen Monaten seit ihrem letzten Treffen von einem hübschen Mädchen zu einer wunderschönen jungen Frau entwickelt. Ihre langen rotbraunen Haare hatte sie zu einem Zopf gebunden, einzelne kürzere Strähnen ringelten sich um ihr Gesicht. Ihre Haut war blass und glänzte feucht, doch ihre großen blauen Augen strahlten eine neue Selbstsicherheit aus.

Isabel stieg aus dem Wagen und umarmte Marisa fest. »Das finde ich auch.« Obwohl ihr Körper immer noch schlank war, wirkte Isabel fraulicher als bei ihrem letzten Treffen, und Marisa war sicher, dass Bowen den Blick nicht von ihr hätte lassen können, wenn er hier gewesen wäre.

»Wollen wir reingehen?« Nervosität schwang in Isabels Stimme mit.

»Wir sollen draußen warten, bis Coyle alles überprüft hat.«

Isabel nickte und wandte dem Haus den Rücken zu. »Warum setzen wir uns nicht in den Schatten, bis er kommt. Es ist verdammt heiß hier.« Da es für Marisa offensichtlich war, wie ungern Isabel das Haus ihres Vaters auch nur ansah, stimmte sie zu.

Unter dem einzelnen Baum, der in einiger Entfernung zum Gebäude wuchs, stand immer noch die Liege, wie vor all diesen Monaten.

»Es ist schön hier, oder?« Isabels Stimme klang gedämpft, als hätte sie Angst, zu laut zu sprechen.

»Landschaftlich auf jeden Fall. Mir wäre es im Sommer ein wenig heiß, fürchte ich.«

Isabel verzog den Mund zu dem Hauch eines Lächelns. »Mir auch. Mir reicht schon das Wetter in Los Angeles.« Sie blickte in die Ferne. »Aber im Winter war es hier immer ganz nett.« Fast so etwas wie Wehmut klang in ihrer Stimme mit.

Bevor Marisa antworten konnte, setzte Isabel sich ruckartig auf. Mit der Hand rieb sie über ihre Schläfe, als hätte sie Schmerzen. »Was hast du?«

»Wir bekommen gleich Besuch.« Ihr Blick war fest auf einen bestimmten Punkt in der Wildnis gerichtet.

»Von wem?«

Die Spannung verließ Isabels Körper. »Von zwei Berglöwenwandlern.«

Erleichtert atmete Marisa auf. »Puh, ich dachte schon, es würde jemand anders auftauchen.« Sie betrachtete Isabel eindringlich. »Du kannst sie immer noch spüren, oder? Sind wenigstens die Kopfschmerzen besser geworden?«

Isabel nickte. »Ein wenig. Es fällt mir manchmal schwer, die Sache zu kontrollieren und nicht alles durchzulassen. Aber jetzt, nachdem ich weiß, wie der Druck im Kopf zustande kommt, kann ich ihn zumindest ein wenig lenken.« Sie lächelte, als Coyle vor ihnen auftauchte und sich verwandelte. »Und es hilft, wenn die Katze glücklich ist.«

Marisa musste über Coyles empörten Gesichtsausdruck lachen. Er mochte es nicht, wenn ihn jemand Katze nannte.

»Hallo, Isabel.« Coyle küsste sie auf die Wange.

»Coyle.« Isabel versuchte, ihn nicht anzustarren. Dadurch, dass sie Coyle bisher nur angezogen gesehen hatte, fehlte ihr offensichtlich noch die Fähigkeit, seine Nacktheit zu ignorieren.

»Das hier ist Keira, sie ist Wächterin in unserer Gruppe und wird uns Rückendeckung geben.«

Eindeutig widerstrebend folgte Keira seinem Beispiel und verwandelte sich. Beinahe schroff nickte sie Isabel zu, deren Gesicht plötzlich weiß wurde. Keiras Augen weiteten sich für einen Sekundenbruchteil, bevor sie sich wieder verwandelte und in Berglöwengestalt hinter den Felsen verschwand.

Stirnrunzelnd blickte Coyle Marisa an. »Was war das jetzt?«

Marisa hob die Schultern, ohne die Augen von Isabel abzuwenden. »Jetzt sind die Kopfschmerzen wieder da, oder?«

»Wenn Katzen in meiner Nähe leiden, spüre ich den Schmerz in meinem Kopf. Je näher ich bin und je größer das Leid – egal ob körperlich oder geistig –, desto stärker wird der Schmerz. Zumindest ist das die einzige Erklärung, die ich in den letzten Monaten dafür gefunden habe.« Isabel flüsterte beinahe, wahrscheinlich wollte sie nicht, dass Keira sie hörte.

Mitleid regte sich in Marisa. Die Wächterin tat immer, als könnte nichts sie erschüttern und als wäre sie gar nicht zu Gefühlen fähig, aber wenn Isabel mit ihrer Vermutung richtiglag, litt Keira innerlich. Vielleicht hätte Finn sie doch nicht zwingen sollen, mit ihnen zu kommen.

Coyle sah auch nicht gerade glücklich aus. »Wollen wir reingehen? Es ist zwar derzeit niemand in der Gegend, aber das kann sich jederzeit ändern.«

Isabel, die gerade wieder etwas Farbe bekommen hatte, nachdem Keira nicht mehr in der Nähe war, zuckte zusammen und wurde erneut blass. Mit einem vernichtenden Blick auf Coyle legte Marisa ihren Arm um Isabels Schultern und lenkte sie sanft zum Haus. »Mein Angebot steht: Du brauchst uns einfach nur den Schlüssel zu geben und kannst dann wegfahren oder auf der Liege warten, während wir die Sachen aus dem Haus holen.«

Entschlossen schüttelte Isabel den Kopf. »Nein, ich muss es sehen. Vielleicht verstehe ich dann, warum mein Vater …« Sie brach ab. »Vermutlich nicht, oder?«

Marisa mochte sie nicht belügen. »Es ist möglich, aber unwahrscheinlich.«

Coyle ging hinter ihnen her. »Wartet einen Moment vor dem Haus, ich will mich erst anziehen.«

Anerkennend sah Marisa ihm hinterher, als er zum Wagen ging. »Aber warum denn? Ich mag dich genau so, wie du bist.«

Coyle grinste sie über die Schulter hinweg an, während Isabel erfolglos versuchte, ein Lachen zu unterdrücken. Mission erfüllt: Isabel dachte wenigstens für einen Moment nicht an ihren Vater und die schwere Aufgabe, sein Haus zu betreten.

Viel zu schnell jedoch standen sie zu dritt vor der Haustür und hielten den Atem an, während Isabel den Schlüssel herumdrehte. Nach einem tiefen Atemzug stieß sie die Tür auf und betrat zögernd das Haus. Die Luft roch abgestanden, aber wenigstens nicht mehr nach Tod.

»Nachdem die Polizei mit der Spurensicherung fertig war, habe ich ein Reinigungsteam kommen lassen. Allerdings war schon seit Langem niemand mehr hier.«

Coyle war die Anspannung anzusehen, während er durch sämtliche Räume ging und sicherstellte, dass sie alleine waren. Marisa blieb im Durchgang zum Arbeitszimmer stehen und sah sich um. Anscheinend war nicht nur geputzt, sondern auch alles fein säuberlich aufgeräumt worden. Die Bücher standen wieder in dem Regal, die Gegenstände, die vorher den Boden bedeckt hatten, lagen jetzt auf dem Schreibtisch. Ein Teppich war an der Stelle ausgerollt worden, an der vermutlich das Blut ins Parkett gesickert war. Schaudernd wandte Marisa sich ab. Isabel stand immer noch in der Diele, sie wirkte wie versteinert.

Marisa ging zu ihr und legte ihr einen Arm um die Schultern. »Wie wäre es, wenn ich uns ein paar Sandwiches mache, während Coyle den Mechanismus wieder in Gang setzt?« Es war offensichtlich, dass keiner von ihnen großen Appetit hatte, aber Marisa brauchte dringend etwas, womit sie Isabel und auch sich selbst ablenken konnte.

»Okay.« Isabel klang nicht besonders begeistert, aber das hatte Marisa auch nicht erwartet.

»Gut, dann lass uns die Lebensmittel aus dem Auto holen, bevor sie in der Hitze verderben.«

Coyle schnaubte. »Man könnte denken, wir hätten einen wochenlangen Ausflug geplant, so viel wie du mitgenommen hast.«

»Lieber zu viel als zu wenig.« Marisa riss ihm ihr Zopfende aus der Hand, mit dem er wie so oft spielte. »Du brauchst auch nichts zu essen, wenn du nicht möchtest, dann bleibt mehr für Isabel und mich übrig.«

Coyle beugte sich vor und sprach direkt in ihr Ohr. »Dann knabbere ich eben an dir.«

Marisa trat zur Seite und schüttelte den Kopf. »Nichts da. Öffne lieber die Geheimtür!«

Mit einer Grimasse trat er zurück. »Das andere hätte ich vorgezogen, aber du weißt ja: Dein Wunsch ist mir Befehl.« In seinem Gesicht konnte sie erkennen, dass er tatsächlich davor zurückschreckte, in den Keller zurückzukehren, in dem Bowen gefoltert worden war.

Sie legte ihre Hand an seine Wange. »Ich bin bei dir.« Sie hielt ihre Stimme leise, damit Isabel sie nicht hörte.

Wärme strahlte ihr aus Coyles goldenen Augen entgegen. »Ich weiß.«

Ein lautes Piepen riss Lee aus seiner Konzentration. Irritiert sah er sich im Hotelzimmer um, bevor er erkannte, woher das Geräusch kam. Er warf den Stift auf den Tisch und stand auf. Die Muskeln in seinem Nacken schmerzten, er hatte sich zu lange nicht bewegt. Langsam machte sich bemerkbar, dass er sich in letzter Zeit zu sehr auf seine Aufgabe konzentriert hatte und zu wenig auf seine eigenen Bedürfnisse. Wenn er weniger beschäftigt gewesen wäre, hätte er sich eine Massage gönnen oder vielleicht das hiesige Bordell aufsuchen und sich wenigstens für eine Stunde Erleichterung verschaffen können. Meist jedoch hielt diese nur kurz an, danach überkam ihn das schlechte Gewissen, und die ganze Erholung war verschwunden. Inzwischen gab er deshalb nur noch selten seinem Verlangen nach, es lohnte sich einfach nicht, wenn er sich hinterher schlechter fühlte als vorher. Ungehalten hob er den Deckel des Netbooks und drückte auf eine Taste, damit das nervtötende Piepen aufhörte. Er ließ sich auf das Sofa sinken, beugte sich vor und blinzelte, bis die unscharfen Buchstaben der Nachricht lesbar wurden.

SHN 14:35 2009–07–23

Ein Ruck ging durch Lees Körper, aufgeregt überprüfte er, ob die Nachricht tatsächlich der Wahrheit entsprach. *Ja!* Nach all den Monaten hatte tatsächlich jemand Stammheimers Haus in Nevada betreten. Es hatte sich gelohnt, geduldig zu warten, bis jemand auftauchte, der ihn zu dem führte, was er haben wollte. Er hatte den Warnmelder installiert, nachdem die Polizei und auch die Putzkolonne verschwunden waren und er sicher sein konnte, dass sie nichts von Stammheimers Aufzeichnungen über die Berglöwenwandler gefunden hatten.

Seine Hände ballten sich zu Fäusten. Noch jetzt hätte er Edwards erwürgen können, der Stammheimer getötet hatte, ohne vorher sämtliche Informationen aus ihm herauszuholen. Und es war Edwards auch nicht gelungen, den Berglöwenwandler zu finden, den der Wissenschaftler irgendwo versteckt und durch Folterungen dazu gebracht hatte, sich vor laufender Kamera zu verwandeln. Lee konnte sich noch daran erinnern, wie Stammheimer ihm damals am Telefon stolz davon erzählt hatte und ihm klar geworden war, dass er den Wissenschaftler beseitigen musste, wenn er nicht wollte, dass dieser aller Welt von den Wandlern berichtete.

Es war eine Schande, schließlich gehörte Stammheimer zu den klügsten Köpfen im Bereich der Genetik und hätte ihm bei seiner Suche noch weiter helfen können. Aber der Wissenschaftler wollte unbedingt den Ruhm für seine Forschungen einheimsen – und das konnte er nicht zulassen. Das Geheimnis um die Existenz von Gestaltwandlern gehörte ihm, niemandem sonst. *Er* würde entscheiden, ob und wann er den anderen Menschen den Schock ihres Lebens verpassen würde, wenn sie erfuhren, dass sie auf dieser Welt nicht alleine waren.

Lee lehnte sich zurück und versuchte sich zu entspannen. Wenigstens hatte ihn gerade vorhin Sanders angerufen, den er hinter den beiden Idioten hergeschickt hatte, die unfähig gewesen waren, eine harmlose Liebesromanautorin zu bändigen und zu ihm zu bringen. Anscheinend waren Owen und sein Kumpan ihr weiterhin gefolgt und hatten vorgehabt, Caitlin Walker noch einmal anzugreifen und sie diesmal umzubringen, weil sie ihnen durch ihr Entkommen das Geschäft vermiest hatte. Dadurch war es unvermeidlich geworden, die Männer zu töten. Alles andere hätte seinen Plänen schaden können. Interessant war aber, dass der Mann, der Caitlin gestern gerettet hatte, tatsächlich kein normaler Mensch zu sein schien. Er war erneut bei ihr gewesen und hatte etwas von dem Mord bemerkt, der laut Sanders für normale Ohren nicht hörbar gewesen war. Deshalb war sein Mann gezwungen gewesen, sich zurückzuziehen. Aber das war kein Problem, er wusste, wo die Autorin wohnte und würde eine andere Gelegenheit finden, sie zu ihm zu bringen.

Das ließ Lee etwas Zeit, die Sache in Nevada zu regeln und damit eventuell gleich zwei Fliegen mit einer Klappe zu schlagen. Und danach würde er sich Caruso vornehmen und ihn ein für alle Mal beseitigen. Er konnte es sich nicht leisten, dass jemand seine Forschungen bedrohte. Schon gar nicht so ein dahergelaufener Möchtegernrächer. Was konnte Lee dafür, dass Carusos Freund Jennings zu blöd gewesen war, sich gegen eine Gruppe Wandler durchzusetzen? In seinen Augen hatte Jennings den Tod verdient.

10

Torik atmete auf, als ihre beiden Autos unbehelligt die Auffahrt zu Caitlins Haus hinauffuhren und vor der Garage parkten. Im Innern des Hauses konnte er Caitlin besser beschützen, sollte noch einmal jemand versuchen, ihr etwas anzutun. Die ganze Fahrt über hatte er nur daran denken können, wie leicht es für die beiden Verbrecher gewesen wäre, Caitlin zu entführen, wenn er ihr nicht gefolgt wäre. Sie hätten sie sogar töten können, während er neben ihr stand. Gegen eine Pistolenkugel war er machtlos. Zum Glück hatte jemand anders die Männer vorher getötet, was aber nicht zwangsläufig bedeutete, dass Caitlin jetzt außer Gefahr war. Im Gegenteil, er vermutete, dass der Mörder eigene Motive hatte. Also würde er noch besser auf sie aufpassen müssen. Verdammt, er hätte sie nie küssen dürfen! Wenn er abgelenkt war, konnte er sie nicht beschützen. Und er verlor auch sein Ziel aus den Augen, den Grund, warum er überhaupt hier war. Deshalb war es in jeder Hinsicht gefährlich, Gefühle für diese Menschenfrau zuzulassen.

Ungeduldig öffnete Torik die Wagentür und schwang sich heraus. Caitlin saß noch im Auto, die Hände um das Lenkrad gekrallt, während sie starr geradeaus blickte. Die Ereignisse schienen sie stärker aufgerüttelt zu haben, als ihm bewusst gewesen war. Er hätte sie nie selbst fahren lassen dürfen, auch wenn er keinen der Wagen im Park hatte stehen lassen wollen. Sie hätte in ihrem Zustand die Kontrolle über das Auto verlieren und einen Unfall verursachen können. Ein Gefühl durchfuhr ihn, das er sofort unterdrückte. Es würde ihm leidtun, wenn ihr etwas zustieße, aber etwas anderes konnte und würde er nicht zulassen. Auch wenn sie noch so unschuldig aussah und ihre Berührungen und Küsse ihn entflammten.

Torik schüttelte den Kopf und öffnete Caitlins Wagentür. Fast wie in Zeitlupe wandte sie ihm ihr Gesicht zu, die Augen riesig in ihrem blassen Gesicht. Sogar ihre Lippen hatten jede Farbe verloren und zitterten. Etwas in Torik zog sich bei ihrem Anblick schmerzhaft zusammen. Wortlos beugte er sich über sie, nahm ihre Tasche vom Beifahrersitz und drückte sie ihr in die Hände. Anschließend zog er ihren Schlüsselbund aus der Zündung und schob seine Arme unter ihren Körper.

Das schien sie ein wenig aus ihrem Schockzustand zu reißen, sie blinzelte und blickte ihn direkt an. »Torik?«

»Ja. Keine Angst, du bist zu Hause und kannst dich gleich ausruhen.«

Erleichterung malte sich auf ihrem Gesicht ab. Als wäre ihr Kopf zu schwer für ihren Hals, lehnte sie ihre Wange an seine Brust, während Torik sie aus dem Wagen hob. Ihr Arm legte sich um seinen Nacken, und ihre Finger gruben sich in seine Haare. Erst jetzt merkte er, dass sie noch offen waren und nicht wie sonst mit einem Band zusammengehalten wurden. Die Berührung erinnerte ihn an die Minuten auf der Decke, als er für einen Moment alles andere vergessen hatte. Sein Herz begann schneller zu schlagen, seine Muskeln spannten sich an. Unwillkürlich presste Torik sie enger an sich und ging mit langen Schritten auf die Haustür zu. Er musste Caitlin dringend hineinbringen und sich dann zurückziehen, bevor er etwas tat, das er später bereuen würde. Während er Caitlin auf einem Arm balancierte, schloss er die Haustür auf und schob sie mit dem Fuß auf. Kühle Luft empfing sie, und der Geruch überzeugte Torik davon, dass niemand in ihrer Abwesenheit das Haus betreten hatte und ihnen auflauerte.

Mit einem Tritt schloss er die Tür hinter sich und trug Caitlin direkt in ihr Schlafzimmer. Sie gab einen protestierenden Laut von sich, aber davon ließ er sich nicht aufhalten. Vorsichtig legte er sie auf ihr Bett und wollte sich wieder aufrichten, doch ihr Arm um seinen Nacken hinderte ihn daran.

Ihre silbergrauen Augen waren direkt auf ihn gerichtet und wirkten riesengroß in ihrem Gesicht. »Bleib.«

Etwas wie Bedauern durchfuhr ihn, dicht gefolgt von Panik. »Ich kann nicht.«

Erneut lief ein Zittern durch ihren Körper. »Warum nicht?«

Torik versuchte, sich zu befreien, aber ihre Hand war immer noch in seinen Haaren vergraben. »Weil …« … er sie sonst wieder küssen würde? Er sich nicht zutraute, der Versuchung zu widerstehen, sie an sich zu ziehen? »Weil du dich ausruhen musst.«

Caitlin biss auf ihre Lippe. »Das hatte ich vor. Ich weiß nur nicht, ob ich jetzt allein sein kann. Ich traue mich nicht mal, meine Augen zu schließen, weil ich dann sofort wieder die beiden … Leichen vor mir sehe. Oh Gott.« Sie schluckte heftig.

Das Beben in ihrer Stimme zeigte ihm, wie sehr sie sich zusammenreißen musste, um nicht völlig zusammenzubrechen. Vermutlich waren es die ersten Leichen gewesen, die sie gesehen hatte, und der Gedanke, dass die beiden sie vermutlich entführt oder sogar getötet hätten, musste sie ängstigen. Sosehr er auch den Abstand brauchte, brachte er es doch nicht über sich, Caitlin allein zu lassen. Schweigend legte er sich neben sie auf den Rücken und zog sie mit einem Arm an sich heran. Caitlins erleichtertes Aufatmen strich über sein Gesicht, als sie sich an ihn schmiegte und ihren Kopf auf seine Brust bettete. Zögernd schlang Torik seine Arme um sie. Es fühlte sich gut an, ihren warmen Körper an seinem zu spüren. Zu gut.

»Danke.« Es war nur ein leises Murmeln, und kurz darauf

hörte er an ihren gleichmäßigen Atemzügen, dass Caitlin eingeschlafen war.

Torik versuchte, nicht daran zu denken, wie leicht es gewesen wäre, seine Hand in das Oberteil ihres Kleides zu schieben und Caitlins weiche Haut zu streicheln. Er hätte sie genießen können, ohne dass sie es überhaupt bemerkte. Stattdessen lag er steif da und starrte an die Decke, als könnte diese ihm sagen, was er tun sollte. Auf jeden Fall musste er endlich anfangen, im Haus nach Informationen zu suchen, damit er so schnell wie möglich von hier verschwinden konnte. Ach ja? Und dann würde er Caitlin einfach schutzlos zurücklassen? Torik biss die Zähne zusammen, während der Berglöwe in ihm lautstark gegen diese Absicht protestierte. Solange jemand hinter Caitlin her war, konnte er nicht einfach weggehen. Die Vorstellung, dass sie verletzt oder sogar getötet wurde, ließ sein Innerstes erstarren.

Sein Atem stockte, als sich ihre Hand unter sein T-Shirt schob und über sein Herz legte. Zuerst dachte er, sie wollte dort weitermachen, wo sie im Park aufgehört hatten, doch dann bemerkte er, dass sie immer noch tief und fest schlief. Sie musste instinktiv seine Nähe gesucht haben, damit sie sich sicherer fühlte. Schmerz breitete sich in ihm aus, als er sich daran erinnerte, wie Arlyn sich oft nachts an ihn geschmiegt hatte, um ihren rastlosen Träumen zu entkommen. Wenn er sie danach fragte, hatte sie ihn wehmütig angelächelt und geantwortet, dass sie sich nur in seiner Nähe sicher fühlte. Dass er alles war, was sie in der Menschenwelt verankerte. Er hatte geglaubt, dass es reichen würde, wenn er sie liebte und so fest hielt, wie es nur ging. Doch das hatte es nicht.

Der Drang, das Bett zu verlassen und in die Wälder zurückzukehren, um alles hinter sich zu lassen, war so stark, dass seine Muskeln davon schmerzten. Doch seine Verantwortung gegenüber der Gruppe hielt ihn davon ab. Er war ihre beste und wahrscheinlich einzige Möglichkeit, von Caitlin zu erfahren, was sie über die Wandler wusste und woher. Sie vertraute ihm, seit er sie gerettet hatte, niemand anders würde so schnell so nah an sie herankommen. Ein bitterer Geschmack lag auf seiner Zunge bei der Vorstellung, ihr Vertrauen auszunutzen. Aber er hatte keine andere Wahl, wenn das Schicksal seiner Freunde und Familie davon abhing. Torik schloss die Augen, als Caitlins Atem über seinen Hals strich und sich ihre Finger im Schlaf über seine Brust bewegten. Wäre es so schlimm, wenn er noch ein wenig ihre Nähe genoss, bevor er seine Pflicht tat? Vermutlich würde sie ihn hassen oder zumindest sofort wegschicken, wenn sie bemerkte, weswegen er gekommen war. Was es ihm leichter machen würde, hier zu verschwinden, wenn seine Aufgabe erledigt war.

Unbewusst schlangen sich seine Arme fester um sie, und er zog sie halb über sich. Ihr Bein schob sich zwischen seine Schenkel, und der Druck ihrer Hüfte an seinem Schaft fühlte sich unerlaubt gut an. Ihr Seufzen half auch nicht gerade dabei, seinen Körper abzukühlen. Er war ein Idiot, dass er überhaupt ihrer Bitte nachgegeben hatte, aber sosehr er sich auch bemühte, es gelang ihm nicht, sie von sich zu schieben und aufzustehen. Stattdessen glitten seine Hände in das Oberteil ihres Kleides und strichen sanft über ihren Rücken. Seltsamerweise fiel ihm nichts ein, wo er im Moment lieber wäre. Langsam, ohne es zu bemerken, glitt Torik in den Schlaf.

»Isabel?«

Ihr Blick fokussierte sich, als sie Marisas Stimme hörte. »Ja?«

»Coyle hat die Kabel wieder verdrahtet. Bist du sicher, dass du mitkommen möchtest?« Marisa sah sie besorgt an.

Es war offensichtlich, dass ihre Freundin es für einen Fehler hielt, wenn Isabel in den Keller zurückkehrte. Vielleicht stimmte das, aber sie musste noch einmal den Ort sehen, an dem ihr Vater Bowen gefoltert und sie dann zusammen eingesperrt hatte. Bis zu jenem Tag war sie immer davon ausgegangen, dass Henry Stammheimer nur oft geistesabwesend gewesen war und nicht wirklich etwas mit ihr anfangen konnte, sie aber dennoch liebte. Doch seit dem Augenblick, als die schwere Metalltür hinter ihr ins Schloss gefallen war, wusste sie, dass sie ihm nichts bedeutet hatte und seine Forschung ihm wichtiger gewesen war als das Leben seiner Tochter.

Die Wut auf ihn und nicht zuletzt Bowens Anwesenheit hatten sie die Zeit im Keller überstehen lassen, doch dann war sie befreit worden und hatte festgestellt, dass ihr Vater tot war. Ihr Zorn hatte sich zu Trauer gewandelt und es ihr unmöglich gemacht, ihn für seine Taten zu hassen. Und aus diesem Grund konnte sie die Sache nicht abschließen. Der Schmerz über die Zurückweisung saß zu tief. Aber wie konnte sie jemanden hassen, der tot war? Noch dazu, wenn sie ihn die ersten sechzehn Jahre ihres Lebens geliebt hatte? Es zerriss sie innerlich, und sie wusste nicht, wie sie diese Gefühle jemals loswerden sollte. Selbst wenn sie das Haus verkaufte, würde trotzdem etwas in ihr immer zerbrochen bleiben.

Tränen bildeten sich in ihren Augen, aber sie drängte sie zurück, bevor sie Marisa antwortete. »Ja, ich bin sicher.« Sie sah Marisa direkt an. »Ich muss das tun, damit ich es endlich hinter mir lassen kann.«

Marisa nickte, wirkte dabei aber nicht sehr glücklich. »Okay. Aber du weißt, du kannst jederzeit wieder hochgehen, wenn es dir zu viel wird.«

»Um ehrlich zu sein, weiß ich selbst nicht, wie ich reagieren werde. Wenn es mir dort unten nicht gut geht, kannst du sicher sein, dass ich keine Sekunde länger bleiben werde als absolut nötig.«

»Gut.« Marisa drückte sanft ihre Finger.

Gemeinsam gingen sie ins Arbeitszimmer, wo Coyle vor der geöffneten Geheimtür auf sie wartete. Ein vages Gefühl von Unruhe ging von ihm aus, das sie in ihrem Kopf spüren konnte. Allerdings wurde es sofort von ihrer eigenen Furcht überlagert. Zögernd ging Isabel auf den Durchgang zu und bemühte sich, nicht auf den Boden vor dem Regal zu blicken, wo die Leiche ihres Vaters gelegen hatte. Coyle ging vor ihr die Treppe hinunter, und sie konnte Marisas Wärme in ihrem Rücken spüren. Isabel war froh, nicht alleine hier zu sein, wahrscheinlich hätte sie es sonst nicht geschafft, auch nur einen Fuß in diesen Keller zu setzen. So konzentrierte sie sich nur auf ihre Atmung und versuchte, die Kälte von Steinen und Metall und das Engegefühl zu verdrängen. Viel zu schnell standen sie vor der schweren Metalltür, hinter der Bowen tagelang eingesperrt gewesen war.

Isabel konnte sich noch daran erinnern, wie unwohl sie sich gefühlt hatte, als sie zum ersten Mal hier herunter gekommen war. Ihr einziger Gedanke war damals gewesen, dass ihr Vater sie nach Hause schicken würde, wenn er sie dabei erwischte, wie sie hier herumstöberte. Wie naiv sie gewesen war! Ihre Kopfschmerzen waren immer schlimmer geworden, und sie war nach oben zurückgekehrt, obwohl sie gespürt hatte, dass ein Lebewesen dort gefangen war. Erst nachmittags hatte sie sich getraut, die Tür zu öffnen. Coyle schob die Tür auf, und Erinnerungen stürmten auf Isabel ein. Der Raum war wie ein Labor eingerichtet gewesen, und auf einer Liege hatte ein nackter Mann gelegen, mit Fesseln um Hand- und Fußgelenke und Wunden am ganzen Körper. Sie war so erschrocken gewesen, dass sie sofort wieder nach oben geflüchtet war. Eine Tatsache, die ihr immer noch zu schaffen machte. Wie hatte sie das tun können? Bowen hatte so eindeutig ihre Hilfe benötigt, und sie war zu feige gewesen, ihn sofort zu befreien und die Wut ihres Vaters auf sich zu nehmen.

Wie viel Leid hätte sie ihm und letztendlich auch sich selbst ersparen können, wenn sie ihm gleich geholfen hätte? Wäre ihr Vater dann heute vielleicht noch am Leben? Isabel blinzelte und starrte in den Raum, der noch genauso aussah, wie sie ihn vor all den Monaten verlassen hatte. Die Kamera hatte Bowen in seiner Wut zerstört und auf den Boden geworfen. Chirurgisches Besteck und Latexhandschuhe lagen wild durcheinander. Auf der Liege und dem Beistelltisch waren dunkle Flecken zu sehen – wahrscheinlich Bowens Blut. Helle Punkte flimmerten vor ihren Augen, und sie presste die Hand vor den Mund, als Übelkeit in ihr aufstieg. Mit einem rauen Laut drehte sie sich um und rannte die Treppe wieder hinauf. Sie lief und lief und hielt erst an, als sie die roten Felsen in einiger Entfernung zum Haus erreicht hatte. Schwer atmend ließ sie sich auf die Steine sinken und genoss die Wärme, die von oben und unten in sie sickerte.

Die Luft war trocken und staubig, trotzdem atmete Isabel sie tief ein, um den Gestank des Kellers loszuwerden. Eigentlich war die Luft nur abgestanden gewesen, aber sie hatte es keine Sekunde länger dort aushalten können. Isabel schnitt eine Grimasse. So viel zu ihrer neu gefundenen Stärke und ihrem Willen, die Vergangenheit aufzuarbeiten. Offenbar hatte sie sich doch nicht wirklich verändert. Sie lehnte sich mit dem Rücken an einen der Felsen, zog die Beine an ihren Körper und schlang die Arme darum. Hier hatte sie damals ihre Freundin Claire angerufen und sie gebeten, den Berglöwenwandlern eine Nachricht zu übermitteln, damit Bowen gerettet wurde. Sie hatte geglaubt, ihren Vater überlisten zu können, aber er hatte genau gewusst, dass sie bei Bowen gewesen war und sie in die Falle laufen lassen. Ein Schauder fuhr bei der Erinnerung durch ihren Körper.

Isabels Kopf ruckte hoch, als sie in ihrem Kopf etwas spürte: ein Berglöwe war in der Nähe. Hoffnung kam in ihr auf, dass Bowen vielleicht doch hierhergekommen war. »Bowen, bist du das?« Sie blickte über die karge Landschaft vor sich, konnte aber keine Bewegung entdecken. »Komm bitte raus.«

Lange Zeit saß sie still da, doch nichts rührte sich. Enttäuscht sackte sie wieder in sich zusammen. Vermutlich hatte sie sich das Gefühl nur eingebildet, weil sie es sich so sehr wünschte. Wenn Bowen sie hätte sehen wollen, wäre er mit Coyle und Marisa angereist. Das hatte er nicht getan, also musste sie davon ausgehen, dass er sie schon längst vergessen hatte. Oder sie wegen der Taten ihres Vaters hasste. Nein, das konnte sie nicht glauben, er hatte sie sogar getröstet, als sie die Leiche entdeckt hatte, und sie zum Abschied geküsst. Dennoch musste sie die Wahrheit akzeptieren: Sie war Bowen nicht wichtig genug, dass er sich bei ihr meldete. Und das schmerzte mehr, als sie sich eingestehen mochte.

Isabels Herz klopfte schmerzhaft. Zuerst hatte sie noch geglaubt, dass sie sich die Gefühle für ihn nur eingebildet hatte, weil die Erlebnisse sie so mitgenommen hatten und Bowens Fähigkeit, sich in einen Berglöwen zu verwandeln, außergewöhnlich war. Aber nach beinahe einem Jahr musste sie sich eingestehen, dass es nicht daran lag. Irgendetwas war geschehen, als sie Bowen in ihrem Kopf gespürt hatte, das es ihr jetzt unmöglich machte, ihn zu vergessen. Sie hatte versucht herauszufinden, woher diese Fähigkeit kam, die Gefühle von Katzen aller Art zu spüren oder wie in Bowens Fall sogar Bilder aus seinem Kopf zu empfangen, doch sie hatte weder in der Fachliteratur noch im Internet etwas dazu gefunden.

Ihre heimlichen Forschungen, bei denen Claire ihr behifllich gewesen war, hatten nur die Erkenntnis gebracht, dass es bei Tieren nur die stärksten Gefühle waren, die zu ihr in Form von Kopfschmerzen durchdrangen, besonders Leid. Bei Bowen dagegen hatte sie viel differenziertere Gefühle wahrnehmen können und »gesehen«, was ihm durch den Kopf ging. Ein Schauder lief über Isabels Rücken, als sie sich daran erinnerte, wie er an ein Bad in einem kleinen See in der Wildnis gedacht hatte, und sie selbst plötzlich dort aufgetaucht war. Auch die Drogen, mit denen ihr Vater ihn gefügig machen wollte, hatten sich auf sie ausgewirkt. Es musste eine Verbindung zwischen ihnen geben, sie wusste nur noch nicht, wie diese zustande kam. Sie hatte auch Marisa danach gefragt, aber die Reporterin fühlte keinen der Berglöwenwandler in ihrem Kopf, nicht einmal Coyle.

Isabel konnte bei Coyle und auch bei Keira zwar die Grundstimmung erkennen, besonders den Schmerz, den die Wächterin tief in sich verbarg, aber es fühlte sich nicht so an wie ihre Verbindung zu Bowen. Vielleicht weil er jünger war oder durch die Folterungen ihres Vaters nicht mehr in der Lage gewesen war, einen Schutz gegen sie aufzubauen. All das erklärte jedoch immer noch nicht, warum sie diese Fähigkeit besaß. Und vor allem, was sie damit anfangen sollte. Es war nicht gerade hilfreich, wenn man wusste, ob es Katzen gerade gut oder schlecht ging. Ganz zu schweigen von den furchtbaren Kopfschmerzen, die sie ständig überfielen und erst wieder verschwanden, wenn sie sich von der jeweiligen Katze entfernte.

»Isabel?« Marisas Stimme drang in ihre Gedanken.

»Ja, hier.« Isabel wischte über ihre Wangen, um ihre Tränen zu verstecken, und setzte sich gerader hin. Sie wollte Marisa nicht noch mehr Sorgen machen, schließlich hatte sie ihrer Freundin versichert, dass es ihr gut ging und sie es schaffen würde, das Haus ihres Vaters zu betreten.

Marisa kletterte über die Felsen zu ihr hinauf und setzte sich neben sie. Ihre dunklen Augen glitten über die karge Landschaft. »Coyle hat gesagt, es gibt keinen Grund, warum wir dort unten zu dritt herumhängen müssen. Ich für meinen Teil bin jedenfalls froh, wieder an der frischen Luft zu sein.«

Ein widerwilliges Lächeln spielte um Isabels Lippen. Marisa war eine wirklich schlechte Lügnerin, aber sie war dankbar dafür, dass ihre Freundin nicht danach fragte, warum sie weggelaufen war. Vermutlich wusste sie das sowieso. »Schafft er das denn alleine?«

Marisa zog eine Augenbraue hoch. »Du meinst, ich sollte ihn lieber beaufsichtigen?«

»Nein, ich dachte eher an die Menge der Arbeit und die knappe Zeit.«

»Zur Not kommen wir einfach morgen noch mal wieder.«

Allein der Gedanke brachte Isabel zum Zittern. Sie wischte ihre Hände an der Hose ab und stemmte sich hoch. »Ich glaube, ich möchte es lieber hinter mich bringen. Ich werde sehen, ob ich ihm helfen kann.«

Marisas Hand legte sich auf ihren Arm. »Du musst uns nichts beweisen, Isabel.« Ihre Stimme war leise und sanft.

Isabels Körper spannte sich an. »Nein, aber mir selbst.«

11

Caitlin wachte mit einem Ruck auf. Für einen Moment lag sie mit wild klopfendem Herzen im Bett und fragte sich, was sie aufgeweckt hatte. Torik war verschwunden, oder vielleicht war er auch nie da gewesen und sie hatte nur geträumt, dass er neben ihr gelegen und sie im Arm gehalten hatte. Gerade als sie fast davon überzeugt war, dass er gar nicht existierte und sie wieder einmal ihrem Romanhelden verfallen war, ertönte die Hausklingel. Zögernd setzte sie sich auf. Wenn jemand sie überfallen wollte, würde er nicht vorher klingeln, oder? Allerdings erwartete sie auch niemanden, und sie bekam hier so gut wie nie unangemeldeten Besuch. Rasch schob sie die Beine aus dem Bett und tappte barfuß aus dem Zimmer. Als sie auf dem Flur einen dunklen Schatten auf sich zukommen sah, schrie sie unterdrückt auf. Unwillkürlich wich sie zurück und stieß mit ihrem Rücken an die Wand. Abwehrend streckte sie die Hände aus. Als sie Torik erkannte, atmete sie erleichtert auf. Mist, sie war wirklich ein nervliches Wrack!

Torik beugte sich zu ihr hinunter, bis seine Lippen ihr Ohr berührten. »Es ist eine Frau. Sie sieht harmlos aus, aber lass mich die Tür öffnen.«

Caitlin nickte stumm, erleichtert, dass Torik noch hier war und für ihre Sicherheit sorgte. Mit Mühe widerstand sie dem Drang, sich hinter ihm zu verstecken und ihren Kopf an seinen breiten Rücken zu legen, während er die Tür öffnete.

»Ja?« Das Wort klang mehr wie ein tiefes Grollen.

Einen Moment lang herrschte Stille. »Wow, ich habe gerade

ein ganz extremes Déjà-vu-Erlebnis.« Caitlin musste lächeln, als sie die Stimme ihrer Freundin Shannon erkannte. »Cat hätte mir wirklich sagen können, dass sie ein lebendiges Vorbild hatte, dann wäre ich früher vorbeigekommen.«

»Ich habe keine Ahnung, wer Sie sind und wovon Sie überhaupt sprechen.« Wenn möglich klang Toriks Antwort noch unfreundlicher als zuvor.

Es wurde Zeit, dass sie eingriff. Caitlin trat um Torik herum und schob ihn zur Seite, damit sie die Tür weiter öffnen konnte. »Shannon, wie schön, dich zu sehen!« Sie umarmte ihre Freundin und achtete nicht auf Toriks Versuch, sie wieder zurück ins Haus zu ziehen. »Was tust du denn hier?«

Shannon hob eine Augenbraue. »Sag nicht, du hast unsere Verabredung vergessen?« Verwirrt blinzelte Caitlin sie an. Lachend trat Shannon ins Haus. »Diesen Blick kenne ich, schließlich geht es mir selbst auch oft genug so.« Sie betrachtete Torik von oben bis unten und hielt ihm ihre Hand hin. »Hallo, ich bin Shannon.«

Toriks Miene wurde noch finsterer, doch schließlich drückte er für den Bruchteil einer Sekunde Shannons Hand, bevor er zurücktrat. Sein dunkler Blick traf Caitlin. »Ich nehme an, du kennst sie?«

»Ja, natürlich. Darf ich vorstellen? Shannon Hunter. Sie ist eine sehr erfolgreiche Liebesromanautorin.« Caitlin lächelte. »Ganz ohne irgendwelche Viecher.« Verwundert sah sie, dass Torik beinahe unmerklich zusammenzuckte. »Shannon, das hier ist Torik Colston, ich habe ihn gestern kennengelernt.« Röte stieg in ihre Wangen, als sie Shannons prüfenden Blick bemerkte. Vermutlich sah sie aus, als käme sie geradewegs aus dem Bett – was ja auch stimmte, wenn auch nicht so, wie ihre Freundin sich das sicher vorstellte. Verlegen strich sie über ihre hoffnungslos zerzausten Haare. »Entschuldige, ich bin sicher, dass ich mir irgendwo aufgeschrieben habe, dass du heute kommst, aber irgendwie …« Hilflos hob sie beide Hände.

»Kein Problem. Es ist ja nur ein Katzensprung von der Ranch hierher. Wenn du etwas vorhast, fahre ich wieder, und wir machen einen anderen Termin aus, ich bin noch ein paar Tage hier.«

»Nein, nein, kommt nicht infrage! Ich freue mich, dich endlich mal wieder zu sehen, es ist viel zu lange her.« Sie nahm Shannons Hand und zog sie ins Haus. Die Tür schloss sich mit einem leisen Klicken hinter ihnen. Als Caitlin sich umdrehte, stand Torik davor, die Arme über der Brust verschränkt. Es sah beinahe so aus, als wäre er ein Wächter. Wie Tarek. Ein Schauder überlief sie, als sie erkannte, dass sie schon wieder in ihre Fantasiewelt abdriftete. »Kommst du mit?«

Unentschlossenheit stand in seinem Gesicht, als wäre er immer noch nicht sicher, dass ihr von Shannon keine Gefahr drohte. »Ich sollte euch alleine lassen, ihr wollt euch sicher in Ruhe unterhalten.«

»Das können wir nach dem Essen immer noch. Du hast doch Hunger?«

Etwas blitzte in seinen Augen auf, und Caitlin spürte, wie ihr warm wurde. »Ja.« Seine Stimme war rauer als sonst.

»Gut, dann komm, ich mache uns schnell was.« Caitlin drehte sich um und folgte Shannon in die Küche. Sie konnte Toriks Blick auf ihrem Rücken spüren und hoffte, dass er ihnen folgen würde. Es fiel ihr schwer, sich von ihm zu trennen, selbst wenn es nur für kurze Zeit war. Wer wusste schon, wie lange sie ihn noch um sich haben würde. Caitlin unterdrückte ein Schnauben. Als wenn sie jemanden wie Torik halten konnte. Aber ihn wenigstens noch für ein paar Tage in ihrer Nähe zu haben, würde sie sehr glücklich machen.

Shannon drehte sich zu ihr um und beugte sich zu ihr. »Unglaublich, wo hast du ihn bloß gefunden? Ist er Schauspieler oder Model?«

Caitlin schüttelte den Kopf. »Weder noch. Er arbeitet im Sicherheitsbereich. Und nein, er ist kein Tarek-Double, falls du das denken solltest, das ist nur Zufall.«

Shannon fächelte sich scherzhaft Luft zu. »Aber genau so hatte ich ihn mir vorgestellt. Heiß.«

Caitlin musste lachen. »Wenn Matt dich hören könnte …«

»Ach, das tut ihm mal ganz gut, wenn er sich nicht ganz so sicher ist, dass ich nur für ihn Augen habe.« Sie verdrehte die Augen. »Obwohl er natürlich recht damit hätte.«

»Ist Matt auch auf der Ranch?«

»Ja, wir haben wie üblich mit der ganzen Familie den 4. Juli gefeiert und sind noch ein wenig länger geblieben. Nach dem ganzen Stress mit dem Abgabetermin brauchte ich dringend Erholung, und auch Matt musste mal von seinem Team weg.«

Caitlin spürte Wärme in ihrem Rücken, als Torik hinter sie trat. Sie sah ihn an. »Shannons Lebensgefährte Matt ist im militärischen Bereich tätig.«

Torik nickte nur. Er schien immer noch nicht bereit zu sein, mehr als ein Wort von sich zu geben. Den Grund dafür konnte sie sich nicht erklären. Er musste inzwischen gemerkt haben, dass von Shannon keinerlei Gefahr ausging. Interessant war auch, dass er überhaupt nicht von Shannons Aussehen beeindruckt schien. Mit ihren langen rotbraunen Haaren und den dunklen Augen war sie wunderschön und wurde normalerweise von allen Männern angehimmelt. Doch Caitlin spürte Toriks Blick die ganze Zeit auf sich. Ein Prickeln lief über ihren Rücken. Sie musste sich dringend ablenken, wenn sie nicht zu einer Pfütze zerschmelzen wollte.

Rasch drehte sie sich zu ihm um. »Das war damals eine lustige Sache, weil Shannon Military Romances schreibt, und dann stand plötzlich Matt vor ihr. Fast so, als würde bei mir ein Wandler auftauchen.«

Shannon lachte. »Der Unterschied ist natürlich, dass es Männer wie Matt wirklich gibt, wenn auch nicht viele.«

Caitlins Gesichtsausdruck wurde träumerisch. »Ich wünschte, es würde auch Wandler geben.«

Torik räusperte sich. »Ich glaube nicht, dass es so toll ist, so etwas zu sein.«

Neugierig sah Shannon ihn an. »Warum nicht?«

Caitlin dachte erst, er würde nicht antworten, doch dann schien er sich dafür zu entscheiden.

»Wenn ich das anhand des Klappentextes richtig verstanden habe, leben sie versteckt im Wald, richtig? Mal abgesehen von den ganzen Unannehmlichkeiten, die das mit sich bringen würde – keinen Supermarkt in der Nähe, keine Kanalisation, keine Straßen, keine Autos und so weiter –, wäre es doch in der heutigen Zeit extrem schwierig, nicht von Menschen entdeckt zu werden. Oder einen Partner in einer immer kleiner werdenden Gruppe zu finden. Und in solch einer Umgebung Kinder aufzuziehen.« Torik brach ab, seine Lippen pressten sich zusammen.

Shannon und Caitlin sahen ihn mit offenem Mund an. Caitlin brachte schließlich ein schwaches Lächeln zustande. »Sicher, dass du mein Buch noch nicht gelesen hast?«

Toriks Augen bohrten sich in ihre. »Todsicher.«

Shannon betrachtete ihn fasziniert. »Woher weißt du dann so viel darüber?«

Ein Ausdruck lag auf Toriks Gesicht, den Caitlin nicht deuten konnte. Schließlich hob er die Schultern. »Ich habe nur versucht, mich in die Lage von solchen Wandlern zu versetzen. Wahrscheinlich ist es gut, dass es so etwas nicht gibt.«

Caitlin wollte ihm zustimmen, brachte es aber nicht über sich. Auch wenn sie sich die Probleme von Wandlern in der heutigen

Zeit bildlich vorstellen konnte – schließlich hatte sie darüber geschrieben –, fände sie es doch wunderbar, wenn es Tarek wirklich gäbe. Andererseits könnte sie sich auch sehr leicht in jemanden wie Torik verlieben, der eindeutig kein Gestaltwandler war. Aber warum konnte sie sich ihn dann gut als Berglöwen vorstellen? Mist, es wurde Zeit, dass sie wieder in die Realität zurückkehrte!

»Ich sollte jetzt lieber das Essen machen, bevor wir noch verhungern.« Tatsächlich hatte sie nach den Ereignissen im Park keinen Appetit, aber das Kochen würde sie beschäftigen, und außerdem wollte sie nicht, dass Torik sich schon ins Gästeapartment zurückzog. Ihre Augen weiteten sich, als ihr klar wurde, dass sie noch gar nicht darüber gesprochen hatten, ob Torik überhaupt noch eine Nacht hierbleiben würde. Sie war einfach davon ausgegangen, aber er hatte bisher nichts dazu gesagt.

Shannon betrachtete sie nachdenklich. »Ich geh mich mal kurz frisch machen, danach helfe ich dir.« Ganz offensichtlich hatte sie gemerkt, dass Caitlin einen Moment mit Torik allein sein wollte.

Caitlin lächelte ihr dankbar zu. »Du weißt ja, wo das Badezimmer ist. Gästehandtücher sind oben im Schrank.« Sie wartete, bis Shannon die Tür hinter sich geschlossen hatte, bevor sie sich wieder zu Torik umdrehte. Erschrocken fuhr sie zurück, als sie merkte, dass er sich unbemerkt angeschlichen hatte und ihr jetzt so nah war, dass sie seine Körperwärme spüren konnte.

»Woran hast du eben gedacht?« Seine Stimme strich sanft über sie. Er legte einen Finger unter ihr Kinn und hob ihren Kopf an. »Caitlin?«

Sie befeuchtete ihre plötzlich trockenen Lippen mit der Zunge. »Ich … ich habe mich gefragt, ob du heute Abend noch weiterfährst.«

Seine dunklen Augen schienen zu glühen. »Möchtest du das?«

»Nein!« Verlegene Wärme stieg in ihre Wangen. »Ich meine … Ich würde mich freuen, wenn du noch eine Nacht im Gästeapartment verbringen würdest. Das ist das Mindeste, das ich für dich tun kann, nachdem ich dir noch einen Urlaubstag verdorben habe.«

Seine Finger legten sich über ihre Lippen. »Ich habe doch schon gesagt, dass mir das nichts ausmacht.«

Hoffnung und Freude stiegen in ihr auf. »Heißt das, du bleibst?«

Torik neigte den Kopf. »Das heißt es wohl.«

Keiras Nackenfell stellte sich auf, als sie die Anwesenheit von anderen Lebewesen spürte. Seit Coyle und die beiden Menschenfrauen im Haus verschwunden waren, hatte sie sich die Zeit damit vertrieben, die Umgebung des Grundstücks zu kontrollieren. Es gab keine Zäune wie zur Straße hin, sondern nur eine natürliche Grenze aus Felsen, einem ausgetrockneten Bachlauf und einem Abhang. Jeder konnte sich hier ohne großen Aufwand dem Gebäude nähern – wenn er es geschickt anstellte, sogar ohne gesehen zu werden. Allerdings nur, solange kein Berglöwenwandler das Grundstück bewachte, denn Keira konnte die Menschen allein durch ihren Geruch aufspüren. Bisher hatte sie noch keine richtige Fährte aufgenommen, aber sie spürte, dass etwas anders war als vorher. Sie duckte sich tiefer hinter die vertrockneten Gräser und sog tief die Luft ein.

Ihre Nase kräuselte sich, als der unangenehme Geruch sie traf. Da war es. Immer noch geduckt schlich sie in die Richtung, aus der der Wind kam. Die weichen Sohlen ihrer Pfoten verursachten kein Geräusch. Ihr Herzschlag beschleunigte sich. Endlich hatte sie wieder eine sinnvolle Aufgabe, etwas, in dem sie gut war. Etwas, für das sie lebte. Es gab nicht mehr genug Deckung, deshalb entschied Keira, sich von oben einen Überblick zu verschaffen. Mit weiten Sprüngen erklomm sie die Rückseite der Felsen und suchte sich dann eine Spalte, durch die sie die Landschaft unter ihr beobachten konnte. Es dauerte nicht lange, bis sie den Menschen sah, der trotz seiner braun gemusterten Tarnkleidung in der Umgebung auffiel wie ein Berglöwe in der Stadt. Durch ein Fernglas beobachtete er das Haus, auf seinem Rücken trug er ein Gewehr. Verdammt, wenn sie Coyle und die anderen warnen wollte, musste sie einen weiten Umweg laufen. Allerdings konnte es durchaus sein, dass noch mehr Menschen hier waren, und sie es gar nicht schaffen würde, unbemerkt ins Haus zu gelangen.

Damit blieb nur die Lösung, den Menschen daran zu hindern, dass er tat, was immer er auch vorhatte. Keira bleckte die Zähne. Nach all den Monaten der erzwungenen Untätigkeit konnte sie eine kleine Herausforderung gut brauchen. Außerdem schadete es auch sicher nicht, Finn zu zeigen, was sie konnte, und dass seine Entscheidung, sie bei dem Kampf im Adlerlager zurückzulassen, falsch gewesen war. Die Erinnerung an den Blick ihres Bruders versetzte ihr einen Stich. Entschlossen hob sie den Kopf und schob ihre Gefühle beiseite. Jetzt zählte nur noch die Jagd. Ruhig verließ sie ihren Ausguck und kehrte auf den Boden zurück.

Die trockenen Gräser streiften ihr Fell, aber sie wusste, dass ein Mensch das Geräusch auf diese Entfernung nicht wahrnehmen konnte. Erst als sie in Hörweite war, pirschte sie sich lautlos heran. Die größte Tugend des Berglöwen war seine Geduld. Unhörbar konnten die Raubkatzen sich einer Beute annähern, einen Zentimeter nach dem anderen, bis sie nah genug waren, um sie in einem Satz anzugreifen. Keiras menschliche Seite war dafür zu ungeduldig, aber sie wusste, dass der Mann sie erst bemerken würde, wenn sie es wollte. Sie hatte überlegt, bis zum Einbruch der Dunkelheit zu warten, um ihre Chancen noch zu erhöhen, doch Coyle würde vorher aufbrechen wollen, und bis dahin musste jede Bedrohung ausgeschaltet sein. Der Gedanke, Coyle könnte verletzt oder vielleicht sogar getötet werden, ließ sie ihre Zähne zusammenbeißen. Auch wenn er eine andere Frau ihr vorgezogen hatte, wollte sie doch nicht, dass ihm etwas geschah.

Keira näherte sich dem Mann, bis sie direkt hinter ihm kauerte. Auch wenn sie ihn am liebsten für immer beseitigt hätte, wusste sie doch, dass es ihnen nicht helfen würde, wenn der Tote mit den Bisswunden eines Berglöwen entdeckt wurde. Ohne einen Laut von sich zu geben, verwandelte sie sich und griff nach einem großen Stein. Als der Mann sich umdrehte und sie entdeckte, weiteten sich seine Augen. Ohne Vorwarnung schlug sie ihm den Stein gegen die Schläfe. Mit einem erstickten Schrei kippte er um und verlor das Bewusstsein. Keira beugte sich über ihn und kontrollierte, ob er noch lebte. Rasch zog sie ihn in tieferes Gebüsch, fesselte seine Hände und Beine mit den Kabelbindern, die sie in seinem Rucksack fand, und schlang ein Tuch um seinen Mund. Das sollte reichen, falls er aufwachte, bevor sie zum Haus vorgedrungen war. In seiner Westentasche entdeckte sie ein Funkgerät, also musste sie davon ausgehen, dass noch jemand anders in der Nähe war. Mit einem frustrierten Laut versteckte Keira seine Waffen und verwandelte sich zurück. Ihr blieb nicht viel Zeit, um noch mögliche weitere Verbrecher ausfindig und unschädlich zu machen. Mit einem Fauchen lief sie los.

Als sein Telefon klingelte, hatte Lee sich gerade im Restaurant an einen Tisch gesetzt. Genervt gab er dem Kellner ein Zeichen, ihn allein zu lassen, und nahm das Gespräch an. »Ja?«

»Wir sind in Position. Sollen wir zuschlagen?« Die Stimme klang seltsam hoch und passte überhaupt nicht zu dem Mann, der eine Figur wie ein Catcher hatte. Lee hatte Lopez ausgesucht, weil er wusste, dass er keinerlei Skrupel besaß und seine Aufgaben immer erledigte.

»Wartet, bis es dunkel ist, sofern sie nicht versuchen, vorher wegzufahren. Ich möchte nicht, dass jemand bemerkt, was vor sich geht. Wer ist im Haus?«

»Ein Mann und zwei Frauen. Die Frauen haben wir anhand der Fotos als Marisa Pérèz und Isabel Kerrilyan identifiziert. Der Mann ist uns unbekannt.«

Einer der Wandler oder einfach nur ein Bekannter der Frauen? Es würde interessant sein, das herauszufinden. »Habt ihr noch jemanden in der Nähe gesehen?«

»Nein.«

Was aber nicht hieß, dass auch wirklich niemand da war. Er konnte sich nicht vorstellen, dass die Wandler die beiden Menschenfrauen in solch einer Situation ungeschützt lassen würden. Vermutlich war irgendwo auf dem Grundstück jemand unterwegs, der nach Angreifern Ausschau hielt. »Macht euch darauf gefasst, dass ihr dort nicht alleine seid. Ihr werdet sie nicht sehen oder hören, bis sie direkt hinter euch sind.«

»Niemand kann sich an mich heranschleichen, ich bin ein Green Beret.« Lopez sagte es mit der Überzeugung eines Mannes, der kein Problem damit hatte, sich immer das zu holen, was er wollte, und der noch nie jemandem gegenübergestanden hatte, der sich davon nicht einschüchtern ließ.

»Auch kein Tier?« Er hatte Lopez nicht erzählt, dass Wandler existierten, aber er musste ihn zumindest warnen, dass er es nicht mit einfachen Menschen zu tun hatte.

Lopez stieß ein Schnauben aus, das mehr wie das Grunzen eines Schweines klang. »Ich habe einen Jagdschein und bisher noch alles erwischt, das mir vor die Flinte kam.«

»Das will ich auch hoffen. Enttäuschen Sie mich nicht, Lopez.«

Lopez lachte. »Ich bin der Beste in diesem Job, deshalb haben Sie mich auch damit beauftragt.« Irgendeine Stimme kam aus dem Hintergrund, und die Geräusche wurden gedämpfter, so als hätte Lopez seine Hand um das Handy gelegt. Schließlich räusperte er sich. »Ich muss hier eine Sache erledigen, ich melde mich wieder, wenn wir die Leute in unserer Gewalt haben.«

»Was geht da vor?« Als nicht sofort eine Antwort kam, senkte Lee die Stimme. »Denken Sie daran, wer hier die Rechnungen bezahlt, Lopez. Ich dulde nicht, dass Sie einen Fehler machen.«

»Einer meiner Männer meldet sich nicht über Funk, aber das ist kein Problem, wahrscheinlich legt er nur gerade eine Pinkelpause ein. Ich habe hier alles unter Kontrolle.« Damit beendete Lopez das Gespräch.

Nur mit Mühe bezwang Lee den Drang, das Telefon durch das Restaurant zu schleudern. Stattdessen legte er es ruhig auf den Tisch. Seine Finger krampften sich in dem Versuch um die Tischplatte, sich davon abzuhalten, aufzuspringen und selbst nach Nevada zu fahren. Auch wenn Lopez gewisse Fähigkeiten besaß, war es vielleicht doch ein Fehler gewesen, ihm das Kommando anzuvertrauen. Der Mann war eindeutig zu sehr von sich überzeugt und konnte sich nicht vorstellen, von jemandem besiegt zu werden. Und die Berglöwengruppe hatte schon mehrfach eindrucksvoll bewiesen, dass sie alles andere als wehrlos war. Marisa Pérèz stand eindeutig mit ihnen in Verbindung, und Isabel Kerrilyan konnte etwas von den Forschungen ihres Vaters mitbekommen haben, als sie damals einige Tage in Nevada war. Da sie anscheinend immer noch Kontakt zu Pérèz hatte, lag die Vermutung nahe, dass sie von der Existenz der Wandler wusste.

Lee hatte Stammheimers Tochter eine Zeit lang in Los Angeles beobachten lassen, war aber nicht tätig geworden, weil es so aussah, als hätte sie nach dem Tod ihres Vaters einfach nur ihr

Leben wieder aufgenommen. Eine Schülerin konnte ihm nicht gefährlich werden – hatte er zumindest bisher gedacht. Vielleicht musste er seine Meinung revidieren. Wenn es Lopez gelang, die beiden Frauen und den unbekannten Mann festzusetzen, würde Lee die Gelegenheit erhalten, Isabel zu befragen – was ein interessantes Gespräch zu werden versprach. Sie war nicht nur eine wunderschöne junge Frau, sondern nach ihren Zeugnissen zu urteilen auch außerordentlich begabt im Bereich der Biologie, etwas, das sie von ihrem Vater geerbt haben musste. Ihre Mutter kam ihm dagegen eher wie eine Schaufensterpuppe vor: außen schön und innen hohl.

»Kann ich Ihnen jetzt etwas bringen, Sir?«

Die Frage des Kellners riss ihn aus seinen Gedanken. »Bringen Sie mir eine Flasche Cabernet Sauvignon.« Wenn er schon warten musste, konnte er es sich dabei wenigstens gut gehen lassen. Lopez sollte ihn besser nicht enttäuschen, denn seine Geduld war am Ende.

Coyle sah aus dem Fenster, doch Keira war nirgends zu sehen. Unruhe breitete sich in ihm aus. Wäre es nicht so wichtig gewesen, endlich die Aufzeichnungen und anderen Beweise über die Existenz der Wandler zu bergen, wäre er nie allein mit Marisa und Isabel hierher gefahren. Doch sie mussten dieses Risiko eingehen, wenn sie verhindern wollten, dass irgendwann jemand anders darauf stieß.

»Was machst du da?« Marisa trat neben ihn, ihre Wärme und ihr Duft umgaben ihn. »Können wir jetzt los? Ich denke, wir haben alles gefunden.«

»Ich hatte mit Keira abgemacht, dass sie sich dort neben den Busch stellt, wenn alles in Ordnung ist und wir den Kram rausbringen können.«

Marisa kniff die Augen zusammen und starrte in die Dämmerung hinaus. »Siehst du sie? Du weißt doch, ich bin mehr oder weniger nachtblind.«

»Nein, sie ist nicht da. Und das macht mir Sorgen. Sie hätte schon längst zurück sein müssen.« Coyle spürte die Wärme von Marisas Hand auf seinem Rücken, doch diesmal konnte ihn die Berührung nicht beruhigen. Irgendetwas war nicht in Ordnung, er konnte es fühlen. »Ich muss sie suchen, aber ich kann euch nicht alleine lassen.«

»Glaubst du, ihr ist etwas passiert?«

Coyle drehte sich zu ihr um. »Ich kann mir keinen anderen Grund vorstellen, warum sie jetzt nicht da draußen ist.«

»Vielleicht ist sie noch sauer und will dich damit bestrafen?« Marisa strich mit den Fingern über seine Wange.

Einen Moment lang überlegte er, bevor er den Kopf schüttelte. »Nein. Keira hat ihre Aufgabe als Wächterin immer ernst genommen, sie würde sie nie wegen irgendwelcher Streitigkeiten oder aus Rache vernachlässigen.«

»Du meinst, da draußen ist jemand, der ihr etwas angetan hat?«

Coyle verzog das Gesicht. »Oder der sie so beschäftigt, dass sie nicht hierherkommen kann. Oder sie hält sich fern, weil sie weiß, dass es nicht sicher für uns ist, aus dem Haus zu gehen.«

Marisa biss auf ihre Unterlippe. »Und was machen wir jetzt?«

»Wenn ich wüsste, dass das Haus nicht überwacht wird, würde ich rausgehen und mich umsehen, aber das geht jetzt nicht. Wir können nur warten und uns auf alles einstellen.« Coyle rieb über seine Stirn. »Ich sollte wohl Finn anrufen.« Sein Freund würde sich Vorwürfe machen, wenn Keira etwas passierte, genauso wie Coyle auch. Es wäre vermutlich klüger gewesen, noch andere Wächter mitzunehmen oder zu warten, bis Torik mit der Autorin fertig war. Doch durch die jüngsten Ereignisse hatten sie alle

das Gefühl gehabt, dass ihnen die Zeit davonlief. Und nach dem Verlust von Harmon brauchten sie jeden verfügbaren Wächter, um das Lager vor möglichen Überfällen zu schützen.

»Ja, ruf ihn an, er wird wissen wollen, was hier vorgeht.« In Marisas dunklen Augen konnte er Besorgnis erkennen. »Ich gehe so lange zu Isabel hoch, sie wollte noch ein paar Sachen aus ihrem ehemaligen Zimmer holen.«

Coyle nickte und zog das Handy heraus. »Sag ihr noch nichts davon, sie hat schon genug durchgemacht.« Isabel war tatsächlich nach dem ersten Schock wieder in den Keller gekommen und hatte mit ihnen zusammen die Dinge zusammengesucht, die Bowen und die Wandler betrafen.

Marisa lächelte schwach. »Sie ist toll, oder?«

»Sie kann es in Sachen Mut und Durchhaltevermögen fast mit dir aufnehmen.«

Marisa schlang ihre Arme um ihn und küsste ihn sanft. »Danke.« Zögernd ließ sie ihn los und lief schließlich die Treppe hinauf.

Coyle sah ihr nach, bis sie um die Ecke verschwunden war, und wählte dann die Nummer des Berglöwenlagers. Finn meldete sich nach dem ersten Klingeln, als hätte er bereits auf den Anruf gewartet. Coyle hielt sich nicht lange mit Vorreden auf, sondern kam gleich zum Punkt. »Irgendetwas stimmt hier nicht.«

»Was meinst du damit?«

Coyle holte tief Atem. »Keira ist nicht am vereinbarten Treffpunkt, sie muss irgendetwas entdeckt haben. Ich würde nach ihr suchen, aber ich kann hier nicht weg, ohne Marisa und Isabel zu gefährden und auch die Beweise ungeschützt zu lassen.«

Finn stieß einen leisen Fluch aus. »Verdammt, ich hatte so etwas befürchtet. Ich hätte Torik zu euch schicken sollen.«

»Dann wäre Caitlin Walker jetzt tot oder verschleppt, was uns vor ganz andere Probleme stellen würde. Und wenn wir gewartet hätten, bis er die Sache erledigt hat, hätte es hier zu spät sein können.«

Ein tiefer Seufzer drang durch die Leitung. »Ich weiß.« Finn senkte die Stimme. »Ich hoffe nur, Keira ist nichts passiert, ich könnte es mir nie verzeihen.«

»Nicht nur du. Aber noch hoffe ich darauf, dass sie einfach nur beschäftigt ist und die Sache in absehbarer Zeit erledigt haben wird.« Coyle schwieg einen Moment. »Keira ist stark und eine gute Wächterin. Sie wird sich nicht von irgendwelchen Menschen übertölpeln lassen – wenn hier überhaupt welche sind.«

Finn räusperte sich. »Ich werde Torik anrufen und sagen, dass er sich sofort auf den Weg zu euch machen soll. Es kann allerdings einige Zeit dauern, bis er bei euch ist. Haltet ihr die Nacht durch?«

Die Vorstellung, die ganze Nacht in diesem Haus zu verbringen, war nicht gerade angenehm, aber sie würden es überleben. »Ja. Wenn ich irgendeine Möglichkeit sehe, ungesehen aus dem Haus zu kommen, werde ich Keira suchen.«

»Danke, Coyle. Wenn du sie siehst, sag ihr …«

Coyle spürte einen Druck in seiner Brust. »Dass du sie liebst. Ich werde es ausrichten, auch wenn ich sicher bin, dass sie es weiß.« Er rieb über seine Stirn. »Sollten wir versuchen, die Beweise zu vernichten? Sie dürfen auf keinen Fall in die Hände der Menschen geraten.«

»Geht das denn, dass sie vollständig zerstört werden? Melvin meinte, dass Spezialisten es immer noch schaffen, die Daten auf einer Computer-Festplatte zumindest teilweise zu retten, selbst wenn es ein Feuer gab oder etwas ähnlich Zerstörerisches. Außerdem würde ich gerne sehen, was Stammheimer an Daten gesammelt hat. Ich denke, es wäre gut zu wissen, womit wir es zu tun haben.«

»Okay, sofern es irgendwie geht, werden wir sie heil mitbringen. Aber bevor sie jemand anders in die Hände fallen, zerstöre ich sie.«

»Gut. Ich melde mich wieder. Halt mich auf dem Laufenden, wenn sich bei euch etwas ändert.« Finns Stimme klang rau.

»Mache ich.«

»Passt auf euch auf!«

Coyle steckte das Handy in seine Hosentasche und nahm seine Position am Fenster wieder ein. Noch immer war nichts von Keira zu sehen.

Amber schreckte auf, als es an der Tür ihrer Hütte klopfte. Nachdem Lana endlich eingeschlafen war, hatte sie sich mit Griffin ins Obergeschoss zurückgezogen, um die Kleine nicht zu stören. Wie immer hatten sie nicht lange die Finger voneinander lassen können und waren schließlich erschöpft auf dem Bett zusammengebrochen. Griffin rührte sich neben ihr und fuhr mit der Hand über ihren Arm.

»Was hast du?« Seine Stimme klang rau.

Auch nach all den Monaten kam es ihr wie ein Wunder vor, dass ihr Adlerwandler neben ihr lag und ihr Leben mit ihr teilte. Sie konnte hören, wie sich die Hüttentür öffnete, leise Schritte erklangen auf der Treppe. Griffin war schneller aus dem Bett, als sie sich vollständig aufsetzen konnte. Amber atmete tief ein und sackte erleichtert zusammen. »Es ist Finn.«

Griffin drehte sich zu ihr um. »Wehe, er hat Lana geweckt.«

Lächelnd schob Amber die Beine aus dem Bett. Es war unglaublich süß zu sehen, wie Griffin sich um ihr Ziehkind kümmerte. Wenn er nicht gerade als Wächter im Gebiet unterwegs war, sorgte er dafür, dass Lana sich bei ihnen wohlfühlte. Ihre Eltern, der Einzelgänger Nolen und seine Gefährtin sowie Lanas Bruder lebten am Rand des Berglöwengebiets. Da sie es in der

Gruppe nicht aushielten, brachte Amber Lana so oft wie möglich zu ihnen, damit sie ihre Familie nicht vergaß.

Die Heilerin der Gruppe, Fay, hatte Lana vor einem halben Jahr vor dem Tod gerettet, doch die Kleine war immer noch so schwach, dass sie nicht mit ihren Eltern in der Wildnis leben konnte. Und da Fay eine chronische Lungenkrankheit diagnostiziert hatte, war eine dauerhafte Rückkehr zu ihnen unwahrscheinlich. Lana würde immer auf Medikamente und vor allem ein festes Zuhause angewiesen sein. Als Nolen Amber gefragt hatte, ob sie bereit wäre, sich um seine Tochter zu kümmern, hatte sie, ohne zu zögern, zugesagt. Lana war ihr vom ersten Moment an ans Herz gewachsen, und auch Griffin nahm die Kleine sofort mit offenen Armen auf und behandelte sie, als wäre sie seine Tochter.

Amber war froh, dass sie dieses Geschenk erhalten hatten, denn zusammen würden sie nie eigene Kinder bekommen können. Ungeduldig schüttelte sie den Anflug von Trauer ab. Sie war glücklicher, als sie sich jemals vorgestellt hatte, und Griffin ging es genauso, vor allem seit er nach seiner Verletzung wieder fliegen konnte.

Als Amber nach unten kam, saß Finn bereits am Küchentisch und unterhielt sich mit Griffin. Seine Miene war ernst, die Augenbrauen sorgenvoll zusammengezogen. »Ist etwas passiert?«

Finn sah auf, und sie erschrak, als sie sah, wie blass er war. »Coyle hat angerufen. Sie sind gerade in Stammheimers Haus in Nevada und bergen die Beweise für unsere Existenz. Keira sollte das Grundstück bewachen und …« Er brach ab und schluckte sichtbar. »Sie ist nicht zum vereinbarten Treffpunkt gekommen. Coyle befürchtet, dass Menschen aufgetaucht sind und Keira jetzt versucht, sie alleine auszuschalten.«

»Oh nein!« Amber ging zu Finn und umarmte ihn. »Kann Coyle irgendwas tun?«

Finn strich sanft über ihren Rücken, bevor er sich wieder von ihr löste. »Nein, er kann das Haus nicht verlassen, weil er nicht weiß, ob es beobachtet wird, und er auch die Beweise nicht ungeschützt lassen will. Marisa und Isabel natürlich auch nicht.«

Griffin zog Amber auf seinen Schoß. »Keira ist eine gute Wächterin.«

Finn neigte den Kopf. »Ich weiß, deshalb habe ich sie Coyle als Schutz mitgeschickt. Aber wir wissen nicht, auf was für Gegner Keira vielleicht gestoßen ist und vor allem auf wie viele.« Seine Lippen pressten sich zusammen. »Ich mache mir Sorgen um sie.«

Amber konnte sich vorstellen, wie es Finn gerade ging, besonders da sie von den Spannungen wusste, die es seit geraumer Zeit zwischen den beiden Geschwistern gab. »Das ist doch nur natürlich. Ich mache mir auch Sorgen um Coyle und Marisa, sie sitzen in dem Haus in der Falle, wenn wirklich jemand auf dem Grundstück ist.«

»Ich wollte Torik hinschicken, aber ich kann ihn im Moment nicht erreichen, er ist in Montana und geht nicht an sein Handy. Bis er antwortet und dann die weite Strecke nach Nevada fährt, könnte es zu spät sein.« Finn schwieg einen Moment. »Das könnte es sowieso schon sein, aber ich muss versuchen, Keira und Coyle zu helfen.«

Amber spürte, wie sich Griffins Körper anspannte. »Ich werde gehen.«

Stolz kämpfte in ihr mit der Furcht, ihn zu verlieren. »Bist du schon so weit? Du kannst erst seit ein paar Wochen wieder fliegen.«

Griffin blickte sie mit seinen warmen braunen Augen an. »Sonst hätte ich es nicht angeboten. Außerdem kann ich am schnellsten dort sein.«

»Aber …«

Griffin küsste sie sanft. »Ich weiß, was ich tue, Amber.«

Finn räusperte sich. »Ich hatte gehofft, dass du uns hilfst. Einer der Älteren wird am Waldrand auf dich warten und dich nach Nevada bringen. Die genauen Koordinaten sage ich dir gleich. Komm zu meiner Hütte, wenn du fertig bist.« Finn stand auf und ging zur Tür. »Danke, Griffin.«

Amber versuchte, ihre Angst zu unterdrücken, aber es gelang ihr nicht. Sie hatte immer noch vor Augen, wie Griffin vor einem halben Jahr von Menschen angeschossen worden und zu Boden gestürzt war. Im ersten Moment hatte sie geglaubt, er sei tot, und das war der schlimmste Augenblick ihres Lebens gewesen. Griffin schien ihre Furcht zu spüren, denn er zog sie sanft an sich. Sein Herz klopfte laut und beruhigend an ihrem Ohr, seine Wärme umgab sie.

»Warum musst gerade du gehen?« Ihre Frage klang dumpf an seiner Brust.

Griffin legte seine Hände um ihre Wangen und zwang sie sanft, ihm in die Augen zu sehen. »Ich gehöre jetzt zu eurer Gruppe, Amber. Ich kann mich nicht einfach hinsetzen und sagen, das geht mich nichts an, wenn einer von euch vielleicht in Gefahr ist. Und wenn wirklich jemand die Informationen über die Wandler in die Hände bekommt, betrifft mich das genauso wie euch.«

Tief seufzend legte Amber ihre Stirn an Griffins. »Das weiß ich alles. Trotzdem habe ich Angst um dich und möchte dich am liebsten hier in Sicherheit wissen.«

Griffin küsste sanft ihre Lippen. »Ich werde so schnell wie möglich zurückkommen. Wer weiß, vielleicht gibt es auch einen ganz anderen Grund, warum Keira noch nicht wieder da ist, und es hat überhaupt nichts mit Menschen zu tun.«

»Ich hoffe es.« Amber löste sich widerstrebend von ihm. »Dann musst du wohl jetzt los. Sei bitte vorsichtig und komm schnell zu mir zurück!«

»Immer.«

Als Griffins Hände sich von ihr lösten, biss Amber auf ihre Lippen, um ihn nicht anzuflehen, sie nicht zu verlassen. Stattdessen folgte sie ihm ins Wohnzimmer, wo Lanas Bett stand. Tränen traten in ihre Augen, als sie beobachtete, wie Griffin sich über das Berglöwenjunge beugte und mit den Fingern behutsam über den kleinen Kopf streichelte. Sie konnte sich noch gut an den Moment erinnern, als Lana sich zum ersten Mal in einen Menschen verwandelt hatte. In Griffins Augen hatte so viel Liebe und Wunder gelegen, dass es Amber die Kehle zugeschnürt hatte.

Lana hatte sich wie immer im Bett umgedreht und sich ein Nest aus der Bettdecke gebaut, in dessen Mitte sie lag. Es würden wahrscheinlich noch einige Monate vergehen, bis die Kleine ihre menschliche Gestalt besser kontrollieren und halten konnte, und auch sprechen musste sie erst noch lernen. Amber konnte es kaum erwarten, bis es so weit war, denn Griffin verstand Lana in ihrer Berglöwengestalt nicht.

Griffin richtete sich auf und zog Amber noch einmal an sich. Sein Kuss war diesmal tief und eindringlich, seine Hände glitten über ihren nackten Körper, als wollte er ihn sich einprägen. Schließlich löste er sich von ihr. »Ich liebe dich.«

»Und ich dich.« Amber zwang sich, ihn nicht zurückzurufen, als er die Hütte verließ.

12

Torik ließ das Buch auf seine Brust sinken und atmete tief durch. Es war geradezu peinlich, wie Caitlin ihn in ihrem Roman als sexbesessenen Wandler beschrieb, der seine Triebe nicht unter Kontrolle hatte. Trotzdem erregten ihn die heißen Liebesszenen zwischen Tarek und der Menschenfrau. Was noch peinlicher war. Seine Hose schien immer enger zu werden, und der Jeansstoff rieb unangenehm an seiner Haut. Lasen Frauen so etwas wirklich und dachten, es wäre die Realität? Nun ja, zugegeben, seit er Caitlin nach dem Überfall nach Hause gebracht hatte, bekam er sie nicht mehr aus seinem Kopf und vergaß sogar hin und wieder seine Pflichten, was ihm normalerweise nicht passierte. Und die Vorstellung, noch einmal ihre weiche Haut zu berühren …

Angewidert von sich selbst legte er das Buch zur Seite und schwang die Beine aus dem Bett. Es wurde eindeutig Zeit für eine Tour über das Grundstück. Shannon Hunter war bereits vor einiger Zeit wieder gefahren, und Caitlin würde inzwischen zu Bett gegangen sein. Erstaunlicherweise hatte er das Abendessen mit den beiden Frauen sogar genossen. Sie hatten ihn mit Geschichten aus dem Literaturbetrieb unterhalten, mal lustig, mal ärgerlich, und einige Male hatte er sich gefragt, ob sie sich das nur ausdachten, weil es so unglaublich klang. Doch sie schworen, dass jedes Wort wahr wäre – sofern es bei professionellen Geschichtenerzählern so etwas wie die Wahrheit gab. Hin und wieder waren sie in Schwärmereien für ihre fiktiven Helden versunken, und Torik war währenddessen unruhig auf seinem Stuhl hin und her gerutscht.

Nicht zum ersten Mal kam ihm der Gedanke, dass Caitlin ihn vielleicht nur anziehend fand, weil er wie ihr geliebter Tarek aussah. Oder anders herum. Der Gedanke verbesserte seine Laune nicht unbedingt. Mehr als einmal hatte er Caitlin inzwischen dabei erwischt, wie sie ihn mit großen Augen beobachtete, so als erwartete sie zu sehen, wie er sich verwandelte. Mit Mühe hatte er den Drang unterdrückt, mit den Händen über sein Gesicht zu fahren, um sich zu vergewissern, dass er nirgends Berglöwe war.

Torik hatte sich schließlich zurückgezogen, damit sich die beiden Freundinnen in Ruhe unterhalten konnten. Sowie er aus der Tür war, hatte Shannon einen bewundernden Pfiff ausgestoßen, und Caitlin war in Gelächter ausgebrochen. Daraufhin war Torik so schnell geflüchtet, wie er konnte. Er wollte gar nicht wissen, was sie über ihn redeten. Nach der Lektüre des Buches konnte er es sich ungefähr vorstellen.

Torik schnitt eine Grimasse und zog rasch seine Hose aus. Kopfschüttelnd ignorierte er seinen steifen Schaft und löste sein Haarband. Es wurde Zeit, dass er das tat, wofür er gekommen war: Er musste endlich herausfinden, woher Caitlin so viel über die Berglöwenwandler wusste. Finn war nicht besonders glücklich gewesen, als Torik ihn nach dem Essen angerufen und berichtet hatte, dass er noch keinen Schritt weiter war, dafür aber zwei Leichen gefunden hatte, deren Mörder er nicht kannte. Also zuerst ein Kontrollgang, und dann würde er sich in Caitlins Haus umsehen. Er brauchte dafür noch nicht einmal einzubrechen, sie hatte ihm einen Zweitschlüssel gegeben – falls er nachts Hunger bekam. Ob sie wusste, dass er dabei nicht an Essen gedacht hatte? Vielleicht.

Caitlin war eine seltsame Mischung aus Schüchternheit und Sinnlichkeit. In ihrem Buch überwog eindeutig Letzteres, es war ein Wunder, dass das Papier nicht Feuer fing an den Stellen, an denen Tarek mal wieder seinen Hormonen die Kontrolle überließ. Seltsamerweise konnte Torik sich nicht erinnern, wie die Heldin des Buches aussah oder wie sie hieß, sein Gehirn hatte sie sofort durch Caitlin ersetzt. Und er war es, der sie im Wald gestreichelt und ihre Brüste geküsst hatte, um dann in der übernächsten Szene von Caitlin berührt zu werden. Ihre Finger waren es, die über seine Brust glitten, dann über seinen Bauch, bis sie seinen Schaft umfingen. Sie hatte sich vor ihn gekniet und …

Torik riss die Augen auf und starrte auf seine Hände, die um seinen Penis lagen. Verdammt noch mal! Wie schaffte Caitlin es, ihn so zu beeinflussen, selbst wenn sie überhaupt nicht im Raum war? Nicht einmal Arlyn hatte solch eine Wirkung auf ihn gehabt. Torik erstarrte. Es kam ihm wie ein Verrat an Arlyn, aber auch an seiner Vergangenheit vor, so etwas auch nur zu denken. Abrupt ließ er seine Hände sinken und stürmte zur Tür. Sowie er in die Dunkelheit der Bäume eingetaucht war, übernahm der Berglöwe die Kontrolle über seinen Körper. Mit einem heiseren Fauchen rannte er los. Für eine Weile vergaß Torik alles außer der Freude, die warme Nachtluft in seinem Fell zu spüren, das Zirpen der Grillen, den Geruch von sonnengetränkten Gräsern und dem Hochgebirgssee.

Erst als er wieder klar denken konnte, kehrte Torik zum Haus zurück. Er hatte keine Spur von einem Angreifer oder Beobachter entdecken können, was vermutlich hieß, dass Caitlin zumindest für diese Nacht in Sicherheit war. Trotzdem würde er über sie wachen, bis er abreiste. Ein dumpfes Ziehen breitete sich in seinem Brustkorb aus, doch er ignorierte es. Er hatte hier eine Aufgabe zu erledigen, sonst nichts. Natürlich wollte er nicht, dass Caitlin etwas geschah, aber seine Zeit lief ab. Sie musste sich jemand anders suchen, der auf sie aufpasste, wenn er fort war. Auch den eifersüchtigen Stich tat er ab. Sowie er einige Meilen zwischen sich und die Autorin gelegt hatte, würden diese Gefühle verschwinden.

Mit zusammengepressten Zähnen holte Torik den Schlüssel aus seinem Apartment und schlich leise zum Haus. Er folgte Caitlins Duft bis zum Schlafzimmerfenster und stand für einen Moment einfach nur mit geschlossenen Augen da und atmete ihn tief ein. Als er merkte, was er da tat, fluchte er tonlos. Zuerst kam die Arbeit, und wenn er damit fertig war, konnte er sich vielleicht erlauben, einen kurzen Blick in ihr Schlafzimmer zu werfen. Die Erinnerung, wie sie sich im Schlaf an ihn geschmiegt hatte, drohte seine guten Vorsätze zunichtezumachen, doch der Gedanke an die Gefahr für die Wandler brachte die Konzentration wieder zurück. Irgendwoher musste Caitlin ihre Informationen bekommen haben, und er würde herausfinden, woher. Und wenn er dafür ihr ganzes Arbeitszimmer auf den Kopf stellen musste.

Das war gar nicht nötig, wie Torik wenig später feststellte, denn Caitlin war sehr ordentlich. In einem deckenhohen Regal standen unzählige Ordner, jeder fein säuberlich beschriftet. Torik zog einen mit der Aufschrift *»Recherche Berglöwen«* heraus und blätterte darin herum. Er war gefüllt mit Fotos, Kopien aus Büchern und Zeitschriften, unzähligen Seiten Text und einem kleinen Stück Fell, das Torik beinahe einen Herzinfarkt bescherte, bis er merkte, dass es unecht war. Das war nur am Geruch zu erkennen, es sah echt aus und fühlte sich auch so an. Torik strich leicht mit dem Finger darüber und stellte sich vor, wie Caitlin am Computer saß und mit dem Fell über ihre Wange strich, um sich zu inspirieren.

Rasch stellte er den Ordner zurück und wandte sich den anderen zu, die offensichtlich zu dem Buch über die Berglöwenwandler gehörten. Nach einer Weile klappte er frustriert den Deckel zu. Es standen jede Menge Informationen zu seiner Gruppe auf den Zetteln, aber nirgends, woher Caitlin diese hatte. Oft fanden sich daneben auch Fragezeichen oder kurze Sätze, wenn Caitlin etwas noch einmal überprüfen oder ändern wollte. Auch auf ihrem Schreibtisch entdeckte er einzelne Ideenfetzen, Zeitpläne und Charakter-Lebensläufe, doch es war alles nicht das, was er suchte. Torik setzte sich an den Laptop und schaltete ihn an. Wenn Caitlin ihn hier entdeckte, würde es ihm schwerfallen, eine Erklärung dafür zu finden, aber er musste es riskieren. Als ein Benutzereingabefeld erschien, atmete Torik enttäuscht aus. Sofern Caitlin nicht gerade ihr Passwort hier irgendwo aufgeschrieben hatte, würde er ihre Dateien nicht überprüfen können. Er war ein Wächter und kein Hacker.

Er hätte natürlich raten können, aber da er nicht wusste, ob Caitlin es merken würde, wenn er das falsche Passwort eingab, ging er das Risiko lieber nicht ein. Vielleicht ergab sich morgen eine Gelegenheit, wenn der Laptop an und Caitlin anderweitig beschäftigt war. Oder er konnte fragen, ob er ihren Laptop benutzen durfte, um seine E-Mails abzufragen, Caitlin hatte sicher nichts dagegen. Wenn alles nichts half, konnte er sie nur noch direkt fragen, woher ihre Informationen über Wandler stammten. Die Möglichkeit, dass sie in Kontakt zu den Menschen stand, die die Wandler vernichten wollten, kam für ihn inzwischen nicht mehr in Betracht. Dafür war sie zu … mitfühlend. Wer in eine dunkle Gasse ging, um einer streunenden Katze trotz Allergie Futter zu bringen, der konnte nicht mit Mördern gemeinsame Sache machen. Zumindest hoffte er das.

Lautlos bewegte Torik sich durch das Haus, aber er fand nirgends Hinweise, die ihn weiterbrachten. Zuletzt blieb nur noch Caitlins Schlafzimmer. Torik schob sachte die Tür auf und blickte durch den Spalt. Der Raum lag im Dunkeln, nur ein schmaler Mondstrahl drang durch die Vorhänge und beleuchtete das Bett, doch er hätte mit seinen Berglöwenaugen Caitlins Gestalt auch so sehen können, die auf der Seite lag, das Gesicht im Schatten. Langsam trat Torik in das Zimmer, bemüht, kein Geräusch zu verursachen, das sie wecken könnte. Sein Blick glitt über ihren Körper, der nur von einem kurzen Trägerhemd bedeckt wurde. Oder vielmehr enthüllt, denn ihre Beine waren völlig nackt, und auch das Oberteil war verrutscht und zeigte mehr, als es verbarg. Erregung kribbelte in seinem Körper, doch Torik wandte sich ab. Zuerst die Arbeit, dann …

Für einen Moment schloss er die Augen, als ihm sein Gehirn all die Möglichkeiten vorspielte, wie und wo er Caitlin berühren konnte. Seine Hände ballten sich zu Fäusten. Später. Leise und methodisch durchsuchte er den gesamten Raum, fand aber nichts. Als Letztes nahm er sich den Nachttisch vor. Dort entdeckte er einen Block, in den Caitlin anscheinend nächtliche Ideen schrieb. Er blätterte ihn durch, doch es war zu dunkel, und vor allem hatte er zu wenig Zeit, um alles durchzulesen. Das würde er auch auf den nächsten Tag verschieben müssen. Er schloss die Schublade wieder und blickte auf Caitlin hinunter. Die Haare umgaben in einer wilden Mähne ihr Gesicht, ihre Lippen schimmerten feucht. Torik konnte sich gerade noch daran hindern, sich hinunterzubeugen und sie zu küssen. Seine Augen glitten über ihr Gesicht und ihren Hals bis zu ihren Brüsten, die sich bereits halb aus dem einengenden Hemd befreit hatten.

Mit dem letzten Rest an Willenskraft richtete er sich auf und löste seinen Blick von Caitlin. Es war nicht richtig, in ihrem Schlafzimmer zu stehen und sie beim Schlafen zu beobachten. Er würde in sein Apartment zurückgehen, so schwer ihm das auch fiel. Hinter ihm raschelte es, dann stöhnte Caitlin auf. Wie erstarrt blieb Torik stehen. Wenn sie jetzt aufwachte und ihn nackt in ihrem Schlafzimmer entdeckte, war er geliefert. Vorsichtig drehte er sich um und atmete erleichtert auf, als er sah, dass Caitlins Augen geschlossen blieben. Doch dann bemerkte er, dass sie heftiger atmete und ihre Brustspitze, die aus dem

Trägerhemd herausschaute, hart war. Caitlin hatte sich auf den Rücken gedreht, ein Bein war angewinkelt, sodass er unter das Hemd sehen konnte. Sein Puls schoss in die Höhe, als er registrierte, dass sie keinen Slip trug.

Während er wie erstarrt dastand, bewegte sich ihre Hand an ihrem Körper hinauf und legte sich über ihre Brust. Ein weiteres Stöhnen drang aus ihrem Mund, gefolgt von etwas, das verdächtig nach »Torik« klang. Seine Beherrschung brach. Rasch kniete er sich neben dem Bett auf den Boden und beugte sich über sie. Da er ihren Traum nicht stören wollte, berührte er sie nur federleicht. Sanft strichen seine Finger über ihre Schultern und zogen die Träger des dünnen Hemdchens nach unten. Auch ihre zweite Brust war nun sichtbar, und Torik blies sachte über die harte Spitze. Caitlin gab einen Laut tief in ihrer Kehle von sich, fast wie ein Schnurren. Torik kniff die Augen zusammen, um sich wieder unter Kontrolle zu bringen. Sein Rückgrat prickelte, und sein Schaft schmerzte vor Erregung. Als er schließlich glaubte, nicht mehr sofort zu kommen, wenn er Caitlin nur anblickte, öffnete er die Augen wieder. Ihre zweite Hand strich ruhelos über ihren Körper, so als suchte sie etwas. Nun, dabei konnte er ihr behilflich sein.

Vorsichtig hob er erst eine Hand an, dann die andere und zog die Träger über ihre Arme. Das Hemd war weit genug, dass er es ihr über die Hüften ziehen konnte. Vorsichtig schob er es an ihren Beinen nach unten und zog es über ihre Füße. Achtlos warf er es beiseite und genoss den vollkommenen Anblick, den Caitlin nackt bot. Sie selbst wäre wahrscheinlich anderer Meinung, aber er fand sie wunderschön. Ihre Hüften und Beine waren sanft geschwungen und ihre Brüste wie für Männerhände gemacht. Caitlin mochte für die heutige Zeit etwas zu füllig sein, aber er war ein großer Mann und mochte es, wenn er eine etwas solidere Partnerin hatte. Torik schüttelte den Kopf. Das war Wahnsinn, worüber dachte er hier eigentlich nach? Er sollte dieses Zimmer verlassen und nie mehr wiederkommen.

Doch das tat er nicht. Stattdessen fuhr er mit dem Zeigefinger über ihre Brustspitze, was Caitlin ein weiteres Stöhnen entlockte. Ihre Beine öffneten sich, und sie bot sich ihrem Traumliebhaber schamlos dar. Langsam fuhr ihre Hand an ihrem Körper nach unten, während die andere an ihrer Brustwarze spielte. Unruhig bewegte sie sich, ein Ausdruck von Erregung lag auf ihrem Gesicht. Ihre Fingerspitzen berührten ihre Schamhaare und glitten tiefer. Ein Schauder durchfuhr sie, als sie ihr Ziel erreichte. Das war es, mehr konnte er nicht ertragen. Torik stand rasch auf und trat einen Schritt zurück, den Blick unverwandt auf Caitlin gerichtet. Ein Dielenbrett knarrte unter seinen Füßen, und er blieb mit angehaltenem Atem stehen. Caitlins Augenlider flatterten und hoben sich. Lautlos zog Torik sich tiefer in die Schatten zurück, in der Hoffnung, dass sie ihn in der Dunkelheit nicht sehen würde und wieder einschlief.

Nur langsam wich die erotische Verzückung des Traums von ihr. Noch immer pulsierte das Blut heiß durch ihre Adern, verlangten ihre Brüste und andere Körperteile nach Berührung. Deshalb fiel es ihr umso schwerer, sich auf das zu konzentrieren, was sie aufgeweckt hatte: die Präsenz einer anderen Person. Caitlin bewegte nur die Augen, als sie die Schatten im Raum zu durchdringen versuchte. Sie glaubte jemanden atmen zu hören, aber ihr Herz klopfte zu laut, um sicher sein zu können. Ein kühler Luftzug glitt über ihren erhitzten Körper. Caitlin riss die Augen auf und sah an sich herunter. Sie war nackt! Und nicht nur das, sie lag genauso da wie in ihrem Traum, eine Hand auf ihrer Brust, die andere zwischen ihren Beinen. Nur dass es dort Toriks Hände gewesen waren, nicht ihre eigenen. Caitlin atmete tief ein. Es roch nach Natur und Mann, Torik musste hier gewesen sein!

Oder er war noch da. Ruckartig richtete sie sich auf und blickte in die tiefen Schatten des Raumes. Nach und nach gewöhnten sich ihre Augen an die Dunkelheit, und sie konnte Einzelheiten wahrnehmen. Eine große Gestalt stand bewegungslos an der Wand. Ihr Herz schlug schneller, als sie zu erkennen versuchte, wer es war. Aber eigentlich war das unnötig, sie konnte es in jeder Faser ihres Körpers spüren. »Torik?« Es war nur ein Flüstern, fast unhörbar.

Der Schatten schien beinahe noch unsichtbarer zu werden. »Schlaf weiter.« Toriks Antwort klang mehr wie ein tiefes Grollen.

»Wie soll das gehen, wenn du da stehst und mich beobachtest?« Caitlin biss sich auf die Lippe, um ihn nicht zu bitten, zu ihr zu kommen und sie zu lieben.

Ein Ruck schien durch Toriks Körper zu gehen. »Entschuldige.«

Sie fühlte es mehr, als dass sie sah, wie er zur Tür ging. Ein schmaler Mondstrahl spielte über seinen Rücken und ihr Mund wurde trocken. Torik war nackt! Ihr Herz hämmerte in ihrer Brust, Erregung schoss durch ihren Körper. Caitlin presste die Beine zusammen, um den Schmerz zu lindern, aber sie wusste, dass es nur eine Sache gab, die ihr helfen konnte.

»Torik?«

Er blieb stehen, drehte sich jedoch nicht zu ihr um. Bittend streckte sie die Hand aus. »Komm zu mir!« Gehörte diese heisere Stimme wirklich ihr?

Diesmal drehte Torik sich um und sah sie lange an. Schließlich kam er zurück und blieb mitten im Zimmer stehen. Nun konnte sie etwas mehr als nur Umrisse sehen. Verlangend glitt ihr Blick über seinen muskulösen, aber trotzdem schlanken Körper und blieb schließlich an seiner Erektion hängen. Es war offensichtlich, dass er sie auch wollte, doch er kam nicht näher. Sie konnte seine Augen heiß auf sich spüren, auf ihren Brüsten, zwischen ihren Beinen. Ein Zittern lief durch ihren Körper.

»Berühr dich.« Das raue Flüstern fuhr direkt in ihren Unterleib.

Sie musste sich verhört haben. »Was?«

»Ich möchte, dass du dich selbst berührst, so wie im Schlaf.« Es schwang so viel Verlangen in seiner Stimme mit, dass sie ihre Vorbehalte vergaß.

Beinahe wie von selbst glitt ihre Hand wieder zu ihrer Brust, und sie berührte zögernd ihre Brustspitze. Beinahe schmerzhaft zog sie sich unter Toriks Blick und ihrer Berührung zusammen.

Torik bewegte sich weiter ins Zimmer hinein, kam aber nicht näher. »Leg dich hin.«

Ohne zu zögern, ließ sie sich wieder auf die Matratze zurücksinken. Ihre andere Hand glitt über ihren Bauch und umfasste ihre zweite Brust. Caitlin biss auf ihre Lippe, um die verlangenden Laute zurückzudrängen, die aus ihrer Kehle stiegen.

»Mehr.« Es lag beinahe etwas wie Verzweiflung in seiner Stimme und eine riesige Sehnsucht.

»Komm zu mir.« Sie hielt den Atem an, doch wieder blieb Torik, wo er war.

»Du brauchst mich nicht dafür.« Er legte seine Hand um seinen Penis. »Zeig mir mit deinen Händen, wie schön du bist.«

Caitlin befeuchtete ihre Lippen, während sie auf seine Hand starrte, die langsam an seinem Schaft auf und ab fuhr. Oh Gott! Sie wünschte, es wären ihre Hände, die ihn erkundeten, oder seine, die ihre Brüste berührten. Und genau das machte den Reiz aus, sich selbst zu berühren, während der andere zusah. Caitlin zog ihre Beine an und ließ sie auseinanderfallen. Sie konnte Toriks Blick förmlich auf sich spüren, als eine Hand an ihrem Körper nach unten fuhr und in ihre Feuchtigkeit eintauchte. Gemeinsam mit Torik stöhnte sie auf. Er hatte inzwischen beide Hände um seinen Schaft gelegt, die Bewegungen wurden schneller. Ihre Erregung steigerte sich schon vom Zusehen. Sie schob einen Finger in sich und spürte, wie sich ihre Muskeln um ihn schlossen. Die Vorstellung, wie sich Torik in ihr anfühlen würde, ließ sie erzittern. Mit dem Daumen begann sie, ihre Klitoris zu stimulieren, während sie beinahe verzweifelt an ihrer Brustwarze zupfte. Mehr, sie wollte mehr!

Ihre keuchenden Atemzüge klangen laut in der Stille des Zimmers. Ein erregter Laut entfuhr ihr, als sie einen zweiten Finger in sich schob. Wie von selbst hob sich ihre Hüfte und verlangte nach mehr. Toriks Blick lag noch immer auf ihr, eine Hand umfasste seine Hoden, während die andere beinahe rau am Schaft auf und ab fuhr. Die Spannung baute sich in ihr auf, trieb sie höher, immer höher, bis sie bei jeder Berührung, bei jedem Stoß aufschrie.

»Cat!« Toriks heiserer Ruf trieb sie in den Orgasmus. Ihre Hüfte hob sich vom Bett, während sie so tief in sich stieß, wie es ging. Die Gefühle explodierten in ihr, jede weitere Berührung ließ sie schaudern.

Nach einer Weile schaffte sie es, wieder etwas außerhalb ihres Körpers wahrzunehmen. Torik hatte die Hand um die Spitze seines Schafts gelegt, den Kopf hatte er in den Nacken geworfen und seine Augen waren fest geschlossen. Sie hätte nie geglaubt, dass es so erotisch sein könnte, einem Mann dabei zuzusehen, wie er sich selbst befriedigte. Sie hatte zwar darüber geschrieben, aber es nie selbst erlebt. Es war einmalig, etwas, das sie nie vergessen würde, selbst wenn Torik sie bald verlassen würde. Nein, darüber wollte sie jetzt nicht nachdenken, nicht wenn sie sich gerade so gut fühlte. Ihre Augenlider wurden schwerer, Wärme strömte durch ihren Körper. Schläfrig beobachtete sie, wie Torik auf sie zukam.

Seine Fingerspitzen berührten kurz ihre Lippen, beinahe nur

ein Hauch, dann richtete er sich wieder auf. »Danke.« Lautlos verschwand er in den Schatten, während sie in den Schlaf sank.

»Finn sagt, er kann Torik nicht erreichen, aber er schickt Griffin.« Coyle klappte das Handy zu und drehte sich zu Marisa um.

Sie konnte seinem Gesicht ansehen, dass er sich Sorgen machte. »Das ist sinnvoll, Griffin kann am schnellsten hier sein und sich von oben einen Überblick verschaffen.« Als Adlerwandler hatte er andere Möglichkeiten als die Berglöwen.

»Aber seine Nachtsicht ist nicht besonders gut, und er kann die Menschen auch nicht riechen wie wir.«

Marisa schlang ihre Arme um Coyle. »Er ist ein guter Wächter, er wird wissen, was er zu tun hat.«

Coyle rieb über seine Stirn. »Ich weiß. Ich ertrage es nur nicht, hier untätig herumzusitzen, während Keira dort draußen ist. Stell dir vor, sie liegt irgendwo schwer verwundet und es ist niemand bei ihr, der ihr hilft. Oder wer auch immer dort draußen ist, hat sie gefangen genommen und tut ihr in diesem Moment weh.«

Die Vorstellung ließ Marisa schaudern. »Ich ziehe es vor zu denken, dass sie gerade einem Verbrecher einen ordentlichen Schrecken einjagt.«

Ein schwaches Lächeln erschien auf Coyles Gesicht. »Ein netter Gedanke.« Er legte seine Wange an Marisas. »Was würde ich nur ohne dich tun?«

Marisas Herz zog sich zusammen. Mit Mühe hielt sie ihre Stimme ruhig. »Dich furchtbar langweilen?«

Coyle lachte. »Das auch. Schläft Isabel?«

»Ich bezweifle es, aber sie liegt oben im Bett.« Sie löste sich von Coyle. »Es ist nicht leicht für sie, die Nacht hier zu verbringen.«

Coyles Augen verdunkelten sich. »Ich hatte ihr versprochen, dass wir schnell wieder hier raus sind, und jetzt …«

Marisa ließ ihn nicht ausreden. »Es ist nicht deine Schuld, falls du das gerade sagen wolltest. Isabel weiß, dass die Beweise hier verschwinden müssen, und sie will das Haus auch verkaufen. Also wäre sie früher oder später sowieso hierhergekommen. Und stell dir vor, sie wäre alleine hier und jemand würde in das Haus eindringen …«

»Schon gut, ich habe verstanden.« Er trat wieder zum Fenster und sah hinaus.

Zögernd berührte Marisa seinen Rücken. »Meinst du, das ist so eine Situation, die Harken meinte?«

»Dass wir ihn anrufen sollen, wenn es Schwierigkeiten gibt?« Coyle blickte sie über die Schulter an.

»Ja. Zusammen mit der Tatsache, dass diese Autorin zu viel über euch zu wissen scheint, würde ich das als ein Problem beschreiben, das auch andere Wandler angeht.« Sie wusste, dass die Gruppe Harken nicht recht traute und man ihr insgeheim immer noch vorwarf, dass sie den mysteriösen Wandler – wenn auch unwissentlich – mit ins Lager gebracht hatte. Seltsamerweise vertraute sie ihm, obwohl sie so gut wie gar nichts über ihn wusste. Aber er hatte die Leopardenwandlerin Kainda in Escondido vor dem sicheren Tod gerettet und in ihre Heimat zurückgeschickt. Das rechnete sie ihm hoch an, denn das hätte er nicht tun müssen. Noch immer war sie nicht dahintergekommen, in welches Tier er sich verwandelte, aber er konnte sich definitiv unsichtbar machen, und das so effektiv, dass er nicht einmal von den anderen Wandlern wahrgenommen wurde. Wie auch immer *das* funktionierte. Nur Torik hatte ihn bemerkt und vor allem ihr Bloodhound Angus. Sie vermisste Angus, auch wenn sie erst einen Tag getrennt waren. Gott sei Dank hatte sie ihn zu Coyles Mutter Aliyah gebracht, bevor sie losgefahren waren. Wahrscheinlich hätte er zu Hause auf der Suche nach ihr inzwischen schon das Mobiliar auseinandergenommen.

»Hast du die Nummer dabei?«

Marisa ging zu ihrem Rucksack und suchte den Zettel mit Harkens Telefonnummer heraus. »Die habe ich immer mit, falls wieder etwas passiert.«

Coyle trat zu ihr und legte seine Hand an ihre Wange. »Du hättest den Angriff auf das Adlerlager nicht verhindern können. Harken wäre nie schnell genug da gewesen.«

Schon von Anfang an hatte er genau gewusst, was sie dachte. Als wären sie irgendwie geistig miteinander verbunden. »Vielleicht nicht, aber es wäre einen Versuch wert gewesen. Ich hätte euch sofort von meinem Zusammentreffen mit Harken erzählen müssen, aber in dem ganzen Durcheinander ist mir das völlig entfallen.« Dabei war es eine wirklich denkwürdige Begegnung: Harken war plötzlich nackt auf dem Beifahrersitz ihres fahrenden Autos aufgetaucht.

Coyle legte seine Stirn an ihre. »Nach deinem Besuch beim FBI hattest du anderes im Kopf. Niemand macht dir deswegen einen Vorwurf, Marisa. Davon abgesehen ist nicht gesagt, dass wir Harken überhaupt gerufen hätten, selbst wenn wir über ihn informiert gewesen wären. Das ist eine Entscheidung des Rates.«

»Dann solltest du sie jetzt wohl aus den Betten holen.«

13

Die Dunkelheit war ihr Freund, als Keira durch die karge Landschaft schlich. Nachdem sie den ersten Mann überwältigt hatte, war ihr bewusst geworden, dass sie sich erst nach Sonnenuntergang wieder sicher würde bewegen können, und hatte deshalb beschlossen zu warten. Nun war es endlich so dunkel, dass kein Mensch sie sehen würde, selbst wenn sie die Deckung verließ. Coyle wartete sicher schon auf sie, doch es hätte ein zu großes Risiko bedeutet, sich dem Haus zu nähern. Hoffentlich war er schlau genug, ihr zu vertrauen, und blieb mit den beiden Frauen, wo er war. Keira schüttelte den Gedanken ab und konzentrierte sich auf ihre Berglöwensinne. Geduckt schlich sie durch das Gelände und versuchte, Menschengeruch zu wittern. Es musste noch mindestens ein weiterer Mann hier sein, das spürte sie. Allerdings schien er besser angepasst zu sein als der erste Kerl. Aber das störte Keira nicht, im Gegenteil, sie freute sich darauf, endlich wieder ihre Fähigkeiten einzusetzen und gefordert zu werden. Der Mensch würde keine Chance gegen sie haben, egal wie gut er ausgerüstet war.

Innerlich grinsend durchsuchte Keira methodisch das Gebiet, in dem sie den zweiten Menschen vermutete. Zumindest hätte sie sich dort auf die Lauer gelegt, wenn sie das Haus beobachten wollte. Es dauerte nicht lange, bis sie die Fußspuren fand. Der Verursacher hatte zwar versucht, sie ein wenig zu verwischen, aber sie waren immer noch deutlich zu sehen. Vorsichtig folgte Keira ihnen zu der Kuppe eines kleinen Hügels. Der Mann lag bäuchlings darauf, sein Gewehr in der Hand. Wahrscheinlich hatte er das Haus im Visier. Wut brodelte in Keira hoch, wie immer, wenn sie daran dachte, was Bowen dort angetan worden war. Auch wenn sie es nie zugegeben hätte, sie mochte den Kleinen. Bevor er entführt worden war, hatte Coyle sie darum gebeten, dem Jugendlichen Selbstverteidigungstechniken beizubringen, und er hatte sich als guter Schüler erwiesen. Vor allem aber war er nicht so langweilig gewesen wie einige der anderen Jugendlichen und jungen Männer, die für den Dienst als Wächter infrage kamen. Die Ruhe, mit der er alle Aufgaben erledigte, hatte ihm bestimmt auch geholfen, sich unter Stammheimers Folter nicht zu verwandeln.

Keira blieb in der Deckung einiger Büsche stehen und sondierte die Lage. Der Mann schien allein zu sein, sie konnte niemand anders in der Umgebung wittern. Allerdings gab es kaum eine Möglichkeit, sich ihm auf der Kuppe unbemerkt zu nähern. Da er das Gewehr bereits in der Hand hielt, wollte sie nicht riskieren, dass er sie bemerkte und schoss. Selbst wenn er sie nicht traf, würde der Schuss weitere Menschen anlocken, und das wollte sie verhindern.

»Phil, wie sieht es bei dir aus?«

Als sie unvermittelt die Stimme hörte, sprang Keira vor Schreck beinahe in die Höhe. Ihr Herzschlag beruhigte sich, als der Mensch das Funkgerät von seinem Gürtel löste und an den Mund hielt.

»Alles klar. Hast du Tom schon gefunden?«

»Noch nicht, aber ich bin nahe dran, ich spüre es.« Etwas knackte. »Ich melde mich wieder.«

»Okay.« Der Mann steckte das Funkgerät zurück und sah sich unruhig um.

Langsam verwandelte Keira sich und kauerte nackt auf der Erde. Nach einigen tiefen Atemzügen stand sie auf und taumelte auf den Menschen zu. »Hilfe!«

Ruckartig drehte er sich um, das Gewehr zielte auf sie, und sie befürchtete schon, dass er sie erschießen würde, doch dann senkte er den Lauf. Mit großen Augen sah er sie an, sein Blick wanderte über ihren Körper.

Keira unterdrückte den Drang, sich zu verwandeln, um sich dem Gaffer zu entziehen, und streckte ihm stattdessen die Hände entgegen. »Bitte, helfen Sie mir!« Der Mann erhob sich und kletterte den Hügel hinunter. Das Gewehr behielt er weiterhin in der Hand.

»Was machst du hier?« Seine Stimme klang belegt, als könnte er nicht glauben, dass eine nackte Frau vor ihm stand.

»Ich bin mit einigen Freunden unterwegs gewesen, und dann …« Sie schluchzte auf. »Sie sind über mich hergefallen, und ich konnte gerade noch aus dem Auto entkommen und bin einfach querfeldein gelaufen.« Unsicher sah sie sich um. »Ich weiß gar nicht, wo ich hier bin. Können Sie mich zurück in die Zivilisation bringen?«

In seinen Augen glomm etwas auf, als er hörte, dass sie überfallen worden war, wahrscheinlich überlegte er sich gerade, wie ihre Dankbarkeit aussehen würde, wenn er ihr half. »Woher kommst du?«

»Las Vegas. Ich arbeite dort in einem Club.«

Er lächelte freudig. »Natürlich helfe ich dir. Aber zuerst muss ich noch eine Aufgabe erledigen. Wenn du hier mit mir wartest, beschütze ich dich und bringe dich danach nach Hause.«

Keira zwang einen Ausdruck von Erleichterung auf ihr Gesicht. »Oh, danke! Ich bin so froh, dass ich Sie getroffen habe.« Sie berührte seine Hand, obwohl sie sich davor ekelte. »Ich hoffe, ich kann das irgendwann wiedergutmachen.«

»Oh, da bin ich mir sicher.« Phil grinste sie an. »Komm mit auf den Hügel, ich muss dort Ausschau halten. Ich habe zwar keine Decke, aber ich werde dich schon warm halten.«

Darauf würde sie wetten. Keira blickte ihn unter ihren Wimpern heraus an. »Das ist so nett von Ihnen.«

Er griff ihren Arm und zog sie mit sich den Hügel hinauf. »Ich helfe gerne einer Frau in Not. Besonders wenn sie so aussieht wie du.«

Was er wohl sagen würde, wenn sie sich auf seine Schuhe übergab? Dachte er tatsächlich, eine halbwegs intelligente Frau würde sich mit jemandem wie ihm einlassen und ihm glauben, dass er ihr aus der Güte seines Herzens heraus helfen wollte? Keira folgte ihm und täuschte vor, immer wieder auszurutschen. Phil nutzte die Gelegenheit, sie überall zu betatschen, während er so tat, als würde er ihr helfen. Genau das wollte sie erreichen, denn dadurch vergaß er, den Finger am Abzug seines Gewehrs zu lassen. Keira ließ sich fallen und der Mann ging mit ihr zu Boden. Das Gewehr landete ein paar Meter weiter.

Er lachte, als er auf ihr zum Liegen kam. »Ups, das war keine Absicht.«

Ja, sicher. Keira zwang sich zu lächeln, als Phil seine Erektion an ihr rieb. Seine Hände legten sich auf ihre Brüste.

»Tut mir leid, ich bin so ungeschickt.« Sie erstickte fast an den Worten.

»Das macht doch nichts, Süße, das kann jedem mal passieren.« Sein Gesicht näherte sich ihrem. »Außerdem gefällt es mir hier irgendwie. Du fühlst dich so gut an.« Er stöhnte, als Keira ihre Hüfte bewegte. »Oh ja, mach das noch mal!«

»Aber gerne.« Keira riss ihr Knie hoch, während sie gleichzeitig einen Stein gegen seinen Kopf schlug.

Diesmal stöhnte er vor Schmerz, als sie die empfindliche Stelle zwischen seinen Beinen voll traf. »Verdammt, was …?«

Keira schob ihn von sich herunter und trat noch einmal zu. Rasch presste sie ihre Hand auf seinen Mund, damit niemand sein Geheul hörte. Er sah sie mit geweiteten Augen an, Tränen liefen über seine Wangen. Es war ausgleichende Gerechtigkeit, dass die ach so starken Männer eine solche Schwachstelle hatten.

»Du glaubst doch nicht wirklich, dass ich mit einem Loser wie dir etwas angefangen hätte, *Schätzchen*?«

Ein Wimmern drang aus seinem Mund.

Verächtlich stand sie auf und beugte sich über ihn. »Bete, dass wir uns nie wiedersehen.« Sie hob den Stein und schlug ihn Phil gegen die Schläfe. Seine Augen schlossen sich, und sein Körper wurde schlaff.

Um nicht noch mehr Zeit zu verlieren, zog sie ihm rasch die Kleidung aus und legte ihn gefesselt in ein dorniges Gebüsch. Selbst wenn er in absehbarer Zeit wieder zu sich kam, würde er Mühe haben, sich daraus zu befreien. Die Patronen warf sie ebenfalls in die Büsche, genauso wie das Funkgerät, nachdem sie es ausgeschaltet hatte. Schließlich richtete sie sich wieder auf und blickte sich um. Nichts rührte sich. Sie musste unbedingt den dritten Mann finden, bevor er die anderen beiden wieder befreite oder auf die Idee kam, das Haus anzugreifen.

Mit Mühe widerstand sie dem Drang, sich im Sand zu wälzen, bis sie Phils gierige Hände nicht mehr auf ihrem Körper spürte. Stattdessen verwandelte sie sich und versuchte, das Gefühl, beschmutzt worden zu sein, durch Laufen loszuwerden. Nach einer Weile besann sie sich auf ihre Aufgabe und blieb stehen. Ihr Nackenfell sträubte sich, als sie erkannte, dass sie beinahe wieder dort war, wo sie den ersten Mann gefunden hatte. Den der dritte Mann gerade suchte – er konnte also ganz in der Nähe sein.

Nur langsam beruhigte sich ihr wild hämmernder Herzschlag, und sie war wieder in der Lage, etwas zu hören. Die Nase witternd erhoben, tastete sie ihre Umgebung ab. Irgendetwas war falsch. Sie konnte es nicht genau deuten, aber sie spürte es in jeder Faser. Es war zu still, und sie konnte eine Präsenz fühlen.

Keira zog sich in die hohen Gräser zurück, die an dieser Stelle wuchsen, und presste sich dicht auf den Boden. Eigentlich hätte sie im Dunkeln niemand hier finden dürfen. Zumindest kein Mensch. Trotzdem hatte sie das Gefühl, dass Augen auf ihr lagen und sie beobachteten. Wie konnte das sein?

Einige Minuten wartete sie darauf, ob sich etwas bewegte, dann schlich sie lautlos vorwärts. Der Mensch musste hier irgendwo sein, und sie würde ihn unschädlich machen, genauso wie seine beiden Kumpane. Keira biss die Zähne zusammen und schluckte das Grollen herunter, das in ihrer Kehle aufsteigen wollte. Egal was es kostete, sie musste ihre Aufgabe erfüllen und das Geheimnis der Wandler schützen. Entschlossen suchte sie so lange die Umgebung ab, bis sie eine Spur fand. Je weiter sie ihr folgte, desto stärker roch es nach Mensch.

Immer langsamer bewegte sie sich vorwärts. Zuerst musste sie die Situation einschätzen, bevor sie entschied, wie sie vorging. Unhörbar schlich sie sich an ihre Beute heran, bis sie nur noch wenige Meter von ihr entfernt war. Der Berglöwe in ihr wollte den Menschen anspringen und seine Zähne in ihn schlagen, doch Keira hielt sich zurück. Als er sich umdrehte, erkannte sie ihn: Es war der erste Mann, den sie überwältigt hatte. Verdammt noch mal, sie hatte keine Lust und vor allem auch keine Zeit, ihn noch einmal niederzuschlagen. Keira erstarrte, als ihr bewusst wurde, dass der dritte Mann ihn gefunden und befreit hatte, während sie mit Phil beschäftigt gewesen war. Vorsichtig drehte sie den Kopf in alle Richtungen und versuchte festzustellen, ob sich noch ein anderer Mensch in der Nähe befand. Sie konnte nichts wittern, hatte aber weiterhin das Gefühl, beobachtet zu werden. Die Frage war, was sie jetzt tun sollte. Aber letztlich blieb ihr keine Wahl: Sie musste die Menschen ausschalten, und zwar alle.

Noch vorsichtiger als vorher kroch sie wieder auf den Mann

zu, der sich der Gefahr überhaupt nicht bewusst schien. Leise fluchend durchsuchte er die Büsche, wahrscheinlich hatte er seine Munition noch nicht wiedergefunden. Der Gedanke bereitete ihr eine gewisse Genugtuung. Vor allem war er dadurch abgelenkt und würde sie gar nicht kommen hören. Sie war nur noch wenige Meter von ihm entfernt, als etwas unvermittelt auf ihr landete. Es dauerte einige Sekunden, bis sie wieder Luft bekam und sich zu wehren begann.

Ein Berglöwenknurren ließ sie erstarren. Tatsächlich spürte sie über sich Fell und heißen Atem an ihrem Ohr. Keira versuchte ihren Angreifer durch den Geruch zu erkennen, aber außer dass es sich auch um einen Wandler handelte, gelang es ihr nicht, ihn zuzuordnen. Es war jedenfalls niemand aus ihrer Gruppe. Für den Moment gab Keira die Gegenwehr auf und blieb still unter ihm liegen. Vom Gewicht her würde sie darauf tippen, dass es sich um einen ausgewachsenen Berglöwenmannn handelte, der zudem einiges an Muskelmasse besaß.

Mit einem beinahe lautlosen Grollen bedeutete er ihr, leise mitzukommen. Als wäre sie schwer von Begriff! Wut baute sich in ihr auf, die sich mit jedem weiteren Schritt vergrößerte und direkt auf den Berglöwenwandler richtete, der sie einem Schatten gleich von dem Menschen fortführte. Was glaubte er, wer er war? Ungeduldig wartete sie darauf, dass sie die Gelegenheit erhielt, ihm die Meinung zu sagen. Und wenn er versuchen sollte, sie daran zu hindern, die Menschen zu überwältigen, würde sie ihn eben auch besiegen. Keira unterdrückte eine leise Stimme in ihrem Innern, die davon fasziniert war, dass es andere Berglöwenwandler außerhalb ihrer Gruppe gab. Unter anderen Umständen wäre das sicher interessant gewesen, aber momentan durfte sie nichts zwischen sich und ihre Aufgabe kommen lassen. Als sie fast bereit war, ihre Krallen in sein Hinterteil zu graben und ihn dazu zu zwingen, stehen zu bleiben, wandte er sich zu ihr um. Er hatte sie in ein kleines Dickicht aus Büschen geführt, das von außen nicht einsehbar war. Anscheinend kannte er sich hier aus.

Einen Moment lang sah er sie mit seinen im Mondlicht schimmernden Berglöwenaugen an, dann setzte die Verwandlung ein. Keira hielt unwillkürlich den Atem an. Sein Gesicht schien nur aus Kanten zu bestehen, die Nase sah aus, als wäre sie bereits mehrfach gebrochen gewesen, und sein breites Kinn stach energisch hervor. Die linke Gesichtshälfte war von großflächigen Narben bedeckt, bei denen Keira sich fragte, woher sie stammten und warum seine Selbstheilungskräfte offensichtlich nicht gewirkt hatten. Am auffälligsten waren jedoch seine Augen, die auch in Menschengestalt noch katzenartig wirkten und sie geduldig ansahen. In der Dunkelheit konnte sie es nicht beschwören, aber sie schienen dunkelbraun zu sein. Neugierig ließ Keira ihren Blick an seinem Körper hinuntergleiten und wünschte sich fast, sie hätte es nicht getan. Er schien nur aus Muskeln zu bestehen, und sie wusste, dass sie ihn nicht so einfach überwältigen konnte, falls das tatsächlich nötig sein sollte. Da er hockte, konnte sie nicht genau sagen, wie groß er war, aber er schien Coyles Statur zu haben.

»Hast du genug gesehen?« Seine Stimme war seltsam heiser und vibrierte in ihrem Innern.

Keira beschloss, die Sache hinter sich zu bringen, und verwandelte sich. »Ja, ich denke schon. Warum hast du mich angegriffen?« Sie konnte seinen Blick auf sich spüren, ihre Haut prickelte, während er sich genauso viel Zeit nahm, sie von oben bis unten zu betrachten.

Seine Mundwinkel hoben sich, als seine Augen ihre trafen. »Ich habe dich nicht angegriffen, sondern davon abgehalten, in eine Falle zu laufen. Ein zweiter Mann hat nur darauf gewartet, dass du auftauchst.«

Ihr Ärger brach sich Bahn. »Ich wäre schon mit ihm fertig geworden! Ich habe dich nicht gebeten, dich in meine Angelegenheiten einzumischen, Berglöwenmann.«

Eine Augenbraue hob sich. »Mein Name ist Sawyer, und ich halte es für meine Angelegenheit, wenn du in unserem Gebiet Menschen angreifst.« Sein Halblächeln verschwand, und er beugte sich vor. »Der andere Mann hatte ein Gewehr schussbereit auf die Stelle gerichtet, wo du aufgetaucht wärst. Sofern du kein kugelsicheres Fell hast, wärst du jetzt tot.«

Für einen Moment wusste Keira nicht, was sie sagen sollte. Sie brachte es nicht über sich, diesem … Sawyer recht zu geben oder sich sogar bei ihm zu bedanken. Langsam richtete sie sich auf. »Ich muss los.«

Eine große Hand schloss sich um ihren Arm. »Nicht so schnell. Du hast mir noch nicht erklärt, was du hier tust.«

»Wenn du deine Hand nicht verlieren willst, solltest du sie dort wegnehmen.«

Ein Grinsen blitzte auf, aber Sawyer war klug genug, sie loszulassen. »Okay, ich fasse dich nicht mehr an. Aber die Erklärung brauche ich trotzdem, sonst kann ich dich nicht gehen lassen.«

Keira starrte ihn wütend an. »Du könntest versuchen, mich daran zu hindern, aber du würdest verlieren.«

Sawyer senkte seine Stimme. »Das glaube ich nicht.« Er hob eine Hand, um sie an einer Antwort zu hindern. »Ich dachte, du hast es eilig, also fang endlich an zu reden.«

Da es tatsächlich zu lange dauern würde, den Berglöwenmann zu bekämpfen, und die Menschen in der Zeit vielleicht schon das Haus angriffen, beschloss sie, ihm die Kurzversion zu erzählen. »Meine Freunde bergen gerade Beweise für die Existenz von Gestaltwandlern aus dem Haus da drüben, und diese Menschen wollen sie offensichtlich daran hindern.«

»Und du sollst sie alleine aufhalten?«

Die Skepsis in seiner Stimme stachelte ihre Wut an. »Zwei von ihnen hatte ich bereits überwältigt, und bei dem dritten wäre mir das auch gelungen.«

»Oder du wärst dabei gestorben. Wir können dir helfen. Schließlich ist es auch in unserem Interesse, dass unsere Existenz nicht aufgedeckt wird. Aber ich erwarte dafür eine Gegenleistung.«

Keira wollte bereits ablehnen, doch dann schluckte sie die Worte hinunter. »Und die wäre?«

Sawyer lachte heiser auf. »Das fiel dir schwer, oder?« Er sprach weiter, bevor sie ihm das Grinsen aus dem Gesicht wischen konnte. »Ich will wissen, wer du bist, woher du kommst, was es genau mit den Beweisen auf sich hat und wer sie haben will.«

Da Finn immer noch versuchte, Verbündete bei anderen Wandlergruppen zu finden, unterdrückte Keira ihre instinktive Antwort und neigte den Kopf. »In Ordnung.« Sie blickte sich um. »Wie viele seid ihr?«

»Genug für drei Menschen. Sag mir deinen Namen!« Sie konnte seinen Blick fast körperlich spüren.

»Wenn die Menschen keine Bedrohung mehr darstellen.« Bevor er etwas erwidern konnte, verwandelte sie sich und verließ das Versteck.

Zufrieden registrierte sie das ungehaltene Grollen hinter sich. Wenn dieser Sawyer glaubte, sie würde alles machen, was er wollte, nur weil er etwas größer war als sie, hatte er sich getäuscht. Seine Hilfe konnte sie allerdings tatsächlich brauchen, deshalb wartete sie ein Stück weiter auf ihn. Der Ausdruck in seinen Augen sagte deutlich, dass er noch nicht mit ihr fertig war. Ein unerwarteter Schauer lief durch ihren Körper, den sie bewusst ignorierte. Jetzt musste sie sich ganz darauf konzentrieren, Coyle und den anderen zu ermöglichen, endlich mit den

Beweisen das Haus zu verlassen und sie in Sicherheit zu bringen. Außerdem war Sawyer ein arroganter Mistkerl, und sie würde keinen weiteren Gedanken an ihn verschwenden, sowie sie ihn endlich losgeworden war.

Als könnte er ihre Gedanken hören, streifte Sawyer ihren Körper mit seinem, als er an ihr vorbeilief, um die Führung zu übernehmen. Damit setzte sich sein Geruch noch stärker in ihrer Nase fest, und sie erkannte, dass sie Mühe haben würde, ihn wieder zu vergessen. Unsinn, sowie die Angelegenheit erledigt war und sie hier verschwinden konnte, würde sie keinen Gedanken mehr an ihn verschwenden.

Keira folgte dem Berglöwenmann mit einem leisen Fauchen. Ihr Blick lag auf seinem Hinterteil, und sie widerstand der Versuchung, hineinzubeißen oder ihre Krallen daran zu schärfen. Auch wenn sie es nicht wollte, bewunderte sie doch die Art, wie er sich trotz seines mächtigen Körpers völlig lautlos bewegte. Es wirkte beinahe so, als machten die Pflanzen ihm von selbst Platz, wenn er sich hindurchschlängelte. Keira verdrehte die Augen und freute sich, noch einen Grund gefunden zu haben, warum sie Sawyer nicht mochte. Wenn dies hier sein Gebiet war, dann war es logisch, dass er wusste, wie er sich darin bewegen musste. Bei ihnen im Wald würde er sich wahrscheinlich völlig ungeschickt anstellen. Nicht dass er jemals dorthin kommen würde.

Als Sawyer sich tiefer duckte und noch langsamer wurde, zwang Keira sich, ihre Gedanken nur noch auf den bevorstehenden Kampf zu richten. Jetzt konnte sie auch den Geruch des zweiten Menschen aufnehmen, der ihr vorher entgangen war. Wie hatte sie so etwas Offensichtliches übersehen können? Ihre Wut steigerte sich, bis sie es kaum erwarten konnte, die Menschen in ihre Finger beziehungsweise Krallen zu bekommen. Sawyer schien zu ahnen, was in ihr vorging, denn er wandte sich zu ihr um und sah sie scharf an. Ertappt zuckte sie zusammen, bevor sie ihm ihre Zähne zeigte. Mit einer Bewegung, die fast wie Kopfschütteln aussah, drehte er sich wieder um. Keira widerstand der Versuchung, ihm hinter seinem Rücken die Zunge herauszustrecken. Allerdings nur, weil er es sowieso nicht sehen würde. Aber wenn die Angelegenheit hier abgewickelt war, würde sie ihm zu gern ihre Meinung sagen.

Unvermittelt verwandelte Sawyer sich, und Keira starrte auf sein nacktes Hinterteil. Mühsam wandte sie den Blick ab und versuchte, das Bild aus ihrem Kopf zu vertreiben. So verpasste sie auch, wie er sich vorwärtsstürzte und den dritten Mann mit sich zu Boden riss, der ihr bisher entgangen war. Als sie dazu kam, war alles bereits vorbei. Sawyer beugte sich über den Menschen, doch was er dort tat, konnte sie nicht sehen.

Keira verwandelte sich ebenfalls und trat neben ihn. »Ist er tot?«

»Nein.« Sawyers knappe Antwort ärgerte sie.

»Dann sollten wir ihn fesseln und die anderen beiden Männer suchen, bevor sie ihn vermissen.« Obwohl Phil eigentlich noch dort sein sollte, wo sie ihn zurückgelassen hatte, musste sie erst sicher sein, dass wirklich alle ihre Gegner ausgeschaltet waren.

Diesmal sah Sawyer sie an, seine Augen waren purer Berglöwe. »Das ist nicht nötig.«

»Aber sie dürfen nicht …«

Sawyer unterbrach sie. »Meine Männer kümmern sich um die anderen beiden. Vermutlich ist die Sache sogar schon erledigt.«

Das ließ Keira einen Moment verstummen. »Danke.« Sie erstickte fast an dem Wort.

Grinsend drehte sich Sawyer vollständig zu ihr um. »Das sind ja ganz neue Töne von dir.«

Keira biss die Zähne so fest zusammen, dass sie knirschten. Sie durfte sich nicht von dem Kerl provozieren lassen. Betont sorglos hob sie die Schultern. »Du hast mir Zeit eingespart.«

Sawyer verging das Lachen. »Sagst du mir jetzt, wer du bist und worum es hier eigentlich geht?«

Lange sah Keira ihn an. »Im Haus.« Damit verwandelte sie sich und lief los.

Ein Fluch ertönte hinter ihr, und sie stieß ein zufriedenes Fauchen aus. Sie brauchte sich nicht umzudrehen, um zu wissen, dass er ihr folgte.

Kurz darauf kamen sie beim Haus an. Die Tür öffnete sich, und Coyle trat heraus. Ein warmes Gefühl durchströmte sie, als ihr bewusst wurde, dass er wahrscheinlich die ganze Zeit am Fenster gewacht und auf sie gewartet hatte. Nachdem Keira sich vergewissert hatte, dass Sawyer noch hinter ihr war, verwandelte sie sich und ging zum Eingang. Die Erleichterung war Coyle deutlich anzusehen.

Er zog sie in seine Arme. »Ich bin so froh, dass es dir gut geht. Wir haben uns schon die schlimmsten Dinge ausgemalt.« Die Sorge auf seinem Gesicht tat ihr unendlich gut. Coyle drückte sie noch einmal, dann ließ er sie los und blickte über ihre Schulter. »Was ist passiert?«

Sawyer verwandelte sich und trat hinter sie. »Das wüsste ich auch gerne.« Nach einer kleinen Pause fuhr er fort. »Ich bin übrigens Sawyer, da meine namenlose Freundin mich anscheinend nicht vorstellen will.«

Keira verengte ihre Augen zu Schlitzen. »Als wenn ich dazu schon Gelegenheit gehabt hätte.« Gut, eilig hatte sie es damit auch nicht gerade gehabt.

Coyle sah sie verwundert an. »Warum gehst du nicht ins Haus und ruhst dich ein wenig aus, bevor wir fahren?«

Dankbar lächelte sie ihn an. »Eine gute Idee.« Ohne einen weiteren Blick auf Sawyer verschwand sie im Haus.

14

Coyle blickte Keira hinterher, bevor er sich wieder zu Sawyer umwandte. Prüfend betrachtete er den Berglöwenmann und nickte schließlich. »Ich bin Coyle. Unsere Gruppe lebt in Kalifornien. Bist du alleine hier, oder lebt deine Gruppe in der Nähe?«

Sawyer verzog seinen Mund zu einem schiefen Lächeln, das die Narben in seinem Gesicht stärker hervortreten ließ. »Jetzt weiß ich von dir schon mehr, als ich von der kleinen Wildkatze erfahren habe. Meine Männer kümmern sich um die drei Menschen, die sich hier auf dem Grundstück aufgehalten haben. Meine Frage ist jetzt: Was tut ihr hier, und was wollten die Männer von euch?«

Coyle zögerte einen Moment, bevor er entschied, dass sie nichts zu verlieren hatten. Als Wandler musste es auch in Sawyers Interesse sein, ihre Existenz geheim zu halten. »Vor fast einem Jahr wurde einer unserer Jugendlichen entführt und in diesem Haus gefangen gehalten.« Coyle presste die Lippen zusammen. »Der Besitzer des Hauses, Henry Stammheimer, war Wissenschaftler und folterte Bowen. Bowen hielt diese Tortur mehrere Tage durch, doch dann verwandelte er sich, um sich zu befreien, und seitdem existiert eine Aufzeichnung davon. Diese Datei und anderes Beweismaterial haben wir heute hier eingesammelt. Wir wollen es mitnehmen und vernichten, damit es nicht den falschen Leuten in die Hände fällt. Aber irgendwie muss jemand unsere Anwesenheit bemerkt haben und will nun verhindern, dass wir die Sachen mitnehmen. Oder vielleicht wollen sie uns auch einfach nur töten.«

Sawyer nickte. »Dann ist es ja gut, dass wir in der Nähe waren. Könnte dieser Stammheimer den Einbruch gemeldet haben?«

»Er ist an dem Tag ermordet worden, an dem unser Jugendlicher mit Hilfe von Stammheimers Tochter Isabel entkommen konnte. Es gab auch danach noch weitere Übergriffe auf Wandler, deshalb gehen wir davon aus, dass irgendjemand von uns weiß und versucht, uns zu vernichten. Isabel war so nett, uns ins Haus zu lassen, damit wir die Beweise bergen können.«

»Und diese Isabel …«

Coyle unterbrach ihn. »Ist über jeden Zweifel erhaben. Ihr Vater hat sie mit Bowen eingesperrt, als sie ihm helfen wollte. Außerdem gehört ihr das Haus seit dem Tod ihres Vaters, und sie hätte die Beweise jederzeit holen können. Sie ist mit meiner Gefährtin im Obergeschoss.«

Ein seltsamer Ausdruck huschte über Sawyers Gesicht, bevor er wieder eine undeutbare Miene aufsetzte. »Du hast Glück, sie ist eine echte Wildkatze.«

Wildkatze? Verständnislos sah Coyle ihn an. »Wen meinst du?«

»Deine Gefährtin.«

»Du kennst sie doch gar … Oh.« Coyle lachte, als ihm klar wurde, dass Sawyer Keira für seine Gefährtin hielt. »Nein, Keira ist die Schwester unseres Ratsführers. Meine Gefährtin Marisa ist eine Menschenfrau.« Nachdenklich betrachtete er Sawyer. »Und lass Keira das mit der Wildkatze besser nicht hören.«

»Zu spät.« Keira kam aus dem Haus und bedachte Coyle mit einem mörderischen Blick, während sie den Berglöwenmann ignorierte. Sie hatte die Zeit genutzt, sich anzuziehen. »Ich hätte nicht gedacht, dass du hinter meinem Rücken über mich reden würdest, Coyle. Vielen Dank.«

Coyle spürte, wie verlegene Röte in sein Gesicht stieg. »Entschuldige, das war nicht meine Absicht. Es war nur …« Er brach ab, weil ihm bewusst wurde, dass es nicht so klug war, ihren

Namen und Gefährtin in einem Satz zu nennen, wenn sie dabei war.

Sawyer kam ihm zu Hilfe. »Ich habe nur meine Verehrung ausgedrückt.«

Keira stieß ein Schnauben aus. »Ja, sicher.« Sie hob die Hand. »Die anderen sind bereit, ich halte es für das Beste, wenn wir jetzt von hier verschwinden.«

Coyle wandte sich an Sawyer. »Könnt ihr die Menschen so lange festhalten, bis wir weg sind?«

»Das hatten wir vor.«

»Danke! Seid ihr irgendwie erreichbar? Unser Rat möchte sicher gerne mit euch in Kontakt treten.«

Sawyers Augenbrauen zogen sich zusammen. »Wir sind hier in der McCullough Range.«

Innerlich seufzte Coyle auf. Er wünschte wirklich, die anderen Wandlergruppen würden es ihnen etwas leichter machen. »Dann schicken wir demnächst einen Botschafter, ist das in Ordnung?« Er hatte noch nicht vergessen, wie die Adlerwandler Amber angegriffen hatten, als sie mit einer Nachricht des Rats in ihr Gebiet eingedrungen war. Seine Schwester wäre beinahe bei der Attacke gestorben, wenn Griffin sie nicht gerettet hätte. Deshalb würde der Rat nur noch jemanden aus der Gruppe schicken, wenn vorher klar war, dass dieser den anderen auch willkommen sein würde.

Sawyer neigte den Kopf. »Natürlich.«

Keira verschränkte die Arme über der Brust und blickte ihn finster an. »Woher habt ihr eigentlich gewusst, dass es hier Ärger gibt?«

»Nachdem wir vor einem Jahr den Geruch von Berglöwenwandlern in der Gegend gewittert und Spuren gefunden hatten, beobachteten wir dieses Gebiet. Als unser Späher heute meldete, dass er nicht nur zwei Berglöwenwandler, sondern auch noch

Menschen gesichtet hatte, wollten wir herausfinden, was vor sich geht.« Sawyer grinste Keira an. »Deine Methode, die Menschen auszuschalten, war sehr interessant anzuschauen, und ich hätte mich nicht eingemischt, wenn du nicht fast in die Falle gelaufen wärst.«

Coyle beobachtete erstaunt, wie Keiras Gesicht rot anlief. Mit einem wütenden Schrei sprang sie den Berglöwenmann an. Er erwischte sie gerade noch am Handgelenk, während Sawyer gelassen zur Seite trat. »Warum bringst du nicht schon etwas zum Wagen, Keira? Ich komme sofort nach.«

Keira stieß einen frustrierten Laut aus, ihre Augen hatten sich verändert. Für einen Moment befürchtete Coyle, dass sie nicht auf ihn hören würde, doch dann riss sie sich los und stürmte ins Haus zurück.

Sawyer lachte. »Ich finde sie wunderbar.«

Der Kerl war eindeutig verrückt. Coyle sah ihn zweifelnd an. »Sie hätte dich beinahe einen Kopf kürzer gemacht.«

»Ich mag feurige Frauen. Es wird nie langweilig mit ihnen.« Sawyer hob die Schultern.

Coyle bemerkte Sawyers Erregung und lächelte. Vielleicht ließ er sich nicht von Keiras spröder Art und ihrer Wut abschrecken und konnte sie ein wenig zähmen. Das Lächeln verging ihm. Zu dumm nur, dass Sawyers Gruppe so weit entfernt lebte. Keira würde sich bestimmt weigern, noch einmal in seine Nähe zu kommen. Davon abgesehen hatten sie im Moment andere Probleme. Coyle hielt Sawyer die Hand hin. »Noch einmal danke für eure Hilfe. Solltet ihr jemals Unterstützung brauchen, meldet euch bei uns.« Er schrieb ihre Telefonnummer und die E-Mail-Adresse auf einen Zettel und gab sie dem Berglöwenmann.

Sawyer sah einige Zeit auf den Zettel und gab ihn dann zurück. »Ich habe sie mir eingeprägt.« Er deutete auf seinen nackten

Körper. »Keine Hosentasche.« Beinahe sehnsüchtig blickte er zum Haus, dann schüttelte er den Kopf. »Ich sollte jetzt gehen. Wir sehen uns.« Damit verwandelte er sich und tauchte in der kargen Landschaft unter.

»Ist er endlich weg? So ein unerträglicher Kerl!« Keira ging mit einem Karton an ihm vorbei zum Auto.

»Ich bin jedenfalls froh, dass er zur Stelle war, als wir Hilfe brauchten.«

Mit mehr Kraft als Finesse stopfte sie den Karton in den Wagen. »Ich hätte das auch alleine hinbekommen.«

Coyle wartete, bis sie sich wieder umdrehte. »Das weiß ich, Keira, aber so können wir sicher sein, dass die Kerle uns nicht verfolgen.«

Ihr Gesichtsausdruck wurde etwas weicher. »Na, wenigstens waren sie dann für etwas gut.« Sie ging wieder an ihm vorbei ins Haus.

Kopfschüttelnd folgte Coyle ihr. Vermutlich würde er Keira nie verstehen, aber das war auch nicht wichtig. Es zählte nur, dass sie ihre Aufgabe erfüllt hatten und gesund nach Hause zurückkehren konnten. Coyle blieb stehen, als ihm einfiel, dass Isabel alleine gekommen war. Sie durften die junge Frau auf keinen Fall ohne Schutz nach Los Angeles fahren lassen. Wer auch immer wusste, dass sie ins Haus gegangen waren, und deshalb die Verbrecher geschickt hatte, musste auch wissen, dass das Haus Isabel gehörte und wo sie lebte.

Coyle zog das Handy heraus und wählte die Nummer des Lagers. Finn meldete sich sofort, obwohl es bereits nach ein Uhr war. Wahrscheinlich hatte er die ganze Zeit auf eine Nachricht von ihnen gewartet. Coyles schlechtes Gewissen meldete sich, weil er nicht daran gedacht hatte, Finn sofort anzurufen. »Keira geht es gut.«

Ein erleichterter Seufzer drang durch den Hörer. »Gott sei

Dank!« Finns Stimme klang rau. »Was ist passiert, warum war sie so lange verschwunden?«

»Es waren tatsächlich einige Menschen auf dem Grundstück, Keira hat sie außer Gefecht gesetzt. Glücklicherweise kamen ihr einige Berglöwenwandler zu Hilfe, die in diesem Gebiet leben.« Coyle musste grinsen, als er an Sawyers Reaktion auf Keira dachte. »Alles Weitere erzähle ich dir, wenn wir zurück sind, ich habe nicht viel Zeit, weil wir so schnell wie möglich von hier verschwinden wollen.«

»Okay, ich werde Griffin anrufen, dass er zurückkommen kann. Er müsste schon fast bei euch sein, hoffentlich ist er noch im Auto.«

Nach kurzer Überlegung schüttelte Coyle den Kopf. »Nein, sag ihm, er soll uns unterwegs treffen, es ist besser, wenn wir noch jemanden dabeihaben, der die Beweise schützen kann. Außerdem kann er uns tragen helfen, wenn wir am Wald ankommen.«

»Reicht Keira nicht?«

»Ich will Keira mit Isabel nach Los Angeles schicken. Es gefällt mir nicht, wenn sie ungeschützt ist. Aber es ist deine Entscheidung.«

Finn atmete tief durch. »Ja, vermutlich ist es besser so. Aber lange können wir Keira hier nicht entbehren. Eigentlich dürfte Isabel in Los Angeles nicht in Gefahr sein, sie hat weder irgendwelche Beweise für unsere Existenz, noch weiß sie, wo wir leben.«

Coyle bezweifelte, dass das die skrupellosen Menschen, die hinter ihnen her waren, aufhalten würde, aber er hatte im Moment keine Zeit darüber nachzudenken. »Ich werde Keira sagen, sie soll sich bei dir melden, wenn sie in Los Angeles ankommt.«

»Alles klar. Fahrt vorsichtig!«

»Marisa fährt immer vorsichtig.« Zumindest solange sie nicht ungeduldig wurde. Aber wenn er mit im Wagen war, hielt sie sich immer sehr genau an die Verkehrsregeln, um bloß keine Aufmerksamkeit zu erregen.

Finn gab einen ungläubigen Laut von sich, verkniff sich aber eine Bemerkung. »Sag Keira …« Eine Weile herrschte Stille. »Sag ihr, dass ich froh bin, dass es ihr gut geht und ich nie daran gezweifelt habe, dass sie eine gute Wächterin ist.«

»Ich werde es ausrichten.« Coyle klappte das Handy zu und steckte es in die Hosentasche. Marisa und Isabel kamen ihm mit kleineren Kartons beladen entgegen. »Seid ihr so weit fertig?«

Marisa nickte. »Wenn du noch den Rest holst, können wir fahren.«

»Wird gemacht.« Er musste grinsen, als Marisa die Augen verdrehte.

Das Lachen verging ihm, als er Isabels bleiches, angespanntes Gesicht sah. Es musste die Hölle für sie gewesen sein, sich so lange in dem Haus aufzuhalten, in dem ihr Vater ermordet worden war. Rasch holte er die letzten Kartons, damit sie diesen elenden Ort endlich verlassen konnten.

Marisa kniff die Augen zusammen, um mehr erkennen zu können. Es war kein Scherz gewesen, dass sie nachtblind war, deshalb fuhr sie ungern im Dunkeln auf unbeleuchteten Straßen. Wobei das immer noch besser war, als wenn ihr ein Auto entgegenkam und sie blendete, so wie gerade. Erleichtert atmete sie auf, als es endlich vorbei war. Am schlimmsten waren diese riesigen Ungetüme von Pick-ups, deren Scheinwerfer höher saßen als bei normalen Autos. Dazu kam noch die Müdigkeit, die nach dem langen Tag von ihr Besitz ergriffen hatte und durch die Dunkelheit noch verstärkt wurde. Sie blickte zu Coyle hinüber, der stumm und wachsam auf dem Beifahrersitz saß. Vielleicht konnte sie sich wach halten, wenn sie sich unterhielten.

»Glaubst du, es geht Isabel gut?«

Coyle wandte ihr seinen Kopf zu, und sie konnte erkennen, dass sich die Pupillen seiner Berglöwenaugen geweitet hatten, bis kaum noch etwas von der Iris zu sehen war. Wahrscheinlich konnte er in der Dunkelheit besser sehen als sie am Tag. Es war einfach ungerecht. »Keira wird sich um sie kümmern. Sie sollten ohne Probleme in Los Angeles ankommen.«

»Keira schien nicht gerade begeistert von der neuen Aufgabe. Ich hoffe, sie lässt es nicht an Isabel aus.«

Coyle legte seine Hand beruhigend auf ihren Oberschenkel. »Keira wird die Aufgabe erfüllen und dafür sorgen, dass es Isabel gut geht. Auch wenn es nicht so wirkt, Keira würde nie ihre Wut an einem Unschuldigen auslassen. Und Isabel trägt keinerlei Schuld an dieser Situation.«

Marisa war sich da nicht so sicher, zog es jedoch vor, Coyle zu glauben. »Keira sah furchtbar wütend aus, als sie ins Haus kam. Meinst du, das lag an den Menschen?« Seltsamerweise begann Coyle zu lachen. »Was ist daran so lustig?«

Lächelnd sah Coyle sie an. »Du hast den Berglöwenwandler Sawyer nicht kennengelernt. Er scheint ein Talent dafür zu haben, Keiras Fell in die falsche Richtung zu streichen, wenn du verstehst, was ich meine. Ich glaube, er mag sie.«

Marisas Mundwinkel hoben sich. Sie konnte sich bildlich vorstellen, wie Keira auf Sawyers Einmischung reagiert hatte. Auch wenn die Berglöwenfrau sie nicht mochte, wünschte Marisa ihr, dass sie auch bald einen Mann fand, den sie lieben konnte und der sie liebte. Es war offensichtlich, wie unglücklich Keira war und dass Marisas Beziehung zu Coyle daran einen großen Anteil hatte. »Wie war das noch? Was sich neckt, das liebt sich?«

Coyle stieß einen tiefen Seufzer aus. »Schön wäre es. Bei Keira kann man leider nie sagen, ob sie jemanden wirklich nicht mag oder ob sie sich so verhält, weil sie nicht weiß, wie sie ihre Zuneigung zeigen soll. Auf jeden Fall können wir sicher sein, dass Sawyer ihr nicht gleichgültig war.«

»Ich fände es jedenfalls schön, wenn ein Mann erkennen würde, was für eine tolle Frau sie ist.«

Coyle hob ihre Hand zu seinen Lippen und küsste sie. »Du willst doch nicht schon wieder jemanden verkuppeln, oder?«

Gespielt empört blickte Marisa ihn an. »Wann hätte ich das jemals getan?«

»Wie war das noch in Escondido mit Ryan Thorne?«

In Erinnerung an den Tierarzt, der inzwischen mit der Leopardenwandlerin Kainda in Namibia lebte, musste sie lächeln. »Ich brauchte da gar nichts zu tun, er liebte sie schon, als er noch dachte, sie wäre eine normale Leopardin. Ich habe ihm lediglich einen kleinen Hinweis gegeben, dass mehr in ihr steckt, als er denkt. Den Rest haben die beiden alleine erledigt.«

»Wenn du meinst.« Coyle gab sich keine Mühe, seine Skepsis zu verbergen. »In diesem Fall stimme ich dir jedenfalls zu: Es wäre gut, wenn Keira jemanden finden würde, der sie liebt. Ich glaube, sie ist sehr einsam.«

Genau das war einer der Gründe, warum sie Coyle liebte: Er kümmerte sich um seine Leute, auch wenn er nicht mehr Ratsführer war. »Was könnte …« Sie brach ab und fluchte, als ein Wagen hinter ihr auftauchte und sie im Rückspiegel blendete. Schnell verstellte sie den Spiegel und versuchte, trotz der hellen Flecken auf ihrer Netzhaut etwas zu sehen.

»Was ist?« Coyle griff ins Lenkrad und hielt den Wagen in der Spur, als er zu nah an den unbefestigten Seitenrand geriet.

»Der Mistkerl hinter uns blendet mich. Ich hasse diese riesigen Kisten!« Marisa verengte ihre Augen zu Schlitzen, aber das brachte nur wenig. Sie sah nur schwarze und weiße Punkte.

»Fahr langsamer und lass ihn vorbei. Wenn er es so eilig hat, soll er sich alleine totfahren.« Coyles Stimme klang ruhig, und Marisa war froh, dass er bei ihr war.

»Würde ich ja machen, wenn ich etwas sehen könnte.« Ihre Hände krampften sich um das Lenkrad, während ihr Fuß auf dem Gaspedal sich hob.

»Ich lenke, und du bremst, dann kriegen wir das hin.« Für jemanden, der gar nicht Auto fahren durfte und es auch so gut wie nie tat, klang Coyle, als wäre es die einfachste Sache der Welt.

»Okay.« Im Seitenspiegel sah sie, wie die Scheinwerfer hinter ihr schnell aufholten, während sie vorsichtig auf die Bremse trat. Als sie schon dachte, der Wagen würde endlich an ihnen vorbeifahren, spürte sie einen harten Schlag.

Coyle fluchte unterdrückt, seine Hand schloss sich fester um das Lenkrad, während er versuchte, das schlingernde Auto wieder unter Kontrolle zu bringen. »Was sind das denn für Idioten, die werden doch wohl unsere Bremslichter gesehen haben!«

Der Wagen hinter ihnen fiel wieder etwas zurück, und Marisa dachte schon, er würde anhalten, um den Schaden zu begutachten, doch dann brauste er wieder heran, schneller als zuvor.

»Gib Gas!« Coyles Ruf ging fast in dem Knirschen von Metall unter, als sie erneut getroffen wurden.

Automatisch trat sie auf das Gaspedal, und sie schossen vorwärts. Noch immer konnte sie kaum etwas erkennen, aber Coyles Hand am Lenkrad hielt sie auf der Straße. Furcht wirbelte durch ihren Körper, und sie konnte kaum einen klaren Gedanken fassen. »Oh Gott, warum machen die das?«

Coyles Stimme klang gepresst, als er antwortete. »Es könnten normale Rowdys sein, aber ich glaube eher, dass sie uns zum Anhalten zwingen wollen, um an die Beweise zu kommen.«

Ein lautes Dröhnen war zu hören, als ihr Verfolger alles aus seinem Motor herausholte und sich neben sie setzte. Marisa trat das Gaspedal bis zum Anschlag durch, aber sie konnte den Pick-up nicht abhängen. Immerhin wurde sie jetzt nicht mehr geblendet, und ihre Augen erholten sich so weit, dass sie in dem anderen Wagen zwei Männer erkennen konnte. Der Beifahrer starrte sie wütend an, in der Hand hielt er eine Pistole. Ohne darüber nachzudenken, trat sie auf die Bremse. Der Pick-up schoss an ihnen vorbei und bremste dann scharf ab. Die Rücklichter leuchteten unheilvoll auf.

Panisch sah Marisa Coyle an. »Was machen wir jetzt?«

Ein Muskel zuckte in seiner Wange. »Fahr weiter, irgendwie müssen wir ihnen entkommen.«

»Sie haben Pistolen!«

»Ich weiß.« Wie machte er es, dass seine Stimme immer noch so ruhig klang?

Sie war nahe dran, in volle Panik auszubrechen, besonders als der Pick-up wendete und erneut auf sie zugeschossen kam. »Coyle.«

Beruhigend legte er seine Hand auf ihren Oberschenkel. »Fahr los! Nicht zu schnell, aber auch nicht zu langsam, sodass wir noch ausweichen können.«

Marisa presste die Lippen zusammen, um sie am Zittern zu hindern. Aus den Augenwinkeln sah sie, wie Coyle das Handy ans Ohr hielt.

»Wir sind auf der 159 außerhalb von Henderson. Wir werden angegriffen. Sie haben Schusswaffen, seid vorsichtig!« Er klappte das Handy zu und behielt es in der Hand. Der Pick-up hatte sie fast erreicht. »Nach rechts!«

Instinktiv gehorchte Marisa. Sie gab Gas und fuhr rechts an dem Pick-up vorbei. Zumindest fast. Der Fahrer schien zu bemerken, was sie vorhatte, und zog den Wagen zu ihnen herüber. Mit einem metallenen Kreischen schrappte der Pick-up an ihrem Auto entlang und drückte das Hinterteil von der Straße.

Marisa kämpfte darum, den Wagen auf dem Asphalt zu halten, doch es war vergeblich. Die Räder rutschten über den Sand auf dem Seitenstreifen, und der Wagen brach aus. Ihr verzweifelter Schrei hing in der Luft, während sie herumgeschleudert wurden. Mit dem Kopf schlug sie hart an die Seitenscheibe, während sich die Welt um sie drehte. Schmerz breitete sich in ihr aus, etwas Feuchtes lief über ihre Wange. Gerade als sie dachte, der Wagen würde zum Stehen kommen, traf er auf eine Bodenwelle und hob ab. Ein furchtbarer Schlag erschütterte das Auto, und es überschlug sich. Coyles Fluch war das Letzte, was sie hörte, bevor es schwarz um sie wurde.

»Marisa!« Wie durch eine meterdicke Watteschicht hörte sie die Stimme, doch sie konnte nicht darauf reagieren. »Marisa, bitte sag etwas!« Diesmal war die Stimme näher, etwas strich über ihren Körper.

Ein scharfer Schmerz brachte sie mit einem Ruck in die Gegenwart zurück. Wo war sie? Ihre Augen sowie der Rest ihres Kopfes taten furchtbar weh, und sie schaffte es kaum, die schweren Lider zu heben.

»Genau, sieh mich an.« Jemand beugte sich über sie, und sie spürte warmen Atem auf ihren Lippen. »Marisa, wir haben nicht viel Zeit. Sie werden gleich hier sein.«

Wer sie? Sie wusste, sie sollte sich erinnern, doch das schien zu viel Anstrengung zu sein. Hände berührten ihre Wangen, und sie zwang ihre Augen auf. Zuerst sah sie nur einen unscharfen Schatten in der Dunkelheit über sich, doch dann erkannte sie ihn. Coyle! Mit einem Schlag kam die Erinnerung zurück. Der Pick-up, der Unfall! Ihr Auto war anscheinend wieder auf den Rädern gelandet, aber es wirkte, als wäre es von einer riesigen Faust zusammengequetscht worden. Die Frontscheibe war herausgebrochen, und heißer Wind strich über ihren Körper. Marisa begann zu zittern und holte scharf Atem, als die Bewegung weitere Schmerzen auslöste.

»Ich hole dich hier raus.« Coyles Stimme klang verzweifelt.

»Coyle.« Es war mehr ein Hauch als ein Wort, aber er hörte sie.

»Ja, mein Schatz, ich bin hier.« Seine goldenen Augen schimmerten in der Dunkelheit.

Marisa versuchte, ihre Beine zu befreien, doch die kleinste Bewegung ließ sie beinahe ohnmächtig werden. Es schien so, als hätten Lenkrad und Motorraum sich so zusammengeschoben, dass sie eingeklemmt wurde. Ohne größeres Gerät würde sie nicht daraus zu befreien sein. Mühsam versuchte sie, ihre Angst zu unterdrücken.

Sie hob ihre Hand und legte sie auf Coyles Arm. Schon allein diese kleine Bewegung kostete sie so viel Kraft, dass sie kaum die Augen offen halten konnte. »Coyle. Du wirst mich hier nicht … herausbekommen.«

»Doch! Ich …«

Sie unterbrach ihn. »Hör mir zu. Du musst dich in Sicherheit bringen, sie dürfen dich … nicht in die Hände bekommen.«

Entschlossenheit stand in Coyles Gesicht. »Ich lasse dich hier nicht alleine.«

Sie drückte seinen Arm, so fest sie konnte. »Doch, das wirst du. Rette dich. Du willst doch wohl nicht, dass diese … Scheißkerle gewinnen, oder?« Als er den Mund öffnete, konnte sie seine Reißzähne sehen. »Gut, werde wütend. Schick sie zur Hölle! Du weißt, dass sie … die Beweise nicht bekommen dürfen.«

Coyle beugte sich vor und küsste sie zärtlich. »Halt durch, ich komme gleich wieder.« Als er sich rückwärts aus der Beifahrertür manövrierte, konnte sie Blut auf seiner Kleidung sehen. Er war auch verletzt!

Angst durchzuckte sie, dass sie Coyle nie wiedersehen könnte. »Ich liebe dich.«

Coyles Augen lagen einen langen Moment auf ihr. Tränen schimmerten darin. »Merk dir das, bis ich zurückkomme.«

Schwach lehnte Marisa den Kopf an die Kopfstütze, während sie beobachtete, wie er sich auszog und aus ihrer Sicht verschwand. Außer einem seltsamen Zischen und Knacken vom Auto war nichts zu hören. Hoffentlich gelang es Coyle, die Verbrecher zu besiegen. Sie wusste, dass er sich nicht in Sicherheit bringen würde, solange sie noch hier war, und insgeheim war sie froh darum. Die Vorstellung, alleine zu sterben, war furchtbar. Sie wollte leben, und zwar mit Coyle an ihrer Seite. Als sie neben sich Sand knirschen hörte, drehte sie ihren Kopf ruckartig zum Fenster. Durch die zersprungene Scheibe konnte sie nur einen dunklen Schatten erkennen. Aber er trug Kleidung, während Coyle nackt war. Noch einmal versuchte Marisa verzweifelt, sich zu befreien, aber das Wrack hielt sie gefangen.

Ein Gesicht erschien vor ihrem Fenster. Als der Mann ihren Zustand sah, grinste er höhnisch. »Dumm gelaufen, was?«

Marisa zuckte erschrocken zurück, als er mit dem Ellbogen gegen das Fenster schlug. Glaskrümel flogen in ihr Gesicht, und sie wandte sich rasch ab. Etwas Hartes drückte sich gegen ihre verletzte Kopfseite, und sie schrie unterdrückt auf.

»Sag mir, wo dein Freund ist.« Ein Klicken war zu hören, und Marisa erkannte, dass die Mündung einer Pistole gegen ihre Schläfe gedrückt wurde. Sie presste die Lippen zusammen und schwieg. »Aber eigentlich ist er ja gar nicht dein Freund, schließlich hat er dich hier alleine gelassen, um sich selbst zu retten. Das ist nicht gerade die feine Art.«

Marisa schloss die Augen und stellte sich vor, wie Coyle diesen Mistkerl so fertigmachte, dass er nie wieder auch nur daran denken würde, jemanden mit einer Waffe zu bedrohen. Ein Lächeln spielte um ihre Lippen. Schließlich sah sie den Verbrecher direkt an. »Sie würden Vertrauen und Freundschaft nicht mal erkennen, wenn sie Ihnen in den Hintern beißen. Glauben Sie ja nicht, dass Sie damit durchkommen werden.«

Der Mann beugte sich wütend vor. »Ich komme schon damit durch. Aber was vergeude ich meine Zeit mit einer Toten, ich habe Wichtigeres zu tun.«

Schweiß lief Marisa über die Stirn und brannte in ihren Wunden. Das Herz hämmerte in ihrer Brust, ihre Muskeln zogen sich zusammen. Sie weigerte sich, zu glauben, dass es so enden würde. Nicht, wenn sie Coyle und ihre Freunde zurücklassen musste. Und schon gar nicht, wenn die Verbrecher dann auch noch Beweismaterial in die Hände bekamen. Aber sie konnte nichts dagegen tun. Auf diese Entfernung konnte die Kugel sie gar nicht verfehlen. Die einzige Möglichkeit war, zu versuchen, dem Verbrecher die Pistole aus der Hand zu schlagen. Allerdings schmerzte ihre gesamte linke Seite, mit der sie gegen die Autotür geprallt war, und sie konnte die Arme kaum heben. Entschlossen presste sie die Zähne zusammen und sammelte all ihre Kraft. Sie würde nur einen Versuch haben, ohne Überraschungseffekt hatte sie keine Chance.

Ein hoher Schrei ertönte außerhalb des Wagens, begleitet von einem lauten Rauschen. Griffin!

»Was zum Teufel …?«

Marisa nutzte die Gelegenheit, dass der Mann abgelenkt war und schlug seinen Arm mit aller Kraft nach oben. Ein Schuss löste sich und peitschte laut durch die Nacht.

15

Coyle erstarrte, als er den Schuss hörte, und blickte in Richtung des Autos. Die Unaufmerksamkeit nutzte sein Gegner sofort und versetzte Coyle einen harten Stoß. Doch er spürte ihn kaum, das Einzige, woran er denken konnte, war, dass er sofort zu Marisa musste. Die Möglichkeit, dass sie tot sein könnte, löste eine Flut von Gefühlen in ihm aus, allen voran maßlose Wut. Mit einem lauten Fauchen stürzte er sich auf den Verbrecher, der bereits am Boden lag, und schlug seine Krallen in dessen Oberkörper. Der Mann schrie auf und versuchte, Coyle von sich zu schieben, doch das gelang ihm nicht. Allerdings machten seine lächerlichen Versuche den Berglöwen in Coyle noch rasender. Schließlich schloss er seine Zähne um den Hals des Verbrechers und schüttelte einmal kurz. Ein deutliches Knacken ertönte.

Vermutlich sollte er sich schlecht fühlen, weil er einen Menschen getötet hatte, aber im Moment war es ihm völlig egal. Nein, das stimmte nicht, er war froh, dass der Verbrecher niemandem mehr schaden konnte. Ein Grollen bildete sich in seiner Kehle, als er auf das Auto zurannte. Es durfte Marisa nichts geschehen sein! Nur seinetwegen war sie überhaupt in die ganze Angelegenheit hineingezogen worden, wenn er sie jetzt deswegen verlor … Der Schmerz entzündete ein Feuer in seinem Brustkorb, bis er glaubte, explodieren zu müssen. Sollte Marisa tatsächlich nicht mehr leben, wusste er nicht, was er tun sollte. Ein Leben ohne sie erschien ihm sinnlos. Coyle presste die Zähne aufeinander und konzentrierte sich darauf, zum Auto zu gelangen. Seine Verletzungen machten sich bemerkbar, aber davon würde er sich nicht aufhalten lassen. Es gab für ihn nur noch ein Ziel: Marisa.

Er stoppte einige Meter vom zerstörten Auto entfernt und verwandelte sich, als er sah, dass Griffin neben der Fahrerseite stand und sich ins Innere des Wagens beugte. Auf dem Boden daneben lag regungslos der zweite Verbrecher. Coyle konnte nicht erkennen, ob er tot war, aber es war ihm egal, solange er keine Bedrohung mehr darstellte. Nach kurzem Zögern zwang Coyle sich, die letzten Schritte hinter sich zu bringen. Die Angst, dass Marisa tot sein könnte, lähmte ihn.

»Griffin.« War das seine Stimme, die so rau klang? Sie schien von einem Fremden zu stammen.

Viel zu langsam drehte Griffin sich zu ihm um, und sein Gesichtsausdruck war nicht zu deuten. Als Coyle sich neben ihn stellte, blickte der Adlermann auf und legte eine Hand auf seine Schulter. »Es tut mir leid …«

»Nein!« Sein Aufschrei klang wie der eines verwundeten Tieres, und das war er auch. »Marisa …« Seine Beine gaben nach, und er fiel hart auf die Knie.

Griffin ergriff seinen Arm und zog ihn wieder hoch. »Vielleicht hörst du mir erst mal zu. Ich wollte sagen, dass es mir leidtut, dass ich diesen Mistkerl nicht früher erwischt habe. Wir müssen dringend einen Krankenwagen rufen, Marisa ist ohnmächtig geworden, nachdem sie den Kerl abgewehrt hat, und bisher noch nicht wieder aufgewacht.«

»Sie lebt?« Oh Gott, bitte!

Ein Muskel zuckte in Griffins Wange. »Noch, ja. Hogan wartet ein Stück entfernt, ich fliege schnell hin. Er kann einen Krankenwagen rufen, und wir laden die Beweise um.«

Coyle hörte ihn kaum und bekam nur am Rande mit, wie Griffin sich verwandelte und davonflog. Er konnte nur auf Marisas Kopf starren, der an die Kopfstütze gesunken war. Ihre Haare waren feucht vor Blut, an ihrer Stirn machte sich eine dicke Beule bemerkbar. Ihre Augen waren geschlossen und ihre Haut totenbleich. Nur die Blutflecken leuchteten grell aus ihrem Gesicht. Er zitterte am ganzen Körper, als er sich in den Wagen beugte und seine Finger über ihre Wange gleiten ließ. Sie fühlte sich kühl an, obwohl die Temperatur draußen nicht wesentlich gesunken war.

»Marisa, hörst du mich?« Keine Reaktion. Coyle legte seine Finger an ihren Hals und atmete erleichtert auf, als er einen schwachen Puls fühlte. »Es kommt gleich Hilfe, du musst nur so lange durchhalten.« Coyle wünschte, er könnte die Tür öffnen und Marisa aus dem Wagen heben, aber selbst wenn sie nicht verkeilt gewesen wäre, hätte er Angst gehabt, die Verletzungen noch zu verschlimmern, wenn er sie bewegte. Vorsichtig beugte er sich vor und küsste Marisas bleiche Lippen. Auch sie waren kühl. »Bitte Marisa, bleib bei mir, ich brauche dich«, flüsterte er in ihr Ohr.

Coyle richtete sich wieder auf und erstarrte, als er sah, dass sie die Augen geöffnet hatte. Es schien so, als wüsste sie nicht, wo sie war. »Marisa, ich bin bei dir, es ist alles in Ordnung.« Oder würde es zumindest bald wieder sein. »Die Verbrecher sind weg, und es kommt gleich ein Krankenwagen.«

Marisa drehte ihren Kopf zu ihm und zuckte vor Schmerz zusammen. »Coyle?«

Er nahm ihre Hand und drückte sie sanft. »Ich bin hier. Versuch nicht, dich zu bewegen.« Mit ihren großen dunklen Augen blickte sie ihn vertrauensvoll an. Es tat weh, ihr nicht selbst helfen zu können. »Griffin kommt gleich mit Hogan zurück, das ist der Ältere, der ihn gefahren hat. Sie rufen einen Krankenwagen, du bekommst also gleich Hilfe.«

Marisa umklammerte seine Hand fester. »Du musst weg, bevor … sie kommen. Sie dürfen dich hier nicht … finden und auch … die Beweise nicht.«

»Ich werde dich nicht verlassen.« Coyle biss die Zähne zusammen, als er sich vorstellte, Marisa verletzt in der Dunkelheit allein zu lassen. Das würde er auf gar keinen Fall tun, egal was es ihn selbst kostete.

»Coyle.« Marisa sah ihn an und schien zu merken, dass er nicht mit sich reden lassen würde. »Manchmal hast du … mehr Ähnlichkeit mit Angus, als du denkst.«

Überrascht lachte Coyle auf. »Die Falten?«

Marisas Mundwinkel hob sich für einen winzigen Moment. »Der Dickkopf.« Sie schnitt eine Grimasse und strich mit der Hand über ihren Oberschenkel. Wahrscheinlich hatte sie ungeheure Schmerzen und versuchte, sie ihm nicht zu zeigen, damit er sich keine Sorgen um sie machte.

»Es braucht einen, um einen zu erkennen.«

»Bring mich nicht zum Lachen!« Marisa sah durch das zerstörte Seitenfenster. »Wo sind die Menschen?«

»Sie werden dir nie wieder etwas tun.«

Ein Schauder lief durch Marisas Körper. »Gut.«

Coyle blickte abrupt auf, als sich ein Auto näherte. Bevor er sich entscheiden konnte, was er tun würde, falls es Menschen – oder noch schlimmer Verbrecher – waren, landete Griffin neben ihm.

Der Adlerwandler verwandelte sich und blickte in den Wagen. Ein seltenes Lächeln erhellte seine Züge. »Hallo, Marisa.« Er wandte sich zu Coyle um. »Wir haben nicht viel Zeit, die Sachen umzuladen. Die Feuerwehr müsste in etwa zehn Minuten hier sein, um Marisa aus dem Wrack zu befreien.« Griffin zuckte zusammen, als ihm klar wurde, was er gesagt hatte, und er beugte sich zu Marisa hinunter. »Ich hoffe natürlich, dass sie schneller hier sind, damit du endlich in ein Krankenhaus kommst.«

Marisa lächelte ihn an. »Mir ist es wichtiger, dass ihr nicht mehr hier gefunden werdet.«

Heftig atmete Coyle aus. »*Nichts* ist wichtiger als deine Gesundheit!«

Griffin nickte zustimmend. »Trotzdem sollten wir uns jetzt beeilen, schließlich müssen wir auch noch die beiden Menschen loswerden.«

Verdammt, die hatte Coyle ganz vergessen, obwohl er fast auf einem stand. Er gab Marisa einen sanften Kuss. »Ich bin gleich wieder da.«

»Okay.« Sie lehnte ihren Kopf wieder an die Kopfstütze und schloss die Augen.

Mit Mühe riss Coyle sich von ihr los und half Griffin, die Kisten in Hogans Wagen zu bringen, der danach damit weiterfahren sollte und in einiger Entfernung auf sie warten würde. Danach schleppten sie die beiden Toten zu ihrem Pick-up, der am Straßenrand stand, und legten sie auf die Rückbank. Coyle schwang sich in den Fahrersitz und fuhr den Wagen querfeldein gegen einen Felsen. Der Aufprall zerrte an seinen Verletzungen, aber er spürte es kaum. Mit Griffins Hilfe setzte er die beiden Männer auf die vorderen Sitze. Sein Blick fiel auf eine Schachtel Streichhölzer, die auf der Mittelkonsole lag. Es durfte niemand die Verletzungen an den beiden Toten sehen, die eindeutig von Tieren stammten, und sie hatten keine Zeit, sie irgendwo weit draußen zu vergraben.

Coyle beugte sich vor und schloss seine Finger um die Streichholzschachtel. Griffin schien zu verstehen, was er vorhatte, denn er ging um den Wagen herum und nahm einen Benzinkanister aus dem Kofferraum. Schweigend schütteten sie das Benzin über den Toten und im Innern des Autos aus. Während Griffin den Kanister zurückstellte, zog Coyle ein Streichholz heraus. Als Griffin ihm zunickte und zurücktrat, entzündete

Coyle es und warf es in den Wagen, bevor er rasch ein Stück zurückwich. Das Benzin setzte sich in einem leisen Puffen in Brand und fraß sich rasch durch den Wagen. Coyle schleuderte die restlichen Streichhölzer in die Flammen, drehte dem brennenden Wagen den Rücken zu und entfernte sich ohne einen weiteren Blick.

In ihrer Tierform kehrten sie zu Marisa zurück, die sich nicht rührte. Für einen furchtbaren Augenblick dachte Coyle, dass sie nicht mehr lebte, aber dann sah er, dass ihre Brust sich hob und senkte. Erleichterung ließ sein Herz rasen, und es dauerte einen Moment, bis das Blut wieder sein Gehirn erreichte. In der Ferne konnte er Sirenen hören.

Zögernd legte er seine Hand auf Marisas Arm. »Wir müssen jetzt gehen, Marisa. Der Krankenwagen ist gleich hier.«

Marisas Augenlider hoben sich langsam. »Geht, ich möchte nicht, dass ihr in Schwierigkeiten geratet. Ich melde mich, sobald ich kann.«

Coyle berührte ihre Lippen mit seinen. »Ich liebe dich.«

Marisas Atem strich über sein Gesicht. »Und ich liebe dich. Also mach, dass du wegkommst!«

Unglücklich sammelte Coyle seine Kleidung ein und zögerte erneut. Griffins Hand schloss sich um seinen Arm und er zog Coyle mit sich in Richtung der etwas dichteren Vegetation, in der sie sich verstecken konnten. Jede Faser seines Körpers schrie, dass er Marisa nicht dort allein lassen durfte, aber es gab keine andere Möglichkeit, das wusste er. Wut durchströmte ihn, Wut auf die Verbrecher, aber auch auf das Schicksal, das ihm verbot, offen mit der Frau zusammen zu sein, die er liebte. Irgendetwas musste geschehen, damit sie endlich in Ruhe leben konnten.

Caitlins Bewusstsein schwamm langsam an die Oberfläche, und sie reckte sich genüsslich. Als sie die Augen aufschlug, merkte sie, dass es noch dunkel war. Mit einem wohligen Seufzer schmiegte sie sich tiefer in die Decke. Hitze stieg in ihr auf, als sie sich an den Traum erinnerte. Es war kein Rätsel, warum sie sich Torik nackt in ihrem Schlafzimmer vorgestellt hatte, aber sie konnte sich nicht erklären, wieso er sich in ihrer Fantasie nicht zu ihr aufs Bett gelegt hatte und schließlich in sie eingedrungen war. Ein Schauder lief durch ihren Körper. Bisher hatte sie Männer wie Torik nur in ihren Büchern beschrieben und war im wirklichen Leben nie einem begegnet, der auch nur halbwegs mit ihren Fantasiemännern mithalten konnte. Und nun war da Torik, der sogar ihren Tarek in den Schatten stellte.

Ruckartig setzte sie sich auf, als ihr der Gedanke kam, dass sie das vielleicht alles nur geträumt hatte, von dem Überfall in der Gasse bis hin zu Toriks Besuch in ihrem Schlafzimmer. Vielleicht gab es diesen tollen Mann überhaupt nicht, sondern er war nur ein von ihrem Unterbewusstsein zum Leben erweckter Tarek. Eine überraschend große Enttäuschung durchflutete Caitlin. Jeder Herzschlag schien zu schmerzen, während sie sich einzureden versuchte, dass es eine gute Sache war. Aber auch wenn sie so den Angriff der beiden Männer und später deren Tod nicht wirklich erlebt hatte, konnte sie sich nicht dazu durchringen, sich darüber zu freuen, dass das alles nicht real gewesen war.

Energisch schob sie die Bettdecke zur Seite und wollte gerade aufstehen, als ihr Blick auf ihren Nachttisch fiel. Zögernd streckte sie ihre Hand nach der einzelnen, wunderschönen Rosenblüte aus, die dort lag. Sie war zartrosa mit weißen Rändern, einfach perfekt. Caitlin roch daran und lächelte, sogar der Duft war wunderbar. Ihr stockte der Atem, als sie begriff, was das bedeutete: Es war jemand im Haus, in ihrem Schlafzimmer gewesen. Torik! Dazu passte auch, dass sie nackt war, so wie in ihrem Traum – vielmehr Nicht-Traum. Sie hatte sich tatsächlich selbst berührt, während Torik im Schatten gestanden und sie beobachtet hatte.

Oh Gott! Auf zitternden Beinen durchquerte sie den Raum und warf ihren dünnen Morgenmantel über.

Sie riss die Tür auf und blieb auf der Schwelle stehen. So gerne sie das auch wollte, sie konnte nicht zum Apartment gehen und Torik dazu zwingen, sie richtig zu lieben. Wenn er das gewollt hätte, wäre er jetzt noch hier und hätte sie nicht alleine gelassen. Enttäuscht sackte sie in sich zusammen. Vermutlich war es besser so, es war nie von einer Beziehung die Rede gewesen, und sie kannte Torik gerade erst zwei Tage. Schlimmer noch, er würde vermutlich morgen weiterfahren und sie allein zurücklassen. Es wunderte sie selbst, wie bereit sie war, ihre Grundsätze über Bord zu werfen. Caitlin ignorierte den schmerzhaften Stich, den ihr dieser Gedanke versetzte, und auch das Verlangen, das immer noch in ihr brannte.

Wenn sie schlau gewesen wäre, hätte sie die ganze Sache einfach als eine schöne Fantasie betrachten sollen, etwas, von dem sie träumen konnte. Welche Autorin begegnete einem ihrer Charaktere schon in Fleisch und Blut? Und dann auch noch nackt. Sie wünschte nur, es wäre heller im Zimmer gewesen, dann hätte sie mehr von ihm erkannt. Mit einem tiefen Seufzer setzte Caitlin sich in Bewegung. Immer wenn sie Kummer hatte oder nachdenken wollte, bekam sie Hunger. Und da ihr Kühlschrank prall gefüllt war, gab es keinen Grund für sie, dieser Neigung nicht nachzugeben. Wen störte es schon, wenn sie davon dick wurde? Wenn Torik weg war, spielte es keine Rolle mehr, denn dann sah sie sowieso für lange Zeit kein Mann mehr an. Ein Schauder lief durch ihren Körper, als sie sich an seinen brennenden Blick erinnerte. Anscheinend mochte er ihre Kurven, was für sie immer noch schwer zu glauben war.

Kopfschüttelnd trat Caitlin in die Küche und blieb abrupt stehen. Der Raum war dunkel, bis auf das Licht, das aus dem geöffneten Kühlschrank drang. Es beleuchtete nackte Männerbeine.

Sie musste wohl einen Laut von sich gegeben haben, denn Torik blickte sie über der Kühlschranktür an. Seine Lippen pressten sich zusammen, als er sie erkannte.

»Entschuldige, ich hatte Hunger, und da …« Er brach ab und gestikulierte zum Kühlschrank hin.

Caitlin setzte vorsichtig einen Fuß vor den anderen. »Kein Problem, ich hatte dir ja angeboten, dass du hier essen kannst.« Langsam bewegte sie sich auf ihn zu. »Suchst du etwas Bestimmtes?«

»Uh …« Sie hätte schwören können, dass Röte in seine Wangen kroch. »Bleib da besser stehen, ich bin … nicht passend angezogen.«

Caitlin zog die Augenbrauen hoch. »Du meinst, du stehst nackt vor meinem Kühlschrank?« Als er nicht antwortete, ging sie weiter auf ihn zu. »Ist das nicht zu kalt?«

Torik zog die Tür weiter zu, blieb aber hinter ihr stehen, sodass sie ihn immer noch verdeckte. »Das ist mehr oder weniger der Sinn der Sache.«

»Du willst dich frisch halten?« Caitlin war so froh, ihn zu sehen, dass sie sämtliche Warnglocken in ihrem Kopf ignorierte. Ein interessanter, knackiger Mann stand nackt in ihrer Küche, sollte sie sich da umdrehen und sich in ihrem Schlafzimmer einschließen? Auf gar keinen Fall! Wann würde sie schon jemals wieder eine Gelegenheit erhalten, ihm so nahe zu kommen.

»Du solltest jetzt wirklich stehen bleiben, Cat.«

Zu hören, wie ihr Spitzname aus seinem Mund klang, ließ eine Welle der Erregung durch ihren Körper fließen. Ihre Brustwarzen stellten sich auf und rieben sich an dem dünnen Stoff des Morgenmantels. Sie bezweifelte, dass Torik diese Tatsache entging. Und tatsächlich glitt sein Blick an ihrem Körper hinunter und verursachte ein Prickeln in ihr. Dadurch, dass die Lichtquelle hinter ihm war, konnte sie seine Züge kaum erkennen, aber sie glaubte, Verlangen in seinen Augen zu entdecken.

»Und wenn ich nicht will?« Sie erkannte ihre Stimme kaum wieder, so rau und atemlos klang sie, während sie weiter auf ihn zuging.

Aus der Nähe konnte sie einen Muskel sehen, der in Toriks Wange zuckte. Seine Finger waren weiß, so fest hielt er die Kühlschranktür umklammert. »Das ist kein Spiel, Caitlin. Wenn du nicht zurück in dein Zimmer gehst, kann ich für nichts garantieren.«

Ein erregter Schauder lief durch ihren Körper. »Das weiß ich. Und ich weiß auch, dass ich dich lieber nackt sehe, bevor dir einige wichtige Teile abgefroren sind.« Sie beugte sich über die Arbeitsplatte und schaltete die Leuchten unter den Hängeschränken an, ohne ihren Blick von Torik zu wenden. Sie hatte das Gefühl, dass er verschwinden würde, wenn sie ihn nur einmal aus den Augen ließ.

Toriks Mundwinkel hob sich für einen winzigen Moment, so kurz, dass sie es fast für Einbildung hielt. »Ich habe dich gewarnt.« Damit trat er hinter der Kühlschranktür hervor und ließ sie sanft zufallen.

Caitlin ließ ihren Blick genüsslich über ihn wandern, von den nackten Füßen über die kräftigen Beine und die eindrucksvolle Erektion bis zur muskulösen Brust. Seine Brustwarzen waren zu festen Punkten zusammengezogen, und sie wünschte, sie könnte sie berühren. Langsam hob sie ihren Kopf und atmete erschrocken ein, als sie Toriks harte Gesichtszüge sah. Es war offensichtlich, dass er sich mühsam unter Kontrolle hielt, sämtliche Muskeln in seinem Körper waren angespannt. Vorsichtig machte sie einen Schritt auf ihn zu. Sein Blick glitt zur Tür, bevor er sich wieder auf Caitlin richtete. »Ich muss jetzt gehen.«

»Warum?« Caitlin trat noch einen Schritt vor, bis sie direkt vor ihm stand. Beinahe glaubte sie, die Hitze fühlen zu können, die von seinem Körper ausging. Gänsehaut bildete sich auf seiner

Brust. Ohne nachzudenken, streckte Caitlin die Hand aus und legte sie auf Toriks Arm. Erschrocken atmete sie ein. »Du bist ja eiskalt!«

Toriks Augen glühten beinahe, als er sie ansah. »Nur äußerlich.«

Caitlin schluckte trocken, weigerte sich aber, ihn loszulassen oder zurückzutreten. »Wie lange hast du denn dort vor meinem Kühlschrank gestanden?«

»Anscheinend nicht lange genug.« Seine Stimme klang rau, so als hätte er Mühe, seine Gefühle zu unterdrücken.

Da sie nicht näher treten konnte, ohne seine Erektion zu berühren, beschränkte sie sich darauf, ihre Hand über seine Brust wandern zu lassen. Toriks Augen schienen aufzuflammen, die Iris heller als gewöhnlich. Seltsam, bisher hatte sie immer gedacht, dass Erregung die Augen verdunkelte. Hatte sie das jahrelang falsch in ihren Büchern beschrieben? Der Gedanke entfloh ihr, als Torik seine Hand über ihre legte und sie auf seiner Brust festhielt.

»Ich gehe jetzt.« Torik bewegte sich keinen Zentimeter, es schien, als wäre er zu einer Statue erstarrt.

»Warum? Ich dachte, du hättest Hunger.« Sie konnte sehen, wie der Puls an seinem Hals wild klopfte.

Eine Weile sah er sie nur stumm an. »Das, was ich haben möchte, kann ich nicht bekommen.«

Caitlins Herz hämmerte in ihrer Brust. »Kannst du nicht, oder willst du nicht?« Sie legte ihre andere Hand an seine Wange. »Ich habe früher auch geglaubt, ich könnte meinen Traum nie erreichen, aber irgendwann habe ich mir gesagt, dass ich es zumindest ausprobieren muss, wenn ich mich nicht hinterher fragen will, ob ich nicht doch das hätte bekommen können, was ich wollte.«

»Was für ein Traum war das?«

»Ein Buch zu schreiben. Als Kind hatte ich Dyslexie, ich habe keinen Satz ohne Unmengen an Fehlern hinbekommen. Auch heute noch fällt es mir schwer zu schreiben, aber ich tue es. Satz für Satz, Wort für Wort, Buchstabe für Buchstabe. So lange, bis eine Geschichte fertig ist. Ich habe nie aufgegeben. Warum willst du es tun, ohne es zumindest auszuprobieren?« Besorgt hielt Caitlin den Atem an. Normalerweise erzählte sie so gut wie niemandem von ihrer Schreibschwäche, schon gar nicht einem beinahe Fremden.

Toriks Miene wurde weicher, sein Körper entspannte sich ein wenig. »Du bist unwiderstehlich. Am liebsten würde ich dich anknabbern.«

»Warum tust du es dann nicht?«

Er hob ihre Hand an seinen Mund und biss sanft in ihre Handfläche. »Weil es nicht richtig wäre.«

Ihr Herz schien in ihrer Kehle zu stecken. »Wer entscheidet das?«

»Ich.« Als er Anstalten machte, sie loszulassen, schlang sie ihre Arme um seine Taille. Dadurch presste sich sein Schaft durch den Morgenmantel an ihren Bauch. Torik atmete heftig aus und schloss die Augen.

Caitlin bewegte ihre Hüfte und wurde mit einem unterdrückten Stöhnen belohnt. »Fühlt sich das für dich falsch an?«

Torik öffnete die Augen, und sie versank in den braunen Tiefen. Seine Augenbrauen waren zusammengeschoben, als hätte er Schmerzen, seine Lippen waren zusammengepresst. »Nein.«

»Gut.« Caitlin legte ihre Hand um seinen Nacken und zog seinen Kopf zu sich herunter. Sanft fuhr sie mit den Lippen über seinen Mund, einmal, zweimal, bis sie fühlte, dass er sich entspannte. Ohne Vorwarnung schlossen sich Toriks Arme um ihren Oberkörper, und er hob sie an, bis ihre Gesichter auf einer Höhe waren. Leidenschaftlich presste sich sein Mund auf ihren, seine Zunge forderte Einlass. Ohne zu zögern, öffnete Caitlin ihren Mund und hieß ihn willkommen. Ihre Brüste pressten sich gegen Toriks muskulösen Brustkorb, sein Schaft schob sich zwischen ihre Beine. Da sie keinen Slip trug, dämpfte nichts die unglaublichen Gefühle, die seine Berührung in ihr auslösten. Automatisch presste Caitlin die Beine zusammen, um ihn dort gefangen zu halten.

Der Kuss wurde immer wilder, beinahe verzweifelt, keiner von ihnen konnte vom anderen genug bekommen. Toriks Hände glitten um ihren Po, und sie schlang ihre Beine um seine Hüfte. Ihr Gewicht schien ihm nichts auszumachen, im Gegenteil, er zog sie noch enger an sich, so als wollte er in sie hineinkriechen. Sein Atem klang rau in der Stille der Küche, sein Körper an ihrem wurde immer wärmer. Caitlin wünschte, sie könnte seine Haut überall an ihrer fühlen, doch ihr Morgenmantel war zwischen ihnen eingeklemmt. Sie gab einen ungeduldigen Laut von sich, ihre Hand krallte sich in Toriks offene Haare. Er erstarrte, sein Mund löste sich von ihrem. Nein, er durfte jetzt nicht aufhören! Caitlin rieb sich an seinem Schaft und verschränkte ihre Beine hinter ihm. Sollte er nur versuchen, sich von ihr zu lösen, sie würde ihn nicht loslassen. Doch Torik durchquerte nur mit schnellen Schritten die Küche. Vor dem Tisch stoppte er und ließ sie langsam daraufsinken.

Auf Caitlins Protestlaut reagierte er mit einem Lächeln. »Ich will dich sehen.«

Sie blinzelte ihn verwirrt an. »Das hast du doch die ganze Zeit.«

Seine Zähne blitzten auf. »Nackt.«

»Oh.« Hitze breitete sich in ihr aus und stieg in ihre Wangen.

Vielleicht hätte sie doch das Licht auslassen sollen, aber dann hätte sie Torik nicht sehen können. Und was für ein Anblick das war: Seine Muskeln zeichneten sich deutlich unter der gleichmäßig braunen Haut ab, einige Strähnen seiner langen, glatten Haare lagen über seinen Brustwarzen. Ihr gefiel auch die geringe Körperbehaarung, die nur aus einer dünnen Spur bestand, die zu seinem Bauchnabel führte und sich dann um seinen Penis herum verbreiterte. Unter ihrem Blick bewegte sich sein Schaft, als suchte er einen Weg, in sie einzudringen. Er war wunderschön – und erschreckend groß.

Torik legte seine gebräunten Hände auf ihre hellen Schenkel und strich langsam daran hinauf. Der Gürtel ihres Morgenmantels hatte sich gelöst, und der Spalt wurde immer größer, während Toriks Finger höherglitten. Caitlin bewegte sich unruhig unter der Berührung. Da Torik zwischen ihren Beinen stand, konnte Caitlin sie nicht zusammenpressen, sie war ihrer Erregung und auch seinem Blick hilflos ausgeliefert. Seine Augen brannten förmlich, als er den Morgenmantel zur Seite schob und ihre Hüfte entblößte. Mit den Daumen strich er leicht über ihre Schamhaare, und Caitlin hielt den Atem an. Doch er hielt sich nicht weiter dort auf, wie sie vermutet hatte, sondern beugte sich über sie und ließ seine Hände weiter nach oben gleiten. Seine rauen Handflächen fühlten sich so gut auf ihrer empfindlichen Haut an, dass sie bereits durch die Berührung fast kam. Sie schlang ihre Beine wieder um seine Hüfte und zog ihn damit dichter an sich. Die Spitze seines Schafts berührte ihren Eingang, und Caitlin biss auf ihre Lippe, um nicht aufzuschreien.

Toriks Gesicht spannte sich an, seine Wangenknochen stachen deutlich hervor. Seine Hände glitten weiter, bis sie auf ihren Brüsten lagen. Diesmal konnte Caitlin das Stöhnen nicht mehr unterdrücken. Wie von selbst hob sich ihr Oberkörper ihm entgegen, pressten sich ihre Brüste in seine großen Hände. Als Torik sich vorbeugte und seine Zunge über ihre Brustspitze strich, spürte Caitlin das erste Prickeln des nahenden Orgasmus. Ihre

Beine spannten sich automatisch an, und Torik drang ein Stück in sie ein.

Ein Grollen drang aus seiner Kehle. »Nicht.«

»Doch. Ich brauche dich. Jetzt sofort.« Caitlin schlang ihre Arme um seinen Oberkörper, damit er sie nicht verließ. Aber das wäre gar nicht nötig gewesen, denn ihre Worte schienen Toriks Beherrschung gebrochen zu haben. Mit einem hungrigen Laut saugte er ihre Brustspitze hart in seinen Mund, während er die Hüfte vorschob und tief in sie eindrang. Das Gefühl, ihn in sich zu haben, war unglaublich. Caitlin ließ den Kopf zurückfallen und schloss die Augen.

16

Torik versuchte, seine Gefühle und seinen Körper wieder unter Kontrolle zu bringen, aber es funktionierte nicht. Caitlins Inneres schloss sich um seinen Schaft, als wäre er dafür gemacht, in ihr zu sein. Ihre Muskeln zuckten rhythmisch, und er hatte Mühe, nicht sofort zu kommen. Verlangende Laute drangen aus ihrem Mund, ihre Hände krallten sich in seine Haare. Ihre Brustspitze reckte sich ihm gierig entgegen, und er konnte sich nichts Schöneres vorstellen, als daran zu saugen, bis Caitlins Oberkörper ihm entgegenkam. Er wusste, dass er sich nicht bewegen durfte, wenn er noch etwas länger das Gefühl genießen wollte, tief in Caitlin vergraben zu sein. Caitlin schien das Problem aber nicht zu sehen, denn ihre Beine schlangen sich enger um ihn und trieben ihn damit noch tiefer in sie. Toriks Blut kochte, seine Erregung steigerte sich, bis er es nicht mehr ertragen konnte. Er zog sich aus Caitlin zurück, um gleich darauf wieder in sie einzutauchen. Ein Keuchen löste sich aus seiner Kehle, der Berglöwe in ihm drängte darauf zu übernehmen. Aber das durfte nicht passieren. Für Caitlin war er ein Mensch, und so sollte es auch bleiben.

Dieser Zwang, sich zurückzuhalten, erhöhte die Spannung in ihm um ein Vielfaches. Sein Mund verließ ihre Brust, und er rieb bei jedem Stoß mit seinem gesamten Oberkörper über ihren. Ein Schauder lief über seinen Rücken, und er wusste, dass er nicht mehr lange durchhalten würde. Caitlins Hand strich über seine Seite und krallte sich in seinen Po. Torik zuckte zusammen, als hätte ihm jemand einen Stromschlag versetzt. Seine Hoden spannten sich an, ein heißes Prickeln lief über sein Rückgrat. Er konnte Caitlins rauen Atem hören und ihr wild klopfendes Herz an seiner Brust spüren. Offensichtlich war sie genauso wie er kurz vor dem Höhepunkt. Torik presste seinen Mund an ihren Hals und stieß schneller in sie. Mit den Zähnen strich er über die Stelle, wo der Puls in ihrem Hals klopfte. Ein Zittern lief durch Caitlins Körper, bevor sie mit einem unterdrückten Aufschrei kam. Die Art, wie ihre inneren Muskeln sich um seinen Schaft zusammenzogen, trieb auch ihn zum Höhepunkt. Er vergrub sich so tief in ihr, wie es ging, und presste die Augen zusammen, während er sich in ihr ergoss.

Torik legte seine Stirn an Caitlins und versuchte, wieder zu Atem zu kommen. Vermutlich hätte er sich aus ihr zurückziehen und sich von ihr lösen sollen, aber er konnte es nicht. Nein, er wollte es nicht. Es fühlte sich so gut an, in ihr zu sein, jeden Atemzug, jeden Herzschlag mitzuerleben. Seit so vielen Jahren hatte er diese Intimität nicht mehr erlebt, dass er schon fast vergessen hatte, wie gut es war und wie sehr er es vermisste.

Caitlin stieß einen leisen Seufzer aus. Widerwillig hob Torik den Kopf und sah in ihre Augen. Das Silbergrau schimmerte verlockend, wenn er nicht aufpasste, könnte er sich darin verlieren. »Bin ich dir zu schwer?«

Als Antwort grub sich Caitlins Hand fester in seine Haare. »Nein.« Ihre Stimme klang belegt. »Es fühlt sich gut an, wenn du auf mir liegst.«

Eine neue Welle der Erregung jagte durch Toriks Körper, sein Penis in ihr wurde wieder größer. »Das finde ich auch.«

Caitlins Augen weiteten sich, als sie seine erneute Erektion bemerkte. Ein zufriedenes Lächeln spielte um ihre Lippen. »Gut.«

Torik konnte nicht anders, er beugte sich wieder zu ihr hinunter und küsste sie sanft. Bereitwillig öffnete Caitlin den Mund

und begrüßte seine Zunge mit ihrer. Mit den Händen tauchte er in ihre Haare und genoss das Gefühl der seidigen Strähnen an seiner Haut. Der Kuss wurde rasch leidenschaftlicher, Caitlins verlangende Laute brachten ihn um den Verstand. Sein Penis schwoll weiter an, bis er sie völlig ausfüllte.

»Oh Gott, Torik!«

Caitlins rauer Ausruf ließ ihn schaudern. Ihre Fingernägel bohrten sich in seinen Rücken, und Torik hatte alle Mühe einen erneuten Orgasmus zurückzuhalten. Wie konnte es sein, dass er anscheinend jede Beherrschung verloren hatte? Caitlin war so eng, er war sich ziemlich sicher, dass sie schon länger keine Beziehung mehr gehabt hatte. Es musste sie schmerzen, ihn in sich aufzunehmen, erst recht zweimal hintereinander. Torik hob den Kopf und blickte sie an. Ihre Augen waren geschlossen, ihr Mund vom Küssen tiefrot. Erregung war deutlich in ihrem Gesicht zu erkennen. Sie genoss offensichtlich, was er mit ihr tat, warum sollte er sich also darüber Gedanken machen? Widerwillig löste er sich von ihr und konnte gerade noch ein Grollen verhindern, als sein Schaft aus ihr hinausglitt.

Ihre Augen flogen auf. »Was tust du da?«

»Dreh dich um.« Hörte er den Berglöwen in seiner Stimme? Er konnte nur hoffen, dass er genug Selbstbeherrschung hatte, um sich nicht vor Caitlin zu verwandeln. »Bitte.«

Sie runzelte die Stirn. »Warum?«

Torik musste grinsen. »Weil es gut ist.« Sanft löste er ihre Beine von seiner Hüfte und ließ sie zu Boden sinken. Da Caitlin anscheinend nicht genau wusste, was er von ihr wollte, hob er sie einfach hoch und drehte sie auf den Bauch. Ihr Oberkörper lag auf den Tisch gepresst, und ihre Hüfte reckte sich ihm einladend entgegen. Ja, genau so. Er legte seine Hände auf ihren Po und streichelte ihn. Ein Stöhnen drang aus Caitlins Mund. Mit den Fingern fuhr er an den Innenseiten ihrer Oberschenkel entlang und schob ihre Beine vorsichtig auseinander. »Bleib so stehen.«

»Ich sterbe hier.« Caitlin stieß die Worte erstickt hervor.

»Noch nicht.« Torik hob ihre Hüfte ein wenig an und positionierte seinen Schaft vor ihren Eingang. »Halt dich am Tisch fest.«

Gehorsam streckte Caitlin ihre Arme aus und umklammerte die Tischkante.

»Bereit?«

Caitlin nickte stumm.

Erregung summte durch Toriks Körper, als er langsam in Caitlin eindrang. Sie war so feucht, dass er ohne Hindernis in sie hineinglitt. Mit den Fingern strich er über ihre Klitoris und merkte, wie sie sich um ihn herum zusammenzog. Einen Moment lang verharrte er still in ihr, bevor er sich wieder aus ihr hinausbewegte. Obwohl er gerade erst einen Orgasmus erlebt hatte, konnte er bereits fühlen, wie sich ein neuer Höhepunkt in ihm aufbaute. Die Lippen fest zusammengepresst, konzentrierte er sich darauf, Caitlin zu befriedigen.

Ihre Brustspitzen rieben bei jeder Bewegung über das glatte Holz des Tisches, und Caitlin musste auf ihre Lippe beißen, um nicht aufzuschreien. Noch besser fühlte sich allerdings an, was Torik tat. Er stand zwischen ihren gespreizten Beinen und trieb seinen langen Schaft wieder und wieder in sie. Mit jedem Mal schien er größer zu werden und sie noch mehr auszufüllen. Seine Finger rieben erregend über ihre Klitoris, bis sie keinen klaren Gedanken mehr fassen konnte. Ihr gesamter Körper kribbelte, und sie konnte bereits wieder das erste Flattern eines Orgasmus in sich spüren. Torik lehnte sich über sie, seine freie Hand glitt an ihrer Seite nach oben. Als er sie unter ihre Brust schob und die Spitze mit den Fingern berührte, zuckte Caitlin zusammen.

Oh Gott, sie konnte diese gewaltigen Gefühle unmöglich ertragen! Es war einfach zu viel. Ihr Herz hämmerte in ihrer Brust, ihr Atem verließ bei jedem Atemzug mit einem Stöhnen ihren Mund.

Sie konnte Toriks Hitze an ihrem Rücken spüren, seine Brustwarzen glitten bei jedem Stoß über sie. Auch sein Atem klang schwer, wenigstens war nicht nur sie über alle Maßen erregt. Seine langen Haare strichen wie ein weicher Vorhang über ihre sensible Haut. Ein unglaublich erotisches Gefühl, das sie immer weiter zum Höhepunkt trieb. Toriks Stöße wurden schneller und härter, und Caitlins Hände krampften sich um die Tischkante. Es war ein Wunder, dass der Tisch nicht durch die ganze Küche geschoben wurde.

»Jetzt, Cat!« Seine Aufforderung war ein raues Grollen. Ihr Atem kam keuchend, und sie stieß einen überraschten Schrei aus, als Torik in ihren Nacken biss.

Wie auf Befehl schlugen die Wellen ihres Höhepunkts über ihr zusammen. Caitlin stieß zusammenhanglose Laute aus, während ihre Muskeln sich immer wieder zusammenzogen. Das Gefühl von Toriks Schaft, der immer wieder in sie glitt, verlängerte den Orgasmus, bis sie glaubte zu sterben. Mit einem tiefen Stöhnen erreichte auch Torik den Höhepunkt. Nach scheinbar unendlich langer Zeit ließ sie ihren Kopf matt auf die Tischplatte sinken, ihre Augen schlossen sich. Sie glaubte nicht, dass sie sich in den nächsten Tagen überhaupt noch bewegen konnte, wurde jedoch eines Besseren belehrt, als Toriks raue Hände über ihren Rücken glitten und sie ein heftiger Schauer durchfuhr. Ein Protestlaut entfuhr ihr, als Torik sich aus ihr zurückzog.

Etwas wie ein Lachen rumpelte in seiner Brust. »Ich kann nicht ewig in dir bleiben.«

Caitlin hielt die Augen weiterhin geschlossen, ihr fehlte die Kraft, sie zu öffnen. »Warum nicht?« Sanft schob er seine Arme unter ihren Körper und hob sie hoch. Sie mochte sich nicht vorstellen, wie sie jetzt aussah. Vermutlich wie ein knochenloses Bündel aus Haut und Fleisch. Ihre Seite presste sich an Toriks kräftigen Oberkörper, und sie lehnte ihren Kopf an seine Schulter.

»Ich könnte mir vorstellen, dass es auf Dauer nicht besonders bequem für dich ist.«

Ihr Gehirn brauchte einen Moment, um sich zu erinnern, worüber sie gerade sprachen. Torik in ihr, genau. Vermutlich wäre es nicht klug, ihm zu sagen, dass er gerne so lange und so oft, wie er wollte, in ihr sein konnte. Ihre Augen flogen auf, als ihr Verstand verspätet wieder einsetzte. »Hast du ein Kondom benutzt?«

Torik brauchte gar nichts zu sagen, sein Gesichtsausdruck antwortete für ihn. »Ich habe nicht daran gedacht.«

Sie wollte ihm Vorwürfe machen, aber sie war erwachsen und hatte selbst auch nicht an Verhütung gedacht. Eigentlich hatte sie an gar nichts gedacht, außer daran, Torik so schnell wie möglich in sich zu spüren. Und genau das war passiert. Zweimal. Caitlin schloss die Augen und stieß einen tiefen Seufzer aus.

»Cat?« Ein Zögern klang in seiner Stimme mit.

Langsam öffnete sie die Augen wieder und traf seinen dunklen Blick. »Nun, zumindest brauchen wir uns keine Gedanken über eine Schwangerschaft zu machen. Ich nehme die Pille.« Sein Gesichtsausdruck änderte sich nicht. Sosehr sie sich auch bemühte, sie konnte nicht erkennen, was er dachte. »Bleibt noch die Frage nach möglichen Krankheiten.« Auch wenn sie es nicht glauben mochte, konnte Torik eine Geschlechtskrankheit oder sogar AIDS haben, und sie hatte sich dem wissentlich ausgesetzt.

»Ich bin gesund.« Seine Stimme vibrierte in ihrem Körper.

»Nicht dass ich dir nicht glauben würde, aber wenn vielleicht deine letzte Freundin …«

Toriks Blick wurde noch intensiver. »Dann hätte ich es in den zwölf Jahren seitdem schon gemerkt.«

Caitlin runzelte die Stirn, weil seine Antwort keinen Sinn machte. Was meinte er mit zwölf … Sie hob den Kopf und starrte ihn mit offenem Mund an. »Willst du damit sagen, dass du seit zwölf Jahren keinen Sex hattest?« Sicher nahm er sie nur auf den Arm oder log, um sie glauben zu machen, dass es in Ordnung war, kein Kondom zu benutzen.

Doch Torik sagte nichts, versuchte nicht, sie davon zu überzeugen. Er blieb stumm, sein Gesichtsausdruck unnahbarer als je zuvor. Nur in seinen Augen stand eine solche Qual, dass Caitlin beinahe die Tränen kamen. War seine Freundin oder Frau gestorben, und er trauerte immer noch um sie? Caitlin konnte sich vorstellen, dass er seine Gefühle nicht offen zeigte und sich stattdessen nach außen abschottete. Aber zwölf Jahre? Bei einem so leidenschaftlichen Mann wie Torik war das kaum vorstellbar. Und vor allem führte sie das zu einer anderen Frage.

»Warum gerade ich?« Es war beinahe ein Flüstern, doch Torik hörte sie.

»Ich kann dir einfach nicht widerstehen. Seit dem ersten Moment …« Er schloss den Mund und schwieg.

Caitlin wartete einige Sekunden, doch Torik sagte nichts weiter. »Ich weiß genau, wie ich aussehe, und in meinem ganzen Leben habe ich noch nie eine solche Wirkung auf einen Mann gehabt. Und jetzt soll ich dir glauben, dass du meinetwegen den Kopf verloren hast?«

Ein Muskel zuckte in seiner Wange. »Ja.«

Das konnte sie nicht. Enttäuschung machte sich in ihr breit, und sie löste sich von Torik. »Du brauchst mich nicht anzulügen, ich mache dir keine Vorwürfe wegen des Kondoms. Zumindest nicht mehr als mir selbst.« Torik hielt sie immer noch auf seinen Armen, und sie wusste, dass sie sich so rasch wie möglich von ihm entfernen musste. »Ich glaube, es ist besser, wenn du jetzt ins Apartment gehst.«

Etwas blitzte in Toriks Augen auf, und seine Arme schlangen sich fester um ihren Körper. Er beugte seinen Kopf herab und legte seine Lippen auf ihre. Obwohl Caitlin versuchte, nicht auf den Kuss zu reagieren, dauerte es nicht lange, bis sie ihre Hand in seine Haare krallte und ihn küsste, als würde ihr Leben davon abhängen.

Nach langer Zeit hob er schließlich den Kopf und blickte sie ernst an. »Du hast keine Ahnung, wie begehrenswert ich dich finde.« Bevor Caitlin eine passende Antwort einfiel, trug er sie in ihr Schlafzimmer und ließ sie vorsichtig auf das Bett sinken. Trotz ihrer Vorbehalte wäre sie sofort wieder mit ihm in die Kissen gesunken, doch Torik blickte sie nur noch einmal mit brennenden Augen an, bevor er sich umdrehte und das Zimmer verließ.

Es war ganz offensichtlich ein Fehler gewesen. Auf keinen Fall hätte er seiner Erregung nachgeben und Caitlin anfassen dürfen. Torik musste daran denken, dass sie anscheinend Kontakt zu jemandem hatte, der ihr Geheimnisse über die Wandler verriet. Und deshalb war sie nicht einfach nur eine nette Frau, mit der er sich gefahrlos einlassen konnte. Torik rieb mit den Händen über sein Gesicht und versuchte zu vergessen, wie gut es sich angefühlt hatte, in Caitlin zu sein und jede ihrer Regungen hautnah mitzuerleben. Vor allem hätte er sie nicht ohne Kondom lieben dürfen. Auch wenn es im Lager nicht nötig war, weil jeder wittern konnte, ob die Gefährtin gerade fruchtbar war, und in ihrer Gruppe auch keine Geschlechtskrankheiten vorkamen, wusste er doch, dass es in der Menschenwelt dazugehörte. Vor allem hatte er ihr schlecht sagen können, dass sie augenblicklich nicht schwanger werden konnte. Stattdessen war er damit herausgeplatzt, dass er seit Arlyn enthaltsam lebte. Auch wenn es die Wahrheit war, hätte er wissen müssen, dass Caitlin ihm nicht glauben würde.

Wäre er ein Mensch gewesen, hätte er vermutlich im Laufe der Zeit wieder mit Frauen geschlafen, doch im Lager war die Auswahl an verfügbaren Berglöwenfrauen sehr gering, und er hatte keine richtige Beziehung mehr eingehen wollen. Ein kurzes Verhältnis hätte nur zu Komplikationen im weiteren Zusammenleben in der Gruppe geführt, deshalb hatte er die Option ausgeschlossen. Vor allem aber hatte ihn nach Arlyn keine andere Frau mehr gereizt, vielleicht weil im Lager seine Vergangenheit immer präsent war. Zumindest hatte er das Problem nicht mehr, seit er Caitlin das erste Mal gesehen hatte. Es ärgerte ihn, dass sie ihm nicht glaubte, doch wahrscheinlich war es besser so. Er sollte die Sache endlich beenden und wieder zu den anderen zurückkehren.

Torik ignorierte das hohle Gefühl in seiner Brust und beschloss, die Gelegenheit zu nutzen, sich noch einmal in Berglöwenform umzusehen. Wenn er morgen die ganze Zeit im Auto saß, würde er keine Gelegenheit dazu haben. Und vielleicht schaffte er es sogar, dabei Caitlins Duft und die erotischen Laute zu vergessen, die sie ausstieß, wenn er sie berührte.

Auch nach Stunden in der Wildnis gelang es ihm jedoch nicht, sich von seinen Gefühlen für Caitlin zu befreien. Im Gegenteil, je schneller er gelaufen war, desto stärker waren sie in ihm hochgebrodelt. Der Gedanke, sie nach seiner Rückkehr ins Lager nie wiederzusehen, schnürte ihm die Kehle zu, doch es war die einzige Lösung. Sie gehörte nicht in seine Welt und er nicht in ihre. Davon abgesehen würde er sich nicht noch einmal der Gefahr aussetzen, jemanden zu verlieren, der ihm so viel bedeutete.

Nachdem er die Umgebung des Hauses überprüft hatte, verwandelte Torik sich zurück und trat in das Apartment. Sein Entschluss stand fest: Am Morgen würde er Caitlin direkt danach fragen, woher sie die Ideen zu ihrem Buch hatte, und je nachdem, wie ihre Antwort ausfiel – und ob er ihr glaubte –, würde er entweder zum Lager zurückkehren oder dem Informanten einen Besuch abstatten. Es widerstrebte ihm, sie allein zu lassen, besonders, da anscheinend jemand hinter ihr her war, doch er würde dafür sorgen, dass sie nicht ungeschützt blieb. Und wenn er dafür ihre Freundin Shannon anrufen musste. Deren Lebensgefährte würde wissen, wie er Caitlin schützen konnte, wenn er über militärische Erfahrung verfügte.

Torik schaltete das Licht nicht an, sondern bewegte sich im Dunkeln durch das Zimmer. Es war die beste Lösung, auch wenn er kaum ertragen konnte, Caitlin in andere Hände zu übergeben. Vielleicht war sie nach dem Tod der beiden Männer auch gar nicht mehr in Gefahr, doch davon konnte er nicht ausgehen. Sein Gefühl sagte ihm, dass noch jemand auf seine Gelegenheit lauerte und bald zuschlagen würde.

Als er ins Bad gehen wollte, sah er aus den Augenwinkeln ein blaues Licht aufblitzen. Es dauerte einen Moment, bis er erkannte, dass es sich um sein Handy handelte. Oder vielmehr das, was Marisa ihm gegeben hatte, normalerweise besaß er so etwas gar nicht. Vermutlich vergaß er deshalb ständig, es mitzunehmen. Torik klappte es auf und stellte fest, dass Finn in seiner Abwesenheit mehrmals versucht hatte, ihn zu erreichen. Verdammt, sicher war es etwas Wichtiges, und er hatte sich stattdessen draußen herumgetrieben oder mit Caitlin Dinge getan, die er Finn ganz sicher nicht erzählen wollte. Der Ratsführer würde nicht verstehen, wie Torik auch nur für einen Moment vergessen konnte, weshalb er hier war.

Nach kurzem Zögern rief Torik zurück. Auch wenn es erst

vier Uhr morgens war, würde Finn darauf warten, dass er sich meldete. Seine Vermutung wurde bestätigt, als sich sein Freund sofort meldete. Es klang nicht so, als wäre er im Bett gewesen.

»Wo bist du gewesen? Ich versuche seit Stunden, dich zu erreichen. Ich habe mir Sorgen gemacht, dass dir auch etwas passiert sein könnte.«

Torik schnitt eine Grimasse. »Ich habe das Haus nach Beweisen durchsucht, und dann habe ich die Umgebung kontrolliert.« Und dazwischen hatte er unglaublichen Sex gehabt, zweimal, um genau zu sein, mit einer Menschenfrau, die eventuell das Ende der Wandler bedeuten könnte. Es dauerte einen Moment, bis Torik klar wurde, was Finn gesagt hatte. »Was meinst du mit ›auch‹?«

Ein müder Seufzer war zu hören. »Jemand hat Marisas und Coyles Wagen von der Straße gedrängt. Er hat sich überschlagen, und Marisa wurde eingeklemmt. Coyle konnte mit Griffins Hilfe die beiden Männer ausschalten, aber sie mussten Marisa allein lassen, damit sie in ein Krankenhaus gebracht wird.« Sorge und Müdigkeit klangen in Finns Stimme mit.

Torik verstand überhaupt nichts mehr. »Moment mal, was tut Griffin in Nevada? Fang noch mal ganz am Anfang an, ich glaube, ich bin nicht auf dem Laufenden.«

»Was daran liegen könnte, dass du nicht an dein Telefon gegangen bist.« Finn holte tief Atem und berichtete die ganzen Ereignisse bis zu dem Punkt, an dem Coyle und Griffin sich in der Nähe versteckt hatten, während Marisa aus dem Wrack geschnitten und in einem Krankenwagen abtransportiert wurde.

»Weißt du, wie es Marisa geht?«

»Wir sind bisher noch nicht zu ihr durchgekommen. Sie lassen nur Leute in die Intensivstation, die sich auch ausweisen können. Dazu gehört Coyle logischerweise nicht, außerdem ist er ebenfalls verletzt, und der Berglöwe ist zu dicht an der Oberfläche. Deshalb wollte ich dich bitten, dorthin zu fahren. Du hast einen Pass, und vor allem kannst du auf sie aufpassen.«

»Natürlich, ich fahre sofort los. In welchem Krankenhaus ist sie?« Torik rieb über seine Stirn.

»University Medical Center, Las Vegas. Es liegt direkt an der I-15.«

»Okay.« Torik trat zum Fenster und blickte hinaus. »Was ist mit Isabel und Keira? Sind sie in Sicherheit?«

»Es scheint so. Keira begleitet Isabel morgen nach Los Angeles. Im Moment sind sie in einem Motel untergekommen, weil Isabel zu müde war, um noch so weit zu fahren.«

»Gut, dann fahre ich jetzt los.« Hoffentlich hörte Finn nicht das Zögern in seiner Stimme.

»Hast du eigentlich etwas herausgefunden?« Finns Frage klang neutral.

»Nein, Caitlin hat nirgends Unterlagen darüber, von wem sie die Informationen erhalten hat. Allerdings habe ich noch nicht auf ihrem Laptop nachschauen können, er ist mit einem Passwort geschützt. Eigentlich wollte ich sie direkt fragen, aber dafür fehlt mir die Zeit, wenn ich jetzt nach Las Vegas fahre.«

»Glaubst du, es ist eine gute Idee, sie darauf zu stoßen, dass wir sie in Verdacht haben?«

Ärger stieg in Torik auf. »Ich habe Caitlin inzwischen etwas kennengelernt, und ich kann mir ehrlich nicht vorstellen, dass sie etwas mit den Verbrechern zu tun hat. Und vor allem habe ich auch nicht den Eindruck, dass sie glaubt, dass es Wandler wirklich gibt. Wo auch immer sie die Informationen herhat, wahrscheinlich ist sie sich gar nicht bewusst, dass sie auf Tatsachen beruhen.«

Finn schwieg so lange, dass Torik unruhig wurde. Hatte er zu viel verraten? »Ich kenne diese Autorin nicht, deshalb kann ich es nicht beurteilen, aber wir können uns nicht erlauben, ihr zu vertrauen. Wenn du falschliegst, würde das unsere Situation noch verschlimmern.«

»Das ist mir klar.« Torik biss die Zähne zusammen, um die Worte zurückzuhalten, die auf seiner Zunge lagen. »Aber diese Angelegenheit muss jetzt sowieso warten, bis ich aus Nevada zurück bin.«

»Ich kann auch jemand anders …«

Torik ließ ihn nicht ausreden. »Nein!« Mühsam schaffte er es, ruhiger weiterzureden. »Sie würde keinem anderen mehr vertrauen, nachdem sie bereits angegriffen wurde.«

»Aber dir vertraut sie?« Finns Skepsis war klar und deutlich zu verstehen.

Es dauerte eine Weile, bis Torik antworten konnte. »Soweit man jemandem vertrauen kann, über den man nichts weiß und den man nicht mal zwei Tage kennt.«

Finn stieß einen tiefen Seufzer aus. »Du weißt, dass ich dir mehr als alles andere eine neue glückliche Beziehung wünschen würde, aber die Autorin ist nicht die Richtige dafür, hörst du? Sie schreibt über uns und kann uns damit vernichten. Vor allem aber steht sie in der Öffentlichkeit, und da wollen wir ganz sicher nicht hin. Mal ganz davon abgesehen, dass sie viel zu weit von unserem Gebiet entfernt wohnt.«

Jedes Wort trieb den Dolch ein wenig tiefer in sein Herz. »Das weiß ich alles.« Und er hatte auch ganz sicher nicht vor, noch einmal einer Frau so viel Macht über sich zu geben.

»Torik …«

»Ich muss jetzt los. Ich rufe dich an, wenn ich beim Krankenhaus bin.« Ohne Finns Antwort abzuwarten, beendete Torik das Gespräch.

Wie kam Finn überhaupt darauf, dass er über eine neue Beziehung nachdachte? Allein der Gedanke war lächerlich, erst recht, wenn man bedachte, dass Caitlin ein Mensch war und ganz sicher nicht mit ihm im Lager leben würde. Trotzdem lief für einen Moment ein Film vor seinen Augen ab, in dem er Caitlin auf einem Bett aus Moos liebte und sie ihn mit ihren ungewöhnlichen silbergrauen Augen liebevoll anblickte. Mit einem wüsten Fluch wandte Torik sich vom Fenster ab und beherrschte sich gerade noch so weit, dass er das Handy nicht durch den Raum warf.

Rasch duschte er, damit die anderen nicht Caitlins Geruch an ihm bemerkten, packte seine Sachen zusammen und verließ das Apartment. Er hatte bereits die Wagentür geöffnet und seine Tasche hineingeworfen, als ihm bewusst wurde, dass er Caitlin nicht ohne ein Wort verlassen konnte. Es gab nichts Schlimmeres, als aufzuwachen und festzustellen, dass der Mensch, den man in der Nacht geliebt hatte, verschwunden war. Torik presste die Zähne zusammen, als ungebeten ein Bild von Arlyn vor seinen Augen erschien. Zum ersten Mal mischte sich Wut in seine Trauer. Auch wenn ihr Drang, zum Einzelgänger zu werden, so stark gewesen war, hätte sie ihm zumindest Bescheid sagen können. Vermutlich hatte sie gewusst, dass er versuchen würde, sie aufzuhalten. Doch sie hätte sich trotzdem von ihm verabschieden müssen, wenn sie ihn wirklich geliebt hatte. Torik schüttelte diesen Gedanken ab, schloss die Wagentür und ging zum Haus.

Mit dem Ersatzschlüssel schloss er die Tür auf und legte ihn auf die Kommode im Eingangsbereich. Am liebsten hätte er ihn behalten, um jederzeit wieder zu Caitlin gelangen zu können, aber es wäre nicht richtig gewesen. Wenn er sie jetzt verließ, konnte es gut sein, dass sie ihn nie wieder hereinlassen würde. Aber das war ihr gutes Recht. Davon abgesehen brauchte er keinen Schlüssel, um in das Haus zu kommen. Leise zog er die Tür hinter sich ins Schloss und ging zum Schlafzimmer. Sein Herz zog sich zusammen, als er Caitlin im Bett liegen sah, die Decke nur halbherzig um ihren nackten Körper gewickelt. Seine Hände zitterten, so sehr wollte er über ihre weiche Haut streichen, die Decke von ihr lösen und sie in Ruhe betrachten. Doch dafür hatte er keine Zeit, und vor allem wäre es auch nicht richtig gewesen.

Mit dem Finger berührte er sanft ihre Wange. »Cat.« Sie schmiegte sich in seine Handfläche, wachte aber nicht auf. Die vertrauensvolle Geste schmerzte mehr, als er wahrhaben wollte. Torik beugte sich vor und küsste ihre Stirn. »Wach auf, Cat.«

Langsam hoben sich ihre Lider, und sie lächelte, als sie ihn erkannte. »Torik.«

Einladend hob sie die Decke an, und Torik schluckte hart, als ihre Kurven ihn lockten. Nur ein paar Minuten … Bedauernd schüttelte er den Kopf. »So gern ich auch möchte, ich kann nicht.«

Es dauerte einen Moment, bis Caitlin seine Worte wirklich registrierte und vollends aufwachte. Abrupt zog sie die Decke bis zum Hals. »Was tust du hier?« Ihr Blick fiel auf seine Kleidung, und sie setzte sich auf.

»Ich muss weg. Ich wollte dir nur Bescheid sagen, damit du dich nicht fragst, wo ich bin.«

Schmerz schimmerte in Caitlins Augen. »Das war es also? Du hast bekommen, was du wolltest, und jetzt gehst du einfach?«

Wut stieg in ihm auf, und er beugte sich vor, bis seine Nasenspitze beinahe Caitlins berührte. »Ich hatte das Gefühl, dass du auch nicht leer ausgegangen bist, oder irre ich mich da?« Als er sah, wie Caitlin vor ihm zurückzuckte, als hätte er sie geschlagen, verflog der Ärger. Sanfter sprach er weiter. »Ich würde hierbleiben, wenn ich es könnte, aber ich habe einen Anruf bekommen, dass Freunde von mir einen schweren Unfall hatten. Ich muss zum Krankenhaus und mich vergewissern, dass es ihnen gut geht.«

Zweifelnd blickte Caitlin ihn einen Moment lang an, bevor sie zögernd ihre Hand auf seine legte. »Das tut mir leid. Wie geht es ihnen?«

»Das weiß ich noch nicht genau, telefonisch gibt niemand darüber Auskunft. Deshalb muss ich hinfahren.« Er erhob sich. »Es tut mir wirklich leid, dich mitten in der Nacht verlassen zu müssen.«

Caitlin warf die Decke zur Seite und schob die Beine aus dem Bett. »Ich komme mit.« Unsicher sah sie ihn an. »Das heißt, wenn du das möchtest.«

Erstaunt starrte Torik sie an. »Das würdest du tun?«

»Natürlich. Ich finde nicht, dass man bei so etwas allein sein sollte.« Sie stand auf und legte ihre Hände auf seine Arme.

Torik schloss die Augen, als ihre Wärme und ihr Duft ihn einhüllten. Gierig sog er dieses Gefühl der Geborgenheit und Freundschaft in sich auf, bevor er bedauernd zurücktrat. »Danke für das Angebot, aber es ist besser, wenn ich alleine fahre. Der Unfall war in Nevada, und du hast sicher Besseres zu tun, als tagelang in einem Krankenhaus zu sitzen.«

Caitlin biss auf ihre Unterlippe. »Wenn du mich nicht dabeihaben willst, sag es einfach. Ich will mich dir bestimmt nicht aufdrängen.«

Torik zog sie an sich und legte sein Kinn auf ihren Kopf. »Das tust du nicht.« Wie sollte er Caitlin überzeugen, ohne ihr zu sagen, dass er nicht wollte, dass sie möglicherweise in Gefahr geriet, falls jemand noch einmal versuchen sollte, Marisa zu töten? »Es wird nur nicht angenehm sein, und es wäre für dich eine Zeitverschwendung. Hattest du nicht gesagt, du musst bald dein Manuskript abgeben?«

Ihr Atem glitt über seinen Hals, als sie ausatmete. »Für mich ist es wichtiger, einen Freund zu unterstützen.«

Torik spürte einen Stich in seinem Herzen. »Bin ich das?«

Sie löste sich von ihm und blickte ernst zu ihm auf. »Das dachte ich zumindest. Außerdem hast du mir in den letzten Tagen auch geholfen, deshalb möchte ich mich gerne revanchieren.« Als sie sah, dass er wieder ablehnen wollte, redete sie rasch weiter. »Außerdem mag ich nicht alleine hierbleiben, wer weiß, ob noch jemand hinter mir her ist.« Ein Schauder lief durch ihren Körper, und Torik ballte seine Hände zu Fäusten, um sie nicht wieder an sich zu ziehen.

»Deshalb werde ich Shannons Freund bitten, auf dich aufzupassen. Vielleicht könntest du auf die Ranch gehen, bis ich wieder da bin.«

»Oh.« Caitlin legte den Kopf schräg. »Das wäre natürlich eine Möglichkeit.« Torik hielt den Atem an. Er wollte, dass Caitlin hierblieb und in Sicherheit war, aber gleichzeitig spürte er eine leichte Enttäuschung, dass sie so leicht aufgab. »Andererseits fühle ich mich sicherer, wenn du in meiner Nähe bist. Wenn ich bei dir bin, kann mir nichts passieren.«

Torik schnitt eine Grimasse. »Das würde ich so nicht sagen, aber ich würde eher sterben, als zuzulassen, dass dir etwas geschieht.«

Caitlin lächelte ihn strahlend an. »Dann ist das also abgemacht.«

17

Isabel erwachte von einem seltsamen Klingeln und brauchte in der völligen Dunkelheit einen Moment, bis sie sich wieder daran erinnerte, wo sie sich befand. Nachdem sie mit Keira vom Haus ihres Vaters abgefahren war, hatte sie gemerkt, dass sie bis nach Los Angeles nicht mehr durchhalten würde. Genau genommen hatte sie es sogar nur noch bis zu einem Vorort von Las Vegas geschafft, bevor sie an einem Motel angehalten hatte. Keira war vorher ausgestiegen, und Isabel hatte sie dann ungesehen ins Zimmer geschleust, das einen eigenen Eingang und zwei Betten besaß. Zuerst war Keira dagegen gewesen, in so geringer Entfernung zum Haus von Isabels Vater zu übernachten, doch sie hatte wohl erkannt, dass sie gar nicht nach Los Angeles kommen würden, wenn Isabel am Steuer einschlief und einen Unfall verursachte.

Als Isabel ein leises Murmeln hörte, beugte sie sich vor und schaltete die Nachttischlampe an. Keira stand nackt am Fenster. Als das Licht anging, ließ sie den Vorhang wieder zufallen und wandte sich zu Isabel um. In der Hand hielt sie Isabels Handy. Eine Mischung aus Wut und Schmerz stand in den Augen der Berglöwenfrau, und ihr Gesicht war unter der natürlichen Bräune blass. In ihrem Kopf konnte Isabel spüren, wie Keira litt. Isabels Herz klopfte hart, ihr Kopf schmerzte. Mit wem sprach sie jetzt, mitten in der Nacht?

»Okay, wir fahren gleich los. Ich werde dafür sorgen, dass sie sicher in Los Angeles ankommt.« Keira ließ das Telefon sinken, und ihre übliche ausdruckslose Maske schob sich wieder über ihr

Gesicht. Aber Isabel ließ sich davon nicht täuschen. »Mach dich fertig, wir müssen los.«

Isabel setzte sich im Bett auf. »Wieso? Was ist passiert?«

Keira zögerte, erkannte dann aber wohl, dass Isabel sich nicht rühren würde, bevor sie nicht wusste, was geschehen war. »Marisa und Coyle hatten einen Unfall. Coyle ist verletzt, aber schon wieder auf den Beinen. Marisa wurde dagegen im Wagen eingeklemmt und ist in ein Krankenhaus in Las Vegas gebracht worden.«

»Oh Gott, wir müssen sofort dorthin!« Isabel sprang auf und griff sich ihre Kleidung.

Keira trat ihr in den Weg. »Nein, das müssen wir nicht. Wir fahren nach Los Angeles.«

Um die Berglöwenfrau nicht anzuschreien, was nichts bringen und höchstens die anderen Motelgäste wecken würde, zählte Isabel bis zehn, bevor sie sich traute, den Mund aufzumachen. »Wenn Marisa verletzt ist, vielleicht sogar schwer, dann braucht sie mich. Und da ich Urlaub habe – und das Auto außerdem mir gehört, entscheide ich, hierzubleiben.«

Keiras Lippen pressten sich zusammen, ihre grünen Augen wurden schmaler. »Ich bin hier, weil Coyle mich darum gebeten hat, dich zu beschützen. Und das werde ich tun, zur Not auch gegen deinen Willen.«

»Niemand weiß, dass wir hier sind, wir sind in Sicherheit.«

»Und so soll es auch bleiben. Deshalb verschwinden wir hier.« Keiras Stimme war hart, sie war offensichtlich nicht bereit nachzugeben.

Allerdings war Isabel das auch nicht, und damit befanden sie sich in einer Pattsituation. Keira könnte sie körperlich daran hindern, zum Krankenhaus zu gelangen, aber Isabel konnte sich auch ganz einfach weigern, Auto zu fahren. Womit sie hier im Motelzimmer gestrandet waren.

Weil sie keine Zeit vergeuden wollte, lenkte Isabel ein. »Warum denkst du, dass ich in Gefahr bin? Die anderen Berglöwenwandler haben die Verbrecher überwältigt, sie können also nicht mehr hinter uns her sein.« Keiras Gesichtsausdruck sagte etwas anderes. »Was? Nun rede endlich!«

Deutlich widerwillig sah Keira sie an. »Der Wagen von Marisa und Coyle wurde von der Straße gedrängt. Anscheinend waren noch andere Verbrecher in der Nähe, die ihnen gefolgt sind. Es könnte sogar jemand dem Krankenwagen nach Las Vegas gefolgt sein.«

Isabel presste eine Hand vor den Mund, ein Schauder lief durch ihren Körper. Schließlich riss sie sich zusammen und richtete sich hoch auf. »Dann müssen wir erst recht dorthin. Ich nehme an, dass Coyle nicht ins Krankenhaus kommt?«

Keira neigte den Kopf. »Ein Wächter aus unserer Gruppe ist ein halber Mensch, er ist auf dem Weg.«

»Wann wird er ankommen?«

»Wahrscheinlich morgen am frühen Nachmittag, er kommt aus Montana.«

Wortlos zog sich Isabel ihre Hose an. Keira beobachtete sie einen Moment. »Bist du jetzt vernünftig geworden?«

Isabel schlüpfte in ihr T-Shirt, bevor sie antwortete. »Ich fahre zum Krankenhaus. Marisa braucht mich, erst recht, wenn euer Wächter erst so spät hier ankommt.« Als Keira protestieren wollte, blickte Isabel sie ernst an. »Du kannst entweder mitkommen oder hierbleiben, aber ich werde Marisa nicht im Stich lassen. Sie ist meine Freundin, und sie hat mir damals geholfen, als mein Vater Bowen und mich eingesperrt hatte. Ich schulde es ihr und auch eurer Gruppe, schließlich ist mein Vater für die ganze Sache verantwortlich.« Ihre Stimme brach, Tränen traten in ihre Augen.

Keiras Miene wurde etwas weicher. »Ich weiß genau, dass ich das bereuen werde.«

Spontan umarmte Isabel die Berglöwenfrau. »Danke. Wir tun ganz bestimmt das Richtige. Ich weiß, dass du auch für deine Freunde alles tun würdest.«

Rasch löste sich Keira von ihr. »Geh ins Bad, damit wir loskönnen. Besser, wir bringen es schnell hinter uns.«

Um die Entscheidung der Berglöwenfrau nicht zu gefährden, tat Isabel, was Keira ihr sagte. Ihre Hände zitterten, als sie ihr Gesicht wusch. Der Gedanke, dass Marisa schwer verletzt im Krankenhaus lag, war schon schlimm genug, aber genauso quälend war die Vorstellung, wie sehr Coyle bestimmt darunter litt, dass er nicht bei ihr sein konnte. Isabel presste die Lippen zusammen. Es war einfach ungerecht, dass die Wandler sich verstecken mussten und nicht mal offen mit ihren menschlichen Gefährten zusammenleben konnten.

Isabel verschloss schnell ihre Gedanken vor der Erinnerung an Bowen, bevor der reißende Schmerz wieder einsetzen konnte, der seit ihrem Abschied vor beinahe einem Jahr ihr ständiger Begleiter war.

Die Morgendämmerung brach gerade an, als Amber leise Stimmen hörte. Nachdem sie sich einige Stunden schlaflos im Bett herumgewälzt hatte, war sie aufgestanden und hatte sich auf den Hügel hinter ihrer Hütte gesetzt, von dem aus sie einen guten Überblick über die Umgebung hatte. Vor etwa zwei Stunden war Finn vorbeigekommen und hatte berichtet, dass Griffin sicher am Waldrand angekommen war und sich dort mit mehreren Wächtern traf, damit sie die Beweismittel zum Lager bringen konnten. Sie war unglaublich erleichtert, dass es ihrem Gefährten gut ging, aber Coyles und Marisas Schicksal ließ sie nicht zur Ruhe kommen. Auch wenn Finn ihr versichert hatte, dass es ihrem Bruder den Umständen entsprechend gut ging und Marisa inzwischen in einem Krankenhaus war und die bestmögliche Versorgung erhielt, machte sie sich Sorgen. Coyle würde verrückt werden, wenn er längere Zeit von seiner Gefährtin getrennt war, und sie hoffte wirklich, dass er nichts Dummes anstellte.

Amber schnitt eine Grimasse. Okay, eigentlich durfte sie nichts sagen, schließlich war sie letztes Jahr mitten in eine bewaffnete Auseinandersetzung zwischen Menschen und Wandlern gerannt, um dem verletzten Griffin zu helfen. Aber immerhin war das im Wald gewesen und nicht irgendwo mitten in Las Vegas. Ein Wimmern riss sie aus ihren Gedanken und ließ sie zurück in die Hütte eilen. Auch wenn sie noch so sehr ins Lager laufen und sehen wollte, ob Griffin endlich zurückgekehrt war, konnte sie Lana nicht allein lassen. Vorsichtig schob sie die Tür auf und spähte in den dunklen Raum. Ein zerzaustes Fellknäuel blickte ihr über dem Rand des Bettes entgegen. Wie immer, wenn sie Lana sah, zog sich ihr Herz vor Liebe zusammen.

»Na, bist du schon wach? Du kannst es wohl auch nicht erwarten, bis dein Dad wiederkommt, oder?« Amber lehnte sich über das Gitter und streichelte sanft über das weiche Fell.

Überrascht zuckte sie zusammen, als Lana sich unter ihren Fingern verwandelte. Anstelle von Fell war nun ein Mopp blonder Haare, große blaue Augen und eine winzige Nase zu sehen. Lana hob Amber die Arme entgegen, ein eindeutiges Zeichen dafür, dass sie hochgehoben werden wollte. Ihre Lippen bewegten sich, als würde sie lautlos reden.

Amber hob den kleinen Körper samt Decke aus dem Bett und küsste die zerzausten Haare. »Dann gehen wir mal raus und sehen, ob dein Dad wieder da ist.« Sie hatten zusammen mit Nolen beschlossen, dass Lana sie nicht mit Vornamen anreden sollte, da es ihr das Gefühl geben könnte, nicht richtig zur Familie zu gehören.

Nachdem sie die Decke sorgfältig festgesteckt hatte, trat Amber aus der Hütte. Noch immer konnte sie Stimmen hören, und so ging sie zielstrebig darauf zu. Ihr Geruchssinn sagte ihr kurz darauf, dass Griffin tatsächlich im Lager war. Als sie auch Spuren von Blut in der Luft wahrnahm, begann sie zu laufen. Lana klammerte sich mit geweiteten Augen an ihr fest. Auch wenn Finn ihr versichert hatte, dass es Griffin gut ging, wollte sie das selbst sehen. Erleichtert atmete sie auf, als sie die kleine Gruppe erreichte, die vor der Ratshütte stand, und Griffins hochgewachsene Gestalt inmitten der anderen Männer entdeckte.

Kell, einer der Wächter, stieß Griffin mit dem Ellbogen an, und er drehte sich zu ihr um. Sein Gesicht leuchtete auf, und er kam rasch auf sie zu. »Warum seid ihr denn nicht im Bett?«

Amber lehnte sich an ihn und vergrub ihr Gesicht an seiner Brust. »Es war so einsam dort, und außerdem habe ich mir Sorgen um dich gemacht.«

Griffin legte seine Arme um Amber und Lana und schloss die Augen. »Und ich habe euch vermisst.«

»Da… Da!«

Überrascht blickten Amber und Griffin Lana an. Griffin erholte sich als erster. »Sie spricht!«

»Es sieht so aus.« Lächelnd drückte Amber sie an sich. »Wo ist Dad, Lana?«

Lanas Hand streckte sich nach Griffins Gesicht aus. »Da… Da!«

Tränen schimmerten in Griffins Augen, als ihm klar wurde, dass das erste Wort seiner Ziehtochter »Dad« war. »Wer bringt ihr denn so was bei?«

Amber legte ihre Hand an seine Wange. »Sie selbst, so wie es aussieht.« Widerstrebend löste sich Amber von Griffin und betrachtete ihn von Kopf bis Fuß. »Wie geht es dir? Bist du verletzt?«

»Nein, es ist alles in Ordnung.«

»Aber du riechst nach Blut.«

Griffin verzog den Mund. »Es ist nicht meines. Leider kam ich zu spät und konnte nicht mehr viel tun. Diese Verbrecher haben Marisas Wagen einfach von der Straße gedrängt!« Seine Stimme wurde zu einem Flüstern. »Marisa sah schlimm aus, ich hoffe nur, dass sie ihr im Krankenhaus helfen können.«

Aufmunternd drückte Amber seine Hand. »Finn sagte, dass Isabel und Keira schon dort sind. Marisa schwebt nicht in Lebensgefahr. Sie hat zwar einige schwere Verletzungen erlitten, aber sie wird wieder gesund.«

»Gott sei Dank!« Griffin blickte zu den anderen Männern hinüber, die gerade Kisten in die Hütte trugen. »Ich wollte bei Coyle bleiben, aber er hat darauf bestanden, dass ich die Beweise in Sicherheit bringe.«

»Was geschieht damit? Werden sie vernichtet?«

Griffin hob die Schultern. »Ich denke schon. Wir müssen unbedingt verhindern, dass sie jemals in die Hände von Menschen geraten. Aber ich glaube, der Rat will das Material erst sichten, damit sie überblicken können, wie viel unser Gegner über uns weiß.«

Aus den Augenwinkeln sah Amber eine Bewegung zwischen den Bäumen und prüfte den Geruch. Bowen. Diese Sache musste seine ganzen alten Wunden wieder aufreißen. Die Gefangennahme und die Folter. Während sie ihn beobachtete, straffte Bowen seine Schultern und trat auf die Lichtung. Die Gespräche verstummten nach und nach, und die Spannung war beinahe mit Händen greifbar.

Die Miene des jungen Mannes war angespannt, doch seine Stimme klang ruhig, als er sprach. »Ich will die Videos sehen.«

Finn legte eine Hand auf seine Schulter. »Ich glaube nicht, dass das eine so gute Idee ist, Bowen.«

»Ich schon.« Bowens grüngoldene Augen verengten sich. »Ich

denke, ich habe ein Recht, zu sehen, was Stammheimer mit meiner Hilfe an Beweisen gesammelt hat.«

Amber schnitt eine Grimasse, als sie den Selbsthass in Bowens Stimme hörte. Er war immer so still und unauffällig, dass man viel zu schnell vergaß, was er Furchtbares durchmachen musste. Dabei gab es keinen Grund für ihn, sich schuldig zu fühlen. Er hatte allen Versuchen von Stammheimer, ihn zu einer Verwandlung zu bringen, widerstanden.

Zögernd nickte Finn schließlich. »Wie du willst. Aber es wird etwas dauern, bis wir alles aufgebaut haben. Ich werde dich informieren, wenn wir so weit sind.«

Mit einem knappen Nicken drehte Bowen sich um und kehrte in den Wald zurück. Eine Weile sprach niemand ein Wort, dann rieb Finn mit der Hand über sein Gesicht. »Verdammt!«

Griffin zog Amber enger an sich. »Komm, lass uns nach Hause gehen, hier werden wir im Moment nicht gebraucht.«

Amber sah auf Lana hinunter, die sich unbemerkt wieder in ein Berglöwenjunges verwandelt hatte und tief auf ihrem Arm schlief. Griffin hatte recht, auf manche Dinge hatten sie keinen Einfluss, egal wie sehr sie es sich auch wünschten.

Langsam wich der zähe Nebel von ihr, der sie gefangen gehalten hatte. Gedämpfte Geräusche drangen von außerhalb in ihren schützenden Kokon, und sie versuchte vergeblich, den Ursprung und die Bedeutung zu erkennen. Allein ihre Lider zu heben bedeutete eine solche Kraftanstrengung, dass sie danach völlig erschöpft war. Vor allem sah sie nicht mehr als vorher, außer dass die tiefe Schwärze in ein unbestimmtes Grau übergegangen war. Die Töne waren jetzt klarer, doch sie konnte sie immer noch nicht zuordnen. Ein seltsames Piepsen, das immer schneller wurde, je mehr sie sich darauf konzentrierte, ein Schaben und Blubbern.

Marisa wollte den Kopf heben, doch ein scharfer Schmerz in ihrer Schläfe hinderte sie daran. Ganz zu schweigen davon, dass ihr die Kraft dazu fehlte und ihr Nacken sich anfühlte, als hätte jemand sämtliche Muskeln verknotet. Ein Stöhnen drang über ihre Lippen und erschien ihr unnatürlich laut. Das Gefühl von lauernder Gefahr ließ sie die Luft anhalten. Sämtliche Sinne waren auf die Umgebung ausgerichtet, aber sie konnte immer noch nichts erkennen. Jetzt wären Berglöwenaugen und -ohren nützlich gewesen. Der Gedanke kam aus dem Nichts und löste in Marisa eine Flut von Erinnerungen aus.

Sie keuchte auf, als sie sich wieder in ihrem Wagen befand und von der Straße gedrängt wurde. Coyles Fluch und ihr Schrei, die in dem Kreischen von Metall und berstendem Glas untergingen. Die furchtbaren Schmerzen, als sie in der verbeulten Karosserie eingeklemmt wurde, und die Sorge in Coyles Gesicht. Ihr Herz hämmerte in ihrer Brust, genau so wie es im Auto gewesen war, während Coyle gegen ihre Angreifer gekämpft hatte. Allein und mit Verletzungen, die ihn behinderten. Ein Zittern lief durch Marisas Körper, als sie sich daran erinnerte, wie einer der Verbrecher seine Pistole an ihren Kopf gehalten hatte. Einen Moment lang war sie sicher gewesen, in dem Wrack sterben zu müssen und Coyle nie wiederzusehen. Glücklicherweise hatte die Kugel sie nicht getroffen, und Griffin, der aus dem Nichts aufgetaucht war, hatte den Menschen besiegt.

Vorsichtig bewegte Marisa die Finger und fühlte Stoff unter ihrer Hand. Anscheinend war sie aus dem Wrack befreit worden und befand sich jetzt im Krankenhaus. Mental schlug sie sich vor die Stirn. Natürlich, das waren die Geräusche, die sie hörte. Sie war wahrscheinlich an ein EKG und eventuell auch noch andere Geräte angeschlossen. Im Auto hatte sie versucht, wach zu bleiben, doch von der Spritze des Arztes war sie eingeschlafen. Hoffentlich hatte Griffin Coyle davon überzeugt, zum

Berglöwenlager zurückzukehren, und ihr Gefährte war nicht so dumm hierherzukommen. Auf jeden Fall musste sie so schnell wie möglich dort anrufen, damit die anderen wussten, dass es ihr gut ging und Coyle sich keine Sorgen mehr machen musste.

Marisa versuchte sich aufzusetzen, aber ihr Körper gehorchte ihr nicht. Es war fast, als existierte er unterhalb ihres Kopfes gar nicht. Ihr Herz begann zu hämmern. Nein, sie musste Ruhe bewahren. Sie hatte eindeutig ihre Hand bewegt, also war noch mehr von ihr vorhanden. Noch einmal zwang sie ihre Finger, über die Decke zu streichen, und atmete schließlich auf, als ihre Fingerspitzen eine Beule berührten. Okay, ihr Bein war auch noch da. Aber warum konnte sie es dann nicht bewegen? Nicht mal mit den Zehen konnte sie wackeln. Schweiß trat vor Anstrengung auf ihre Stirn, doch sosehr sie sich auch bemühte, es gelang ihr nicht. Dafür erwachten immer mehr Schmerzen in etlichen Teilen ihres Körpers, anscheinend reichte das Schmerzmittel nicht mehr aus. Die Zähne in die Unterlippe gegraben, bewegte Marisa die andere Hand, wurde aber von einem Zerren am Handrücken gestoppt. Zuerst konnte sie sich den Widerstand nicht erklären, doch dann verstand sie, dass sie wahrscheinlich an einen Tropf angeschlossen war.

Es machte sie wahnsinnig, sich nicht bewegen zu können, und vor allem, nicht zu wissen, was genau mit ihr nicht stimmte. Die Frage war nur, wie sie sich bemerkbar machen konnte, damit ihr jemand erklärte, warum sie sich nicht rühren konnte. Vermutlich gab es irgendwo einen Knopf, mit dem man eine Schwester rief, doch so würde sie ihn nie erreichen. Ihr Arm fühlte sich an wie aus Blei, es gelang ihr nicht, ihn auch nur ein winziges Stück zu heben. Ein ungeduldiger Laut drang aus ihrer Kehle, der beinahe im Lärm ihres wild pochenden Herzens unterging. Ihr Körper und ihr Verstand weigerten sich, so eingesperrt zu sein, und verlangten ihre Freiheit. Das Piepsen des Herzmonitors wurde lauter und schneller, immer im Rhythmus ihres Herzschlags.

Ein anderes Geräusch mischte sich dazwischen: ein seltsames Quietschen, das immer näher kam. Es verstummte an ihrem Bett, und sie konnte sehen, wie sich eine Frau über sie beugte. Die weiße Kleidung deutete darauf hin, dass sie vom Krankenhauspersonal war. Marisa blinzelte, doch sie konnte trotzdem nur unscharfe Umrisse erkennen.

»Oh, Sie sind wach!« Die Frau drehte sich weg. »Kerry, ruf Dr. Lombardt aus, seine Patientin aus dem Autowrack ist aufgewacht.« Etwas berührte Marisas Arm. »Bleiben Sie ganz ruhig, wir kümmern uns um Sie.«

»W…wo … bin ich?« Marisa konnte ihre Frage selbst kaum verstehen, so rau klang ihre Stimme.

Die Schwester schien das Problem nicht zu haben. »Sie sind in Las Vegas, im University Medical Center. Sie hatten einen schweren Autounfall.«

Las Vegas. Gut, das war vermutlich logisch, da auf der Strecke, die sie bis dahin zurückgelegt hatten, keine andere größere Stadt mit einem Krankenhaus lag. Das bedeutete aber auch, dass sie vermutlich noch in Reichweite der Verbrecher war, sofern es noch weitere gab, die hinter ihnen her waren. Und wenn Coyle versuchen sollte hierherzukommen, würde er wieder in Gefahr geraten.

»Könnten … Sie mir ein … Telefon bringen?«

»Zuerst wird der Arzt mit Ihnen sprechen und Sie noch einmal untersuchen.« Die Antwort der Krankenschwester war entschuldigend. »Soll ich jemanden für Sie benachrichtigen?«

Marisa biss die Zähne zusammen. »Nein, das möchte ich … lieber selbst machen.«

»Es wird sicher nicht lange dauern.« Die Hand drückte noch einmal ihren Arm und ließ ihn dann los.

»Könnte ich etwas zu trinken haben?« Ihre Stimme schien mit jedem Wort krächzender zu werden.

»Ich kann Ihnen ein paar Eischips für Ihren Hals geben, aber wir müssen auf die Erlaubnis des Doktors warten, bevor Sie richtig trinken können. Bis dahin bekommen Sie die nötige Flüssigkeit durch eine Infusion.«

»Ja, bitte.« Jedes Schlucken fühlte sich an, als hätte sie Reißzwecken in der Kehle. Dankbar nahm sie die kleinen Eischips entgegen, die ihren rauen Rachen kühlten.

Nach Minuten, die sich wie Stunden anfühlten, betrat endlich der Arzt den Raum. Zumindest nahm sie an, dass er es war, denn sie konnte immer noch nicht viel mehr erkennen als unscharfe Flächen. Selbst als es im Zimmer heller wurde, sah sie sein Gesicht nicht deutlicher. Furcht kroch in Marisa hoch. Wenn irgendetwas mit ihren Augen nicht gestimmt hätte, dann wären sie doch vermutlich verbunden worden, oder? Außerdem konnte sie sich daran erinnern, dass sie nach dem Unfall noch einwandfrei funktioniert hatten, als sie im Wrack eingeklemmt gewesen war. Coyles verzweifeltes Gesicht stand noch so deutlich vor ihr, als wäre er hier. Vielleicht lag es an den Schmerzmitteln – jedenfalls hoffte sie das.

»Guten Morgen, ich bin Dr. Lombardt.« Der Arzt beugte sich über sie. »Wie fühlen Sie sich, Miss Pérèz?«

»Als hätte ich mich … mit meinem Auto … überschlagen.«

Er hatte ein angenehmes Lachen, stellte sie fest, auch wenn sie derzeit nichts lustig finden konnte. »Sie erinnern sich also, das ist gut. Ich hatte schon Bedenken, dass Sie durch den Schlag an die Schläfe etwas vergessen haben könnten.«

Marisa verzog den Mund. »Unglücklicherweise … kann ich mich … an jedes Detail … erinnern.«

»Ich verstehe, dass das nicht angenehm für Sie sein kann.« Seine Stimme war sanfter geworden. »Ich werde Sie jetzt noch einmal schnell untersuchen, Sie können mir Fragen stellen, und dann lasse ich Sie schlafen. Vor allem brauchen Sie jetzt Ruhe, damit Ihre Verletzungen heilen können.«

»Was … was genau sind das für … Verletzungen?« Schweiß brach ihr aus, als der Arzt ihre Hand umfasste.

»Drücken Sie bitte zu, so fest Sie können.« Marisa gehorchte. »Gut, sehr gut.« Er ging um das Bett herum und wiederholte die Prozedur mit der anderen Hand. »Sie haben eine schwere Gehirnerschütterung mit starker Prellung der linken Schläfe. Außerdem sind auf der linken Seite zwei Rippen gebrochen, und der Sicherheitsgurt hat eine starke Prellung des Brustkorbs verursacht. Die kleinere innere Blutung konnten wir stoppen.« Er ließ ihre Hand los und berührte sanft ihre Schläfe. Schon allein die leichte Berührung ließ sie beinahe aufschreien. »Gut, dass Sie angeschnallt waren, andernfalls wären Sie jetzt tot.«

Sie würde ein andermal froh darüber sein, momentan war der Schmerz einfach zu groß. »Warum kann ich Sie nicht deutlich sehen?«

Sein Gesicht tauchte über ihrem auf, doch sie konnte trotz der Nähe nur die Umrisse erkennen und dass er dunkle Haare und Augenbrauen hatte. »Jetzt immer noch nicht?«

»Nein.« Sie biss auf ihre Lippe. »Sagen Sie mir bitte, dass es an den Medikamenten liegt und wieder weggehen wird.«

»Wir werden nachher noch ein CT machen, beim ersten war außer einer Beule im Schläfenbereich nichts zu erkennen. Es könnte sein, dass diese Schwellung auf den Sehnerv drückt und die Probleme verursacht. Das werden wir aber herausfinden.« Er zog erst ein Augenlid hoch, dann das andere und leuchtete mit einer kleinen Taschenlampe hinein. Schmerz flammte in ihrem Kopf auf. »Generell sind Ihre Augen aber völlig in Ordnung.«

Marisa atmete erleichtert auf und spürte einen Stich in der Seite. Vermutlich die Rippen. Eine andere Sache bereitete ihr allerdings noch Sorgen. »Was ist mit meinen Beinen, warum kann ich sie nicht bewegen? Ich weiß nicht mal, ob ich sie überhaupt fühle.« Als der Arzt schwieg, steigerte sich ihre Angst. »Sie sind doch noch da?«

Wieder ein Zögern des Arztes. »Ja.«

Kälte drang an ihren schweißfeuchten Körper, als der Arzt die Decke zurückschlug. Marisa konnte nicht erkennen, was sie anhatte, vermutlich eines von diesen merkwürdigen Krankenhaushemden. Der Versuch, den Kopf zu heben, um zu sehen, was Dr. Lombardt tat, schlug ebenso fehl. Etwas glitt über ihr linkes Bein.

»Spüren Sie das?«

»Wenn es kitzeln soll, ja.«

»Gut.« Etwas pikste unerwartet in ihre Fußsohle, und Marisa zuckte zusammen. »Die Reflexe sind auch in Ordnung.«

Mühsam unterdrückte Marisa einen Fluch, weil sich der Schmerz durch die Bewegung verstärkt hatte.

»Das Bein jetzt bitte nicht bewegen. Sagen Sie mir einfach nur, ob Sie etwas spüren.«

Etwas Kaltes berührte ihre Zehen und glitt dann bis zu ihrem Hacken. »Ja, es ist kalt.«

»Sehr gut.«

Marisa wartete darauf, dass sie auch am restlichen Bein etwas spüren würde, aber das war nicht der Fall. »Wie kann es sein, dass ich meinen Fuß spüre und das Bein nicht?«

»Das liegt daran, dass es eingegipst ist. Sie haben einen komplizierten Oberschenkelbruch, und auch Ihre Kniescheibe ist gebrochen.«

Marisa kniff die Augen zusammen und starrte angestrengt in Richtung Fußende des Bettes. Schemenhaft konnte sie ein Gestell erkennen, das ihr Bein hochhielt. Kein Wunder, dass sie es nicht hatte bewegen können, es war völlig ruhiggestellt.

»Wir haben die Knochen gerichtet und die Kniescheibe verdrahtet. Auf dem Röntgenbild sieht derzeit alles zufriedenstellend aus, aber wir werden abwarten müssen, wie sich die Sache entwickelt.«

Das hörte sich nicht gut an. »Ist es möglich, dass ich das Bein nicht wieder wie vorher bewegen kann?«

Der Arzt trat wieder neben das Kopfteil des Bettes. »Das kann man jetzt wirklich noch nicht sagen. Natürlich sind Verletzungen der Kniescheibe immer sehr tückisch, und es kann passieren, dass Sie auch später noch Schmerzen haben werden oder bestimmte Bewegungen nicht möglich sind. Bisher gehe ich aber nicht davon aus. Es war ein glatter Bruch, vermutlich verursacht durch das eingedrückte Armaturenbrett. Das kommt bei Autounfällen häufiger vor.«

Marisa hatte Mühe, das alles aufzunehmen. Im Wrack hatte sie noch gedacht, dass sie trotz der Schmerzen relativ schnell wieder auf dem Damm sein würde, sobald sie daraus befreit war. Doch das hörte sich alles ziemlich dramatisch an. »Wie lange werde ich hierbleiben müssen?«

»Das kann ich jetzt noch nicht sagen. Sie sollten sich aber darauf einstellen, dass es einige Wochen dauern kann. Wir werden gleich die ganzen Schläuche entfernen. Da sie jetzt wach sind, können Sie eigenständig Nahrung und Flüssigkeit zu sich nehmen, und auch das EKG brauchen wir nicht mehr. Natürlich kommen Sie in ein normales Zimmer, sobald wir sicher sind, dass es keine Komplikationen mehr gibt. Und später schließt dann eine Reha an, damit Sie wieder möglichst viel Bewegungsspielraum gewinnen.«

Das war noch schlimmer, als sie befürchtet hatte. Wie sollte sie so ihren Job ausüben? Wie sollte sie damit leben, Coyle vielleicht für Wochen oder sogar Monate nicht sehen zu können? Und vor allem, wie würde er darauf reagieren? Schon unter normalen Umständen war er beinahe fanatisch um ihre Sicherheit und Gesundheit besorgt. Wenn er hörte, wie schwer sie verletzt war und dass er nicht bei ihr sein konnte, würde er bestimmt irgendetwas Dummes anstellen. Sie musste ihn unbedingt anrufen und ihn beruhigen.

Der Arzt legte seine Hand auf ihre Schulter. »Ruhen Sie sich jetzt erst einmal aus, ich schaue später noch einmal vorbei.«

»Danke.« Marisa räusperte sich. »Könnte ich etwas zu trinken haben? Und ein Telefon?«

»Natürlich, die Schwester wird Ihnen gleich beides bringen.«

Marisa nickte dankbar und blickte seinem verschwommenen Schatten hinterher, als er das Zimmer verließ.

Die Krankenschwester kam kurz darauf mit einem Glas Wasser samt Strohhalm und einem Telefon zurück. »Bitte trinken Sie nicht zu schnell, und halten Sie das Telefonat möglichst kurz. Ich komme gleich wieder, um die Schläuche und Infusionen zu entfernen. Und dann brauchen Sie dringend Ruhe.«

»Natürlich. Danke.« Marisa wartete, bis die Frau aus dem Zimmer war und die Tür hinter sich geschlossen hatte, bevor sie Coyles Nummer wählte. Automatisch hielt sie den Atem an, um enttäuscht auszuatmen, als nur die Mailboxansage kam. Wahrscheinlich hatte Coyle das Telefon beim Unfall verloren oder es war kaputtgegangen. Blieb also nur die Möglichkeit, Finn Bescheid zu sagen, der ihre Nachricht an Coyle weitergeben konnte. Es war nicht einfach, sich mit schmerzendem Schädel an die Nummer zu erinnern, aber schließlich tippte sie die Ziffern ein. Ihre Hand zitterte, und sie hatte kaum die Kraft, das schwere Telefon noch einmal ans Ohr zu führen. Diesmal ertönte ein Freizeichen, und Finns vertraute Stimme erklang schneller, als sie erwartet hatte. Für einen Moment hinderte ein Kloß im Hals sie daran zu sprechen. Schließlich räusperte sie sich.

»Hier ist Marisa.« Es kam als heiseres Krächzen heraus, aber Finn schien sie trotzdem zu verstehen.

»Marisa! Wir haben uns schon furchtbare Sorgen um dich gemacht. Wie geht es dir? Bist du noch im Krankenhaus?«

Die Wärme und Sorge in Finns Stimme zu hören, tat ihr unendlich gut. »Ich fürchte, ich werde auch noch länger hier sein, jedenfalls war das die Prognose des Arztes.« Sie zählte Finn ihre Verletzungen auf.

Als sie fertig war, stieß er einen Fluch aus. »Verdammt, ich hatte genau wie Coyle gehofft, dass es nicht so schlimm ist. Er wird verrückt werden, wenn er das hört. Es war schon schwierig genug, ihn davon abzuhalten, das Krankenhaus zu stürmen.«

»Wo ist Coyle jetzt? Sag mir bitte, dass er zum Lager zurückgekehrt ist!«

Ein tiefer Seufzer dröhnte durch die Leitung. »Du kennst ihn doch inzwischen lange genug, um zu wissen, dass er dich nie alleine lassen würde, oder? Erst recht nicht, wenn er weiß, dass du verletzt bist. Er hat Griffin mit den Beweisen hierher zurückgeschickt und ist dort geblieben. Hogan hat ihm sein Telefon gegeben, damit wir Kontakt zu ihm halten können. Ich kann dir die Nummer geben.«

»Ich habe gerade nichts zu schreiben hier. Richte Coyle bitte aus, dass er sich von allen Menschen fernhalten soll und dass ich mich so schnell wie möglich bei ihm melden werde.« Sie stockte. »Und dass ich ihn liebe. Ich erwarte, dass er keine Dummheiten macht und in unserem Haus ist, wenn ich zurückkomme.«

Finn gab einen zweifelnden Laut von sich. »Ich werde es ausrichten, aber mach mich nicht verantwortlich, wenn er nicht darauf hört.« Bevor sie etwas dazu sagen konnte, redete er weiter. »Torik ist auf dem Weg zu dir, er sollte eigentlich gegen Mittag eintreffen. Er wird auf dich aufpassen, bis du wieder auf den Beinen bist.«

Eine seltsame Erleichterung erfasste sie, als sie erfuhr, dass sie bald nicht mehr allein sein würde. »Aber was ist mit der Autorin, die er ausspionieren wollte?«

»Das kann er immer noch tun, wenn es dir besser geht. Du bist uns wichtiger, Marisa.«

Tränen stiegen in ihre Augen, und sie blinzelte sie hastig fort. »Danke, Finn, das bedeutet mir sehr viel. Aber ich möchte nicht, dass ihr dadurch noch mehr in Gefahr geratet.«

»Mach dir darum keine Gedanken, wir werden einen Weg finden.« Er klang so sicher, dass sie es vorzog, ihm zu glauben.

»Ich weiß nicht, wo mein Handy geblieben ist, aber ich bin sicher, dass du mich im Krankenhaus anrufen kannst. Halte mich bitte auf dem Laufenden, okay?«

»Natürlich. Und jetzt ruh dich aus, damit es dir bald besser geht.«

»Mache ich. Bis bald.«

Finn verabschiedete sich von ihr, und sie war wieder allein. Es fühlte sich an, als wäre die Verbindung zu ihrem normalen Leben wieder durchtrennt worden. Sie hasste es, hier bewegungslos liegen zu müssen, ohne die Möglichkeit, sich irgendwie abzulenken oder etwas Sinnvolles zu tun.

Gerade als sie dachte, vor Langeweile aus der Haut fahren zu müssen, öffnete sich die Tür zu ihrem Zimmer. Ein verschwommener weißer Fleck tauchte auf. »Ich hoffe, Sie haben noch nicht geschlafen. Mir fiel gerade ein, dass noch jemand im Wartezimmer sitzt, der sie sehen will.« Es war die Stimme der Krankenschwester.

Marisas Herz begann laut zu klopfen. Es gab eigentlich nur zwei Möglichkeiten: Coyle oder jemand, der sie nun endgültig beseitigen wollte. »Ist es ein Mann?«

Ihr Krächzen schien die Schwester nicht zu beunruhigen. »Nein, eine Frau.«

Warum sollten die Verbrecher immer nur Männer sein? Es gab sicher auch genug gewissenlose Frauen. »Hat sie einen Namen genannt?«

»Isabel Kerry oder so ähnlich. Sehr jung und hübsch.«

Isabel! Wie auch immer sie hierhergekommen war, Marisa war dankbar dafür. »Schicken Sie sie bitte herein.«

»Sie kennen sie also?«

»Ja, sie ist eine gute Freundin.«

Die Schwester bewegte sich zur Tür zurück. »In Ordnung. Aber sie muss gleich wieder gehen. Sie brauchen Ruhe.« Sie verließ das Zimmer.

Es schien unendlich lange zu dauern, bis sich die Tür wieder öffnete. Marisa hasste es, so blind zu sein und ihre Umgebung nicht unter Kontrolle zu haben. Heftig blinzelnd starrte sie die Figur an, die den Raum betrat. Sie glaubte, eine blaue Hose und ein rotes T-Shirt zu erkennen und lange rotbraune Haarsträhnen um ein helles Oval. Erleichtert ließ sie ihren Kopf zurücksinken.

Isabel trat neben das Bett und nahm Marisas Hand in ihre. »Mein Gott, Marisa, du siehst furchtbar aus!«

Überrascht lachte Marisa auf, um gleich darauf vor Schmerzen zusammenzuzucken. »Bring mich nicht zum Lachen, das tut weh.«

»Entschuldige, das hätte ich nicht sagen sollen. Es ist nur, ich dachte, ihr wärt längst zu Hause, und dabei habt ihr um euer Leben gekämpft, während ich selig geschlafen habe!« Isabel lehnte sich vor, sodass ihr Gesicht etwas deutlicher wurde. Große blaue Augen musterten Marisa besorgt. »Die Schwester wollte mir nicht sagen, wie es dir geht.«

»Dafür, dass ich genauso gut tot sein könnte, geht es mir gut. Diesen Verbrechern war es jedenfalls egal, ob wir den Unfall überleben oder nicht. Oder nein, sie hätten es wohl gut gefunden, wenn wir gleich tot gewesen wären. Weniger Arbeit.« Marisas Wut wurde immer größer, je länger sie darüber nachdachte. Es schien so, als wäre demjenigen, der hinter der Sache steckte, ein Leben überhaupt nichts wert. »Ich bin nur froh, dass es dir und Keira gut geht.«

Schuldgefühl trat in Isabels Augen. »Vielleicht, wenn wir alle zusammen geblieben wären …«

Marisa unterbrach Isabel. »Das ist Unsinn, die Kerle waren entschlossen, uns zu stoppen, egal wie. Und es ist nicht gesagt, dass nicht immer noch jemand in der Nähe ist und darauf wartet, euch zu erwischen. Du solltest nicht hier sein.«

Isabel verzog den Mund. »Du hörst dich an wie Keira.«

Das ließ Marisa lieber unkommentiert. »Apropos Keira, wo hast du sie gelassen? Sie ist doch nicht zum Lager zurückgekehrt, oder? Ich hoffe, sie sorgt dafür, dass dir nichts passiert.«

»Nein, nein, sie wartet unten vor dem Krankenhaus und ist gerade überhaupt nicht glücklich mit meiner Entscheidung hierherzukommen. Aber ich konnte dich doch nicht hier alleine lassen!«

Wärme breitete sich in Marisa aus, als sie sich wieder einmal klarmachte, was für ein Glück sie hatte, solche Freunde gefunden zu haben. »Danke, das bedeutet mir sehr viel. Trotzdem solltest du auf Keira hören und dich von mir fernhalten, bis die Gefahr gebannt ist.« Wann immer das sein würde.

Entschlossen schob Isabel das Kinn vor. »Du kannst sagen, was du willst, solange du mich brauchst, bleibe ich hier.«

18

»Und ihr hättet mir nicht früher Bescheid sagen können? Zum Beispiel, *bevor* ihr versucht habt, die Beweise zu bergen?« Harkens Stimme war leise, sein Gesicht ausdruckslos, aber der Ärger war ihm trotzdem anzumerken.

Der Wandler war vor wenigen Minuten an der Red Rock Canyon Conservation Area westlich von Las Vegas angekommen, wo Coyle sich gestern Abend von Hogan und Griffin hatte absetzen lassen. Näher würde Coyle Marisa nicht kommen können, solange sie im Krankenhaus lag – und das zerrte an seinen Nerven. Mit jeder Faser seines Körpers sehnte er sich danach, bei ihr zu sein, sich um sie zu kümmern und sie zu beschützen.

Coyle lehnte sich an einen Felsen und verschränkte seine Arme über der Brust. Mehr um sich überhaupt aufrecht zu halten, weil seine Verletzungen höllisch schmerzten, aber das musste Harken nicht wissen. Außerdem war er nicht in Stimmung für Harkens Vorwürfe, auch wenn diese vielleicht berechtigt sein mochten. Solange er nicht wusste, ob er dem mysteriösen Wandler trauen konnte, würde er weiterhin zuerst darüber nachdenken, bevor er ihn informierte. Außerdem reichte es, wenn er sich selbst Vorwürfe machte, dass Marisa so schwer verletzt worden war. »Der Rat hielt es nicht für nötig. Davon abgesehen, was hättest du tun können? Kannst du dich nicht nur unsichtbar machen, sondern auch noch vervielfältigen? Oder hast du eine ganze Armee auf Abruf?«

Ein Muskel zuckte in Harkens Wange, seine rauchig grauen Augen waren dunkler als zuvor. »Weder noch. Aber vielleicht hätte ich bemerkt, dass noch weitere Männer in der Nähe waren, die nur darauf warteten, euren Wagen von der Straße abzudrängen.«

Treffer versenkt. Noch jetzt begann Coyles Herz zu rasen, als er sich daran erinnerte, wie Marisa bewusstlos in dem zerstörten Auto gelegen hatte und er für einen Moment sicher gewesen war, sie wäre tot. »Es ist nicht mehr zu ändern. Irgendwelche Vorschläge, wie wir weiter vorgehen sollen?«

»Die Beweise sind in Sicherheit?« Als Coyle nickte, richtete Harken sich auf. »Dann sollten wir uns darauf konzentrieren, diejenigen zu beschützen, die unser Gegner als Nächstes ins Visier nehmen könnte.«

»Und wer ist das?« Er ahnte es schon, bevor Harken ihm antwortete.

»Marisa und Isabel Kerrilyan, unter anderem.«

Coyle rieb über seine Stirn. »Marisa sollte im Krankenhaus in Sicherheit sein, sobald Torik eintrifft. Im Moment hält Keira davor Wache. Wenn sie nicht mehr benötigt wird, sorgt sie dafür, dass Isabel sicher zurück nach Los Angeles kommt.«

»Das hört sich für mich nach einem personellen Engpass an. Ich dachte, Torik sollte sich um diese Liebesromanautorin kümmern, die über euch schreibt.«

Wut stieg in Coyle auf. »Du meinst, wir sollten noch mehr Wächter zu den Menschen schicken und sie in Gefahr bringen? Damit könnten wir mehr Probleme verursachen, als wir sowieso schon haben.« Vor allem weil außer Torik kein Mitglied der Gruppe seine Gestalt jederzeit unter Kontrolle hatte – und auch keinen Ausweis. »Mal ganz davon abgesehen, dass wir derzeit niemanden entbehren können, weil alle übrigen Wächter zum Schutz des Lagers gebraucht werden.«

Harken nickte. »Du hast erzählt, dass euch Berglöwen einer anderen Gruppe geholfen haben. Wo finde ich die?«

Coyle deutete in Richtung der Stadt. »Ihr Gebiet liegt in der McCullough Range, südöstlich von Las Vegas. Einen genaueren Standort haben sie nicht genannt, aber ich gehe davon aus, dass es sich in der Nähe von Stammheimers Haus befindet. Der Anführer heißt Sawyer.«

»Dann sollten wir ihn vielleicht suchen.« Harken beäugte ihn kritisch. »Das heißt, wenn du dazu in der Lage bist. Du siehst nicht gut aus.«

Coyle fühlte sich auch nicht gut. Aber er würde verrückt werden, wenn er hier weiterhin auf Nachrichten über Marisas Zustand warten musste. Auch wenn ihn alles zu ihr zog, so wie er derzeit aussah, würde er in der Stadt zu sehr auffallen. Ganz davon abgesehen, dass es zu gefährlich für ihn war, sich unter Menschen aufzuhalten. »Ich werde irre, wenn ich hier weiter tatenlos herumhängen muss.«

Harken hob die Augenbrauen. »Du hättest in euer Lager zurückkehren können.«

Coyle spürte, wie sich seine Augen veränderten. »Nicht ohne Marisa.«

Beruhigend hob Harken die Hände. »Schon gut. Wollen wir?«

Eine Dreiviertelstunde später parkte Harken seinen Jeep am Fuß der McCullough Range. Coyle blickte sich um und fragte sich, wie es der Wandlergruppe gelungen war, sich in dieser kargen Landschaft vor den Menschen zu verstecken. Aber vermutlich lebten sie einfach die meiste Zeit in Berglöwenform.

Langsam drangen sie in das Gebiet ein, und Coyle hatte Mühe, nicht bei jedem Schritt vor Schmerzen aufzustöhnen. Glücklicherweise dauerte es nicht lange, bis sie von einer Gruppe Berglöwenwandler eingekesselt waren.

Coyle blieb ruhig stehen und sah den Berglöwen an, der nach Sawyer roch. »Das hier ist Harken, er will euch kennenlernen.«

Ein Grollen ertönte, das nach einem scharfen Blick von Sawyer erstarb. Der Anführer der Berglöwengruppe ließ sich Zeit zu entscheiden, ob er mit ihnen reden wollte. Coyle konnte es ihm nicht verdenken. Sie selbst hatten auch nicht gerade positiv reagiert, als Harken einfach in ihrem Lager aufgetaucht war. Ärger stieg in Coyle auf, als er sich daran erinnerte, wie Harken Marisa ausgenutzt und getäuscht hatte. Harken warf ihm einen Blick zu, als wüsste er genau, was Coyle dachte. Coyle presste seine Lippen aufeinander, um ihm nicht seine Zähne zu zeigen. Seit Marisa verletzt worden war, fiel es ihm immer schwerer, seine tierische Seite zu unterdrücken. Er wollte den oder die Verbrecher, die dafür verantwortlich waren, aufspüren und sie zerreißen … Eine Berührung an seinem Arm ließ ihn aufblicken.

»Bleib ruhig, auch wenn es dir schwerfällt. Wir werden den Drahtzieher finden und dafür sorgen, dass er niemandem mehr schaden kann.« Harkens Stimme klang leise, aber bestimmt.

Coyle schüttelte den Kopf, um ihn zu klären, und zuckte zusammen, als Schmerz durch seinen Körper fuhr. Mühsam brachte er sich wieder vollständig unter Kontrolle und atmete tief ein. Bevor er etwas sagen konnte, verwandelte Sawyer sich und trat zu ihnen.

Er betrachtete Coyle von oben bis unten. »Was ist mit dir passiert?«

»Unser Wagen wurde von der Straße gedrängt. Marisa wurde schwer verletzt.« Seine Stimme brach.

»Verdammt!« Sawyer strich durch seine zerzausten rotbraunen Haare. »Es können nicht die drei Männer gewesen sein, die das Haus überfallen wollten, wir haben sie erst heute Morgen in der Wildnis ausgesetzt. Das heißt, es müssen noch weitere Verbrecher in der Gegend gewesen sein, die wir nicht bemerkt haben. Braucht ihr Hilfe, sie zu suchen?«

»Nicht nötig, sie sind tot.« Das Grollen in Coyles Stimme

deutete an, dass der Berglöwe bereits wieder dicht unter der Oberfläche war. Er musste sich dringend wieder unter Kontrolle bringen.

Sawyer sah ihn mitfühlend an. »Habt ihr jemanden, der sich um deine Gefährtin kümmert?«

Coyle schob seine Hände in die Hosentaschen, damit niemand sah, wie sehr sie zitterten. »Einer unserer Wächter wird auf sie aufpassen. Sie ist in Las Vegas im Krankenhaus und wird wohl länger dort bleiben müssen. Aber immerhin ist sie wieder aufgewacht.«

»Und Keira?«

Wenn Coyle nicht so um Marisa besorgt gewesen wäre, hätte er die Art, wie Sawyer den Namen aussprach, lustig gefunden. »Keira ist derzeit noch dort, aber sie wird bald abgelöst.«

Etwas lag in Sawyers braunen Augen, das Coyle nicht recht deuten konnte. »Dann geht sie danach wieder zurück in euer Lager in Kalifornien?«

»Nein, sie begleitet zuerst Isabel nach Los Angeles. Je nachdem, ob Isabel dort noch Gefahr droht, könnte sie länger bleiben.«

Harken räusperte sich.

Sawyers Augen verengten sich, während er ihn anblickte. »Und was genau bist du? Ich kann deinen Geruch nicht zuordnen.«

»Ich bin ein Wandler wie ihr.«

Coyle konnte ein Schnauben nicht unterdrücken. »Also ich kann mich nicht unsichtbar machen.«

Harken ignorierte ihn genauso wie die unruhigen Bewegungen der Berglöwen. »Ich will den Mann unschädlich machen, der hinter der Jagd auf die Wandler steckt. Doch ich weiß noch nicht, wer er ist, deshalb brauche ich jede Hilfe, die ich bekommen kann. Vor allem möchte ich, dass sich die einzelnen Wandlergruppen vernetzen und zusammenarbeiten, wenn es darum geht, Bedrohungen auszuschalten.«

Sawyers Gesicht schien wie aus Stein gemeißelt. »Ich glaube nicht, dass wir dabei groß helfen können.« Er deutete auf die sie umgebenden Berglöwen. »Das ist mehr oder weniger die ganze Gruppe. Wir verfügen weder über große Mittel noch über Kontakte. Nicht mal ein Telefon haben wir, es dürfte also schwierig sein, uns zu erreichen.« Er verschränkte seine Arme über der Brust und sah Harken an. »Und wo warst du, als wir vor zwei Jahren Hilfe brauchten?«

Es sah aus, als würde Harken nicht antworten, doch schließlich tat er es. »In Afrika.« Er rieb abwesend über seine Rippen. »Ich bin weder allwissend noch unfehlbar, noch kann ich Wunder bewirken. Ich weiß aber, dass wir diese Bedrohung nur überwinden können, wenn möglichst viele Wandler zusammenarbeiten. Unser Gegner scheint über große Mittel zu verfügen, und vor allem versteht er es, seine Spuren zu verwischen. Immer wenn ich denke, ich bin ihm ein Stück näher gekommen, lande ich wieder in einer Sackgasse. Deshalb muss ich wissen, wenn etwas passiert, damit ich die Spur aufnehmen kann, solange sie noch frisch ist.«

Coyle zuckte schuldbewusst zusammen. War Marisa in Gefahr geraten, weil er Harken vor ihrem Aufbruch nach Nevada nicht informiert hatte? Aber was hätte der Wandler alleine ausrichten können?

Sawyer blickte nachdenklich drein. »Wie viele haben sich der Sache schon angeschlossen?«

Harken zuckte mit keiner Wimper. »Ich habe gerade erst damit angefangen, mich einzelnen Gruppen zu zeigen, davor hielt ich es für besser, im Hintergrund zu bleiben und zu versuchen, den Drahtzieher über die von ihm angeheuerten Verbrecher zu finden. Aber das hat sich als Sackgasse erwiesen.«

Der Berglöwenmann wandte sich an Coyle. »Macht ihr da mit?«

Coyle hob die Schultern. »Das entscheidet unser Rat. Aber ich halte es auch für sinnvoll. Wir versuchen seit einiger Zeit selbst, mit anderen Gruppen Kontakt aufzunehmen, doch das ist schwierig. Bisher haben wir nur eine lockere Verbindung zu einer Adlergruppe, die jedoch äußerst skeptisch ist und sich vor allem nach einem Angriff bewaffneter Menschen noch weiter in die Wildnis zurückgezogen hat.« Ein Lächeln huschte über sein Gesicht. »Und wir haben ein paar menschliche Freunde gewonnen.«

»Wartet hier.« Sawyer gab seinen Männern ein Zeichen und verwandelte sich. Zwei der Berglöwen folgten ihm, als er aus der Sicht verschwand, während die anderen weiterhin einen Kreis um Coyle und Harken bildeten.

Coyle sah Harken an. »Wage es nicht, jetzt unsichtbar zu werden und mich hier allein zu lassen!«

Harkens Mundwinkel hoben sich. »Das hatte ich nicht vor.«

»Gut.«

Nach einigen Minuten kehrte Sawyer zurück und verwandelte sich vor ihnen. »Okay, wir machen mit. Wenn ihr uns braucht, wisst ihr, wo ihr uns findet.«

Während der langen Fahrt nach Las Vegas fand Torik keine Erklärung dafür, warum er Caitlin mitgenommen hatte, anstatt sie in der Obhut von Shannon Hunters Militär-Freund zu lassen. Auch wenn er sie in Sicherheit wissen wollte, war es keine gute Idee, sie mit zu Marisa zu nehmen. Nicht nur, weil sie unterwegs angreifbarer waren und in Las Vegas weitere Gefahren lauerten, sondern vor allem weil Caitlin nicht erfahren durfte, wer oder vielmehr was sie waren. Was hinderte sie daran, noch ein Buch über die Wandler zu schreiben? Oder sogar an die

Presse zu gehen und ihr Wissen als Werbung für ihr Buch zu benutzen?

Toriks Herz zog sich bei dem Gedanken zusammen. Etwas in ihm wehrte sich dagegen, zu glauben, dass Caitlin zu so etwas fähig wäre, doch sein Verstand erkannte die Möglichkeit an. Entschlossen biss er die Zähne zusammen. Er würde nicht zulassen, dass Caitlin seine Gruppe noch mehr in Gefahr brachte, als sie es sowieso schon getan hatte. Wenn er herausfand, dass sie die Wandler verraten wollte, würde er sie daran hindern, egal wie sehr er sich auch danach sehnte, sie noch einmal in den Armen zu halten.

»Du bist so still. Woran denkst du?« Caitlins Stimme riss ihn aus seinen Gedanken.

Er wandte seinen Blick nicht von der Straße ab. »Ich bin immer noch nicht sicher, dass es eine gute Idee war, dich mitzunehmen.« Im Gegenteil.

»Da kommt man sich doch gleich richtig erwünscht vor.« Etwas klang in ihrer Stimme mit, das ihn berührte.

Gegen seinen Willen sah Torik zu ihr hinüber. Mit einem angespannten Zug um den Mund blickte sie aus dem Seitenfenster. Keine Spur mehr von der selbstbewussten Verführerin, die ihn hinter der Kühlschranktür hervorgelockt hatte. Mit einem stummen Seufzer gestand Torik sich ein, dass er es nicht schaffte, Caitlin auf Abstand zu halten, auch wenn das wahrscheinlich am sinnvollsten gewesen wäre.

»Das hier ist kein fröhlicher Ausflug, Caitlin, erst recht nicht, wenn es sein könnte, dass immer noch jemand hinter dir her ist. Es wäre mir lieber, ich wüsste, dass du irgendwo in Sicherheit bist, damit ich mir keine Sorgen um dich machen muss.«

Jetzt blickte Caitlin ihn an, die silbergrauen Augen groß in ihrem Gesicht. »Es war selbstsüchtig von mir, dich begleiten zu wollen. Ich konnte es einfach nicht ertragen, dich schon gehen zu lassen.« Verlegene Röte stieg in ihre Wangen, doch sie hielt seinem Blick stand. Bevor er etwas erwidern konnte, redete sie weiter. »Ich weiß, dass unsere Beziehung keine Zukunft hat, schließlich bist du nur auf der Durchreise, aber ich hatte gehofft ...«

Torik wartete darauf, dass sie den Satz beendete, doch sie presste nur ihre Lippen zusammen und schwieg. Wenn er klug gewesen wäre, hätte er jetzt das Thema gewechselt. Stattdessen kam jedoch etwas anderes aus seinem Mund. »Es wäre dir gegenüber nicht fair, denn ich muss bald wieder nach Hause zurückkehren, und wir könnten niemals ...« Seine Worte verklangen, als ihm bewusst wurde, was er hatte sagen wollen: zusammenleben. Nein, das war falsch, er wollte mit niemandem zusammenleben, schon gar nicht mit einer Menschenfrau! Nach Arlyn hatte er sich geschworen, nie wieder solche Gefühle zuzulassen, und er würde sich daran halten.

Ein trauriges Lächeln spielte um Caitlins Mund. »Das ist komplizierter geworden, als wir erwartet haben, oder? Ich wünschte, ich könnte sagen: ›Lass uns eine kurze Affäre eingehen und sie einfach genießen!‹, aber ich fürchte, ich könnte dich dann nicht mehr gehen lassen, ohne ein Stück meines Herzens zu verlieren.«

Torik spürte einen dumpfen Schmerz in seinem Innern. »Wie soll es jetzt weitergehen?«

Caitlin hob die Schultern. »Ich weiß es nicht. Ich fürchte, wir können nur abwarten und sehen, was passiert.«

Schweigend fuhr er weiter und ließ Caitlin in dem Glauben, dass sie irgendeine Art von Zukunft haben könnten. Dabei wusste er genau, dass es nichts weiter als eine Illusion war. Sie durfte niemals erfahren, dass es Wandler gab, und damit war es ausgeschlossen, dass er jemals in ihrer Gegenwart ganz er selbst sein konnte. Bisher war es ihm nie schwergefallen, seine andere Seite in der Gesellschaft von Menschen zurückzuhalten, doch bei Caitlin bereitete es ihm Probleme. Große sogar.

Erleichtert atmete Torik auf, als sie kurze Zeit später die Stadtgrenze von Las Vegas erreichten. Der Berglöwe in ihm zog sich ganz weit zurück, als er die gigantischen Hotels und glitzernden Reklamen in der Ferne auftauchen sah. Glücklicherweise lag das Krankenhaus von Norden aus vor dem Strip, sodass er nicht auch noch die Unmengen an Menschen ertragen musste, die sich dort auf den Bürgersteigen drängten. Es wurde eindeutig Zeit, sich abzulenken.

»Soll ich dich gleich zum Hotel bringen?« Sie hatten bereits ein Zimmer gebucht, bevor sie losgefahren waren, um sich eine lange Suche in der Stadt zu ersparen.

Caitlin, die aus dem Fenster gesehen hatte, drehte sich zu ihm um. »Kommst du nicht mit?«

Torik hielt seine Augen auf den Verkehr gerichtet. »Ich fahre direkt zum Krankenhaus, wenn ich dich abgesetzt habe.«

»Oh. Ich dachte, wir würden zusammen dorthin fahren.«

Nun sah er sie doch an. »Was willst du denn im Krankenhaus? Ich kann mir nicht vorstellen, dass es da besonders angenehm ist.«

Für einen Moment schwieg Caitlin, bevor sie ihn ernst ansah. »Ich möchte bei dir sein und dich unterstützen, wenn du deine Freunde besuchst. Aber wenn dir das unangenehm ist, kann ich natürlich auch etwas anderes unternehmen.«

Toriks Kehle wurde eng. Caitlin kannte weder ihn noch seine Freunde, trotzdem war sie bereit, ihn ins Krankenhaus zu begleiten, weil sie dachte, es würde ihm helfen. »Danke.« Das Wort klang abgehackt, doch er konnte sehen, dass es Caitlin glücklich machte.

»Ich freue mich, wenn ich dir zur Abwechslung auch mal helfen kann.« Sie deutete auf ein Schild. »Gleich kommt unsere Ausfahrt.«

Die Hände um das Lenkrad gekrampft, fuhr Torik vom Freeway ab. Er war es nicht gewohnt, in Großstädten Auto zu fahren, und deshalb froh, als er endlich auf das Gelände des University Medical Centers einbog. Es dauerte eine Weile, bis er das richtige Gebäude fand, doch schließlich stellte er den Jeep auf dem Parkplatz ab, legte seine Hand um Caitlins Arm und führte sie in die Eingangshalle. Die Frau am Empfang nannte ihnen die Zimmernummer, als Torik nach Marisa fragte, und kurz darauf gingen sie den Korridor der Station entlang, auf der sie lag.

Einige Meter vor der Tür wurde Caitlin jedoch langsamer und sah ihn an. »Ich dachte, du hättest gesagt, es wären Freunde, nicht nur eine Freund*in*?«

Torik betrachtete sie erstaunt. Konnte es sein, dass sie eifersüchtig war? »Coyle, der Lebensgefährte von Marisa, ist schon wieder entlassen worden. Allerdings muss er im Bett bleiben, deshalb hat er mich gebeten, hierherzukommen und Marisa Gesellschaft zu leisten.« Caitlins Blick blieb weiter skeptisch. »Ehrlich, wenn du die beiden zusammen sehen würdest, hättest du keinen Zweifel daran, dass ich einfach nur ein Freund bin.«

Ein zögerndes Lächeln breitete sich auf ihrem Gesicht aus. »Vielleicht fällt es mir nur einfach schwer zu glauben, dass dich nicht alle anderen Frauen auch furchtbar sexy finden.«

Torik spürte, wie seine Ohrspitzen warm wurden, und sah sich unbehaglich im Flur um, ob jemand sie belauschte. »Könntest du so etwas für dich behalten? Wenn dich jemand hört!«

»Du meinst, es darf niemand wissen, dass du sexy bist?« Caitlins Grinsen zeigte, wie viel Spaß es ihr bereitete, ihn aufzuziehen.

Kopfschüttelnd ging Torik weiter, bis er direkt vor der Tür zu Marisas Zimmer stand. Als er zögerte, drückte Caitlin beruhigend seine Hand. Zu seinem Erstaunen fühlte er sich dadurch tatsächlich etwas besser. Widerwillig ließ er sie los, um an die Tür zu klopfen. Es kam keine Antwort, also schob er sie leise auf und warf einen Blick in das Zimmer. Sein Inneres krampfte sich zusammen, als er Marisas stille Gestalt im Bett liegen sah. Ein Bein war beinahe vollständig eingegipst, und um den Kopf trug sie einen dicken Verband. Ihre sonst braune Haut wirkte blass, beinahe grau, und ihr Gesicht war von Kratzern und Prellungen entstellt. Da sie nicht an Geräte und Infusionen angeschlossen war, ging er davon aus, dass ihr Zustand stabil war. Jedenfalls hoffte er das. Hinter sich spürte er ein leichtes Schieben, und so trat er schließlich lautlos in den Raum.

Zögernd stellte er sich neben das Bett und sah auf Marisa hinunter. Ihre Lider waren geschlossen, tiefe Schatten lagen darunter. Erst jetzt erkannte er, dass er sie bisher immer nur stark erlebt hatte. Er dachte daran, wie lebendig ihre Augen sonst strahlten. Wie leicht hätte dieses Strahlen für immer verlöschen können … Toriks Beine gaben nach, und er sank auf den Stuhl, den ihm Caitlin fürsorglich hingeschoben hatte. Ihre Hand legte sich auf seine Schulter, so als wüsste sie, was in ihm vorging, und versuchte, ihm etwas von ihrer Kraft zu geben. Torik presste die Zähne zusammen. Diese Schwäche machte ihn nervös, normalerweise war er durch nichts zu erschüttern. Wenn die anderen ihn so gesehen hätten, den großen, starken Wächter, der sich nie von seinen Gefühlen leiten ließ – und vor allem nie welche zuließ. Und jetzt saß er hier am Bett einer Menschenfrau und akzeptierte den Trost einer anderen. Die noch dazu die Sicherheit der Berglöwenwandler akut gefährdet hatte.

Dieser Gedanke half ihm, sich wieder aufzurichten und seine Gefühle tief in sich zu vergraben. Dort, wo sie keinen Schaden anrichten konnten. Nach einem tiefen Atemzug legte er seine Hand auf Marisas und war beruhigt, dass sich die Haut warm anfühlte. Er beugte sich vor und sprach direkt in ihr Ohr. »Ich bin es, Torik. Ruh dich aus, ich passe auf dich auf.«

Bildete er es sich nur ein, oder entspannten sich Marisas Gesichtszüge etwas? Auf jeden Fall hatte er das Gefühl, das Richtige zu tun. Eine Hand legte sich auf seine Schulter. Er sah auf und verlor sich für einen Moment in Caitlins Augen.

»Soll ich euch alleine lassen?« Sie sprach leise, um Marisa nicht zu stören.

Vermutlich hätte er sie wegschicken sollen, aber er konnte es nicht. Er brauchte ihre Wärme und ihre Nähe, ganz zu schweigen von der Gewissheit, dass sie in Sicherheit war. »Bleib bitte.«

Caitlins Lächeln ließ sein Herz höher schlagen. Das sanfte Streicheln ihrer Finger an seiner Schulter ließ ihn wünschen, er könnte sich und auch ihr einfach die Kleidung vom Leib reißen und dort weitermachen, wo sie letzte Nacht aufgehört hatten. Nur würde er sich diesmal viel Zeit lassen und Caitlin in einem Bett lieben. Ihr heftiges Niesen riss ihn aus seiner Verzauberung. Verdammt, der Berglöwe musste wieder viel zu dicht unter der Oberfläche sein. Wie kam es, dass er sich in ihrer Gegenwart nicht beherrschen konnte? Niemand sonst hatte das bisher geschafft. Er durfte das nicht zulassen, schon gar nicht, wenn er sich gerade in der Menschenwelt aufhielt.

»Torik?« Marisas schwache Stimme ließ seinen Kopf zum Bett herumfahren. Ihre Augen waren geöffnet, aber er war sich nicht sicher, ob sie ihn wirklich wahrnahm.

Er drückte vorsichtig ihre Hand. »Ja, ich bin hier.«

»Coyle …«

Torik unterbrach sie rasch, bevor sie etwas sagte, das Caitlin nicht hören durfte. Was hatte er sich dabei gedacht, sie mitzunehmen? Es war viel zu gefährlich! »Coyle geht es gut, seine Verletzungen sind nicht schwerwiegend.« Torik redete rasch weiter, bevor Marisa antworten konnte. »Ich habe Caitlin Walker mitgebracht, sie ist Liebesromanautorin und lebt in Montana. Dort habe ich sie vor ein paar Tagen kennengelernt.«

Marisas Blick schien schärfer zu werden, als er an ihm vorbei glitt und auf die andere Frau fiel. »Hallo.«

Caitlin trat vor und lächelte. »Hallo. Es tut mir leid, dass ich hier einfach so hereingeplatzt bin, ich wollte Torik nicht alleine lassen.«

»Das ist nett von Ihnen.« Marisas Augen schlossen sich halb, sie war offensichtlich erschöpft. »Torik braucht jemanden, der für ihn da ist.«

»Marisa.« In seiner Stimme schwang ein warnender Unterton mit.

Ein Funken ihrer üblichen Lebendigkeit huschte über Marisas Gesicht. »Ich bin verletzt, ich darf das sagen.«

Wider Willen amüsiert setzte Torik mühsam eine strenge Miene auf. »Spar deine Kraft lieber, um schnell gesund zu werden.« Er stand auf. »Ich glaube, es ist besser, wenn wir dich jetzt allein lassen, du brauchst Ruhe. Ich werde draußen warten. Wenn du mich brauchst, ruf einfach.« Beruhigend drückte er noch einmal ihre Hand, bevor er sie losließ. »Soll ich Coyle etwas ausrichten?«

Tränen traten in Marisas Augen. »Sag ihm, dass ich ihn furchtbar vermisse. Und dass er nichts Dummes anstellen soll, bis ich hier heraus bin.« Die Tränen liefen über ihre Schläfen und versickerten im Kissen.

»Ich bin sicher, er vermisst Sie genauso wie Sie ihn.« Caitlins Versicherung überraschte Torik.

Ein wackeliges Lächeln erschien auf Marisas Gesicht. »Danke.« Sie streckte die Hand aus, und Caitlin ergriff sie, ohne zu zögern. »Sie sind anders, als ich Sie mir vorgestellt hatte.« Marisa sah Torik an. »Ich habe mich geirrt.« Ihre Augen schlossen sich, und ihre Atemzüge wurden gleichmäßiger. Sie war eingeschlafen.

Caitlin legte ihre Hand sanft auf die Decke zurück und ging zur Tür. Zögernd folgte Torik ihr, nachdem er sich überzeugt hatte, dass es Marisa gut ging. Leise schloss er die Tür hinter sich und trat zu Caitlin, die einige Meter weiter auf ihn wartete.

Neugierig sah sie ihn an. »Was meinte sie damit? Womit hat sie sich geirrt?«

Torik hob die Schultern. »Sie ist durch den Unfall wohl verwirrt. Ignorier das einfach.«

»Mir schien es, als wüsste sie ganz genau, was sie sagt.« Caitlin erkannte wohl, dass er ihr nicht antworten würde, und wechselte das Thema. »Wie wäre es, wenn ich schon mal ins Hotel fahre und mich dort einrichte? Ich weiß, dass du Marisa nicht alleine lassen willst.«

Torik wollte automatisch ablehnen, überlegte es sich dann aber anders. Ganz davon abgesehen, dass er nicht von Caitlin verlangen konnte, den ganzen Tag im Krankenhaus zu verbringen, wollte er sie nicht in Marisas Nähe haben. Sollte noch einmal jemand versuchen, Coyles Gefährtin anzugreifen, durfte Caitlin nicht in der Schusslinie stehen. »Solange du direkt zum Hotel fährst und dort wartest, bis ich komme. Ich glaube zwar nicht, dass uns jemand aus Montana hierher gefolgt ist, aber ich will kein Risiko eingehen.« Er wünschte seine Worte zurück, als er sah, wie blass Caitlin wurde.

Bevor er etwas tun konnte, nickte sie. »Natürlich, ich nehme mir ein Taxi und lasse mich direkt bis vor die Tür fahren.«

Torik wollte ihr anbieten, den Jeep zu nehmen, aber Tatsache war, dass er hier in der Stadt so unabhängig und unauffällig wie möglich bleiben wollte und musste. So trat er nur näher an sie heran und legte seine Hand an ihre Wange. »Sei vorsichtig. Es kann länger dauern, aber ich werde versuchen, spätestens am frühen Abend zum Hotel zu kommen.«

Ein schwaches Lächeln überzog Caitlins Gesicht. »Ich zähle darauf.« Sie wurde wieder ernst. »Aber wenn deine Freundin dich braucht, bleib so lange, wie du willst, ich habe meinen Laptop dabei und kann mich beschäftigen.«

Sanft strich Torik mit seinen Lippen über ihre. »Du bist eine Traumfrau, weißt du das?«

Röte stieg in Caitlins Wangen, und sie lachte verlegen auf. »Weil ich mich selbst beschäftigen kann?«

Es lag Torik auf der Zunge, ihr auch ihre vielen anderen Vorzüge aufzuzählen, er schluckte es jedoch hinunter. »Unter anderem.«

19

Caitlin schloss die Tür des Hotelzimmers hinter sich, stellte die beiden Taschen auf den Boden und lehnte sich mit dem Rücken gegen die Tür. Sie hatte extra ein kleineres Hotel abseits des Strips gebucht, damit sie mehr Ruhe hatten. Der Raum war einfach ausgestattet, mit nur einem Bett, das nicht einmal besonders groß war, aber immerhin gab es einen Tisch, auf dem sie jetzt ihre Laptoptasche abstellte. Durch das Fenster konnte sie auf die trostlose und öde Landschaft blicken, die direkt hinter dem Gebäude begann. Wer auch immer die Idee gehabt hatte, eine solche Stadt in die Wüste zu bauen, musste über deutlich mehr Vorstellungsvermögen verfügt haben als sie. Wie viel Wasser musste jeden Tag verschwendet werden, nur um die Hotel- und Casinogäste zu unterhalten? Ungläubig erinnerte sie sich an das Golfhotel, an dem ihr Taxi vorbeigefahren war. Sie hatte den Fahrer gebeten, eine kleine Tour durch die Stadt zu machen, weil sie nicht wusste, ob sie viel davon sehen würde, wenn Torik sich die meiste Zeit im Krankenhaus aufhielt. Und es konnte nie schaden, sich einen Eindruck zu verschaffen, wer wusste schon, wann sie die Informationen für ein Buch brauchen konnte.

Ihr Blick fiel erneut auf das Bett. Hätte sie doch zwei Zimmer buchen sollen oder zumindest eines mit zwei Betten? Vermutlich, aber sie wollte Torik gar nicht erst die Möglichkeit geben, sich wieder von ihr zurückzuziehen. Das war selbstsüchtig von ihr, aber sie hatte beschlossen, so viel wie möglich aus den ihnen noch verbleibenden Tagen – und Nächten – zu machen. Wann würde sie jemals wieder die Gelegenheit haben, mit jemandem zusammen zu sein, der ihrem Traummann so nahe kam? Und sie zwang ihn ja zu nichts. Caitlin rieb über ihre schmerzende Brust, als sie sich vorstellte, dass er sie bald verlassen würde. Sie war es gewohnt, alleine zu leben, und es machte ihr normalerweise auch nichts aus. Doch jetzt würde sie in ihr Haus zurückkommen, und es würde sich anders anfühlen. Irgendwie … leerer.

Kopfschüttelnd hob sie die Taschen auf und stellte sie auf das Bett. Bevor sie mit dem Schreiben anfing, wollte sie zuerst duschen, Las Vegas im Sommer war ziemlich schweißtreibend. Das Hotelzimmer war so weit heruntergekühlt, dass sie in ihrer feuchten Kleidung fröstelte. Rasch suchte sie ihre Kulturtasche und frische Kleidung heraus und ging ins Bad. Mit geschlossenen Augen stand sie wenig später unter dem überraschend harten Strahl und genoss das warme Wasser. Sofort begannen Ideen in ihrem Kopf zu sprudeln, wie so oft unter der Dusche. Als sie sich abtrocknete, hatte sie diese so weit ausgearbeitet, dass sie es kaum erwarten konnte, mit dem Schreiben zu beginnen.

Ungeduldig rubbelte sie ihre Haare trocken und fuhr unsanft mit der Bürste durch ihre verknoteten Locken. Sie hielt erstaunt inne, als sie zum ersten Mal wirklich in den Spiegel blickte. Ihre Augen glitzerten, ihre Wangen waren gerötet und ihre Lippen zu einem Lächeln verzogen. Irgendwie wirkte sie viel lebendiger als sonst. Vor allem fiel ihr kaum auf, dass ihr Gesicht eigentlich zu rund war. Es war, als würde sie sich plötzlich mit anderen Augen sehen, als könnte sie sich endlich so akzeptieren, wie sie war. Sie hatte ein paar Kilo zu viel auf den Rippen – na und? Torik schien es überhaupt nichts ausgemacht zu haben, im Gegenteil, er hatte ihre Rundungen sogar gemocht. Mit den Fingern strich Caitlin über ihre Lippen, als sie sich daran erinnerte, wie er sie geküsst hatte. Die Hitze in seinen dunklen Augen, als er sie auf den Tisch gelegt hatte und schließlich in sie eingedrungen war.

Ganz sicher hatte er in der hellen Küche alle Schönheitsfehler an ihrem Körper gesehen, doch trotzdem hatte er sie so sehr begehrt, dass er sie nicht nur einmal, sondern gleich zweimal geliebt hatte.

Ihr Herz klopfte wild in ihrer Brust, als sie diese Momente in Gedanken noch einmal durchlebte. Ohne einen bewussten Befehl glitten ihre Finger über ihre Brustspitzen, die sich fest zusammengezogen hatten. Ein erregter Schauder lief durch ihren Körper. Rasch zog sie die Hand weg und wandte sich vom Spiegel ab. Wenn sie heute noch etwas schaffen wollte, musste sie sich beeilen. Sie wusste genau, dass sie sich nicht mehr konzentrieren konnte, sowie Torik wieder in ihrer Nähe war. Caitlin zog sich an und wollte ihre Haare trocken föhnen, doch wie immer fehlte ihr die Geduld, und sie schaltete den Föhn nach zwei Minuten wieder aus. So hörte sie ein Klingeln, das aus dem anderen Raum zu kommen schien. Ihr Handy war es nicht, dessen Melodie klang anders, und außerdem lag es auf dem Waschtisch neben ihr.

Lauschend trat sie aus dem Bad und stellte fest, dass es auch nicht das Klingeln des Zimmertelefons war. Das Geräusch schien aus Toriks Tasche zu kommen. Unentschlossen biss sie sich auf die Lippe. Sie wollte nicht in seinen Sachen wühlen, aber vielleicht war es ein wichtiger Anruf. Schließlich gab sie sich einen Ruck und öffnete den Reißverschluss der Tasche. Toriks Kleidung war ordentlich zusammengelegt, und obenauf lag gut sichtbar das Handy. Caitlin klappte es auf und blickte auf das Display. Es stand weder ein Name noch eine Nummer dort.

Caitlin hielt das Handy ans Ohr. »Hallo?«

Für einen Moment herrschte Stille, dann meldete sich eine irritiert klingende Männerstimme. »Ich wollte Torik sprechen. Es ist doch sein Handy, oder?«

»Ja, aber er ist gerade nicht da. Kann ich ihm etwas ausrichten?« Caitlin schnitt eine Grimasse, als ihr Gesprächspartner wieder für einige Zeit schwieg.

Er räusperte sich. »Wer sind Sie überhaupt?«

»Oh, Entschuldigung. Ich bin Caitlin Walker, eine … Freundin von Torik.« Hoffentlich war es Torik recht, dass sie sich als Freundin vorstellte.

»Caitlin Walker.« Ein tiefer Atemzug. »Wo ist er jetzt?«

Er sagte ihren Namen, als wäre er ihm bekannt. Hatte Torik ihm von ihr erzählt? »Ich weiß nicht, ob ich Ihnen das sagen darf. Sind Sie ein Freund oder Verwandter?«

»Mein Name ist Coyle. Ich will nur wissen, ob er inzwischen in Las Vegas angekommen ist. Es ist wichtig.« Ungeduld und noch etwas anderes schwangen in der Stimme mit.

Coyle … »Oh! Torik ist im Krankenhaus, bei Marisa. Sie ist Ihre Frau, richtig?« Sie konnte ein lautes Schlucken hören und spürte Mitleid in sich aufsteigen. »Ich habe sie vorhin gesehen, sie war wach und hat mit Torik geredet. Ich denke, es geht ihr den Umständen entsprechend gut.«

»Marisa ist mein Leben.« Coyles heisere Stimme war so leise, dass Caitlin ihn kaum verstehen konnte. Es war so romantisch, dass sich ihr Herz schmerzhaft zusammenzog. Wie gern hätte sie auch jemanden, für den sie alles war. Rasch schob sie Toriks Bild in ihrem Kopf zur Seite, er hatte vorhin klargemacht, dass es für sie keine Zukunft gab.

»Und Sie ihres, wenn ich das richtig mitbekommen habe. Vielleicht sollte ich das Torik überlassen, aber Marisa hat ihn gebeten, Ihnen zu sagen, dass sie Sie furchtbar vermisst und dass Sie nichts Dummes anstellen sollen, bis sie aus dem Krankenhaus heraus ist.«

Ein unterdrücktes Lachen drang durch die Leitung. »Ja, das klingt nach Marisa.« Einen Moment lang hörte Caitlin nur ein fernes Rauschen, bevor Coyle sich erneut räusperte. »Vielen

Dank, es bedeutet mir sehr viel. Wenn Torik zurückkommt, würden Sie ihm bitte ausrichten, dass er sich bei mir melden soll?«

»Natürlich. Hat er Ihre Nummer?«

»Ja.« Coyle verabschiedete sich und beendete das Gespräch.

Langsam ließ Caitlin das Telefon sinken. Seltsam, irgendwie hatte sie den Eindruck, dass dieser Coyle – genau wie Marisa – wusste, wer sie war. Dabei war Torik ihr nicht wie jemand vorgekommen, der sofort allen möglichen Menschen von einer kurzen Affäre erzählte.

Mit einem Schulterzucken legte sie das Handy in Toriks Tasche zurück. Dabei fiel ihr ein Buch auf, das seitlich neben seiner Kleidung steckte. Neugierig zog sie es heraus und atmete überrascht ein. Es war ihr neuester Roman. Hatte Torik ein Exemplar aus ihrem Haus mitgenommen, weil er wissen wollte, was sie schrieb? Ein warmes Gefühl durchzuckte sie, zumindest bis ihr einfiel, wie sehr Tarek ihm ähnelte. Würde er denken, dass sie ihn nur mochte, weil er mehr oder weniger eine Kopie ihrer Romanfigur war? Das wollte sie nicht. Denn auch wenn sie sich von seinem Äußeren sehr angesprochen gefühlt hatte, war es doch eher sein Wesen, in das sie sich verliebt hatte. Caitlin schlug die Hand vor den Mund. Oh, verdammt! Sie durfte ihn auf keinen Fall lieben, das würde sie nur unglücklich machen. Es war nur eine Affäre, sonst nichts. Ja, genau. Als würde sie sich jemals einem Mann hingeben, der ihr nichts bedeutete.

Caitlin ließ sich auf den Fußboden sinken und lehnte ihren Rücken an das Bett. Das Buch hielt sie an ihre Brust gepresst, in der sich ihr Herz zusammenzog. Nach einigen tiefen Atemzügen siegte ihre Neugier, ob Torik das Buch bereits gelesen hatte. Was er wohl von den vielen heißen Liebesszenen hielt? Röte stieg in ihr Gesicht, und sie fächelte sich mit dem Buch Luft zu. Ein Zettel rutschte zwischen den Seiten hervor, und Caitlin konnte ihn gerade noch festhalten, bevor er ganz aus dem Buch fiel. Vielleicht hatte Torik ihn als Lesezeichen benutzt.

Interessiert schlug sie die Seite auf, und ihr wurde warm, als sie sah, dass es tatsächlich die erste volle Liebesszene war, die Torik so markiert hatte. Ihr Blick fiel auf den Zettel, und sie erkannte, dass es sich um einen Bon handelte. Also hatte er das Buch gekauft, aber wann? Sie waren doch die ganze Zeit zusammen gewesen, seit er ihr in den Yellowstone gefolgt war. Blieb nur die kurze Zeitspanne, die sie getrennt gewesen waren, als sie in der Polizeistation war. Caitlin blickte auf das Datum und stutzte. Laut dem Kassenzettel war das Buch zwei Wochen zuvor in Los Angeles gekauft worden. Wie war das möglich? Torik hatte sie doch vor ihrer ersten, schicksalhaften Begegnung, damals bei dem Überfall, gar nicht gekannt.

Kälte stieg in ihr auf, als ihr bewusst wurde, dass es noch eine andere Erklärung gab: Torik musste von Anfang an gewusst haben, wer sie war. Dann war ihr Zusammentreffen kein Zufall gewesen. War der Überfall vielleicht nur gespielt gewesen, auch wenn er sich für sie echt angefühlt hatte? Konnte Torik wirklich so hinterhältig sein, nur damit er einen Grund hatte, in ihrer Nähe zu bleiben? Aber was hatte er davon? Oder handelte er auf Befehl von jemand anders? Überhaupt, wie wahrscheinlich war es, dass sie unter solchen Umständen einen Mann traf, der nicht nur wie Tarek aussah, sondern sich auch noch so verhielt? Es war alles nicht echt. Und sie hatte sich nicht nur in ihn verliebt, sondern auch noch mit ihm geschlafen. Oh Gott! Übelkeit stieg in ihr auf, und Caitlin schaffte es gerade noch bis ins Bad, bevor sie sich übergab.

Schwach und zitternd kroch sie schließlich ins Bett und zog die Decke bis zum Kinn. Sie rollte sich zu einem Ball zusammen und versuchte, ihre Gefühle in den Griff zu bekommen. Wenn Torik eintraf, musste sie sich wieder beruhigt haben, damit sie ihn zur Rede stellen konnte. Wahrscheinlich hätte sie ihre Tasche nehmen und nach Hause zurückkehren sollen, aber sie musste einfach wissen, welchen Grund er für die Täuschung gehabt hatte. Sie wollte ihm ins Gesicht blicken und ihm zeigen, dass sie ihn durchschaut hatte. Doch im Moment fühlte sie sich dazu zu elend. Es dauerte eine lange Zeit, bis das Zittern schließlich nachließ und sie einschlief.

Es schienen nur wenige Sekunden vergangen zu sein, als ein Geräusch Caitlin weckte. Mit einem Schlag wieder hellwach, hob sie die Lider. Das Zimmer war düster, und sie blickte sich unbehaglich um. Doch außer ihr war niemand da. Dann registrierte sie, dass das Rauschen und Plätschern, das sie hörte, die Dusche in dem kleinen Badezimmer war. Freude breitete sich in ihr aus, dass Torik endlich bei ihr war, doch dann fiel ihr wieder ein, was sie in seiner Tasche entdeckt hatte. Ihr Herz begann zu hämmern, ihre Kehle zog sich zusammen. Wütend blinzelte sie die Tränen zurück, sie weigerte sich, Torik so viel Macht über sich zu geben. Ihre Hand zitterte, als sie die Decke zurückschob und aufstand. Auf wackeligen Beinen ging sie zur Badezimmertür und zögerte. Sie lehnte ihre Stirn an das Holz und atmete tief durch. Normalerweise hasste sie Konfrontationen jeglicher Art, aber bei Torik würde sie auf einer Erklärung bestehen. Wie konnte er so kaltherzig sein, ihr etwas vorzuspielen? Wie konnte er sie Todesängste ausstehen lassen, nur um in ihre Nähe zu kommen? Sie war sogar ohnmächtig geworden, als der vermeintliche Verbrecher ihr in der Gasse mit seinem Arm die Luft abgeschnürt hatte!

Ein dumpfer Schmerz breitete sich hinter ihrer Schläfe aus. Ihr Atem stockte, als ihr die beiden toten Männer im Yellowstone einfielen. Sie waren ihr tot vorgekommen, die Wunden hatten echt ausgesehen … Rasch unterdrückte sie den Gedanken. Konnte Torik das wirklich gestellt haben? Waren es Schauspieler gewesen? Oder hatte er die Männer doch selbst umgebracht? Aber wozu? Damit sie nicht verrieten, dass alles nur eine Scharade gewesen war, um sich ihr Vertrauen zu erschleichen? Furcht mischte sich in ihre Wut, und plötzlich war sie nicht mehr sicher, ob es wirklich eine gute Idee war, ihn zur Rede zu stellen, solange sie mit ihm allein war. Vielleicht sollte sie sich dafür lieber einen Ort irgendwo in der Öffentlichkeit suchen.

Instinktiv wich sie einen Schritt zurück, als die Tür sich öffnete und Torik vor ihr stand. In ihren Gedanken gefangen, hatte sie überhaupt nicht bemerkt, dass es im Bad still geworden war. Toriks dunkle Augen bohrten sich in ihre, und Caitlin stellte fest, dass er immer noch die gleiche Wirkung auf ihren Körper hatte wie vorher – vor allem weil er völlig nackt war. Ihr Atem ging schneller, aber sie konnte sich nicht rühren.

»Ich wollte dich nicht wecken. Du musst müde sein, schließlich sind wir mitten in der Nacht losgefahren.« Torik kam näher und hob seine Hand, um eine Haarsträhne aus ihrem Gesicht zu streichen.

Caitlin stolperte zurück und blickte ihn mit weit aufgerissenen Augen an. Toriks Augenbrauen zogen sich zusammen. »Was hast du? Ich kann mich anziehen, wenn es dich stört.«

»Nein!« Der Ruf entrang sich ihr, bevor sie ihn zurückhalten konnte. Caitlin atmete tief durch und blickte Torik dann direkt an. »Nein, es stört mich nicht, schließlich habe ich dich bereits nackt gesehen.«

Torik legte den Kopf schräg, in seinen Augen konnte sie sein Verlangen aufblitzen sehen. »Was ist es dann?«

Caitlin biss auf ihre Lippe. Jetzt, wo er hier war, wusste sie nicht recht, wie sie anfangen sollte. »Dein Handy hat geklingelt, als du im Krankenhaus warst.« Sie merkte, wie sein Blick schärfer wurde, aber er unterbrach sie nicht. »Ich bin drangegangen, weil ich dachte, es könnte vielleicht wichtig sein. Schließlich hatten zwei deiner Freunde gerade einen schweren Unfall.«

Ein Muskel zuckte in Toriks Wange, sonst war ihm keine Regung anzusehen. »Wer war dran?«

»Coyle. Er wollte wissen, ob du inzwischen in Las Vegas angekommen bist. Ich habe ihm versichert, dass es Marisa so weit gut geht und du bei ihr bist. Du sollst ihn zurückrufen.«

Torik nickte knapp. »Okay. Und was hat dich nun so nervös gemacht?«

Seine unbeteiligte Art machte sie wütend, ihre Hände ballten sich zu Fäusten. »Meinst du nicht, dass es an der Zeit ist, das Spiel zu beenden?«

Toriks Miene war keine Regung anzusehen. »Welches Spiel?«

Der Ärger schwappte über, und Caitlin vergaß jede Vorsicht. »Ich weiß, dass du mein Buch gelesen hast! Als ich das Telefon zurücklegen wollte, habe ich es zufällig in deiner Tasche gesehen.«

Für einen Moment schwieg Torik, sein Blick glitt zu seiner Tasche, die immer noch geöffnet auf dem Boden vor dem Bett lag. »Und? Ich wollte wissen, was du schreibst. Ist das verboten?«

Caitlin biss ihre Zähne so fest aufeinander, dass sie knirschten. »Nein, ist es nicht. Und ich würde dir vielleicht sogar glauben, wenn ich nicht zufällig darin einen Bon gefunden hätte. Das Buch wurde in Los Angeles gekauft – zwei Wochen bevor du hier aufgetaucht bist.« Torik sah sie nur stumm an, was sie mehr schmerzte, als wenn er versucht hätte, sich zu verteidigen. »Sag etwas! Oder geh am besten. Du hast ja schließlich erreicht, was du wolltest. Wie konnte ich so dumm sein, mit dir zu schlafen!« Tränen liefen über ihre Wangen, und sie wischte sie rasch weg. »Wenn du mich unbedingt kennenlernen wolltest, dann hättest du dafür nicht so weit gehen müssen, mich überfallen zu lassen, nur damit du mich retten kannst. Und was war mit den Toten im Wald, war das auch alles gespielt?«

Etwas blitzte in seinen Augen auf, und er trat ganz nah an sie heran. Caitlin wollte ausweichen, doch er schlang seine Hände um ihre Arme und hielt sie fest. Sein Griff war nicht schmerzhaft, doch sie konnte ihm nicht mehr entkommen. Unruhig blickte sie in sein Gesicht, das wie aus Stein gemeißelt schien.

»Ich glaube eher, dass du es bist, die endlich die Wahrheit sagen sollte.« Seine Stimme war nur noch ein tiefes Grollen, das ihr eine Gänsehaut über den Rücken jagte.

Verwundert hielt sie inne. »Worüber? Ich bin schließlich nicht diejenige, die sich mit einem Trick in dein Leben geschlichen hat.«

Torik griff noch fester zu. Sein Gesicht war ihrem so nahe, dass sie seinen heißen Atem fühlen konnte. »Woher du die Idee zu deinem Buch hattest. Denn sie ist dir ganz sicher nicht im Schlaf gekommen. Wer hat dir von den Wandlern erzählt?«

Caitlin starrte ihn mit offenem Mund an. Das Blut röhrte in ihren Ohren, ihre Wut explodierte. Mit einem Ruck riss sie sich von Torik los und entfernte sich ein Stück von ihm, damit sie nicht in Versuchung geriet, ihn zu schlagen. Bitter lachte sie auf. »Willst du mir jetzt vielleicht auch noch erzählen, dass du Tarek bist?«

»Nein.« Sie konnte Toriks Blick fast körperlich spüren. Sein gesamter Körper war angespannt, bereit zum Sprung.

Caitlins Herz hämmerte gegen ihre Rippen. »Gut, das hätte ich dir auch nicht geglaubt. Er hätte seine … Freundin nie so hintergangen.« Allein der Gedanke daran ließ ihre Tränen beinahe wieder fließen.

Toriks Augen veränderten sich, wurden deutlich schräger. Zumindest wirkte es in dem schummrigen Licht so, aber es konnte nur eine optische Täuschung sein. Als er sprach, war seine Stimme ruhig, beinahe tonlos. »Nein, ich bin nicht Tarek, aber es ist offensichtlich, dass dir jemand Informationen gegeben hat, die nie in die Hände von Menschen hätten geraten dürfen. Und schon gar nicht in deine, damit du daraus einen Roman machst, den Hunderttausende Menschen lesen.«

Es fühlte sich so an, als wäre sie in einen ihrer Romane geraten. Caitlin schüttelte den Kopf, um sich wieder in die Realität zu bringen. »Wer bist du?«

Torik trat näher an sie heran. »Bist du sicher, dass du das wissen willst?« Seine Stimme jagte ihr einen Schauder über den Rücken.

Caitlin grub die Zähne in ihre Unterlippe, während sie ihn unentschlossen ansah. Es war eindeutig etwas merkwürdig an Torik, doch sie wusste nicht, ob es klug war, sich anzuhören, was er zu sagen hatte. Was, wenn es auch wieder nur Lügen waren?

Der Niesanfall traf sie unvorbereitet. Als sie sich schließlich wieder beruhigt hatte, sah sie, dass Torik ihr ein Taschentuch hinhielt. Sie riss es ihm aus der Hand und vergrub ihr Gesicht darin. So einen heftigen Anfall bekam sie sonst nur, wenn eine Katze in der Nähe war. *Oder Torik*. Noch während der Gedanke ihr durch den Kopf schoss, erstarrte sie. Sie konnte sich noch gut daran erinnern, wie ihr das Gleiche im Yellowstone passiert war, als sie zusammen auf der Decke gelegen hatten. Langsam hob Caitlin den Kopf und starrte in seine schrägen Augen. In der Dunkelheit konnte sie es kaum erkennen, aber sie hätte schwören können, dass sich auch seine Pupillen verändert hatten.

»Du … du …« Sie konnte keinen vernünftigen Satz formulieren. Das, was in ihrem Kopf herumging, war zu verrückt, um es überhaupt zu äußern. Sicher musste sie sich irren.

Torik hob eine Augenbraue. »Ja?«

»Ich bin allergisch gegen dich.« Ihre Stimme war nur ein Flüstern. »Wie kann das sein?«

Für einen Moment herrschte Stille, dann neigte Torik den Kopf. »Nur gegen einen Teil von mir.«

Caitlin riss die Augen auf und trat zurück. »Das kann nicht sein. Du bist ein Mensch, genauso wie ich. Etwas anderes gibt es gar nicht!« Ihre Stimme war mit jedem Wort lauter geworden.

Torik war so schnell bei ihr, dass sie nicht reagieren konnte. Seine große Hand presste sich über ihren Mund, sein anderer Arm umschlang ihren Körper. Er schob sein Gesicht dicht an ihres heran. »Ich möchte dich nicht knebeln müssen.« Er starrte in ihre weit aufgerissenen Augen. »Du verstehst sicher, dass ich kein Publikum für unsere Unterhaltung möchte.«

Caitlin nickte, und Toriks Hand verschwand. Erleichtert atmete sie auf. Wesentlich leiser fuhr sie dann fort. »Es kann keine Wandler geben, es ist nicht möglich, dass sich ein Wesen in ein anderes verwandelt. Also wer – oder was – bist du?«

Ein Lächeln, das nichts mit Humor zu tun hatte, überzog sein Gesicht und verschwand sofort wieder. »Bist du sicher, dass du mir nicht doch lieber einfach nur meine Frage beantworten willst, ohne zu wissen, wer ich bin?« Er hob die Hand, als sie verneinen wollte. »Wenn du es mir sagst, bist du mich los und brauchst mich nie wiederzusehen.«

Caitlin blutete das Herz, aber sie schaffte es, nicht zusammenzubrechen und Torik damit zu zeigen, wie sehr seine Worte sie trafen. »Ich will wissen, wen ich in mein Haus gelassen habe. Wer mich geküsst und mit mir geschlafen hat.«

Toriks Miene wurde etwas weicher. »Das hatte ich nicht geplant.«

Caitlin presste die Faust gegen ihren Magen, um den Schmerz zu unterdrücken. »Das heißt, alles andere war geplant? Dass du mich triffst? Dass ich dich in mein Haus bringe?«

Als er seinen Kopf bewegte, legte sich eine Strähne seiner nassen Haare auf seine Brust. »Nein. Eigentlich solltest du mich gar nicht sehen. Ich wollte herausfinden, woher du die Idee für das Buch hattest, und dann wieder verschwinden. Du hättest gar nicht bemerken dürfen, dass ich da bin.«

Die Vorstellung, ihn dann nie getroffen zu haben, war furchtbar. Auch wenn es sie jetzt schmerzte, wollte sie doch nicht auf die schönen Stunden verzichten, die sie mit ihm zusammen verbracht hatte. »Warum hast du deine Taktik geändert?«

Ein Muskel zuckte in seiner Wange. »Sollte ich zusehen, wie du überfallen und verschleppt oder sogar getötet wirst?«

»Das gehörte also nicht zum Plan?« Caitlin hielt den Atem an, als Toriks Gesicht sich weiter veränderte. Die Konturen wurden schärfer, seine äußeren Augenwinkel bogen sich eindeutig weiter nach oben.

»Nein!« Das Wort war nur ein Grollen, das tief aus seiner Kehle zu kommen schien. In seinem Mund blitzten lange Eckzähne auf.

Vorsichtshalber trat Caitlin weiter zurück. »Und die toten Männer im Wald?«

»Für was hältst du mich?«

Caitlin warf die Hände in die Luft. »Woher soll ich das wissen? Ich kenne dich nicht! Ich weiß nichts über dich, weil du mir nichts erzählt hast – und das wenige, was ich von dir erfahren habe, war vermutlich gelogen.«

Torik schwieg einen Moment und versuchte sichtlich, sich wieder unter Kontrolle zu bringen. Schließlich schüttelte er den Kopf. »Nein, ich habe die Männer nicht getötet. Was aber nicht heißt, dass ich es nicht getan hätte, wenn sie versucht hätten, dir noch einmal wehzutun.«

Mit offenem Mund starrte Caitlin ihn an. »Du würdest für mich töten? Warum?«

Seine Augen blitzten auf. »Weil ich nicht will, dass dir jemand wehtut.«

»Und trotzdem wolltest du mich ausspionieren und hast so getan, als wüsstest du nicht, wer ich bin. Glaubst du, es hat mir nicht wehgetan, das herauszufinden?«

Torik stieß einen tiefen Seufzer aus. »Ich wünschte, es hätte irgendeine andere Möglichkeit gegeben. Aber ich muss wissen, woher du die Idee zu der Geschichte hast. Alles andere – einschließlich deiner Gefühle oder auch meiner – ist im Vergleich dazu unwichtig.«

Sie war da anderer Meinung, aber es hätte nichts gebracht, das zu sagen. Stattdessen konzentrierte sie sich auf den Rest seiner Aussage. »Was genau ist denn so wichtig? Du hast mir immer noch nicht gesagt, worum es eigentlich geht.«

Torik betrachtete sie eingehend. »Kann ich mich darauf verlassen, dass du alles, was ich dir jetzt sage, für dich behältst und niemals in einem Buch verwendest?«

Nur mühsam schaffte sie es, den Ärger, der wieder in ihr hochkochte, zu unterdrücken. »Natürlich. Ich bin keine Verräterin!«

»Aber eine Autorin, die in allem eine Geschichte sieht.« Das sagte er völlig neutral, seinem Gesicht war keine Regung anzusehen.

Sie musste zugeben, dass er damit nicht ganz unrecht hatte. Natürlich verwendete sie in ihren Büchern Dinge, die sie hörte oder sah. »Okay, auch wenn ich es sowieso nicht vorhatte, verspreche ich hiermit hoch und heilig, nichts zu verwenden, was du mir erzählst. Jetzt zufrieden?«

Torik zögerte immer noch, das war ihm deutlich anzusehen. Schließlich ging ein Ruck durch seinen Körper, und seine Muskeln spannten sich an. »Ich muss wissen, wer dir von den Berglöwengestaltwandlern im Yosemite-Gebiet erzählt hat, weil es sie wirklich gibt. Durch dein Buch hast du sie in Gefahr gebracht, weil die Menschen nicht erfahren dürfen, dass sie existieren.« Sein starrer Blick hielt sie gefesselt. »Verbrecher versuchen seit einiger Zeit, Wandler ausfindig zu machen und einzufangen oder zu töten, und mit deinem Buch haben sie beinahe eine Anleitung, wo sie die Gruppe finden können, wie sie lebt, was ihre Stärken und Schwächen sind.«

Caitlins Mund war so trocken, dass sie ihn kaum aufbekam. »Du erwartest wirklich, dass ich dir das glaube?« Als er daraufhin nur scharf nickte, holte sie tief Luft. »Als Autorin habe ich zwangsweise viel Fantasie und kann mir vieles vorstellen. Aber ich weiß sehr genau, wo die Grenzen der Realität liegen, und neige dazu, sie in meinem Leben nicht zu überschreiten.«

»Nur weil du etwas nicht kennst oder noch nie gesehen hast, heißt es nicht, dass es nicht existiert.«

»Das weiß ich! Aber normalerweise gibt es für alles eine wissenschaftliche Erklärung, und ich habe noch nie gehört, dass irgendein Lebewesen seine Gestalt so extrem wandeln kann.« Sie blickte ihn mit brennenden Augen an.

Torik zuckte die Schultern. »Du musst mir nicht glauben, wenn du nicht willst. Sag mir nur, woher du von den Wandlern weißt, dann lasse ich dich damit in Ruhe.«

Das hätte er wohl gerne! »Oh nein, so einfach kommst du mir nicht davon! Du kannst mir nicht so etwas sagen und dann erwarten, dass ich mich damit so einfach zufriedengebe.«

20

Offensichtlich frustriert trat Torik näher. Caitlin bemühte sich, nicht zurückzuweichen und vor allem nicht seinen wunderschönen Körper anzustarren. Er schien völlig vergessen zu haben, dass er nackt war. Und auch wenn sie furchtbar wütend auf ihn war, konnte sie sich nicht dazu bringen, ihn aufzufordern, sich etwas anzuziehen. Wer wusste schon, wann sie ihn jemals wieder so sehen würde? Ein Stich fuhr durch ihr Herz, als ihr klar wurde, dass ihre gemeinsame Zeit zu Ende ging. Entweder würde sie sich weigern, ihre Quelle zu verraten, und das Hotelzimmer verlassen, um nach Hause zurückzukehren, oder sie würde sagen, was sie wusste, und Torik hätte keinen Grund mehr, in ihrer Nähe zu bleiben.

Toriks Hände legten sich auf ihre Schultern. »Sieh mir in die Augen, Caitlin.«

Zögernd hob sie den Kopf und traf seinen Blick. Katzenaugen starrten ihr aus Toriks Gesicht entgegen. Nein, das war völlig unmöglich! Als sie versuchte, sich von ihm zu lösen, hielt er sie nur noch fester.

»Oh nein, du bleibst schön hier. Du wolltest einen Beweis, also bekommst du ihn jetzt auch.« Toriks Stimme klang rau. Er ließ sie erst los, als sie heftig zu niesen begann. »Du solltest dich vielleicht doch lieber vor das Fenster setzen, damit deine Allergie nicht schlimmer wird.«

Wortlos tat Caitlin, was er vorschlug. Sie war innerlich wie gelähmt, ihr Gehirn nicht fähig, das zu begreifen, was sie gesehen hatte. Es konnte überhaupt nicht möglich sein. Gestaltwandler waren reine Fantasie, es konnte sie in der Realität nicht geben. Alles in ihr sträubte sich dagegen, so etwas zu glauben. Wahrscheinlich machte sich jetzt doch ihre Erziehung bemerkbar, in der ihre Eltern versucht hatten, ihr jegliche Träumerei auszutreiben. Es war ihnen nicht gelungen, und sie hatte schließlich ihren Wunsch, Autorin zu werden, durchgesetzt, doch es hatte das Verhältnis zu ihren Eltern nachhaltig beschädigt. Aber das war nicht der Grund, warum sie zögerte, ihren Augen zu trauen. Zu glauben, dass es solche Wesen gab, war gefährlich, denn dann glitt sie vielleicht noch weiter in ihre Fantasien ab und verlor den Bezug zu ihrem wirklichen Leben.

Langsam ließ sie sich auf den Stuhl sinken und traute sich nicht, ihre Augen von Torik abzuwenden. Automatisch hielt sie den Atem an, als Torik die Vorhänge schloss und das Licht anmachte, sodass sie ihn in all seiner Pracht sehen konnte. Er war wunderschön, und für einen Moment wünschte sie sich, sie hätte das Buch nie entdeckt. Dann würde er jetzt vielleicht mit ihr im Bett liegen, und sie hätte ihre Finger über seine warm leuchtende Haut gleiten lassen können, während sie sich liebten. Aber das wäre nur eine Illusion gewesen. Caitlin atmete keuchend ein, als Schmerz durch ihre Brust fuhr.

»Geht es dir gut?« Besorgnis war in Toriks Stimme zu hören.

Verlegen wedelte Caitlin mit der Hand. »Ja, ich habe nur falsch geatmet.«

Torik schien nicht überzeugt zu sein, doch schließlich nickte er. »Okay. Aber wenn sich deine Allergie verschlimmert, wenn du keine Luft bekommst oder Ähnliches, sag Bescheid. Ich kann jederzeit aufhören.«

»Du hast ja noch nicht einmal angefangen!«

Ein leises Lachen antwortete ihr. Ohne ein weiteres Wort begann Torik sich zu verwandeln. Seinen Blick hielt er dabei die ganze Zeit auf sie gerichtet, und sie schaffte es nicht, wegzuschauen. Langsam, fast in Zeitlupe verbreiterte sich seine Nase, Reißzähne ragten aus seinem Mund. Fell erschien und bedeckte seine Haut. Seine Hände und Füße verwandelten sich zu Pfoten, und schließlich fiel Torik zu Boden. Sein Körper war jetzt der eines Berglöwen. Oh Gott, wie war das möglich? Caitlin merkte, dass ihr der Mund offen stand, und schloss ihn rasch. Ihre Hand presste sich auf ihr wild hämmerndes Herz, und sie war nur froh, dass sie sich hingesetzt hatte, denn ihre Beine hätten sie bestimmt nicht mehr getragen.

Auch wenn sie es gerade mit eigenen Augen gesehen hatte, wollte ihr Gehirn nicht glauben, was passiert war. Der Berglöwe sah sie mit seinen braunen Augen an, die etwas heller waren als zuvor. »Torik?«

Langsam kam er auf sie zu, die Pfoten lautlos auf dem Teppich. Auch wenn es merkwürdig wirkte, ein Wildtier in einem Hotelzimmer zu sehen, war der Berglöwe wunderschön. Sie konnte beinahe die Wälder riechen, die sonst seine Heimat waren. Ein Schock lief durch ihren Körper, als ihr bewusst wurde, wie sehr die Situation der ihrer Protagonistin im Roman ähnelte. Konnte es wirklich sein, dass sie in ihrem Buch das Leben dieser Wesen beschrieben und sie damit in Gefahr gebracht hatte? Wenn es wirklich so war, dann konnte sie verstehen, warum Torik wütend auf sie war.

Einen Meter vor ihr blieb Torik schließlich stehen. Zu gern wollte sie über das Fell streichen, ihn berühren, um sich zu vergewissern, dass er wirklich existierte, doch schon jetzt konnte sie das Kitzeln in ihrer Nase und den Druck hinter ihren Augen spüren, die einen weiteren Niesanfall ankündigten. Deshalb sah sie nur tatenlos zu, wie die Raubkatze sich genüsslich streckte und so gewaltig gähnte, dass sie sämtliche Zähne sehen konnte. Caitlin setzte sich auf ihre Hände, um sich davon abzuhalten, sie auszustrecken.

Schließlich räusperte sie sich. »Vielleicht solltest du dich jetzt wieder verwandeln, bevor du so viele Allergene im Raum verteilst, dass ich nicht mehr atmen kann.«

Der Berglöwe reagierte mit einem rumpelnden Grollen, das tief aus seiner Kehle zu kommen schien. Diesmal schloss er die Augen, während er die Verwandlung rückgängig machte, bis Torik in seiner menschlichen Gestalt vor ihr auf dem Boden hockte. Seine langen, glatten Haare umgaben seine Schultern, die Muskeln in Oberkörper und Schenkeln zogen sich zusammen. Torik öffnete seine Augen und blickte Caitlin direkt an. Sie vergaß zu atmen, als sie in seinem Blick versank. Ihr Herz zog sich schmerzhaft zusammen. Wie sollte sie einen so einzigartigen Mann je vergessen können?

Torik konnte Caitlins Miene nicht deuten. Seine Verwandlung hatte sie eindeutig erschreckt, auch wenn er bemüht gewesen war, sie langsam und ruhig durchzuführen.

Caitlin biss auf ihre Unterlippe, und er musste sich beherrschen, sich nicht auf sie zu stürzen und sie zu küssen. Das Blut rauschte so laut in seinen Ohren, dass er beinahe nicht verstand, was sie sagte. »Darf ich …?«

»Was?« In seiner Stimme war noch das Grollen des Berglöwen zu hören.

»Dich berühren?« Ihre Hände waren zu Fäusten geballt, und ein Zittern lief durch ihren Körper.

Torik setzte sich auf und öffnete seine Arme. »Komm her.«

Caitlin sprang so schnell vom Stuhl und warf sich gegen ihn, dass er beinahe das Gleichgewicht verlor. Er schlang seine Arme um sie und schloss die Augen, als er ihren schnellen Herzschlag an seiner Brust fühlte. Ihr Atem strich warm über seinen Hals, ihre Fingernägel bohrten sich in seinen Rücken. Seine Hand grub sich in ihre Haare, und er genoss, wie sich die wirren Strähnen um seine Finger wickelten. In der ersten Zeit nach einer Verwandlung überlagerten die Gefühle des Berglöwen noch seine, und es dauerte einige Minuten, bis er wieder vollkommen Mensch war. Deshalb nahm er Caitlin jetzt mit all seinen Sinnen wahr und schaffte es nicht, den nötigen Abstand zu halten, den sein Menschengehirn für nötig hielt. Für ihn war sie einfach nur die Frau, die als Erste seit zwölf Jahren in sein Inneres vorgedrungen war. Allein in ihre silbergrauen Augen zu blicken, ließ sein Herz heftiger klopfen.

Während er Caitlins Kopf an ihren Haaren sanft nach hinten zog, glitt seine andere Hand über ihren Rücken. Er beugte den Kopf herunter und knabberte an ihrem Hals. Caitlin stöhnte leise und drängte sich näher an ihn. Ein zufriedenes Lächeln spielte um Toriks Lippen, als er ihrer wortlosen Aufforderung folgte und mit den Zähnen über die Stelle schabte, an der ihr Puls deutlich sichtbar pochte. Ein Schauder lief durch ihren Körper, und Torik hatte Mühe, den Berglöwen in sich zu unterdrücken. Er wollte Caitlins Allergie nicht noch verstärken – und vor allem die Stimmung nicht zerstören. Es konnte das letzte Mal sein, dass er sie so in den Armen hielt. Dieser Gedanke ließ ihn erstarren. Auch wenn sein Gehirn ihm sagte, dass es nicht anders ging, schrie jede Faser in seinem Körper danach, Caitlin nie wieder loszulassen.

»Torik?« Die Unsicherheit in ihrer rauen Stimme riss ihn aus seinen Gedanken.

Ohne eine Antwort zu geben, fuhr er mit seiner Zunge über ihren Hals und registrierte befriedigt ihr heftiges Einatmen. Torik wollte sich einen Weg über ihr Dekolleté zu ihren Brüsten bahnen, doch ihr T-Shirt war im Weg. Plötzlich hielt er es nicht mehr aus. Er musste ihre Haut an seiner spüren, nichts durfte mehr zwischen ihnen sein. Rasch schob er seinen Arm unter ihre Beine und stand mit ihr in den Armen auf. Caitlin gab ein erschrockenes Quietschen von sich, klammerte sich dann aber nur stärker an ihn. Torik unterdrückte ein zufriedenes Knurren und ließ sich mit Caitlin auf das Bett sinken. Ihr Atem ging schwer, als sie sich über ihm aufstützte. Ihre geweiteten Pupillen verdrängten das Grau ihrer Augen, als sie schweigend auf ihn hinunterblickte. Für einen Moment befürchtete er, dass sie sich zurückziehen würde, aber dann beugte sie sich zu ihm hinab und streute sanfte Küsse auf sein Gesicht.

Torik schloss seine Augen und genoss Caitlins zärtliche Berührungen. Seine Hände glitten unter ihr T-Shirt und strichen über ihren Rücken. Ihre samtige Haut unter seinen Fingerspitzen zu fühlen, steigerte seine Erregung, bis er Mühe hatte, ruhig unter ihr liegen zu bleiben. Am liebsten hätte er sich mit ihr herumgerollt und sie unter sich begraben. Doch er beschränkte sich darauf, ihr mit einem Ruck das T-Shirt über den Kopf zu ziehen. Ein zufriedenes Grollen entfuhr ihm, als er sah, dass sie nichts darunter trug. Sein Blick glitt über ihre großen Brüste und den schlanken Hals hinauf, über ihr Gesicht, bis er in ihre Augen blickte.

Sie waren dunkler als sonst, ihre Pupillen geweitet. Ihre geröteten Lippen standen leicht offen, und ihr Atem kam in raschen Stößen. Torik versuchte, sich ihr Bild in allen Details einzuprägen, die Leidenschaft, die aus jeder Pore ihres Körpers strömte und die er in ihr ausgelöst hatte. Sein Herz zog sich zusammen, und er musste sich auf die Lippe beißen, um nicht irgendetwas Dummes zu sagen, wie zum Beispiel, dass er bei ihr bleiben wollte. Glücklicherweise beugte Caitlin sich in diesem Moment zu ihm hinunter und fuhr mit ihrer Zungenspitze über seine Lippen. So konnte Torik sich auf die Leidenschaft konzentrieren und den Schmerz in seinem Innern verdrängen. Er hob seinen Kopf an, um ihr näher zu kommen, doch sie drückte ihn zurück und stemmte ihre Hände auf seine Haare, sodass er sich nicht mehr rühren konnte.

»Bitte.« Das Wort war nur ein rauer Laut, der sich seiner Kehle entrang.

Caitlins Mundwinkel hoben sich. »Bitte was?«

»Küss mich oder mach sonst irgendwas, nur tu etwas!«

Röte kroch in ihre Wangen, es war offensichtlich, wie sehr sie es genoss, ihn unter sich zu haben und zu hören, wie er sie anflehte. Und dann lagen ihre Lippen auf seinen, und Caitlin küsste ihn, bis sie beide nach Luft rangen. Toriks Hände legten sich wie von selbst auf ihre Brüste und er genoss ihre weiche Fülle und die harten Brustspitzen, die sich ihm entgegenreckten. Mit Daumen und Zeigefinger zupfte er daran und trieb Caitlins Erregung damit immer höher. Schließlich riss sie sich von ihm los und richtete sich auf.

»Nein!« Ihre Stimme klang rau und atemlos. »Wenn du mich berührst, komme ich, und das will ich nicht.«

Fragend sah Torik sie an. »Nicht?«

»Zumindest jetzt noch nicht. Erst will ich dich von Kopf bis Fuß schmecken.«

Torik stieß ein tiefes Stöhnen aus. Seine Hüfte hob sich reflexartig, und sein Schaft glitt zwischen ihre Beine. Er brauchte jeden Fetzen Selbstbeherrschung, um nicht sofort zu kommen. Mit Mühe hob er seine Lider wieder und sah Caitlin an. »Ich werde dich nicht mehr berühren, wenn du deine Hose ausziehst.« Er senkte die Stimme. »Ich möchte deine Haut an meiner fühlen.«

Caitlins Augen weiteten sich, der Puls war an ihrem Hals deutlich sichtbar. Schweigend stand sie auf, und Torik dachte schon, er hätte sie vergrault, doch sie blieb neben dem Bett stehen und öffnete den Knopf ihrer Hose. Langsam zog sie den Reißverschluss herunter, und Torik musste seine Hände in die Bettdecke krallen, um sich nicht zu ihr zu rollen und ihr die Hose mit einem Ruck herunterzuziehen. Stattdessen blieb er still liegen und beobachtete mit brennenden Augen, wie Caitlin die Hose quälend langsam an ihren Beinen herunterschob. Darunter trug sie nur einen winzigen Slip, der mehr enthüllte, als er verbarg. Torik verschluckte sich beinahe, als er dieses Nichts sah. Caitlin lächelte leicht und drehte ihm ihren Rücken zu, während sie ihre Daumen unter den Saum des Slips schob. Mit schlängelnden Bewegungen zog sie ihn unendlich langsam herunter. Als sie sich bückte, um ihn über ihre Füße zu ziehen, bot sich Torik ein unvergleichlicher Anblick. Zu gern hätte er seine Hände über ihre Pobacken wandern lassen, bevor seine Finger in die Ritze eintauchten und … Mit einem tiefen Stöhnen schloss Torik die Augen und ließ seinen Kopf zurück aufs Bett sinken. Wenn Caitlin so weitermachte, würde er explodieren, sowie sie ihn berührte. Egal wo. Das schien sie auch zu merken, denn endlich kam sie auf das Bett und kroch auf ihn zu. Torik hielt seine Augen weiter geschlossen, denn ihre Annäherung zu beobachten, wäre über seine Kraft gegangen. Es reichte, den süßen Geruch ihrer Erregung wahrzunehmen und die Hitze zu spüren, die in Wellen von ihrem Körper ausging.

Als Caitlin unvermittelt ihre Hand über seinen Schaft legte, zuckte er heftig zusammen. Seine Augen flogen auf, und er starrte sie sprachlos an. Ihr Blick war auf seine Erektion gerichtet, die unter ihren Fingern noch härter geworden war, ihre Zungenspitze lugte zwischen ihren Lippen hervor. Toriks Herz hämmerte gegen seine Rippen, als sie sich langsam vorbeugte. Ihre Lippen näherten sich seinem Penis, doch im letzten Moment lehnte sie sich höher und küsste die Narbe, die über seine Rippen nach unten lief. Mit kaum spürbaren Küssen fuhr sie gemächlich daran herunter und imitierte damit die Berührung ihrer Finger damals in ihrer Küche. Nur trug er diesmal keine Hose.

Ihre Haare kitzelten seinen Bauch und hüllten seinen Schaft ein, als sie weiter nach unten rutschte. Oh Gott! Toriks Hüfte zuckte hoch, doch Caitlin drückte sie mit beiden Händen wieder nach unten.

»Bleib still liegen, sonst höre ich auf!« Der Befehl hätte drohender geklungen, wäre ihre Stimme nicht so atemlos gewesen.

»Das kann ich nicht, wenn du mich so quälst.« Ein Grollen klang in seinen Worten mit, und Torik bemühte sich, den Berglöwen wieder unter Kontrolle zu bekommen.

»Das ist dein Problem.« Sie richtete sich auf, und Torik hatte Mühe, seinen Blick von ihren Brüsten zu wenden. »Hm, ich glaube, es ist am besten, wenn du deine Hände um die Streben am Kopfteil legst. So hast du etwas zum Festhalten und kommst mir nicht in die Quere.«

Toriks Schaft hüpfte bei der Vorstellung, aber er tat wortlos, was sie ihm befahl. Seine Muskeln verkrampften sich, als er Caitlins zufriedenes Lächeln sah.

»Und jetzt möchte ich, dass du deine Beine spreizt.«

Es fiel Torik nicht leicht, die Kontrolle abzugeben, aber wenn er dadurch in den Genuss von Caitlins Händen und Lippen kam, dann war er dazu bereit. Langsam spreizte er die Beine, bis seine Füße auf beiden Seiten des Fußendes lagen.

Röte stieg in Caitlins Wangen und breitete sich über ihr Dekolleté aus, ihre Brust hob und senkte sich unter ihren heftigen Atemzügen. Vorsichtig kletterte sie über ihn und kniete sich zwischen seine Beine.

Sie beugte sich vor und küsste ihn sanft auf den Mund. »Danke.«

Torik erkannte, dass er eine Fantasie für sie erfüllt hatte, und lächelte. »Ist mir ein … Vergnügen.«

Caitlin ließ ihre Hände über seine Schultern gleiten, fuhr die Muskeln in seiner Brust nach und wandte sich seinen Nippeln zu, die sich unter ihrer Aufmerksamkeit fest zusammenzogen. Mit der Zungenspitze neckte sie ihn, bevor sie einen in den Mund nahm und sanft daran saugte. Toriks Hüfte hob sich automatisch, und sein schmerzender Schaft tauchte in ihre Brüste ein.

Caitlin hob den Kopf. »Du wolltest doch stillhalten.«

Mit Mühe brachte Torik eine knappe Entschuldigung hervor. Nach einem langen Zögern fuhr Caitlin schließlich mit ihrer Tortur fort. Unendlich langsam küsste und leckte sie sich an seinem Oberkörper hinunter, bis ihr Mund wieder dicht über seiner Erektion schwebte. Jeder Atemzug strich über seinen heißen Schaft und löste ein Zittern in Torik aus. Sie würde ihn umbringen, so viel stand fest. Wie schaffte sie es, mit diesen kleinen, fast harmlosen Berührungen seine Erregung so sehr zu steigern?

Caitlin rutschte zwischen seinen Beinen weiter nach hinten und richtete sich auf. Nein! Gerade wo sie endlich an seinem Schaft angekommen war, durfte sie nicht aufhören! Ihr Blick lag auf seinem Geschlechtsteil, das durch seine Stellung völlig entblößt war. Wenn möglich erregte ihn das noch mehr, und er presste seine Lippen zusammen, um sein Stöhnen zurückzudrängen. Er spürte es beinahe körperlich, wie ihre Augen über seinen Körper wanderten, bis sie bei seinem Gesicht ankam. Ihre Pupillen waren so stark erweitert, dass die Iris nur noch ein dünner Rand darum war.

»Du bist wunderschön.«

Torik presste die Augen zusammen und spannte jeden Muskel an, um seinen Orgasmus aufzuhalten. *Noch nicht, noch nicht.* Caitlin machte es ihm nicht gerade leichter, als sie mit ihren Fingern über seine Wange strich.

»Tut dir etwas weh?« Sie zuckte zurück, als er seine Augen öffnete. Vermutlich konnte sie die Wildheit in seinem Blick erkennen.

Ein Grollen drang aus seiner Kehle. »Spiel nicht mit mir!«

»Oh.« Caitlin biss auf ihre Lippe. »Entschuldige. Ich liebe es, dich überall berühren zu können.«

»Dann tu das auch!« Diesmal hob er die Hüfte absichtlich an und ließ Caitlin sehen, wie sehr er sie brauchte. »Bitte.«

Ein sinnliches Lächeln überzog Caitlins Gesicht, und Toriks Herz zog sich schmerzhaft zusammen. Schweiß bildete sich auf seiner Stirn, während er versuchte, seine Erregung weiterhin im Zaum zu halten.

Langsam beugte Caitlin sich wieder hinunter und blies sanft über die feuchte Spitze seines Schaftes. Mit ihrer Zungenspitze berührte sie seine Erektion, und für Torik fühlte es sich an wie ein elektrischer Schlag. Seine Hände krampften sich noch fester um den Rahmen des Bettes. Seine ganze Aufmerksamkeit lag auf Caitlin, als sie endlich ihren Mund öffnete und seinen schmerzenden Schaft aufnahm. Mit einem tiefen Stöhnen schloss er die Augen und genoss die unglaublichen Gefühle, die sie in ihm auslöste. Caitlins Hand schloss sich um seinen Penis, die andere um seine Hoden.

Alle Zurückhaltung verließ Torik. Er winkelte seine Beine an und hob die Hüfte in rhythmischen Bewegungen. Caitlin schien sich daran nicht mehr zu stören, sondern saugte an seinem Schaft, spielte mit ihrer Zunge an seiner Spitze. Ihre Hand glitt tiefer, und sie massierte sanft seine Hoden. In dem erotischen Moment gefangen, hob Torik sich ihr immer höher entgegen. Caitlin ließ seinen Schaft aus ihrem Mund gleiten und leckte stattdessen über seine Hoden. Mit leichten, knabbernden Bissen trieb sie ihn weiter auf den Höhepunkt zu. Jeder seiner Atemzüge klang wie ein Stöhnen, sein Körper war gespannt wie eine Bogensehne. Ihre Zunge glitt an seinem Schaft hinauf, während ihre Finger die Ritze zwischen seinen Pobacken entlangfuhren.

Als ein Finger über seine Öffnung strich und ihre Zunge gleichzeitig die Spitze seines Schafts umrundete, brach seine Beherrschung. Ohne Vorwarnung ließ er die Stäbe los, packte

Caitlin um die Hüfte und warf sich mit ihr auf dem Bett herum, sodass sie unter ihm lag.

Caitlins Augen weiteten sich vor Schreck, dann wurde sie von Leidenschaft überschwemmt. Ein Lächeln spielte um ihre Mundwinkel, als sie Toriks vor Erregung verdunkelte Augen und seine harten Gesichtszüge sah. Sie schlang ihre Arme um seinen Nacken und ihre Beine um seine Hüfte, um ihm so nah wie möglich zu kommen. Toriks Augen verengten sich, und er drang mit einem Stoß in sie ein. Ein Schauder schüttelte sie, während er immer tiefer in sie glitt, bis er sie ganz ausfüllte. Caitlin stöhnte unterdrückt auf und hob ihm ihre Hüfte entgegen.

Für einen Moment legte er seine Stirn gegen ihre, dann begann er sich zu bewegen. Es war wunderbar, seine harte Länge wieder in sich zu spüren und zu wissen, dass er ihr Zusammensein genauso genoss wie sie. Ihre Finger glitten über seine angespannten Nackenmuskeln und gruben sich in seine feuchten Haare. Die Strähnen strichen bei jedem Stoß über ihre steifen Brustspitzen und lösten immer wieder kleine Explosionen in ihr aus. Immer schneller stieß Torik in sie, seine Atemzüge klangen laut in der Stille des Raumes, seine Wangen und Lippen waren gerötet. Zu wissen, dass sie diese Erregung in ihm verursachte, steigerte ihre eigene Sehnsucht ins Unermessliche. Der Höhepunkt baute sich in ihr auf, Hitze überflutete ihren Körper und prickelte in ihrem Nacken. Toriks Hände spannten sich um ihre Rippen, seine Daumen lagen dicht unter ihren schmerzenden Brustwarzen.

Caitlin hob verlangend ihren Oberkörper an, und Torik schien sie auch ohne Worte zu verstehen, denn seine Finger glitten höher, bis sie über ihre Brustspitzen strichen. Ihr ganzer Körper krampfte sich zusammen, als der Orgasmus sie überrollte. Torik beugte sich weiter hinunter und fing mit seinem Mund ihren

Schrei auf. Gleichzeitig schob er sich noch einmal tief in sie und erreichte ebenfalls den Höhepunkt. Die Zuckungen seines Schafts in ihr verlängerten ihre Ekstase, bis sie irgendwann keine Kraft mehr hatte. Ihre Arme und Beine lösten sich von ihm und fielen auf die Matratze zurück. Torik sackte auf sie herunter und bewegte sich nicht mehr. Sein Schaft war weiterhin tief in ihr, und sein Gewicht erdrückte sie fast, doch Caitlin konnte sich nicht erinnern, wann sie sich jemals so gut gefühlt hatte. So erfüllt und gleichzeitig befriedigt.

Toriks Gesicht war von ihr abgewandt, sodass sie nicht sehen konnte, was er gerade dachte. Leise Zweifel beschlichen sie. Bereute er schon, sie noch einmal geliebt zu haben? Nein, das konnte sie sich nicht vorstellen, denn noch immer liefen von Zeit zu Zeit Schauer durch seinen Körper. Ein zufriedenes Brummen löste sich aus ihrer Kehle. Sie musste lächeln, als sie sich daran erinnerte, wie sehr sie es genossen hatte, über Torik zu bestimmen und ihn mit ihren Berührungen langsam, aber sicher in den Wahnsinn zu treiben. Und er war so wunderschön, von seinen langen schwarzen Haaren über die kräftigen Muskeln, die sich unruhig unter der gleichmäßig gebräunten Haut bewegten, bis hin zu seinem langen, glatten Schaft. Es war so aufregend gewesen, zu sehen und zu spüren, was sie in ihm auslöste, wie heftig er auf sie reagierte.

Torik stützte sich auf seine Hände und hob seinen Oberkörper an. Dadurch stieß sein Schaft, der wieder hart geworden war, tiefer in sie. Oh Gott! Caitlin legte ihre Hände auf seine Brust und öffnete mühsam ihre Augen. Die Wärme, die sie in seinem Blick sah, ließ ihr Herz schneller schlagen.

Bedauernd seufzte sie auf. »So leid es mir tut, ich kann nicht mehr.« Ihre Finger strichen über seine Nippel, und sie fühlte, wie sich sein Körper anspannte. Sehnsucht und Erregung mischten sich in ihr. »Zumindest nicht sofort.«

Mit einem amüsierten Lächeln hob er seine Hüfte und glitt aus ihr heraus. Ein protestierender Laut entfuhr ihr, und Torik hob fragend eine Augenbraue. Als Caitlin den Kopf schüttelte, legte er sich neben sie und zog sie schweigend an sich. Zufrieden schmiegte Caitlin sich an seine Brust und lauschte seinem kräftigen Herzschlag. Toriks Hand legte sich auf ihre Hüfte, und er malte mit den Fingerspitzen Muster auf ihre Haut. Es dauerte eine Weile, bis Caitlin die Feuchtigkeit zwischen ihren Beinen spürte.

Ruckartig richtete sie sich auf. »Wir haben wieder kein Kondom benutzt!«

Torik blickte sie ernst an. »Das ist auch nicht nötig. Ich kann wahrnehmen, ob du gerade fruchtbar bist – was nicht der Fall ist. Und was mögliche Krankheiten angeht: Ich hatte wirklich seit zwölf Jahren keine Partnerin mehr, und davon abgesehen bin ich auch nie mit menschlichen Krankheiten in Berührung gekommen, die beim Sex übertragen werden.«

Caitlin schnitt eine Grimasse. Torik konnte wahrnehmen, dass sie nicht fruchtbar war? Sie wollte es lieber nicht genauer wissen. »Und du hast keine Angst, dass ich dich anstecken könnte?«

»Nein.« Torik schwieg einen Moment. »Es tut mir leid, dass ich kein Kondom benutzt habe, obwohl du das wolltest. Du hast mich mit deinen Berührungen so sehr erregt, dass ich keine Sekunde länger warten konnte, mich in dir zu vergraben.«

Lächelnd strich Caitlin mit den Fingerspitzen über seine Wange. »Ich kann nicht sagen, dass ich traurig darüber bin. Ich liebe es, dich in mir zu fühlen. Nur dich.«

Toriks Augen verdunkelten sich, und er küsste sie sanft. »Und ich genieße es, in dir zu sein. Du bist so eng und feucht und …«

Caitlin legte ihre Finger über seinen Mund. »Sag nichts mehr, sonst will ich doch dort weitermachen, wo wir aufgehört haben, und das wäre im Moment wirklich nicht gut.«

Nach einem weiteren Kuss legte Torik sich wieder zurück. »Ich weiß nicht, was du mit mir machst. Früher hatte ich nie ein Problem damit, mich zu beherrschen. Aber seit ich dich das erste Mal gesehen habe …«

»… als ich in einer dreckigen Gasse auf dem Boden lag und ein Verbrecher gerade versuchte, mich zu verschleppen oder sogar zu töten. Jetzt erzähl mir nicht, dass das so erotisch war.«

Torik schwieg einen Moment. »Nein, aber du hast etwas in mir berührt. Und das erste Mal habe ich dich gesehen, als du aus deinem Haus kamst, um nach West Yellowstone zu fahren. Ich bin dir gefolgt.«

Caitlins Magen zog sich schmerzhaft zusammen, als ihr wieder einfiel, dass Torik nicht einfach nur eine Zufallsbekanntschaft war. »Um was zu tun?«

»Um herauszufinden, ob du dich mit demjenigen triffst, von dem du die Informationen über uns hast.« In seinen Augen konnte sie sehen, dass er die Wahrheit sagte.

»Bevor du dich eben verwandelt hast, wusste ich wirklich nicht, dass es euch gibt. Ich dachte, es wäre nur ein Mythos, eine Fantasie. Ich wollte euch nicht in Gefahr bringen.«

Torik blickte sie forschend an und nickte dann. »Ich glaube dir, aber die Tatsache bleibt bestehen, dass du in deinem Buch Dinge geschrieben hast, die so nah an der Wahrheit sind, dass sie nicht reine Fantasie sein können. Wo hast du diese Informationen her, aus dem Internet? Oder hat dir jemand davon erzählt?«

Caitlin setzte sich auf und zog die Knie an ihren Körper. »Ich habe vor etwa zwei Jahren in einer Kneipe einen Mann getroffen, der ziemlich betrunken war. Er hat mir von den Berglöwenwandlern in der Nähe des Yosemite erzählt, und ich dachte, dass er sich die Sache einfach nur ausdenkt oder es irgendeine mythologische Geschichte ist. Ich hätte niemals für möglich gehalten, dass es so etwas wie Gestaltwandler in der Realität gibt.«

Mit einem selbstironischen Lächeln sah sie ihn an. »Aber ich hatte wohl unrecht.« Das Lächeln erlosch, als das Schuldgefühl einsetzte. »Ich fühle mich wirklich schlecht, weil ich euch mit meinem Buch gefährdet habe. Das war nicht meine Absicht.«

Torik hatte sich inzwischen auch aufgesetzt, sein Gesicht eine harte Maske. »Warum dachtest du, dass es Mythologie sein könnte?«

Sie hob die Schultern. »Ohne jemanden kränken zu wollen, der Mann war ein älterer Indianer, und ich glaube, in den Stammesmythen kommen häufiger Menschen vor, die Tiergestalt annehmen – oder andersherum.«

Ein Muskel zuckte in Toriks Wange. »Wo genau hast du ihn getroffen?«

Er schien wirklich wütend auf sie zu sein. Das schlechte Gewissen breitete sich in Caitlin aus. »Es war während meiner Selbstfindungstour, als ich einfach durch die Gegend gefahren und schließlich am Hebgen Lake gelandet bin. In einer Kneipe in der Tuolumne Rancheria, das liegt in der Nähe des Yos…« Caitlin brach ab, ihre Augen weiteten sich, als Toriks Miene noch härter wurde. »Oh nein, war das jemand von euch? Seid ihr alle indianischstämmig?«

Ein Muskel zuckte in seiner Wange. »Nein.«

Erleichtert atmete Caitlin durch. »Aber wer kann denn dann so viel über euch wissen?«

»Ich habe so eine Ahnung.« Damit rutschte Torik vom Bett und stand auf.

Caitlin sah zu, während Torik sich anzog, doch sie hielt das Schweigen nicht lange aus. »Was machen wir jetzt?«

Langsam drehte sich Torik zu ihr um, und sie erschrak über seine wütende Miene. »Wir werden den Verräter aufsuchen und verhindern, dass er jemals wieder ein Wort über uns verliert.«

Ihr Herz zog sich zusammen. »Wie willst du das tun?«

»Das lass meine Sorge sein.« Sein Gesichtsausdruck wurde etwas weicher, als er sich zu ihr herunterbeugte. »Ruh dich ein wenig aus, ich muss erst einen anderen Schutz für Marisa organisieren, bevor wir losfahren können.«

Caitlins Augen weiteten sich. »Ist Marisa eigentlich auch …?«

»Eine Wandlerin? Nein. Sie hat Coyle letztes Jahr kennengelernt, als er auf der Suche nach einem unserer Jugendlichen, der von einem Wissenschaftler entführt worden war, verletzt wurde.«

Während Torik sein Handy herausholte und jemanden anrief, schüttelte Caitlin den Kopf. Noch immer konnte sie nicht ganz glauben, dass es die Berglöwengestaltwandler wirklich gab. Sie hätte nie gedacht, dass ihre Fantasiefigur jemals lebendig vor ihr stehen könnte.

21

Coyles Herz krampfte sich zusammen, als sein Handy klingelte und er Toriks Nummer im Display sah. »Ist etwas mit Marisa?«

»Nein, alles in Ordnung.« Torik räusperte sich. »Ich muss dringend weg, gibt es jemand anders, der auf Marisa aufpassen kann?«

Irgendetwas an Toriks Stimme machte Coyle hellhörig. »Was ist passiert? Geht es dir gut?«

»Ja, natürlich. Caitlin hat mir gerade gesagt, von wem sie die Informationen für ihr Buch hat. Ich muss dorthin.«

Coyle atmete scharf ein. »Sie hat es dir *gesagt*? Weiß sie denn, was wir sind?«

Das Schweigen zog sich in die Länge. »Jetzt ja.«

Also hatte Torik es ihr erzählt oder gezeigt. Coyle konnte sich nicht vorstellen, was seinen Freund dazu gebracht haben konnte, ein solches Risiko einzugehen. Torik neigte nicht dazu, sich von seinen Gefühlen leiten zu lassen, erst recht, seit ihn sein Vater und später dann Arlyn verlassen hatten. Zwar hatte Coyle sich Marisa damals auch offenbart, aber zu dem Zeitpunkt war er sich schon sehr sicher gewesen, dass sie die Wandler nie verraten würde. »Hältst du das für klug?«

Ein Grollen drang durch den Hörer. »Ich habe keine andere Möglichkeit gesehen, und es hat das gewünschte Ergebnis gebracht. Du brauchst dir keine Sorgen zu machen, ich kümmere mich um die Sache.«

Nachdenklich rieb Coyle über seine Stirn und warf Harken einen Blick zu, der ans Auto gelehnt darauf wartete, dass er das Telefonat beendete. »Okay. Wer hat ihr die Informationen geliefert?«

Wieder ein langes Schweigen. »Ich habe einen Verdacht, den ich überprüfen möchte.«

Coyles Herz zog sich zusammen. »Ist es jemand von uns? Finn wird …«

Torik unterbrach ihn. »Nein, kein aktuelles Mitglied unserer Gruppe.«

»Wie kannst du dann …?« Coyle brach ab, als ihm ein Gedanke kam. »Wo fährst du hin?«

»Tuolumne Rancheria.« Toriks Antwort klang, als presste er die Wörter zwischen den Zähnen hervor. Und wenn es das bedeutete, was Coyle glaubte, konnte er verstehen, warum Torik in dieser Stimmung war.

»Verdammt.« Coyle schloss für einen Moment die Augen. »Ich gebe Finn Bescheid. Wir werden jemanden finden, der dich im Krankenhaus ersetzen kann. Kannst du noch so lange dort bleiben?«

Ein leises Seufzen drang durch die Leitung. »Auf ein paar Stunden mehr oder weniger kommt es jetzt auch nicht mehr an. Der Schaden ist angerichtet. Derzeit sind Isabel und Keira bei ihr, aber das kann nur eine Übergangslösung sein. Es ist zu gefährlich, Keira länger in der Nähe von Menschen zu lassen.«

Coyle zuckte erschreckt zusammen, als sich eine Hand auf seinen Arm legte. Harken hatte sich ihm unbemerkt genähert und gab ihm ein Zeichen. »Einen Moment, Torik.« Er ließ das Handy sinken und sah Harken an. »Ja?«

»Worum geht es?«

»Torik muss nach Kalifornien fahren, um denjenigen zu finden, der uns an die Autorin verraten hat. Das heißt aber, dass Marisa schutzlos zurückbleiben würde, was ich für zu gefährlich halte.« Coyle hörte, wie gepresst seine Stimme klang, aber das war ihm egal. Es konnte ruhig jeder wissen, wie wichtig ihm Marisa war.

Harken nickte. »Wir müssen denjenigen, der euch verraten hat, so schnell wie möglich stoppen. Ich werde zum Krankenhaus fahren und dort für Marisas Sicherheit sorgen.«

Überrascht starrte Coyle ihn an. »Ist das dein Ernst?«

»Natürlich, sonst würde ich es nicht anbieten.« Harken hob eine Augenbraue. »Außer du traust mir nicht zu, Marisa zu beschützen.«

Nach kurzer Überlegung nickte Coyle dankbar. »Marisa vertraut dir, das reicht für mich. Ich nehme dein Angebot an.« Er hob das Telefon wieder an sein Ohr. »Torik? Ich habe einen Ersatz für dich. Harken wird in etwa einer halben Stunde im Krankenhaus eintreffen.«

»So schnell? Ist er gerade bei dir?« Torik klang überrascht.

»Ja, wir sind knapp außerhalb von Las Vegas. Ich wünschte, ich könnte selbst bei Marisa sein, aber …« Coyle schloss die Augen und brach ab.

»Ich weiß, aber sei trotzdem vernünftig und bleib irgendwo außerhalb der Menschenwelt. In deinem Zustand würdest du sofort auffallen. Ich treffe Harken dann gleich vor dem Krankenhaus.«

»Okay. Sei vorsichtig!« Coyle beendete die Verbindung und sah Harken an. »Und du auch, ich würde es sehr übel nehmen, wenn Marisa etwas geschieht.«

Ein seltenes Lächeln spielte um Harkens Lippen. »Ich werde mir alle Mühe geben.« Er wurde wieder ernst. »Soll ich dich irgendwo absetzen oder bleibst du hier?«

Coyle blickte sich im Red Rock Canyon um. »Ich bleibe hier.« Vermutlich wäre es wirklich vernünftiger gewesen, nach Kalifornien zurückzukehren, aber er konnte sich einfach nicht dazu bringen, Marisa alleine zu lassen. Seine Nutzlosigkeit nervte ihn, doch er wusste, dass er es nur noch schlimmer machen würde, wenn er versuchte, in das Krankenhaus zu gelangen. Torik hatte recht, so wie er aussah und wie nah der Berglöwe unter der Oberfläche war, wäre es fatal, wenn er sich in die Menschenwelt begab.

Harken stieg in das Auto ein und blickte Coyle durch die offene Tür an. »Ich kann verstehen, wie es dir gerade geht, aber hab etwas Geduld. Das Letzte, was wir jetzt brauchen können, sind neue Probleme mit Menschen.«

Coyle neigte den Kopf. »Glaubst du, das wird sich jemals ändern?«

Harkens graue Augen verdunkelten sich. »Ich weiß es nicht, aber ich hoffe es.«

Torik spürte Caitlins Blick auf sich, als er seine Haare zu einem Zopf zusammenfasste. Er hatte ihr erklärt, dass sie noch einmal zum Krankenhaus zurückfahren mussten, bevor sie nach Kalifornien aufbrachen, und war dankbar, dass sie keine Fragen stellte, obwohl er spürte, dass sie ihr auf der Zunge lagen. Momentan war er nicht in der Lage, ihr zu erklären, was ihm im Kopf herumging. Wut und Bitterkeit waren in ihm hervorgebrochen, und er schaffte es kaum, sie zu bändigen. Bei seinen wenigen Ausflügen in die Menschenwelt hatte er sich bisher von der Tuolumne Rancheria so weit entfernt gehalten wie nur irgend möglich. Dabei hatte er bis vor wenigen Minuten noch nicht einmal gewusst, ob sein Vater wirklich dorthin zurückgekehrt war, nachdem er Torik und seine Mutter verlassen hatte. Doch das war die einzige Erklärung für Caitlins Wissen, die einen Sinn ergab. Die Informationen in ihrem Buch waren zwar veraltet, aber so akkurat, dass sie nur von jemandem stammen konnten, der irgendwann einmal in der Gruppe gelebt hatte.

Und es gab nur einen Menschen, den er mit der Tuolumne

Rancheria in Verbindung brachte: Tenaya Colston. Sein Vater war dort geboren worden und im Alter von siebzehn Jahren Toriks Mutter Hazel in den Wald gefolgt. Danach hatte er dann fünfzehn Jahre scheinbar glücklich in der Gruppe gelebt, bis er plötzlich verschwunden war. Seine Mutter hatte Torik nur gesagt, dass er zu den Menschen zurückgekehrt sei und sie nun ohne ihn weiterleben müssten. Es war ihm mit zehn Jahren schwergefallen, das einzusehen, und er hatte immer auf die Rückkehr seines Vaters gewartet. Doch mit der Zeit hatte er es aufgegeben. Seine Liebe war inzwischen zu Hass geworden. Ginge es nicht um das Wohl der Gruppe, wäre es ihm nie in den Sinn gekommen, nach Tenaya zu suchen.

Als er glaubte, seine Gesichtszüge halbwegs unter Kontrolle zu haben, drehte er sich wieder zu Caitlin um. Die Besorgnis in ihrem Blick zeigte ihm, dass er sie nicht täuschen konnte. Sie wartete offensichtlich auf eine Erklärung, doch dazu war er momentan nicht fähig. Er musste sie jedoch mitnehmen, denn nur sie konnte die Identität des Verräters einwandfrei bestätigen.

Mit zusammengebissenen Zähnen hob er seine Tasche auf und ging zur Tür. »Gehen wir.«

Caitlin kam auf ihn zu und blieb dicht vor ihm stehen. »Es tut mir wirklich leid, Torik, ich wollte euch nicht schaden.«

Ein wenig Wärme breitete sich wieder in Torik aus. Er legte seine Hand an ihre Wange. »Ich weiß.« Auch wenn er anfangs bereit gewesen war zu glauben, dass Caitlin über sie Bescheid wusste oder sogar mit den Verbrechern gemeinsame Sache machte, hatte er nun keinen Zweifel mehr, dass sie unschuldig war. Wenn man sie etwas näher kannte, konnte man ihr jeden Gedanken an ihren ausdrucksvollen Augen ablesen.

Torik ließ die Hand sinken und öffnete die Tür. Aufmerksam beobachtete er den Flur, bevor er Caitlin erlaubte, den Raum zu verlassen. Auch wenn er bisher noch keinen Verfolger gesehen oder gerochen hatte, konnte es immer noch sein, dass jemand hinter Caitlin her war. Auf keinen Fall würde er zulassen, dass ihr etwas geschah. Torik verdrängte den Gedanken, wer auf sie aufpassen sollte, wenn er die Angelegenheit mit dem Verräter gelöst hatte und wieder zur Gruppe zurückkehrte. Es brachte nichts, über etwas nachzudenken, für das es keine Lösung gab. Er gehörte nicht in ihre Welt und sie nicht in seine. Das war ihm von Anfang an bewusst gewesen. Er hätte sich von ihr fernhalten sollen und sie nie berühren dürfen.

»Worauf wartest du?«

Seine Muskeln zogen sich zusammen, als Caitlins Hand über seinen Rücken strich. »Ich überzeuge mich nur davon, dass uns niemand auflauert.« Er stieß einen lautlosen Fluch aus, als er fühlte, wie sie zusammenzuckte. »Es ist alles in Ordnung, gehen wir.«

Er nahm ihre Hand in seine und führte sie den Gang entlang. In der Hotellobby und auf dem Parkplatz beobachtete er die Umgebung unauffälliger, um Caitlin nicht wieder zu erschrecken. Seine Anspannung wuchs, als sie beim Krankenhaus ankamen. Hier konnten sie nicht nur auf Caitlins Verfolger treffen, sondern auch auf jemanden, der es auf Marisa abgesehen hatte. Seinen Arm um Caitlin gelegt, führte er sie zum Eingang des Krankenhausgebäudes. Obwohl er auch hier niemanden wahrnahm, blieb er trotzdem wachsam. Zuerst gingen sie zu Marisas Zimmer, damit er Keira Bescheid sagen konnte, dass Harken ihn ablösen würde. Danach kehrten sie nach draußen zurück.

Mit der Hauswand im Rücken und halb von Büschen verdeckt blieb Torik schließlich stehen und wartete auf Harken. Es dauerte nicht lange, bis er die Anwesenheit des anderen Wandlers spürte.

Torik legte eine Hand auf Caitlins Arm. »Nicht erschrecken.«

Verwirrt sah sie ihn an. »Warum? Was …?« Sie schrie leise auf, als Harken plötzlich vor ihnen erschien. Ihre Augen weiteten sich, als sie sah, dass er nackt war.

Harken störte sich nicht daran, sondern konzentrierte sich auf Torik. »Irgendwann musst du mir sagen, woher du weißt, wann ich in der Nähe bin. Kein anderer kann das.«

»Ich gebe doch nicht meinen einzigen Vorteil aus der Hand.« Torik blickte Caitlin an, die immer noch mit offenem Mund dastand. »Caitlin, das ist Harken. Harken, Caitlin.«

»Wow!« Sie riss ihren Blick von Harken los, um zu Torik aufzusehen. »Ich wusste nicht, dass ihr so etwas auch könnt.«

Torik fühlte ein Lächeln an seinem Mundwinkel zupfen, als er ihre Begeisterung sah. »Das kann auch nur er.«

»Ach, schade. Obwohl, eigentlich ist es mir auch lieber, wenn du dich nicht anschleichen kannst, ohne dass ich es bemerke.« Caitlin wandte sich an Harken. »Sind Sie auch Berglöwe?«

Harken sah sie lange an, bevor er ihr antwortete. »Ich denke, es ist besser, wenn Sie so wenig wie möglich über uns wissen.«

Caitlin lief rot an. »Torik, ich glaube, ich warte dort drüben auf dich.« Sie deutete auf eine Bank in der Nähe. Ohne seine Antwort abzuwarten, setzte sie sich in Bewegung.

Torik blickte ihr nach, dann wandte er sich wieder Harken zu. »Das war unnötig.«

»Ich denke nicht. Woher willst du wissen, dass sie nicht weitere Bücher über euch schreibt und dabei all die neuen Informationen nutzt, die sie in den letzten Tagen gewonnen hat?«

Darauf wusste Torik keine Antwort. Außer dass sein Gefühl es ihm sagte, was Harken sicher nicht zufriedenstellen würde. Stattdessen wechselte er das Thema. »Danke, dass du dich bereit erklärt hast, Marisa zu beschützen.«

Harken hob die Schultern. »Kein Problem. Es ist wichtig, dass du den Verräter ausschaltest, bevor noch mehr Menschen auf uns aufmerksam werden.«

»Das habe ich vor.« Da er nicht weiter darüber reden wollte, wandte er sich wieder dem Problem Marisa zu. »Die Krankenschwester hat mich vorhin schon vorgewarnt, dass die Besuchszeit bald zu Ende ist. Vielleicht kommst du ja an ihr vorbei.«

Harkens Mundwinkel hoben sich. »Was glaubst du, warum ich nackt gekommen bin? Es wird mich niemand sehen, wenn ich es mir in Marisas Zimmer gemütlich mache.«

»Sehr praktisch.« Trotzdem zögerte Torik zu gehen.

Harken legte seine Hand auf Toriks Schulter. »Keine Angst, ich werde niemanden zu ihr durchlassen, der ihr schaden will. Erzähl es keinem, aber irgendwie mag ich die Reporterin, auch wenn sie anstrengend sein kann.«

Das konnte Torik absolut nachvollziehen. »Na dann viel Spaß mit ihr.« Er wurde wieder ernst. »Und es wäre nett, wenn du Coyle von Zeit zu Zeit anrufst, damit er sich keine Sorgen macht.«

»Kein Problem.«

»Okay. Ich komme so schnell wie möglich zurück, um wieder zu übernehmen. Aber vor morgen Abend wird das sicher nichts.«

Harken nickte und verschwand. Torik verfolgte seinen Weg zum Eingang der Klinik, bis er ihn nicht mehr wahrnehmen konnte, dann drehte er sich zu Caitlin um. Sie war verschwunden. Sein Herz setzte einen Schlag aus, bevor es loshämmerte. Rasch blickte er sich um, konnte sie aber nirgends entdecken. Wie konnte sie in der kurzen Zeit, in der er sie nicht im Blick hatte, verschwinden? War doch jemand in der Nähe gewesen, der sie entführen wollte, und er hatte ihn nicht wahrgenommen? Die Vorstellung, dass sie in diesem Moment von irgendeinem Verbrecher weggezerrt oder vielleicht sogar misshandelt oder ermordet wurde, bewirkte, dass er sich in Bewegung setzte. Es war nicht schwer, ihrem Geruch bis zur Bank zu folgen, wo er sich mit dem der anderen Menschen vermischte. Ihr Duft hatte sich ihm so sehr eingebrannt, dass er ihn unter Tausenden herausfiltern könnte. Torik schloss die Augen und atmete tief ein.

»Fehlt Ihnen etwas?« Die Stimme erklang direkt vor ihm.

Toriks Lider hoben sich, und er blickte auf die Frau in Schwesternuniform hinunter, die ihn besorgt ansah. »Nein, danke. Ich schnappe nur ein wenig frische Luft.«

Ein Lächeln überzog ihr Gesicht. »Das kenne ich, wenn ich stundenlang in der Klinik war, will ich auch nur noch raus.« Sie winkte ihm zu. »Einen schönen Abend noch!« Bevor Torik antworten konnte, eilte sie davon.

In dem Versuch, sich so weit zu beruhigen, dass er wieder klar denken konnte, atmete Torik noch einmal durch. Er war Caitlin keine Hilfe, wenn er jetzt in Panik geriet. Zielstrebig folgte er schließlich ihrer Duftspur, während er gleichzeitig nach möglichen Beobachtern Ausschau hielt. Sollte jemand Caitlin mitgenommen haben, würden sie vermutlich versuchen, ihn daran zu hindern, ihnen zu folgen. Sie konnten nicht mehr als eine halbe Minute Vorsprung haben, auch wenn es ihm viel länger vorkam. Rasch überquerte Torik die Straße und ein kleines Rasenstück und blieb ruckartig stehen, als er Caitlin sah. Sie stand in einer Menschenschlange vor einem Imbisswagen und wartete geduldig darauf, bedient zu werden. Die Erleichterung, sie unverletzt vor sich zu sehen, war so groß, dass seine Beine weich wurden. Schwerfällig ließ er sich in das Gras sinken und versuchte, seinen wild galoppierenden Herzschlag in den Griff zu bekommen.

Er beobachtete Caitlin mit brennenden Augen und erhob sich erst wieder, als sie dem Verkäufer Geld in die Hand drückte und dafür eine prall gefüllte Papiertüte in Empfang nahm. Als sie Torik sah, lächelte sie ihn freudig an und ging eilig auf ihn zu.

»Ich habe uns Reiseproviant besorgt, damit wir nicht … Uff!« Sie atmete überrascht aus, als er sie in seine Arme zog und fest an sich drückte. Als er sie lange Zeit später losließ, lächelte sie ihn an. »Wofür war das?«

Torik lehnte seine Stirn an ihre. »Als du plötzlich verschwunden warst, dachte ich, du wärst entführt worden. Das hat mir einen Heidenschreck versetzt.«

Caitlin wurde bleich. »Oh, das war nicht meine Absicht. Als ich den Imbisswagen sah, wurde mir plötzlich klar, wie viel Hunger ich habe und du sicher auch.« Sie legte ihre Hände um sein Gesicht. »Entschuldige, das war dumm von mir.« Unerwartet beugte sie sich vor und küsste ihn sanft.

Damit löste sie eine Lawine von Gefühlen in ihm aus, die er bisher mühsam im Zaum gehalten hatte. Er schlang seine Arme enger um sie und küsste sie wie ein Ertrinkender. Mit einem hungrigen Laut ließ Caitlin sich gegen ihn sinken und grub ihre freie Hand in sein Haar. Erst als ein Auto laut röhrend an ihnen vorbeifuhr, löste Torik sich widerwillig von ihr. Mit dem Finger strich er über ihre geröteten Lippen, sein Blick tauchte in ihren.

»Lass uns fahren.«

Langsam stieg Lee die Treppe des Privatflugzeugs hinunter und blickte über die Rollbahn zum Flughafengebäude. Die kerosingeschwängerte Luft flimmerte über dem Asphalt und ließ die verdorrte Landschaft verschwimmen. Lee schnitt eine Grimasse. Es war immer wieder eine Freude, nach Las Vegas zu kommen. Aber nachdem nicht nur die Journalistin und ihre kleine Freundin, sondern inzwischen auch noch die Autorin und ihr geheimnisvoller Beschützer in der Gegend waren, hielt er es für angebracht, die Dinge selbst in die Hand zu nehmen. Besonders nachdem Lopez sich nicht wieder bei ihm gemeldet hatte und er annehmen musste, dass der Plan gescheitert war, herauszufinden, was die beiden Frauen und der Mann in Stammheimers Haus getrieben hatten.

Er hatte von Sanders erfahren, dass Marisa Pérèz in die Uniklinik eingeliefert worden war. Der Unfall ging vermutlich auf Lopez' Konto, was bedeutete, dass ihm vor seinem Verschwinden zumindest etwas gelungen war. Noch besser wäre es, wenn er wüsste, wo sich Isabel Kerrilyan jetzt aufhielt, doch das würde er schon herausfinden. Es konnte ja nicht sein, dass es ihm trotz seiner beträchtlichen Mittel nicht gelang, ein paar räudige Wandler und ihre menschlichen Freunde für seine Zwecke zu nutzen. Es war fast, als hätte sich alles gegen ihn verschworen. Lee schob das Kinn vor. Nein, er würde seinen Plan verwirklichen, und wenn es das Letzte war, was er tat.

Und dann war da noch die Spur von Caruso, die auch hierher führte. Was hatte der hier zu suchen? Er konnte Lee unmöglich gefolgt sein – zumal er bis vor wenigen Stunden selbst noch nicht gewusst hatte, dass er nach Las Vegas kommen würde. Hinter wem oder was war Caruso also her? Wollte er auch ein Stück vom Ruhm oder Reichtum abhaben und suchte deshalb die Nähe der Wandler? Vielleicht hatte er letzten Winter im Wald erkannt, dass sie ihm lebendig mehr bringen würden, als wenn er sie auf Jennings Befehl erschoss. Ein interessanter Gedanke, den er bei Gelegenheit weiterverfolgen würde.

Interessant auch, dass sie sich alle zur gleichen Zeit am gleichen Ort aufhielten. Irgendetwas würde hier passieren, so viel stand für ihn fest. Und wenn er sich auf die angeheuerten Männer nicht verlassen konnte, dann musste er das eben selbst in die Hand nehmen. Er hatte es satt, noch länger zu warten und sich von den Wandlern an der Nase herumführen zu lassen. Es wurde Zeit, die ganze Angelegenheit zu beenden.

Während er mit einem Transportfahrzeug zum Terminal gebracht wurde, schaltete er sein Handy wieder an. Seine Augenbrauen zogen sich zusammen, als er eine SMS von dem Mann öffnete, der Caitlin Walker folgte.

Objekte sind wieder unterwegs, ich folge ihnen. Erwarte Anweisungen.

Verdammt, die Autorin und ihren Begleiter schien er also verpasst zu haben! Gut, dass er Sanders nicht abgezogen hatte. Lee konnte ihn jederzeit anweisen, sie zu ihm zu bringen. Nach kurzer Überlegung tippte er die Antwort in sein Handy, dass der Mann sie weiter beobachten und ihn auf dem Laufenden halten sollte. Nachdem die Autorin nun erst einmal aus dem Bild war, würde er sich selbst auf die Reporterin, das Mädchen und Caruso konzentrieren. So wie es aussah, würde er damit auch genug zu tun haben. Ungeduldig drängte er sich durch das überfüllte Flughafengebäude zum Ausgang. Glücklicherweise reiste er mit leichtem Gepäck, sodass er nicht warten musste, bis sein Koffer gebracht wurde. Lee setzte seine Sonnenbrille auf, bevor er das Gebäude verließ und in die tief stehende Sonne trat. Die Hitze traf ihn wie ein Schlag, und er war froh, sich gleich darauf in die angenehm temperierte Limousine setzen zu können, die auf ihn wartete. Er legte den Kopf an die Lehne und atmete tief ein. Das Ziel kam immer näher, er konnte es spüren.

So müde sie auch war, Caitlin schaffte es nicht, die Gedanken aus ihrem Kopf zu bannen, während sie durch die Nacht fuhren. Wie ein endloser Zirkel drehten sie sich immer wieder im Kreis, und sie kam nie zu einem Ergebnis. Unauffällig warf sie Torik einen Seitenblick zu. Er wandte sich zu ihr um und hob fragend eine Augenbraue.

»Raus damit.«

Erschreckt zuckte Caitlin zusammen. »Was?«

»Irgendetwas spukt dir im Kopf herum.«

Zögernd biss Caitlin auf ihre Lippe. »Als ich Tuolumne Rancheria sagte, wusstest du sofort, von wem ich spreche, oder?«

Sowie sie den Ort erwähnte, blickte Torik wieder nach vorne. Im schwachen Licht der Instrumentenbeleuchtung konnte sie seine finstere Miene erkennen.

Als sich das Schweigen hinzog, hielt sie es nicht mehr aus. »Du hast mich gefragt, worüber ich nachdenke!«

Torik stieß ein undefinierbares Grunzen aus. »Ich kenne jemanden, der aus dem Ort kommt und auf den die Beschreibung passen würde, ja.« Bevor sie etwas einwerfen konnte, sprach er weiter. »Aber solange ich nicht weiß, ob ich mit meiner Vermutung recht habe, werde ich nichts weiter dazu sagen.«

Caitlin schnitt eine Grimasse. »Dann rede wenigstens über etwas anderes, sonst werde ich verrückt.«

»Wir könnten darüber reden, wer ein Interesse daran haben könnte, dich zu entführen oder dir sonst irgendwie zu schaden.«

Toriks Worte ließen einen Schauder über ihren Körper laufen. »Ich kann mir immer noch nicht vorstellen, warum das jemand wollen sollte.« Ihr Herz klopfte schneller, als ihr ein Gedanke kam. »Außer es hängt mit euch zusammen. Könnte das sein?«

»Es war niemand von uns, falls du das meinst. Aber es sind seit letztem Jahr Menschen hinter uns her, die versuchen, uns einzufangen oder zu töten. Es wäre möglich, dass auch jemand anders dein Buch aufgefallen ist und er genauso wie wir glaubt, dass du über Insider-Informationen verfügst. Vielleicht versucht jemand, über dich an uns heranzukommen.«

»Das sind ja tolle Aussichten.« Caitlin rieb über ihre schmerzende Stirn. »Was kann ich dagegen tun? Ich kann ja schlecht eine schriftliche Bekanntmachung herausgeben, dass ich keinerlei Ahnung hatte, dass Wandler überhaupt existieren. Eigentlich kann ich es immer noch nicht ganz glauben. Es ist … fantastisch. Aber auch irgendwie beängstigend.«

Ernst sah Torik sie an. »Genau deshalb wollen wir nicht, dass jemand von uns erfährt. Es gibt sicher Menschen, die nichts gegen Wandler hätten, aber wir würden bei zu vielen Furcht auslösen. Die meisten haben Angst vor allem, was nicht erklärbar ist. Wir haben in der Menschenwelt keinerlei Rechte, sie würden mit uns machen, was sie wollen, bis neue Gesetze geschaffen werden. Für mich ist das Leben in der Wildnis nicht schlimm, ganz im Gegenteil, aber es gibt viele Wandler, vor allem Jüngere, die gerne die Annehmlichkeiten eines modernen Stadtlebens hätten.«

»Ich kann es mir vorstellen.« Weil sie diese Situation bereits im Geiste durchgegangen war, als sie für ihr Buch überlegt hatte, auf welche Probleme Gestaltwandler stoßen konnten, wenn sie im Geheimen leben mussten. »Du hast einen Pass und kannst auch Auto fahren, aber trotzdem lebst du die meiste Zeit in der Wildnis?«

»Ja.«

Als er nichts weiter sagte, seufzte Caitlin ungeduldig auf. »Lass dir doch nicht alles aus der Nase ziehen! Verstehst du nicht, dass ich mehr über dich erfahren will?«

Toriks Hände schlossen sich enger um das Lenkrad, doch er hielt seinen Blick auf die Straße gerichtet. »Vielleicht ist es besser, wenn du nichts über mich weißt.«

Für einen Moment fehlten Caitlin die Worte. »Glaubst du etwa immer noch, dass ich euch verraten würde? Wie kannst du das denken, nach dem, was wir geteilt haben!« Sie hatte ihre Hände auf ihren Oberschenkeln zu Fäusten geballt. Am liebsten hätte sie Torik geschüttelt, aber sie hatte keine Lust, deshalb im Graben zu landen.

Torik legte eine seiner großen Hände über ihre Fäuste und drückte sie sanft. »Ich dachte eher, dass es dann einfacher für dich wird, wenn ich nicht mehr da bin.«

»Oh.« Tränen traten in Caitlins Augen, und sie drehte rasch ihren Kopf zum Seitenfenster, damit er ihre Enttäuschung nicht sah. Es war dumm von ihr gewesen zu hoffen, dass Torik auch etwas für sie empfand und sie irgendeine Möglichkeit finden würden, zusammen zu sein. Nur weil sie ihren Romanfiguren immer ein Happy End schenkte, musste ihre eigene Liebesgeschichte nicht auch gut ausgehen. Das sollte sie eigentlich inzwischen schon gelernt haben.

»Caitlin …«

Hastig unterbrach sie ihn. »Nein, du hast völlig recht, es ist besser für uns alle, wenn ich nichts über euch weiß.«

»Ich wollte nicht …«

»Lass es einfach, Torik!« Caitlin senkte ihre Stimme zu einem Flüstern. »Aber wenn ihr euch irgendwann den Menschen zeigt, kannst du sicher sein, dass ihr mich schon als Fürsprecher habt.«

Torik drückte noch einmal ihre Hände und ließ sie dann los. »Danke!« Sein Blick wanderte zum Rückspiegel, und er runzelte die Stirn.

Caitlin drehte sich im Sitz um, konnte aber hinter ihnen kein auffälliges Auto erkennen. »Siehst du jemanden?«

»Nein, bisher habe ich nichts bemerkt.« Er blickte sie kurz an. »Wenn die Sache hier erledigt ist, solltest du vielleicht einen Bodyguard engagieren, bis geklärt ist, ob noch jemand hinter dir her ist.« Caitlins Herz zog sich zusammen, und sie starrte auf ihre Hände, ohne zu antworten. »Ich würde auch weiter auf dich aufpassen, wenn es nur um mich ginge, aber ich muss zur Gruppe zurück, wir haben sowieso schon zu wenig Wächter.«

Caitlin zwang ihre steifen Lippen auseinander. »Ich verstehe.«

»Und wirst du es tun?« Ungeduld war in Toriks Stimme zu hören.

»Was?«

Torik trat hart auf die Bremse und lenkte den Wagen an den Rand der Straße. Als der Jeep stand, drehte Torik sich zu ihr um. Seine Hände schlangen sich um ihre Oberarme, und er schüttelte sie leicht. »Verdammt noch mal, Caitlin! Ich muss wissen, dass du weiterhin in Sicherheit bist, wenn ich weg bin, sonst werde ich wahnsinnig!« Ein Auto schoss hupend an ihnen vorbei, aber Torik schien es gar nicht wahrzunehmen. Sein Blick bohrte sich glitzernd in ihren und zwang sie zu einer Antwort.

»Okay, ich besorge mir einen Bodyguard, aber nur, wenn mir wirklich noch eine Gefahr droht. Aber irgendwann muss ich mein normales Leben wieder fortsetzen.« Ernst sah sie ihn an. »Glaubst du, dass überhaupt noch ein Interesse an mir besteht, wenn du nicht mehr in meiner Nähe bist?«

Toriks Griff lockerte sich etwas, seine Finger strichen über ihre Arme. »Da die Verbrecher dir schon in der Gasse auflauerten, als wir uns das erste Mal begegnet sind, nehme ich das an. Leider weiß ich nicht, wer dahintersteckt, sonst würde ich ihn beseitigen, bevor ich in den Wald zurückkehre.« Es war offensichtlich, dass er jedes Wort ernst meinte. »Wir müssen jedenfalls davon ausgehen, dass die beiden Kerle nicht selbst auf die Idee gekommen sind, dich zu entführen. Sie hatten vermutlich einen Auftraggeber.«

»Und wer hat sie dann ermordet und warum? Für mich ergibt das einfach keinen Sinn.«

Torik schwieg einen Moment, bevor er sie losließ und sich zurücklehnte. »Auf mich wirkt es so, als wollte der Auftraggeber Zeugen beseitigen. Wenn es derjenige ist, der es auch auf Wandler abgesehen hat, dann scheint das durchaus eine übliche Vorgehensweise für ihn zu sein.« Offenbar wusste Torik mehr darüber, wollte aber keine Einzelheiten nennen.

»Oder der Mörder der Männer wollte uns beschützen.«

Torik hob die Schultern. »Möglich wäre auch das, aber ich halte es für relativ unwahrscheinlich. Welchen Grund sollte er dafür haben? Und von meinen Leuten war es niemand.«

Unsicher sah Caitlin ihn an. »Woher weißt du das?«

»Ich hätte es gerochen. Davon abgesehen verwenden wir keine Schusswaffen.«

Ein kalter Schauer überlief sie. »Vielleicht sollten wir lieber weiterfahren, wir werden hier im Auto wohl nicht herausbekommen, wer hinter mir her ist.«

Torik sah so aus, als wollte er noch etwas sagen, aber dann schüttelte er nur den Kopf und lenkte den Wagen auf die Fahrbahn zurück.

22

Marisa erwachte mit einem Ruck, als sich eine Hand auf ihren Mund legte. Es war stockdunkel im Zimmer, kein Lichtschimmer drang herein. Ein Gewicht drückte auf ihre Schulter. Panik stieg in ihr auf, als sie keine Luft bekam, und sie begann gegen ihren Angreifer zu kämpfen. Schmerz durchzuckte bei den hektischen Bewegungen ihre Rippen und ihr gebrochenes Bein, doch sie konnte nur daran denken, Sauerstoff in ihre Lungen zu bekommen.

»Liegen Sie still, ich tue Ihnen nichts!«

Marisa verstand das raue Flüstern kaum, weil ihr das Blut so laut in den Ohren rauschte. Vor allem wirkte es auf sie nicht so, als wollte der Mann ihr nichts tun. Warum hielt er sie dann fest und schnitt ihr die Luft ab? Sie hob ihre Hand, um ihn abzuwehren und traf auf nackte Haut. Auf warme Haut, obwohl es im Zimmer recht kühl war, und auf krauses Brusthaar. Marisa erstarrte.

»Ich bin es, Harken. Kein Wort.« Seine Stimme ertönte dicht an ihrem Ohr, das Flüstern war beinahe tonlos.

Harken! Auch wenn der Wandler mehr als mysteriös war, glaubte sie doch nicht, dass er ihr etwas tun würde. Ihre Muskeln entspannten sich, und sie sank in die Kissen zurück. Sofort nahm er seine Hände von ihr und trat zurück. Keuchend atmete Marisa ein, jeder Atemzug schmerzte. Angestrengt starrte sie in Richtung der Tür, wo sie Harken vermutete. Sie konnte nicht einmal seinen Schatten erkennen, aber das war auch kein Wunder, schließlich konnte er sich unsichtbar machen. Plötzlich erschien ein Streifen Licht in der Türöffnung, der Schatten eines Menschen wurde größer. Doch dann ertönte auf dem Gang ein lautes Piepsen, und der Schatten erstarrte, bevor er wieder verschwand. Sie konnte hektische Stimmen im Flur hören, das Geräusch laufender Schritte aus mehreren Richtungen drang in ihr Zimmer.

Angespannt lauschte Marisa, doch sie konnte nicht sagen, ob außer ihr jemand im Zimmer war. Sollte sie auf den Hilfeknopf drücken, der sofort eine Schwester zu ihr führen würde? Nein, das konnte sie nicht machen, wenn Harken hier irgendwo war. Aber was machte er überhaupt hier? In ihrer derzeitigen Lage konnte sie ihm kaum helfen, und sie bezweifelte, dass er sie einfach nur besuchen wollte. Nein, irgendetwas ging hier vor, und sie musste wissen, was. Deshalb blieb sie mit weit aufgerissenen Augen im Bett liegen und wartete darauf, dass er sich ihr zeigte und ihr endlich sagte, was überhaupt los war. Harken war jedenfalls nicht an der Tür gewesen, jemand hatte im Flur davorgestanden, sonst hätte sie seinen Schatten nicht gesehen. War es einer der Verbrecher, die versucht hatten, sie zu töten und die Beweise an sich zu bringen?

Auch wenn sie annahm, dass Harken sie beschützen konnte und würde, setzte ihr Herz einen Schlag aus. Würde das denn nie aufhören? Das letzte halbe Jahr war so schön gewesen, und sie hatte es genossen, endlich mit Coyle wie ein normales Paar leben zu können. Oder fast normal. Aber diese sorglosen Monate schienen vorbei. Ihre Verletzungen würden Coyle wieder in seinen Beschützermodus versetzen, und der freie und fröhliche Mann würde wieder von dem ernsten, in sich gekehrten ehemaligen Ratsführer verdrängt werden. Marisa unterdrückte gerade noch den tiefen Seufzer, der in ihr hochstieg. Harken hatte gesagt, sie sollte still sein, und er hatte vermutlich einen guten Grund dafür. Unruhig bewegte sie sich, sie fühlte sich unwohl dabei, wie ein Opferlamm im Bett zu liegen. Wenn es jemand wirklich auf sie abgesehen hatte, konnte sie sich nicht wehren oder fliehen. Ein Luftzug an ihrer Hand ließ sie heftig zusammenzucken. Sie fühlte Harkens Anwesenheit mehr, als dass sie ihn wirklich sah.

Er beugte sich über sie, und sie konnte das Weiß seiner Augen gegen seine dunklere Hautfarbe sehen. »Jetzt können Sie etwas sagen.« Als sie stumm blieb, stieß er ein leises Lachen aus. »Ich weiß doch, dass es Ihnen schwerfällt, still zu sein. Also nur zu.«

»Was ist los? Was machen Sie hier? Wo ist Torik? Wer war da an der Tür?« Der Schwall brach aus Marisa in einem Atemzug hervor.

Sie hörte ein leises Scharren, als Harken den Stuhl heranzog und sich neben ihr Bett setzte. »Torik musste weg, deshalb habe ich angeboten, auf Sie aufzupassen, bis er zurückkommt. Und bevor Sie das fragen: Coyle weiß Bescheid.«

»Okay. Wenn Sie jetzt mein Wachhund sind, können wir dann mit der blöden Siezerei aufhören? Das geht mir irgendwie auf die Nerven.« Bevor er antworten konnte, redete sie schon weiter. »Warum hast du mir nicht Bescheid gesagt, als du mit Torik getauscht hast? Ich hätte fast einen Herzinfarkt bekommen, als du mich festgehalten hast.«

»Du hast geschlafen, ich wollte dich nicht stören.« Harkens Stimme klang so ruhig, als säßen sie beim Kaffeeklatsch.

»Ja, das hat super geklappt. Vielen Dank auch. Also, was war nun los? Wer war an der Tür?«

Harken blieb einen Moment stumm. »Ich weiß es nicht. Ich konnte ihn nicht sehen, er ist draußen stehen geblieben, und als der Alarm in einem der anderen Zimmer losging, ist er abgehauen. Ich wollte ihm zuerst folgen, aber in dem Durcheinander von Ärzten, Schwestern und Pflegern, die plötzlich über den Gang liefen, konnte er entkommen. Und außerdem wärst du dann hier alleine gewesen.« Diesmal schwang etwas wie Wut in seiner Stimme mit.

»War es ein Mensch?«

»Ja, sein Geruch war …« Harken brach ab und schwieg.

Marisa hätte gerne seinen Gesichtsausdruck gesehen, aber so konnte sie nur raten, was er gerade dachte. »Was?«

»Nichts. Du solltest jetzt schlafen. Ich denke nicht, dass er heute noch einmal zurückkommt.«

Marisa blies hart den Atem aus. »Und du glaubst, das könnte ich jetzt so einfach? Ich habe genug Adrenalin für eine ganze Armee in meinem Körper. Können wir uns nicht lieber unterhalten?«

Ein Seufzer wehte zu ihr herüber. »Über was?«

»Wo ist Torik hingefahren?«

»Die Autorin hat ihm erzählt, wer ihr die Informationen über die Gruppe gegeben hat. Sie fahren jetzt dorthin, und Torik wird dafür sorgen, dass der Verräter in Zukunft schweigt.«

Marisa hob den Kopf. »Wer war es?«

»Das hat er mir nicht gesagt. Irgendjemand in Kalifornien.«

Verdammt, Marisa hasste es, nicht zu wissen, was vor sich ging. Ihre Neugier würde sie quälen, bis sie den Namen des Verräters erfuhr. Aber da Harken ihn nicht kannte oder ihr vielleicht auch nur nicht sagen wollte, musste sie sich dringend ablenken. »Das erklärt aber noch nicht, warum du nackt in meinem Zimmer sitzt. Ich meine, du hast doch sicher irgendwo Kleidung, oder?« Zufrieden hörte sie seinen genervten Seufzer.

»Willst du wirklich nicht schlafen?«

»Nein. Ich möchte eigentlich nur nach Hause.« Verlegenheit überschwemmte sie, als ihre Stimme brach. Sie hasste nichts mehr als Wehleidigkeit. Warum konnte sie nicht einfach froh sein, überlebt zu haben?

Wieder ein Luftzug, dann berührten Harkens Finger zögernd

ihren Arm. »Das verstehe ich.« Seine Stimme klang überraschend sanft, und sie hatte den Eindruck, dass er das Gefühl tatsächlich nachvollziehen konnte. Ob er sich auch nach seinem Zuhause sehnte? Sie hatte ihn nie gefragt, woher er überhaupt kam. »Aber denkst du nicht, dass du mit den schweren Verletzungen hierbleiben solltest, bis sie zumindest halbwegs verheilt sind?«

Marisa kämpfte mühsam die Tränen zurück, die sich in ihren Augen bildeten. »Das würde ich ja, aber ich kann es nicht ertragen, dass Coyle nicht bei mir ist. Und ich glaube nicht, dass es gut ist, wenn die Gruppe mit Torik auf einen ihrer besten Wächter verzichten muss, nur damit er hier den Babysitter spielen kann. Wäre ich zu Hause, könnte Coyle auf mich aufpassen, und Torik wäre frei. Und ich wäre bestimmt auch weniger in Gefahr, weil man einen möglichen Angreifer besser kommen sieht.«

Eine Weile herrschte Stille, dann verschwand Harkens Hand. »Warte hier, ich werde sehen, was ich tun kann.«

Marisa lachte erstickt auf. »Wo sollte ich schon hin?«

Wieder ein Luftzug, dann spürte sie, dass Harken nicht mehr da war.

Sosehr Marisa auch lauschte, sie konnte ihn nicht hören. Weder Schritte noch Atemzüge. Wo war er hingegangen? Die Tür blieb geschlossen, also konnte er tatsächlich Räume verlassen, ohne eine Tür zu benutzen. Es war irgendwie gruselig, sich das vorzustellen. In Menschengestalt wirkte er so warm und stabil – so echt. Trotzdem konnte er sich unsichtbar machen und durch Wände gehen, fast wie ein Geist.

Die Zeit verging quälend langsam, und sie befürchtete schon, dass er nicht zurückkommen würde. Doch dann tauchte er ohne Vorwarnung wieder neben ihr auf. »Verdammt, erschreck mich doch nicht immer so!«

»Entschuldige.« Ein Klicken ertönte, dann flammte die Nachttischlampe auf. Harken war nur ein dunkler Schatten gegen die gleißende Helligkeit.

Blinzelnd versuchte Marisa, etwas zu erkennen. Glücklicherweise war ihre Sehkraft inzwischen wiederhergestellt, die verschwommenen Bilder hatten anscheinend wirklich nur an der Schwellung an ihrer Schläfe gelegen. Harken hielt Sachen in der Hand, die aussahen wie ein Arztkittel und die dazugehörige Hose. »Was wird das?«

»Ich hole dich hier raus.«

Erstaunt sah Marisa ihn an. »Einfach so?«

»Nein, ich habe deine Verlegung nach Kalifornien in deine Akte eingetragen, damit sie dich nicht suchen. Außerdem habe ich einige Dinge besorgt, die du auf der Fahrt brauchen wirst.« Damit begann er, sich die Kleidung anzuziehen. Auf ihren fragenden Blick hin grinste er. »Ich dachte, es ist unauffälliger, wenn du nicht von einem nackten Mann rausgeschoben wirst.«

Ein Rollstuhl stand vor dem Bett. »Aber was ist mit dem hier?« Marisa deutete auf ihren Gips, der vom Oberschenkel bis zum Fuß reichte.

»Das wird etwas unpraktisch und für dich ungemütlich.« Er sah sie ernst an. »Überleg dir gut, ob du wirklich hier weg willst, Marisa. Das Personal kann sich sicher besser um deine Verletzungen kümmern als ich oder Coyle.«

Marisa biss die Zähne zusammen. »Ich will nach Hause. Dort kann ich mir dann ja eine Pflegekraft engagieren, die sich um mich kümmert.«

»Okay.« Harken schloss den Kittel und trat an das Fußende des Bettes. »Ich löse jetzt das Gestell, wenn es zu sehr wehtut, sag Bescheid.« Er schob eine aufgerollte Decke unter ihr Bein, damit es erhöht blieb und begann damit, sie aus dem Gestell zu befreien.

Es war erstaunlich, wie schnell ihm das gelang und wie vorsichtig er dabei mit ihrem Bein umging. Marisa atmete erleichtert auf, als er damit fertig war. Sie fühlte sich gleich viel freier.

Ohne ein weiteres Wort schlug er die Bettdecke zurück und schob seine Arme unter ihren Körper. »Bereit?«

Marisa nickte und schloss die Augen, als er sie scheinbar mühelos hochhob. Die aufrechte Haltung machte sie schwindelig, ihre Schläfe begann zu pochen. Erleichtert atmete sie auf, als sie das Polster des Rollstuhls unter sich fühlte. Die Fußstütze war hochgestellt, sodass ihr eingegipstes Bein darauf zum Liegen kam. Es war nicht so bequem wie das Bett, aber auszuhalten. Harken wickelte die Decke um sie und steckte sie fürsorglich an den Seiten fest. Sein Gesicht war ihrem ganz nahe, und sie legte ihre Hand an seine Wange. Fragend sah er sie an.

»Danke.«

Er nickte nur und wandte sich ab. Aber Marisa hatte trotzdem seine weichere Seite gesehen und auch die Traurigkeit in seinen Augen. Es war ihr jedoch klar, dass Harken nie mit ihr darüber reden würde, deshalb schwieg sie.

Immer noch stumm drückte er ihr einen Beutel in die Hand. »Was ist da drin?«

»Schmerzmittel und alles, was du sonst noch brauchen kannst.« Er öffnete den Schrank und holte die Sachen heraus, die den Unfall überstanden hatten. Im Nachtschrank fand er ihr Portemonnaie und noch einige persönliche Dinge, die er mit in den Beutel stopfte. »Fertig?«

»Ja.«

Harken ging zur Tür und öffnete sie vorsichtig. Nachdem er sich vergewissert hatte, dass sie alleine auf dem Gang waren, schob er Marisa hinaus. Das Herz schlug ihr bis zum Hals, aus Furcht, entdeckt zu werden, doch erstaunlicherweise gelangten sie zum Parkplatz, ohne dass jemand sie aufhielt.

»Puh, wie hast du das gemacht?« Ihre Augen weiteten sich. »Du kannst doch wohl nicht auch andere unsichtbar machen?«

Lachend öffnete Harken die Beifahrertür des Jeeps. »Leider nicht. Außerdem bin ich angezogen, wie du vielleicht bemerkt hast.« Er klappte einen Teil der Rückbank hoch und schob dann den Beifahrersitz so weit nach hinten, wie es ging, bevor er die Rückenlehne absenkte. »Okay, probieren wir aus, ob du reinpasst.« Vorsichtig hob er sie auf den Beifahrersitz und legte seine Jacke unter ihren Kopf.

Nachdem sie im Wagen lag und Harken noch etwas unter ihr Bein geschoben hatte, um den Gips höher zu lagern, fühlte sie sich beinahe wohl. Jedenfalls unter diesen Umständen. Harken schloss die Beifahrertür mit einem sanften Klicken, ging um den Jeep herum und schwang sich auf den Fahrersitz. Er ließ den Motor an und blickte sich dann nach ihr um. »Alles in Ordnung?«

»Ja, vielen Dank. Für alles.«

»Kein Problem. Dann wollen wir mal sehen, ob Coyle noch im Red Rock Canyon ist.«

Die Vorstellung, ihren Geliebten bald wiederzusehen, ihn wieder berühren zu können, war wundervoll und hielt sie wach, bis Harken den Jeep schließlich an der Zufahrtsstraße zu dem Naturschutzgebiet abbremste. Er nahm das Handy aus dem Handschuhfach und wählte Coyles Nummer.

Fast augenblicklich antwortete Coyle. »Ja?«

»Hier ist Harken. Ich stehe an der Zufahrtsstraße. Wie schnell kannst du hier sein?«

Einen Moment lang herrschte Schweigen. »In zwei Minuten. Aber was machst du hier? Ich dachte, du passt auf Marisa auf!«

»Das erkläre ich dir gleich, komm einfach her.«

Wenig später trat Coyle in Menschenform und angezogen unter den Bäumen hervor, und Marisa stockte der Atem. Coyle rannte sofort los, sowie er sie sah. Selbst in seiner menschlichen

Gestalt war er unheimlich schnell und in wenigen Sekunden bei ihnen. Er riss ihre Tür auf und starrte sie an, als wäre sie eine Erscheinung. Eine Hand am Türgriff sackte er auf die Knie. »Marisa?«

Tränen traten in ihre Augen, als ihre Finger seine Wange berührten. »Ich habe es im Krankenhaus nicht mehr ausgehalten. Ich will bei dir sein. Harken war so nett, mich nach draußen zu schleusen.«

Coyle beugte sich vor und legte seinen Kopf an ihre Schulter. »Aber … ist das nicht zu gefährlich? Was ist, wenn es dir schlechter geht? Wenn du Schmerzen hast?« Seine Stimme brach.

Marisa küsste seine Stirn. »Solange ich bei dir bin, kann mir nichts passieren.«

Harken mischte sich ein. »Vor allem sollten wir endlich losfahren, bevor die Medikamente ihre Wirkung verlieren und Marisa von der unbequemen Haltung noch mehr Schmerzen bekommt. Oder bevor uns jemand sucht.«

Coyle sah auf, einen gequälten Ausdruck in seinen Augen. Sanft küsste er sie auf den Mund, bevor er aufstand und die Tür vorsichtig zuschob. Er lief um den Wagen herum und stieg hinter Harken ein. Kaum hatte er die Tür zugezogen, gab Harken wieder Gas.

Den Rest des Weges legten sie mehr oder weniger schweigend zurück. Torik war das auch lieber so, denn je näher sie Tuolumne kamen, desto mehr krampfte sich sein Magen zusammen. Caitlin war kurz nach ihrem Gespräch eingeschlafen, ihr Kopf lag jetzt an seiner Schulter, und er hatte sich nicht dazu bringen können, sie wegzuschieben. Im Gegenteil, immer wieder hatte er seine Finger durch ihre weichen Haare gleiten lassen und tief ihren Duft eingeatmet. Er wusste, dass er sie verlassen musste, aber es schien so, als hätte sein Körper einen eigenen Willen. Sein Herz klopfte schmerzhaft und schien ihrer Hand entgegenzustreben, die auf seiner Brust lag. Torik biss seine Zähne zusammen und versuchte, die Mauer wieder aufzubauen, die Caitlin Stein für Stein niedergerissen hatte. Warum war ihm nicht aufgefallen, welcher Gefahr er sich aussetzte, wenn er in der Nähe der Menschenfrau blieb? Vor zwölf Jahren hatte er sich geschworen, nie wieder jemanden so nah an sich heranzulassen, und nun war es Caitlin in zwei Tagen gelungen, sich in sein Herz zu schleichen. Es würde höllisch schmerzen, sie gehen zu lassen, so viel war sicher.

Wütend krampften sich seine Hände um das Lenkrad. Warum musste Caitlin auch so … liebenswert sein? Wäre sie arrogant oder herablassend gewesen oder hätte sich nach der Attacke zitternd verkrochen, hätte er sich nie in sie verliebt. Torik erstarrte. Oh, verdammt! Nein, das durfte auf keinen Fall sein. Er musste zu seinen Leuten zurückkehren und … sie hatte eine Katzenallergie, genau! In ihrer Nähe würde er nie seine Berglöwenseite ausleben können. Allerdings änderten alle berechtigten Argumente nichts an seinen Gefühlen. Resigniert sah Torik auf Caitlins wilde Haarmähne herunter. Am besten hielt er jetzt schon mehr Abstand zu ihr, damit der Trennungsschmerz später nicht noch schlimmer sein würde. Seine Hand legte sich um ihren Kopf, und er unterdrückte ein Stöhnen, als sich Caitlin bei der Berührung noch enger an ihn schmiegte. Wie von selbst glitten seine Finger über ihre Wange, bevor er sich zusammenriss und Caitlin sanft an der Schulter rüttelte.

Abrupt setzte sie sich auf und sah sich verwirrt im dunklen Auto um. Ihr Blick fiel auf ihn, und sie lächelte ihn schläfrig an. »Tut mir leid, ich muss eingeschlafen sein.«

»Kein Problem. Meinetwegen hast du schließlich schon zwei Nächte hintereinander nicht genug Schlaf bekommen.«

Caitlin grinste ihn an. »Immerhin war es interessant.«

Die Erinnerung an ihre leidenschaftlichen Begegnungen ließ Hitze durch seinen Körper schießen. »So würdest du das nennen?« Seine Frage kam rau heraus.

»Unter anderem.« Röte stieg in ihre Wangen, und sie drehte den Kopf zur Seite.

Da Torik lieber nicht darüber nachdenken wollte, ließ er das Thema fallen. »Wir sind fast da.«

Caitlin kniff die Augen zusammen. »Echt? Ich sehe gar nichts.«

Amüsiert blickte Torik sie an. »Könnte daran liegen, dass es mitten in der Nacht ist.«

»Aber wie sollen wir den Mann nachts finden? Ich glaube nicht, dass noch jemand wach ist.«

Nach einem Blick auf die Uhr musste Torik ihr recht geben. Die Fahrt hatte länger gedauert als erwartet. »Einige Meilen weiter gibt es ein Motel, jedenfalls stand das eben auf einem Schild.«

Caitlin gähnte. »Dann hoffen wir, dass sie noch ein Zimmer frei haben, so wie ich jetzt aussehe, mag ich eigentlich nicht mehr unter Menschen gehen.«

Torik betrachtete ihre zerzausten Haare und das ungeschminkte Gesicht und schüttelte den Kopf. »Du siehst perfekt aus.« Sofort wünschte er die Worte zurück, aber als Caitlin ihn anstrahlte, brachte er es nicht über sich. Es war die reine Wahrheit.

»Danke. Auch wenn ich glaube, dass du mich in der Dunkelheit gar nicht richtig sehen kannst, sonst würdest du das nicht sagen.« Ihr leises Lachen klang durch den Wagen und schlüpfte unter seine Haut.

»Du vergisst, dass ich Katzenaugen habe. Ich sehe dich genauso deutlich wie bei Tageslicht.«

Erstaunt sah Caitlin ihn an. »Das hatte ich tatsächlich vergessen!« Sie verzog den Mund. »Ich wünschte, ich wüsste das nicht. Davor konnte ich mich wenigstens noch der Illusion hingeben, dass du meine Schönheitsfehler im Dunkeln nicht bemerkst.«

Torik hob die Augenbrauen. »Mir ist es egal, wie hell es ist. Und wie gesagt, für mich bist du perfekt.«

Torik konzentrierte sich wieder auf die Straße und fuhr auf den Sonora Pass Highway. Schließlich blickte er Caitlin erneut an. »Für uns Wandler ist es ohnehin normal, nackt zu sein. Wir empfinden keine Scham wie Menschen.«

»Das muss schön sein. Aber vermutlich seid ihr auch alle gut gebaut.«

Caitlins neidischer Tonfall amüsierte ihn. »Nein, nicht unbedingt. Dadurch, dass wir uns viel bewegen, vor allem in Berglöwenform, sind wir fast alle relativ fit, aber es gibt auch bei uns etwas Dickere oder zu Dünne, je nach Veranlagung.«

»Also ist es nur Glück, dass du so schlank bist?«

Torik musste lachen. »Zum Teil sind es die Gene, und dazu muss ich als Wächter fit sein.« Gerade noch rechtzeitig klappte er seinen Mund zu, bevor er noch mehr verriet. Es fiel ihm immer schwerer, sich daran zu erinnern, dass er Caitlin nichts von sich oder der Gruppe erzählen sollte.

Caitlin sah ihn von der Seite an und schien zu verstehen, warum er nicht weiterredete. »Wie willst du den Mann ausfindig machen, der mir von euch erzählt hat?«

»Zuerst versuchen wir es in der Kneipe, wo du ihn damals getroffen hast. Wenn wir da nichts erreichen, können wir es in anderen Geschäften oder Cafés versuchen. Der Ort ist nicht besonders groß, wenn der Kerl noch da ist, werden wir ihn finden.«

»Mir ist nicht wohl dabei, den armen Mann zu bedrängen. Er tat mir damals wirklich leid. Der Alkohol schien ihm nicht gut zu bekommen, ich glaube, er wird sich überhaupt nicht mehr an mich erinnern.« Caitlin biss auf ihre Lippe. »Er wirkte sehr traurig auf mich. Ich glaube, er hat vor langer Zeit seine Frau und seinen Sohn verloren und ist immer noch nicht darüber hinweg.«

Etwas wie ein elektrischer Schock zuckte durch Toriks Körper, und er verriss das Lenkrad. Caitlin schrie erschrocken auf, als die Räder des Jeeps über den unbefestigten Straßenrand holperten. Mit zusammengebissenen Zähnen lenkte er den Wagen wieder auf den Asphalt zurück.

»War da etwas auf der Straße?« Caitlins Stimme zitterte.

Torik bemühte sich, seine Stimme ruhig klingen zu lassen. »Entschuldige, ich habe nicht aufgepasst.«

Caitlin blickte ihn forschend an. Es schien ihm fast, als könnte sie in ihn hineinsehen, doch zu seiner Erleichterung nickte sie nur. »Ich glaube, wir können beide Schlaf brauchen. Für dich waren die letzten Tage noch anstrengender als für mich.«

»Ich brauche nicht viel Schlaf. Als Wächter bin ich es gewöhnt, auch nachts im Gebiet unterwegs zu sein.« Sein Gähnen überraschte ihn selbst.

Caitlin lachte auf. »Trotzdem denke ich, ein wenig Ruhe wird dir nicht schaden.«

»Das habe ich auch nie behauptet.« Er bremste leicht ab, als ein Schild das Motel ankündigte.

Erleichtert fuhr er kurz darauf vom Highway. So gern er die Sache mit dem Verräter auch schnell hinter sich gebracht hätte, er fühlte sich heute einfach nicht mehr in der Lage dazu. Die Vorstellung, seinem Vater in diesem Zustand gegenüberzutreten, barg keinerlei Reiz. Wenn er sich ein paar Stunden ausruhte, würde er seine Gefühle sicher wieder unter Kontrolle haben. Er ignorierte die leise Stimme in seinem Hinterkopf, die ihm sagte, dass er so außerdem noch ein wenig mehr Zeit mit Caitlin verbringen konnte.

Langsam ließ er den Wagen vor der Rezeption ausrollen und

sah zu Caitlin hinüber. »Dann werde ich mal nachfragen, ob sie noch ein Zimmer haben.«

»Hoffen wir es. Ich finde es nicht sonderlich gemütlich, im Auto zu schlafen.«

Ein Lächeln spielte um seine Mundwinkel. »Du hättest mich täuschen können.« Er strich mit dem Zeigefinger über ihre Wange, bevor er die Tür öffnete und ausstieg. »Wenn etwas sein sollte, drück auf die Hupe.«

Caitlin nickte stumm, das Gesicht deutlich blasser als vorher.

Verärgert stapfte Torik zum Eingang des Motels. Er hatte sie nicht ängstigen wollen. Aber auch wenn er sie nicht aus den Augen lassen mochte, wollte er vermeiden, dass zu viele Menschen Caitlin sahen. Obwohl er den Verfolger nie gesehen hatte, wurde Torik das Gefühl nicht los, dass er immer noch hinter Caitlin her war.

Glücklicherweise gab es noch ein Doppelzimmer, sodass Torik kurz darauf mit der Schlüsselkarte zurückkam. Er stieg in den Jeep und drückte Caitlin die Karte in die Hand, dann startete er den Motor. Es waren nur wenige Meter bis zur Tür ihres Zimmers, vor der er parkte. Nachdem er sich überzeugt hatte, dass niemand in der Nähe war, führte er Caitlin schnell in den Raum. Doch erst nachdem er die Tür hinter ihnen geschlossen und verriegelt hatte, entspannte er sich ein wenig.

Als er sah, dass Caitlin auf ihren Füßen schwankte, schob er sie sanft in das angeschlossene Bad. Während sie sich fertig machte, deckte er das breite Bett auf. Erregung stieg in ihm auf, als er sich vorstellte, es gleich mit Caitlin zu teilen. Noch stärker war allerdings das Gefühl der Zufriedenheit, neben ihr schlafen zu dürfen. Um sich abzulenken, holte Torik das Handy aus seiner Tasche und schickte eine kurze Textnachricht an Finn, um ihn wissen zu lassen, wo er gerade war. Noch einmal wollte er den Ratsführer nicht mitten in der Nacht stören. Torik spürte ein seltsames Ziehen in seiner Brust, als er an das Lager dachte. Die Luft unter den hohen Bäumen wäre jetzt frisch, und das Rauschen der Blätter hätte ihn in den Schlaf gewiegt. Er trat zum Fenster und sah in die stille Nacht hinaus. Zu lange war er schon in der Menschenwelt unterwegs, eingezwängt in Autos, Straßen und Häuser. Der Berglöwe in ihm sehnte sich danach, wieder durch die Wälder zu jagen, den weichen Boden unter seinen Pfoten zu spüren.

Ein Niesen hinter ihm ließ ihn herumfahren. Caitlin stand einige Meter entfernt und sah ihn mit großen Augen an.

Mit Mühe unterdrückte er die Verwandlung, die er unbewusst begonnen hatte, und schnitt eine Grimasse. So viel dazu, dass er sich immer unter Kontrolle hatte. »Entschuldige.«

Caitlin trat zu ihm und legte ihre Hand an seine Wange. »Du glaubst nicht, wie sehr ich mir wünsche, keine Allergie zu haben und deine Verwandlung genießen zu können. Ich würde zu gern wissen, wie sich dein Fell anfühlt, ob es so weich ist, wie es aussieht.«

Ein Grollen entfuhr Torik, das mehr als nur ein wenig nach Berglöwe klang. Er senkte den Kopf und berührte Caitlins Lippen mit seinen. Als sie den Mund für ihn öffnete, brach seine Beherrschung. Gierig küsste er sie, bis sie beide nach Luft rangen. Caitlins Arme lagen um seinen Nacken, und sie hielt ihn fest, als wollte sie ihn nie wieder loslassen.

Sanft löste er ihre Hände und trat einen Schritt zurück, so schwer ihm das auch fiel. »Geh ins Bett, ich komme gleich.«

Mit vor Leidenschaft dunklen Augen blickte Caitlin zu ihm auf. Es sah aus, als wollte sie etwas sagen, doch schließlich nickte sie nur und wandte sich um. Torik wollte sie wieder an sich ziehen und sie nie wieder loslassen, aber er hielt sich mühsam davon ab und zog sich rasch ins Bad zurück. Mit beiden Händen stützte er sich auf das Waschbecken und starrte sein Spiegelbild an. In seinen Augen konnte er immer noch den Berglöwen erkennen. Seine Haut spannte über seinen Wangenknochen, und ein Muskel zuckte über seinem Kiefer. Es war ein Wunder, dass Caitlin sich von ihm berühren und küssen ließ und nicht vor ihm davonlief. Kopfschüttelnd wusch Torik sein Gesicht mit eiskaltem Wasser, um sich wieder unter Kontrolle zu bringen. Es half nicht wirklich, aber immerhin hatte er sich ein wenig beruhigt, als er schließlich zurück ins Zimmer trat.

Im Licht der Nachttischlampe sah er, dass Caitlin mit dem Rücken zu ihm im Bett lag, die Decke bis zu ihren Ohren hochgezogen. Ein Lächeln glitt über sein Gesicht, als er erkannte, dass sie bereits tief schlief. Leise zog er sich aus, um sie nicht aufzuwecken, dann legte er sich dicht neben sie. Erregung durchzuckte ihn, als er ihre Haut berührte, doch er unterdrückte sie. Caitlin brauchte ihren Schlaf, und er würde dafür sorgen, dass sie ihn bekam. Torik schlang seinen Arm um sie, schloss die Augen und stieß einen tiefen Seufzer aus. Fast augenblicklich schlief er ein.

23

Langsam wachte Caitlin auf und lächelte, als sie Toriks warmen Körper hinter sich spürte. Zwischen den zugezogenen Vorhängen konnte sie die Helligkeit des Tages sehen, offensichtlich hatte sie einige Stunden geschlafen. Toriks Arm lag schwer über ihrer Seite, seine raue Handfläche berührte ihre Brust. Eines seiner Beine hatte sich zwischen ihre geschoben und presste sich gegen ihren Eingang. Erregung floss wie Lava durch ihren Körper, ein heißer, langsamer Schwall, der bis in ihre Zehenspitzen drang. Caitlins Brustspitzen zogen sich schmerzhaft zusammen, als sie ihre Brust in seine Hand drängte. An ihrem Po konnte sie Toriks steifen Schaft spüren, der bei ihren unruhigen Bewegungen immer größer wurde. Sein Atem streifte über ihren Nacken. Sie wusste, dass Torik Schlaf dringend benötigte, aber sie wünschte, er würde aufwachen. Ein Schauder lief durch ihren Körper, als sie sich vorstellte, wie er sie auf den Bauch drehte und tief in sie eindrang.

Caitlin hob ihr Bein etwas an und schob sich vorsichtig höher, bis Toriks Schaft zwischen ihre Beine glitt. Das Gefühl seiner harten Erektion an ihrem Eingang war unglaublich. Toriks Finger glitten über ihre Brustwarze, und Caitlin musste auf ihre Lippe beißen, um nicht aufzuschreien. Ein Blick über ihre Schulter zeigte ihr, dass Torik immer noch schlief, wahrscheinlich war es nur eine unbewusste Bewegung seiner Hand gewesen. Oder er träumte davon, sie zu berühren. Die Vorstellung war so erregend, dass Caitlin sich, ohne darüber nachzudenken, an seinem Penis rieb. Die Spitze tauchte in sie ein, und Caitlin hielt den

Atem an. *Oh Gott!* Die Augen zusammengepresst hielt sie sich so still, wie sie konnte. Es war nicht richtig, Torik so auszunutzen, während er schlief, aber es fühlte sich einfach zu gut an.

Wieder glitten Toriks Finger über ihre Brustspitze, und sein Arm legte sich enger um sie. Sein Atem blies schneller gegen ihren Nacken, und seine Muskeln spannten sich an. Ja, er schien eindeutig von Sex zu träumen und in die Stimmung einzutauchen. Jeder Gedanke verließ ihr Gehirn, als Torik plötzlich seine Hüfte vorschob und tief in sie eindrang. Es fühlte sich unglaublich an, und sie gab einen verlangenden Laut von sich. An der Art, wie sich Toriks gesamter Körper abrupt verspannte, erkannte sie, dass er aufgewacht war. Mit schlechtem Gewissen warf sie einen vorsichtigen Blick über ihre Schulter. Seine Augen waren nur Schlitze, seine Lippen fest zusammengepresst. Es wirkte fast, als hätte er Schmerzen. Seine Hand schloss sich fester um ihre Brust, und sie stöhnte verlangend auf.

Mit einem tiefen Grollen rollte Torik sich mit ihr herum, sodass er auf ihr lag. Er stützte sich über ihr auf und hob mit einer Hand ihre Hüfte an, bis sie im Bett kniete, wodurch sich sein Schaft noch tiefer in sie schob. Ihr Gesicht presste sich ins Kissen, ihre steifen Brustspitzen rieben sich am Stoff des Lakens. Und dann begann Torik sich zu bewegen. Diesmal waren es keine sanften Bewegungen, sondern harte Stöße, die sie aufkeuchen ließen. Ihre Finger gruben sich ins Kopfkissen, während sie Torik ihr Hinterteil verlangend entgegenreckte. Sein Griff an ihrer Hüfte war beinahe schmerzhaft, aber sie war so in der Leidenschaft gefangen, dass sie es kaum bemerkte. Sie wusste nur, dass sie sterben würde, wenn sie Torik nicht tief in sich spürte. Toriks Stöße wurden immer schneller, sein Atem klang laut in dem stillen Zimmer. Caitlin spürte, wie sich der Orgasmus immer höher in ihr aufbaute, bis er in einer riesigen Welle über sie hinwegschwappte und sie mitriss.

Als Torik ihren durch das Kissen gedämpften Schrei hörte, brach seine Beherrschung. Noch einmal schob er sich so tief in sie, wie er konnte, und lehnte sich über ihren Rücken. Ihre Haut war feucht und roch so gut. Mit Zunge und Zähnen fuhr er eine Spur ihr Rückgrat hinauf, bis er an ihrem Nacken ankam. Caitlin schauderte unter ihm, was ihn noch mehr erregte. Instinktiv fand er die empfindliche Stelle zwischen Hals und Schulter und biss hinein. Noch einmal schrie Caitlin auf, ihre Hüfte drängte sich gegen ihn. Ihr Inneres zog sich um ihn herum zusammen und löste seinen Höhepunkt aus. Zitternd und keuchend brach er schließlich über ihr zusammen und drehte sich mit ihr zur Seite, damit er sie nicht erdrückte. Noch immer war er tief in ihr, und er konnte sich einfach nicht dazu bringen, sie zu verlassen. Da sie nicht protestierte, blieb er einfach, wo er war, und schloss die Augen. Es dauerte eine lange Zeit, bis sein Herzschlag sich beruhigte.

Zuerst hatte er geglaubt, es sei ein Traum, dass Caitlin sich erregt und willig an ihn presste. Er war erst aufgewacht, als sein Penis sich bereits in sie geschoben hatte. Das Gefühl war so erotisch gewesen, dass er wie ein Tier über sie hergefallen war. Torik schnitt eine Grimasse. Unter Wandlern konnte es beim Sex schon einmal etwas rauer zugehen, wenn ihre tierische Seite überhand gewann, aber bei einer Menschenpartnerin hätte er wesentlich vorsichtiger sein müssen. Mit der Hand strich er sanft über ihre Wange und spürte, dass sie feucht war. Verdammt! Bedauernd verließ er sie und drehte sie sanft auf den Rücken. Beim Anblick ihrer Tränen zog sich sein Herz zusammen.

»Habe ich dir wehgetan?« Seine Frage kam rau heraus.

Ihre Augen flogen auf, und er ertrank beinahe in ihrem silbergrauen Blick. »Nein! Es war wundervoll!« Trotz ihres Protests lief eine weitere Träne über ihre Wange.

Torik fing sie mit einem Finger auf. »Warum weinst du dann?«

Caitlins Lächeln wirkte verlegen. »Weil es so perfekt war.«

Seltsamerweise verstand er genau, was sie meinte. Trotz des fantastischen Orgasmus fühlte er sich unruhig und niedergedrückt, weil die Trennung von ihr wie ein Damoklesschwert über ihm schwebte. »Es tut mir leid.«

Caitlins Blick wurde wachsam. »Was genau?«

»Dass ich so grob war.«

Das brachte ihm ein Schnauben ein. »Was hast du an ›perfekt‹ nicht verstanden?« Sie wickelte eine seiner Haarsträhnen um ihre Hand und zog daran. Torik senkte wie gewünscht seinen Kopf zu ihr hinab. »Es war unglaublich erregend, dass du dir das genommen hast, was du wolltest und wie du es wolltest. Außerdem müsste ich mich dann entschuldigen, weil ich mich dir aufgedrängt habe, obwohl du geschlafen hast.«

Ein Lächeln spielte um Toriks Mund, während ihre Worte einen heißen Schauer über seinen Rücken jagten. »Ich habe kein Problem damit, in dir aufzuwachen. Im Gegenteil, meinetwegen könnte es immer so sein.« Caitlins Hand spannte sich in seinen Haaren an, und Torik küsste sie sanft.

Für ein paar Minuten gönnte er sich dieses Vergnügen, bevor er den Kopf hob und sie ernst ansah. »Wir sollten jetzt aufstehen, damit wir ihn nicht verpassen.«

Ihre Augen verdunkelten sich, ihr Mund war unglücklich verzogen. »Natürlich.« Sie drehte sich von ihm weg und setzte sich auf.

Torik beobachtete ihren gesenkten Kopf und ihre angespannten Schultern, doch er sagte nichts. Zu gern hätte er sich einfach hier mit ihr im Bett verkrochen und wäre nicht wieder herausgekommen, aber das war auch keine Lösung für ihr Problem. Seine Gruppe vertraute darauf, dass er sie beschützte, und genau das würde er tun. Auch wenn er dafür Caitlin verlassen musste. Mit einem stummen Fluch rollte er sich aus dem Bett und stand auf.

Immerhin wusste er jetzt, dass Arlyn nicht die einzige Frau war, die er lieben konnte. Torik stieß ein Schnauben aus. Ja, wunderbar. Und wieder hatte er sich in jemanden verliebt, der für ihn unerreichbar war. Durfte er denn niemals glücklich sein?

Vielleicht lag es in der Familie, schließlich trauerte seine Mutter schon seit achtundzwanzig Jahren seinem Vater hinterher, obwohl der sie einfach hatte sitzen lassen. Toriks Lippen pressten sich zusammen. Wenigstens würde er Tenaya heute endlich sagen können, was er von seiner feigen Flucht hielt, wenn er ihn traf. Und er würde dafür sorgen, dass sein Vater ihm zuhörte und dass es ihm leidtat, Hazel so verletzt zu haben. Die vertraute Wut stieg in ihm auf, und Torik hatte Mühe, sie zu unterdrücken. Rasch ging er ins Bad, bevor Caitlin seinen Gesichtsausdruck bemerkte.

Als sie eine Viertelstunde später losfuhren, hatte er sich so weit beruhigt, dass er wieder funktionieren konnte. Trotzdem spürte er Caitlins besorgten Blick immer wieder auf sich.

Sie brach das Schweigen erst, als sie sich der Tuolumne Rancheria näherten. »Ich glaube, da vorne gibt es ein kleines Café. Wie wäre es, wenn wir erst mal frühstücken?« Als sie sah, dass er ablehnen wollte, redete sie schnell weiter. »Ich weiß nicht, wie es dir geht, aber ich bin halb verhungert. Und wer weiß, vielleicht treffen wir den Mann ja dort. Ich kann mir jedenfalls nicht vorstellen, dass um neun Uhr morgens schon jemand in einer Kneipe sitzt.«

Torik schon, aber er stimmte schließlich zu. Auch wenn er keinen Appetit hatte, wollte er nicht, dass es Caitlin seinetwegen schlecht ging.

Wenig später hielten sie vor dem Café, und Torik spürte, wie sich sein Brustkorb zusammenzog. Die Möglichkeit, seinem Vater bald zum ersten Mal nach so vielen Jahren wieder gegenüberzustehen, ließ ihn erstarren.

Caitlin beugte sich noch einmal ins Auto, als er nicht ausstieg. »Kommst du?« Fast wie in Zeitlupe wandte Torik ihr sein Gesicht zu. »Was hast du?« Als er nicht antwortete, kniete sie sich auf den Beifahrersitz und und legte eine Hand auf seine Stirn. »Geht es dir nicht gut?«

Mit Mühe tauchte Torik aus seiner Erstarrung auf und zwang sich, seine Gesichtsmuskeln zu entkrampfen. »Doch, alles in Ordnung. Lass uns reingehen.«

Während er vor ihr herging, konnte er Caitlins Blick auf seinem Rücken spüren. Er wollte ihr wirklich keine Sorgen bereiten, aber er schaffte es nicht, ihr von seinen Befürchtungen zu erzählen. Wenn der Verräter tatsächlich sein Vater war, würde sie es früh genug erfahren. War er es nicht – nun, dann gab es eigentlich keinen Grund, warum Torik ihm überhaupt begegnen sollte. Sie würden einfach wegfahren, und er musste nicht all die Wunden wieder aufreißen, die nie richtig verheilt waren.

Die Zähne fest zusammengebissen schob er die Tür des Cafés auf, blieb im Eingang stehen und sah sich um. Vielleicht zehn Leute saßen auf den altmodischen Plastikbänken an zerkratzten, aber sauberen Holztischen und an der langen Bar, hinter der die Bedienung stand und ihm neugierig entgegenblickte. Sie trug eine weiße Schürze über ihrer rundlichen Figur, die von grauen Strähnen durchzogenen schwarzen Haare lagen in einem geflochtenen Zopf über ihrer Brust. Caitlins Hand schob sich in seine, und sie drückte seine Finger beruhigend. Da ihn alle anstarrten, zog Torik Caitlin rasch zu einem freien Tisch und setzte sich ihr gegenüber auf die Bank. Caitlin schien die Blicke gar nicht zu bemerken, in aller Seelenruhe vertiefte sie sich in die Speisekarte, die auf dem Tisch stand.

»Oh, ich erinnere mich an den Käsekuchen mit Vanillecreme. Den muss ich unbedingt bestellen!« Caitlin lächelte ihn strahlend an und wippte auf der Bank auf und ab. »Was nimmst du?«

Angesichts ihrer Begeisterung vergaß Torik für einen Moment, warum sie hier waren, und genoss es einfach nur, ihr gegenüberzusitzen und sie zu beobachten.

Als Caitlin bemerkte, dass er nicht die Speisekarte, sondern sie studierte, röteten sich ihre Wangen. »Ich sollte vermutlich etwas weniger Kalorienreiches bestellen.«

»Meinetwegen kannst du so viel bestellen, wie du möchtest. Was soll es bringen, wenn du hungerst?«

Caitlin lachte verlegen auf. »Dass ich nicht noch dicker werde?«

Torik lehnte sich vor und legte seine Hände über ihre. »Wie oft muss ich dir noch sagen, dass du so genau richtig bist?«

»Ich glaube, das kannst du gar nicht oft genug sagen.« Lächelnd verschränkte sie ihre Finger mit seinen. »Es ist so ungewohnt, einen Mann zu treffen, dessen Schönheitsideal nicht ein schlanker Körper ist.«

Torik hob die Schultern. »Jede Frau ist anders, und ich finde es am schönsten, wenn sie ihre natürliche Form nicht krampfhaft zu verändern versuchen.«

Caitlin biss auf ihre Lippe und sah ihn unsicher an. »Darf ich dich etwas fragen?«

Seine Muskeln spannten sich wieder an. »Was?«

Sie blickte zur Seite. »Wie sah deine Frau aus?«

Alles krampfte sich in Torik zusammen. »Wie bitte?«

»Die Frau, die du vor zwölf Jahren verloren hast.« Mitgefühl schimmerte in Caitlins Augen. »Wie hieß sie?«

Toriks Kehle war wie zugeschnürt, er brachte keinen Ton heraus.

Als er nichts sagte, senkte Caitlin den Blick. »Vergiss, dass ich gefragt habe, es geht mich nichts an.«

Da sie miteinander geschlafen hatten, war es nur fair, dass sie nach seiner früheren Gefährtin fragte. Das Problem war nur, dass er nicht über sie reden konnte. Es schmerzte zu sehr und riss alte Wunden auf. Torik legte seine Hand auf Caitlins und hoffte, dass sie ihn verstehen würde. Sie hob den Kopf, und das Verständnis in ihrem Blick ließ ihn tief durchatmen.

»Was kann ich Ihnen bringen?« Die Stimme der Bedienung ließ seinen Kopf herumschnellen. Er war so in seinen Gedanken gefangen gewesen, dass er sie überhaupt nicht bemerkt hatte. Die Frau sah ihn mit geweiteten Augen an. »Entschuldigung, ich wollte Sie nicht unterbrechen.«

Torik lehnte sich zurück und bemühte sich um einen neutralen Gesichtsausdruck. »Kein Problem.« Er blickte zu Caitlin hinüber. »Was wolltest du noch haben? Ein Riesen-Käse-Vanille-was-auch-immer?«

Die Bedienung lachte. »Ich weiß Bescheid.«

Caitlin grinste sie an. »Als ich vor zwei Jahren hier war, hat mich der Kuchen so beeindruckt, dass ich noch Monate später davon geträumt habe.«

Die Frau ließ den Block sinken und strahlte. »Oh, wie schön, eine neue Stammkundin!«

»Das wäre wohl doch zu weit entfernt, aber Sie können sicher sein, dass ich jedes Mal hier vorbeikommen werde, wenn ich in der Gegend bin.«

Toriks Herz zog sich schmerzhaft zusammen, als er Caitlins Lächeln sah und erkannte, wie sehr sie in die Menschenwelt gehörte. Sie brauchte einen Mann, der sie zum Essen ausführte oder mit ihr Freunde besuchte, nicht einen Einsiedler wie ihn, der sich selbst von den anderen Wandlern die meiste Zeit fernhielt. Das war ihm natürlich auch schon vorher klar gewesen, aber erst jetzt merkte er, wie sehr er sich wünschte, genau dieser Mann zu sein. Nicht dass er ein Mensch hätte sein wollen, aber sie sollte *ihn* anlächeln, ihm von ihrem Tag erzählen und ihn liebevoll anblicken. Und er wollte ihr von seinem Leben berichten, seine Freude und seinen Schmerz mit ihr teilen. Doch das ging nicht, weil sie sich bald trennen mussten. Ihre silbergrauen Augen strahlten ihn warm an und Torik wusste, dass sie ein Recht hatte, von seiner Gefährtin zu erfahren. Mit den anderen Wandlern konnte er nicht über Arlyn sprechen, aber vielleicht fiel es ihm leichter bei jemandem, der sie nicht gekannt hatte.

»Und was möchten Sie haben?«

Torik hatte Mühe, sich auf die Bedienung zu konzentrieren. »Wenn der Kuchen tatsächlich so gut ist, muss ich ihn wohl auch probieren. Also für mich das Gleiche. Und einen Kaffee, bitte.«

»Kommt sofort.« Nach einem letzten prüfenden Blick auf ihn drehte sich die Frau um und eilte zum Tresen zurück.

Toriks Mund war staubtrocken, als er sich an Caitlin wandte. »Arlyn.«

Verwirrt sah Caitlin ihn an. »Was?«

Torik atmete tief durch. »Meine Gefährtin hieß Arlyn.«

Caitlin lächelte ihn sanft an. »Danke.« Sie beugte sich über den Tisch. »Wie lange wart ihr zusammen?«

Unter dem Tisch krampften sich Toriks Hände ineinander. »Eigentlich immer. Wir waren schon als Kinder Freunde, und später wurde es dann mehr.«

Mit einem Seufzer lehnte sich Caitlin zurück. »So lange. Du musst sie sehr vermissen.«

Da Torik seiner Stimme nicht traute, neigte er nur den Kopf.

»Wie ist sie …?«

Torik unterbrach sie. »Sie ist nicht tot.«

Verwirrung zeichnete sich auf Caitlins Zügen ab. »Sie hat dich verlassen?«

Trotz des Themas fühlte Torik Freude in sich aufsteigen, dass Caitlin sich das offenbar nicht vorstellen konnte. Es gelang ihm ein schwaches Lächeln. Dann wurde er wieder ernst. »Ja, aber nicht, weil sie einen anderen Mann mehr geliebt hätte als mich.«

Mit geröteten Wangen beugte Caitlin sich wieder vor. »Dann hat sie sich in eine Frau verliebt?«

Torik war froh, dass er gerade nichts im Mund hatte, sonst hätte er sich garantiert verschluckt. »Auch nicht. Arlyn hat die Gruppe verlassen, um alleine in der Wildnis zu leben.«

Caitlins Augenbrauen zogen sich zusammen. »Ganz alleine? Warum?«

»Einige Wandler ertragen es nicht, in Menschengestalt und vor allem in der Gemeinschaft zu leben. Sie wollen ausschließlich als Berglöwe leben und verlernen irgendwann, sich zu verwandeln.« Seine Kehle zog sich zusammen, als er sich vorstellte, wie einsam Arlyn sein musste. Er hätte alles für sie getan, aber letztlich hatte er sie nur gehen lassen können.

»Das ist traurig.« Tränen standen in Caitlins Augen. »Es tut mir leid, dass du so etwas erleben musstest. Du musst sie sehr geliebt haben.«

»Ja.« Toriks Stimme war so rau, dass er sie kaum wiedererkannte. Er räusperte sich. »Aber ich konnte sie nicht halten. Wenn ich sie gezwungen hätte zu bleiben, wäre sie irgendwann verrückt geworden.« Dabei hätte ihr Verlust ihn selbst fast umgebracht. Sein Blick fiel auf Caitlin. Wie sollte er es ertragen, noch einmal die Frau zu verlieren, die er liebte?

»So, hier ist Ihre Bestellung. Zweimal Käse-Vanille-Kuchen. Guten Appetit!«

Torik war froh über die Unterbrechung, denn er konnte Caitlin ansehen, dass sie weitere Fragen stellen wollte. Doch länger wollte und konnte er wirklich nicht über Arlyn sprechen. Caitlin stieß mit der Gabel in den Kuchen und schob sich ein großes Stück in den Mund. Ihre Augen schlossen sich, und auf ihrem Gesicht lag ein so genießerischer Ausdruck, dass sich Toriks Schaft regte. So hatte sie auch nach dem Orgasmus ausgesehen, als sie langsam wieder auf die Erde zurückgekehrt war. Mit einem Lächeln probierte er auch ein Stück vom Kuchen und riss die Augen auf, als der Geschmack auf seiner Zunge explodierte.

»Ha! Ich hab's doch gesagt!« Caitlin grinste ihn triumphierend an. Etwas von der Käsecreme klebte in ihrem Mundwinkel.

Bei dem Anblick wurde die Sehnsucht in ihm so groß, dass er jeden Muskel in seinem Körper anspannen musste, um sie nicht über den Tisch zu ziehen und zu küssen.

Caitlin sah ihn unsicher an, ihr Lächeln verging. »Warum siehst du mich so an? Ich meinte es nicht böse.«

Torik zwang seine verkrampften Muskeln, sich zu bewegen, und strich mit seinem Daumen über ihren Mundwinkel. »Nur ein wenig Kuchen, schon weg.« Er räusperte sich, als er hörte, wie rau seine Stimme klang.

Ihre Augen verdunkelten sich, und sie atmete tief durch. »Sieh mich nicht so an, sonst kann ich für nichts garantieren.«

Die Vorstellung, dass sie mitten in dem belebten Café über ihn herfallen könnte, war einerseits verlockend, andererseits brachte sie ihn aber auch zur Besinnung. Beinahe hätte er den Grund vergessen, warum er hierhergekommen war. Er sah sich gründlich in dem großen Raum um, konnte aber nirgends jemanden entdecken, der seinem Vater ähnelte. »Ist er hier?«

Caitlin schien sofort zu wissen, wovon er sprach, denn sie schüttelte den Kopf. »Nein.« Ihre Augenbrauen schoben sich zusammen. »Es ist aber auch schon zwei Jahre her, und die Kneipe war damals nicht gerade hell erleuchtet.«

Torik nickte und versuchte, seine innere Unruhe zu unterdrücken. »Wenn er nicht hier ist, sollten wir es wohl als Nächstes in der Kneipe versuchen.«

Besorgt blickte Caitlin ihn an. »Und wenn er da auch nicht ist? Was ist, wenn er gar nicht hier lebt, sondern nur zu Besuch war?« Ihre Mundwinkel bogen sich nach unten. »Oder wenn er schon tot ist? Er war zwar noch nicht *so* alt, aber …«

Kälte breitete sich in Torik aus. Was, wenn sein Vater wirklich nicht mehr lebte? Darüber hatte er bisher noch gar nicht nachgedacht. In achtundzwanzig Jahren konnte viel passieren. Nein, wenn es wirklich Tenaya gewesen war, der Caitlin von den Wandlern erzählt hatte, musste er zumindest vor zwei Jahren noch gelebt haben. Er konzentrierte sich wieder auf Caitlin. »Wir finden ihn, da bin ich ganz sicher.« Schweigend aßen sie ihren Kuchen, dessen Geschmack Torik allerdings fast nicht mehr wahrnahm.

»Möchten Sie noch Kaffee?« Torik schaute auf, als die Bedienung an ihren Tisch kam, und nickte knapp. »Schmeckt Ihnen der Kuchen?«

»Ja, danke!« Er wandte sich wieder seinem Teller zu, doch er konnte die Augen der Frau immer noch auf sich spüren.

»Entschuldigen Sie, ich weiß, dass es unhöflich ist, aber sind Sie Miwok?«

Torik spannte sich an. Auch wenn er gewusst hatte, dass es passieren konnte, war er nicht wirklich darauf vorbereitet. Nach einem Blick zu Caitlin, die ihren Kuchen für einen Moment vergessen zu haben schien, drehte er sich wieder zu der Bedienung um. »Zur Hälfte, ja.«

Die Frau schlug mit der flachen Hand auf ihren Block. »Ich wusste es! Sie sind Tenayas Sohn, oder? Sie sehen ihm unheimlich ähnlich.« Ihr Überschwang dämpfte sich etwas. »Zumindest sah er vor einigen Jahren, als er zurückkam, genauso aus wie Sie.«

Torik schaffte es nicht, ein Wort über seine Lippen zu bringen. Fast wie in Zeitlupe drehte er den Kopf zu Caitlin, die ihn mit weit aufgerissenen Augen unsicher ansah.«Lebt er noch hier?«

»Oh, natürlich! Er ist in den letzten zwanzig Jahren über Sonora nie rausgekommen. Er hat ein Haus am Ende des Evergreen Drives, aber tagsüber werden Sie ihn vermutlich am Casino finden. Er arbeitet dort als Gärtner.«

Toriks Herz klopfte schneller, als er sich daran erinnerte, wie sein Vater ihn früher immer in den Wald mitgenommen und ihm die Welt der Pflanzen erklärt hatte. Wie es schien, war ihm die Liebe zur Natur geblieben.

Als er nicht reagierte, runzelte die Frau ihre Stirn. »Hätte ich das nicht erzählen sollen? Ich möchte nicht, dass Tenaya Ärger bekommt, er hat schon genug Kummer.«

Torik biss sich auf die Zunge, um die wütenden Worte zurückzudrängen, die ihm entschlüpfen wollten. »Nein, es war richtig. Vielen Dank.«

Nach einem weiteren skeptischen Blick kehrte die Bedienung zur Theke zurück. Caitlin wartete, bis sie außer Hörweite war, bevor sie sprach. »Du denkst, dass es dein Vater war, der mir von den Wandlern erzählt hat, oder? Warum hast du mir nicht gesagt, dass er hier lebt?«

Torik bemühte sich, ruhig zu klingen. »Weil ich es nicht sicher wusste. Er wurde hier geboren und ist hier aufgewachsen, bevor er mit siebzehn meine Mutter kennenlernte und mit ihr zu den Wandlern ging. Als ich zehn war, hat er uns verlassen, und wir haben nie wieder von ihm gehört.«

Er konnte Caitlins Mitgefühl beinahe körperlich spüren. »Das tut mir leid. Aber glaubst du wirklich, er würde euch verraten?«

»Es sieht so aus. Oder denkst du, dass es hier noch jemanden gibt, der so viele Details über die Wandler weiß?«

Caitlin biss auf ihre Lippe. »Aber ich verstehe das nicht. Der Mann, mit dem ich damals in der Kneipe gesprochen habe, sagte doch, er habe seine Familie verloren. Wenn es dein Vater war, was meinte er dann damit?«

Torik winkte der Bedienung. »Genau das werden wir hoffentlich gleich herausfinden.«

24

Da die Kneipe noch geschlossen war, fuhren sie sofort weiter zum Casino. Caitlin warf Torik einen vorsichtigen Seitenblick zu. Es tat ihr weh, seine harte Miene zu sehen, hinter der er zu verstecken versuchte, wie sehr das Verhalten seines Vaters ihn verletzt hatte. Was mochte ihn dazu bewogen haben, seine Familie zu verlassen? Hatte er Sehnsucht nach der Menschenwelt gehabt? Damals, als Caitlin mit ihm gesprochen hatte, war er ihr wie ein gebrochener Mann vorgekommen. Jemand, der sehr litt. Irgendetwas war merkwürdig an dieser ganzen Sache.

Ein scharfes Einatmen ließ ihren Kopf herumschnellen, und sie stützte sich gerade noch rechtzeitig am Armaturenbrett ab, als Torik hart abbremste. Jetzt sah sie, dass sie bereits am Casino angekommen waren und Torik einen Mann anstarrte, der auf dem Rasen stand. Caitlin hielt den Atem an, als ihr klar wurde, dass es sein Vater sein musste. Aus dieser Entfernung konnte sie jedoch nicht sagen, ob es der Mann aus der Kneipe war oder nicht. Noch schien er nicht bemerkt zu haben, dass er beobachtet wurde, denn er zog langsam den Schlauch über das Gras und bewässerte damit weiter die Büsche.

»Ist er es?« Toriks Stimme war rau und beinahe tonlos.

Seine Hände umklammerten das Lenkrad so fest, dass seine Knöchel weiß hervorstanden. Caitlin legte ihre Hand darauf und drückte sanft. »Das kann ich von hier aus nicht erkennen. Es wäre möglich.«

Torik verzog den Mund. Offenbar hatte er gehofft, dass sie etwas anderes sagte. Wäre er einfach weitergefahren, wenn sie sofort hätte ausschließen können, dass sein Vater der Gesuchte war? Durchaus möglich. Deshalb war sie froh, dass er nun gezwungen war, mit seinem Vater zu reden. Sie erwartete keine tränenreiche Wiedervereinigung, aber vielleicht konnte Torik ein paar Antworten finden. Sie schwiegen, während Torik einparkte und den Motor abstellte.

Schließlich drehte er sich zu ihr um und blickte sie an. »Wenn du erkennen kannst, dass es nicht Tenaya war, der mit dir in der Kneipe gesprochen hat, sag mir sofort Bescheid. Wir müssen den Verräter auf jeden Fall finden, alles andere ist unwichtig.«

Sie nickte, war jedoch fest entschlossen, sich trotzdem zuerst ein Urteil über den Mann zu bilden, der Torik so verletzt hatte.

Gemeinsam gingen sie über den Rasen, und je näher sie dem Mann kamen, desto sicherer war sie, dass er derjenige gewesen war, den sie in der Kneipe getroffen hatte. Damals war sein Gesicht vom Alkohol gerötet gewesen und sein langes, glattes Haar zerzaust. Heute waren die schwarzen, mit grauen Fäden durchzogenen Strähnen zu einem ordentlichen Zopf gebunden, und die Haltung des Mannes wirkte aufrecht. Sein Körper war schlank und durchtrainiert, nichts wies darauf hin, dass sie einen Alkoholiker vor sich hatten.

Als Tenaya sich umdrehte und sie auf sich zukommen sah, weiteten sich seine Augen. Zuerst starrte er Caitlin an, bevor sein Blick zu Torik wanderte. Der Schlauch fiel ihm aus der Hand, und sein Gesichtsausdruck war das Herzzerreißendste, was Caitlin je gesehen hatte. Unglauben, unbändige Freude und grenzenloses Leid wechselten sich innerhalb von Sekundenbruchteilen ab. Beinahe gierig streiften seine Augen jeden Zentimeter von Toriks Körper, so als versuchte er, den Mann, der vor ihm stand, mit dem Kind von damals in Einklang zu bringen. Caitlin stieß einen lautlosen Seufzer aus, als sie Toriks steinerne

Miene sah. Es war offensichtlich, dass er es seinem Vater nicht leicht machen würde.

Schließlich hielt sie das Schweigen nicht mehr aus und trat vor. »Hallo, ich bin Caitlin Walker. Erinnern Sie sich an mich?«

Verwirrt schoben sich die Augenbrauen des vielleicht sechzigjährigen Indianers zusammen. »Sollte ich?« Er schnitt eine Grimasse. »Tut mir leid, ich wollte nicht unhöflich sein, Sie haben mich nur überrascht. Ich kann mich nicht erinnern, Sie jemals getroffen zu haben. Sind Sie eine … Freundin von Torik?« Er sprach den Namen seines Sohnes so aus, dass er beinahe wie Tarek klang. Jetzt wusste sie auch, wie sie auf den Namen für ihren Helden gekommen war, Tenaya musste ihn irgendwann erwähnt haben.

»Eher eine gute Bekannte.« Sie konnte spüren, wie sich Torik hinter ihr anspannte.

»Seid ihr jetzt endlich fertig mit den Höflichkeiten? Wir sind nur aus einem Grund hier: um herauszufinden, warum du die Gruppe verraten hast.«

Entsetzt sah Tenaya ihn an. »Ich würde nie …« Er kniff die Augen zusammen und betrachtete Caitlin genauer. »Woher kennen Sie mich?«

»Wir saßen vor etwa zwei Jahren in der Kneipe nebeneinander. Sie haben mir erzählt, es wäre der Tag gewesen, an dem Sie vor zweiundvierzig Jahren Ihre Frau kennenlernten.«

Tenaya wurde unter seiner natürlichen Bräune blass und schwankte ein wenig. Bevor Caitlin ihn stützen konnte, fing er sich wieder. In diesem kurzen Moment schien er um Jahre gealtert zu sein. »Ich glaube, es ist besser, wenn wir zu mir gehen. Dort können wir in Ruhe reden.«

Tenayas Haus war klein, aber sauber und ordentlich. Neugierig sah Caitlin sich um, während Torik den Blick keinen Moment von seinem Vater abwandte, als befürchtete er, Tenaya könnte in einem unbeobachteten Augenblick fliehen. Dabei war sie ziemlich sicher, dass dieser auf gar keinen Fall gehen würde, solange sein Sohn da war.

»Setzt euch. Möchtet ihr etwas zu trinken?«

Torik verschränkte die Arme über der Brust und blieb demonstrativ an der Wand stehen. Mit einem lautlosen Seufzer nahm Caitlin in einem der Sessel Platz. »Nein, danke, wir waren gerade erst im Café.«

»Rede endlich!«

Tenaya zuckte bei Toriks Ausbruch zusammen. »Was möchtet ihr wissen?«

»Warum hast du uns verraten? Du musst doch wissen, was passieren kann, wenn die Menschen von uns erfahren. Trotzdem hast du Caitlin von uns erzählt.«

Unsicher sah Tenaya erst Caitlin, dann Torik an. »Weiß sie …?«

Wut flammte in Toriks Augen auf. »Dank dir, ja! Und noch Tausende anderer Leute.«

Diesmal zog Caitlin den Kopf ein. »Es ist nicht seine Schuld, dass ich ein Buch darüber geschrieben habe.«

Tenaya sank schwer in einen Sessel. »Was für ein Buch?«

»Einen Fantasy-Liebesroman über Berglöwengestaltwandler, die in der Nähe des Yosemite leben.«

Gequält schloss Tenaya die Augen und ließ den Hinterkopf an die Lehne sinken. »Verdammt!«

»Ganz genau! Was hast du dir dabei gedacht, einer Fremden so etwas zu erzählen?« Toriks Stimme war gefährlich leise.

Zögernd hoben sich Tenayas Lider. »Da ich mich nicht daran erinnern kann, es überhaupt getan zu haben, kann ich dir das leider nicht sagen. Ich war vermutlich betrunken.«

»Hast du deshalb die Gruppe verlassen? Um zu einem Säufer zu werden?«

Caitlin fühlte sich zwischen Verständnis für Toriks Ärger und Mitleid für Tenaya hin- und hergerissen. »Torik.«

»Was? Er ist damals einfach heimlich abgehauen und hat uns nicht mal eine Nachricht hinterlassen. Aber du hast recht, das interessiert mich auch gar nicht mehr.«

Ihr Herz zog sich bei dieser offensichtlichen Lüge zusammen.

Tenaya schien das ebenfalls wahrzunehmen, denn er setzte sich gerader hin und blickte seinen Sohn direkt an. »Ich beantworte dir gerne jede deiner Fragen. Aber zurück zu dem Treffen vor zwei Jahren. Es sollte keine Entschuldigung sein, dass ich betrunken war. Es ist und bleibt ein nicht wiedergutzumachender Fehler, einem Außenstehenden etwas über die Gruppe zu erzählen. Ich kann dir aber versichern, dass das nie wieder vorkommen wird. Eher würde ich mir die Zunge herausschneiden, als euch zu verraten.«

Skeptisch blickte Torik ihn an. »Und wenn du das nächste Mal betrunken bist?«

Röte stieg in Tenayas Wangen. »Ich trinke seit dem Tag nicht mehr.«

Es war offensichtlich, dass Torik ihm nicht glaubte, aber er hob nur die Schultern. »Das sagen Alkoholiker immer.«

Tenaya zuckte zusammen und atmete dann tief durch. »Ich kann es leider nicht rückgängig machen, aber es war das letzte Mal, dass ich Alkohol getrunken habe, das schwöre ich.« Als Torik schwieg, neigte sein Vater den Kopf. »Ich kann verstehen, dass du mir nicht glaubst. Wenn es dir hilft, komme ich mit zum Lager und spreche mit eurem Rat.«

Torik trat dicht an ihn heran und beugte sich mit harter Miene zu ihm hinunter. »Der einzige Grund, warum ich hier noch so ruhig mit dir rede, ist, dass deine Informationen zur Gruppe veraltet waren. Wir leben nicht mehr in dem Lager, das du kennst. Du glaubst doch nicht ernsthaft, dass ich dich jetzt ins neue

Lager bringe und dir damit neue Informationen liefere, die du verbreiten kannst?«

Tenayas Schultern sanken herab. »Ich weiß nicht, wie ich dir sonst versichern kann, dass ihr von mir nichts zu befürchten habt. Ich würde euch niemals wissentlich Schaden zufügen.«

»Du hast uns verlassen.« Toriks Stimme war zu einem Flüstern herabgesunken, trotzdem konnte Caitlin den Schmerz darin wahrnehmen.

Tränen traten in Tenayas Augen. »Ja. Und seitdem ist nicht ein Tag vergangen, an dem ich mich nicht nach euch gesehnt hätte.«

Abrupt richtete Torik sich auf und drehte seinem Vater den Rücken zu. »Das kann ich mir nicht vorstellen. Du hättest jederzeit zurückkommen können, aber du hast es nie getan.«

Tenaya stand auf und streckte die Hand aus, als wollte er Torik berühren, doch dann ließ er den Arm sinken. Kummer war deutlich sichtbar in sein Gesicht gegraben. »Ich konnte nicht zurück, nachdem ich bei meiner Mutter war.« Er blickte Caitlin kurz an, und sie konnte das Schuldgefühl in seinen Augen sehen.

Torik sagte nichts, doch jetzt hörte er zu. Deshalb übernahm Caitlin für ihn. »Was war mit Ihrer Mutter?«

Traurig lächelte Tenaya ihr zu. »Ich bin hier in der Rancheria geboren und aufgewachsen. Mit meiner Mutter Malila und meinem … Vater wohnte ich in einem kleinen Haus am Waldrand. Um es kurz zu machen: Irgendwann ertrug ich die Misshandlungen meines Vaters nicht mehr und flüchtete in den Wald. An der Schlucht geriet ich in einen Erdrutsch und stürzte in den Fluss. Ich wäre ertrunken, wenn Hazel mich nicht gerettet hätte.« Ein sanftes Lächeln lag bei der Erinnerung auf seinem Gesicht. Seine Augen trafen Caitlins. »Hazel ist Toriks Mutter und die Liebe meines Lebens.«

Torik gab ein Grollen von sich. »Sag so etwas nicht!«

»Warum nicht? Es ist die Wahrheit.« Er wandte sich von Toriks starrem Rücken ab und wieder Caitlin zu. »Ich wusste natürlich nicht, was Hazel war, aber sie war das schönste Mädchen, das ich je gesehen hatte. Ein Engel.« Tränen schimmerten in seinen Augen. »Sie verschwand, und ich bin nach Hause zurückgekehrt, weil ich nicht wollte, dass meine Mutter sich Sorgen machte. Ich wusste aber, dass ich mein Zuhause verlassen musste, denn irgendwann hätte mein Vater mich umgebracht – oder ich ihn. Ich versuchte, meine Mutter zu überreden, mit mir zu kommen, doch sie weigerte sich. Trotz allem hat sie ihn geliebt und wollte bei ihm bleiben.« Ein Schauder lief durch Tenayas Körper. »Bevor ich gehen konnte, tauchte mein Vater auf und schlug mich nieder.« Sein Blick glitt wieder zu Torik. »Hazel hat ihn angegriffen, um mich zu retten, er stürzte und verlor das Bewusstsein. Sie war der erste Berglöwe, den ich je in freier Natur gesehen hatte. Als sie sich verwandelte, war ich wie gelähmt, doch dann wollte ich sie eigentlich nur festhalten und nie wieder loslassen. Meine Mutter erzählte mir, dass sie ein Ghostwalker ist, davor hatte ich nie davon gehört.« Etwas wie ein Lachen drang aus seiner Kehle. »Hazel ist weggelaufen, und ich brauchte all meine Spurenleserkenntnisse, um ihr folgen zu können. Doch schließlich hat sie gemerkt, dass ich nicht aufgeben würde, und mich mit zu ihrer Familie genommen. Danach waren wir nie wieder einen Tag getrennt.«

»Bis du einfach abgehauen bist.« Torik drehte sich zu ihnen herum, die Hände zu Fäusten geballt. »Wie konntest du ihr das antun? Weißt du, wie sehr sie gelitten hat? Jede Nacht, wenn sie dachte, dass ich schlafe, ist sie nach draußen geschlichen, damit ich nicht höre, wie sie weint.« Toriks Stimme brach. »Als ich älter wurde und dir immer ähnlicher sah, konnte sie mich kaum noch anblicken, weil es ihr so wehtat. Manchmal hat sie mich angeschaut, und ich wusste, sie sah eigentlich dich.«

Caitlins Kehle schnürte sich zu, und ihr Herz klopfte schmerzhaft. Am liebsten hätte sie Torik in den Arm genommen, aber sie ahnte, wie sehr er um seine Beherrschung rang. Jeder Muskel in seinem Körper schien angespannt, und seine Lippen waren fest zusammengepresst.

Tenaya schwankte leicht, und Caitlin trat rasch zu ihm, um ihn im Notfall stützen zu können. »Ich wollte zurückkommen, aber ich konnte es nicht.« Sein raues Flüstern klang gequält.

Da Torik nicht in der Lage schien, etwas zu sagen, sprang Caitlin wieder ein. »Warum nicht?«

»Ich musste mich vergewissern, dass es meiner Mutter gut ging. Jahrelang quälten mich Schuldgefühle, weil ich sie einfach bei ihrem gewalttätigen Mann zurückgelassen hatte. Ich hoffte, sie hätte Howi endlich verlassen und würde nun glücklich und in Frieden leben oder vielleicht sogar mit mir zusammen in den Wald zurückkehren.« Tenaya senkte den Kopf, sein kräftiger Körper schien in sich zusammenzufallen. »Als ich in der Rancheria ankam, versteckte ich mich in der Nähe des Hauses, bis mein Vater wegfuhr. Ich wollte mit meiner Mutter alleine sprechen, denn ich wusste, dass Howi ausrasten würde, wenn er mich sah.« Seine Stimme zitterte. »Malila war nur noch ein Schatten ihrer selbst, sie hatte Blutergüsse im Gesicht und an den Armen, und in ihren Augen stand Hoffnungslosigkeit. Ich wusste, ich musste sie dort herausbringen, wenn ich sie nicht ganz verlieren wollte.« Tränen standen in seinen Augen.

Torik schien wie erstarrt, jeder Muskel in seinem Körper angespannt, deshalb legte Caitlin ihre Hand auf Tenayas Arm.

Dankbar nickte er ihr zu. »Mein Vater kam jedoch früher zurück, erwischte mich im Haus und ging auf uns los. Mutter wurde dabei schwer verletzt. Ich habe mich gewehrt, und dabei ist Howi unglücklich gestürzt. Er war sofort tot.«

Gespenstische Stille herrschte in dem Raum. Torik starrte seinen Vater ungläubig an. »Du hast ihn umgebracht?«

Tenaya zuckte zusammen. »Es war ein Unfall. Aber ja, er ist meinetwegen gestorben.« Tief atmete er durch und blickte Torik direkt an, als er weitersprach. »Ich saß fünf Jahre wegen Totschlags im Gefängnis. Deshalb konnte ich nicht zu euch zurückkommen.«

»Auch nicht, als du wieder draußen warst?« Toriks Stimme klang, als würde er die Zähne zusammenbeißen.

Traurig schüttelte Tenaya den Kopf. »Meine Mutter erlitt durch die Schläge meines Vaters an jenem Tag eine Blutung im Gehirn. Als Folge war sie einseitig gelähmt und geistig verwirrt. Sie lag in einem Pflegeheim, und die Kosten für diesen Platz waren anfangs durch den Verkauf des Hauses gedeckt. Doch als ich aus dem Gefängnis kam, musste ich einen Job annehmen, damit ich die Pflegekosten weiterbezahlen konnte. Ich konnte sie in diesem Zustand auch nicht alleine lassen oder ins Lager mitnehmen. Es war schließlich meine Schuld. Ich hätte sie nie mit dem brutalen Kerl alleine lassen dürfen, ich wusste doch, zu was er fähig war. Stattdessen habe ich nur an mich selbst und das Zusammensein mit meinem Engel gedacht.« Selbsthass sprach deutlich aus seinen Worten.

Caitlin schüttelte den Kopf und weigerte sich, seiner Logik zu folgen. »Jeder hat das Recht auf ein eigenes Leben.« Sie wusste, dass sie Tenaya sowieso nicht überzeugen würde, aber sie musste es trotzdem sagen.

»Wenn ich geblieben wäre, hätte sie aber nicht den Rest ihres Lebens hilflos und verwirrt in einem Bett verbringen müssen. Vielleicht hätte sie irgendwann einen Mann kennengelernt, der gut zu ihr gewesen wäre.« Tenaya stieß die Worte rau hervor.

»Ihre Mutter hätte sich von ihrem Mann trennen können, aber sie hat es nie getan. Dafür sind Sie nicht verantwortlich.« An Tenayas Gesichtsausdruck konnte sie erkennen, dass er das auch selbst wusste. »War Ihre Mutter dagegen, dass Sie Hazel folgen?«

»Nein, sie hat mich darin bestärkt, mir mein eigenes Leben aufzubauen.«

»Ich denke, Ihre Mutter wollte, dass Sie bei den Berglöwenwandlern glücklich sind.« Als er nichts sagte, runzelte sie die Stirn. »Das waren Sie doch?« Sie sah, wie sich Torik wieder anspannte.

»Ich war dankbar, bei den Wandlern ein neues Zuhause gefunden zu haben, und mehr als glücklich, mit Hazel zusammen zu sein. Und als Torik auf die Welt kam, war ich der glücklichste Mann der Welt.« Sein Blick traf den seines Sohnes. »Doch je länger ich dort war, desto größer wurde meine Angst, so zu werden wie mein Vater.«

Torik runzelte die Stirn. »Du hast uns nie geschlagen.«

Tenaya neigte den Kopf. »Ich hätte mir eher die Hände abgehackt, als die Hand gegen euch zu erheben. Ich habe euch mehr geliebt als alles andere auf der Welt.«

»Aber warum hast du dann oft so traurig gewirkt?«

Für einen Moment glaubte Caitlin, dass Tenaya nicht antworten würde, doch dann fuhr er mit der Hand über sein Gesicht. »Ich kam mir nutzlos vor, weil ich mich nicht verwandeln konnte wie ihr. Ich habe nie wirklich dazugehört.«

Caitlin konnte Toriks Ärger beinahe körperlich spüren. »Das ist Unsinn! Du warst ein Teil der Gruppe, und niemand hat dich jemals wie einen Außenseiter behandelt. Alle mochten dich, und es war ihnen egal, dass du ein Mensch warst und kein Wandler. Du hast Mom glücklich gemacht, nur das zählte für sie.« Torik ging zur Hintertür und riss sie auf. »Ich brauche frische Luft.« Die Tür fiel hinter ihm ins Schloss.

Stille breitete sich in der Hütte aus, nur unterbrochen von Tenayas heftigen Atemzügen. Caitlin trat zu ihm und legte ihre Hand auf seinen Arm. Mit geröteten Augen blickte er sie an. »Er wird nicht wiederkommen, oder?«

»Doch, ich denke schon. Er braucht im Moment wahrscheinlich nur etwas Abstand, um das alles zu verarbeiten …« Jedenfalls hoffte sie, dass er sie nicht einfach hier zurücklassen würde. Aber sie war sich ziemlich sicher, dass sein Pflichtgefühl gegenüber der Gruppe siegen würde.

»Ich werde ihm nie beweisen können, wie sehr ich seine Mutter und ihn liebe und wie sehr ich mir wünschte, unser Leben wäre anders verlaufen. Wie sehr ich sie jeden Tag vermisst habe und wie groß die Versuchung war, nach dem Tod meiner Mutter wieder ins Lager zurückzukehren. Aber ich wusste, dass es dafür zu spät war.«

Caitlin räusperte sich, um den Kloß aus ihrer Kehle zu bekommen. »Ach, ich weiß nicht. Vielleicht erkennt Torik, dass Sie nicht anders handeln konnten. Er würde sicher auch nie seine Mutter im Stich lassen.«

»Haben Sie … haben Sie auch Hazel gesehen?«

Bedauernd schüttelte Caitlin den Kopf. »Außer Torik kenne ich niemanden aus der Gruppe. Und vermutlich werde ich auch nie jemanden treffen.«

Verwirrt sah Tenaya sie an. »Ich dachte, Sie und Torik wären …« Er brach ab, als Caitlin heftig errötete. »Entschuldigen Sie, das geht mich wirklich nichts an.«

»Sie sind sein Vater, natürlich interessieren Sie sich dafür.«

Tenaya lächelte schmerzlich. »Ich denke nicht, dass Torik das auch so sieht. Aber wenn es Ihnen nichts ausmacht, würde ich tatsächlich gerne wissen, wie Sie sich kennengelernt haben. Ich hätte nicht gedacht, dass mein Sohn jemals in die Menschenwelt kommen würde.«

Caitlin nickte. »Das hat er auch nicht freiwillig getan. Wie gesagt habe ich ein Buch über Berglöwenwandler geschrieben. Die Gruppe ist darauf aufmerksam geworden, und Torik wurde zu mir nach Montana geschickt, um herauszufinden, woher ich von ihnen weiß. Jedenfalls denke ich, dass es so abgelaufen ist, Torik redet nicht wirklich viel.«

Das brachte ein echtes Lachen. »Oh ja, so war er schon immer.«

»Jedenfalls kam er gerade rechtzeitig, um mich vor zwei Verbrechern zu retten, die mich entführen wollten. Er hat sie verjagt und … nun ja … wir sind uns in den nächsten Tagen etwas nähergekommen. Allerdings wusste ich da noch nicht, dass er ein Gestaltwandler ist, das hat er mir erst gestern Abend erzählt. Oder vielmehr gezeigt.« Die Erinnerung, wie Torik in Berglöwenform ausgesehen hatte, ließ sie verstummen.

Bevor Tenaya etwas sagen konnte, öffnete sich die Haustür. In der Erwartung, dass es Torik war, blickte Caitlin zum Eingang. Überrascht atmete sie ein, als ein Unbekannter eintrat und die Tür lautlos wieder hinter sich zuzog.

Tenaya trat vor. »Wer sind Sie, und was wollen Sie? Ich wüsste nicht, dass ich Sie in mein Haus eingeladen habe.«

Seelenruhig zog der Mann eine Pistole aus seiner Jackentasche und richtete sie auf Caitlin. Verspätet setzte Angst ein, und sie wich automatisch zurück.

»Ich habe mich selbst eingeladen. Wir werden jetzt zusammen einen kleinen Ausflug machen.« Als Tenaya sich auf ihn zubewegen wollte, schwang die Pistole zu ihm hinüber. »Das würde ich lassen, dann könnten Sie vielleicht sogar überleben. Sie sind nämlich entbehrlich, alter Mann, mein Auftraggeber bezahlt mich nur für die Frau.«

»Was haben Sie mit meinem Sohn gemacht?«

Der Mann hob eine Augenbraue. »Sie meinen den Kerl, der die ganze Zeit um die Kleine hier herumscharwenzelt ist?« Der Hauch eines Lächelns verzog sein Gesicht. »Der hat sich gerade in den Wald verabschiedet.«

Die Furcht breitete sich weiter in Caitlin aus. Hatte dieser

Verbrecher Torik etwas angetan? Nein, nur das nicht! Sie legte ihre Hand auf Tenayas Arm, als er einen Schritt vortrat. »Nicht.«

»Hören Sie auf Ihre kleine Freundin, dann können wir die Sache hier sauber beenden.«

Wut drang durch Caitlins Furcht. »Was will Ihr Auftraggeber von mir? Geld?«

»Das müssen Sie ihn schon selbst fragen. Und jetzt kommen Sie her, ich habe nicht ewig Zeit. Es hat sowieso schon zu lange gedauert, Ihnen ständig hinterherzufahren und Sie zu beobachten.« Der Killer trat vor und umfasste ihren Arm in einem eisenharten Griff. Die Mündung der Pistole presste er gegen ihre Rippen. »Gehen wir.«

Da sie derzeit nichts anderes tun konnte, setzte Caitlin sich in Bewegung. Mit den Augen versuchte sie Tenaya zu signalisieren, dass er nicht versuchen sollte, ihr zu helfen, doch der hielt seinen Blick streng auf den Verbrecher gerichtet. Dann glitten seine Augen an ihnen vorbei und weiteten sich leicht. Von seiner Position aus konnte er die Hintertür sehen. Oh nein, hoffentlich tat Torik nicht irgendetwas, das ihn in Gefahr brachte! Der Griff des Mannes wurde für einen Moment härter, und als sie zu ihm aufsah, bemerkte sie einen Muskel, der in seiner Wange zuckte. Er wusste offenbar, dass Torik hereingekommen war!

25

In seiner Berglöwenform schlich Torik durch das Haus, seine Pfoten verursachten keinen Laut. Er hätte Caitlin nie alleine lassen dürfen! Aber durch die Wut auf seinen Vater war er so abgelenkt gewesen, dass er nicht mehr an den Verfolger gedacht hatte. Völlig kopflos war er aus dem Haus gestürzt, um den Worten seines Vaters und der Tatsache zu entfliehen, dass Tenaya im Gefängnis gewesen war. Wenn ihm nicht der Geruch des Mannes in die Nase gestiegen wäre, den er bereits aus dem Yellowstone kannte, würde er sich vermutlich jetzt noch im Wald in Selbstmitleid wälzen, und Caitlin wäre dem Verbrecher schutzlos ausgeliefert.

Toriks Herz schlug hart gegen seine Rippen, als er sah, dass der Mann Caitlin festhielt und ihr eine Pistole in die Seite presste. Sein Vater wirkte, als wollte er jeden Moment angreifen, doch sowie er einen falschen Schritt machte, würde der Verbrecher schießen. Tenayas Blick traf seinen, seine Augen weiteten sich. Verdammt! Wenn der Verbrecher gut war, wusste er jetzt, dass sich jemand hinter ihm befand. Bevor er etwas unternehmen konnte, schlug Caitlin ihren Ellbogen gegen den Arm des Mannes und riss sich los. Torik stürzte sich auf den Verbrecher, gerade als er auf Caitlin anlegte. Auch Tenaya wirbelte herum und folgte Caitlin, die versuchte, sich hinter einem Wandvorsprung in Sicherheit zu bringen.

Mit einem wütenden Fauchen warf sich Torik mit seinem vollen Körpergewicht gegen den Mann. Der strauchelte, fing sich aber wieder, bevor Torik den Vorteil ausnutzen konnte. Eine Hand griff in sein Fell und zog heftig daran, doch er bemerkte es kaum. Im Gegenzug schlossen sich seine Zähne um den Arm des Mistkerls. Mit Genugtuung hörte er das schmerzerfüllte Grunzen. Dann jedoch schlug der Mann mit etwas Hartem auf Toriks Kopf und Rücken. Als der Schmerz zu stark wurde, musste Torik loslassen und sich ein paar Schritte zurückziehen. Blut lief aus seinem Fell über sein Auge und schränkte seine Sicht ein. Ungeduldig schüttelte er den Kopf und konzentrierte sich auf seinen Gegner, der wieder die Pistole hob.

Torik ignorierte Caitlins angsterfüllten Aufschrei und griff wieder an. Nur ein einziger Gedanke beherrschte ihn jetzt noch: seine Gefährtin und seinen Vater zu beschützen. Ein Ploppen ertönte, und Torik spürte etwas Heißes an seiner Flanke.

»Nein!« Caitlins Schrei übertönte das Rauschen in seinen Ohren.

Doch er konnte sich keine Ablenkung leisten, sosehr er sich auch zu ihr umdrehen wollte. Er grub seine Krallen in das Bein des Gegners und riss ihn mit sich zu Boden. Ein Fauchen entfuhr seiner Kehle, als er sah, dass der Mann immer noch die Pistole in der Hand hielt und diesmal auf Caitlin zielte. Torik stürzte sich auf ihn und begrub ihn unter sich. Seine Krallen drangen in den Oberkörper des Verbrechers ein, der schmerzerfüllt aufschrie. Der Geruch von Blut füllte Toriks Nase, und er wusste, dass der Mensch nicht lange gegen ihn bestehen würde. Die Pistole fiel mit einem lauten Klappern auf den Holzfußboden. Endlich! Nach einem gezielten Tritt seines Hinterlaufs schlitterte die Waffe durch den Raum und landete an der Wand.

Kurz zuckte der Gedanke durch Toriks Kopf, wie Caitlin darauf reagieren würde, ihn so wild und tödlich zu sehen, und der Verbrecher nutzte diesen einen unachtsamen Moment sofort aus. Mit einer scharfen Bewegung zog er Torik die Beine weg und rollte sich unter ihm hervor. Torik landete unsanft auf dem Boden, sprang aber sofort wieder auf. Doch es war zu spät, der

Mensch hatte sich wieder gefangen und hielt nun ein Messer in der Hand. Torik umkreiste ihn und suchte nach einem neuen Angriffspunkt. Solange sein Gegner noch bewaffnet war, konnte er ihm nicht nahe genug kommen. Zumindest nicht, ohne dabei eine Verletzung zu riskieren.

Gerade als Torik sich erneut auf ihn stürzen wollte, krachte ein Stuhl auf den Rücken des Mannes und ließ ihn mit einem Schmerzenslaut nach vorne stolpern. Toriks Blick traf den seines Vaters, der den Stuhl noch einmal schwang. Doch diesmal war der Verbrecher darauf vorbereitet und wehrte ihn mit einem Arm ab. Tenaya stolperte zurück, und der Mann setzte ihm nach. Das gab Torik die Gelegenheit, ihn noch einmal anzugreifen. Seine Krallen zerfetzten das Jackett des Menschen und trafen auf die Haut darunter. Sein Gegner wehrte sich verzweifelter, anscheinend merkte er, dass er nicht gegen den Berglöwen ankam. Doch das Messer hielt er nach wie vor in der Hand, was Wut in Torik hochkochen ließ. Er musste den Typen ausschalten!

Torik setzte zum Sprung an und hörte erneut ein Stöhnen, gefolgt von Caitlins Aufschrei und einem dumpfen Geräusch, als etwas zu Boden fiel. Es blieb ihm jedoch keine Zeit festzustellen, ob Caitlin verletzt war, denn der Berglöwe in ihm war bis aufs Äußerste gereizt. Niemand griff seine Gefährtin ungestraft an! Laut fauchend riss er den Mann erneut zu Boden und schlug seine Zähne in dessen Schulter. Ein Knochen brach, und der Verbrecher brüllte auf. Das Messer fiel zu Boden.

»Torik!«

Caitlins Ruf ließ ihn herumfahren. Mit wild klopfendem Herzen ließ Torik von dem Verbrecher ab und bewegte sich instinktiv auf sie zu. Sie kauerte auf dem Boden, offenbar unverletzt. Erleichtert atmete er tief aus. Der Verbrecher machte sich seine Unaufmerksamkeit jedoch sofort zunutze und stieß ihn zur Seite. Schwankend kam er auf die Füße und lief zur Hintertür, die noch immer offen stand. Torik setzte ihm nach, seine Pfoten machten kein Geräusch, als er durch das Haus lief. Der Mann blickte sich um und schrie entsetzt auf, als er den Berglöwen so dicht hinter sich sah. Er stolperte die Stufen hinunter und rannte auf den Wald zu. Eine Blutspur zog sich über die Treppe und versickerte dahinter im Boden. Mit einem weiten Satz sprang Torik auf den Rasen und setzte zur Verfolgung an.

Noch einmal rief Caitlin ihn, und Torik blieb schließlich stehen. Für einen Moment sah er dem Verbrecher hinterher, der gerade in den Wald eintauchte, bevor er langsam zum Haus zurückkehrte. Er prüfte den Geruch, konnte aber keinen anderen als ihren und den des Verbrechers feststellen. Obwohl er nicht glaubte, dass der Mann mit seinen schweren Verletzungen noch einmal zurückkommen würde, wollte er Caitlin trotzdem so schnell wie möglich von hier fortbringen, bevor sie noch einmal in Gefahr geriet. Dieser Gedanke setzte ihn wirksam in Bewegung. Rasch verwandelte er sich und blickte sich im Haus um. Während des Kampfes waren die Möbel verschoben worden, aber sonst sah alles noch seltsam unberührt aus. Blut lief erneut über seine Stirn, und er wischte es ungeduldig weg.

Torik ging zu Caitlin und wollte ihr gerade eine Hand auf die Schulter legen, als er erkannte, warum sie auf dem Boden hockte. Tenaya lag mit geschlossenen Augen und grauem Gesicht da. Blut breitete sich auf den Holzdielen aus, obwohl Caitlin ein Tuch auf die Wunde in seinem Brustkorb presste. *Nein!* Torik sackte in die Knie und beugte sich über seinen Vater.

Caitlin blickte ihn an, Tränen liefen über ihre Wangen. »Es ist meine Schuld. Als der Mörder mit dem Messer auf uns losging, hat sich Tenaya vor mich geworfen.«

Mit Mühe öffnete Torik seinen erstarrten Kiefer. »Nur der Verbrecher ist schuld, niemand sonst.« Seine Stimme klang so rau, dass die Worte kaum zu verstehen waren.

»Wir müssen einen Krankenwagen rufen!« Caitlins Hände waren rot vor Blut.

Torik schüttelte den Kopf. »Nein, das würde zu lange dauern. Außerdem dürfen die Sanitäter nicht sehen, was hier passiert ist.« Er legte seine Finger an Tenayas Hals und fühlte den Puls. Erleichtert, ihn zu finden, stand Torik auf. »Ich bin gleich wieder da.«

»Wo willst du hin?« Caitlin klang beinahe verzweifelt.

»Ich ziehe mir was an. Danach fahren wir zum Krankenhaus in Sonora.«

Torik hielt sich nicht mit weiteren Erklärungen auf. Vermutlich hätte er den Verbrecher jagen und beseitigen sollen, damit er Caitlin nicht noch einmal in Gefahr brachte, aber er konnte nur daran denken, dass sein Vater nicht sterben durfte. Die Wunde in seinem Brustkorb sah schlimm aus, und Tenaya hatte keine Selbstheilungskräfte wie die Wandler.

Nachdem er sich das Blut abgewaschen und etwas angezogen hatte, kehrte Torik rasch ins Wohnzimmer zurück und beugte sich zu seinem Vater hinunter. Noch atmete er, aber es schien ihm mit jeder Minute schlechter zu gehen. Es war fraglich, ob er die Fahrt zum Krankenhaus überstehen würde, aber sie mussten es versuchen. Die Vorstellung, seinen Vater zu verlieren, war schmerzhafter, als Torik erwartet hatte. Jetzt zählte nicht mehr, dass Tenaya sie damals verlassen hatte. Es waren die guten Erinnerungen an den liebevollen Vater seiner Kindheit, die Torik dazu bewogen, seine Arme unter Tenaya zu schieben und ihn sanft hochzuheben. Caitlin hielt weiterhin das Tuch auf die Wunde gepresst. Inzwischen war es rot vor Blut.

»Lauf vor und schließ den Wagen auf! Und nimm noch ein paar Handtücher mit!« Torik versuchte, seinem Vater so wenig Schmerzen wie möglich zu bereiten, konnte aber nicht verhindern, dass dessen Körper sich bei jedem seiner Schritte bewegte. Tenaya stöhnte laut auf. »Tut mir leid, es geht nicht anders.«

Caitlin lief an ihm vorbei und hielt die hintere Autotür auf. Vorsichtig bettete Torik seinen Vater auf das Polster.

Tenaya öffnete seine Augen und sah Torik direkt an, als er sich über ihn beugte. Seine Hand hob sich, als wollte er Torik berühren. »Mein Sohn …«

Torik schluckte um den Kloß in seinem Hals herum. »Ich bin hier. Wir bringen dich jetzt ins Krankenhaus. Halt bloß durch, sonst werde ich wirklich wütend.«

Ein Geräusch fast wie ein Lachen drang aus Tenayas Kehle. »Das … möchte ich … natürlich … nicht.« Als Torik sich aufrichten wollte, schlossen sich Tenayas Finger um seinen Arm. »Sag … Hazel … dass ich sie liebe.« Seine Augen schlossen sich, und er sackte in sich zusammen.

Torik vergewisserte sich, dass er noch atmete, und richtete sich dann auf. »Sag ihr das gefälligst selbst! Wehe du lässt mich hier hängen!«

Sein Blick traf Caitlins. Verlegen zuckte er mit den Schultern und lief zur Fahrertür, während Caitlin hinten einstieg. Toriks Finger zitterten, als er den Schlüssel in die Zündung schob. »Bereit?«

Ihre Augen trafen sich im Rückspiegel. »Ja. Beeil dich, Torik. Ich glaube nicht, dass er noch lange durchhält.« Obwohl ihre Stimme bebte, hielt sie sich überraschend gut. Ein warmes Gefühl breitete sich trotz des Drucks in seiner Brust in ihm aus. Seine Caitlin war unglaublich.

Ein weiteres Stöhnen seines Vaters ließ ihn mit quietschenden Reifen losfahren. Die Fahrt schien endlos zu dauern, dabei waren es nur wenige Minuten bis zur Klinik. Während Caitlin ins Gebäude lief und Hilfe holte, beugte sich Torik in den Wagen und hob seinen Vater vorsichtig heraus. Tenaya war in eine tiefe Bewusstlosigkeit gesunken, aber er atmete noch. »Halt durch, hörst du?«

Und dann ging alles ganz schnell. Ärzte und Schwestern liefen heraus und schoben Tenaya auf einer Trage in die Klinik. Caitlin und Torik folgten ihnen langsamer. Von einer Krankenschwester erhielten sie ein Aufnahmeformular und wurden danach in einen Warteraum geführt. Unruhig lief Torik darin auf und ab, während Caitlin still auf einem Stuhl saß, die Arme um ihren Körper geschlungen, den Kopf gesenkt. Er sollte sie trösten, aber ihm fehlte die Kraft dazu. Immer wieder sah er seinen Vater vor sich, wie er bleich und in sich zusammengesunken auf der Trage lag, das Blut ein greller Farbklecks auf seiner Brust. An den ernsten Gesichtern der Ärzte hatte Torik ablesen können, wie schlimm es um ihn stand. Früher war sein Vater ein Kämpfer gewesen, aber er wusste nicht, ob er nicht inzwischen aufgegeben hatte.

Der Gedanke entfachte erneut die Wut in ihm. Wie hatte Tenaya sie einfach im Stich lassen können? Natürlich verstand er, dass sein Vater sich aus dem Gefängnis nicht hatte melden können und sich danach um seine kranke Mutter hatte kümmern müssen, aber es hätte doch sicher irgendeinen Weg gegeben, wie sie trotzdem hätten zusammen sein können. Wenn er wenigstens eine Nachricht geschickt hätte, als er wieder frei war! Aber das hatte er nicht getan. Achtundzwanzig Jahre lang kein einziges verdammtes Wort. Tenaya hätte doch wissen müssen, wie sehr Hazel ihn liebte und dass sie mit keinem anderen Mann glücklich werden würde. Trotzdem war er gegangen und vermutlich genauso einsam gewesen wie sie.

Torik rieb müde über sein Gesicht, als der Ärger in ihm abebbte. Selbst wenn er es Tenaya nie verzeihen würde, dass er seine Familie verlassen hatte, könnten sie vielleicht wieder eine Beziehung zueinander aufbauen, wenn er überlebte. Und das musste er, damit er ihm für Caitlins Rettung danken konnte. Wäre sein Vater nicht gewesen, hätte es auch Caitlin sein können, die jetzt gerade um ihr Leben kämpfte. Sein Herz hämmerte wild in der

Brust, Schweiß brach ihm aus. Caitlin schien zu merken, dass er sie anstarrte, denn sie hob den Kopf und blickte ihn an. Ihre Augen weiteten sich, als sie seinen Zustand sah.

Sie setzte sich gerader hin und deutete auf den Stuhl neben sich. »Setz dich, bevor du umfällst.« Sanft nahm sie seine Hand, als er sich nicht rührte. »Komm zu mir.«

Beinahe verzweifelt schüttelte er den Kopf und entzog sich ihrer Berührung. »Ich … kann nicht.«

Kummer malte sich auf ihrem Gesicht ab. »Du bist wütend auf mich, weil dein Vater meinetwegen verletzt wurde.«

Fassungslos starrte Torik sie an. »Wie kommst du denn auf die Idee?« Er hockte sich vor sie und nahm ihre Hände in seine. »Ich bin froh, dass du unverletzt bist. Ich hätte es nicht ertragen, dich dort liegen zu sehen!«

Ihre Augen schimmerten feucht. »Aber warum willst du dich dann nicht zu mir setzen?«

Jeder Muskel in seinem Körper spannte sich an. »Weil ich mir nicht leisten kann, jetzt zusammenzubrechen. Und das würde ich, wenn du mich berührst.«

»Wäre das so schlimm?« Ihre Stimme war sanft. »Du musst nicht immer stark sein, Torik. Ich weiß, wie schlimm es sein muss, deinen Vater so zu sehen, aber vielleicht hilft es dir, wenn du dich einfach mal an jemanden anlehnst. Und wozu sind Freunde sonst gut?«

»Nach allem, was passiert ist, willst du immer noch meine Freundin sein?« Die Frage blieb beinahe in seiner Kehle stecken.

»Natürlich!« Sie drückte seine Finger. »Ich bin für dich da, wenn du mich brauchst, so wie du auch für mich da warst.«

Torik konnte ihr ansehen, dass sie es ernst meinte, und nickte schließlich. »Danke.«

Caitlin beugte sich vor und legte ihre Arme um seinen Hals. Ihre Wange presste sich an seine, und Torik schloss die Augen, als die Gefühle ihn überrollten. Er zog Caitlin fest an sich und ließ sich von ihrer Nähe, ihrem Duft und der Wärme ihres Körpers beruhigen. Als er sich wieder halbwegs unter Kontrolle hatte, löste er sich von ihr. Er wollte irgendetwas sagen, ihr dafür danken, dass sie ihn aufgefangen hatte, aber die Worte fehlten ihm.

Caitlin schien ihn auch so zu verstehen. Sanft lächelte sie ihn an. »Besser?« Er nickte und setzte sich neben sie. Caitlin runzelte die Stirn. »Ich habe mir überlegt …«

Als sie abbrach, sah er sie fragend an. »Was?«

»Meinst du, deine Mutter würde wissen wollen, dass dein Vater so schwer verletzt ist?«

Torik wollte automatisch »Nein!« rufen, doch das wäre nicht die Wahrheit. »Ich denke schon.« Er ließ den Kopf sinken und fuhr sich mit den Händen durchs Haar. Als seine Finger die gerade verschorfte Wunde berührten, zuckte er zusammen. »Sie hat ihn nie vergessen.«

Caitlin legte ihre Hand auf seinen Kopf. »Wenn er dir ähnlich ist, dann kann ich sie sehr gut verstehen.« Als er sie anstarrte, hob sie die Schultern. »Aber du kannst sicher sein, dass ich es dir nicht verzeihen würde, wenn du ohne ein Wort verschwindest.«

»Cat …«

Ihre Finger legten sich auf seinen Mund. »Ich will nur dein Versprechen, dass du dich von mir verabschiedest, wenn es so weit ist. Glaub mir, ich weiß und verstehe, dass du wieder zu deiner Gruppe zurückmusst, auch wenn ich mir wünsche, es wäre anders.«

Torik küsste ihre Finger. »Ich verspreche es.« Rasch erhob er sich. »Und jetzt werde ich ein Telefon suchen, damit ich meine Mutter anrufen kann. Ich bin sicher, dass sie darauf bestehen wird hierherzukommen.«

Caitlin kramte in ihrer Jackentasche und hielt ihm ihr Handy hin. »Nimm mein Handy, das geht schneller. Es dauert bestimmt einige Zeit, wenn deine Mutter erst aus dem Wald kommen muss. Vielleicht ist dein Vater bis dahin schon aus dem Gröbsten raus.«

Es gab eindeutig vieles, das Caitlin noch nicht über die Wandler wusste. Dazu gehörte, dass die Berglöwen sich in ihnen mit zunehmendem Alter zurückzogen und alle Älteren das Lager verließen, um in der Menschenwelt zu leben. »Meine Mutter lebt in Incline, nur etwa hundert Kilometer von hier.«

»Aber wie …?«

Torik nahm ihr Handy entgegen und küsste sie zärtlich. »Später.« Nach einem letzten Blick auf Caitlin wandte er sich um und verließ das Wartezimmer.

Vor der Cafeteria fand er eine ruhige Ecke, von der aus er telefonieren konnte. Aus dem Kopf wählte er die Nummer seiner Mutter und wartete angespannt darauf, dass sie sich meldete.

»Ja?« Hazels Stimme klang vorsichtig.

»Hier ist Torik.« Seine Kehle schnürte sich zu und hinderte ihn daran, mehr zu sagen.

Für einen Moment herrschte Stille. »Das ist nicht die Nummer des Lagers. Wo bist du? Was ist passiert?«

Sie kannte ihn einfach zu gut. Torik schloss die Augen und holte tief Luft. »Ich bin in Sonora. Es ist eine lange Geschichte, und ich habe nicht viel Zeit. Hat man dir von dem Buch erzählt, das über die Wandler erschienen ist?«

»Ja, davon weiß ich. Aber was …«

»Ich habe versucht herauszufinden, wer die Informationen über uns an die Autorin weitergegeben hat, und ich habe den Mann gefunden.«

»Oh nein! Lebt der Verräter in Sonora?« Etwas am Tonfall seiner Mutter sagte ihm, dass sie bereits ahnte, wie die Geschichte weiterging.

»Nein. Die Informationen stammen von jemandem aus der Tuolumne Rancheria.« Tiefe Stille am anderen Ende der Leitung, dann heftiges Atmen. Torik redete rasch weiter. »Es war Tenaya, aber er hat es nicht mit Absicht getan. Wir wurden gerade in seinem Haus überfallen. Der Verbrecher hatte ein Messer dabei und …« Torik stockte, unsicher, wie er seiner Mutter sagen sollte, dass ihr Gefährte vielleicht sterben würde.

»Was? Bist du verletzt?« Angst schwang in Hazels Stimme mit.

»Nein. Dad wurde in die Brust gestochen.« Seine Mutter gab einen Laut von sich, bei dem es ihm kalt über den Rücken lief. »Die Verletzung ist sehr schwer, ich weiß nicht, ob …« Torik brach ab und rieb über seine Augen.

»Wo ist er jetzt?«

»Im Krankenhaus in Sonora. Er wird gerade operiert. Es tut mir leid, Mom.« Im Hintergrund konnte er ein Krachen hören, gefolgt von einem Fluch. »Mom?«

Die Stimme seiner Mutter klang gedämpft, als sie wieder sprach. »Ich bin unterwegs. Sag Tenaya … er soll durchhalten, bis ich bei ihm bin. Es gibt einiges, das ich ihm sagen will.«

Ein schwaches Lächeln glitt über Toriks Gesicht. Das klang nach seiner Mutter, wie sie gewesen war, bevor sein Vater sie verlassen hatte. »Mache ich. Fahr vorsichtig.«

Ein Schnauben antwortete ihm, dann brach die Verbindung ab. Torik blickte das Handy verwundert an. Nach einigen tiefen Atemzügen richtete er sich auf und rief Lyle, einen der ehemaligen Wandler an, der in der Nähe wohnte. Anschließend ging er mit einem drückenden Gefühl im Magen zum Warteraum zurück, wo er Caitlin wieder in die Arme schloss.

Ungeduldig riss Lee das Handy aus seiner Jacketttasche. Ein Blick auf die Nummer ließ ihn seine Zähne zusammenbeißen, bis sie knirschten. »Ja.«

»Hier ist Lopez.« Er klang deutlich weniger von sich überzeugt als vorher.

Lee ließ ihn nicht weiterreden. »Wo waren Sie, verdammt noch mal? Ich habe gestern Abend auf Ihre Nachricht gewartet!«

»Uh … ich war die Nacht über verhindert. Hören Sie, ich weiß, dass die Sache nicht ganz optimal gelaufen ist, aber ich verspreche Ihnen, dass ich die Typen aus Stammheimers Haus wiederfinden werde.«

Lees Augenbrauen schossen in die Höhe. »Sie waren es also nicht, der das Auto der Reporterin von der Straße gedrängt hat.«

Einen Moment herrschte Stille. »Nein. Aber ich hatte zwei zusätzliche Männer die Straße aus größerer Entfernung beobachten lassen. Vielleicht haben sie eingegriffen.«

»Vielleicht? Wo sind sie jetzt?«

Lopez räusperte sich. »Sie haben sich nicht wieder gemeldet.«

»Wie viele Männer stehen Ihnen noch zur Verfügung?«

»Zwei. Ich kann aber auch mehr Männer aktivieren, wir müssten nur warten, bis sie …«

Lee unterbrach ihn. »Dafür habe ich keine Zeit. Die Reporterin liegt übrigens mit schweren Verletzungen im University Medical Center in Las Vegas.« Und ihr Begleiter, vermutlich ein Wandler, war verschwunden, aber das behielt Lee für sich.

»Dann fahre ich hin und …«

»Nicht nötig. Ich war bereits dort, aber ich habe mich dafür entschieden, mich lieber auf jemand anders zu konzentrieren. Die Reporterin läuft uns nicht weg – und selbst wenn, kann ich sie jederzeit wiederfinden. Etwas anderes ist jetzt wichtiger, und ich brauche dafür Ihre Unterstützung.« Wenn Lopez mit seinen Männern nicht gerade in der Nähe gewesen wäre, hätte er ihn nicht eingesetzt, denn bei der letzten Aufgabe hatten sie eindeutig versagt. Sollte es in Stammheimers Haus noch Informationen und Beweise gegeben haben, waren sie jetzt für ihn verloren. Aber Lee hatte keine Wahl, wenn er verhindern wollte, dass ihm sein Opfer diesmal wieder entkam.

»Natürlich. Wo sollen wir hinkommen?«

Lee nannte ihm die Adresse des Motels in einem Vorort von Las Vegas. »Ich möchte, dass Sie und Ihre Männer mindestens fünfhundert Meter Abstand halten, bis ich dort bin. Und enttäuschen Sie mich diesmal besser nicht!« Ohne auf eine Antwort zu warten, beendete er das Gespräch.

Nachdenklich tippte er mit dem Handy gegen sein Kinn. Es war offensichtlich, dass die Berglöwenwandler Hilfe bekommen hatten. Im Krankenhaus war ihm vor der Tür zum Zimmer der Reporterin klar geworden, dass sie beschützt wurde und er beinahe in eine Falle gelaufen wäre. Deshalb hatte er ihr Zimmer nicht betreten, sondern die Unruhe auf dem Gang genutzt, um ungesehen zu verschwinden. Jetzt zählte es, den Druck zu erhöhen und seinen Gegenspieler herauszulocken. Und zwar zu seinen eigenen Bedingungen. Hoffentlich behielt er diesmal die Oberhand, denn langsam gingen ihm die ständigen Misserfolge auf die Nerven. Er war es nicht gewohnt zu verlieren, und auf längere Sicht konnte er sich das auch nicht erlauben. Zu viel hing davon ab.

Er sah auf die Uhr und runzelte die Stirn. Eigentlich hätte Sanders sich inzwischen melden sollen, der der Autorin gefolgt war. Doch bisher hatte er keine Nachricht erhalten. Mit einem Schulterzucken verließ Lee die Hotellobby und stieg in seinen bereits vor der Tür wartenden Wagen. Normalerweise ließ er sich von einem Chauffeur fahren, aber diesmal zog er es vor, keinen Zeugen zu haben. Der Motor startete mit einem befriedigenden tiefen Grollen, und Lee lenkte die Limousine die luxuriöse Einfahrt des Hotels hinunter. Sein Herz klopfte schneller, und er wischte seine feuchten Finger an der Hose ab. Wenn alles gut ging, würde er in einigen Stunden ein Mittel in der Hand halten, um seinen Gegner zu vernichten.

26

Tenayas Bewusstsein schwamm langsam an die Oberfläche. Seine Augen blieben geschlossen, während er dem gleichmäßigen Klopfen seines Herzens lauschte. Die Erinnerung an die Geschehnisse kam in einer Lawine von Bildern zurück. Torik, der unerwartet vor ihm stand, einen hasserfüllten Ausdruck auf seinem Gesicht. Sein Versuch, seinem Sohn zu erklären, warum er damals gegangen war, und dessen wütende Flucht aus dem Haus. Caitlin, die versuchte, ihn aufzumuntern. Die Bedrohung durch den Fremden mit der Pistole. Schüsse, Torik in Berglöwenform, der sich auf den Verbrecher stürzte, sein eigener Versuch, ihn mit dem Stuhl abzulenken. Fast wie in Zeitlupe sah er wieder, wie das Messer in Caitlins Richtung schwenkte und er selbst sich, ohne nachzudenken, vor die Gefährtin seines Sohnes warf. Ein scharfer Schmerz, als die Klinge in seine Brust drang und er zu Boden stürzte. Caitlins besorgtes Gesicht über ihm und zuletzt Torik, der ihn beschwor durchzuhalten. Danach nur noch Schwärze.

Anscheinend lebte er noch, was beinahe eine Überraschung war, so schlecht wie er sich fühlte. Sein Brustkorb schmerzte, aber zumindest bekam er wieder Luft. Irgendetwas steckte in seinem Mund und blies in regelmäßigen Abständen Sauerstoff in seine Lunge. Sein Herz schlug schneller, als er feststellte, dass er nicht selbstständig atmen konnte. Je mehr er es versuchte, desto unangenehmer wurde es. Seine Hand flog zu seinem Gesicht, um den Fremdkörper zu entfernen, doch bevor er ihn erreichen konnte, schloss sich etwas Warmes, Weiches um sein Handgelenk. Ein vertrauter Geruch umwehte ihn. Aber das konnte nicht sein, Hazel war nicht hier. Nach dem, was er ihr angetan hatte, würde sie ihm vermutlich nicht mal eine Hand reichen, wenn sie sich jemals wieder begegneten. Zu Recht.

Obwohl er das wusste, öffneten sich seine Augen, und er blinzelte gegen die plötzliche Helligkeit an. Er wollte seine Hand heben, aber sie wurde immer noch festgehalten.

»Bleib ruhig liegen, der Arzt kommt gleich.« Träumte er es nur, oder war es tatsächlich Hazels Stimme?

Tenaya wollte etwas sagen, doch der Schlauch in seinem Hals hinderte ihn daran. Stattdessen konnte er nur einen frustrierten Laut von sich geben. Seine Augen gewöhnten sich langsam an das Licht, und er erkannte endlich etwas mehr als nur Umrisse. Eine Frau beugte sich über ihn, goldbraune Augen blickten ihn besorgt an. Honigblonde Haare umgaben in sanften Wellen ihr Gesicht. Gierig ließ Tenaya seinen Blick über sie gleiten, sah die Falten um Augen und Mundwinkel, die früher nicht da gewesen waren, die ersten grauen Fäden in den halblangen Haaren. Wie sehr wünschte er sich, er wäre dabei gewesen und hätte die Veränderungen beobachten können. Stattdessen hatte er nur im Spiegel gesehen, wie er selbst langsam gealtert war. Verlust und Bedauern pressten seine Kehle zusammen, bis er das Gefühl hatte zu ersticken.

Und dann bewegte Hazel sich plötzlich von ihm weg, ihre Hand löste sich von seinem Arm. *Nein!* Er wollte betteln, dass sie bei ihm bleiben sollte, doch er brachte kein Wort heraus. Tränen bildeten sich in seinen Augenwinkeln, und er versuchte sich aufzurichten, wurde aber daran gehindert.

Ein anderes Gesicht tauchte über ihm auf. »Wie schön, dass Sie wieder bei uns sind, Mr Colston. Ich bin Dr. Jacobs und werde Sie jetzt untersuchen. Bleiben Sie bitte ganz ruhig liegen.« Tenaya gab einen rauen Laut von sich. Der Arzt legte ihm eine

Hand auf die Schulter. »Sie können noch nicht sprechen, Sie haben einen Beatmungsschlauch im Hals. Wenn Sie selbstständig atmen können – und davon gehe ich aus –, werde ich ihn gleich entfernen.«

Ungeduldig wartete Tenaya darauf, endlich wieder sprechen zu können, während Dr. Jacobs ihn untersuchte.

»Okay, sieht alles gut aus.« Er nickte jemandem zu, bevor er sich über Tenaya beugte und seine Finger auf etwas legte, das sich über Tenayas Mund befand. »Ich werde Sie jetzt extubieren. Atmen Sie ein und dann ganz tief aus, während ich den Schlauch herausziehe.« Tenaya nickte zum Zeichen, dass er verstanden hatte. »Wenn der Schlauch draußen ist, versuchen Sie, zuerst ganz flach zu atmen, bis Sie sich wieder daran gewöhnt haben.« Der Arzt sah über Tenaya hinweg, und seine Miene wurde weicher. »Sie können seine Hand halten, wenn Sie möchten.«

Als sich Finger um seine Hand schlossen, wusste er, dass Hazel immer noch bei ihm war. Erleichterung breitete sich in ihm aus, als sie ermutigend seine Hand drückte.

»Gut, fangen wir an. Atmen Sie ein …« Tenaya tat gehorsam, was von ihm verlangt wurde. »… und jetzt lange aus.«

Tenaya kämpfte darum, den Würgereiz zu unterdrücken, als der Schlauch in einer gleichmäßigen Bewegung aus seinem Hals gezogen wurde. Seine Lunge zog sich schmerzhaft zusammen, doch er schaffte es, nicht einzuatmen. Endlich verschwand der Fremdkörper aus seiner Kehle, die sich rau anfühlte. Auch sein Mund schmerzte und war völlig ausgetrocknet.

»Atmen Sie jetzt ganz langsam und flach ein.« Tenaya folgte der Anweisung und drückte Hazels Hand fester, als der Schmerz stärker wurde. »Gut, jetzt wieder ausatmen, genauso langsam.«

Nach einigen Atemzügen verringerten sich die Schmerzen, und Tenaya war froh, wieder selbstständig atmen zu können.

Die Krankenschwester hielt ihm ein Glas mit Strohhalm entgegen. »Damit können Sie Ihren Mund ausspülen. Bitte noch nichts trinken.«

Er nahm dankbar einen Schluck und spülte seinen Mund aus. Nachdem sich seine Zunge endlich nicht mehr wie ein Fremdkörper anfühlte, drehte Tenaya seinen Kopf zur Seite und sah Hazel an. Sie stand neben dem Bett, die Arme um ihren Körper geschlungen, als wäre ihr kalt. Unsicherheit stand in ihren Augen, ihre Zähne gruben sich in ihre Unterlippe, während sie auf die Verbände blickte, die seine Brust bedeckten.

»Hazel.« Seine Stimme war so rau, dass er sie selbst kaum verstehen konnte. Trotzdem tat es gut, ihren Namen wieder laut zu sagen und den feuchten Schimmer in ihren goldbraunen Augen als Antwort darauf zu sehen.

Er bemerkte kaum, wie der Arzt und die Schwester den Raum verließen, so sehr war er auf Hazel fixiert. Einen langen Moment herrschte Stille, keiner von ihnen bewegte sich. Tenayas Herz klopfte laut in seiner Brust, der Drang, Hazel zu berühren, sie an sich zu ziehen und nie mehr loszulassen, war fast übermächtig.

Zögernd trat sie einen Schritt vor. »Wie geht es dir?«

Ihre sanfte Frage erinnerte ihn an frühere Zeiten. »Ganz … gut. Ich lebe.«

»Ja, glücklicherweise. Die Ärzte sagten, du wärst beinahe auf dem Operationstisch gestorben.« Ihre Stimme brach beim letzten Wort.

Tenaya war sehr froh, jetzt hier zu sein und nicht auf einer Bahre in der Gerichtsmedizin. »Torik und Caitlin …«

»Es geht ihnen gut. Sie machen sich Sorgen um dich.« Hazels Blick glitt zur Seite. »Torik hat mich angerufen, als du operiert wurdest. Wenn dir nicht recht ist, dass ich hier bin, dann …«

»Nein!« Tenaya fiel keuchend auf das Bett zurück. Die automatische Bewegung hatte einen Pfeil reinster Qual durch seinen Brustkorb gejagt. Zusätzlich fühlte sich seine Kehle an, als hätte er Glassplitter verschluckt. Ein roter Schleier lag über seinen Augen, während er um jeden Atemzug kämpfte.

Es dauerte einen Moment, bis er bemerkte, dass Hazel sich über ihn gebeugt hatte. Ihre Hand lag warm auf seiner Schulter. »Tenaya.«

Über dem Rauschen in seinen Ohren konnte er sie kaum verstehen, aber ihre Gegenwart half ihm, die Bewusstlosigkeit zurückzudrängen. Er musste sie daran hindern zu gehen, und wenn es das Letzte war, was er tat. »Bleib … bitte.«

»Natürlich bleibe ich. Du glaubst doch wohl nicht, dass ich extra hierhergekommen bin, um gleich wieder zu fahren?«

Hazel klang in diesem Augenblick fast wie früher, und Tenayas Mundwinkel hoben sich. Wann hatte er das letzte Mal gelächelt? Er konnte sich nicht mehr daran erinnern. »Danke.«

Hazel schien ihn zu verstehen, denn sie neigte den Kopf. »Torik hat mir erzählt, was geschehen ist. Ich bin nur froh, dass ihr alle dort lebendig herausgekommen seid. Allein die Vorstellung …« Sie brach ab und presste ihre Finger vor ihren Mund, während Tränen in ihren Augen schimmerten.

Tenaya wollte sich aufsetzen und sie in seine Arme ziehen, doch seine Verletzung ließ das nicht zu. Außerdem wusste er nicht, ob es ihr recht war, schließlich hatte er sie damals verlassen und sich nie wieder bei ihr gemeldet. Es war sowieso ein Wunder, dass sie überhaupt hier war nach allem, was er ihr angetan hatte. Warum war sie gekommen? Die Frage lag auf seiner Zunge, aber da er Hazel nicht vertreiben wollte, stellte er sie nicht. Im Moment zählte nur, *dass* sie hier war, nach den Gründen konnte er später noch fragen, wenn er sich etwas kräftiger fühlte.

Stattdessen räusperte er sich. »Ich weiß nicht, wer … dieser Kerl war, aber … er meinte es eindeutig … ernst. Ich hätte es mir nie … verziehen, wenn unserem Sohn etwas geschehen wäre.«

Hazel setzte sich auf den Stuhl neben dem Bett und legte ihre Hand auf seine. »Torik ist ein guter Kämpfer.«

»Das habe … ich gesehen.« Tenaya ließ seinen Blick über Hazel gleiten und speicherte jede Einzelheit in seinem Gedächtnis ab, damit er die Bilder hervorholen konnte, wenn sie nicht mehr bei ihm war. »Er sieht gut aus, stark und gesund. Ich dachte immer, … dass er irgendwann Arlyn … zur Gefährtin nimmt. Aber es scheint, als hätte er sich für … Caitlin entschieden.« Erschöpft ließ er seinen Kopf zurücksinken.

Hazels Augen verdunkelten sich. »Torik hat Arlyn sehr geliebt. Sie waren einige Jahre zusammen, aber sie konnte das Leben im Lager nicht ertragen und ist zur Einzelgängerin geworden. Eine Zeit lang dachte ich, Torik würde an gebrochenem Herzen sterben, aber er hat sich wieder aufgerappelt. Allerdings hat er sich danach von allen zurückgezogen und nie wieder einer anderen Frau eine Chance gegeben.« Sie senkte ihren Kopf. »Manche lieben nur einmal im Leben.«

»Hazel …«

Sie zog ihre Hand zurück und redete rasch weiter, ohne ihn zu Wort kommen zu lassen. »Ich habe Caitlin gerade erst kennengelernt, aber ich habe das Gefühl, dass sie Torik liebt. Und wie er sie ansieht, wenn er denkt, es bemerkt keiner …« Ein Lächeln huschte über ihr Gesicht.

»Caitlin sagte mir … sie wären Bekannte.«

Hazel wiegte den Kopf. »Dafür kamen sie mir sehr vertraut vor. Aber ich könnte mich auch täuschen. Torik scheut vor allem zurück, das Gefühle in ihm auslösen könnte.«

Tenaya zuckte schuldbewusst zusammen. Sie brauchte es nicht zu sagen, er wusste auch so, warum ihr Sohn keine Gefühle mehr zulassen wollte. Wenn er erst von seinem Vater und dann noch von seiner Gefährtin verlassen worden war, konnte er Toriks Verhalten absolut nachvollziehen. »Vielleicht ist es …

besser, wenn er Caitlin nicht so nahe kommt. Sie ist Mensch und kann ihm nicht in die Wildnis folgen.«

Für eine Weile blickte Hazel ihn schweigend an. »Das kann sein. Als bekannte Autorin ist sie wahrscheinlich zu sehr an ihr Leben in der Zivilisation gebunden. Torik weiß das besser als jeder andere, und er wird wohl nicht zulassen, dass sie ihn verletzt. Aber ich wünschte, es wäre anders, und er könnte wieder glücklich sein.«

»Hazel.«

Unruhig bewegte sie sich auf dem Stuhl hin und her. »Was?«

»Ich weiß, dass nichts, was ich sage, die Vergangenheit … ungeschehen machen kann, aber ich möchte dir gerne erklären … warum ich nicht zurückgekommen bin.« Er konnte einfach nicht länger schweigen. Die Vergangenheit hing wie ein düsterer Abgrund zwischen ihnen und hinderte sie daran, ihr Leben fortzusetzen. Zumindest ihn, vielleicht hatte sich Hazel inzwischen ein neues Leben aufgebaut. Sosehr er ihr das wünschte, zog sich doch sein Magen bei dem Gedanken zusammen.

»Das brauchst du nicht. Es war offensichtlich, dass du nicht mehr im Lager und bei uns leben wolltest.« Hazel schien distanziert, doch er konnte den Schmerz in ihren Augen erkennen.

»Nein!« Seine Lunge zog sich zusammen, und er musste husten. Als der Anfall vorbei war, presste er eine Hand auf die schmerzende Wunde und bemühte sich, gleichmäßig zu atmen. »Ich habe euch mehr als alles andere geliebt. Wäre es nur um mich gegangen, hätte ich euch nie verlassen.« Hazels ungläubiger Blick tat ihm weh, aber er redete rasch weiter. »Du erinnerst dich an meine Eltern?«

Hazels Brauen schoben sich zusammen, Wut flammte in ihren Augen auf. »Natürlich. Ich hätte deinen Vater damals …«

Tenaya zuckte zusammen. »Nicht. Er war es nicht wert. Aber ich habe nie … verwunden, dass ich meine Mutter zurücklassen musste. Ich wusste, wie gewalttätig er war und dass er seine Wut … an ihr auslassen würde, wenn ich nicht mehr da war. Trotzdem bin ich mit dir gegangen. Ich wollte dich nicht verlieren und auch nicht … die Chance auf ein besseres, glücklicheres Leben.« Seine Stimme sank zu einem Flüstern herab. »Es hat mich innerlich zerrissen. Ich hatte eine Gefährtin und einen Sohn, die ich über alles liebte, aber das Schuldgefühl ist nie verschwunden. Im Gegenteil, mit den Jahren ist es immer stärker geworden. Ich begann mich zu fragen, womit ich dieses Leben überhaupt verdient hatte. Ich kam mir als einziger Mensch im Lager wie ein Außenstehender vor. Als würde mich die Gruppe nur dulden, weil du mich geliebt hast.«

Wütend setzte Hazel sich auf. »Das ist absoluter Unsinn! Jeder im Lager hat dich gemocht, und du hast die Gruppe bereichert.«

Ein trauriges Lächeln umspielte seine Lippen. »Das habe ich mir hinterher auch gesagt, aber zu der Zeit war es schon zu spät.«

»Du hättest jederzeit zurückkommen können.« Hazel sah zu Boden, ihre Schultern waren angespannt. Vermutlich hatte sie das nicht sagen wollen, aber ihm gab es ein wenig Hoffnung.

»Das konnte ich nicht, so gern ich es auch getan hätte. Ich wollte sehen, ob es meiner Mutter … gut ging, deshalb habe ich das Lager verlassen. Ich dachte, dass ich schnell wieder zurück sein würde.«

Hazels Kopf hob sich. »Was ist passiert?«

Tenaya atmete keuchend ein. Es fiel ihm schwer, Hazel zu gestehen, dass er nicht besser als Howi war – nein, sogar schlimmer, sein Vater hatte niemanden umgebracht. »Ich bin zum Haus meiner Eltern gegangen und habe gewartet, bis mein Vater weggefahren war. Meine Mutter war überrascht, mich zu sehen, aber auch glücklich.« Seine Stimme brach. »Sie sah schlimm aus, es war offensichtlich, dass Howi sie schlug. Bevor ich sie jedoch überzeugen konnte, mit mir zu kommen, kehrte mein Vater zurück. Ich habe es erst bemerkt, als er in die Küche stürmte und Mutter durch den Raum schleuderte. Sie stürzte über einen Stuhl und fiel zu Boden. Als ich ihr helfen wollte, schlug Howi auf mich ein. Zuerst habe ich ihn nur abgewehrt, aber dann …« Er schluckte schwer. »Nach einem Schlag stolperte er rückwärts und schlug so unglücklich mit dem Kopf gegen den Herd, dass er sofort tot war.«

»Oh nein, Tenaya!« Hazel starrte ihn entsetzt an.

Scham strömte durch seinen Körper, und er senkte den Blick auf die Bettdecke. »Ich wurde wegen Totschlags verurteilt und saß fünf Jahre im Gefängnis. Deshalb konnte ich mich nicht bei euch melden.«

Ihre kühle Hand legte sich auf seine Wange, und sie drehte sein Gesicht zu sich. »Es ist furchtbar, dass du das durchmachen musstest. Gab es wirklich keine Möglichkeit, uns wissen zu lassen, wo du bist? Die Vorstellung, dass du ganz allein warst, macht mich wahnsinnig.«

Ihr Verständnis beschämte ihn fast noch mehr. Womit hatte er ihr Mitgefühl verdient? Er hatte ihr nur Kummer bereitet. Aber zumindest konnte er jetzt ehrlich sein, das schuldete er ihr. »Nein, es gab keine Möglichkeit, ich kannte niemanden mehr in der Rancheria, jedenfalls nicht gut genug, um euren Aufenthaltsort zu verraten. Außerdem wurde ich sehr schnell verlegt und war von allem abgeschnitten, was ich kannte.«

»Aber danach …«

Tenaya unterbrach sie. »Ich fühlte mich beschmutzt, als ich entlassen wurde. Nicht wert, weiter in eurem Lager zu leben. Außerdem musste ich mich um meine Mutter kümmern. Sie hatte durch den Schlag meines Vaters eine Blutung im Gehirn erlitten. Seitdem war sie einseitig gelähmt und geistig verwirrt, und ihr Zustand besserte sich nicht mehr. Den Rest ihres Lebens lag sie in einem Pflegeheim, und ich musste Geld verdienen, damit sie dort bleiben konnte. Zwanzig Jahre lang.« Die Erinnerung daran, wie seine sonst so starke und lebendige Mutter in ihrem Bett dahingesiecht war, trieb Tränen in seine Augen.

Hazels Finger strichen über seine Wange. »Es tut mir leid. Ich weiß, wie sehr du deine Mutter geliebt hast.«

»Ich habe sie alleingelassen! Sie hätte mich gebraucht, und ich war nicht da.« Er flüsterte nur noch.

»Glaubst du nicht, dass deine Mutter wollte, dass du glücklich bist? Du hast mir gesagt, dass sie dich hinter mir hergeschickt hat.«

»Ja, aber …«

Hazel unterbrach ihn. »Nein, Tenaya, ich will keine Selbstbeschuldigungen von dir hören. Du hast dich damals dafür entschieden, dein eigenes Leben zu führen, und später hast du für deine Mutter gesorgt. Akzeptiere das, sonst wirst du den Rest deines Lebens damit verbringen, in der Vergangenheit zu leben und dem hinterherzutrauern, was du verloren hast.«

Tenaya starrte sie ungläubig an. »Glaubst du, das tue ich nicht schon lange? Es ist kein Tag vergangen, an dem ich nicht an dich und Torik gedacht und mich nach euch gesehnt habe.«

Röte stieg in Hazels Gesicht, und ihre Augen blitzten gefährlich. »Und warum bist du dann nicht zu uns zurückgekommen, nachdem deine Mutter gestorben war? Warum hast du uns nie eine Nachricht geschickt oder uns getroffen?«

Verwirrt schüttelte Tenaya den Kopf. »Ich dachte, dass ich kein Recht mehr dazu habe, nachdem ich euch alleingelassen hatte. Nachdem ich einen Menschen getötet hatte. Und …« Er brach ab und schluckte hart. »Und ich hatte Angst, zurückzukommen und festzustellen, dass du dir einen anderen Mann genommen hast.« Er redete rasch weiter, bevor Hazel etwas erwidern konnte. »Ich habe mir gewünscht, dass du wieder glücklich wirst, aber gleichzeitig tat mir die Vorstellung, dass du einen anderen Mann lieben könntest, furchtbar weh.«

»Du bist ein solcher Idiot, Tenaya Colston!« Ihre Stimme wurde mit jedem Wort lauter. Sie sprang so schnell auf, dass der Stuhl mit einem scharfen Quietschen rückwärts rutschte. Die Fäuste in die Hüften gestützt baute sie sich über ihm auf.

Schockiert und gleichzeitig fasziniert starrte er sie an. Sie war wunderschön in ihrer Wut, und seine Hände schmerzten, so fest krallte er sie in die Bettdecke, um Hazel nicht an sich zu ziehen und sich in ihr zu verlieren. Aber er wusste, dass er dieses Recht schon lange nicht mehr hatte.

»Glaubst du wirklich, ich hätte jemals einen anderen Mann lieben können? Du warst mein Leben, Tenaya, meine einzige Liebe. Kannst du dir vorstellen, wie allein ich mich gefühlt habe? Wie einsam ich war? Nein, vermutlich nicht. Du hattest ja dein Leben hier und hast Torik und mich abgeschrieben. Wie konntest du das tun? Wie konntest du das überleben, wenn du mich wirklich so sehr geliebt hast, wie du behauptest?« Tränen liefen über ihre Wangen und tropften auf seine Brust.

»Hazel …«

»Nein, ich glaube nicht, dass du mich so sehr geliebt hast wie ich dich. Denn dann hättest du mich nie verlassen können. Aber das hast du getan. Achtundzwanzig lange, einsame Jahre. Und Torik hat genauso gelitten oder vielleicht sogar noch mehr, weil ich es nicht geschafft habe, ihm auch noch deine Liebe zu geben.« Hazel schloss die Augen. »Er sieht dir so ähnlich, dass ich es kaum ertragen konnte, ihn anzusehen. Jedes Mal habe ich mich an dich erinnert und mich gefragt, wo du bist und wie es dir geht.« Sie holte tief Luft. »Ich habe ein paar Wochen nach deinem Verschwinden einen der Älteren nach Tuolumne geschickt, doch er hat dich nicht gefunden. Niemand hat ihm gesagt, dass du verhaftet wurdest. Du warst wie vom Erdboden verschwunden. Kannst du dir vorstellen, wie furchtbar es für Torik und mich war, nicht zu wissen, wo du warst und was mit dir passiert ist?«

Der Kloß in seiner Kehle hinderte Tenaya daran, etwas zu sagen. Er hatte gewusst, was er Hazel und Torik mit seinem Verschwinden antat, nur hatte er geglaubt – oder zumindest versucht zu glauben –, dass sie ohne ihn besser dran wären. Dass sie ihn mit der Zeit vergessen würden. Doch das war anscheinend nicht der Fall gewesen. Und jetzt hasste Hazel ihn, so wie er es immer befürchtet hatte.

»Sag etwas!« Hazels harsche Aufforderung rieb über seine angespannten Nerven.

Tenaya schluckte schwer. »Ich würde mich für das entschuldigen, was ich dir angetan habe, aber ich weiß, dass ich es nicht ungeschehen machen kann.«

»Du könntest es zumindest versuchen.« Hazel verschränkte die Arme über der Brust.

Unsicher sah Tenaya sie an. Wenn sie das ernst meinte … Er hob seine Hand und hielt sie Hazel hin. Nach einer Weile legte sie ihre hinein. Sein Herzschlag wurde schneller, und ein Funken Hoffnung keimte in ihm auf. Jetzt durfte er nur nichts falsch machen.

Sanft drückte er ihre Finger. »Es tut mir leid, Hazel. Ich hätte dich und Torik nie verlassen und vor allem nicht im Ungewissen darüber lassen dürfen, wo ich bin und was passiert ist. Ich weiß, dass ich das nie wiedergutmachen kann, aber ich hoffe, du glaubst mir, dass ich euch nie verletzen wollte.« Seine Stimme brach, und er räusperte sich. Er konnte an ihrem Gesicht nicht erkennen, was Hazel dachte, aber es war vermutlich ein gutes Zeichen, dass sie noch nicht aus dem Zimmer gerannt war oder ihn geschlagen hatte. »Es war auch falsch von mir, mich nicht bei dir zu melden, nachdem ich aus dem Gefängnis gekommen war. Selbst wenn du mich zum Teufel gejagt hättest, wäre es nur richtig gewesen.« Langsam hob er ihre Hand zu seinem Mund und küsste ihre Handfläche. »Du bist die einzige Frau, die ich jemals geliebt habe, Hazel. Ich möchte, dass du das weißt.«

Das Gefühl ihrer Haut an seinen Lippen war unglaublich. Tenaya schloss die Augen und schmiegte seine Wange in ihre Hand. Auch wenn Hazel noch nichts gesagt hatte, fühlte er sich doch erleichtert. Zu lange hatte er darauf gewartet, sich endlich bei ihr entschuldigen und ihr erklären zu können, warum er gegangen und nicht zurückgekehrt war. Das machte die Sache nicht richtig oder auch nur besser, aber er wollte, dass Hazel endlich die Wahrheit erfuhr. Er konnte es verstehen, wenn sie ihn hasste und nichts mehr mit ihm zu tun haben wollte, aber er hoffte, dass sie ihm verzeihen würde. Es musste doch etwas bedeuten, dass sie sofort hierher geeilt war, als er in Lebensgefahr schwebte, oder?

»Ich nehme deine Entschuldigung an.« Hazels sanfte Stimme beendete seine Grübeleien abrupt.

Als sie ihre Hand zurückzog, schlug er die Augen wieder auf. Beinahe ängstlich blickte er zu ihr auf. Tränen schimmerten in ihren Augen, aber ein leichtes Lächeln umspielte ihren Mund. Für einen Moment lag er nur stumm da, zu erleichtert, um Worte zu finden.

»Danke«, presste er durch seine zugeschnürte Kehle.

Hazel beugte sich vor und küsste ihn auf die Stirn. »Ruh dich jetzt aus.« Bevor er das Gefühl genießen konnte, hatte sie sich wieder aufgerichtet und ging zur Tür.

Sie durfte noch nicht gehen! Die Angst, sie vielleicht nie wiederzusehen, wenn sie jetzt das Zimmer verließ, durchzuckte ihn. Vielleicht hatte sie nur seine Entschuldigung gewollt und fuhr jetzt nach Hause zurück, um ihr Leben fortzusetzen. »Warte!«

An der Tür drehte sie sich noch einmal um. »Ja?«

Tenaya befeuchtete seine Lippen. »Bleibst du noch?«

»Ich will Torik und Caitlin Bescheid sagen, dass du wach bist. Danach komme ich wieder.«

Erleichtert ließ er seinen Kopf auf das Kissen zurücksinken. Jetzt erst merkte er, wie müde er tatsächlich war. Er schaffte es kaum noch, seine Augen offen zu halten. »Hazel …«

»Ja?« Ihre Stimme strich wie eine Liebkosung über ihn.

»Ich weiß, es geht mich eigentlich nichts an, aber ich muss es wissen. Gibt es einen anderen Mann in deinem Leben?« Angespannt wartete er auf ihre Antwort.

Hazel blickte ihn einen Moment lang nur an, und er befürchtete schon, sie würde einfach gehen. Stattdessen glitt ein Lächeln über ihr Gesicht. »Es gab immer nur dich, Tenaya. Nur dich.« Sie drehte sich um und verließ den Raum, bevor er darauf reagieren konnte.

27

Hazel ging wieder in das Krankenzimmer zurück, nachdem sie ihnen berichtet hatte, dass Tenaya wach und ansprechbar war. Den Tränen, die in ihren Augen gestanden hatten, und ihrem erleichterten Lächeln nach zu urteilen, liebte sie ihren ehemaligen Gefährten noch immer. Als Caitlin sich zu Torik umwandte, wunderte sie sich über seine ernste Miene. Eigentlich sollte er doch froh sein, dass sein Vater überleben würde.

»Was hast du? Hättest du etwas dagegen, wenn die beiden wieder zusammenkämen?« Sie wollte ihre Hand auf seinen Arm legen, doch er trat einen Schritt zurück.

Torik schnitt eine Grimasse. »Ehrlich gesagt, ich weiß es nicht. Natürlich möchte ich, dass meine Mutter glücklich ist, aber ich kann nicht ganz nachvollziehen, warum sie Tenaya nach achtundzwanzig Jahren von ihm verschuldeter Einsamkeit so schnell verzeiht.« Vorsichtig rieb er über die Wunde an seinem Kopf. »Wie kann sie all den Kummer einfach so vergessen?«

»Vielleicht liebt sie ihn noch und will nicht noch mehr Zeit verlieren? Besonders nachdem sie ihn beinahe für immer verloren hätte.« Caitlin konnte den Gedanken tatsächlich nachvollziehen. Sie selbst hätte dem Mann vermutlich erst einmal kräftig ihre Meinung gesagt. Aber wenn sie ihn liebte und die Möglichkeit bestand, dass sie für immer zusammen sein konnten …

Immer noch nicht glücklich nickte Torik schließlich. »Das kann sein. Und letztlich ist es ihre Entscheidung, in die ich mich nicht einmischen werde. Aber sollte er sie noch einmal verletzen, werde ich dafür sorgen, dass er es bereut.«

Caitlin musste lächeln. »Deine Mutter hat Glück, dich zum Sohn zu haben.«

Leichte Röte breitete sich auf seinen Wangenknochen aus. »Das denke ich nicht. Ich bin eigenbrötlerisch, leicht reizbar, zu …« Er machte eine wegwerfende Handbewegung. »Denk dir noch ein paar negative Eigenschaften aus.«

»Ich glaube, du bist genau richtig.« Wärme stieg in Caitlin auf, als Toriks Augen aufflammten.

Er trat einen Schritt auf sie zu und blieb dicht vor ihr stehen. »Nein, das bin ich nicht. Das sagst du nur, weil du mich noch nicht so lange kennst.«

Caitlins Lippen zitterten, als sie ein Lächeln versuchte. »Ich habe Zeit.« Ob Torik wusste, wie heftig ihr Herz klopfte? Wie nahe sie daran war, ihn anzuflehen, bei ihr zu bleiben oder sie in den Wald mitzunehmen?

Seine Augen wurden heller, ein sicheres Zeichen, dass der Berglöwe dicht unter der Oberfläche war. »Leider geht es nicht um Zeit, sondern darum, dass wir in verschiedenen Welten leben.«

Ihr Herz wurde schwer, als sie die Endgültigkeit in seinem Tonfall wahrnahm. Torik hatte seine Entscheidung getroffen, und es gab nichts, mit dem sie ihn umstimmen konnte. Aber wem machte sie etwas vor, sie hatte von Anfang an gewusst, dass eine Beziehung zwischen ihnen nicht möglich war. Und Torik hatte sie in dieser Hinsicht nie belogen, sie konnte ihm nicht einmal die Schuld daran geben, dass sie sich in ihn verliebt hatte.

Sie senkte den Kopf. »Ich verstehe.« Vielleicht würde es ihr irgendwann gelingen, die Tage mit Torik als einen schönen Traum zu betrachten, doch im Moment tat es noch zu sehr weh.

Sanft legte Torik seine Hände um ihr Gesicht und zwang sie, ihm in die Augen zu sehen. »Tust du das?« Seine Miene war hart, ein Muskel zuckte in seiner Wange.

Mühsam drängte sie die Tränen zurück. »Du willst mir sagen, dass es zu Ende ist. Dass wir uns trennen müssen, egal was wir empfinden.«

Schmerz flackerte deutlich sichtbar in Toriks Augen. »Ja.« Das Wort klang abgehackt, als müsste er sich zwingen, alles andere zurückzuhalten.

Sie wünschte, er würde das nicht tun. Auch wenn es sie hinterher noch mehr schmerzen würde, wollte sie wissen, was er für sie empfand. Ob sie sich nur eingebildet hatte, dass er ihre Gefühle teilte. Aber Torik würde nie darüber reden, weil er bei seinen Eltern und seiner ehemaligen Gefährtin gesehen hatte, dass Liebe allein manchmal nicht reichte. Eher würde er seine Gefühle tief in sich vergraben und so tun, als existierten sie nicht. Seltsam, wie gut sie ihn schon nach diesen wenigen Tagen kannte. Aber genau deshalb wusste sie auch, dass sie keine Chance hatte, ihn zu irgendetwas zu überreden. Er musste von selbst darauf kommen, doch das würde er wohl nie tun.

»Cat …« Seine Stimme klang rau, fast brüchig.

Hoffnungsvoll blickte sie ihn an. *Bitte …*

»Kehr nach Montana zurück. Vergiss, dass es uns gibt, führ dein Leben fort und werde glücklich.«

Die angehaltene Luft strömte aus ihrer Lunge. »Das war es also? Wir verabschieden uns, und jeder kehrt zu seinem Leben zurück?«

»Es ist besser so. Für uns beide.«

Ärger kroch in ihr hoch und brach schließlich aus ihr hervor. »Sprich nur für dich selbst! Aber wenn du es so willst, dann gehe ich.« Sie drehte sich zur Tür um, darauf bedacht, möglichst schnell einen großen Abstand zwischen Torik und sich zu legen. »Leb wohl.«

»Caitlin.«

Sie drehte sich nicht mehr zu ihm um, denn sie wollte nicht, dass er die Tränen sah, die über ihre Wangen strömten. Stattdessen rannte sie beinahe den Flur des Krankenhauses entlang und stoppte erst, als sie auf dem Parkplatz ankam. Tief atmete sie die warme Luft ein und versuchte sich zu beruhigen. Obwohl sie die ganze Zeit gewusst hatte, wie die Sache enden würde, konnte sie sich nicht vorstellen, Torik tatsächlich nie wiederzusehen. Beinahe blind vor Tränen stolperte sie vorwärts und blieb erst stehen, als sich eine kräftige Hand um ihren Arm schloss. Sie brauchte sich nicht umzudrehen, um zu wissen, dass es Toriks war. Seine Arme schlangen sich um sie und zogen sie an seine Brust. Caitlins Augen schlossen sich, und sie lehnte sich an ihn. An ihrer Wange konnte sie sein wild pochendes Herz spüren.

Torik stützte sein Kinn auf ihren Scheitel. »Wo willst du denn hin? Du hast kein Auto hier.«

Daran hatte sie überhaupt nicht gedacht, aber sie mochte es nicht zugeben. »Einfach nur raus. Und dann zur Mietwagenstation.«

Seine Arme schlossen sich enger um sie. »Du glaubst doch nicht im Ernst, dass ich dich ganz alleine nach Montana fahren lasse? Hast du daran gedacht, dass immer noch jemand hinter dir her sein könnte?«

Caitlins Lider flogen auf. »Aber er war doch verletzt und ist weggelaufen!«

»Wenn er ein Einzeltäter war, hast du im Moment nichts mehr zu befürchten. Aber was, wenn er Teil einer Gruppe war oder nur einen Auftrag für jemanden erfüllt hat? Oder wenn er seine Verletzungen auskuriert und dir dann nach Montana folgt? Vermutlich weiß er, wo du lebst, sonst hätte er uns nicht folgen können.« Torik löste sich etwas von ihr und blickte sie ernst an.

Als ihre Erinnerung zurückkam, schlug sie die Hand vor den Mund. »Oh Gott, das hatte ich völlig vergessen! Der Verbrecher hat von einem Auftraggeber gesprochen. Ich habe ihn gefragt, was der von mir will, aber darauf hat er nicht geantwortet.« Ängstlich blickte sie Torik an. »Meinst du, ich bin weiter in Gefahr?«

»Auf jeden Fall werden wir kein Risiko eingehen. Du wirst nach Montana gebracht, und dort engagierst du sofort einen Bodyguard.« Torik senkte seinen Kopf und sah direkt in ihre Augen. »Versprich es mir.«

»Warum kann ich nicht hierbleiben?« Caitlin biss auf ihre Lippe. Auf keinen Fall wollte sie betteln!

»Weil du hier auch nicht sicher wärst. Außerdem muss ich bald nach Las Vegas zurück, um dort wieder auf Marisa aufzupassen.« Seine Hände glitten ihren Rücken hinauf. »Bitte, Caitlin, ich muss wissen, dass du in Sicherheit bist.«

Es lag ihr auf der Zunge zu sagen, dass er dann gefälligst selbst dafür sorgen sollte, doch sie schluckte es hinunter. Egal welche Argumente sie auch brachte, Torik würde nicht mit ihr kommen, und er würde sie auch nicht bei sich bleiben lassen. Was blieb ihr also übrig, als zuzustimmen? »Okay.«

»Okay, was?« Seine Hände spannten sich um ihre Schultern.

Caitlin seufzte tief auf. »Ich verspreche es. Aber pass du auch auf dich auf.«

Ein Lächeln glitt für einen winzigen Moment über seine Züge. »Das werde ich.« Sofort wurde er wieder ernst, seine dunklen Augen glitten über ihr Gesicht. Es schien, als prägte er sich jeden einzelnen Zentimeter ein. »Ich werde dich nie vergessen, Caitlin Walker.« Er beugte sich vor und küsste sie sanft. »Ich bin sehr froh, dich kennengelernt zu haben.«

Glaubte er etwa, er machte es ihr damit leichter, ihn zu verlassen? Caitlin bemühte sich, die Tränen hinunterzuschlucken, damit nicht sein letztes Bild von ihr dadurch getrübt würde. Stattdessen presste sie sich dichter an ihn und vertiefte den Kuss. Torik zögerte für eine endlos lange Sekunde, dann stürzte er sich förmlich auf ihren Mund. Sie klammerten sich aneinander, während sie der Leidenschaft freien Lauf ließen. Viel zu früh riss Torik sich los und trat zurück. Schwer atmend starrten sie sich an. Toriks gequälter Gesichtsausdruck schnitt ihr ins Herz, aber bevor sie etwas sagen konnte, hielt er ihr seine Hand hin.

»Lass uns zum Auto gehen, damit du deine Tasche holen kannst.« Seine leise Stimme war rau.

Es dauerte eine Weile, bis sie verstand, dass er sie immer noch gehen lassen wollte. Obwohl er offensichtlich sehr viel für sie empfand. Resigniert legte sie ihre Hand in seine und folgte ihm. Sie sprachen kein Wort, während sie zum Auto gingen und ihre Tasche herausnahmen. Ein Wagen fuhr vor und hielt hinter ihnen an. Erschreckt zuckte Caitlin zusammen. Torik warf nur einen kurzen Blick auf den Fahrer und wandte sich ihr dann wieder zu.

»Wer ist das?« Aber eigentlich kannte sie die Antwort schon.

»Ein Freund, der dich nach Hause bringt. Du kannst ihm vertrauen.«

Caitlin schob ihn mit beiden Händen gegen die Autotür. »Glaubst du wirklich, dass ich mir darüber Sorgen mache?« Sie schüttelte den Kopf und ließ ihn los. »Du hast keine Zeit verloren, oder? Keine Angst, du bist mich gleich los, und ich werde dich nicht mehr belästigen.«

Qual leuchtete aus seinen Augen. »Es ist besser, wenn wir uns schnell verabschieden.«

Stumm sah Caitlin ihn an. »Aber wir hätten vielleicht noch etwas Zeit für uns gehabt.«

»Genau das wollte ich vermeiden.« Er senkte seine Stimme zu einem Flüstern. »Es schmerzt zu sehr, dich zu sehen und nicht haben zu können, Cat.«

Da sie das sehr gut nachvollziehen konnte, drehte Caitlin sich um und öffnete die hintere Wagentür. Ein älterer Mann saß am Steuer und drehte sich zu ihr um. Zu ihrer Erleichterung nickte er nur, ihr fehlte momentan die Kraft, sich mit jemand anders auseinanderzusetzen. Als sie einsteigen wollte, hielt Torik sie auf.

»Es tut mir leid, Caitlin. Ich wünschte, ich wäre ein normaler Mann und könnte bei dir bleiben.« Seine dunklen Augen glänzten feucht.

»Ich auch.« Ihre Kehle zog sich zusammen. »Sollte sich jemals etwas an eurer Situation ändern, weißt du, wo du mich findest.«

Torik neigte den Kopf. »Wenn du irgendwann Hilfe brauchst, kontaktiere meine Mutter, sie weiß, wie sie mich erreichen kann.«

»In Incline, ja? Ich verstehe immer noch nicht, wie sie in einer Stadt wohnen kann. Sie ist doch …« Caitlin brach ab.

»Nicht mehr. Ab einem bestimmten Alter ziehen sich die Berglöwen in uns zurück, und wir leben wie ganz normale Menschen.«

Caitlin starrte ihn mit offenem Mund an. »Dann kannst du doch dann …«

Er ließ sie nicht ausreden. »Nein. Ich will nicht, dass du zwanzig Jahre deines Lebens vergeudest, nur um auf mich zu warten. Denk daran, wie unglücklich meine Mutter war.«

Sie wollte ihn fragen, warum er dachte, dass sie ohne ihn glücklich werden könnte, doch sie hob nur die Schultern. »Ruf einfach an, wenn es so weit ist. Sollte ich bis dahin nicht mehr zur Verfügung stehen, werde ich es dir schon sagen.«

Mit einem tiefen Stöhnen legte er seine Stirn an ihre. »Du machst mich wahnsinnig, Cat.«

Ach, und er sie nicht? Seine Dickköpfigkeit konnte es mit ihrer locker aufnehmen. Es zerriss ihr das Herz, sich von ihm trennen zu müssen, aber sie sollte gehen, bevor sie sich ihm vor die Füße warf und ihn anflehte, bei ihr zu bleiben. Das hätte sie sogar getan, wenn nicht schon von vorneherein klar gewesen wäre, dass es nichts bringen würde. Torik würde bei seiner Meinung bleiben, so gut kannte sie ihn inzwischen.

»Leb wohl, Torik.« Noch ein letztes Mal berührte sie seinen kräftigen Körper, strich mit ihren Lippen über seine, dann riss sie sich los und stieg in den Wagen.

Coyle sah durch den Türspalt und zog sich leise wieder zurück, als er sah, dass Marisa ruhig schlief. Seit sie zu Hause angekommen waren, tat sie das fast nur noch. Ihr Körper schien die Zeit zu brauchen, um sich von dem Unfall zu erholen. Er hatte eine Krankenschwester engagiert, die sich tagsüber um sie kümmerte und dafür sorgte, dass es ihr an nichts fehlte. Auch wenn er Marisa sehr gern bei allem half, fehlte ihm das Fachwissen. Ihre Verletzungen waren zu schwer, um sie nur mit ein wenig Salbe und liebevoller Zuwendung zu kurieren, das hatte Marisa eingesehen.

Fluchend lief Coyle die Treppe hinunter, als sein Handy zu klingeln begann. Wo hatte er es hingelegt? In der Küche wurde er schließlich fündig.

»Ja?« Er lehnte sich mit der Hüfte gegen die Spüle. Angus schlüpfte durch den Türspalt und schob seinen massigen Kopf unter Coyles Hand. Abwesend kraulte er Marisas Bloodhound hinter den Ohren.

»Hier ist Torik. Ich wollte nur Bescheid sagen, dass ich doch nicht so schnell nach Las Vegas zurückkommen kann wie geplant. Wir wurden von dem Kerl, der hinter Caitlin her war, angegriffen, und mein Vater wurde mit einem Messer verletzt. Er ist inzwischen außer Lebensgefahr, aber ich möchte hier noch nicht weg.« Es war Torik deutlich anzuhören, wie aufgewühlt er war.

Coyle richtete sich abrupt auf, und Angus blickte ihn mit seinen Triefaugen vorwurfsvoll an. »Moment, noch mal ganz von vorne. Aber zuerst einmal: Du musst nicht mehr nach Nevada zurück, Harken hat Marisa sozusagen aus dem Krankenhaus entführt, und sie ist jetzt zu Hause. Ich passe hier auf sie auf, du kannst also so lange bei deinem Vater bleiben, wie du möchtest.«

»Geht es Marisa gut?«

»Ja, sie schläft gerade. Jetzt aber zurück zu dir. Was ist passiert?«

Während Torik ihm berichtete, was vorgefallen war, lief Coyle unruhig in der Küche auf und ab, Angus immer dicht hinter ihm. »Der Angreifer wurde also auch von jemandem geschickt. Ich glaube langsam wirklich, dass hinter allem der gleiche Auftraggeber steckt – hinter dem Entführungsversuch von Caitlin, hinter dem Angriff auf Stammheimers Haus und hinter dem Kerl, der euch überfallen hat. So viele Zufälle gibt es nicht, dass all das nichts miteinander zu tun haben könnte.«

Torik atmete tief durch. »Ja, vermutlich.«

»Ich bin jedenfalls froh, dass dein Vater noch rechtzeitig ins Krankenhaus gekommen ist. Am besten passt du auf ihn und auch auf Caitlin gut auf, solange wir nicht wissen, was der geheimnisvolle Hintermann als Nächstes plant und wen er noch hinter uns herschickt.« Coyle rieb über sein Gesicht. Wann hatte das jemals ein Ende? Wenn sie wenigstens gewusst hätten, was die Angreifer von ihnen wollten. Jetzt erst bemerkte er die Stille am anderen Ende der Leitung. »Torik? Bist du noch da?«

»Ich werde auf jeden Fall noch ein paar Tage hierbleiben. Meine Mutter ist auch da und sorgt dafür, dass Tenaya keinen Unsinn macht. Wie es aussieht …« Er brach ab und räusperte sich. »Anscheinend denkt meine Mutter daran, ihm zu vergeben.«

Coyle entfuhr ein überraschtes Lachen. »Tatsächlich? Nun ja, mir schien es immer so, als könnte Hazel keinen anderen Mann mehr lieben, also ist es vermutlich ganz gut so.« Er wurde ernst. »Oder bist du dagegen?«

Wieder ein Zögern. »Ich weiß es nicht. Tenaya scheint sie zu lieben, und er hat sich bei ihr entschuldigt. Zwar verstehe ich nicht, wie sie ihm so schnell vergeben konnte, aber es ist ihr Leben, und sie muss wissen, was für sie gut ist.« Im Hintergrund war ein Geräusch zu hören, und Coyle bekam mit, wie jemand etwas zu Torik sagte. »Einen Moment.« Coyle konnte nichts verstehen, als Torik antwortete. »Entschuldige, Coyle, ich muss gleich Schluss machen. Alles Weitere erzähle ich dir dann, wenn ich wieder nach Hause komme.«

»Alles klar. Grüß deine Eltern und Caitlin von mir.«

Eine kleine Pause entstand. »Caitlin ist nicht mehr hier. Ich habe sie nach Montana zurückgeschickt.«

Coyle runzelte die Stirn. »Bist du sicher, dass sie nicht mehr in Gefahr ist? Dieser Kerl schien es ernst zu meinen.«

»Sie wird sich einen Bodyguard nehmen. Es ist ja nicht so, als könnte ich sie immer beschützen, ich muss irgendwann zur Gruppe zurückkehren.« Toriks Stimme klang gereizt.

»Das habe ich ja gar nicht bestritten. Mich wundert nur, dass du sie so einfach hast gehen lassen, das ist alles. Ich hatte den Eindruck, dass ihr euch nähergekommen seid. Aber vielleicht täuscht das auch.« Ein dumpfes Ächzen war zu hören. Coyles Nackenhaare sträubten sich. Angus stieß ein Winseln aus. »Torik, geht es dir gut?«

»Ich kann das nicht, Coyle. Es würde mich zerreißen, wenn ich sie so nah an mich heranlasse und sie dann gehen lassen muss wie Arlyn.«

»Das verstehe ich. Wahrscheinlich ist es besser, dass ihr euch jetzt nicht mehr seht.« Obwohl Coyle das nicht wirklich glaubte. Bei ihm und Marisa hatte es zumindest nicht geklappt.

Ein beinahe verzweifeltes Lachen drang durch den Hörer. »Das Problem ist nur, es zerreißt mich jetzt schon. Sie ist gerade mal ein paar Stunden weg, und ich kann nicht mehr klar denken. Ich vermisse sie so sehr, dass mir alles wehtut.«

Coyle kannte das Gefühl genau. Und er wusste auch, dass nichts dagegen half, außer die geliebte Person wiederzusehen und sie nie wieder gehen zu lassen. »Erinnerst du dich, wie dumm ich vor einem Jahr war, als ich dachte, ich könnte ohne Marisa leben? Die Hindernisse schienen unüberwindbar zu sein, doch dann war eigentlich alles ganz einfach. Ich wusste, dass ich ohne Marisa nie wieder glücklich werden würde. Natürlich macht es Probleme, dass niemand mich sehen darf, aber ganz ehrlich: Das ist es wert.«

Torik schwieg einen Moment. »Ich kann nicht aus dem Lager wegziehen, ich werde dort gebraucht. Und Caitlin ist eine bekannte Autorin, sie kann nicht einfach so verschwinden. Mal ganz davon abgesehen, dass sie es auch nicht wollen würde.«

»Hast du sie gefragt?«

Ein unfrohes Lachen erklang. »Coyle, sie hat eine Katzenallergie. Glaubst du wirklich, sie möchte mitten in einem Lager von Katzenwandlern leben?«

Coyle schnitt eine Grimasse. Das waren tatsächlich nicht die besten Voraussetzungen für eine Beziehung. »Ich weiß es nicht. Aber wenn ihr so auseinandergeht, kann dich das für den Rest deines Lebens verfolgen. Denk darüber nach.«

»Ich muss jetzt gehen. Ich melde mich, wenn ich wieder im Lager bin.«

Coyle unterdrückte einen Seufzer. »Okay. Sei vorsichtig.«

Torik schnaubte. »Bin ich doch immer.«

Kopfschüttelnd steckte Coyle das Handy in die Hosentasche. Warum musste das alles nur so kompliziert sein?

»Coyle?«

Rasch folgte Coyle Angus die Treppe hinauf, als er Marisas Stimme hörte. Verdammt, er hatte gehofft, dass sie weiterschlafen würde. Als er die Tür zum Schlafzimmer öffnete, sah er, wie Marisa gerade versuchte, sich im Bett aufzurichten. Angus lief zum Bett und legte seinen Kopf auf die Matratze, dicht neben Marisas Hand.

»Bleib schön da liegen, sonst bringe ich dich eigenhändig zurück ins Krankenhaus!« Coyle setzte sich auf die Bettkante und nahm ihre Hände in seine. »Wo wolltest du denn hin?«

Marisa verzog den Mund. »Ich habe ein Klingeln gehört und dann nichts mehr und dachte, dir wäre etwas passiert.«

Coyle stieß einen tiefen Seufzer aus. »Muss ich wirklich Tag und Nacht bei dir bleiben, damit du keinen Unsinn machst?«

»Am liebsten ja, aber das kann ich nicht von dir verlangen.« Marisas schwaches Lächeln zeigte, dass sie es nicht ernst meinte.

Coyle beugte sich über sie und sah ihr tief in die Augen. »Du kannst alles von mir verlangen. Wenn ich es dir geben kann, mache ich das gerne.«

»Wie wäre es mit einem Kuss?«

»Wenn das alles ist.« Lächelnd gab Coyle dieser Forderung nach und strich mit seinen Lippen über ihre. Wie immer drohte die Leidenschaft überhandzunehmen, doch diesmal hielt er den Kuss sanft. Marisa musste sich schonen, wenn es ihr bald wieder gut gehen sollte. Außerdem irritierte ihn Angus' schmachtender Blick, der auf ihnen ruhte.

Mit einem zufriedenen Seufzer ließ Marisa sich ins Kissen zurücksinken. Ihre Finger malten ein Muster auf seine Brust. »Ich würde gerne noch etwas von dir haben.«

Ein heißer Schauder lief über seinen Rücken, während er lachte. »Ich glaube nicht, dass du so etwas jetzt schon tun solltest.«

Marisas Augen blitzten. »Woran du wieder denkst.« Sie wurde ernst. »Wobei es durchaus etwas damit zu tun hat.«

Er legte seine Hand auf ihre. »Sag einfach, was du haben möchtest, und ich werde alles dafür tun, es dir zu beschaffen.« Die ungewohnte Unsicherheit in Marisas Gesicht machte ihn nervös. »Du weißt, dass ich alles für dich tun würde, oder?«

»Ja, aber ich weiß nicht, ob ich dich darum bitten soll, weil ich weiß, wie du darüber denkst.«

Ein Druck entstand in seinem Magen. »Sag es einfach, Marisa.«

Ihr Blick aus dunkelbraunen Augen fing seinen ein. »Ich möchte ein Kind von dir, Coyle.« Röte bildete sich in ihren Wangen, und sie lachte verlegen. »Oh Gott, ich dachte nicht, dass ich jemals so etwas sagen, geschweige denn wollen würde.«

Sprachlos starrte Coyle sie an. Sein Herz pochte schmerzhaft in seiner Brust, und langsam setzte die wohlbekannte Panik ein. Auch wenn er versuchte, sie nicht zu zeigen, wusste er, dass Marisa sie in seinem Gesicht sehen konnte. Es dauerte einen Moment, bis er wieder in der Lage war zu sprechen. »So gerne ich auch ein Kind mit dir haben möchte, es ist zu gefährlich. Ich könnte es nicht ertragen, dich zu verlieren, Marisa.« Angus winselte zustimmend.

Sie streichelte ihn besänftigend. »Das wirst du auch nicht. Frauen bekommen schon seit Jahrtausenden Kinder und teilweise unter primitivsten Bedingungen. Warum sollte mir etwas passieren?«

Coyle schloss gequält die Augen. Wie sollte er Marisa begreiflich machen, wie schnell etwas schiefgehen konnte und dass dann niemand da wäre, der ihr helfen konnte? »Melvins Mutter war eine junge, gesunde Frau, und trotzdem ist sie bei der Geburt gestorben. Niemand hat damit gerechnet, am allerwenigsten Conner. Du hast nicht gesehen, was es in ihm angerichtet hat, seine Gefährtin so zu verlieren, aber ich schon.« Seine Stimme senkte sich zu einem Flüstern. »Tu mir das bitte nicht an.«

»Aber damals war es doch eine ganz andere Situation, Fay war noch nicht so gut ausgebildet wie jetzt. Außerdem könnte ich Ryan bitten, mir bei der Geburt zu helfen.«

Coyle riss die Augen auf. »Ryan Thorne ist Tierarzt! Mal ganz davon abgesehen, dass er mit Kainda in Namibia ist.«

»Menschen sind auch nur Tiere. Ich glaube nicht, dass sich die Geburt von einem … Affenbaby so sehr von einem Menschenbaby unterscheidet.« Ihre Stimme war sanft. »Außerdem wird unser Baby ein Berglöwe sein.«

Coyle konnte erkennen, dass Marisa kein Argument gelten lassen würde. Wenn sie sich einmal etwas in den Kopf gesetzt hatte, war es sehr schwer, sie wieder davon abzubringen. Doch so sehr er sie auch glücklich machen wollte, das war ein Wunsch, den er ihr nicht erfüllen konnte.

Sie schien es an seinem Gesicht abzulesen, denn sie sprach rasch weiter. »Stell dir vor, wie schön es wäre, ein kleines Lebewesen im Arm zu halten, das eine Mischung aus uns beiden ist. Ein Kind, dem ich das Schreiben beibringen würde und mit dem du durch den Wald laufen könntest.«

Gequält blickte er sie an. »Marisa …«

Ihre Finger berührten sein Gesicht. »Denk nur darüber nach, Coyle, mehr verlange ich nicht. Ich weiß, wie schwierig es für dich ist, aber ich glaube, es gibt Dinge, für die man etwas riskieren muss.« Sie schwieg kurz. »Ich muss immer an Amber und Griffin denken, die so gerne ein gemeinsames Kind hätten, aber niemals eines bekommen können.«

»Sie haben jetzt Lana.«

Marisa nickte. »Ja, und sie lieben sie wie eine eigene Tochter. Aber mir geht es nicht darum, irgendein Kind zu haben, sondern ich möchte unseres. Eines, das deine und meine Gene in sich trägt und das sich verwandeln kann.«

»Weißt du, in was für ein Leben du es damit drängst?«

Wut blitzte in ihren Augen auf. »Ja, das weiß ich sehr genau, danke! Trotz aller Probleme denke ich zufällig, dass es ein wunderbares Leben ist und dass unser Kind glücklich wäre.«

»So meinte ich es nicht, das weißt du. Es ist nur derzeit so gefährlich, ein Wandler zu sein. Ich möchte nicht, dass mein Kind in einer Welt aufwächst, in der es Angst um sein Leben haben muss, nur weil es nicht so ist wie ›normale‹ Menschen.«

»Dann sollten wir dafür sorgen, dass sich die Situation ändert und es frei aufwachsen kann.« Ihre Miene wurde sanfter. »Wir müssen das auch nicht sofort entscheiden. Aber ich wollte, dass du weißt, dass es mir wichtig ist und du ein wenig darüber nachdenken kannst.«

Coyle neigte den Kopf. »Das werde ich.« Auch wenn er nicht wusste, ob er es jemals über sich bringen würde zuzustimmen. »Und jetzt ruh dich etwas aus, damit du bald wieder auf den Beinen bist.«

Marisa verzog den Mund. »Mit dem riesigen Gips scheint mir das unmöglich, aber ich werde mich bemühen. Kannst du dir vorstellen, wie es sich anfühlt, wenn es an der Wade juckt, ich aber nicht an die Stelle rankomme, um zu kratzen?«

Er legte sich neben sie aufs Bett. »Was meinst du, wird es dich ablenken, wenn ich dich festhalte?«

Marisas Lächeln ließ ihr Gesicht leuchten. »Ganz bestimmt.« Sie schmiegte sich in seine Arme, so gut es mit ihren Verletzungen ging, und atmete zufrieden aus. Angus folgte ihrem Beispiel und ließ sich neben dem Bett nieder.

Coyle lag immer noch mit offenen Augen da, als Marisa in einen tiefen Schlummer gesunken war. Es fiel ihm überhaupt nicht schwer, sich ein kleines Mädchen mit Marisas schwarzen Haaren und seinen bernsteinfarbenen Augen vorzustellen. Oder einen Jungen mit zerzausten dunkelblonden Haaren und braunen Augen. Aber er konnte nicht ohne Marisa leben, und wenn er eine Wahl treffen musste, würde sie immer auf seine Gefährtin fallen.

28

Stöhnend vergrub Finn seinen Kopf unter dem Kissen, als es an der Tür klopfte. Konnte er nicht wenigstens eine Nacht durchschlafen? Es dauerte einen Moment, bis ihm wieder einfiel, was in den letzten Tagen alles passiert war. Sofort setzte die Anspannung wieder ein, die ihn quälte, seit Marisa ihm von Caitlin Walkers Liebesroman über die Berglöwenwandler berichtet hatte. Und die Sorge war berechtigt gewesen. Was konnte jetzt wieder geschehen sein? Rasch löste Finn sich aus Jamilas Armen und stand auf.

»Was ist los?« Ihre schlaftrunkene Stimme stoppte ihn.

»Nichts, schlaf weiter.« Er beugte sich über sie und küsste ihre nackte Schulter, bevor er das Schlafzimmer verließ und die Treppe hinunterlief. Sein schlechtes Gefühl verstärkte sich, als er Bowens Geruch erkannte. Nur zu gut erinnerte er sich an dessen bleiches Gesicht und seine entsetzte Miene, als er sich Stammheimers Videos angeschaut hatte, auf denen er nackt und hilflos an eine Liege gefesselt gewesen war, während der Wissenschaftler ihn folterte. Am liebsten hätte Finn ihm verboten, sich die Aufnahmen anzusehen, doch Bowen hatte ein Recht darauf. Danach hatte Bowen stumm die Hütte verlassen und war im Wald untergetaucht. Hätte er ihm folgen sollen? Vermutlich, aber er hatte zu viel anderes im Kopf gehabt, zu viele Dinge, die noch erledigt werden mussten. Das Mindeste, was er tun konnte, war jetzt für Bowen da zu sein.

Entschlossen öffnete Finn die Tür. Bowen senkte seine Hand, mit der er wohl noch einmal hatte klopfen wollen. Sein Gesicht war immer noch blasser als gewöhnlich, etwas wie Angst stand in seinen Augen. Finns schlechtes Gefühl verstärkte sich. »Ist etwas passiert?«

Bowen richtete sich zu voller Höhe auf. »Ich war eben draußen unterwegs und hatte plötzlich das Gefühl, dass irgendetwas mit Isabel geschehen ist.« Seine Stimme zitterte leicht.

Finns Augenbrauen zogen sich zusammen. »Isabel ist mit Keira in Nevada. Ich habe nichts von irgendwelchen Problemen gehört.«

Röte stieg in Bowens Wangen. »Das weiß ich. Aber irgendwie …« Er presste die Lippen zusammen. »Ich habe etwas gespürt. Könntest du sie anrufen und nachfragen, ob alles in Ordnung ist?«

Die Vorstellung, möglicherweise mit Keira sprechen zu müssen, behagte Finn nicht, aber sofort schämte er sich für diesen Gedanken. Wenn es um die Sicherheit ihrer Gruppe oder auch ihrer Freunde ging, war alles andere nebensächlich. Zögernd nickte er. »Natürlich. Komm herein.«

Bowen folgte ihm in die Hütte und nahm am Tisch Platz, während Finn wieder nach oben ging. Jamila kam ihm in eine Decke gehüllt entgegen. »Wer war das?«

»Bowen, er wartet unten, während ich das Telefon hole. Er denkt, dass etwas mit Isabel geschehen sein könnte.«

»Oh nein!« Sie schob sich an ihm vorbei und lief die Treppe hinunter. Finn sah ihr einen Moment hinterher und wurde wieder von einer Welle der Zärtlichkeit überrollt. Obwohl Bowens und Jamilas Beziehung alles andere als positiv begonnen hatte – schließlich hatte sie mit ihrer Schwester Kainda ursprünglich den Feinden der Wandler geholfen –, war sie sofort bereit, ihm Trost zu spenden. Er konnte ihre sanfte Stimme hören, als er das Telefon aus dem Schlafzimmer holte.

Als er ins Wohnzimmer zurückkehrte, strich er ihr im Vorbeigehen mit den Fingern über ihre nackte Schulter. »Warum gehst du nicht wieder zurück ins Bett? Ich komme in ein paar Minuten nach.«

Jamila wirkte, als wollte sie protestieren, aber dann nickte sie nur. »Ich hoffe, dass alles in Ordnung ist.« Freundlich lächelte sie Bowen zu, bevor sie über die Treppe nach oben verschwand.

Finn blickte ihr sehnsüchtig hinterher. Wie gern würde er sich zu ihr ins Bett kuscheln und … Als ihm bewusst wurde, dass Bowen ihn beobachtete, räusperte er sich. »Dann rufe ich jetzt bei Isabel an, damit wir alle weiterschlafen können. Es ist bestimmt alles in Ordnung. Keira hätte mich benachrichtigt, wenn es ein Problem gäbe.« Es fiel ihm schwer, es mit Überzeugung zu sagen. Seit er erfahren hatte, dass Keira diejenige gewesen war, die sein Verhältnis zu Jamila an das Ratsmitglied Kearne verraten hatte, war eine Kluft zwischen ihnen entstanden, die mit jedem Tag größer wurde. Er hatte das Gefühl, seine Schwester nicht mehr zu kennen, wusste nicht länger, was in ihrem Kopf vor sich ging. Zwar glaubte er nicht, dass sie ihre Aufgabe als Wächterin davon beeinträchtigen lassen würde, doch ganz sicher war er sich nicht.

Mit einem tiefen Atemzug wählte Finn Isabels Nummer. Je länger der Freiton an sein Ohr drang, desto unruhiger wurde er. Warum meldete sich Isabel nicht? Keira sollte sie inzwischen längst ins Motel zurückgebracht haben. Als sich wenig später die Mailbox anschaltete, hinterließ er eine kurze Nachricht, dass sie sofort bei ihm anrufen sollte. Langsam legte er das Satellitenhandy auf den Tisch. Er konnte sich nicht vorstellen, warum sie nicht erreichbar war. Und wo war Keira?

Finn bemerkte Bowens besorgten Blick und versuchte, ihn zu beruhigen. »Vielleicht sind sie gerade unterwegs und haben das Handy nicht dabei.« Obwohl er sich das nach den Geschehnissen eigentlich nicht vorstellen konnte.

Bowen glaubte ihm offensichtlich kein Wort. Sein Gesicht wurde noch bleicher, und er wirkte, als würde er gleich aufspringen, um Isabel zu suchen. »Ich weiß, was ich gespürt habe, Finn. Isabel ist in Schwierigkeiten.« Er schluckte hörbar, seine Hände krampften sich um die Tischkante. »Sie hatte furchtbare Angst, und dann war da plötzlich nichts mehr, so als ob …« Er brach ab, ein Zittern lief durch seinen Körper.

Finn ging zu ihm und legte eine Hand auf seine Schulter. »Wir werden Isabel finden und nicht zulassen, dass ihr etwas geschieht.«

Er hoffte nur, dass er dieses Versprechen auch einhalten konnte.

Den Kopf in die Hände gestützt saß Torik im Wartezimmer und versuchte, wach zu bleiben. Nach zu vielen Tagen mit zu wenig Schlaf und zu vielen aufreibenden Erlebnissen holte ihn die Müdigkeit langsam ein. Immerhin hatten die Ärzte seiner Erklärung geglaubt, dass sie Tenaya mit der Stichwunde in der Nähe des Casinos gefunden hatten, sodass die Polizei nicht dessen Haus durchsuchen und die fremden Blutspuren und die Einschusslöcher in den Wänden finden würde.

Seine Mutter wich die ganze Zeit kaum von Tenayas Seite, und so hatte Torik noch nicht einmal Gesellschaft. Hazel hatte versucht, ihn zu überreden, sich ein Hotelzimmer zu nehmen, doch er konnte hier nicht weg, solange er nicht wusste, dass sein Vater wirklich außer Lebensgefahr war – und auch niemand versuchen würde, ihm noch etwas anzutun. Bisher war alles ruhig geblieben, und Torik hoffte, dass er bald wieder zur Gruppe in den Wald zurückkehren konnte. Ungebeten erschien Caitlins Bild vor seinen Augen und löste einen Schmerz in ihm aus, der ihn aufstöhnen ließ. Heftig rieb er mit den Händen über sein Gesicht, um Caitlin aus seinem Gehirn zu vertreiben.

»Glaubst du, das wird helfen?«

Sein Kopf ruckte hoch, als er Hazels Stimme hörte. Stumm starrte er sie an, als sie ins Wartezimmer trat, zu müde, um seine Gedanken in Worte zu fassen.

Hazel setzte sich neben ihn und nahm eine seiner Hände in ihre. »Du brauchst hier nicht zu sitzen, Torik. Deinem Vater geht es den Umständen entsprechend gut, und es hilft ihm nicht, wenn du vor Erschöpfung umfällst.«

»Du bist auch noch hier.«

Lächelnd gab Hazel ihm einen Kuss auf die Wange. »Ich habe aber auch in den letzten Tagen genug Schlaf bekommen und bin nicht durch die Gegend gehetzt so wie du. Von Montana nach Nevada und jetzt auch noch Kalifornien, kein Wunder, dass du kaum noch die Augen offen halten kannst.«

Torik richtete sich gerader auf. »Es geht mir gut, Mom.«

»Das sehe ich.« Hazel neigte den Kopf und sah ihn forschend an. »Es ist nicht nur die Müdigkeit, oder? Du vermisst deine Caitlin.«

Das weckte Torik vollends auf. »Mom!«

Ihre goldbraunen Augen verengten sich. »Was denn, darf ich nicht die Wahrheit sagen?«

»Sie ist nicht *meine* Caitlin, das weißt du genau.«

Hazel drückte seine Hand. »Sie könnte es aber sein.«

Seine Kehle wurde eng. »Du weißt, dass sie ein Mensch ist und noch dazu eine bekannte Autorin. Sie muss in ihrer Welt bleiben und ich in meiner. Es gibt einfach keinen Weg, wie wir zusammen sein können, ohne die Gruppe zu gefährden oder Caitlin ein Leben zuzumuten, dass sie nicht führen möchte.«

Einen Moment lang sah seine Mutter ihn nur an. »Hat sie das gesagt?« Als er nur schwieg, atmete sie scharf aus. »Hast du sie überhaupt danach gefragt, Torik? Oder hast du einfach über ihren Kopf hinweg bestimmt, was für sie am besten ist?«

»Sie weiß doch überhaupt nicht, wie sie bei uns leben müsste! In welcher Gefahr wir ständig schweben.« Torik schluckte heftig. »Was ist, wenn sie nicht mit mir leben könnte und wieder in die Menschenwelt zurückgehen würde, so wie Dad? Ich würde es nicht überleben, noch einmal von jemandem verlassen zu werden«, stieß er rau hervor.

Tränen schimmerten in Hazels Augen, als sie ihn umarmte. »Ich kann dich gut verstehen, mein Sohn. Aber es ist schlimmer, nie zu lieben, als jemanden zu verlieren, mit dem man glücklich war.« Sie strich über seinen Rücken. »Denk darüber nach, und dann fahr zu Caitlin und rede mit ihr. Vielleicht ist sie nicht bereit, zu dir ins Lager zu ziehen, aber dann weißt du wenigstens, dass sie nicht die Richtige für dich ist. Wenn sie dich jedoch wirklich liebt, werdet ihr einen Weg finden.«

Innerlich zerrissen löste Torik sich von ihr und stand auf. »Vermutlich sollte ich mir tatsächlich ein Hotelzimmer suchen. Kommst du mit?«

»Nein, ich bleibe hier. Die Schwester war so nett, mir ein Bett in Tenayas Zimmer zu stellen.«

Torik sah Hazel ernst an. »Bist du sicher, dass du ihm wieder eine solche Macht über dich geben willst? Auch wenn er zu bereuen scheint, dass er uns verlassen hat, was hindert ihn daran, es noch einmal zu tun?«

Das Lächeln seiner Mutter war sanft. »Gar nichts. Aber ich liebe ihn immer noch und fühle mich nur lebendig, wenn ich bei ihm bin. Lieber riskiere ich, noch einmal verletzt zu werden, als ohne Freude und vor allem ohne Liebe zu leben.«

Ärger brodelte in Torik hoch. »Das sollte er besser nicht tun, denn noch einmal lasse ich ihn nicht ungestraft davonkommen.«

Diesmal lachte Hazel, ein Klang, den er viel zu selten gehört hatte, seit Tenaya gegangen war. »Keine Angst, dazu wird es nicht kommen. Diesmal werde ich um ihn kämpfen, etwas, das ich damals versäumt habe.«

Torik schüttelte den Kopf. »Er ist gegangen, nicht du. Es war seine Entscheidung, und er hätte zurückkommen müssen.«

»Es braucht immer zwei Leute, um eine Beziehung am Leben zu halten, Torik. Das war unser Fehler.« Sie erhob sich und fuhr mit den Fingern über seine Wange. »Sei nicht so dumm wie wir damals.«

Torik starrte seiner Mutter nach, als sie das Wartezimmer verließ. Nie hätte er erwartet, dass sie sich selbst auch die Schuld daran geben könnte, dass Tenaya sie verlassen hatte. Oder vielmehr, dass sie ihn nicht zurückgeholt hatte. Als er vor Müdigkeit zu schwanken begann, entschied er, erst nach einigen Stunden Schlaf darüber nachzudenken, ob Hazel vielleicht recht haben könnte.

»Wir sind bald da, Miss Walker.«

Mit einem Ruck tauchte Caitlin aus ihrem betäubten Zustand auf, in den sie während der langen Fahrt gefallen war. Ihr Fahrer Lyle hatte schnell verstanden, dass sie nicht in der Lage war, eine Unterhaltung zu führen, und sie glücklicherweise in Ruhe gelassen. Jede Zelle ihres Körpers schmerzte, obwohl sie die ganze Zeit still gesessen hatte. Mühsam richtete Caitlin sich auf und blickte aus dem Seitenfenster. Die Tiefe der Nacht war der Dämmerung gewichen. Ein neuer Tag zog herauf – der erste ohne Torik. Die Sehnsucht nach ihm ließ ihre Brust zusammenkrampfen. Sie wartete, bis die Tränen in ihren Augen verschwunden waren, bevor sie Lyle ansah.

»Danke.«

»Torik sagte, Sie wohnen am Hebgen Lake, ist das richtig?«

»Ja.« Mit einem Mal war die Vorstellung, alleine in das Haus zurückzukehren, in dem sie Torik geliebt hatte, unerträglich.

Sie konnte auf keinen Fall dorthin. Aber was sollte sie sonst machen? Shannon, das war es! Rasch beugte sie sich zum Fahrer vor. »Wäre es möglich, dass Sie mich zur Diamond Bar Ranch bringen? Sie liegt etwa fünf Kilometer hinter West Yellowstone.«

Lyle betrachtete sie besorgt im Rückspiegel. »Sind Sie dort in Sicherheit? Torik sagte etwas von einem Bodyguard.«

Caitlins Augen verengten sich. »Die Ranch gehört Freunden von mir, und ich werde dort sicherer sein als zu Hause.«

Ein Lächeln erhellte sein Gesicht. »Dann bringe ich Sie gerne hin.«

Das schlechte Gewissen, weil sie so unfreundlich gewesen war, meldete sich. »Vielen Dank, es ist sehr nett von Ihnen, mich zu fahren, trotz der weiten Strecke von Sonora bis hierher. Ich hoffe, Sie hatten nicht etwas anderes vor.«

»Aber nein, ich bin froh, mal wieder etwas für die Gruppe tun zu können. Es kann in der Menschenwelt ziemlich langweilig sein.«

Ein echtes Lachen brach aus ihr hervor und überraschte sie selbst. »Das kann es wirklich.« Sie wurde wieder ernst. »Wobei mir das doch lieber ist, als wenn irgendwelche Verbrecher versuchen, mich zu entführen.«

»Sie sollten sich das mit dem Bodyguard wirklich noch einmal überlegen.«

Caitlin schüttelte bereits den Kopf, bevor er ausgeredet hatte. »Der Lebensgefährte meiner Freundin ist beim Militär, wenn mich jemand schützen kann, dann er.« Hoffentlich war Matt überhaupt noch auf der Ranch, sie wollte auf keinen Fall Shannon oder deren Familie durch ihre Anwesenheit in Gefahr bringen. Aber zur Not konnte sie von dort aus immer noch einen Bodyguard engagieren. Denn am dringendsten brauchte sie jetzt ihre Freundin, der sie ihr Herz ausschütten konnte. Natürlich würde sie ihr nichts von der Existenz der Gestaltwandler erzählen, aber auch Shannon hatte schon Liebeskummer erlebt und würde verstehen, was Caitlin gerade durchmachte.

Schneller als erwartet trafen sie auf der Ranch ein, und Caitlin wurde bewusst, wie früh am Morgen es noch war. Unsicher biss sie auf ihre Lippe, während sie überlegte, was sie tun könnte.

Lyle schien ihre Bedenken zu spüren, denn er drehte sich im Sitz zu ihr um. »Wenn Sie wollen, können wir hier noch ein wenig warten.«

Caitlin richtete sich auf. »Danke, das ist nicht nötig. Es wird sicher schon jemand auf sein, um die Pferde zu füttern.« Vielleicht sollte sie Shannon anrufen?

Bevor sie sich entscheiden konnte, was sie tun sollte, löste sich ein Schatten aus den Bäumen und kam auf sie zu. Furcht kroch in ihr hoch, während sie die Annäherung des Mannes beobachtete. Dem Fahrer schien es auch nicht geheuer zu sein, denn er ließ den Motor wieder an und fuhr langsam rückwärts. Caitlin versuchte klar zu denken, doch das war in dieser Situation unmöglich. Wie konnte sie schon jemand erwarten, wenn sie bis vor Kurzem selber nicht gewusst hatte, dass sie hierherkommen würde? Caitlin starrte angestrengt nach draußen und sah, dass der Mann zu laufen begann. Irgendetwas an seinen fließenden Bewegungen kam ihr bekannt vor. Als er näher kam, erkannte sie ihn: Es war Matt.

Erleichtert atmete sie auf. »Halten Sie bitte an.«

»Sind Sie sicher?« Der Zweifel in Lyles Stimme war nicht zu überhören.

»Es ist der Lebensgefährte meiner Freundin. Wahrscheinlich hat er den Wagen gehört und wollte nachsehen, wer es ist.« Hoffentlich schoss er nicht auf sie, wenn er sie für Eindringlinge hielt. Sie wurden langsamer und blieben schließlich stehen.

Matts massige Gestalt erschien neben dem Auto, und Caitlin beeilte sich, ihr Fenster herunterzufahren. Sie konnte deutlich den Moment wahrnehmen, als Matt sie erkannte und die Spannung seinen Körper verließ.

Er senkte den Kopf, bis er sie direkt anblicken konnte. »Caitlin, was tust du denn hier?«

Röte stieg in Caitlins Wangen. »Es tut mir leid, ich weiß, ich hätte anrufen sollen, aber es war eine spontane Entscheidung hierherzukommen, anstatt nach Hause zu fahren.«

Matt blickte Lyle scharf an, bevor er sich wieder an sie wandte. »Brauchst du Hilfe?«

Tränen stiegen in ihre Augen. »Eigentlich brauche ich nur einen Platz, wo ich mich einige Zeit verkriechen kann.«

»Da bist du hier genau richtig.« Seine tiefe Stimme klang sanft und beruhigend. Er öffnete die Tür und hielt ihr seine Hand hin. »Komm, ich bringe dich zu Shannon. Sie wird sich sicher schon fragen, wo ich so lange bleibe.«

Das entlockte Caitlin ein müdes Lächeln. »Danke.« Mit Matts Hilfe stieg sie aus und versuchte, trotz ihrer wackeligen Beine stehen zu bleiben.

Matt holte ihre Tasche aus dem Wagen, und Caitlin beugte sich hinunter zu ihrem Fahrer. Sie bemühte sich um ein Lächeln. »Vielen Dank, dass Sie mich gefahren haben. Kommen Sie gut nach Hause.«

»Das werde ich. Passen Sie auf sich auf, Miss Walker!« Damit nickte er ihr noch einmal zu und fuhr los.

Einen Moment lang sah Caitlin dem Wagen nach, bis ihre letzte Verbindung zu Torik und den Wandlern nicht mehr zu sehen war. Sie fröstelte.

»Gehen wir rein.« Sanft führte Matt sie zu den Gästehütten, die ein Stück vom Haupthaus entfernt standen. Er öffnete die Tür zu einer davon und schob sie hinein. »Ich werde dann mal nach den Pferden sehen, damit ihr euch in Ruhe unterhalten könnt.«

Caitlin sah ihm mit einem zittrigen Lächeln hinterher.

»Caitlin! Was machst du denn hier?« Shannon war unbemerkt zur Tür gekommen und zog Caitlin nun weiter in die Hütte.

Nach nur einem Blick auf ihre Freundin brach Caitlins Selbstkontrolle. Sie warf sich in die wartenden Arme und ließ ihrem Kummer freien Lauf. Erst nach einer langen Zeit gelang es ihr, den Tränenfluss zu stoppen und Shannon loszulassen. »Tut mir leid, ich wollte dich nicht vollheulen.«

Shannon hob eine Augenbraue. »Wofür sind Freunde denn sonst da?« Ihre Besorgnis stand ihr deutlich sichtbar ins Gesicht geschrieben, als sie Caitlin zum Sofa führte. »Also gut, was ist los? Hat es etwas mit Torik zu tun?«

Caitlins Inneres verkrampfte sich, als sie den Namen hörte. »Ja.«

Shannon sprang auf. »Wenn dieser Kerl dir wehgetan hat …«

»Nein! Nein, er ist immer sehr sanft gewesen. Es ist meine Schuld. Ich wusste von Anfang an, dass er wieder gehen würde, und trotzdem war ich so dumm und habe mich in ihn verliebt.« Sie vergrub das Gesicht in ihren Händen.

»Man kann sich nicht aussuchen, in wen man sich verliebt.« Shannon beugte sich vor und legte ihre Hand auf Caitlins Arm. »Als ich bei dir war, hatte ich das Gefühl, dass Torik dich auch sehr mag. Was ist passiert?«

Caitlin presste die Lippen zusammen, um all das zurückzuhalten, was sie nicht erzählen durfte. »Er musste wieder zurück.«

Shannon setzte sich auf und zog die Stirn in Falten. »Das ist alles? Warum gehst du nicht einfach mit ihm? Als Autorin bist du nicht ortsgebunden.«

»Es gibt Gründe, warum das nicht möglich ist. Glaub mir, wenn es irgendeine Möglichkeit gäbe, würde ich sie nutzen. Torik …« Sie schluckte hart. »Torik kann auch nicht bei mir bleiben, so gern er es möchte.«

Nachdenklich sah Shannon sie an. »Bist du dir da sicher? Warum fährst du nicht einfach zu ihm und kämpfst um ihn? Genau wie ich es damals bei Matt gemacht habe.«

Caitlin wusste, dass Shannon und Matt nicht zusammengekommen wären, wenn ihre Freundin nicht den Mut gehabt hätte, ihm hinterherzureisen und ihre Gefühle zu gestehen. Aber Matt war ja auch ein normaler Mensch, und damit hatte es keinen wirklichen Grund gegeben, warum sie nicht zusammen sein konnten. Sie zuckte hilflos mit den Schultern. »Ich weiß nicht mal, wo Torik lebt. Selbst wenn ich wollte, könnte ich nicht einfach zu ihm fahren und ihn dazu zwingen, unsere Gefühle anzuerkennen.«

»Oh.« Für einen Moment schien Shannon besiegt, doch dann setzte sie sich gerader auf. »Das ist kein Problem, irgendwie werden wir seine Adresse herausbekommen. Wäre doch gelacht, wenn uns das nicht gelingen würde.«

Sie musste ihre Freundin unbedingt davon abbringen. »Lass es einfach, Shannon. Es gibt Gründe, warum wir nicht zusammen sein können, und die muss ich akzeptieren, auch wenn es mir schwerfällt. Die Entscheidung liegt nicht bei mir, Torik muss zu mir kommen, wenn er mich will, sonst bringt das Ganze nichts.« Und genau da lag das Problem: Torik würde sich nie für sie und gegen die Wandler entscheiden.

Forschend sah Shannon sie an. »Warum schläfst du nicht erst mal? Nachher sieht vielleicht alles ganz anders aus.«

Das bezweifelte sie zwar, aber ein wenig Schlaf konnte auf keinen Fall schaden. Dankbar nickte sie ihrer Freundin zu. »Das ist eine gute Idee.«

Doch als sie kurz darauf in einem Gästebett lag, schwebte Toriks Gesicht vor ihren Augen, und Caitlin wusste, dass sie niemals darüber hinwegkommen würde, ihn verloren zu haben.

29

Was zum Teufel tat er hier? Wenn er schlau gewesen wäre, dann hätte er schnell eine andere Richtung eingeschlagen und Caitlin Walker vergessen. Doch das konnte er nicht, wie Torik in den letzten beiden Tagen festgestellt hatte. Zwei Tage ohne Caitlin waren die Hölle gewesen. Er war immer gereizter geworden, bis seine Mutter ihn schließlich aus dem Krankenhaus geworfen hatte. Zu Recht, wie er zugeben musste. Doch anstatt zur Gruppe zurückzukehren, wie er es eigentlich vorgehabt hatte, war er nach Montana gefahren. Er konnte sich das selbst nicht erklären. Oder doch: Sein Herz hatte für einen Moment sein Gehirn ausgeschaltet und die Entscheidung für ihn getroffen. Er musste Caitlin einfach noch einmal sehen und sich vergewissern, dass es ihr gut ging.

Seinen Jeep hatte er einige Kilometer entfernt geparkt, wo er nicht weiter auffiel, und war dann in Berglöwenform querfeldein durch den Wald zur Ranch gelaufen. Glücklicherweise hatte Lyle ihm am Telefon gesagt, dass er Caitlin nicht zu ihrem Haus am Hebgen Lake gebracht hatte, sondern hierher. Ihr Haus leer vorzufinden, wäre sonst ein Schock für ihn gewesen. Und es hätte ihm wehgetan, sie nicht anzutreffen. Er wollte, dass sie dort war, an ihn dachte und auf ihn wartete, obwohl er wusste, wie selbstsüchtig das war. Denn bei ihrer Freundin war sie wenigstens in Sicherheit. Trotz seiner düsteren Gedanken genoss er es, endlich wieder in der Wildnis unterwegs zu sein. Zwar war ihm die Umgebung der Ranch etwas zu zivilisiert, aber nach der Dürre und Menschendichte von Las Vegas und dem Krankenhausgeruch in Sonora war ihm jeder Baum willkommen. Leichtfüßig lief Torik durch das dichte Gras des Ranch-Geländes und bemühte sich, möglichst nicht aufzufallen. Die meisten Rancher hatten etwas dagegen, wenn eine Raubkatze über ihr Land lief und die Rinder erschreckte …

Torik vergaß alles andere, als ihm Caitlins Duft in die Nase stieg. Zwar nur schwach, aber es reichte, um ihm bis zum Ursprung zu folgen. Lautlos schlich er durch das Gras, bis er in die Nähe der Gebäude kam. Als er Caitlins Stimme hörte, kletterte er rasch auf einen Baum und blickte auf sie hinunter. Sie entfernte sich von den Hütten und ging einen schmalen Pfad entlang, der genau in Toriks Richtung führte. Zuerst fragte er sich, ob sie wusste, dass er da war, doch dann erkannte er, dass sie telefonierte. Torik duckte sich tiefer in die Astgabel und lauschte angespannt.

»Ja, ich weiß, wie gut das Buch läuft und wie viele Leser auf eine Fortsetzung warten, Phyllis.« Caitlins sonst so sanfte Stimme klang bestimmt. »Trotzdem werde ich keinen weiteren Band über die Berglöwenwandler schreiben.« Während sie ihrer Gesprächspartnerin lauschte, rieb sie über ihre Schläfe, als hätte sie Kopfschmerzen. »Das ist mir klar. Ich möchte einfach keine Bücher mehr über dieses Thema schreiben. Wenn die Leser das nicht akzeptieren können, tut mir das leid, aber es ist nicht zu ändern.« Sie blieb stehen, ihr Körper spannte sich an. »Das Geld ist mir ehrlich gesagt völlig egal. Meine Entscheidung steht fest, ich hoffe, du wirst sie akzeptieren.«

Die Antwort schien sie zu erleichtern, denn ihre verkrampften Schultern lockerten sich. »Danke, das bedeutet mir sehr viel. Ich melde mich wieder.« Caitlin steckte das Handy in ihre Hosentasche und starrte blicklos in die Ferne.

Torik grub seine Krallen in die Rinde, um sich daran zu hindern, vom Ast zu springen und zu ihr zu laufen. Wenn er das richtig verstanden hatte, würde sie trotz des Erfolges keine Bücher mehr über seine Gruppe schreiben. Das hatte er gehofft, aber es aus ihrem Mund zu hören, machte ihm noch einmal klar, wie wichtig es ihm war, dass sie es freiwillig tat. Und das, obwohl er sie weggeschickt hatte und sie nie wieder etwas mit den Wandlern zu tun haben würde. Torik zuckte zusammen und machte sich noch kleiner, als er bemerkte, dass Caitlin sich wieder in Bewegung gesetzt hatte. Sie hielt direkt auf seinen Baum zu, als wüsste sie, wo er sich versteckt hielt. Aber das war nicht möglich, sie konnte ihn weder riechen noch sehen. Mit angehaltenem Atem beobachtete Torik, wie Caitlin sich mit dem Rücken an den Stamm lehnte und die Augen schloss. Vielleicht konnte sie seine Nähe spüren, so wie er ihre?

Ein lautes Niesen durchbrach die Stille. Vor Schreck verlor Torik beinahe den Halt auf dem Ast, doch er konnte gerade noch einen Sturz verhindern. Als er sich wieder gefangen hatte, bemerkte er, dass Caitlin vom Stamm zurückgetreten war und nach oben blickte. Es war unmöglich, sich jetzt noch vor ihr zu verstecken.

»Torik?«

Mit dem Gefühl einem Gespräch nicht mehr ausweichen zu können, sprang Torik vom Baum. Einige Meter von Caitlin entfernt verwandelte er sich und richtete sich auf. »Entschuldige, ich wollte dich nicht erschrecken.«

Caitlin presste ein Taschentuch an ihre Nase. »Zumindest wirst du dich niemals anschleichen können, solange ich diese Allergie habe.« Ihr Gesicht wurde eine Spur blasser. »Ja, ich weiß, das hast du sowieso nicht vor. Was tust du hier, Torik?« Das Zittern in ihrer Stimme war deutlich zu hören.

»Ich weiß es nicht. Ich musste mich überzeugen, dass du gut angekommen bist, denke ich.« Er wusste sofort, dass es nicht das war, was Caitlin hören wollte.

Fest presste sie ihre Lippen zusammen. »Das bin ich. Geh jetzt, bevor dich jemand hier sieht.« Ihr Blick glitt an seinem nackten Körper hinab.

Wärme breitete sich in ihm aus, die rasch gefror, als das, was sie gesagt hatte, bei ihm ankam. Sie schickte ihn weg. Aber sie hatte vermutlich recht, er gehörte nicht hierher und sollte in seine Welt zurückkehren. Trotzdem zögerte er. »Danke, dass du keine weiteren Bücher über uns schreibst.«

Röte breitete sich auf Caitlins Wangen aus. »Hast du mich etwa belauscht?«

Torik machte eine Handbewegung zum Baum hin. »Es ließ sich nicht überhören.«

Lange sah Caitlin ihn schweigend an, dann nickte sie. »Ich muss zum Haus zurück, bevor mich jemand sucht. Leb wohl, Torik.«

Während sein Brustkorb sich schmerzhaft zusammenzog, blickte er Caitlin hinterher, als sie sich umdrehte und wegging. Schließlich hielt er es nicht mehr aus. »Cat.«

Sie blieb stehen, drehte sich aber nicht zu ihm um. Obwohl sie ihn nicht hörte, war er plötzlich hinter ihr, seine Arme schlangen sich um sie. »Geh nicht.« Sein raues Flüstern löste eine Gänsehaut in ihr aus.

Caitlin schloss ihre Augen und lehnte sich an ihn. Wie sollte sie ihm widerstehen, wenn sie sich nur an ihn schmiegen und ihn nie wieder loslassen wollte? Sie glaubte nicht, dass sie es überleben würde, ihn noch einmal gehen lassen zu müssen. »Was willst du von mir, Torik? Du hast mich aus Sonora fortgeschickt und gesagt, wir dürften uns nicht mehr sehen. Doch jetzt bist du hier, und ich weiß nicht, ob ich es ertrage …« Sie brach ab und biss auf ihre Lippe.

Toriks Atem strich über ihr Ohr, als er sprach. »Ich wollte

mich von dir fernhalten, um es uns nicht noch schwerer zu machen, aber ich konnte es nicht. Es waren nur zwei Tage, aber ich habe es nicht mehr ausgehalten, dich nicht zu sehen, mit dir zu reden oder dich einfach nur festzuhalten. Wenn du nicht bei mir bist, fühle ich mich unvollständig.«

Ihre Kehle zog sich zusammen, und ihr Herz begann zu hämmern. Langsam drehte sie sich in seinen Armen um und blickte zu ihm hoch. Eine Qual stand in Toriks dunklen Augen, die ihre eigenen Gefühle zu spiegeln schien. »Mir geht es genauso.«

Torik lehnte seine Stirn an ihre. »Was sollen wir tun? Ich kann nicht ohne dich leben, aber ich kann auch nicht hierbleiben.« Verzweiflung klang in seiner Stimme mit.

Glück überschwemmte Caitlin, und sie begann zu lächeln. »Dann werden wir wohl eine andere Lösung finden müssen.«

Rasch hob Torik den Kopf. »Das ist es ja, es gibt keine Lösung!«

Caitlin runzelte die Stirn. »Ich würde sagen, es gibt eine offensichtliche Lösung, aber wenn du lieber aufgeben möchtest oder es dir nicht wichtig genug ist …«

Seine Finger gruben sich in ihre Oberarme. »Nichts ist wichtiger!«

»Dann weiß ich nicht, warum du mich nicht bittest, mit dir zu kommen.« Ängstlich wartete sie auf seine Antwort.

Erstaunt sah Torik sie an. »Du würdest im Wald leben wollen, unter weitaus primitiveren Bedingungen, als du sie gewohnt bist, umgeben von Katzenwandlern?«

Caitlin zuckte mit keiner Wimper. »Ja. Wenn ich dafür mit dir zusammen sein kann, würde ich das tun. Obwohl ich mir dann wohl ein besseres Allergiemittel besorgen muss.«

»Du bist verrückt. Dort gibt es keinen Supermarkt oder andere Geschäfte, zu denen du mal kurz fahren kannst, wenn du etwas benötigst. Es gibt auch keine Straßen oder Autos.« Es war fast, als wollte er ihr ausreden, mit ihm zu kommen.

Mit einem Ruck löste sie sich von ihm. »Stell dir vor, das hatte ich im Wald auch nicht erwartet! Was ist los mit dir? Warum suchst du alle möglichen Vorwände, um mich davon abzubringen, mit dir zu gehen? Wenn du mich nicht haben willst, dann sag es einfach!«

Torik atmete hart aus. »Ich möchte nur nicht, dass du enttäuscht bist und mich irgendwann verlässt, weil du es nicht mehr aushältst.« Eine für ihn untypische Unsicherheit war in seinem Gesicht zu erkennen.

Caitlins Ärger verpuffte, als sie erkannte, dass er nur nicht wieder verletzt werden wollte, so wie von seinem Vater und seiner früheren Gefährtin. »Solange ich es nicht gesehen habe, kann ich nicht sagen, ob ich dort für längere Zeit leben kann. Aber ich bin es gewohnt, in der Einsamkeit zu leben. Ich brauche Ruhe, wenn ich schreibe, und ich fahre sehr, sehr ungern einkaufen. Das heißt, solange ich hin und wieder mal aus dem Wald auftauchen und Termine wahrnehmen kann, habe ich kein Problem mit der isolierten Lage.« Sie strich eine Haarsträhne hinter ihr Ohr. »Solange du genug Strom für meinen Laptop hast, bin ich rundum zufrieden.«

Ein Leuchten trat in Toriks Augen. »Kein Wunder, dass ich mich in dich verliebt habe.« Bevor sie etwas darauf erwidern konnte, zog er sie an sich und küsste sie.

Ihre Lider schlossen sich, und sie ließ sich in den Kuss sinken. Es fühlte sich so gut an, Torik wieder so nah zu sein. Seinen Herzschlag an ihrem zu spüren. Seine warme Haut unter ihren Fingerspitzen zu fühlen. Wie von selbst glitten ihre Hände nach unten, bis sie seinen Po umfassten. Als Antwort rieb Torik seine Hüfte an ihr, seine Erektion presste sich an ihren Bauch. Caitlin stöhnte auf.

Erst nach einer langen Zeit beendete Torik den Kuss, und als er sie ansah, strahlte Wärme aus seinen Augen. »Du wirst dich übrigens daran gewöhnen, nackte Menschen zu sehen. Im Lager ist nicht immer jeder angezogen.«

»Im Ernst?« Irgendwie konnte sie sich noch nicht vorstellen wie es sein würde, mitten unter Gestaltwandlern zu leben. Auf jeden Fall sehr interessant.

Torik neigte den Kopf und blickte sie durchdringend an. »Willst du es dir doch noch überlegen?«

Sie schlang einen Arm um ihn. »Bei der Aussicht, bald ständig nackte Männer um mich zu haben? Auf keinen Fall!«

Mit einem Knurren, das mehr als nur ein wenig nach Berglöwe klang, zog er sie an sich. »Du gehörst zu mir, vergiss das nicht.«

Glücklich lächelte Caitlin ihn an. »Bestimmt nicht.«

Torik trat einen Schritt von ihr zurück. »Warum packst du nicht deine Sachen, während ich den Jeep und vor allem meine Kleidung hole, und dann treffen wir uns in der Einfahrt?«

Lange sah Caitlin ihn an und versuchte festzustellen, ob er es ernst meinte oder einfach verschwinden würde. »Okay.« Ihre Antwort klang zögerlich.

Torik schien ihr genau ansehen zu können, was sie dachte, denn er blickte ihr fest in die Augen. »Vertrau mir.«

Sie holte tief Atem. »Das tue ich.«

»In einer Viertelstunde bin ich wieder da.« Nach einem letzten Kuss verwandelte er sich und lief davon.

Caitlin blickte ihm nach, bis er nicht mehr zu sehen war, bevor sie sich mit einem tiefen Seufzer umdrehte und zu ihrer Hütte ging. Viel musste sie nicht einpacken, aber sie wollte sich anschließend unbedingt noch von Shannon verabschieden. Es würde sicher einige Zeit vergehen, bis sie ihre Freundin wiedersah, und sie wollte nicht, dass Shannon sich Sorgen machte.

Kopfschüttelnd betrat sie die Hütte und ging ins Schlafzimmer. Tatsächlich hatte sie kaum etwas ausgepackt, seit sie hier angekommen war. Nur ihren Laptop hatte sie auf dem Tisch aufgebaut in der vagen Hoffnung, dass sie in der Lage sein würde zu schreiben. Doch sie hatte keinen einzigen vernünftigen Satz zustande gebracht.

»Willst du schon wieder weg? Du bist doch gerade erst angekommen.«

Caitlin ließ vor Schreck die Mouse fallen, die sie gerade abgestöpselt hatte, als Shannons Stimme hinter ihr erklang. »Hast du mich erschreckt! Warum müsst ihr euch immer alle so heranschleichen?« Shannon ignorierte ihre Frage und lehnte sich mit der Hüfte an die Tischkante, während sie Caitlin dabei zusah, wie sie den Laptop zuklappte und in seine Hülle steckte. »Torik hat sich gemeldet, er holt mich gleich hier ab.«

Shannons Augenbrauen hoben sich. »Du gehst also mit ihm?«

Caitlin richtete sich auf und blickte ihre Freundin ernst an. »Ja. Er hat gemerkt, dass er ohne mich nicht leben will, und mich gebeten, mit ihm zu kommen.«

»Wo lebt er?«

»Wird das jetzt eine Befragung? Ich liebe ihn, und er liebt mich, das ist alles, was für mich zählt.« Caitlin merkte selbst, wie reserviert sie klang, aber sie konnte nichts daran ändern. Auch wenn sie es gerne wollte, durfte sie Shannon nichts von den Wandlern erzählen. »Hör zu, ich werde mich so schnell wie möglich bei dir melden, okay? Du hast Torik kennengelernt und weißt, dass er mir nichts tun wird.«

Shannon verschränkte die Arme über der Brust. »Weiß ich das?« Sie schüttelte den Kopf. »Eigentlich sollte ich besser als jeder andere wissen, dass man manchmal auch ein Risiko eingehen muss, aber ich wünschte wirklich, ich hätte eine Adresse und könnte dich einfach mal besuchen, wenn mir danach ist.«

Schuldgefühl breitete sich in Caitlin aus, weil sie ihre Freundin belog. »Ich werde sie dir durchgeben, sowie wir angekommen sind. Außerdem behalte ich das Haus am Hebgen Lake, und wir können uns dort treffen.« Sie legte ihre Hand auf den Arm ihrer Freundin. »Glaub mir, ich weiß, was ich tue, Torik ist alles, was ich mir je erträumt habe.«

Ein Lächeln erschien auf Shannons Gesicht. »Das freut mich für dich.« Shannon sah sie ernst an. »Lass ihn nicht wieder gehen, wenn er der Richtige für dich ist. Alles, was wirklich zählt, ist, mit dem Menschen zusammen zu sein, den man liebt.«

Tränen traten in Caitlins Augen. »Danke.«

»Ich spreche aus Erfahrung.« Shannon umarmte sie fest.

Nachdem sie sich verabschiedet hatte, blieb Caitlin alleine in der Hütte zurück. Sie war sich sicher, das Richtige zu tun. Wie auch immer die Sache ausgehen mochte, sie würde für ihre Liebe kämpfen. Und dazu gehörte auch, dass sie Torik glaubte, wenn er ihr versprach, sie mitzunehmen. Entschlossen verließ sie die Hütte und stellte sich auf die Auffahrt. Vielleicht war Torik genauso unsicher wie sie und befürchtete, dass sie es sich noch einmal anders überlegte. Aufregung machte sich in ihr breit, und die Wartezeit kam ihr endlos vor. Doch dann bog Toriks Jeep in die Einfahrt und fuhr ihr entgegen, und sie spürte eine Welle der Erleichterung, dicht gefolgt von Freude.

Lächelnd beugte sie sich zum Seitenfenster hinunter, als Torik neben ihr hielt. An seinem Gesichtsausdruck konnte sie erkennen, dass er tatsächlich auch nicht sicher gewesen war, ob sie auf ihn warten würde.

»Bist du bereit?«

Caitlin warf ihre Tasche auf den Rücksitz und stieg auf der Beifahrerseite ein. »Ich kann es kaum erwarten.«

Torik beugte sich zu ihr hinüber und küsste sie sanft. »Dann lass uns nach Hause fahren.«

Epilog

Zielstrebig lief Torik auf seine Hütte zu. Es war für ihn immer noch ein Wunder, dass Caitlin tatsächlich mit ihm in die Wildnis gekommen war. Sie hatte sich in den vergangenen Tagen überraschend gut eingelebt und durch ihre offene und freundliche Art die anfängliche Skepsis der anderen Gruppenmitglieder größtenteils überwunden. In Erinnerung an ihre weit aufgerissenen Augen, als sie das Lager zum ersten Mal gesehen hatte, musste Torik innerlich lächeln. Überhaupt hatte er seit seiner Rückkehr mit ihr geradezu erschreckend gute Laune. Zu seiner Erleichterung war Caitlin nicht sofort umgedreht, nachdem sie gesehen hatte, wie klein seine Hütte tatsächlich war. Aber ihm war klar, dass sie auf Dauer mehr Platz brauchten, damit Caitlin in Ruhe schreiben konnte. Deshalb hatte er sich überlegt, in der Nähe eine kleine Schreibhütte für sie zu bauen.

Vor allem sollte sie absolut allergiefrei sein, da niemand in Katzenform hineingehen würde. Bisher hielten sich Caitlins Niesattacken glücklicherweise in Grenzen, die neuen Medikamente schienen gut zu wirken. Da seine Hütte etwas abseits des Lagers lag, kam Caitlin nicht mit allzu vielen Wandlern in Berglöwenform zusammen. Die Heilerin Fay hatte versprochen, ein pflanzliches Mittel zu suchen, mit dem sich die Allergie zusätzlich unterdrücken ließ. Bis dahin würde Torik einfach nur die Tatsache genießen, dass Caitlin jetzt zu ihm gehörte.

Er öffnete die Tür, um Caitlin zu holen. Bisher waren sie immer im Lager geblieben, doch heute wollte er ihr unbedingt die Schönheit des Waldes zeigen. Nichts rührte sich, doch er konnte ihre Anwesenheit spüren. Lautlos lief er die Treppe hinauf und trat ins Schlafzimmer. Der Anblick von Caitlins zerzauster Mähne auf seinem Kopfkissen ließ sein Herz anschwellen. Lächelnd setzte er sich auf die Bettkante und strich vorsichtig einige Strähnen aus ihrem Gesicht. Ein tiefes Gefühl der Zufriedenheit erfasste ihn. Seine Entscheidung war richtig gewesen, ohne Caitlin in seinem Leben wäre er nie wieder glücklich geworden.

Caitlin gab ein leises Schnurren von sich und rieb ihre Wange an seiner Hand. Verlangen schoss wie auf Befehl durch seinen Körper, und er schüttelte amüsiert den Kopf. Offenbar konnte er einfach nicht genug von ihr bekommen, egal wie oft sie sich auch liebten. Torik beugte sich vor und küsste sanft ihre Stirn.

Als er sich wieder aufrichtete, sah er, dass ihre Augen geöffnet waren. »Guten Morgen.«

Caitlin blinzelte ihn verschlafen an und hob eine Ecke der Decke. »Komm zu mir.«

Die Erregung breitete sich in ihm aus, als er ihren nackten Körper sah, aber er schüttelte den Kopf. »Wenn ich jetzt ins Bett gehe, schlafe ich ein, und das will ich nicht. Ich habe etwas anderes für uns geplant.«

Caitlins Mundwinkel hoben sich. »Ich auch. Schlaf kam dabei allerdings nicht vor.« Sie wurde ernst. »War deine Schicht anstrengend?«

Anstatt mit Caitlin in seinen Armen zu schlafen, hatte er in der Nacht das Lager bewacht. »Es war ruhig, deshalb habe ich die Zeit genutzt und die Sensoren am äußeren Rand des Gebiets überprüft.« Seine Hand glitt über ihren Bauch. »Ich wäre aber viel lieber hier gewesen, bei dir.«

Ihre Augen glänzten. »Ich habe dich auch vermisst. Bist du sicher, dass du nicht doch ein wenig zu mir kommen willst?«

Torik stand auf und bewegte sich vom Bett fort, um der Versuchung nicht nachzugeben. »Ich möchte, dass du dich anziehst, damit ich dir unser Gebiet zeigen kann.«

Anscheinend erkannte sie, wie wichtig es ihm war, denn sie setzte sich auf und schwang die Beine aus dem Bett. »Das hört sich spannend an. Ich bin gleich unten.«

Torik räusperte sich und riss seinen Blick mit Mühe von ihrem Körper fort. »Ich mache Frühstück.« Caitlins Lachen folgte ihm auf dem Weg zur Küche und hüllte ihn in Wärme.

Nachdem sie gegessen hatten, führte Torik Caitlin durch ihr Gebiet und ein Stück darüber hinaus in die Wildnis. Er wollte mit ihr allein sein und ihr gleichzeitig die Schönheit der Natur zeigen. Die Art, wie sie alles begeistert in sich aufnahm und ihn mit Fragen löcherte, zeigte ihm, dass sie die Tour und die Landschaft genoss. Wie hatte er jemals denken können, das Leben im Wald könnte ihr nicht gefallen? Sie schien geradezu aufzublühen, seit sie nicht mehr von der Zivilisation umgeben war.

Mit strahlenden Augen blickte sie ihn an. »Es ist so schön hier!«

Torik hielt im Schatten einer steilen Klippe an und schlang seine Arme um Caitlin. »Ja, das ist es. Besonders, seitdem du da bist.«

Caitlin hob den Kopf und lächelte ihn an. »Das freut mich.« Ihre Hände schoben sich unter sein T-Shirt und glitten an seinem Rücken hinauf. »Mir geht es genauso. Ich habe das Gefühl, als hätte ich die ganze Zeit nur auf dich gewartet.«

Anstelle einer Antwort küsste Torik sie eindringlich. Seine ganzen Sinne waren auf Caitlin ausgerichtet, er spürte ihren rasenden Herzschlag, hörte ihre schnellen Atemzüge und die leisen Seufzer und atmete tief ihren Duft ein. Gierig vertiefte er den Kuss und schob Caitlin sanft mit dem Rücken an die Felsen. Das knackende Geräusch ging fast in ihrem erregten Stöhnen unter, und bevor Torik reagieren konnte, wurden sie mit voller Wucht von der Seite getroffen und stürzten einen kleinen Abhang hinunter. Torik versuchte sich während des Falls so zu drehen, dass Caitlin durch seinen Körper geschützt wurde. In einer flachen Mulde kamen sie zum Liegen, und Torik hob vorsichtig den Kopf. Caitlin regte sich unter ihm, und er rollte rasch zur Seite.

»Alles in Ordnung?« Besorgt musterte er sie. Bis auf ein paar kleinere Abschürfungen und den Schrecken schien sie den Sturz gut überstanden zu haben.

Caitlin nickte und verzog das Gesicht. »Solange ich mich nicht bewege, geht es mir gut. Was zum Teufel war das?«

Das fragte er sich allerdings auch. Vorsichtig richtete er sich auf und sah sich um, doch er konnte nichts entdecken. Bevor sie getroffen worden waren, hatte er aus dem Augenwinkel etwas Helles aufblitzen sehen, doch mehr hatte er nicht erkannt. Torik atmete tief ein. Da war ein schwacher Geruch, den er kannte. Sein ungläubiges Brummen wurde von einem lauten Bersten übertönt. Instinktiv warf Torik sich wieder über Caitlin und schützte sie mit seinem Körper. Er zuckte zusammen, als er von scharfen Splittern getroffen wurde, doch er bewegte sich nicht, bis es wieder still war und sich der Staub gelegt hatte. Vorsichtig hob er den Kopf, um festzustellen, ob ihnen noch Gefahr drohte.

Felsen und Geröll waren die Klippe hinuntergepoltert und dort auf den Boden getroffen, wo sie kurz zuvor noch gestanden hatten. Wären sie nicht vorher zur Seite gestoßen worden und den Abhang hinuntergefallen, wären sie jetzt tot oder zumindest schwer verletzt. Nach einem langen Moment schob Torik sich von Caitlin herunter und stand auf. Aufmerksam blickte er sich um, bevor er Caitlin eine Hand hinhielt und ihr aufhalf.

Als sie zur Felswand blickte, zuckte sie zusammen. »Oh, verdammt! Das war knapp.«

»Zu knapp. Ich hätte besser aufpassen müssen.« Wie ein Anfänger hatte er nicht auf seine Umgebung geachtet, sondern nur Augen für Caitlin gehabt. »Glücklicherweise hatten wir einen Schutzengel.« Er legte einen Arm um sie und zog sie an sich, während er die Umgebung mit den Augen absuchte.

Sein Körper spannte sich an, als es einige Meter entfernt in einem Gebüsch raschelte. Wie gebannt hing sein Blick an dem hellen Körper, der sich daraus hervorschob. Caitlin schien seine Anspannung zu bemerken, denn sie blieb bewegungslos stehen, während die Berglöwin sich ihnen näherte. Ihr Fell war beinahe weiß, die Knochen stachen deutlich sichtbar darunter hervor. Toriks Herz krampfte sich zusammen.

»Hallo, Arlyn.« Er konnte Caitlins überraschtes Einatmen hören und ihren Blick auf sich fühlen, doch er konzentrierte sich nur auf seine frühere Gefährtin. »Danke, du hast uns gerettet.«

Arlyn verwandelte sich nicht und gab keinen Laut von sich, aber sie lief auch nicht fort. Ihre hellbraunen Augen lagen unverwandt auf ihm, und er bildete sich ein, in ihnen ein Echo der Gefühle zu sehen, die sie früher verbunden hatten. Nach langer Zeit wanderte ihr Blick zu Caitlin. Schließlich trafen ihre Augen wieder Toriks, und sie neigte langsam den Kopf, als wollte sie ihm zeigen, dass sie mit seiner Wahl einverstanden war. Anschließend drehte Arlyn sich um und verschwand wieder im Gebüsch.

Tränen brannten in seinen Augen, als er ihr nachblickte. »Leb wohl.« Er schlang seinen Arm fester um Caitlin und kehrte mit ihr in seine Zukunft zurück.